L'AUTRE ÉDUCATION SENTIMENTALE

Du même auteur

AUX ÉDITIONS ALBIN MICHEL
Annette ou l'éducation des filles toscanes
Chine
Don Giovanni, Mozart-Losey – essai
Don Juan
Mata-Hari
Orient-Express I
Orient-Express II
Pandora
Toscanes
Une ville immortelle – grand prix du roman de l'Académie française 1986

AUX ÉDITIONS FLAMMARION
Des châteaux en Allemagne
Comédies italiennes
Le dernier été

AUX ÉDITIONS GALLIMARD
Ava
Cordélia ou de l'Angleterre
Les enfants du parc
La figure dans la pierre
Mémoires secrets pour servir à l'histoire de ce siècle
Une mort sale
Les nouvelles aventures du chevalier de la Barre
Rêver la vie
Le sac du palais d'été – prix Renaudot 1971
Salue pour moi le monde
Urbanisme
Un voyage d'hiver

AUX ÉDITIONS GARNIER
Si j'étais romancier

AUX ÉDITIONS JULLIARD
Et Gulliver mourut de sommeil
Midi ou l'attentat

AUX ÉDITIONS MAEGHT
Pays d'âge

AUX ÉDITIONS MERCURE DE FRANCE
La mort de Floria Tosca
Le vicomte épinglé

AUX ÉDITIONS OLIVIER ORBAN
Chine, un itinéraire

AUX ÉDITIONS PLON
Bastille : rêver un opéra

AUX ÉDITIONS RAMSAY
Callas, une vie

AUX ÉDITIONS SAND-TCHOU
Covent Garden

AUX ÉDITIONS LE SIGNE
La petite comtesse

AUX ÉDITIONS LA TABLE RONDE
La vie d'Adrian Putney, poète

Pierre-Jean Rémy
de l'Académie Française

L'AUTRE ÉDUCATION SENTIMENTALE

ÉDITIONS ODILE JACOB
15 rue Soufflot, 75005 PARIS

ISBN : 2-7381-0129-1

Pour Annie, qui sait déjà tout...

En guise de préface

Pendant longtemps, j'ai joué avec une idée que j'énonçais gravement comme si c'était là l'une de ces vérités qui, faute de mieux, confortent celui qui n'a jamais cru en grand-chose : à qui voulait l'entendre, j'affirmais bien haut que j'étais fait des livres que j'avais lus et des femmes que j'avais aimées. Et j'y croyais... J'allais d'ailleurs plus loin et assortissais cette constatation satisfaite de quelques vérités premières sur l'acte d'écrire et celui d'aimer, la page blanche et le corps d'une femme : à ma décharge, je dirai que c'était il y a bien des années et que j'étais encore presque jeune.

Me suis-je pourtant tellement trompé? Passant sur les banalités sur l'amour et l'écriture, je dois bien constater que les livres ont toujours tenu la première place dans tout ce qui fut mon adolescence; les livres et les jeunes filles. Je lisais à perdre haleine et rêvais d'impossibles amours avec toutes les gamines qui croisaient mon chemin. J'avais douze ans, seize ans et un peu plus, et ma vraie vie était bel et bien celle que je me fabriquais dans les livres; le reste n'était, en somme, que le tous-les-jours un peu terne dont il fallait bien s'accommoder. Avec un bel éclectisme, je passais d'ailleurs d'Alain Fournier à Tintin et de la Famille Illico à *La Condition humaine* en passant par *Les Fleurs du mal*, sans pour autant cesser de me raconter des histoires où les petites camarades de ma sœur, bientôt les miennes, étaient tour à tour les pures fiancées du Grand Meaulnes et des femmes presque damnées. Puis, le soir venu, j'écrivais à mon tour mon *Grand Meaulnes* à moi ou des sonnets à des petites filles damnées. Tout cela était boiteux, grandiloquent, sentimental, mais j'avais quinze ans, j'en avais dix-sept et je ne connaissais, en somme, de ce qu'on appelle la vie que ce que j'en avais lu dans les livres.

Et cela a duré longtemps. Livre après livre, les volumes se sont empilés dans le plus rigoureux désordre pour devenir bibliothèques. Et les bibliothèques, dès lors, sont devenues mes lieux de vie.

Bibliothèques : peut-être que tout a commencé dans la lumière d'un matin de printemps, des lilas dans le jardin, des roses et, sur les remparts, des enfants qui jouaient à des jeux inconnus, de longues dames en bleu qui poussaient des landaus hauts sur roues avec, dans cette lumière claire, les quelques rayons d'une bibliothèque basse en loupe de noyer intégrée à un meuble au dessin 1930 qu'on appelait un *cosy-corner.* C'était à Angoulême, dans le « bureau », qui était en réalité le salon de tous les jours. Sur la rue, le salon lui-même était une pièce austère et sombre alors que le bureau – ses fauteuils « club » de cuir vert, patinés... – ouvrait sur la campagne, les bois de Saint-Martin au loin, et puis ces jardins de curé qui s'alignaient en contrebas, deux, parfois trois étages au-dessous du niveau de la rue et où éclataient des fleurs blanches que j'appelais des « boules de neige ».

Là, dans les rayons de la bibliothèque basse, il y avait tout au plus trois cents volumes. Aussitôt que j'ai su lire et lorsque je suis revenu à Angoulême, les titres et les auteurs de ces livres jaunes ou blancs sont devenus ma première mémoire; comme une image de mon père en bandes molletières à l'orée de la drôle de guerre ou les vieilles photos, l'arbre de Noël géant qu'on élevait, précisément, dans le bureau.

Des auteurs et des titres : en vrac. Giono, *Le Grand troupeau, Que ma joie demeure;* Henri Pourrat, François Mauriac, *Thérèse Desqueyroux* et *La Fin de la nuit;* Francis Carco et puis Paul Morand, Simenon; mais aussi Irène Némirovsky,

Henry Béraud, les *Mémoires* de Marie Bashkirtseff. Et encore Jacques de Lacretelle, Henri Duvernois, Henri Bordeaux et les grands volumes jaunes et plats du *Livre de demain* ou ceux, plus modestes, du *Livre moderne illustré* de Ferenczi : la bibliothèque de mon père à Angoulême, au tout début des années quarante.

C'est en 1941 que mes parents ont quitté Angoulême pour Paris : tout ne faisait que commencer et, du boulevard des Batignolles à une chambre en Amérique, de Hong Kong à Londres en passant par Pékin, une étape à Florence et Paris enfin retrouvé, les livres se sont ajoutés aux livres pour envahir les murs, ont gagné tous les meubles, les tables, les commodes et s'entassent désormais à terre, montent à l'assaut des portes et constituent peut-être, entre le monde et moi, une cloison familière qui est aussi un mur, une muraille entre la vie et moi.

Une prison de livres : on aimerait jouer avec cette formule aussi, et pourtant, aujourd'hui encore, je sais bien que c'est à eux, les livres, que je dois tout ce qui m'a fait, bon ou mauvais, ce que je me retrouve être aujourd'hui.

Les livres : tous les livres. Car vouloir choisir ceux qui m'ont « marqué » – Dieu! que je n'aime pas le mot! – parmi ces milliers de pages, voire de titres, serait illusoire, sinon dérisoire. Et je suis bien forcé de le constater, c'est parce que j'ai lu à peu près en même temps *Tintin et Milou*, George Sand et *Le Prince Éric* mais aussi quelques poèmes de Verlaine, que j'ai dévoré un peu plus tard les sages romans de Mrs. Élisabeth Goudge ou ceux, plus ambigus, d'une autre dame anglaise qui s'appelait Virginia Woolf. Mais c'est aussi tout cela qui m'a donné, avant même d'avoir passé le seuil de l'adolescence, la nostalgie des enfances perdues, un goût immodéré pour les jeunes filles et l'envie de dire à mon tour ces enfances et ces jeunes filles.

De même, quelques années plus tard, la lecture forcenée de *Témoignage chrétien* et de l'*Express* façon Mauriac mêlée de Simenon ou de Valery Larbaud, d'un doigt de *Paysan de*

Paris et des aventures de *Barbarella* fera pour moi de Pierre Mendès-France, de Georges Bataille et de telle Brigitte ou Marie-Noëlle les figures emblématiques d'une vie rêvée.

Ai-je eu un peu tort, beaucoup ou passionnément raison, là n'est pas la question : c'est *Tintin* et l'*Express*, Bataille et *Barbarella* tous ensemble et tous à la fois qui ont tissé la trame dont je suis fait. A eux seuls, un Georges Bataille ou un Gide, un Proust, un Giraudoux, Stendhal lui-même, n'auraient été que des lectures : c'est dans leur abondance et leur diversité qu'ils m'ont construit, modelé, « fait », en somme; et c'est à eux tous, et ensemble, que je dois ce besoin sans limite, cette soif inaltérable d'écrire et d'écrire encore.

Tenter dès lors de dire cela... Tenter de retrouver les fils de ces silences, de ces moments de découverte ou de bonheur absolu, qui ont tissé une existence : essayer de raconter une vie – ou le début d'une vie : jusqu'au livre qu'on écrit enfin soi-même – à travers ces écrivains, ces œuvres, ces titres, ces livres, donc – et parfois ces musiques, ces images qui l'ont aussi durablement édifiée que les amis de rencontre, le rythme des saisons, le lycée, les vacances, nos années d'étudiant et nos grandes amours.

Tenter, c'est bien de cela qu'il s'agit, d'inventer un récit qui soit celui d'une vie à travers les livres qui l'ont faite : j'ai cinquante-quatre ans, je n'ai jamais su qu'inventer des histoires et ne suis, du reste, bon qu'à ça. J'inventerai donc une fiction de plus, qui ne ressemblera pourtant à aucune de celles que j'ai jusqu'ici abordées : ce sera tout bonnement l'histoire d'un petit garçon, d'un adolescent, d'un jeune homme qui m'a longtemps ressemblé.

Quand bien même je voudrais aujourd'hui en oublier beaucoup, je ne peux pas ne pas mêler aux livres traversés les visages des petites filles croisées en chemin, de ces jeunes femmes si souvent interdites qui les ont toujours accompagnés. Livres ouverts et lèvres closes, j'ai grandi peu à peu sans vraiment le faire exprès.

Étape après étape, jusqu'au livre qu'il écrit enfin et qui les rassemble tous, toutes, on suivra donc ce bon jeune homme à travers ses rencontres et ses amours : ses années d'apprentissage puisque ce récit est, à sa manière, un roman d'apprentissage. Le jeune homme lira toujours plus et ne s'aimera guère, il aura la chance de tomber malade, l'infortune de porter tôt son cœur en bandoulière et la bonne fortune d'apprendre plus tôt encore qu'on peut jouer avec les mots : une autre éducation sentimentale, en somme. D'une chambre bleue sur le boulevard des Batignolles à une forêt de bouleaux en Amérique avec de nombreux détours sur les hauts plateaux du Cantal, Chamonix, Condorcet, Sorbonne et Sciences Politiques, il finira bien par les lire, ces milliers de pages, sans vraiment choisir – et puis par l'écrire enfin, la grosse centaine de petites pages qui s'appelle au bout du compte un premier roman.

Tel est le propos de ces notes accumulées – souvenirs, titres, images, visages... – où tout se rencontre et se conjugue à tous les temps des verbes lire et aimer : tenter de raconter comment, à coups de livres, on finit par en écrire un.

J'avais vingt et un ans, je rentrais d'Amérique, étudiant entre Droit et Sorbonne, Sciences-Po et tout le reste, j'ai enfin publié un roman qui racontait tout cela. Une autre éducation sentimentale, donc...

1

Durga Rani, reine de la Jungle et l'élève Dargelos

Où l'on voit se dessiner l'amour immodéré et par ailleurs bien vain d'un petit garçon gâté pour la sœur de Bicot et pour la famille Illico; où le sourire de la petite Fadette ne peut faire oublier les drôles d'habitudes d'une curieuse Mlle Savonnette, née de Francis Carco et de mère inconnue; où *Le Grand Meaulnes* et les films américains de série B conduisent tout droit le petit garçon en question à ne pas se poser assez de questions.

Dimanche soir, boulevard des Batignolles : chambre bleue, lits jumeaux aux dessus-de-lit bleus et la radio peut-être dans la cuisine. « Reine d'un jour », Jean Nohain – c'était aussi le temps du Lampiste Le Guignon et du « Grenier de Montmartre » le dimanche à midi. (« Pour informer le monde / avec la voix des ondes / il y a, il y a les chansonniers... ») Et le dîner du petit garçon et de sa sœur, son père, sa mère qui leur apportent de grands bols de chocolat au lait, des tartines beurrées, de la gelée de groseille ramenée d'Auvergne – un doigt de cassis pour la corser – tandis que le petit garçon et sa sœur, couchés dès sept heures du soir dans les deux lits jumeaux de la chambre bleue, lisent déjà, lisent éperdument.

Temps béni des lectures sans fin, paradis des varicelles,

délices des rougeoles et des oreillons, rhumes épisodiques qui duraient une bonne semaine et les livres qui s'accumulent au pied du lit : déjà cette impression que les livres sont partout. Il n'y a pourtant que deux ou trois rayonnages, dans un angle de la pièce, mais on a sept ans, huit ans, c'était la guerre, ce n'est déjà plus la guerre et, faute de nouveaux livres, on relit et on relit encore. Bibliothèque Verte, Bibliothèque Rose, les livres rouges et laids des distributions de prix, histoire du chien Brisquet, ou les *Tartelettes de Madeleine :* une archéologie.

Remonter plus loin? Il existe bien encore, dans la maison d'Auvergne, quelques « livres pour enfants » qu'on a soigneusement, pieusement rafistolés, collés, rapetassés : les *Aventures de Polo,* illustrées par Camo; Polo était un petit garçon tout rond, tout bébé et pas très sage; sa sœur Miquette était toute blonde, à peine moins ronde et moins bébé, un peu plus sage. Polo portait des costumes marins, Miquette des kilts écossais; Polo et Miquette dataient d'une incertaine avant-guerre; Annie, ma sœur, avait dix-huit mois de moins que moi, j'étais l'aîné, elle était plus sage. Miquette, la petite sœur de Polo, avait douze poupées qu'elle appelait ses filles – Loulou, qui dit papa-maman, Mousmé la Japonaise et Fatma, la négrillonne, qui parlait à Miquette de son beau pays d'Afrique.

Ou cet autre couple frère-sœur, la sœur encore une fois l'aînée, presque une petite maman pour un gamin aux cheveux en broussaille; quel livre? quelle époque? Ils vivaient au milieu de la campagne, une forêt et, aux premiers jours du printemps, le petit garçon déclarait pouvoir enfin se laver : il s'ébrouait dans l'abreuvoir, devant la maison. Parfois, pendant les longues vacances d'été que nous passions aux Arbres – c'était le nom de la maison d'Auvergne – je rêvais, moi aussi, de me laver à grande eau dans l'abreuvoir; plus loin, il y avait « la petite source » et, tout près, la fontaine.

Mais ces soirées du dimanche à Paris, dans l'appartement du boulevard des Batignolles, et les livres qui étaient alors les nôtres, la Bibliothèque Verte, trop sérieuse, et Jules Verne qui m'assommait. Comme m'ennuyaient les classiques de la littérature mondiale dite pour la jeunesse : les Jack London, les James Oliver Curwood – ces histoires de chiens dans la neige... – ou les Mayne Reid aux Indiens trop polis pour être amusants. J'allais au plus facile : relire, donc, par habitude, ce qui avait pu me distraire. Mais l'effort de se lancer dans un Jules Verne inconnu? Sorti du grand répertoire, des *Cinq semaines en ballon* et du *Voyage au centre de la terre,* je faisais tous les détours nécessaires pour éviter l'aventure.

Les plus graves des Bibliothèques Roses ne m'amusaient guère plus : c'était toujours le temps de la Comtesse de Ségur, bien sûr, mais aussi celui de la redoutable Zénaïde Fleuriot. Et si je relisais un volume de la Bibliothèque Rose, c'était pour un titre anodin, oublié – oublié de moi-même aujourd'hui, Gyp ou Magdeleine du Genestoux – souvent illustré par un dessinateur, Pécout, qui m'irritait d'ailleurs pour l'imprécision quasi impressionniste de ses traits.

Une image très précise cependant : celle d'un gamin en culottes de golf, fils de colonel veuf et unijambiste; par-dessus le marché, à douze ans, ce petit prétentieux trop sage dirigeait un *Club de la joie.* De la même Magdeleine du Genestoux (le chic de ce « Magdeleine », avec un g), il y avait aussi le *Trésor de M. Toupie,* qui me promena à travers la France, de Dol-de-Bretagne à Dôle en Jura derrière toute une ménagerie : tous ces petits garçons débrouillards, ces vieux messieurs farfelus, ces gamines délurées avaient des chiens ou des chats – moi qui n'eus jamais qu'un canari idiot en cage – et je les enviais désespérément.

Du même Pécout : *Les Aventures de Frimousset.* Frimousset collégien d'un temps qui n'était déjà plus le mien, ses inévitables culottes de golf, sa tante qui s'appelait Amelonde, et son chat Houpelariquette. Frimousset a des amis et des camarades, beaucoup de camarades, parmi lesquels un petit nègre, qu'on doit appeler Boule-de-Neige ou Bout-de-Lune. Lorsque

Frimousset invite ses amis à goûter, Tante Amelonde achète une demi-livre de petits fours : « Pauvre demi-livre de petits fours! » s'exclame la concierge qui voit la moitié du collège s'engouffrer dans l'escalier sans s'essuyer les pieds sur le paillasson. A sept ans, au lendemain de la guerre, j'ignorais le sens du mot « petit four » : un four de boulanger tout petit, peut-être, mais rempli de bonnes choses cuites à point, sucrées, dégoulinantes de caramel, bien poisseuses.

Les leçons de Frimousset : pour « faire descendre » un thermomètre, on le secoue; alors, pour faire tomber la fièvre de Frimousset, le gentil petit nègre le secoue comme un prunier. Idée de petit nègre. Ou encore ce dicton, sur lequel je vais méditer longtemps : « Les Amis de l'heure présente / Ont la (consistance?) du melon / Il faut en (tâter?) cinquante / Avant d'en trouver un bon. »

Les albums de Frimousset, format à l'italienne, ont disparu, comme rongés par les centaines d'heures passées en leur compagnie.

Le chocolat au lait du dimanche soir, et une lecture bien précise qui l'accompagna longtemps : celle de ces albums reliés de journaux pour enfants (on commençait à dire des « illustrés », on ne parlait certes pas encore de BD) publiés dans l'immédiate avant-guerre et achetés par hasard en solde, à Angoulême – dans un magasin qui était tout, sauf une librairie. C'étaient de vrais trésors, et je ne le savais pas : il y avait *Mickey, Robinson, Hop-là* des années trente-six, trente-sept.

La sarabande, dès lors, de ces personnages en passe de devenir des classiques des « comics » américains et Pim-Pam-Poum, le Fantôme, rouge et masqué, Guy l'Éclair, Tarzan, la Famille Illico – qu'on lisait et relisait avec une formidable dextérité pour retrouver, sans coup férir et dans un album de vingt-six numéros reliés, la page précise où, chaque semaine et dans chaque numéro, réapparaissait Illico ou Hopalong Cassidy, cow-boy mythique et moustachu.

Et puis ce Courrier des lecteurs qui semblait lui aussi appartenir à un monde disparu; et des réclames pour Banania – « Y a bon, Banania », avec encore un bon nègre, tirailleur sénégalais en chèche mou – qui était le comble de l'exotisme, puisque la guerre était passée là-dessus et qu'on ne trouvait plus de Banania.

Hop-là et *Robinson :* la Famille Illico. Et aussi *Bicot, Président du club* mais encore *Mandrake, roi de la magie* et peut-être un peu plus tard *Superman* dans la peau d'un simple reporter, voire *Batman* dans son décor de Gotham City; c'est à travers eux – *Little Nemo,* aussi, dont un album m'était miraculeusement parvenu – que j'ai connu l'Amérique et qu'elle est très vite devenue un univers de ma légende.

L'Amérique de ces années-là – 1945, 1946 – était encore celle des années trente : une certaine architecture et une certaine vie de famille que je découvrais, incrédule, sur des images mal coloriées. Je m'y égarais parmi de petits gratte-ciel kitsch et pourtant colossaux *(Little Nemo)* et des réseaux d'autoroutes désertes où des voitures aux formes fantastiques desservaient des univers urbains d'une modernité hallucinante mais déjà dépassée. J'y découvrais aussi des décorations intérieures monumentales (chez Illico) ou familières et bon enfant (chez Bicot); et je rêvais de vivre au pays de ces banques à chapiteaux doriques où s'affrontaient le bien et le mal selon Batman, et parmi les salons ultrachichiteux de la redoutable Bébelle, épouse d'Illico. Mais la cuisine familière, le réfrigérateur où Bicot empilait en hiver des boules de neige pour les vendre très cher à ses amis une fois l'été venu, m'étaient aussi matière à nostalgie : si loin...

Ce mélange d'un tous-les-jours plus qu'exotique (une cuisine-salle à manger où l'on boit des verres de lait pour dîner à cinq heures de l'après-midi) et d'un sens aigu des affaires constituait, en somme, l'épitomé d'une Amérique où le rêve américain était encore une morale à toute épreuve. De la même façon, en Illico, chaque jour bafoué par Bébelle, comme chez le père de Bicot, ce presque-vieillard à tête de mort, je devinai peut-être déjà le mâle américain soumis; et j'apprenais ainsi le B.A.-BA d'une sociologie fort divertissante : nous autres, Français, nous ne nous laissions pas faire!

Quelques années après, au tout début des années cinquante, mon image de l'Amérique s'affinera avec ces fulgurants films de série B que mon père m'emmènera voir, en version originale, à l'Artistic, rue de Douai, ou au Cinéac Ternes. Ce sera la formidable découverte du film policier et de la comédie musicale en même temps, là aussi, que celle d'une architecture et d'un genre de vie. Si Humphrey Bogart est en somme très vite devenu un de mes héros, si le revolver à la main droite, le feutre rabattu sur le front et l'imperméable à ceinture ont si bien représenté la réplique au XXe siècle de l'uniforme de parfait cow-boy du siècle précédent, c'est plus encore l'architecture de Grand Central Station et ces longs et larges trains qui s'ébranlaient doucement au niveau même du quai *(La Femme à abattre...)* qui sont devenus synonymes de la plus exotique des Amériques, au même titre que les conversations à la cuisine et le rôle du steak et du verre de lait dans la vie amoureuse de Glenn Ford et de sa blonde petite femme qu'un tueur sans pitié fera sauter avec sa voiture dans un film de Fritz Lang.

Lorsque à vingt ans, je partirai à mon tour à la conquête de l'Amérique, ce sera en quête de ce folklore-là, au moins autant que de celui de l'Apache ou des Mescaleros (les flèches de *Fort-Bravo...*). A dix ans, et bien davantage que Zig et Puce qui traversaient pourtant le monde en compagnie d'un pingouin idiot, c'était Bicot dans son terrain vague que j'aurais voulu être, avec ses copains mal attifés, sa sœur à l'allure équivoque, son père un peu victime mais une cuisine « moderne » où son sens aigu du négoce lui faisait gagner quelques *cents* en buvant du lait.

Copyright Opera Mundi : c'est par ces trois mots à la consonance presque religieuse *(Habemus at dominum...)* que s'achevaient toutes les planches en couleurs de *Mickey* ou de

Robinson. Copyright Opera Mundi : la signature, en somme, d'Illico et de Mandrake sur ce papier de médiocre qualité où la reproduction des couleurs était faite d'une multitude de points rouges ou bleus qui, assemblés, devenaient pourtant Pim-Pam-Poum, Popa-Popeye ou Mimosa, le bébé-Popeye vêtu de jaune qui se traînait sur le sol en larve victorieuse.

L'univers d'*Opera Mundi,* exotique à jamais, sandwichs dont je ne savais pas qu'ils étaient des hamburgers; coca-cola, boisson mythique, inconnue; et ces femmes du monde aux longs cheveux (si noirs que, comme chez Stendhal!, ils en devenaient bleus) compagnes du Fantôme ou de Mandrake, aux huit reflets étincelants : symboles, tous réunis, d'une Amérique qui était celle d'avant-guerre, donc, déjà, un paradis perdu.

Une question, soudain, me vient à l'esprit en feuilletant à nouveau ces images : est-ce que, dès la *Famille Illico* ou *Pim-Pam-Poum* (et même *Le Trésor de M. Toupie* de la chère Magdeleine du Genestoux, si joliment 1930), je n'ai pas déjà cherché à retrouver dans les livres un peu de ce qui était perdu? ou de ce qui n'était plus? Comme s'il y avait en réalité en moi la nostalgie de deux exotismes : le pays lointain et le temps passé. Ainsi, lorsque je croiserai George Sand, le Berry du XIXe siècle, une campagne française que le XXe siècle a sans pitié rayée de tant de cartes, me ravira-t-elle beaucoup plus que toutes les îles de cartes postales, lagunes et paréos.

Bien loin du *Fantôme* et de Kit Carson, frère selon l'*Opera Mundi* de Hopalong Cassidy sinon de Guy L'Éclair, je retrouvais des héros bien français avec *Vaillant* que je dévorais chaque semaine, en sachant seulement que c'était un journal « communiste ». Vaillant racontait les aventures de Guy Moquet, et celles de *Fifi, gars du maquis.*

Très vite, la mythologie de la guerre est ainsi entrée dans nos vies. On y trouvait d'un côté les « méchants » soldats vert-de-grisés au casque trop lourd qui faisait de leur visage une manière de masque, automates anonymes et dressés à tuer :

en ces années-là d'une après-guerre qui était presque la mienne, le boche, le chleu, le frisé et le Fritz n'étaient qu'un rouage d'une immense machine à écraser sur son passage les courageux petits gars, la Résistance et tous les innocents de la terre, femmes, enfants, vieillards, juifs et réfractaires du STO confondus. Paladin de sept ans, j'aurais voulu m'appeler Fifi ou Guy Moquet et courir à leur secours.

Face à ce mal absolu que j'avais si bien appris à reconnaître, se dressaient les autres, les « gentils », victimes et héros, les gamins débrouillards, mitraillette au côté, qui faisaient sauter les ponts, défiaient plus fort qu'eux et, Gavroches sur les barricades, adressaient pied de nez et grimace à la brute.

La guerre au lycée Jules Ferry : j'ai passé deux années – onzième, dizième – dans un lycée de filles, place Clichy. Briques roses, façade déjà grise, nous étions bien en guerre. L'après-midi, on nous donnait parfois quelques gâteaux secs, du lait chocolaté : c'était « le goûter du Maréchal ». L'une de nos professeurs refusait d'assister à ces agapes. Elle n'avait, nous dit-elle, « rien à recevoir de ce monsieur-là »; je l'avais répété à mes parents qui avaient eu l'air gêné. Le printemps 1944 arrivait.

Quelques semaines après, nous quitterions Paris pour l'Auvergne, où nous resterions jusqu'au début de l'automne, mais la jeune femme qui avait refusé le goûter du Maréchal était morte dans l'un des bombardements de Villeneuve-Saint-Georges. Pendant des années, passant Villeneuve-Saint-Georges en train pour aller à Angoulême, j'éprouvais une grande tendresse; une grande tristesse aussi : j'avais sept ou huit ans, c'était la guerre, presque un sujet de roman. J'ai d'ailleurs fini par le faire, ce roman, lorsque je me suis souvenu de ce dernier été auvergnat où les domestiques de la ferme en blouson craquelé revenaient à la nuit, une arme parfois à la main. L'un d'eux s'appelait Siméon...

La guerre et les premiers films de l'après-guerre, les documentaires qui nous montraient la découverte des camps, les charniers, des pelleteuses qui déblayaient des milliers de corps nus, cadavres aux os saillants dont mes parents me disaient, dans une salle de cinéma de la rue Royale ou du boulevard des Capucines : « Ne les regarde pas... » et que je regardais pourtant, fasciné, révolté par ceux qui les avaient menés là.

Que Fifi et ses compagnons aient été communistes m'avait d'ailleurs permis de me singulariser à bon compte. Un jour, j'ai interrogé mes parents : « Les communistes, c'est quoi, au juste? » On m'a répondu : « Des gens qui veulent tout partager. » Alors, poussé par quelque élan d'une générosité qui me ressemblait pourtant bien peu, je m'étais écrié : « Eh bien, je serai communiste. » C'était l'heure du déjeuner et, à la radio, Saint-Granier faisait chanter en chœur : « Ploum Ploum tralala »; tandis que, chaque semaine, André Dassary lui répondait :

« Ce sont les amoureux du Dimanche
Amants du gai faubourg,
Complet clair et jolie robe blanche
Avec du ciel autour... »

Est-ce dans *Vaillant* que Calvo, illustrateur de génie, nous disait que « la Bête » était morte? Les deux albums de Calvo, publiés plus tard, racontent les malheurs de la guerre dans un monde animal à l'anthropomorphie ironique. La Bête, le loup, c'est l'Allemand : Hitler dans sa débâcle pendait de pauvres petits lapins aux réverbères d'une ville de lapins qui était Tulle, où l'Armée allemande en retraite avait semé la mort. Et moi qui passais mes vacances en Auvergne, je savais qu'à Murat aussi, les Allemands avaient pendu des hommes : une belle haine montait alors en moi contre la Bête, le loup, l'Allemand. *Fifi, gars du maquis* et le pauvre Guy Moquet étaient bien des héros de notre temps : j'en dévorais les récits avec une belle allégresse.

Ces images, la guerre, réalité et fiction étroitement mêlées : entre la *Bataille du rail*, *Paisà*, *Rome ville ouverte* et les dessins coloriés de *Vaillant*, j'avais huit ou neuf ans et j'ai vaguement entraperçu, deviné, quelque chose. Mais très vite, *Fifi, gars du maquis* est redevenu un cow-boy face aux Indiens qui étaient les « méchants » – Fifi ou Guy Moquet, comme Kit Carson en somme, n'était qu'un « gentil » de plus.

Un jour, on m'a dit que plusieurs dizaines d'otages ont été fusillés parce que Guy Moquet avait tué à bout portant un officier allemand sur un quai de métro : je n'ai su que répondre, partagé entre deux vérités, un enthousiasme et une manière de terreur.

Chaque semaine, et le même jour que l'hebdomadaire communiste, paraissait *Cœur vaillant*, catholique, lui, jusqu'à la moelle mais qui exerçait un autre type de fascination. Les « Cœurs vaillants » étaient alors des sortes de sous-scouts ou de louveteaux au rabais, mais je ne connaissais pas de journal de scouts ou de louveteaux, et j'enviais dès lors les Cœurs vaillants, qui avaient le leur. « Quand un scout (ou un louveteau) rencontre un Cœur vaillant, il lui casse la gueule », m'avait assuré mon ami Michel A. J'avais conscience de ma faiblesse : lire *Cœur vaillant*, tandis que de vrais scouts faisaient de vrais jeux de piste... Je me rattrapais l'été en Auvergne en méprisant allègrement *Fripounet et Marisette*, version rurale de *Cœur vaillant*, que lisait Pierrette, la fille d'un oncle qui tenait le bazar du village.

Coq hardi, *Zorro* : je faisais feu de tout bois. Passion de l'illustré, du dessin, de l'image : courir, en somme, au plus facile. Même les Pieds Nickelés, chers à mon père qui évoquait *L'Épatant* avec des accents nostalgiques, me semblaient ennuyeux : il y avait trop de texte. Et puis, pour parler franchement, les joyeux méfaits de Croquignol, Ribouldingue et Filochard ne m'amusaient pas du tout. *Coq hardi*, *Zorro* :

j'aimais aussi à la folie un personnage mythique qui s'appelait « Durga Rani, reine de la Jungle », dont les aventures me faisaient trembler autrement. Car Durga Rani était une belle fille bien bâtie, vêtue comme les héroïnes de bandes dessinées, une sorte de maillot de bain à demi déchiré, mi-pagne, mi-ceinture dorée avec bijoux en prime, un poignard peut-être au côté mais surtout, surtout, une poitrine solide, plantureuse, dessinée sans pudeur.

Rêveries durgaraniesques : en compagnie de Noëlle et de Chantal, des amies de ma sœur, nous « jouions à Durga Rani ». Noëlle était la reine de la Jungle; elle bondissait d'un lit à l'autre et comme Noëlle avait treize ou quatorze ans et un début de poitrine, à cheval sur elle qui se dégageait bien vite, je tentais en vain de la terrasser, j'effleurais le début du commencement de la naissance d'un sein.

Quelques années plus tard, ce sera le sein d'une Danielle que je verrai pour la première fois – et qui me bouleversera. J'étais devenu l'enfant de chœur attitré d'une colonie de vacances de jeunes filles en Touraine. Les filles couchaient au milieu d'un pré, devant le château de Ch. sous de vastes tentes, surplus de l'armée américaine – et moi, gamin de treize ou quatorze ans qui avait droit à toutes les attentions de ces demoiselles, j'avais une chambre dans une tour du château. Cherchant, un après-midi, Dieu sait qui sous l'une de ces tentes, j'ai dû rencontrer cette Danielle qui est venue à moi les seins nus – à peine deux petits bouts de seins, deux fois rien – et les souvenirs de Durga Rani me sont remontés à la tête, au cœur, à l'estomac. Danielle avait une amie, qui s'appelait Jacqueline et qui ressemblait plus encore à Durga Rani : brune, opulente, une grosse petite poitrine, déjà. C'est elle qui m'a embrassé un autre après-midi, à l'heure de la sieste. Servant la messe et communiant tous les matins, je m'en suis confessé, bien sûr, à l'abbé R. ou à l'abbé P. et j'ai compris, à leur silence, que l'année suivante, je ne serai plus invité à servir la messe de ces demoiselles au château de Ch. – Indre-et-Loire.

Mes amours avec Durga Rani se sont achevées en déroute, mais je les avais trouvées dans un illustré, ou dans un livre.

Le livre, oui : ce qui était perdu...

Parfois, mes parents me racontaient des histoires. Mon père était auvergnat, son père avait été berger chez son propre père; avec lui, je baignais dans un monde presque familier, dont tout l'exotisme était cette distance – le temps, un siècle disparu – dont j'étais si friand. Mon grand-père m'avait dit comment, petit garçon, il montait à pied, été comme hiver, du hameau de La Morel, dans le bas de la vallée, jusqu'au village de Collandres, où il allait en classe; l'hiver, la neige emplissait ses sabots qu'on faisait ensuite sécher, avec les chaussettes, parfois les pantalons, autour du gros poêle de fonte qui ronflait dans la salle unique de la petite école – et j'aurais aimé connaître cette odeur de laine, de paille mouillée que je croyais sentir.

Ou alors, c'était le récit cent fois répété de ces repas pris en commun, maîtres et domestiques assis à la même table dans la grande salle sombre de la maison à la toiture de lauzes, les lits clos, le « cantou » où bouillait la marmite, le « banchou » où les vieux se tassaient pour la veillée et les femmes qui mangeaient debout, tant que les hommes étaient à table, les servant jusqu'à ce que le maître, sa dernière bouchée de pain bis avalée, claquât le couteau pliant qu'il remettait dans sa poche : tous alors, fini ou pas fini, se levaient de table. De même, dans la maison de La Morel fermée depuis qu'en 1900 mon grand-père avait lui-même dessiné celle des Arbres, à dix kilomètres de là, où nous passions désormais nos vacances, il y avait des armoires entières pleines de robes de ce temps-là, l'uniforme à peine mité d'un Pierre Angremy, capitaine au Troisième Régiment d'Infanterie de Marine et mort du choléra à trente-six ans : comme les noms sur le caveau familial du petit cimetière de Collandres, accroché au-dessus de la vallée, c'était là une légende familière dont, chaque année au moment des vacances d'été, je retrouvais les fils.

Tandis que les récits de ma mère avaient d'autres couleurs. Elle était née à Salonique où son père, Belge qui n'avait jamais vu la Belgique, dirigeait les chemins de fer autrichiens sous l'administration turque. Sa mère était un peu italienne, un peu suisse et elle aussi était née quelque part entre Bucarest et Istanbul. D'ailleurs, tous ses oncles, tantes, tous ses cousins et cousines et depuis le milieu du siècle précédent, vivaient à Sofia, à Smyrne ou à Andrinople où ils étaient banquiers, marchands, diplomates. Il y avait ainsi ce grand-oncle, chambellan du Tsar de Bulgarie dont les filles, Tante Marie-Louise et sa sœur Clémentine, nous racontaient les hauts faits diplomatiques et familiers. Et lorsqu'ils revenaient en Europe, ce n'était ni à Paris ni à Liège, d'où était tout de même originaire mon grand-père – mais à Lausanne, Genève, Zurich, un no man's land international qu'ils atteignaient dans des wagons spéciaux où ils avaient leur salon, leur chambre à coucher et même une salle de bains et qu'on accrochait ici ou là à un train, sur telle ou telle ligne de l'Orient-Express.

André Tubeuf, qui est deux fois mon cousin, a raconté la saga de ces tantes, les demoiselles Vernazza : il n'était pas un contrôleur de wagons-lits ni un cheminot entre la mer Noire et la Manche, qui ne les reconnût et ne leur présentât ses civilités à chaque voyage. Dès lors, moi qui n'ai jamais puisé que dans les livres les images qui ont alimenté mon imagination, j'ai quand même trouvé dans les récits de ma mère un peu plus que chez Jules Verne ou même chez Frimousset.

Tous les ans, revenait au début de l'été le temps de la kermesse du lycée Jules Ferry dont ma sœur et moi nous nous faisions toute une fête. Et puis, sous couvert d'aider les camarades de classe d'Annie à préparer un comptoir ou une attraction, c'était pour moi l'occasion de me frotter de plus près aux filles... Il y avait des pièces de théâtre, des concerts, des attractions. Une Florence, vêtue d'un tutu rose, dansa ainsi tout un dimanche dans une petite salle de cours : il suffisait de mettre une pièce dans la fente d'une tirelire et la petite fille, debout sur une table, jouait les automates avec des gestes saccadés et drôles. Comme Florence était jolie et que le tutu, les collants, la déshabillaient délicieusement, j'épuisais tout mon argent de poche : qu'on me le pardonne, je devais avoir douze ans – et que sont nos Florence devenues?

Une autre gamine, très jolie elle aussi et déguisée en gitane, tirait les cartes et disait la bonne aventure. Elle avait des bracelets qui tintaient sur ses bras nus passés au brou de noix : je balançais longtemps entre la perspective de passer quelques minutes très près d'elle dans le minuscule réduit en forme de tente – des draps de lit ou des tapis accrochés à une fenêtre – où elle officiait, et la terreur de me voir révéler le moment de ma mort. Mais j'ai toujours eu peur des cartomanciennes et me refuse à savoir quoi que ce soit de l'avenir : le présent me suffit et le passé pèse déjà assez lourd. Aussi renonçais-je à l'intimité de la toile et des draps et regrettais-je longtemps cette Ginette au visage peint, aux épaules hâlées sous un corsage trop grand : peut-être m'aurait-elle aimé?

Les illustrés, *Vaillant* et *Cœur vaillant* : parmi les vrais livres, que je lisais quand même, il y avait, heureusement, bien plus amusant que la *Bibliothèque Verte* ou que les romans de Magdeleine du Genestoux : je dévorais avec passion les ouvrages qu'on publiait alors pour les petites filles, et qu'on offrait à ma sœur. En fait, j'étais bien souvent le premier à les lire. D'ailleurs, j'aimais déjà les petites filles... Ainsi, la *Bibliothèque de Suzette.*

Je connaissais le *Journal de Suzette* et Bécassine, dont j'avais déjà fait mes délices. Ainsi, *Bécassine en apprentissage* qui faisait du théâtre et affirmait jouer une pantomime puisqu'on lui disait de jouer *Esther* (jouer et se taire...!) m'avait-elle fait découvrir l'art subtil du calembour : je trouvais cela d'un drôle! Ou la Marquise de Grand-Air, sa patronne à la tournure grise de si bon genre qui évoquait irrésistiblement ma tante B., dans son petit château d'Auvergne. On accédait chez celle-ci, à la Clidelle, par une route tout en tournants qui franchissait un torrent sur le « Pont de la mort ». Le château lui-même était un petit manoir dix-huit cent quatre-vingt construit au-dessus d'un précipice : là, seule dix mois par an, ma tante B., veuve d'un général – on disait : la générale B. – vivait avec une vieille bonne mais – c'était sa formule – « elle ne s'ennuyait jamais en sa propre compagnie ». Un été, la tante B. me prêtera un volume du Père Teilhard de Chardin annoté par elle au crayon : chaque note était, en fait, la définition d'un mot un peu difficile (théologie, science...) scrupuleusement recopiée dans le Petit Larousse illustré. Mais, comme la Marquise de Grand-Air, comme la tante Amelonde du jeune Frimousset, ma tante B. portait un galon autour du cou qui me semblait le comble du raffinement : je trouvais cela d'un chic!

Publiée par le *Journal de Suzette*, la *Bibliothèque de Suzette* était une étrange collection de livres au format allongé, vertical, et dont la couverture était illustrée de grands dessins maladroits aux couleurs très vives. Plusieurs volumes racontaient les aventures de *Sir Jerry, détective*. Ce Sir Jerry, gentleman jusqu'au bout des ongles, était un bel homme dans la force de la jeunesse, vêtu d'un pantalon de golf très anglais qui débarquait dans une maison de vacances quelque part au centre de la France pour y résoudre des énigmes policières. L'une d'elles concernait un « affreux Léonard » – pas si horrible que cela, au demeurant; d'autres devaient avoir un arrière-plan de Résistance. Mais ce qui me séduisait dans ces histoires joliment composées, élégantes, « charmantes » enfin, c'était le mythe de la maison de vacances remplie de tantes et de cousins, surtout de cousines, que je découvris là pour la première fois. Plus tard, dans bien des « romans d'apprentissage », jeunesses de héros dévoyés à la Mauriac ou à la Marcel Arland, chez Yves Navarre lui-même, mon ami, je retrouverai ces maisons de vacances – un enclos, des jeux de quilles ou de croquet, le billard Nicolas, les cartes à jouer, le rami, la bataille ou même les premiers rudiments du bridge... – dont la maison des Arbres, en Auvergne, sera pendant tant d'étés un archétype malgré tout bancal, puisque fort petite en réalité, sans assez de cousins, tout juste une cousine. Ainsi, cousins-cousines, est-ce Sir Jerry qui, sans s'en douter le moins du monde, m'a fait deviner le premier ce qu'il est convenu d'appeler le vert paradis des amours enfantines : la formule est si joliment désuète que je n'ai aucun scrupule à la retrouver.

La maison de vacances : grande lumière claire qui l'inonde de partout – *Vingt-trois enfants, un chien, un chat,* dans la *Bibliothèque Rose* – entourée d'un parc, l'enclos d'Auvergne où l'on prend le café en été, sous le frêne ou devant les charmilles. Les meubles de jardin, les cousins, les cousines et la promenade qu'on fera vers les quatre heures, les tartines de pain bis, le fromage qu'on emportera dans une musette de toile pour le goûter et puis la traversée des champs, les fils de fer barbelés qu'on escalade jusqu'à ce haut plateau, au-dessus de la grange de la Nastra ou des Miallets où, torse nu, face au ciel et au soleil, on va encore lire. *Les Vacances,* en somme, d'une Comtesse de Ségur qui permettrait aux petits garçons de frôler les mains des petites filles, à la cousine montée du village voisin d'entraîner un cousin haletant dans de sages équipées qu'il rêverait aventureuses – et la grand-mère, tassée sur un canapé rouge, les genoux enveloppés d'un plaid écossais qui l'attend au retour sous un mauvais tableau 1900 qui représente la fenaison : maison de famille, havre des vacances qu'on a d'abord trouvé dans les livres puis qu'on a essayé de construire « en vrai » quelque part en Auvergne, pendant deux mois avec – jeux de quilles et pêches aux écrevisses, des cousines la nuit... – les moyens du bord.

Livres de petites filles : en ce temps-là, mes petites amies lisaient gaiement de jolis livres illustrés par une Manon Iessel dont le nom – Manon... – suffisait à me transporter de bonheur. L'auteur s'appelait Trilby : homme ou femme? C'était peut-être un lutin, une sorte d'elfe et les quelques volumes de cette collection nous paraissaient – on se gargarisait du mot – « adorables ». Les titres suffisent à en aviver le souvenir : *Titi la Carotte et sa princesse*; *Moineau la petite libraire* ou *Poupoune au pays des navets,* l'histoire, tout à fait prémonitoire, d'un gamin des villes qui se retrouvait en sanatorium au milieu d'une montagne blanche, irréelle. Moineau, libraire comme l'indiquait le titre, la princesse avec son Titi rouquin et déluré : c'était une autre porte d'entrée vers un univers tendre où des jeunes filles éprouvaient de grandes affections pour des petits garçons et peut-être qu'à leur manière, une Moineau ou la princesse en question ont été mes premières amours.

Plus trouble a été l'entrée en scène des filles dans les « romans scouts » de la collection *Signe de piste* qui furent à leur manière et pendant quelques années un véritable genre littéraire.

Le *Signe de piste* était, par excellence, un livre de garçon. Des générations d'adolescents ont pu, entre douze et quinze ans, rêver de belles amitiés jeunes et viriles avec le Prince Éric ou son compagnon Christian, ennemis devenus amis à la vie et à la mort. A dix-huit ans passés *Le Relais de la chasse au roy* et le mythe de *La Forêt qui n'en finit pas* m'ont fait effectuer un véritable pèlerinage : du côté d'Arc-et-Senans et de la forêt de Chaumes, en Franche-Comté, terre d'élection des Ayacks, fougueux gamin à la mèche en bataille dont les quatre cents coups échangés avec d'autres chenapans sur un marché de village trouveront dix ans plus tard un écho dans les horions chantés par Brassens au marché de Brive-la-Gaillarde.

Et c'est vrai que ces récits de feux de bois qui s'élèvent dans la nuit, d'amis venus de toute l'Europe, Allemagne et France réconciliées, jeunes garçons fougueux et longs jeunes gens mélancoliques, étaient de bien belles histoires auxquelles les dessins de Pierre Joubert, alors objet d'un véritable culte, donnaient une dimension presque lumineuse. Plus tard, j'ai compris que la lumière en question était la torche un peu honteuse d'une homosexualité ou plutôt d'une pédérastie au sens vrai du mot – l'amour des petits garçons – que je n'avais pas devinée. Mais, pour Serge Dalens, l'auteur de *Prince Éric* pour Jean-Louis Foncine et Pierre Joubert lui-même, je me rêvais scout, intrépide et généreux – moi qui me savais si bien un peu lâche, timoré – lancé sur des routes qui menaient à des ruines, des châteaux, des serments. On trouvait d'ailleurs aussi dans cette mythologie tout un attirail de guerre froide, bérets noirs et blocus de Berlin, qui m'échappait parfaitement : je ne voyais que le beau regard clair de mes héros. Et celui, plus trouble, de leurs héroïnes.

Car il y avait des filles. Dans *La Tâche de vin* – la suite du *Prince Éric* : avant *La Mort d'Éric* où, après avoir échappé à tant de complots grâce à l'amitié de ses frères scouts, le héros de toutes nos adolescences mourait, comme la Bérénice d'Aragon, d'une balle perdue au début de la guerre – les jeunes filles étaient des sœurs, des amies compatissantes et généreuses qui savaient toujours, le moment venu, s'éclipser sur la pointe des pieds pour laisser les garçons entre eux... Dans *La Forêt qui n'en finit pas* (roman « guide », plutôt que roman scout) elles étaient plus délurées, équipes de copines qui se conduisaient en copains. Mais comme Pierre Joubert dessinait de très beaux jeunes gens qui ressemblaient à des filles, il ne pouvait que dessiner de très belles jeunes filles et, de ces jeunes filles-là, j'étais amoureux fou : pommettes hautes, mêmes regards clairs qui m'ont suivi à travers toute mon adolescence.

C'est parce qu'à douze ans j'ai croisé le regard de ces gamines-là, si blondes, sylphes si transparents – qu'il fallait les perpétuer et que je les ai perpétuées longtemps, faisant d'elles les héroïnes de mes rêveries les plus tendres, amoureuses et très pures : le contrepoint, en somme, d'autres figures plus sombres, plus charnelles, dont Durga Rani était l'incarnation voluptueuse. Les héroïnes de mes romans scouts et leurs petites sœurs, on les aurait à peine serrées dans ses bras qu'elles en auraient pleuré et c'est tout juste si j'aurais moi-même osé poser un baiser sur leur paupière – et c'est tout juste, en effet, si leurs petits copains aux si nobles étreintes viriles, leur tenaient un instant la main. D'ailleurs, les auteurs, Dalens, Foncine and Co, les évacuaient très vite, les sœurs et les cousines qui, moi, me faisaient trembler – mais j'avais le temps de respirer l'odeur de leurs cheveux blonds dont la mèche, un instant, avait balayé mon front.

La part très claire, très pure en somme, de mes désirs. Face à l'ombre : les livres que je dénichais dans la bibliothèque de mon père, à Paris; ou parmi les quelques rayons de bouquins d'Auvergne où d'autres jeunes femmes m'inviteront à de bien autres jeux. Ainsi cette Mlle Savonnette découverte dans un roman de Francis Carco : *Les Innocents*. C'était une petite pute, lesbienne par-dessus le marché, qui étranglait une Anglaise amoureuse entre ses cuisses : qu'on imagine, passé les images très crues et leur cortège de rêves haletants, avec quelle tendresse je pouvais retrouver les cousines selon Jean-Louis Foncine.

Parmi ces livres à donner des idées, je trouvais souvent mon bonheur dans les illustrations des fausses éditions de luxe que mon père a, un moment, achetées. Là, des filles nues, la pointe des seins bien rouge et le sexe hérissé de sombre, glissaient entre les pages pur velin ou alfa mousse. Ainsi cette *Vie de garçon*, de Jean Galtier-Boissière (il dirigea le *Crapouillot*) où j'ai appris qu'aux abattoirs on proposait à une demoiselle de venir « se mettre de la viande entre les bannes »; tandis qu'« en maison » – on venait tout juste de les fermer – des dames fardées en réprimandaient d'autres, plus vulgaires encore, parce qu'elles disaient sans ambages d'une collègue occupée qu'elle était « sous l'homme ». Le livre parcouru fiévreusement jusqu'à la page la plus parlante, jusqu'au dessin qui me donnait à penser, je n'en étais que plus lyrique pour écrire ensuite des poèmes en vers presque réguliers à la gloire de jeunes filles à qui je n'aurais rien demandé d'autre qu'un chaste baiser.

J'avais dix ans, douze ans, les livres et les filles allaient déjà de pair – et je commençais à écrire des poèmes d'amour.

Nous organisions, ma sœur Annie et moi, des « expositions ». Tout un jeudi, tout un dimanche, nous rassemblions les objets les plus hétéroclites qui, d'une vieille épingle à cheveux à un quart de fer-blanc, devenaient objets de collection. Nous rédigions alors avec un soin infini de minuscules étiquettes qui définissaient l'objet, sa provenance, son histoire. C'était la dernière épingle que porta Marie-Antoinette dans ses cheveux avant que la tête n'en roulât dans le panier; ou le gobelet qui servit à Napoléon à trinquer avec ses grognards à la veille d'Austerlitz. Objets et étiquettes étaient ensuite disposés côte à côte sur nos deux lits, sur la commode, sur la table de notre chambre, et nous faisions visiter l'exposition à nos parents, qui manifestaient bruyamment leur admiration. Un dimanche, un oncle que j'admirais et qui déjeunait à la maison fut invité à son tour à admirer : il n'admira pas du tout, trouva l'idée très sotte et me conseilla de collectionner n'importe quoi, des livres ou des cartes postales, des images, le papier argent des tablettes de chocolat qui pouvait au moins servir à baptiser des petits Chinois, mais pas ces bêtises.

J'en fus mortifié et un curieux doute s'installa en moi.

Je n'ai jamais su où s'est arrêtée mon enfance – et ce n'est pas seulement par boutade que, jusqu'à trente ans, j'affirmais presque sans sourire que, commettrais-je un crime, je m'attendais à comparaître devant le juge des enfants. Ainsi, quand *Coq hardi* et *Le Prince Éric* ont-ils cessé d'être mes lectures favorites? Quand ai-je commencé à accompagner mes parents au cinéma, le jeudi et le samedi après-midi – et à découper dans *Cinémonde* et dans *L'Écran français* les critiques des films que je voyais comme celles des autres, que j'aurais voulu voir? La petite tête de Minotaure plus ou moins hilare qui saluait chaque production nouvelle est un jour devenue le leitmotiv de notices soigneusement classées par ordre alphabétique dans des carnets que j'empilais dans des tiroirs. Mais était-ce si tôt que cela?

Quand donc, en somme, ont fini nos enfances? Avais-je bien treize ans lorsque j'ai vu pour la première fois la *Dame du lac* ou *Chantons sous la pluie?*

C'est très tard, en revanche, que Tintin est entré dans ma vie. Une image précise : sur le canapé brun du salon, aux Arbres, je découvre passionnément *Les Sept boules de cristal* et les premières aventures de Tintin face aux mânes des dieux aztèques. Un Indien aux formes tourmentées, épineuses, saugrenues, introduit dans la maison de gentils savants, doux rêveurs et explorateurs audacieux, pour les envoûter du contenu invisible, incolore – et j'imagine sans odeur ni saveur – de grandes boules d'une sorte de verre, très mince, transparent, qui éclatent comme des bulles de savon et endorment. A jamais?

Un à un, toute la galerie des personnages de Tintin est alors venue vers moi, à la manière des héros d'une *Comédie humaine* que je ne devinais pas encore et où je m'étonnais pourtant de si bien me retrouver entre amis. Le capitaine Haddock, bien sûr, mais plus encore son valet de chambre, Nestor, impeccable en gilet jaune rayé de noir et en gants blancs – que j'avais connu dans une autre vie, complice, tel Vautrin, d'une bande de truands. De même m'émerveillais-je de découvrir, comme par hasard, les ancêtres du capitaine Haddock lui-même, ce Rackham le Rouge, pirate sanguinaire qui, à trois ou quatre siècles de distance, lui ressemblait comme un frère. Quant aux deux Dupondt, ils me paraissaient de la plus surprenante drôlerie qu'ils aient été flics anonymes d'un premier album avant de devenir plus tard personnages à part entière (fût-ce part à demi). Peut-être aimais-je moins la Castafiore, plus caricaturale; peut-être Milou m'agaçait-il aussi puisqu'il désamorçait, en quelque sorte, le mécanisme « humain », c'est-à-dire plus que vrai, de cette comédie.

Je ne sais plus si, à l'époque, le *Journal de Tintin* existait déjà, ou si les aventures du jeune reporter paraissaient dans une autre publication; seule m'intéressait leur parution en albums entiers, terminés, parachevés. Chaque nouveau *Tintin* devenait ainsi un moment de bonheur absolu dont seule la brièveté – soixante-deux pages si vite lues, si vite relues déjà – me gâchait quelque peu le plaisir : dès la page trente-cinq ou quarante, je redoutais la fin...

C'est que la beauté même du trait – à côté de celle, bien plus vulgaire, des Zorro et autres Durga Rani – me ravissait; comme la profusion de détails de certaines images : qu'on se souvienne de Tintin qui éternue dans le salon d'une pension de famille (*Tintin au Tibet*) en lançant un « Chang! » étourdissant : les cartes des joueurs de bridge s'envolent, des courants d'air naissent, des chaises, des pots de fleurs bousculés et c'est – art suprême du souvenir quasi proustien – l'image du jeune héros du *Lotus bleu* qui s'impose. Superbes ponts, dès lors, entre le passé et le présent, une histoire souvent très ancienne (Shanghai sous l'occupation japonaise) et un présent qui est déjà notre passé (le Yeti dans l'Himalaya, l'abominable homme des neiges) où les héros ne sauraient vieillir.

Je crois bien que ce sont les albums de Tintin qui m'ont donné le goût du roman à tiroirs, des sagas, des histoires dans l'histoire; le goût aussi des collections : pendant longtemps, on sut *Les Cigares du Pharaon* épuisé, introuvable, et je n'avais qu'une idée : me le procurer. Comme plus tard, ayant acquis quelque expérience dans la tintinophilie exacerbée, ai-je pu rêver de dénicher un improbable volume de *Tintin chez les Soviets* ou, un degré plus avant encore dans cette passion-là, un exemplaire en noir et blanc de *Tintin au Congo* ou *en Amérique*. Lorsque j'en suis arrivé à ce stade de collectionnite aiguë, je n'ai, d'ailleurs, jamais trouvé *Tintin au Congo* en noir et blanc ou, si je l'ai découvert, bien plus tard, ce n'était plus ce que je recherchais, mais Balzac en originale, Nodier ou Petrus Borel..., il ne m'a plus paru étonnant que Tintin et son monde fassent l'objet d'études universitaires et Hergé lui-même de monographies. Peut-être ma rencontre avec Tintin a-t-elle ainsi été mon premier tête-à-tête avec un des grands mythes de notre temps.

Quant aux vrais mythes, ceux que la collection *Contes et légendes,* éternels cadeaux de Nouvel An de tantes sans imagination, ils me paraissaient bien fades, gris et ennuyeux à côté des images coloriées de Hergé. Et pourtant, une impression générale, informe, me mettait presque mal à l'aise et je l'attribuais au manque d'imagination des compilateurs : toutes ces histoires se ressemblaient... Qu'il s'agisse de contes nordiques ou de légendes latines, néo-moldaves ou grecques par la main gauche, j'y retrouvais chaque fois, sous des noms différents, des héros à peu près identiques et, surtout, leurs heurs comme leurs malheurs paraissaient se répéter à l'infini : potions magiques, voyages initiatiques, fiancée perdue, sœur retrouvée. Vingt ans plus tard, la lecture de Todorov me donnera les premières clefs, vingt ans encore après, celle de Dumézil achèvera de m'expliquer ce qui, à huit ou dix ans, me paraissait parfaitement stupide.

Les volumes de la collection *Contes et légendes* étaient fatigués, usés, mais je ne les avais guère lus.

Livres fatigués, culottés d'avoir été trop lus : cette fois j'aborde ce que les gens sérieux appelaient des vrais livres, mais quand me suis-je décidé à lire *La Mare au diable, François le Champi* et *La petite Fadette?* Plus tard, on me les a donnés dans la *Bibliothèque Rouge et Or,* puisque c'est dans ce costume de scène que je les revois – mais ma première *Mare au diable?*

Il m'a fallu longtemps pour arriver à eux, qui illustrent cependant si bien eux aussi une étrange fascination. Qu'ils aient été des livres « pour grandes personnes » ne me paraissait pas évident : c'étaient plutôt des livres « entre deux », histoires d'enfants écrites par une dame qui en racontait de drôles... Mais peut-être qu'avec le recul du temps, ce qui m'en est resté c'est bien l'une des formes de cet exotisme du passé qui me taraude et que j'ai déjà dite, la nostalgie de cette campagne française qui n'existe plus : chez Sand, le Berry d'alors, l'Auvergne de mon enfance. Les chemins creux, les baies rouges et noires du bord du chemin et les routes pierreuses qu'on parcourait à pied, des journées entières. *Dilloy le chemineau*, la Comtesse de Ségur, m'avait inspiré les mêmes rêves, mais sur un mode mineur, alors que le Berry de George Sand est bel et bien devenu le paradis perdu d'un XIXe siècle de gravure – et c'est lui que j'ai recherché jusqu'en Chine, puisque, à Chufoo, patrie de Confucius, je me suis émerveillé de trouver des masures au bord d'un chemin sablonneux que l'herbe envahissait tout droit sorties du roman de George Sand.

Je sais que mon amour-passion pour la campagne anglaise, celle de Tom Jones et des *squires* des romans de Richardson, celle de Thomas Hardy, remonte lui aussi à cette découverte que j'ai faite de *La petite Fadette*. Toits de chaume, foins coupés, odeurs...

Souvenirs enfouis d'une vraie campagne française, donc, qui fut aussi celle de Rétif de La Bretonne et que je retrouverai vingt ans plus tard avec M. Nicolas, les jeux des filles et ceux des garçons; mais Sand, c'était aussi les relations amoureuses troubles de personnages ambigus. La belle meunière qui élève le Champi (je l'imagine un tout petit garçon) et qui finit par l'épouser; et, plus encore, cette obsession que développe le riche fermier Germain, adulte, pour Marie, qui n'est qu'une petite fille : l'idée d'un amour au-delà de l'enfance, au-delà du couple mari et femme voire amant et maîtresse mais du même âge : l'idée d'un amour simplement différent naissait en moi.

On m'a souvent reproché de trop aimer les trop jeunes filles : et si c'était George Sand qui me l'avait appris?

George Sand : après Balzac et Stendhal, j'ai commencé à en collectionner les éditions originales : mine inépuisable, gisement qui n'a d'équivalent que la mine Alexandre Dumas. Les titres s'alignent, les beaux volumes de format in-octavo. La campagne et la littérature. Et puis il y a les voyages, les lettres, l'aventure vénitienne et l'infortuné Musset, blessé à mort : George Sand dont la vie même est l'un de ces romans qui parcourent en diagonale le siècle que, depuis dix ans, je tente, plus et plus, d'explorer. Une visite à Nohant, des photographies anciennes, ce livre de recettes de cuisine publié voilà quelques années chez Flammarion – ah! le gigot de sept heures qu'on découpe à la cuiller – ont achevé de me rendre si familière Aurore Dupin et sa famille que je n'ai qu'un désir, aujourd'hui : trouver une vraie photographie ancienne d'Aurore Sand, la petite-fille, dont je suis amoureux et qui est morte en 1961 à quatre-vingts ans : j'avais vingt-quatre ans et je partais pour l'Algérie. Son portrait de profil, en médaillon, me hante encore.

Tout cela parce que, au début, la petite Fadette, Germain, Marie et le Champi, la bonne Madeleine m'ont fait découvrir le chemin de Nohant : un temps suspendu quelque part au milieu de la France, des arbres touffus, des vaches et la maison de toutes nos vacances dont le papier peint de la salle à manger ressemble à celui de la salle à manger des Arbres. Les poupées de bois du théâtre de marionnettes de Maurice Sand appartiennent ainsi à des temps révolus et leurs yeux cernés de noir sont ceux de masques du Fayoum : défier la mort. Nohant, hors du temps.

Comme la Sologne du Grand Meaulnes : un domaine mystérieux, suspendu aux pages d'un romantisme frémissant. Mais si Nohant et ses alentours étaient surtout fréquentés par des matrones généreuses, voire par des petites paysannes au fichu de couleur dans la plus jolie tradition d'un réalisme poétique et rural, l'univers d'Alain-Fournier frôlait les marges d'une autre poésie, autrement plus embuée de merveilleux. Là, entre les pages d'un livre et les images d'un paysage, j'ai tout de suite trouvé une place qui m'a aussitôt semblé miraculeusement – ou si tristement – la mienne.

Il y avait d'abord l'école de campagne : les mêmes regrets, nés peut-être avec moi, d'un temps qui n'était plus et n'avait jamais été pour moi; une époque où des mots comme études et préau, la route qui conduit au village, les premières maisons du bourg et la nuit qui tombe d'un coup sur les quelques rues de Riom-ès-Montagnes que je n'ai jamais connues en hiver, constituaient une sorte de poème magique, rempli de sourires à travers les larmes du regret, comme les vers de Laforgue dont, très vite, je découvrirai les délices. Là, chez le narrateur et ses parents, j'étais chez moi.

Meaulnes, au contraire, Augustin Meaulnes, c'était la part de moi-même plus inquiète et qui cherchait autre chose; dès lors, Frantz de Galais et sa sœur, le château, la fête nocturne et le Pierrot blessé, devenaient la poésie à l'état pur, l'univers du rêve à jamais impossible, Watteau revu par Daubigny à la lumière de Fêtes Galantes mélancoliques. Si j'étais le narrateur, Meaulnes devenait mon double, mais une sorte de double inspiré qui osait ce que moi-même, petit garçon timide, je n'oserai jamais. La fête et le château, c'était donc l'autre côté du miroir auquel je me disais que je ne saurais prétendre. L'arrivée de Meaulnes à l'école, c'était peut-être celle de Bovary, sa casquette à la main; mais ce Bovary-là prenait bientôt des ailes et cessait d'être un gros garçon lourdaud pour devenir un grand garçon maladroit puis un Pierrot fou et triste que, toute ma vie, je regarderai de loin avec tendresse et envie.

Quant à Yvonne de Galais, elle est la même jeune fille inaccessible et blonde qui hantera mon adolescence – et dormira en moi si longtemps après. Très vite, j'aurai ainsi dans la tête ces gamines qu'on embrasse, celles à propos desquelles on se raconte le soir avant de s'endormir des histoires un peu troubles – et puis, dans le cœur, les autres, longues et claires, diaphanes, pures, peut-être – encore que le péché puisse être sur leur front une couronne d'oranger aux étranges coloris mauves, violines... Ces jeunes filles-là sont malades, bien évidemment, alors que celles qu'on trousse en rêve – et qu'on troussera : Dieu nous le rendra! – sont saines, tièdes, roses de joues sinon noires de poil. Yvonne de Galais rejoint ainsi les héroïnes de Pierre Joubert, hélas! mais de Laforgue, encore lui : celles qui jouent du piano le dimanche dans les quartiers aisés ou qui pissent un peu de sang chaque mois – on s'en étonne gravement – mais dont on espère si fort et sans espoir, qu'elles viendront enfin un jour s'abattre sur votre paillasson.

Les Yvonne de Galais n'en sont jamais réduites à ces extrémités-là, puisqu'elles vont mourir. Et le visage d'Yvonne morte, ses cheveux blonds qui, morts, balaient le visage du narrateur qui transporte son corps, ses yeux clos, c'est à nouveau l'*Inconnue de la Seine* qui va tenir si longtemps sa place unique dans la galerie des femmes que, toute ma vie, j'aurai aimées sans jamais oser tout à fait les approcher.

Je crois n'avoir rencontré qu'une fois dans ma vie Yvonne de Galais. Elle était bien longue et blonde, distante et je ne me suis décidé à lui parler que lorsque je ne pouvais plus rien lui dire; avant, je bégayais devant elle et des amis lui ont un jour envoyé de ma part treize roses rouges dans le seul but de me faire rougir. Cette Yvonne-là écrivait des vers qui n'ont jamais vu le jour, elle était malheureuse en amour et elle est morte vieille avant que d'être vraiment vieille, laide, m'a-t-on dit, difforme : cela faisait trente ans que je ne l'avais pas revue. Pour ne pas citer son nom, je disais simplement l'Étudiante.

Le mystère, déjà, de l'étudiant, race à part, race élue qui vit au royaume des Élus, sur l'autre rive d'un fleuve mythique qui coupe Paris en deux : d'un côté habitaient les lycéens comme moi, leurs parents si gentiment bourgeois, il y avait des boutiques, des coiffeurs et des grands magasins; l'autre côté de la rivière s'appelait la Rive Gauche, elle était hantée d'écrivains, d'artistes, de bohèmes un peu fantasques et d'étudiants qui se réunissaient dans des cafés d'étudiants, ou au Flore, aux Deux Magots – tandis que moi, je buvais un demipanaché à la Brasserie des Champigneulles, à l'angle du boulevard des Batignolles et de la rue de Turin.

Ce monde des étudiants, je l'entrevoyais chaque semaine, aux déjeuners du jeudi où ma mère invitait ses neveux venus de Beyrouth ou d'Athènes, où leurs parents vivaient encore. Il y avait André, Georges et Jean, qui étaient frères, et puis Eddy et Maddy, presque cousins aussi, ou encore Raymond, dont on murmurait qu'il menait une drôle de vie. Les trois frères préparaient Normale et tous trois y sont entrés : André et Georges en Lettres, Jean en Sciences. Georges est devenu prêtre, on l'a tué en Algérie. André, son frère, c'est André Tubeuf qui vient de publier un beau livre sur Mozart : on le retrouvera.

Les déjeuners du jeudi étaient l'antichambre du merveilleux : la porte entrouverte sur la vie d'étudiants. Ma mère cuisinait elle-même pour sept ou huit garçons et filles qui avaient tous un appétit d'ogre; elle préparait des plats grecs ou turcs, des « keftés », du « tourlou », de fantastiques platées d'« imanbaeldi », ce mélange d'aubergines, de tomates et de courgettes, si généreusement arrosé d'huile qu'un iman, dit-on, y laissa la vie – puisque « baeldi », en turc, a quelque chose à voir avec la mort. Là, les cousins, leurs amis, racontaient leur vie d'étudiants. Après avoir fréquenté Saint-Louis, Jean était déjà élève rue d'Ulm, André et Georges étaient encore au lycée Louis-le-Grand où ils préparaient le concours. Leurs amis s'appelaient Dominique Fernandez, Michel Guy et André parlait déjà de ces chanteuses légendaires, les Lotte Lehmann et les Meta Seinenmeyer, qui allaient devenir sa vie. On parlait aussi de cinéma, de théâtre; André Tubeuf venait de traduire une *Antigone* qu'allait jouer Silvia Monfort et il suggérait à l'amoureux d'Yvonne de Galais que j'étais de faire une suite d'illustrations pour *Le grand Meaulnes* qu'il se serait chargé de placer auprès d'un éditeur. C'était le temps où je me croyais une vocation de peintre, je confondais allégrement la gouache et l'aquarelle, on venait de me faire cadeau d'une boîte de peintures à l'huile – mais la vie d'étudiant semblait offrir tant d'autres joies!

Faute de Quartier latin – n'eût-ce été que pour Louis-le-Grand ou le lycée Saint-Louis – je prenais chaque jour le chemin du petit lycée Condorcet, rue d'Amsterdam.

En face du lycée, il y avait une librairie où je n'achetais que des livres de classe; et un magasin de modèles réduits de trains et d'avions ouvert tout près, pour racketter sans coup férir d'innocents lycéens; mais les trains électriques ne m'intéresseront guère et, si je m'en suis finalement vu offrir un pour un Noël, ça été un train, Jeep de grand format, ses gros wagons, ses rails de fer-blanc, bien différent des miniatures à échelle dite 00 qui faisaient la joie de mes condisciples, avec paysages de carton-pâte assortis, passages à niveau et voyageurs.

Entre la rue d'Amsterdam et la rue de Clichy, c'était plutôt la cité Monthier dont la porte cochère ouvrait exactement en face de celle du lycée qui me fascinait. Au Théâtre de l'Œuvre où officiait Raymond Rouleau aux beaux cheveux argentés, on jouait des pièces aux titres énigmatiques : *Virage dangereux* ou *Le Voleur d'enfants,* de Supervielle. Le titre, et lui seul, m'a d'ailleurs donné, bien plus tard, l'idée d'un personnage et de toute l'anecdote qui tournait autour de lui, dans l'un de ces gros romans écrits dans les années soixante-dix et dont je ne me souviens plus guère : *Les Enfants du parc.* Le parc, c'était le parc Monceau et le livre empruntait, lui, son titre à la raison sociale d'une boutique de vêtements enfantins du boulevard Malesherbes : « Aux Enfants voués au bleu et au blanc et aux enfants du parc réunis »... Ma vie, alors, balançait entre le parc Monceau et la cité Monthier. Car c'était cité Monthier que Cocteau avait situé l'action de la fameuse bataille de boules de neige des *Enfants terribles;* et c'est surtout cité Monthier qu'un hiver, il est venu tourner des scènes de son film.

Je ne sais pas si je connaissais déjà Cocteau : j'avais souvent entendu son nom, car *La Belle et la bête* ou *L'Éternel retour* faisaient partie d'une panoplie d'images et de visages que j'empruntais à mes parents. Je l'empruntais si bien, cet imaginaire, que je ne sais plus, si c'est en ces années du Petit Condorcet ou beaucoup plus tard, que j'ai vu les films de Cocteau, Jean Marais et son pull-over jacquard, les cheveux longs et plats de Josette Day. L'image, cependant, des bras porteurs de flambeau dans un château surgi de la forêt...

Cocteau avait établi son quartier général au Petit Condorcet dont il colonisait les salles de classe; je l'ai aperçu; pendant quelques heures, j'ai même espéré figurer dans la bataille de boules de neige – et l'ombre noire, la cape de l'élève Dargelos m'a sûrement effleuré, alors, du bout de son aile sombre. Je n'ai pas été choisi par Cocteau mais, un matin, toute une classe de huitième ou de septième a découvert sur son tableau noir un superbe portrait de Dargelos à la craie, tracé par Cocteau. Une main s'est levée : un élève a osé demander à voix haute qu'on n'effaçât surtout pas le dessin, son père achèterait le tableau noir tout entier. De l'art, des enfants et de l'argent : impavide, le maître a pris l'éponge parmi les craies abandonnées et a effacé le visage de Dargelos, le dessin de Cocteau, les espoirs de spéculation de mon petit camarade.

Peu après, celui-là ou un autre a trouvé une mort affreuse : ébouillanté sous une douche. Ébouillanté vivant, cuit, brûlé vif. L'image, dès lors...

Cocteau encore : une photographie d'Edwige Feuillère et de Jean Marais, dans *L'Aigle à deux têtes :* un jeune homme mort, écroulé à la renverse dans un escalier aux pieds d'une femme plus âgée, belle *encore* (je souligne aujourd'hui cet « encore »), vêtue d'une robe impériale : un malaise.

Images : ce n'est pas l'aventure Cocteau qui m'avait ouvert le monde de l'image : bien avant, mon père...

« Agent de fabriques », représentant de commerce, il travaillait alors exclusivement avec les « marchands de toile d'Auvergne », sortes de commis voyageurs cossus qui parcouraient encore la France, mais aussi l'Espagne, parfois l'Europe tout entière en faisant du porte-à-porte pour vendre des trousseaux, du linge de maison, de l'étoffe. Originaires du Cantal, du Puy-de-Dôme et de la Corrèze, ces messieurs rentraient au pays pour l'été et mon père descendait alors de Paris pour s'installer pendant trois mois aux Arbres, d'où il rayonnait à travers toute la région. Trois ou quatre fois par semaine, il passait la nuit dans des auberges de villages – Condat, Lugarde, Marchastel, Égliseneuve d'Entraygues... – qui me paraissent aujourd'hui si proches que je continue à ne pas comprendre pourquoi mon père ne revenait pas coucher chaque nuit aux Arbres.

Pendant ces trois mois d'été, il travaillait énormément, passait ses dimanches à la table de la salle à manger à taper lui-même ses commandes sur une vieille Remington en dépit de laquelle – je devrais dire : grâce à laquelle – je n'ai jamais appris à taper à la machine. Me sont restées longtemps, de cette époque-là, des liasses d'échantillons dont j'ai fait des toiles pour peindre, des papiers aux en-têtes d'un autre temps : les Fabriques réunies... – ou, déjà, Descamps Aîné. La contrepartie de cette activité estivale fébrile qui s'achevait par deux semaines de vacances passées en famille, aux Baléares, sur la Costa Brava, Menton (Pension des Mouettes...) ou la Riviera Ligure : le reste de l'année mon père avait de nombreux loisirs, il « faisait » les galeries avec ma mère – et m'emmenait souvent.

Images, dès lors : galerie Charpentier, Foujita, Kisling, Van Dongen, Montezin, les peintres que mon père aimait. Ou le salon de l'Imagerie, la grande exposition Gauguin de 1949 dont l'affiche, raturée depuis par moi de fausses signatures de Cocteau, de Toulouse-Lautrec et de Picasso, est toujours fixée à la porte de ce qui était ma chambre boulevard des Batignolles. Images : les revues *Formes et couleurs*, de vieilles collections de *Plaisirs de France* devenues par pudeur *Images de France* pendant la guerre : tout un art décoratif encore directement inspiré des années trente. Ou l'ameublement style paquebot Normandie de mon faux oncle N., que nous avons cessé de voir au lendemain de la guerre parce que, jusqu'en juillet 44, il fréquentait assidûment la Wehrmacht et retourna sa veste de belle manière en quelques jours, ne jurant plus que par des colonels Parker ou des généraux Wright de l'armée américaine qui lui fournissaient whisky et cigarettes : appliques de Lalique, paravent de laque moderne et grilles en fer forgé.

Images : Gauguin, qui éclata dans ma vie au milieu de ma douzième année et qui, au sens propre du mot, me bouleversa; Gauguin : femmes lourdes et belles, désirées, désirables, vahinés et brunes maories, leurs seins très sombres et ces paréos dont je me disais qu'ils devaient si bien se détacher, si simplement tomber, corps chauds, hanches puissantes – et la simple beauté du trait, la pureté triste d'un visage : Gauguin qui m'enivra si fort. Mais aussi les Picasso de l'époque bleue, ceux de l'époque rose après lesquels tout ce qui a suivi, le Picasso cubiste et la suite, me semblaient alors dérisoires – objets de dérision : rires – tout simplement parce que mon père ne les aimait guère.

Images : les antiquaires du faubourg Saint-Honoré, la vitrine d'Yvonne de Brémond d'Ars ou ce magasin du quai Voltaire qui vendait de précieux soldats de plomb dont mon père avait une collection : trois ou quatre boîtes d'épais carton rouge et toute une armée napoléonienne enveloppée de papiers de soie; puis le salon de l'Imagerie, à nouveau, qui revenait chaque année au printemps pour ma plus grande joie. J'éprouvais une sorte de délicieux frisson.

Chaque année, la maréchale Leclerc organisait aux Tuileries sa « Kermesse aux étoiles » au profit des « Anciens de la Deuxième DB » – et j'y recueillais des dizaines d'autographes qui orneront, une année, une feuille de parchemin dont je ferai un abat-jour : avec le temps, tous mes autographes d'alors se sont un à un effacés. Mais j'ai gardé un dessin de Foujita : c'était un chat, qui porte la dédicace : « A mon petit ami Angremy Jean-Pierre. » Longtemps, je l'avais égaré; celui qu'avait recueilli ma sœur, identique au mien, est resté accroché au mur de sa chambre. Le temps l'a lui aussi effacé, il n'en reste rien... Images : Foujita, vieux petit monsieur japonais dont je trouvais la frange de cheveux blancs coupés au ras des yeux parfaitement ridicule.

Enfant de chœur à Ch., je l'avais d'abord été à l'église de la Trinité, qui était le siège du catéchisme du lycée Jules Ferry où ma sœur était élève. L'abbé R., qui dirigeait ces demoiselles, m'avait adopté. Aussi, chaque dimanche officiais-je à la messe de neuf heures. Ensuite, on trempait des tartines dans du chocolat chaud chez l'une ou l'autre des condisciples d'Annie.

Deux ou trois fois par an, il y avait une fête : la grande messe des lycéens dans l'enceinte géante du Gaumont Palace, où de véritables orgues remplaçaient l'orgue électrique, et que suivait la projection d'un film, *Le Chant de Bernadette* ou *La Puissance et la gloire*, de John Ford d'après Graham Greene – avec Henry Fonda en prêtre traqué dans un Mexique anticlérical auquel je ne comprenais rien.

Mais il y avait aussi des séances de cinéma plus intimes dans la salle des Agriculteurs qui fut longtemps, rue d'Athènes, une admirable salle d'art et d'essai. Les Agriculteurs étaient équipés d'immenses fauteuils-club en cuir épais : nul cinéma n'était à Paris plus confortable. C'est au cours de l'une de ces projections que, faute de place, je me suis retrouvé assis dans le même fauteuil qu'une Agnès potelée dont j'ai longtemps rêvé : elle sentait si tendrement l'eau de Cologne et le savon frais.

Peut-être faut-il aussi le dire : je ne crois pas que j'étais alors un petit garçon bien sympathique. Couvé par ses parents, craintif – cette peur que j'avais des plus grands, dans les cours de récréation – mes menues lâchetés, mes faiblesses, le point d'honneur que je mettais chaque année à me faire dispenser de gymnastique sous le prétexte d'une bien vague « albuminurie » orthostatique. Je me prenais pourtant fort au sérieux;

ainsi les peintures tout à fait médiocres dont j'étais si fier... Et pourtant, déjà, je ne m'aimais pas beaucoup.

Une phrase d'un critique, voilà un an, m'a un peu blessé – il est mort, paix à son âme. Ce monsieur, qui ne m'aimait guère et à qui je le rendais bien, a commencé un article sur l'un de mes livres par la formule : « Ce qu'il y a de sympathique, avec P.-J. R., c'est qu'il ne fait rien pour avoir l'air sympathique » : moi qui, à huit ans, à douze ans, voulais tant qu'on m'aime!

En sixième, mon professeur de français et de latin s'appelait Roger N.; du coup, les choses ont un peu changé. Roger N. a été la première personne à ne plus me traiter tout à fait en petit garçon; il était lui-même auréolé d'étranges prestiges.

Roger N. avait été prisonnier, il avait raconté ses souvenirs dans un livre – *Le Bain* – qu'il avait offert à mes parents en suggérant que je ne le lise pas tout de suite, mais ce n'était qu'une suggestion et je savais bien qu'il s'amusait à l'idée de ma découverte de la crudité, de la cruauté aussi, de l'univers des camps où il avait croupi pendant la guerre.

Et puis, Roger N. était le cousin d'un autre N., mort celui-là en camp de concentration et communiste – dont l'avocat Tixier-Vignancourt insulta un jour la mémoire : mon professeur le provoqua en duel, ils se battirent à l'épée, un peu de sang coula. N. fut blessé à la main droite – mais il était à jamais devenu un héros. Grand, maigre, cheveux bouclés courts et noirs, grosses lunettes de myope, il avait une allure d'éternel étudiant et emmenait au théâtre ses élèves préférés : il était d'un favoritisme sans vergogne. Nous fumions avec lui des cigarettes d'eucalyptus dans le square de la Tour Saint-Jacques en attendant l'heure d'une représentation d'*Horace* au Théâtre Sarah-Bernardt qui était encore un vrai théâtre et non une machine à débiter des spectacles vivants pour les collectivités. Pourtant, Roger N. n'a pas réussi à me faire vraiment aimer les livres que je lisais alors en classe. Je crois bien que tout ce temps qu'ont duré ces années de lycée, Corneille m'a aussi solidement ennuyé que Racine, et les coups de feu sur les corbeaux de Combourg ne m'amusaient pas plus que Rabelais.

Le vrai problème, peut-être : je n'ai jamais relu Corneille ni Racine ni même Rabelais. Les premiers, j'apprendrai à les aimer au théâtre, bien plus tard; Rabelais, je ne le connais toujours pas. Chateaubriand, c'est une autre histoire.

En somme, j'avais un goût épouvantable! Je ne lisais pas plus Molière que Voltaire (ce en quoi je ne suis pas certain d'avoir eu vraiment tort) mais je me saoulais de *Cyrano* et versais à l'*Aiglon* des larmes de crocodile. Il n'a fallu que la cyranomanie de ces dernières années pour me dégoûter un peu de celui qui fut, après Durga Rani et Bicot – et bien avant Tintin – le premier vrai héros de mon enfance. J'écoutais avec déférence ma mère me parler du *Gringoire* de Théodore de Banville qu'elle avait joué devant le consul de France à Salonique, mais c'étaient vers le Duc de Reischtad, Flambeau et surtout M. de Bergerac qu'allaient tous mes élans. Ma mère en savait des tirades par cœur, je les apprenais à mon tour et je voyais en Cyrano l'épitomé du courage – qui me manquait autant que sa noblesse de caractère! – et de la poésie. Chez lui, il y avait tout, à la fois l'ironie (les nez : « à la fin de l'envoi, je touche... », la poésie (ce point rouge qu'on met sur l'*i* du verbe aimer), et la musique de Bertrandou, le fifre, ancien berger – qui me transportait d'allégresse. Je récitais donc la tirade des nez jusqu'à ce que, d'une voix sépulcrale, je conclue mes lectures – que je faisais à haute voix – par le tragique « Et mardi vingt-huit, une heure avant souper! Monsieur de Bergerac est mort assassiné... » Et je haïssais Roxane de n'avoir vu en Cyrano que l'ami qui venait, pour être drôle...

J'ai revu Roger N. bien des années après : il était devenu censeur dans un collège de jeunes filles – et j'ai rêvé des tentations qui pouvaient l'effleurer. Et puis, l'autre semaine, je l'ai encore revu : il jouait de la scie musicale devant l'église Saint-Germain-des-Prés – avec une vraie scie, de chez Peugeot. Il a eu un sourire : « Ma femme ne veut pas que je joue à la maison; alors, autant jouer ici, non? » Des gens lui jetaient des sous, il riait.

Peut-être est-ce à N. que je dois ce goût du théâtre qui, depuis, n'a cessé de me travailler au corps : les fins de semaines où nous n'avions plus rien à faire, l'air ironique et plus sautillant que jamais, notre professeur nous lisait avec délectation du Feydeau, Labiche, *Feue la mère de Madame, On purge bébé* et surtout *Mais n'te promène donc pas toute nue* dont le titre me procurait de bien curieux émois.

C'est Roger N. qui m'avait présenté à Daniel Meyer. Celui-ci redoublait sa sixième : depuis quarante ans et quand bien même nous passons parfois des mois, sinon des années sans nous voir, je crois pouvoir dire que Daniel est mon meilleur ami.

Daniel habitait alors, au milieu de la rue Blanche, un appartement très sombre, bourré de livres et de vieilles demoiselles qui étaient ses tantes. Il avait aussi un frère, Pierre et une grand-mère, très très vieille, qu'il s'autorisait – cela m'amusait – à appeler par son prénom. La grand-mère d'abord, les tantes une à une, Pierre à son tour, sont morts : Daniel a gardé la même ironie, inquiète et tendre. Pierre était musicien, drôle, j'aimais le retrouver. Mais surtout, rue Blanche, il y avait ces livres. Des livres dans les chambres, les couloirs au-dessus des portes; vraies bibliothèques ou rayonnages de bois blanc, armoires; piles en vrac : les livres étaient partout. Et la musique, les partitions.

Daniel s'intéressait à l'histoire. Historien, il s'enorgueillit aujourd'hui du titre de « licencié de l'École des Chartes » (en d'autres termes, il en a été foutu à la porte) et il est depuis longtemps conservateur en chef à Versailles, où son appartement donne sur la grande cour du château : à douze ans, il s'affirmait royaliste et dessinait à l'infini des tours, des créneaux, des mâchicoulis, des châteaux.

Juif et presque orthodoxe pendant quelques années, il refusait d'écrire le jour du Sabbat et c'était moi, chaque samedi, qui, à l'aide d'un papier carbone, prenais pour lui mes cours en double; je l'enviais un peu, incapable que j'étais de telles marques de ma foi. Une petite thora était disposée au-dessus de la porte de sa chambre. Parmi les livres...

Les livres de Daniel : l'histoire, et d'abord la collection *La Vie quotidienne* de chez Hachette, dont il possédait tous les volumes; il m'en prêtait parfois : m'en est-il resté un vrai souvenir? La collection *Les Maîtres,* de chez Braun, en revanche, m'a suivi longtemps. C'étaient de bien modestes petits livres, reproductions en noir et blanc sur un papier plus que moyen, mais à mon tour, je les ai moi aussi accumulés – pour faire comme Daniel, que j'admirais.

Le sort veut que nous lisions ce livre-ci à ce moment-là – et tout le reste est découverte. En ces années d'avant ma quatorzième année, j'ai lu encore un peu de poésie, Ronsard et du Bellay, Prévert : *Barbara.* Je me promenais dans les allées du parc Monceau, la tête haute, mains dans les poches et déclamant : « Rappelle-toi, Barbara... »; j'étais persuadé d'avoir alors une belle voix – j'avais tous les premiers prix de récitation – et, décidément, je n'étais pas très sympathique.

Heureusement, j'ai été malade.

2

Heureusement, j'ai été malade

Où la lecture du *Figaro* de la guerre froide se conjugue avec la pénicilline sans pour autant faire baisser la température du malade; où une vieille libraire, demoiselle et bossue, apprend à ce jeune homme à lire; et où un an de préventorium, trop de Sartre, de Camus et de Malraux se transforment en Montagne magique par la grâce de Matisse et d'un Dominicain perdu.

Le Figaro étalé sur la couverture du lit défait; le carnet mondain, en deuxième page – des patronymes qu'on épelle en reconnaissant, çà et là, mariage ou enterrement – un nom entendu ailleurs. Ou les chroniques de Clarendon, de Jean-Jacques Gautier, de Louis Chauvet. Et puis, guerre froide oblige : *le Figaro vous offre les informations que* l'Humanité *refuse à ses lecteurs :* merci.

Il est neuf heures du matin, j'ai quitté à mon réveil ma chambre sur le boulevard des Batignolles, plus sombre, plus froide – elle donne au nord – et me suis installé dans celle de mes parents.

Un lustre de verre taillé, un miroir vénitien, la commode Louis XVI ventrue, à dessus de marbre et Phoscoline, une petite fille de porcelaine ramenée de Salonique par ma mère et qui dort parmi les bibelots et les cendriers; l'armoire XVIIIe a dû être un meuble de curé ou de sacristie, dont mon père a soigneusement décollé la petite croix centrale qui l'ornait à son sommet – porter malheur? Mais aussi la Sainte Vierge en porcelaine de Paris, longs doigts fuselés pour caresser l'enfant roi, tête couronnée, visage de madone qui me donne envie de prier. Et puis cette autre Vierge, droite et fine, taillée dans un morceau de buis. La coiffeuse de ma mère, la brosse, le peigne à dos d'argent, une icône elle aussi rapportée de Salonique.

Dans l'armoire, des photographies : mes parents en jeunes mariés, beaux, rayonnants de lumière, de jeunesse, de bonheur et de soleil aussi dans le jardin des Arbres; mon grand-père paternel jamais connu. On prétend que je lui ressemble et que j'ai le front bombé de ma mère : les photographies de l'armoire me l'ont peut-être dit.

Dans l'armoire aussi, tout un bric-à-brac de souvenirs, l'étui à cigarettes fabriqué chez Boucheron de mon père mal caché dans un coin, des médailles, des décorations, un brin de buis bénit : l'armoire de ma mère, la chambre de mes parents, j'ai treize ans et je suis malade.

Je viens de terminer un premier trimestre en classe de troisième et j'étais devenu un bien médiocre élève. Au retour des vacances de Noël, le Docteur A. m'auscultera après un gros rhume, une bronchite, un peu plus – et j'entrerai en maladie, comme d'autres en loge ou en religion.

Ma maladie : elle se déroulera en quatre temps. Ce qu'on appelait alors une « primo-infection », première infection pulmonaire bénigne que je soigne d'abord à Paris puis à Angoulême, où on m'enverra pour me reposer « au bon air », chez mes grands-parents.

Les remparts, des courants d'air, une « rechute » et je me retrouverai avec une belle pleurésie que je reviendrai soigner à Paris, puis pendant près d'un an en préventorium à Chamonix : la maladie qui change ma vie.

J'ai alors appris à lire.

Chaque matin, avec le courrier, arrive *le Figaro :* assis sur le lit de mes parents, deux ou trois coussins dans le dos, je lis *le Figaro.*

Les mots : guerre froide, blocus de Berlin? Un « roman scout » *(Les Bérets noirs)* raconte l'aventure de ceux qui bravent le blocus de Berlin. *Le Figaro donne à ses lecteurs... :* je ne suis plus certain de mes convictions communistes. L'infirmière qui vient me faire des piqûres lit *l'Aube,* le dernier quotidien gaulliste; elle parle de De Gaulle, mes parents ricanent : je deviens gaulliste.

Question : et si toutes mes opinions avaient été des opinions *contre?* Il y a quelques années, dans une maison de la Manche où un écrivain m'avait entraîné pour que nous commencions à écrire un roman ensemble, j'avais lancé – par boutade – que « je n'avais pas d'idées, mais que je n'aimais pas celles des autres ». On avait trouvé ça drôle mais c'était plus juste encore que je ne l'avais alors cru. D'ailleurs l'écrivain en question a ensuite fait de mon aphorisme un peu simplet la première phrase d'un livre consacré aux pensées choisies d'un directeur de journal et, plus que jamais, je me suis convaincu que je n'aimais vraiment pas du tout les idées des autres.

Mon gaullisme de 1951 : le général avait quitté le pouvoir – on l'en avait chassé, disait l'infirmière – aussi me sentais-je subitement d'un gaullisme exacerbé contre les Pleven et les Bidault, les Guy Mollet du moment qui, pour moi, n'étaient rien. Je lisais donc un peu *l'Aube.* Mais *le Figaro...*

Ivresse de tourner lentement les pages d'un vrai journal; de « m'informer ». Mais, surtout, la découverte des rubriques culturelles.

Jusqu'à l'âge de quinze ou seize ans, j'ai été d'une incroyable imperméabilité à la musique. Seul le pseudonyme de Clarendon découvert à côté de celui de Jean-Jacques Gautier ou de

Louis Chauvet m'était un peu familier. Mais je passais très vite sur les articles de Bernard Gavoty, dit Clarendon.

Jean-Jacques Gautier, en revanche : bien plus tard, j'ai lu ses romans – *Histoire d'un fait divers;* plus tard encore, je l'ai un peu connu après avoir considéré, avec toute une critique bien-pensante, qu'il n'avait rien compris au théâtre « en marche » : de cet a priori-là aussi, je suis revenu. Car Jean-Jacques Gautier m'a appris l'existence des écrivains qui s'appelaient Anouilh et plus tard Beckett. Dès lors toutes les pièces d'Anouilh appartenaient-elles à un imaginaire tendre ou grinçant qui me ravissait. Incapable de bouger de ma chambre, prisonnier de mon lit, je les écoutais à la radio – on l'écoutait, alors, la radio : la pièce dominicale de quatorze heures qui commençait pendant le déjeuner qui durait jusqu'au milieu de l'après-midi. Ainsi *Léocadia :* un jeune homme qui demande le chemin de la mer; une jeune fille faite pour lui, qui le cherche avec lui, tandis que, dans le parc, une tante folle appelle son mari avec des cris de paons : Léon! Léon! Cette poésie aérienne me disait un théâtre bien différent des plaisanteries grasses de Labiche ou de Feydeau ou des désolantes matinées classiques de la Comédie-Française. Seul Giraudoux m'entraînera un jour dans le même sillage.

Mon père disait de certaines des pièces d'Anouilh (*Hermine,* je me souviens; mais aussi *Colombe*) qu'elles étaient « sordides »... Je ne comprenais pas très bien pourquoi; mais je n'en avais que plus envie de les voir. La première que je verrai sera *L'Invitation au château,* avec Brigitte Bardot et Jacques François : un tourbillon, valse un peu noble et bien sentimentale, tendresse des jeunes filles innocentes selon Anouilh. Les belles innocences blessées; et Brigitte Bardot qui virevolte en robe rose, jupons, crinolines : tout cela vous a une élégance quand ça se passe dans un château et que Jacques François, de loin, distant, surveille la scène. Plus tard, quatorze, quinze ans, ma sœur et moi, nous nous gorgerons de ce théâtre : ces jolies pièces au texte joliment dit, charme ambigu des rosseries d'Anouilh qui me décrivait les chemins d'une certaine écriture qu'un Jean-Jacques Gautier, bien avant, a épelée pour moi.

Ce qui me plaisait par-dessus tout, chez le Gautier du *Figaro,* c'étaient ses foucades, la brièveté lapidaire du papier qu'il consacrait à une pièce qu'il n'aimait pas : il osait dire ce qu'il pensait et, couché dans les draps qui sentaient l'eau de Cologne de ma mère, je m'en délectais.

Les critiques de Louis Chauvet n'avaient pas la même vigueur, mais elles constituaient une source permanente d'information sur un art qui m'était déjà très familier. Au cinéma, il y avait la réalité et les paillettes, volontiers confondues : les films et les vedettes, la sortie en salle du mercredi après-midi, le cinéma des Champs-Élysées, et le Festival de Cannes, les starlettes photographiées sortant de l'eau les seins nus et Robert Mitchum qui se servait de ses deux mains comme d'un soutien-gorge pour rendre service à ces demoiselles. Mais, passé le temps des strass et les coups de projecteurs, je trouvais dans *le Figaro* les fidèles comptes rendus que, jour après jour, ce Louis Chauvet (dont je ne savais rien sinon que, Louis, il portait le prénom d'un faux oncle rond et gris et que, Chauvet, son patronyme, me semblait plus gris encore) écrivait pour des lecteurs dont je faisais désormais partie.

L'après-midi, *France-Soir* m'amusait moins, car il n'avait pas ce côté institutionnel et, hormis les « potins » de Carmen Teissier, je ne savais pas y trouver de rendez-vous. Mais je lisais les deux bandes dessinées verticales de la dernière page, *Les Amours célèbres* et *Le Crime ne paie pas* qui s'achevaient, en général, par de sombres suicides ou par l'image – répétée de semaine en semaine avec une même complaisance – du condamné à mort en chemise, les bras entravés, qui monte vers l'échafaud, la guillotine, et le panier d'osier, si semblable à cette malle où, assassin de la gare de Lyon ou boucher de la gare d'Austerlitz, il a lui-même enfermé le corps sanglant de sa victime avant de le porter sur le toit d'un taxi G7 à la consigne de ladite gare. Morbides à souhait, ces histoires de meurtres et d'amours impossibles vous procuraient alors de singuliers frissons.

Mais j'étais malade : on m'offrait des livres d'évasion, de voyages, de guerre; il fallait bien en passer par là, j'y suis passé et ne m'en porte pas plus mal.

D'ailleurs, à treize ans, comment n'aurais-je pas rêvé des voyages que faisaient des gamins à peine plus âgés que moi, comme ce Jacques Chegaray dont je ne sais plus rien, ou Dominique Lapierre, que je revois parfois. Le premier avait publié chez Amyot-Dumont son *Tour du monde en bateau-stop* et la formule même me paraissait d'une incroyable drôlerie : auto-stop, bateau-stop, saute-mouton ou pigeon vole, ce jeune homme qui aurait pu être mon grand frère faisait feu de tout bois pour dévorer le monde. J'étais seulement choqué qu'il ait parfois remplacé le bateau par le train, la voiture ou l'autobus : en fait, je me sentais un peu floué et le titre du livre en devenait une manière de publicité trompeuse. Le volume était gros, carré, recouvert d'une jaquette illustrée d'une photographie en noir et blanc qui n'avait rien d'excitant mais c'est en lisant ce Jacques Chegaray que je me suis convaincu que, le moment venu, je voyagerais à mon tour : cela semblait si facile!

Curieuse impression, aujourd'hui, que le but ultime de tous les voyages rêvés alors ait toujours été, peu ou prou, l'Amérique. Et, plus précisément, les États-Unis. Bien sûr, il y avait eu les *Copyright-Opera Mundi*, les films de Bogart et l'architecture rêvée de Little Nemo. Plus tard, l'Amérique enfin découverte (et les jeunes filles venues dans son sillage), il y aura la passion de l'Amérique, qui deviendra cet amour-haine. Curieuse impression : moi qui ferais aujourd'hui cent fois le tour du monde sans penser à m'arrêter aux États-Unis.

J'enviais tout autant Lapierre que Chegaray d'avoir pu y aller lui aussi, en Amérique. Mais son tour de force me paraissait plus éblouissant car il semblait encore davantage à ma portée : Dominique Lapierre n'avait vraiment, lui, que quelques années de plus que moi et il avait obtenu une bourse de la fondation Zelidja que je pourrais un jour tout aussi bien obtenir. Mais surtout, la couverture bleue de son livre portait, du recto au verso, l'itinéraire qu'il avait suivi : milliers de kilomètres ajoutés à des milliers de kilomètres pour un prix de faveur, une aumône : un dollar les mille killomètres et l'affaire était dans le sac! Que Lapierre, comme Chegaray, ait un peu triché m'apparaissait moins évident : j'étais persuadé de pouvoir à mon tour et le moment venu, le suivre à la trace.

Les voyages : la guerre. C'était un temps où déferlaient sur un bon public ravi les souvenirs bien-pensants des Pierre Closterman ou feu René Mouchotte, pilotes de chasse, voire les mémoires de tel amiral qui commanda le *Casabianca.* Une maison d'édition semblait n'avoir été créée que pour cela : France-Empire. Il fallait en passer par là; ainsi toute une génération de gamins a-t-elle vécu, par cadeaux de Noël ou d'anniversaire obligés, la vie de tous les jours dans les camps d'entraînement de la RAF ou l'épopée des baroudeurs de l'escadrille Normandie-Niemen. On était d'ailleurs généreux avec les ennemis, le maréchal Rommel faisait partie des « gentils » – et on publiait dans la foulée les souvenirs d'un certain Rudel *« Pilote de Stukas »*, croix de bois, croix de fer et tombeur d'avions alliés, avec un sens du fair-play très britannique. Tout cela était à la mode et je l'ai lu. J'ai même été longtemps ému par la mort d'un René Mouchotte dont les habitants de la rue qui porte son nom, derrière la gare Montparnasse, ne doivent pas être nombreux aujourd'hui à savoir qu'il laissa des Carnets émus, viriles et bien-pensants. Mais j'en étais déjà revenu. D'ailleurs, j'allais mieux, je me sentais presque guéri et je partais pour Angoulême.

Angoulême au début des années cinquante : la ville était blanche et claire, aux pavés inégaux percés de ces trappes ouvertes dans les trottoirs pour aérer des salles en sous-sol qui servaient de cuisines, d'offices ou de caves qu'on remplissait par là de charbon, de bois, les barriques entières de vin qu'on buvait encore dans les ménages.

Ma tante Raymonde lisait beaucoup. Elle achetait quelques livres mais en empruntait davantage à la bibliothèque de la Ligue d'Action Catholique, rue du Minage. Non loin s'ouvrait la rue du Soleil : on m'avait raconté qu'avant la tornade Marthe Richard il y avait eu là une maison où des femmes... Raymonde lisait Cronin, Daphné du Maurier, Elizabeth Goudge publiés chez Albin Michel ou chez Plon dans la collection *Feux croisés.*

L'un des romans de la prolifique et bien britannique Elizabeth Goudge se déroulait dans une petite ville d'Angleterre, Colchester ou Gloucester, province bénie parmi toutes les provinces. C'était *La Cité des cloches* et Angoulême allait devenir pour moi la vraie Cité des cloches. Mes parents l'avaient quittée en 1941 – j'avais quatre ans – pour s'installer à Paris. Plus tard, j'ai appris que mon père avait longuement hésité entre l'appartement du boulevard des Batignolles et un autre, situé à l'angle de la rue Bonaparte et de la place Saint-Germain-des-Prés : il m'en a montré les fenêtres, c'était peut-être celui de Sartre.

Nous ne revenions plus à Angoulême que pour les « petites » vacances : à Noël parfois, toujours à Pâques. La maison de la rue Louis Desbrandes, où je suis né, sentait le lilas, les roses déjà fanées aux couleurs pâles, claires et charnues, violentes à force d'être d'un jaune si pâle, d'un rose si clair : enivrant, pétales épais, déjà mûrs comme des fruits. Il y avait aussi des milliers de capucines et un carré de légumes dans le jardin en contrebas avec, au-dessus des roses et des choux, une terrasse blanche bordée de pots de géraniums. Un corridor secret faisait communiquer, m'avait-on dit, les caves de la rue Louis Desbrandes avec un souterrain sous la cathédrale, si loin pourtant.

Lorsqu'en 1951 on décida de m'envoyer reprendre des forces à Angoulême, mes grands-parents avaient déjà déménagé pour s'installer dans une maison infiniment moins vaste, mais située de la même manière, en bordure de la ville haute, avec un rez-de-chaussée qui était lui aussi un deuxième étage sur le jardin. La rue Paul Abadie me paraissait moins noble que la rue Louis Desbrandes, qui débouchait sur la Rampe du Secours où des amis avaient une fabrique de céramique : les petits pots à crème au chocolat Roullet-Renaouleau, les services à fraises, les tasses à café marquées R.R. font partie du patrimoine de mon enfance, comme cette autre maison, aux fenêtres murées dont on me disait qu'elle était le siège de francs-maçons : quelles messes noires se déroulaient derrière cette façade si claire ?

Dès le matin, les cloches de l'église d'Obezine, en contrebas, répondaient à celles de Saint-Martial, plus lointaine. J'imagine que j'entendais aussi le bourdon de la cathédrale, restaurée précisément par ce Paul Abadie qui avait donné son nom à ma rue, et que les cloches de Saint-André, la belle église romane derrière le Palais de Justice, où nous allions à la messe tous les dimanches – nulle part ailleurs, dans ma vie, dans le monde, de plus belles odeurs d'encens... étaient aussi de la partie : ainsi Angoulême, comme la petite ville de Mme Goudge, était-elle bien Cité des cloches.

Mais ville aussi des lilas, des marronniers, des allées, des remparts où de longues dames à voilettes qui étaient toutes amies de ma tante, parfois de ma mère, poussaient des landaus devant les grilles aristocratiques des maisons de la rue d'Iéna ou de la rue de l'Arsenal dont les jardins s'achevaient sur la promenade.

Lectures de dames, dès lors, lectures de femmes où je me plongeais avec l'impression de découvrir un monde nouveau, à la limite de l'interdit : pour la première fois, et tournée la dernière page du Closterman de service ou d'une infortunée *Grande meute* qui m'avait révulsé – cette grande femme laide qui mourrait horriblement –, je lisais des livres destinés au monde adulte – avec ce sentiment bien précis que c'étaient, donc, des livres de femmes...

Le Pays du dauphin vert était un autre ouvrage de la même

Mme Goudge : il y était question d'amours romantiques et contrariées, de vocations, de voyages et de fiançailles à l'autre bout du ciel. L'affaire commençait en Angleterre, il y avait du curé dans l'air et des naufrages, chacun se perdait aux quatre coins du monde et tout le monde se retrouvait en Australie après quelques belles tempêtes : toutes proportions gardées, ce sera *Le Soulier de satin* de l'ouvroir de dames, et j'aimerai à la folie.

Je dévorais ces livres bien anodins avec une belle allégresse : Louis Bromfield et *La Mousson,* Pearl Buck, Cronin : *Citadelle, Le Chapelier et son château;* mais aussi Daphné du Maurier et *Ma Cousine Rachel* ou *Rebecca,* que je retrouverai plus romantique encore chez Hitchcock.

Goût du romanesque, évasion : clichés aussi simplistes que ceux dont usaient ces dames à l'ouvroir. Mais, me rendant de la maison de la rue Paul Abadie à la bibliothèque de la Ligue d'action catholique, j'avais le sentiment d'accomplir un rite, une manière de pèlerinage. Le philosophe Lanza del Vasto avait établi son pensoir de l'autre côté de la vallée des Eaux claires, en direction du bois de Saint-Martin : mes visites à la bibliothèque constituaient mon *Pèlerinage aux sources.* J'avançais à travers des rues silencieuses et blanches, pavées de belles pierres carrées; des portes de bois ouvraient sur des cours croulant sous le lierre, la glycine. Nous passions devant le bureau de tabac de la Civette, tout rempli d'odeurs, devant Duceau, qui était le meilleur chocolatier du monde – les *duchesses* pralinées vendues sous un emballage de vrai papier d'argent impossible à décoller, les *marguerites d'Angoulême* à l'écorce d'orange, et surtout les extraordinaires chocolats au cognac, qu'on suçait longtemps, chocolat noir, amer, jusqu'à ce que la coque de sucre qui retenait l'alcool éclate sous la langue... Et puis un coiffeur dont j'ai retrouvé les sièges craquelés, les instruments, glaces ou nickel, et l'enseigne en forme de cylindre rouge, blanc et bleu, vertical et qui tourne infiniment, dans la *Lola* de Jacques Demy; et encore un gantier chez qui c'était un rite annuel de m'acheter une paire de gants tantôt fourrés, tantôt de beau cuir lisse; pour arriver chez « Tiphaine », la grande pâtisserie de la place du Mûrier dont les puits d'amour et les éclairs à l'orange sont restés des cailloux blancs dans l'univers de ma passion dévorante pour les sucreries. Mme Tiphaine, jolie, un peu ronde avec son chignon sur la tête, ressemblait, disait ma tante, à une « petite marquise » et toute sa pâtisserie, décorée de stucs blancs et d'ormoulus avait une allure XVIIIe siècle qui me ravissait : c'était, petits fours compris, un véritable chef-d'œuvre d'art 1900.

Après l'étape obligée devant *La Hutte,* magasin de sport qui vendait des romans scouts, nous arrivions derrière la cathédrale : le musée, l'évêché et la bibliothèque de la Ligue, enfin, où des vieilles demoiselles susurrantes étalaient leurs trésors devant un gamin de treize ans qui se croyait déjà un lecteur averti.

Trois sentiments, peut-être, au sortir d'un retour sur ces lectures-là.

D'abord la nostalgie vraie, et apprise à Angoulême comme dans les livres que j'y ai lus, d'une vie de province perdue, impossible, lointaine. Le contrepoint, en somme, de la vie de village à Riom, que je n'ai pas connue. Pendant quelques semaines, j'ai cru que j'allais achever au collège Saint-Paul ma classe de troisième interrompue à Condorcet, et ç'avait été le bonheur. Si je savais que je ne connaîtrais jamais cette existence de village entrevue en Auvergne dans les premiers jours d'octobre, quand, un peu avant la rentrée des classes, j'enviais mes petits camarades de vacances de se presser chez Martine pour acheter leurs cahiers et commander leurs livres, j'ai bel et bien pu espérer suivre en effet un trimestre entier de collège de province – et je l'ai désiré en une sorte d'attente éperdue. Ainsi, aurais-je pu jouer aux barres, comme mon père jadis, ou me battre avec des camarades sur le rempart du nord, lointain, presque inaccessible.

A vingt-trois ans, achevant l'ENA, j'ai presque caressé l'idée de « faire la préfectorale » pour être enfin acteur à part entière dans cette vie-là, dont le calme que j'y croyais deviner me semblait d'un aussi bel autre temps que les rues pavées autour de la cathédrale d'Angoulême. Ces rues-là, cette province disparue, je l'avais pourtant moins vécue que simplement découverte chez Mme Goudge. Plus tard, ce sera le Doncières de Proust et de Saint-Loup; le Barbézieux de Chardonne – et les mêmes nostalgies.

Mais les livres de Mme Goudge ou ceux de M. Cronin, de M. Bromfield m'ont aussi donné le goût de l'aventure : une aventure qui commençait quelque part en Europe, la Cité des cloches ou un cottage dans le Dorset, pour devenir une bouleversante équipée très loin aux antipodes où un couple uni que le malheur avait séparé savait se retrouver. L'image alors du mari et de l'épouse, la main dans la main, qui bravent l'adversité ensemble et au-delà des mers : le rêve d'être deux. En somme, les romans de la Ligue d'action catholique de la rue du Minage, derrière la cathédrale, avaient eu sur moi l'effet *Nous deux* ou *Confidences* et, petit garçon malade dont c'étaient des vieilles demoiselles qui assuraient le destin, j'avais désormais des goûts de midinette.

Mais j'avais aussi croisé au passage le romantisme échevelé des côtes de Cornouailles selon Mme du Maurier : beaux visages de femmes pâles et sombres, aux cheveux que le vent balaie, les embruns, la mer, la tempête encore; des inconnus, des cousins qui se sont toujours aimés et des femmes fatales – Rebecca... – belles à en mourir et qui meurent d'ailleurs bel et bien, dans l'incendie de la grande maison aux rideaux soudain en flammes. Venus de si loin – les bons sentiments des jeunes scouts perdus dans les sentiers d'une forêt qui n'en finissait pas, déjà romantiques à leur manière, leur fougue, leurs amitiés... – j'entrevoyais d'autres liens plus ambigus entre les êtres, sous le même signe de la nuit, de l'orage et du château perdu.

Du coup, mon Amérique de rêve a pris en ces mois-là du plomb dans l'aile avec la lecture des piles de vieux numéros de *Sélection du Reader's Digest* empilés dans la salle de bains, à côté du siège des cabinets. Comme si on m'ouvrait les yeux : moi qui vivais désormais au royaume des tempêtes et des plus fiévreuses amours, je découvrais un monde de métronomes efficaces, d'ahuris qualifiés « d'êtres les plus extraordinaires qu'on n'ait jamais rencontrés » et de débiles interrogations sur l'homme, Dieu, la conception ou la pilule. L'univers démesurément en folie de Little Nemo ou la jungle des villes à la Bogart s'effaçaient d'un coup devant les recettes de tartes aux pommes des grands-mères, les problèmes de bridge et les garages dont l'ouverture des portes automatiques ponctuaient des banlieues sans ville, ou des campagnes devenues banlieues.

Le même univers, aseptisé, était celui de *Constellation,* le rival 100 % français de *Sélection* que je méprisais déjà avec la même jubilation – pour défier peut-être ma tante que j'adorais au demeurant et dont c'était une lecture favorite.

Mais il y avait Mlle Corbiat. Et c'est parce que des petits garçons ont parfois rencontré des Mlle Corbiat qu'ils sont, parfois, devenus autres...

Mlle Corbiat était une vieille petite demoiselle bossue, vêtue d'un pull de laine sur une blouse blanche; elle vivait avec sa mère, plus petite encore, plus vieille, bien sûr, et à peine un peu plus droite, au fond d'un magasin de la rue de Périgueux. Le magasin était une librairie puisque Mlle Corbiat était libraire.

Je savais que, certaines fins d'après-midi, des lecteurs, des gens cultivés – ce qu'on appelait peut-être des « érudits locaux » – se réunissaient dans son arrière-boutique. Elle offrait du thé, du café, des petits gâteaux secs et archisecs – mais elle offrait surtout sa boutique entière, ses livres qu'on pouvait regarder, compulser, manier, lire lorsque les pages qu'on coupait encore, bien sûr, le permettaient.

Ce n'est que plus tard, lors d'autres séjours que j'ai faits à Angoulême pour de nouvelles « petites » vacances, que j'ai appris à vraiment connaître le fonds de Mlle Corbiat, à acheter chez elle des livres qui existaient certes ailleurs mais que j'aimais trouver dans ses rayons : Chardonne, Mauriac, jusqu'aux frères Théraud, tous écrivains de cette province – et précisément du Sud-Ouest, Jacques Chardonne était charentais et les frères Théraud angoumoisins – que je tentais presque désespérément de faire vivre encore en moi par les livres qui les racontaient. Lisant à Londres ou à Pékin les souvenirs de Sylvia Beach, ceux d'Adrienne Monnier, toutes deux libraires exemplaires d'une entre-deux-guerres placée sous le signe de Valéry et de Joyce, j'ai cru apercevoir la petite silhouette cassée de Mlle Corbiat au fond d'un magasin où tout ce dont je rêvais semblait n'attendre que le geste que j'aurai pour le découvrir.

C'est chez Mlle Corbiat que j'ai pu prolonger l'émerveillement du *Grand Meaulnes* en tentant d'en savoir davantage sur Alain Fournier avec *Les Lettres au petit B.* ou les récits d'Isabelle Rivière, voire les livres de Jacques Rivière lui-même, que je lisais alors comme une suite miraculeusement retrouvée – mais qui me laissait toujours sur ma faim – aux amours d'Augustin Meaulnes et d'Yvonne de Galais.

C'est aussi Mlle Corbiat qui m'a fait lire *Orlando*, m'expliquant que Virginia Woolf, c'était tout de même mieux que les livres de Mme Goudge. Je ne suis pas certain d'avoir alors compris l'allégorie de ce jeune homme qui ne pouvait pas mourir et qui, le moment venu, savait devenir une jeune fille, mais l'image d'une Tamise saisie par les glaces avec, sous l'eau, un univers entier de bateleurs et de prostituées, une voiture avec ses chevaux figés par le cristal, comme vivants, plus que vivants et morts pourtant, m'a paru d'un coup synonyme de poème. La poésie, c'était donc cela : un monde de transparence et d'illusion, de lumière diaphane où les mots disaient plus que les choses.

D'ailleurs, et dans la foulée, Mlle Corbiat m'a vendu les deux volumes des « *Œuvres complètes* » de Jules Laforgue, dans la belle édition in-octavo du Mercure de France – et c'est alors que j'ai commencé à aimer à la folie, aux larmes, une autre poésie où l'émotion était pourtant à fleur de peau, les jeunes filles inaccessibles, les musiques non pas tristes mais *un peu* tristes et les jeunes gens irrémédiablement nés pour souffrir, les poètes pour aimer, le dire et parfois en mourir.

Mlle Corbiat vendait aussi quelques livres d'art – j'allais écrire *Art* avec une majuscule – et me montrait des images de Manet, et de Monet, Renoir ou même Ingres dont les belles dames nues, aux chairs nacrées, soulevaient en moi d'étranges rêves. Et puis, rue Paul Abadie comme boulevard des Batignolles ou aux Arbres, il y avait des collections de *Plaisir de France* ou de l'*Illustration* où je découvrais une peinture moderne dont les plus grandes audaces étaient celles de Chagall ou d'Utrillo : pendant ces quelques mois passés à Angoulême, je me suis donc mis à peindre avec une ardeur renouvelée.

Je cultivais alors une belle image de petit garçon-artiste maudit. C'est-à-dire qu'enveloppé de pull-overs et de cache-col, je m'installais au coin des rues, remparts de l'est ou du côté du Jardin vert, sous la statue de M. Carnot – qui n'était qu'un président de la République assassiné auquel un scuplteur de la belle époque avait fait pousser des ailes en forme de dames de marbre blanc qui lui donnaient l'allure d'un gâteau de mariage prêt à monter vers le ciel. Et là, dans les grandes bourrasques des vents de printemps – ou plus prosaïquement au milieu des courants d'air –, je peignais à cœur joie sur de minces planches de contreplaqué ou d'isorel des paysages grisâtres tant la couche picturale que j'appliquais avec économie – la peinture à l'huile coûtait cher... – était mince. Les passants s'arrêtaient autour de moi, gamin grotesque au chevalet branlant, et je ne me lassais pas des commentaires que j'entendais sur mes pauvres productions qui ressemblaient de loin à des Utrillo maigrichons.

Un jour, quelqu'un me fit remarquer que la maison que je peignais, sur les remparts de l'ouest, avec les messieurs devant sa porte et cette sorte de miroir convexe placé à l'extérieur des fenêtres du premier étage pour permettre d'observer sans être vu les mouvements de la rue, aurait pu être celle d'une Mme du Chastellet dont le nom ne me dit rien : un peu plus tard, je compris qu'il s'agissait d'une héroïne de Balzac. Je sus alors que le nom d'Angoulême était associé à celui de Balzac mais tout cela demeura encore confus car je découvris alors qu'il y avait eu deux Balzac célèbres, et que tous les deux – Guez et Honoré – avaient eu des liens avec Angoulême.

L'existence d'une « Maison de Saint-Simon » près de l'Hôtel de ville, me troublait également : elle était sombre, Renaissance, avec un escalier à vis; or le seul Saint-Simon dont j'avais entendu parler était un personnage politique exalté de la première moitié du XIXe siècle : si je lisais assidûment Cronin et Supervielle, Elizabeth Goudge et Jules Laforgue, mes connaissances en histoire et en littérature classique étaient pour le moins superficielles.

Pendant quatre ou cinq semaines, j'ai donc peint par tous les temps, ou presque : trois « tableaux » me sont restés de cette époque : une vue de la terrasse de la maison, carrelage rouge, rambarde de stuc avec pots de géraniums obligés, et un fouillis grisâtre en arrière-plan qui était un paysage; une vue, encore, de la rue Paul Abadie, sous les remparts, et l'église Saint-Martial qui se détache sur le même ciel gris, plâtreux, dans la même brume; un double portrait enfin de mes grands-parents assis, côte à côte, sur un canapé : mon grand-père enveloppé dans un plaid verdâtre, ma grand-mère sereine, à ses côtés. Tout cela est bien tristounet; à chaque « tableau » rapporté, c'étaient pourtant les mêmes cris d'admiration. Ma grand-mère, ma tante, Marie – la bonne : seul mon grand-père, déjà très fatigué, les joues souvent mal rasées derrière la moustache encore conquérante, était plus circonspect. Il ne lui restait que quelques années à vivre et c'était un sage.

Remparts de l'est ou rue Paul Abadie, les mirages de la rue du Minage ou l'éclat sombre de la rue du Soleil : des peintures, un courant d'air, je me suis remis à tousser, à crachoter, bientôt un brusque accès de fièvre et me revoilà malade. Le dernier trimestre au collège Saint-Paul ou au lycée d'Angoulême s'est évanoui en fumée et c'est à nouveau *le Figaro* aux pages grandes ouvertes sur le lit de ma mère dans la chambre rose sur la rue Clapeyron. Mais un vent de panique a soufflé sur le boulevard des Batignolles, car il semble que je sois, cette fois, réellement malade – rien moins qu'une pleurésie en bonne et due forme – et une Mme Kourilsky, médecin des hôpitaux et tante d'une amie, me fera une longue et douloureuse ponction. J'avais, me dira-t-on après coup, deux litres d'eau entre la plèvre et le poumon; et le malheureux docteur A., qui me soignait, n'y a vu que du feu. Alors que j'avais « le cœur à droite »! s'indignera-t-on.

Du coup, je ne bouge plus, je m'installe dans ma maladie et c'est autour de mon lit que s'organise ma vie; mais autant la première époque de ma « maladie » a été remplie de gaîté, de visites, autant j'ai le sentiment, en cette fin de printemps 1951, de m'être renfermé en une nouvelle phase grognon, lasse, laide. Mes parents, ma sœur, déploient mille trésors de tendresse, d'ingéniosité pour tenter de me « sortir de là » – mais dans le même temps, ils concourent eux aussi à me persuader que je suis vraiment malade.

Malade à Paris d'abord, malade ensuite dans une maison de cousin, à Marcoussis : fenêtre ouverte sur un jardin de curé, est-ce que je lis, est-ce que je feuillette autre chose que ce *Figaro* du matin? J'écoute la radio : mort de Jouvet qui me touche car, par parents interposés, je le révérais; et puis la guerre de Corée. Mes cousins Stravinsky vont quitter la France de peur du communisme, je m'enfonce dans les draps, je dors, je mange – je pisse dans un pistolet pour ne pas me fatiguer. Lorsque je dois quand même monter ou descendre un étage, c'est dans les bras de mon père que je gravis les escaliers.

J'aime de moins en moins le petit garçon que je suis alors.

Pour la première fois, j'ai écrit des lettres : beaucoup de lettres... C'était à Chamonix, de l'automne 1951 à la fin de l'été suivant.

Deux ans, trois ans après, ce séjour en préventorium s'inscrira sous le signe de Thomas Mann et de *La Montagne magique;* revenu alors à Paris, mon cousin André Tubeuf me fera lire les deux gros volumes de l'édition Fayard et je m'émerveillerai d'y retrouver – ou de croire retrouver... – tant de sentiments que j'ai pu, moi aussi, éprouver. Mais pendant les quelques huit ou neuf mois qu'a duré mon séjour aux Soldanelles, ce sont de bien falotes premières petites lettres de petit garçon que, presque chaque jour, j'ai adressées à mes parents, à ma sœur, à mes grands-parents, à des oncles et des tantes, des amis, un correspondant anglais, au monde entier. Et c'est le contraste surprenant entre ce paquet de lettres retrouvées plus niaises encore que nigaudes – ou le contraire – et relues en préparant ces notes – et le souvenir tellement plus sophistiqué que j'ai en fin de compte gardé de ce chalet de Chamonix qui continue à me surprendre. Car tout ce que j'ai pu écrire, quelque trois cents fois à toute ma famille, c'est le récit par le menu de chacune de mes journées, trois cents fois semblables et trois cents fois recommencées.

Les Soldanelles, c'était alors deux grands chalets et un plus petit – le Miremont – disposés dans un beau parc au-dessus de Chamonix, juste sous la station de départ du téléphérique du Brévent. On y montait du village en dépassant l'église puis l'École de Haute Montagne, l'EHM, dont les élèves en pull-over d'uniforme étaient pour mes petits camarades des sortes d'archanges venus d'un paradis incertain. Le premier chalet était celui des filles, le second celui des garçons; il dominait la petite piste de ski et le remonte-pente dit « du Savoy » qui, franchissant la route au mépris de toutes les règles de sécurité, passait juste sous les fenêtres de ma chambre.

Le chalet des garçons était une belle bâtisse de bois et la plupart des chambres donnaient sur le formidable panorama du Mont Blanc dont, pendant des mois – et des années plus tard encore, en souvenir – je m'épellerai les noms des aiguilles un peu à la manière dont je m'amuserai un jour à réciter par cœur, et dans l'ordre de composition, les titres des opéras de Verdi. Des Drus, l'Aiguille sans nom et l'Aiguille verte jusqu'au Dôme et à l'Aiguille du goûter, c'était une pieuse litanie où, récits d'escalades aidant, se mêlaient les noms de ceux qui, les premiers, les avaient gravis. Ainsi, petits garçons foudroyés par une inaction dont pendant des semaines et des mois nous n'imaginions plus sortir, nous rêvions devant ces sommets que les clichés en noir et blanc de Tairraz, quelques photographies de l'Anapurna venaient encore nous rappeler, le soir, épinglées aux murs de nos chambres.

Les Soldanelles : plusieurs populations s'y brassaient difficilement. Les garçons d'abord, les « grands » et les « moyens » dont je faisais partie et les « petits », quantités négligeables. Les grands s'appelaient Claude M., élève officier de marine et frère de « M. François », administrateur du préventorium : long et maigre, Claude me donnait des cours de mathématiques et j'avais le sentiment que rien de ce qui était savoir ne lui était étranger; il y avait ensuite un autre étudiant, Jean F., dont j'eus l'occasion de louer la magnanimité, et un petit jeune homme rieur, pull-over à col roulé bleu, haute brosse et lunettes malicieuses qu'on appelait Pigmey : bien des années après et rencontrant Matthieu Galey, j'ai trouvé qu'entre le critique que j'ai vu, doucement, irrémédiablement devenir plus petit, plus maigre, plus démuni, et ce Pigmey drôle et savant lui aussi, existaient bien des affinités.

D'autres noms? Boris d'origine russe, blond, grande gueule, qui en rêvait, lui, bel et bien, des montagnes qui nous défiaient, de l'autre côté du balcon de bois ouvert sur la vallée : « Un jour... », disait Boris. Un jour, un an après, j'ai reçu une lettre du frère de Boris, pour me remercier d'une lettre que j'avais adressée à mon ami et qui me la retournait : « Votre ami Boris... » Boris était mort en montagne, dès le premier été qui avait suivi sa guérison. Il y avait aussi Guy, mon premier compagnon de chambre, et Jean-Pierre, le second, à qui je ne me fiais pas trop. Et puis Claude, le somnambule, qui passa une seule nuit dans le lit voisin du mien et dont les promenades nocturnes me terrorisèrent si bien qu'il fallut le changer de chambre. Et encore Bruno, qu'on appelait « la Boulange », car son père était boulanger; ou la Cavale, à demi algérien, hâbleur, bagarreur et qui me faisait peur, lui aussi; un jour il fit un geste de l'index enfoncé dans le poing fermé de l'autre main pour expliquer comment il « niquait » sa sœur, qui me laissa rêveur.

Les infirmières constituaient une autre population, que nous malmenions allègrement. « Mlle Denise » dont j'étais presque amoureux – et ça se voyait si bien que, toujours dans ses jupes, j'avais reçu le désavouable surnom de « Jupette » – ou cette autre jeune femme qui donna une gifle à Bruno ou la Cavale et fut renvoyée pour cela : pendant quelques jours, personne n'adressa la parole à la Cavale ou à la Boulange, dont les parents s'étaient plaints. Puis on oublia : on oubliait très vite, on regardait tomber la pluie, la neige ou le soleil donner aux Drus, face à ma chambre, de belles lueurs rouges, et le temps, les mauvais souvenirs passaient.

Ces dames cousaient beaucoup, brodaient et lisaient un peu. Elles portaient des blouses blanches et c'étaient elles qui appliquaient les décisions sans appels du médecin, le docteur Aulagnier, contresignées par l'infirmière en chef moustachue qui nous obligeait pendant les premières semaines de notre séjour, à garder tous « le grand repos » et à prendre nos repas au lit.

Sur ce peuple de femmes, régnait le médecin à qui appartenait le sanatorium et ce M. François déjà cité, étonnant bonhomme, ancien malade qui n'avait pas dû se résigner à quitter l'atmosphère des préventoriums et des sanatoriums; il portait des pantalons de golf bleu marine, un blouson. Ses cheveux clairs un peu longs avaient autour d'un visage livide – lèvres minces, nez étroit – d'inquiétants gonflements. Il était brusque et doux, je l'imagine aujourd'hui cruel, un peu sadique avec de grands élans de générosité pourtant.

Et puis il y avait les filles. Le chalet voisin, ou la volière où chacun de nous rêvait d'aller se perdre et ne se risquait guère, avec moult autorisations, que pour un bridge par-ci par-là.

Les filles constituaient un ensemble – encore neutre, un conglomérat que j'imaginais encore fermé, seins qui naissent à peine, culottes petit bateau et soutiens-gorge de pilou-pilou. Je rêvais pourtant de baisers furtifs, coups d'œil détachés, ou de cette chanson qu'on avait inventée pour vanter les charmes de la bonne amie qu'on attribuait à mon compagnon de chambre Guy M. :

« *C'est si bon*
De tâter les nichons
De Jacqueline D... on,
La main dans l'pantalon... »

De toute cette époque d'une adolescence pas encore vraiment amoureuse où les seuls plaisirs étaient solitaires, deux fois par semaine à l'heure du bain dans la baignoire – je ne conserve que deux souvenirs précis et dérisoires : une descente en luge où je partageais mon véhicule avec une Monique dont j'étais amoureux (de si loin...), assise devant moi, à demi renversée entre mes jambes; et une « danse du tapis », jour de fête, Noël ou Mardi Gras, où j'osais poser mon tapis devant la même Monique pour lui appliquer deux baisers timides sur les joues. « Si tu en avais fait plus, m'avait dit a posteriori Claude M., qui était un peu ma conscience, je t'aurais donné une gifle... »

Dans les dernières semaines de mon séjour, je jouais plus souvent au bridge avec une Marie-José A., fine, péronnelle et futée qui peignait de bien vilaines gouaches mais était la petite-fille d'un peintre célèbre, et ceci faisait pardonner cela. Nous nous voussoyions gravement et je la revis deux ou trois fois à Paris. Ainsi vint-elle me rendre visite un dimanche que j'étais malade, poussant devant elle une petite sœur timide et rougissante pour annoncer à mon père, qu'elle m'« amenait une petite vierge ». Elle m'apportait en effet, peinte par elle à la gouache, une madone plus Maurice-Denisiarde que nature.

Mais ma vie sentimentale aux Soldanelles était pour le moins en sommeil. Publié en 1962, mon premier livre s'appelait « Et Gulliver mourut de sommeil » et c'est bien de sommeil que j'ai en somme failli mourir.

Mes lamentables lettres d'alors, avec les ridicules petits dessins qui les enjolivaient, en parlent tant, de sommeil. Ou de crème au chocolat et de petits-suisses, de promenades aux Gaillands, aux Bossons, au lac de l'Anglais. « Hier soir, mes petits parents chéris, j'ai pleuré un peu après votre départ : oh! un petit peu seulement, je vous le jure – et je vous jure que je ne le ferai plus. » Petit garçon malade *et* maladif, je me faisais plaindre par mes parents, ma sœur, mes grands-parents, les infirmières, la terre entière.

Et c'est pourtant pendant ces quelque huit ou dix mois que quelque chose a bougé : le premier vrai frémissement en somme. J'ai commencé à lire autre chose que ces cocktails maladroits fabriqués à Angoulême chez Mlle Corbiat et à la Ligue d'action catholique; ou plutôt, j'ai choisi...

A vingt ans, j'affirmerai avec une belle innocence – une jolie dose d'outrecuidance aussi – que j'avais, une fois pour toutes, « choisi de ne pas choisir ». Entre Laforgue et Mallarmé, Botticelli et Mondrian, Morand et Beckett, je choisirai en somme de ne pas choisir. Mais c'est parce que, aux Soldanelles, à quatorze ans, j'ai préféré un petit livre consacré à Matisse à une biographie du maréchal de Lattre de Tassigny, un roman de Simenon à un Jean Bruce et, pourquoi pas? *La Peste* à *Vol de nuit.*

Ce dont je ne suis pas plus fier pour autant.

Je vivais avec des garçons plus âgés que moi, étudiants pour la plupart, et grâce à qui j'ai enfin appris à lire, un peu mieux. Que dis-je, à lire, à dévorer les livres; à les empiler sur la commode laquée de blanc sale que prolongeait un placard ou à les ranger côte à côte, en désordre déjà, sur le rebord de la fenêtre à gauche de mon lit, face à la route qui traversait un bois de pins, face au Brevent, à la liberté. C'est pendant cette période d'un peu moins d'un an que le livre est devenu objet de possession, que j'ai commencé à fréquenter les librairies plus que les bibliothèques et que tout l'argent dont je disposais s'est métamorphosé en livres, journaux, revues, et livres encore.

Il y avait deux librairies à Chamonix. Nous y descendions le samedi matin pour quelques courses, une visite chez le coiffeur ou à la pâtisserie de l'Arve, où mes parents m'avaient ouvert un compte : que ne l'avaient-ils pas ouvert chez Payot ou à la Librairie des Étoiles?

Payot faisait l'angle de la rue principale, face à la statue de Joseph Balmat désignant à Saussure la voie la plus courte pour atteindre le sommet du mont Blanc : rayonnages à l'ancienne, serrés, imbriqués les uns dans les autres, on s'agenouillait sur le plancher pour découvrir les titres des rayons les plus bas. Et puis les livres rangés par éditeurs, Gallimard, Le Seuil, Flammarion, premiers vertiges des couvertures blanches à filets rouges, bandes rouges, vertes ou noires, les traductions, les romans, surtout, les romans dont je m'enivrais. Librairies : de Mlle Corbiat, chaleureuse, à Payot aux presque anonymes vieilles demoiselles, au vieux monsieur à blouse grise, le livre qui devient l'objet d'un désir que quelques billets, quelques pièces suffiront à satisfaire. Avec la pluie grise de Chamonix un jour sur deux et le doigt de bronze tendu du guide Balmat, l'Arve en contrebas et les livres, les cahiers, le stylo, l'encre : de la lecture à l'écriture, le besoin qui va naître.

Avenue de la Gare, face à un ancien hôtel déjà transformé en « résidence », la Librairie des Étoiles était tenue par une dame encore jeune, que je trouvais jolie, et qui savait si bien m'embobiner : chez elle, je n'achetais que les livres que je croyais désirer. Ceux dont Chamonix, la montagne, certains de mes camarades faisaient là-bas objet de nécessité.

Le magasin jouxtait la vitrine du photographe Tairraz, qui fut l'un des compagnons de Maurice Herzog à l'Anapurna. Là, on épelait les noms de Lionel Terray et de tous ceux qui furent de l'expédition comme les grains d'un chapelet sacré. Dès lors, aux Étoiles, on vendait des livres sur la montagne; et je lisais Frison-Roche, Samivel et les autres. Photographies de montagne encore en noir et blanc, beaux effets de lumière, filtres – ou les grands lavis clairs de Samivel. *Sous l'œil des Choucas* et L'*Opéra des cimes :* je revenais chaque semaine de la librairie des Étoiles avec un livre parfaitement inutile dont la presque jeune et encore jolie propriétaire me persuadait si doucement, si gentiment, de l'absolue nécessité.

Le moment est pourtant venu de le dire : l'aveu. Aux Soldanelles, et de septembre 1951 à juillet 1952, j'ai tout lu. Ou presque. Lu tout ce qu'un étudiant de vingt ans lisait alors : Sartre, Camus, Malraux et tutti quanti; j'ai tout lu, et il ne m'en est rien resté. Pourtant, faute de pouvoir en parler vraiment, j'ai pu dire que je l'avais lu...

Tout lu : Jean F. ou Pigmey me les ont d'abord prêtés et je les ai très vite achetés : *La Peste, La Condition humaine, Les Conquérants, La Nausée :* consciencieusement, de la première à la dernière page, à l'heure de la sieste, qualifiée de « cure », ou pendant les longs après-midi de pluie, le soir après dîner, je lisais : de *L'Homme révolté* au *Mythe de Sisyphe,* je ne comprenais rien mais je pouvais écrire à mes parents : « Je suis en train de lire du Camus, demain je passerai à Sartre, ce soir il y aura de la mousse au chocolat pour le dîner. »

Rien : pas une idée, pas une conclusion à tirer de tout cela, tout au plus des histoires. Et il me faudra attendre quinze ans pour relire *Les Conquérants* ou *La Condition humaine;* quant à *La Peste,* pour ne parler que de Camus, je ne l'ai, bien entendu, jamais relue.

Et pourtant...

Si je suis fait des livres que j'ai lus, je le suis aussi, et j'en ai profondément conscience, de ceux que j'ai tenus en main : ceux dont j'ai tourné une à une les pages, dont j'ai « lu l'histoire » et que j'ai pu refermer, au terme d'un voyage de vingt-quatre heures ou de huit jours en leur compagnie, avec le sentiment de les avoir « finis ». Car cette *Peste* dont il ne m'est demeuré que de si vagues souvenirs, ou cet *Homme révolté* dont il ne me reste rien, font intensément partie du petit garçon de quatorze ans que j'étais dans son chalet de montagne et ont aussi sûrement contribué à faire de moi ce que je suis devenu que, quelques années plus tard, *La Recherche* ou Balzac. Parce que, en un temps où la plupart de mes petits camarades lisaient *Anapurna, Premier huit mille* et *Le Grand cirque* de Pierre Closterman, le baron Clapique ou Roquentin devenaient pour moi de bien plus fabuleux héros que le pauvre René Mouchotte ou que le colonel Rudel, de la Lutwaffe, « pilote de Stukas ».

Curieux rapport au livre, aux livres, devrais-je dire, en insistant sur le pluriel, c'est-à-dire sur la quantité – curieux rapport qui s'instaure déjà entre le livre et moi. Il devient presque d'entrée de jeu non pas point de départ d'une réflexion, ou source de connaissance, mais référence : il appartient peut-être à ce qui n'est qu'un univers d'adolescent mais il se transformera vite en partie intégrante d'un imaginaire, au même titre que la neige sur le Brévent, les courses de luge sur la piste du Savoy et les filles du chalet d'à côté.

Clapique ou Roquentin deviennent ainsi des profils au sein d'un monde en deux dimensions, puisque je ne prends ni la peine ni le temps, d'en explorer – à plus forte raison d'en inventer – la troisième : mon esprit ne se « formera » pas, mais se constituera de strates qui seront noms, titres, intrigues, personnages. Musique, peinture et littérature confondues dessinent dès lors un paysage qui devient le mien, comme ces aiguilles de Chamonix. Et c'est parce que Jean F. et ses amis m'ont mis ces premiers livres en main que j'en ai voulu d'autres, et d'autres encore.

La jolie dame de la Librairie des Étoiles l'avait bien compris, qui me fourgua – il n'y a pas d'autre mot – tout ce qu'il lui restait en stock d'une ancienne collection en voie de disparition. C'était la collection *Pourpre :* les livres étaient reliés d'un beau cartonnage rouge sombre recouvert d'une jaquette en couleurs. Chacun d'eux coûtait à peine un peu plus que les *Livres de poche* qui allaient commencer à paraître et, grâce à elle, je me retrouvais à la tête d'un rayonnage entier de ces petits volumes dont l'ensemble était pour le moins disparate, de René Boylesve et Anatole France à Simenon et Maupassant.

Mais ces petits livres reliés, presque élégants, constituaient aussi de solides stimulants à mes rêves. Le mot « Pourpre » évoquait déjà le rouge qui monte aux joues, le sang chaud qui nous bat les tempes, un visage fiévreux, que sais-je? Quant aux titres, ils invitaient à des pensées encore plus délectables. Et même si *La leçon d'amour dans un parc* ou *L'Enfant de volupté* étaient bien anodins, il y avait l'*Aphrodite* de Pierre Louÿs, ou cette *Amitié amoureuse* dont l'auteur se dissimulait derrière trois astérisques (***) pour mieux faire monter en nous des vertiges auxquels je m'abandonnais le soir, pourpre donc, dans mon lit.

C'est aussi avec la collection *Pourpre* que j'ai lu mon premier Simenon : *La Maison du canal* ou mes premiers Kessel : *Nuits de prince* ou *Les Rois aveugles.* Et Simenon comme Joseph Kessel reviendront, pour des raisons différentes mais avec une belle régularité, alimenter mon imagination. Déjà, Kessel (que je confondais un peu avec Cendrars), fleurait fort l'aventure, les steppes glacées, l'alcool et la folie; Simenon, c'était d'autres odeurs, laine mouillée, un lit défait, des aisselles moites – qui, équivoques, m'enivraient. Le nom de Simenon reviendra souvent dans ces pages – et je n'ai pas fini de le lire. Mais dès les Soldanelles, je dévorais avec ardeur tous les livres de Simenon que je pouvais trouver, romans « sérieux » ou tout simplement enquêtes de Maigret : peut-être qu'à quatorze ou quinze ans, c'est davantage dans certains volumes désespérés de Simenon qu'à travers les images de *La Nausée* ou de *L'Étranger* que j'apprendrai l'enchaînement de la solitude, de l'errance, de la mort. Et lorsque, ici ou là, je tombais sur un passage où une fille qui sentait la transpiration se penchait pour faire un lit, découvrant un sein lourd, l'émotion était infiniment plus forte que tout ce que les petits livres bêtement licencieux qui circulaient aux Soldanelles puis, plus tard à Condorcet, ont jamais pu m'apporter.

Qu'on ne se trompe pas : ces réflexions-là, ce n'est que bien après que j'ai pu les esquisser : je lisais *La Neige était sale* ou *Nuits de prince*, mais je me battais à coups de petits-suisses avec Bruno et la Cavale, je jouais à la belote, au rami – au bridge, déjà; et j'écoutais à la radio les émissions de Jean Nohain ou *Jazz contre musette* que je renvoyais également dos à dos, le jazz m'ennuyant et le musette me paraissant par trop vulgaire.

Peut-être que tout est là : dans cette différence, dans ce décalage, cet espace entre ma vie réelle et la vie que je lisais. Je construisais, livre après livre, un personnage qui deviendrait moi, sans rien assimiler de ce qui faisait la force, la richesse, la beauté ou la médiocrité du livre; tout demeurait à fleur de peau et je ne reposais un volume de Sartre ou des frères Tharaud – également en collection *Pourpre* – que pour me lancer dans une partie de luge, ce qui était, après tout, normal, mais surtout pour décrire longuement et pour la quinzième, la vingtième fois, ma luge, la neige de la piste et mes camarades dans la lettre que j'écrirais dès le lendemain à mes parents.

Et pourtant, la révélation : la beauté soudaine et absolue d'une image qui s'impose, un peintre, un texte, des jeux de formes et de couleurs qui se répondent : j'ai quatorze ans et, soudain, j'apprends.

J'apprends qu'un simple trait de Matisse, si précis, si souple, si droit dans ses courbes élégiaques, est le fruit de cent tâtonnements, fusains superposés, moments d'un passé antérieur qui se sont croisés sur la grille exquise du présent.

J'apprends que des taches de couleurs primaires éclatées, simples elles aussi, sur une toile – des rouges, des jaunes, des bleus comme il est des bleus, des jaunes et des rouges dans ma boîte de peinture de lycéen – suffisent à dire le ciel, un pré, un visage, une femme. J'apprends que le ciel est rouge et jaune, quand il n'est pas bleu comme une orange. Et je lis des livres qui me le diront, je feuillette des images, comme ivre de ces découvertes.

J'apprends qu'en quelques traits de couleurs écrasés, broyés, mêlés, confondus, on peut dire l'angoisse, le désespoir d'un homme seul qui erre, d'une petite fille qui devient femme, de deux amants enlacés : hébété d'attente, de joie, de cette ivresse aussi, j'apprends.

Parce qu'un homme vêtu d'une robe blanche est venu expliquer à quelques gamins qu'au-delà de la beauté des choses, il en était une autre, qui les montrait – autrement. Je ne sais plus le nom de ce Dominicain, malade comme nous, venu passer quelques semaines à Chamonix. Rédacteur à la revue *L'Art sacré,* compagnon du Père Couturier, il n'a fait que donner une dizaine de conférences à ces garçons et à ces filles encore écrasés sous le poids de leur adolescence et, en quelques heures, il leur a ni plus ni moins raconté toute l'aventure de la peinture moderne.

Dans la foulée, je me suis acheté – ou fait acheter – d'autres livres. Dont l'un, presque appris par cœur et qui me valut des lettres furibondes de mon père car, album publié par les Éditions Skira, il coûtait fort cher et c'était à mes grands-parents que je l'avais demandé. Mais ce deuxième volume de *L'Histoire de la peinture moderne (Matisse, Munch, Rouault)* publié par Maurice Raynal a été la pierre angulaire de toute mon aventure artistique au cœur du XXe siècle. Il y avait le texte, bien entendu, la « qualité Skira » des illustrations, mais je découvrais surtout ce fantastique éventail des grands courants d'un art que, trois ou quatre ans après, j'en arriverai à aimer si passionnément que ce sont des journées entières que je passerai au musée d'Art moderne du palais de Tokyo et qu'avec un dédain superbe j'ignorerai pendant un bon lustre tous ceux qui ont pu précéder Cézanne ou Matisse : jusqu'aux Impressionnistes, qui me paraîtront mièvres. Tout cela parce qu'un curé malade nous a raconté comment, avec Matisse, Léger, Rouault et quelques autres, on a construit la chapelle d'Assy.

La révélation : ce deuxième volume « du » Skira fut bien le livre d'une révélation. Tout Derain, tout le Marquet que j'ai pu aimer se retrouvaient là. Ce n'est que beaucoup plus tard que j'ai possédé les autres volumes, mais déjà j'apprenais aussi les différents âges de Picasso, l'âge unique, monolithique, intemporel de Braque. Peut-être, à ce sujet, les deux petits volumes carrés également publiés – plus tard – chez Skira et consacrés respectivement à Picasso et à Braque, ont-ils complété la leçon. Mais, du cubisme synthétique des années dix au « cubisme de cristal » de la fin des années vingt, l'itinéraire de Picasso me semblait d'une rigueur en même temps que d'une évidence exemplaires. Quant à la manière royale de Matisse de donner au mot beauté un sens qu'aucun autre, en son temps, ne savait égaler, elle me laissait pantois.

C'était surtout avec Matisse qu'avait travaillé mon Dominicain. Outre la chapelle d'Assy, il s'était également occupé de celle de Vence, entièrement décorée par Matisse, celle-là. Et que ce fût le Chemin de Croix, signes faits de rigueur – ou le dessin idéal, lys clair, lumière, du Saint Dominique, notre Dominicain nous épelait chaque trait, chaque signe donc, avec une limpidité qui me bouleversa. Des années après, je reproduisais encore moi-même au crayon ou à la plume, d'un seul trait presque continu, le Saint Dominique en pied de

Vence, ou celui dessiné à mi-corps sur le mur de la chapelle d'Assy.

J'ai eu la naïveté d'écrire à Matisse pour lui dire mon admiration – et pour lui demander de m'envoyer un dessin – ma lettre est demeurée sans réponse.

Le volume de Skira était une somme : un livre d'heures, où je trouvais matière à réflexion. Je peignais toujours mais, sous l'influence de ce que je découvrais, je fabriquais du faux Matisse, du faux Munch – *Le Cri, L'Adolescente* m'avaient bouleversé : cette petite fille nue assise sur le bord d'un lit, les cuisses serrées, le regard fixe; quel rêve? Les œuvres de Munch ou de Nolde me transportaient elles aussi : ce que j'en tirai était d'une épouvantable laideur mais témoignait surtout d'une absence de connaissances techniques, qui aurait suffi à provoquer l'indignation du plus inexpérimenté des peintres du dimanche.

Deux autres « livres d'art », tous deux consacrés à Matisse, ont encore marqué cette période : un tout petit volume de chez Hazan, où *La Blouse roumaine* s'étalait en couverture; et surtout un recueil de dessins. Les visages, dès lors, de ces femmes – et leurs corps.

Visages oblongs, parfaits dans leur imperfection, pommettes hautes, menton souvent proéminent, presque en galoche que j'ai ensuite recherché sur les visages des jeunes filles que je pouvais aimer. Et puis ces corps, ces seins qu'un trait définit, ces déhanchements, la broussaille légère au creux du ventre : Matisse, ou la simplicité linéaire du désir.

La révélation des Soldanelles : il y a eu aussi la blessure; en bon jamesien, je dirai : la blessure cachée, la crise. Non seulement j'écrivais beaucoup de lettres, mais je tenais un journal. Sur un gros cahier à reliure spirale, j'écrivais au jour le jour mes petits malheurs, mes menues angoisses, mes rancœurs de petit garçon gâté soudain plongé dans un univers qui n'est plus celui du cocon familial. Alors, au jour le jour, je racontais les progrès de ma santé mais aussi mes bisbilles avec celui-ci ou celui-là. Enfantin, je portais des jugements enfantins sur mes camarades. « Jean F. est un... » ou « La Cavale est vraiment trop... ».

Je ne cachais pas ce journal : je l'écrivais et le rangeais dans un tiroir; et puis un soir, je ne l'ai plus trouvé. C'est le lendemain matin au petit déjeuner que, debout sur une chaise, Bruno en a déclamé les passages les plus médiocres devant un auditoire ravi et je crois bien que j'ai pleuré de rage, de tristesse, d'humiliation – parce que le chalet entier dont j'égratignais quelques uns des occupants avec une morne allégresse avait fait front contre moi. Je ne sais plus les noms dont on m'a traité : sur toute cette affaire, j'ai tiré une manière de voile, je ne sais même plus ce qu'il y avait de si terrible dans ce cahier; je me suis pourtant retrouvé en quarantaine et il n'est jusqu'aux infirmières qui m'ont accablé de reproches. Je n'avais pas joué le jeu de la bonne camaraderie, je m'étais mis en marge, pire que tout : je l'avais écrit. L'écrit : l'impardonnable.

L'angoisse : la petite crampe du côté du cœur qui vous étreint à l'aube, bien avant l'heure du réveil, et qui ne vous lâche pas; elle se dissipe un peu aux fenêtres ouvertes mais demeure en moi, fichée entre le cœur et l'estomac; elle durera cette fois dix jours, douze jours et je la retrouverai souvent mais c'est alors qu'elle a frappé pour la première fois. Avant, je ne la connaissais pas; depuis, je la connais, la peur.

J'ai eu peur et je ne savais pas de quoi; j'avais transgressé une règle non écrite et je l'ai payé. Puis Jean F., que j'avais pourtant, me semble-t-il, pris le plus à partie dans cet infortuné journal, a décidé d'être magnanime. Il a demandé que soit levée la quarantaine qui me frappait, il est venu jusqu'à ma chambre pour me serrer la main, on ne m'a pas rendu mon journal – confisqué, je suppose, par une administration pleine de tact – et tout est rentré dans l'ordre, on n'a plus parlé de rien.

Silence. Je savais qu'écrire était un acte dangereux. Je m'inclinais, frappé de reconnaissance, devant ceux qui me tourmentaient. J'apprenais la lâcheté; je m'aimais de moins en moins, mais c'était dans les deux premiers mois de mon séjour et, je l'ai dit, on n'en a plus parlé.

Silence.

Des photos de ce temps me montrent pâle et un peu gros, cheveux coiffés en une brosse maladroite et vêtu d'un blouson acheté dans un surplus américain (quarante ans après, il existe toujours, déchiré, effiloché, accroché à un portemanteau dans le vestibule de la maison des Arbres). Je porte des pantalons de ski comme c'était encore (ou déjà) la mode, bouffants autour des chaussures et je fais de la luge.

Et puis, au début du printemps, les mêmes photos montrent le même petit garçon, probablement un peu moins pâle, le visage marqué de lunettes – et ç'aura été la seconde blessure. D'un coup, je suis entré dans une catégorie bien particulière, celle des « garçons à lunettes ». Une autre humiliation. J'ai agrémenté les marges de mes lettres de caricatures bouffonnes où je me représentais par une paire de lunettes avec un vague visage derrière.

La surprise, pourtant, de voir enfin. Et c'est vrai que c'était une assez belle émotion de distinguer les contours d'une aiguille, une arête, ou même, à quelque distance, un visage : je ne savais pas que je ne voyais pas et soudain je voyais. C'était une manière d'émerveillement, mais ceci ne compensait pas cela, j'étais devenu un garçon à lunettes.

Et puis, j'ai continué à peindre et à collectionner des timbres-poste, à prendre des bains deux fois par semaine, à me peser une fois par semaine sur la balance du docteur Aulagnier en redoutant à chaque visite médicale d'avoir perdu du poids et de me retrouver pour cela plongé dans l'enfer du « repos complet »; à fabriquer des modèles réduits de planeurs, à recevoir des photographies d'Égypte de tante Margot qui était professeur là-bas, à manger des gâteaux à la pâtisserie, à préférer Matisse à Rouault, à ne pas lire l'*Équipe* que certains de mes camarades recevaient, à sentir les odeurs de choux bouillis qui montaient de la cuisine sous mes fenêtres, à jouer au bridge et au rami, à écouter à la radio *Les maîtres du mystère* de Germaine Beaumont et un Pierre Billard qui n'est pas le Pierre Billard que je connais, à ignorer la musique classique, à supplier mes parents de venir me rendre visite plus souvent.

Et à lire *Caligula, Le Malentendu, Les Mouches, Huis clos, Morts sans sépulture;* à me persuader peu à peu que le théâtre, comme le roman, devait prouver quelque chose – et à écrire encore des lettres à mes parents où je racontais comment la Cavale avait fait avec la Boulange le pari de manger un asticot et qu'il l'avait fait : « Vous ne pouvez pas savoir comme on a rigolé... »

J'ai quitté les Soldanelles à la fin de l'été 1952. J'avais grandi. Un peu.

3

J'avais grandi : un peu ou entre cour du Havre et caves du Vatican

Où l'on voit notre bon jeune homme retourner à la vie civile en s'apitoyant tout à la fois sur lui-même et sur le prince Muichkine mais préférer déjà la rive gauche, où il se promène beaucoup, à la rive droite où il ne fait que vivre un peu ; où le quartier Saint-Lazare devient un labyrinthe gris mais parfois torride ; où Benjamin Constant et Claudel entament, par *Adolphe* et *Soulier de satin* interposés, un combat quantité-qualité qui ne fait que commencer, comme celui que vont aussi se livrer les petites filles rousses du *Fleuve* de Renoir avec des gamines pas tout à fait damnées mais lectrices de Baudelaire ; où littérature s'épelle soudain NRF et se prononce André Gide ; et où l'on voit que Mozart et Stendhal, enfin, peuvent tout emporter.

Huit heures et quart du matin : rue de Turin – mais ensuite rue de Moscou, rue d'Amsterdam : tous les matins à huit heures et quart, je descends la rue d'Amsterdam. Je la remonterai à midi et demi, la redescendrai un peu avant deux heures, la remonterai encore après quatre ou cinq heures. Rue d'Amsterdam, gare Saint-Lazare, rue du Havre : depuis la rentrée d'octobre, je suis en classe de seconde, mais au « grand lycée Condorcet ». J'y passerai trois ans et, jusqu'à la classe de philosophie, quatre fois par jour, je descendrai et remonterai cette même rue : magasins de lingerie, Androuet, fromages, une librairie, les putains de la rue de Budapest, les cafés, les hôtels louches en face de la gare Saint-Lazare – et puis le quartier des grands magasins, ce carrefour Havre-Haussmann qui va être au centre de mes allées et venues dans Paris : le garçon de quinze ans qui remonte pour la première fois la rue d'Amsterdam, le premier soir de cette rentrée d'octobre 1952, ou deux mois plus tard, en novembre ou décembre, n'est plus celui qui a quitté les Soldanelles quelques semaines plus tôt – et après quarante ans, je ne sais toujours pas pourquoi.

Peut-être qu'au cours de l'été, il s'est passé quelque chose. C'est le mois de juillet, je suis enfin de retour aux Arbres. Comme tous les ans, mon père m'y conduit dans sa voiture bourrée jusqu'aux portières de valises, de liasses d'échantillons – et nous traversons la moitié de la France dans la plus grande chaleur.

Chaque année, mon père s'ingénie à trouver des itinéraires nouveaux, qui nous feront éviter les bouchons des vacances sur la Nationale 7 ; c'est alors Bourges ou la Ferté-Saint-Aubin qui appelle pour moi le souvenir du Grand Meaulnes, Sully-sur-Loire. Ou bien, restés sur les grandes routes, nous déjeunerons à la Charité-sur-Loire, à Saint-Pourçain-sur-Sioule, à l'hôtel du Chêne-Vert. Nous faisons, en hommes, de bons repas. Mon père me parle de ses affaires, je lui raconte à nouveau les Soldanelles ; à une table voisine, le monsieur entre deux âges qui parle fort est l'auteur de médiocres films de cape et d'épée, avec Jean Marais et Bourvil : il fait lui-même si bien dans le paysage, cette Touraine que je n'imagine pas autrement que peuplée de châteaux et de mousquetaires. De Lagardère au Capitan, de Loches à Sully-sur-Loire, ce ne sont que tourelles, toits pointus, poivrières et parcs ombragés d'arbres centenaires : j'ai le sentiment, traversant cette France-là, de me promener dans les pages d'un livre d'histoire, je le dis, je savoure doucement le plaisir de voir que la formule plaît à mon père : je suis encore un très jeune garçon.

Et c'est un très jeune garçon qui arrive aux Arbres, qui prend possession de la « chambre jaune », dite « la garçonnière » et qui va écouter les vieux disques de Mireille, Pils et Tabct, les Musiciens harmonistes. C'est le même très jeune garçon qui retrouvera, pêle-mêle, *Les Sept boules de cristal* d'il y a deux ou trois ans et les *Mille et un fantômes* d'Alexandre Dumas; qui lira quelques volumes d'Agatha Christie : *La Mystérieuse affaire de Chine,* et surtout, bien sûr, *Le Meurtre de Roger Ackroyd* où il s'émerveillera, bien plus tard, que d'autres y aient retrouvé le thème d'Œdipe – le coupable qui, précisément, cherche le coupable.

Le même très jeune garçon fera de grandes promenades à travers ce qu'on appelle « la montagne », ces hauts plateaux à l'herbe rase où l'on conduit encore, à l'estive et pour quatre mois, les grandes vaches rouges de Salers, toutes sonnailles au vent; on dit : « les vaches sont déjà montées » comme, parlant de la Sainte-Vierge de la chapelle miraculeuse de la Font-Sainte, en pleine montagne elle aussi, au-dessus d'Apchon, on parle, fin juin, début juillet, de la « montée de la Vierge », puis de sa « descente » au commencement de l'automne.

Le jeune garçon en question marche longtemps à travers la montagne; l'herbe y est dure, coupante, piquée çà et là des longues tiges de gentiane jaune dont on fait à Riom, à Salers, l'apéritif amer qui s'appelle ici « l'Auvergne gentiane », là « L'Avèze » ou, plus loin encore – mais ce sont des territoires inconnus – la « Suze ». Il traverse les filets d'eau qu'on appelle des « sentes » où, quelquefois, un domestique de la ferme lui apprendra comment attraper à la main, le pouce et l'index enfoncés dans les ouïes, minuscules, vif-argent pointillé de rouge, des petites truites de montagne.

Çà et là, des orgues de basalte gris, tronquées, coupées, parsèment la montagne. Et c'est là que le garçon s'installe, face au ciel, à la vallée au-dessous de lui, pour lire. Plus tard, il y montera aussi avec son ami Daniel, avec sa cousine Marie-José, ce seront d'autres promenades, d'autres découvertes mais, cet été de 1952 où l'Auvergne perdue tout le temps qu'il était malade lui revient d'un coup, en grandes bouffées d'odeurs de foin coupé, de sous-bois à champignons – et le goût des myrtilles, qui poussent par myriades à travers la montagne – cet été de 1952, je me promène seul, je savoure seul la joie d'être libre enfin – et je lis. Je lis sans fin.

J'ai dit Tintin, Hercule Poirot, mais il y aura aussi un livre qui me frappera de plein fouet, *L'Idiot*.

Deux vieux volumes aux couvertures jaunes écornées. « Traduit du russe par Victor Derély, précédée d'une préface par le vicomte Melchior de Vogüé », j'ai trouvé le roman de « Th. Dostoïevsky » dans la bibliothèque de ma tante Raymonde. Les deux volumes, imprimés en 1928 – ils portent la mention 31ᵉ édition, ils sont en face de moi, dans la maison de Provence où je trahis désormais un peu plus chaque année la maison d'Auvergne – sont de gros livres, bien plus de six cents pages à eux deux. Le dos des couvertures en est désormais arraché, les pages maculées : c'est dans la montagne, au-dessus de la grange de la Nastra, que j'en ai ouvert pour la première fois le premier volume. Je suppose que mon cousin Georges, qui préparait une agrégation de lettres, avait dû les découvrir pour moi dans les étroits rayons de l'armoire où ma tante rangeait ses livres. Alors, besace au côté, sur la tête un chapeau de coton blanc – on craignait beaucoup les insolations, dans les Auvergnes de ma jeunesse – je traversais le grand pré sous la maison jusqu'au ruisseau que je passais sur le « petit pont ». Dans l'eau fuyaient les vairons que je capturais parfois par « bouteilles » entières – ces nasses de métal qu'on plaçait pour la nuit – puis je remontais à travers l'herbe haute du champ de la Nastra dont on n'avait pas encore fauché le regain; je faisais une halte à la source, une autre au château d'eau dont on me confiait rituellement la clef – tu ne la perdras pas! – pour vérifier le niveau de l'eau qui alimentait les Arbres et je gravissais ensuite une zone incertaine, pentue, humide, où les fougères m'arrivaient aux épaules, des ronces aussi, de longues orties qui me fouettaient parfois les mollets – mais au-delà de la limite des bois, il y avait la montagne.

Ces plateaux gris-vert, dès lors, les gentianes, les troupeaux de vaches en liberté, quelques centaines de mètres de raidillons et puis rien : l'herbe et le ciel. J'ai sorti un jour le premier volume de *L'Idiot* de ma besace, où il voisinait avec la tranche de pain bis, le morceau de fromage de Cantal.

Peut-être ai-je d'abord lu l'itinéraire du prince Muichkine comme une histoire d'amour, un homme et deux femmes, l'une jeune et pure; l'autre plus âgée, ambiguë – qui aimait en outre un marchand assez rustaud. Du premier coup, j'ai voulu connaître la fin des amours d'Aglaé avec le prince, alors que Nastasia Philippovna me paraissait une empêcheuse de tourner en rond. Et puis...

Une première remarque, peut-être : ce n'est pas Nastasia Philippovna qui m'intéresse, mais la fade fille du général Epantchine, tout simplement, parce que l'une est plus jeune que l'autre. Aujourd'hui, affirmant encore ma tendresse pour les jeunes filles, voire les très jeunes filles, je remarque, faussement triste : « Est-ce ma faute à moi si je n'ai jamais aimé les amies de ma mère, mais les copines de ma sœur? » Plus grave : lorsque je verrai, à la fin des années cinquante, le film que Georges Lampin a tiré du roman de Dostoïevski, je continuerai à préférer la gourdiflote à menton carré qui joue le rôle d'Aglaé à la sublime Edwige Feuillère. Je dois, hélas, faire la même remarque à propos de la *Chartreuse* et du film de Christian-Jaque : j'ai toujours eu un faible pour Clélia alors que je savais bien, au fond de moi et depuis le début, que c'était la Sanseverina que j'aurais dû aimer à la folie – et peut-être aussi Maria Casarès qui jouait le rôle dans « le film », plus tard...

Mais au-delà de ces querelles amoureuses, je découvrais

peu à peu dans le premier, puis dans le second gros volume jaune dépenaillé du roman de Dostoïevski, un étrange univers où la faiblesse peut devenir plus forte que la force, où ce sont les humiliés, les offensés – je lirai le roman homonyme quelques années après – qui nous apportent un peu de lumière. Et surtout, j'avais la révélation de la pitié. Ce que le prince Muichkine possédait en plus de tous les personnages de roman que j'avais lus – dans *La Peste,* peut-être, mais il ne m'en restait déjà rien – c'était ce pouvoir énorme de sentir, puis de vouloir apporter sa tendresse, son attention, sa douceur.

A demi étendu dans l'herbe, puis de retour sur le cosy-corner de velours marron du salon, je m'emplissais de cette découverte, je haïssais Rogojine, j'admirais Muichkine dont pas un instant, je ne me rendais compte de l'impuissance : il était Zorro, qui voulait le bien, autrement...

Dans mon élan, cet été-là, j'ai continué à lire Dostoïevski et je suis arrivé aux *Possédés.* De cette édition-là aussi, j'ai presque pieusement conservé les deux volumes, publiés chez Gallimard dans la traduction beaucoup plus récente de Jean Chuzeville. Ils sont eux aussi fatigués, patinés et, comme dans *L'Idiot,* j'y ai d'abord vu autre chose, une sorte d'énorme roman policier ou d'espionnage cette fois; mais très vite m'est apparu ce qui reste encore figé en moi comme l'un des ressorts essentiels de ce que j'appelle le roman : le thème du groupe, celui du complot. Les *Treize* de Balzac me donneront imparfaitement cette image. Et si tout l'aspect débat politique, débat d'idées, débat philosophique des *Possédés* m'ennuie aujourd'hui, je sais l'avoir lu alors avec passion. Pour la première fois, je voyais déployé devant moi tout l'éventail d'un courant, d'une pensée politique et, tous nihilisme et libéralisme confondus, je découvrais la peinture d'hommes « contre »; que ces hommes-là aient été médiocres, veules, snobs, m'importait peu : ils étaient « contre ».

Pourtant, parmi eux, c'était, bien sûr, la figure de Chatov qui me touchait, peut-être tout simplement parce qu'à sa manière, il était un reflet du prince Muichkine; car si *Les Possédés* ont enflammé le garçon de quinze ans qui se perdait dans les méandres de la conspiration, c'était à la terrible innocence de *L'Idiot* que je revenais sans cesse.

Peut-être est-ce tout simplement que, pendant les dix mois que j'ai passés à Chamonix, je lisais et je découvrais simplement et goulûment, dans le désordre que, de retour chez moi, j'ai sinon appris à penser (ce dont je suis encore bien incapable aujourd'hui) du moins à ruminer ce que j'avais vu, lu, écrit, entendu. En Auvergne, au pays des belles vaches rouges de Salers, je ruminais donc, allègrement, ce que j'avais mâchouillé pendant des mois.

Peu à peu, il en sortait quelque chose.

L'été, en somme, de toutes les découvertes. La petite bibliothèque de l'armoire de ma tante – au mur, le beau papier à fleurs, longs ramages indiens et le lavabo, derrière un paravent, où ma tante faisait sa toilette : cette bibliothèque faite de deux ou trois rayons seulement semblait inépuisable.

Après Dostoïevski, je me suis lancé dans Giono. Curieusement, les volumes que j'en trouvais là étaient à peu près tous des éditions originales, numérotées donc, sur alfa, plus rarement sur japon. Outre la lecture que j'en faisais avec une belle ardeur – un livre : un jour, ou moins... – j'en éprouvais le sentiment délicieux de toucher à quelque chose de très rare, que nous n'étions que peu à posséder. Si bien que ces livres achetés lors de leur parution et avec un discernement particulier par mon père, attablé dans la salle à manger à rédiger son rapport de clientèle ou au volant de sa Citroën ou de sa frégate en train de sillonner les routes défoncées du Cantal et du Puy-de-Dôme – me paraissaient les précieux témoins d'un temps disparu où mon père et ma tante Raymonde avaient été jeunes, beaux et où – vêtus de blanc comme dans les photographies que je feuilletais dans les albums alignés dans la même bibliothèque – ils coulaient des jours innocents au milieu d'un groupe d'amis qui s'appelaient Simone et Georges, Martial, Nenette ou Nina...

A prendre en main le volume clair de *Batailles dans la montagne* ou celui du *Grand troupeau*, et un peu de la même manière que j'avais pu regretter que mon père achetât l'appartement du boulevard des Batignolles et non celui de la rue Bonaparte, je me disais qu'il s'en était fallu de très peu pour que mon père et ma mère aient été des gens très heureux, insouciants, débarrassés de ces contingences matérielles qui faisaient que, trois mois seulement, certes, par an, mais trois mois harassants, mon père travaillait aveuglément, soumis aux caprices des « marchands de toile » d'Auvergne que j'imaginais gros, gras, laids, vulgaires, moustachus et dont certains, pourtant, sont devenus des amis.

Au-delà de cette mention qui figurait au dos des livres de ma tante Raymonde – alfa, japon... –, les romans de Giono m'évoquaient irrésistiblement d'immenses champs de bataille où, face au ciel et sur des plateaux pelés, des forces titanesques s'affrontaient, nuages, armées, le froid, la chaleur torride, le rocher nu, l'orage, la pluie subitement diluvienne – et où l'homme, minuscule, perdu dans une nature hors de toute mesure, n'était plus qu'un minuscule pion qui se battait pied à pied, sur l'échiquier du monde, contre des puissances qu'il parvenait pourtant à dompter.

Plus tard, j'ai su qu'il fallait peut-être préférer le Giono plus intimiste, plus humain, du *Grand troupeau* ou de *Juan le bleu*, à ces fresques lyriques, inspirées, un peu boursouflées aussi; plus tard enfin, je découvrirai le Giono superbe et détaché, stendhalien s'il en fut jamais un dans ce siècle, du *Hussard* et de ses avatars. Mais, à quinze ans, le lyrisme paysan et panthéiste du Giono grandiose qui luttait à la fois contre le ciel, la terre, la guerre et la folie des hommes, me semblait d'une plus qu'humaine beauté.

Ma tante Émilie, mon oncle Émile me parlaient aussi – souvenir de cette Grèce où ils avaient vécu –, de *Naissance de l'Odyssée,* que je trouvais franchement ennuyeux. D'ailleurs, l'exemplaire que j'en trouvais n'était ni un japon, ni même un alfa...

Peut-être que cet emportement qui ressemblait bien à de la passion que j'éprouvais pour Giono donnait un autre sens à mes promenades dans la montagne.

Là aussi, j'étais seul : marcher seul sur l'herbe à la fois dure, rase, un peu élastique, était une jouissance voluptueuse. Aussi m'enhardissais-je à dépasser le cadre trop étroit de la seule promenade jusqu'à Champ d'Apchon, qui faisait les beaux matins de mon tous-les-jours. J'allais beaucoup plus loin et à pied. Bientôt, mon père m'offrit un vélomoteur, et ma vie changea. Je découvris des espaces insoupçonnés, comme posés à plat entre ciel et terre. Mais, plus que tout, le village de Collandres m'attirait, perché au bord de son plateau au-dessus de la ferme de la Morel où était né mon grand-père.

C'était une minuscule bourgade à quelque mille deux cents mètres d'altitude où s'arrêtaient en ce temps-là toutes les routes. Celle qui desservait le hameau de la Bade, au fond de la vallée, ne faisait qu'effleurer le village : elle montait péniblement jusqu'à lui, se hissait à la hauteur du cimetière puis semblait renoncer pour, tout de suite, plonger à nouveau vers la vallée. Le village, construit autour d'une grande place en pente, était fait de quelques maisons, l'église, l'Auberge des Tilleuls (« on y loge à pied et à cheval »), l'école, la boutique et le four du boulanger qui était plus ou moins un cousin.

Sous le porche profond de l'église, une vieille femme avait vécu, dix ans, quinze ans, refusant tout autre gîte, un parapluie en hiver pour barrer le chemin aux bourrasques de neige, jusqu'à ce qu'on la retrouve morte; au-delà du village et de la Croix de l'agneau, où le diable, dit-on, prit l'apparence d'un mouton pour égarer un berger, c'étaient surtout des sentiers qui sillonnaient la montagne, de buron en buron.

Je partais là-bas seul, et je marchais, je marchais avec

jubilation face au ciel : batailles, dès lors, dans la montagne qui se déroulaient autour de moi; les nuages qui montaient à l'assaut des sucs et des puys, le vent qui balayait tout ou le soleil, au contraire, qu'on m'affirmait « terrible » à ces altitudes, et qui écrasait l'herbe, les arbres, les filets d'eau.

Immanquablement, je parvenais à un tertre ou à un ensemble d'orgues de basalte; de là je partais à la recherche de quelques vestiges gallo-romains dont on m'avait signalé la présence sur une carte d'état-major et où mon grand-père m'affirmait avoir jadis trouvé des pièces en cuivre; à moins que ce fût Henri ou Georges Delteil, les amis de mon père, qui y aient, eux, plus sûrement, découvert quelques tessons, la trace encore visible d'un mur que je retrouvais à mon tour.

Il y avait aussi, là-haut, des orages gionesques, des averses d'été qui tombaient d'un coup, me frappant le visage, le corps. Et je courais parfois une bonne heure sous la pluie pour retrouver la maison des Arbres – où ma tante, Marie, la bonne, m'attendaient avec des serviettes, de bons pull-overs ou le feu qui brûlait presque tous les soirs jusqu'au cœur de l'été le plus chaud dans la cheminée du salon rouge parce que, maugréait-on, la maison était toujours un peu humide. Je m'ébrouais, nu dans ma chambre et, toutes Auvergnes et toutes Provences confondues, les montagnes rases et pelées de Giono comme les miennes appartenaient à un même univers, sauvage, dont j'avais envie de parler.

Le lendemain matin, assis à une table de bois dans le jardin, sous le frêne qu'un orage a depuis déraciné, je tentais d'écrire mes émotions, cette promenade, l'histoire d'un gamin de mon âge qui se mettait à rêver tout seul.

J'écrivais : Giono, le premier, m'a donné envie de parler. Les livres qui mènent au livre même si les efforts enfantins d'alors n'ont jamais dépassé quelques pages...

C'est au cours de ce premier été de liberté que j'ai lu quelques romans de François Mauriac : on avait de saines lectures dans ma famille. Comme ceux de Giono, les volumes de Mauriac sont restés dans la maison des Arbres et, d'été en été, lorsque j'y reviens quelques jours, c'est avec une émotion bien littéraire elle aussi que je retrouve *Le Mystère Frontenac, Le Nid de vipères, Ce qui était perdu...*

La maison des Arbres est petite, étroite, pas vraiment belle – et c'est un euphémisme. D'un côté, crépie de jaune et couverte de glycine, elle est précédée d'une terrasse à la rampe de fer forgé peinte de gris pâle; accolée à la belle ferme du XVIIe siècle aux grandes plaques de lauze, elle donne sur la cour où piaillent des poules, aboient des chiens. On attelait chaque jour l'âne de la fermière pour aller chercher le bidon de lait et, deux fois par semaine, Gaspard, l'âne de ma tante, conduisait Marie jusqu'au marché de Riom où je l'accompagnais parfois. Il fallait près d'une heure ensuite à Gaspard, gris et têtu, pour remonter les trois kilomètres de Riom aux Arbres, sous le grand soleil de l'été dont Marie s'abritait à l'aide d'un gigantesque parapluie bleu. Le dimanche, c'était la charrette anglaise, orgueil de la famille et qu'on appelait un tonneau, qu'on attelait pour descendre à la messe – où nous arrivions invariablement en retard, traversant ensuite sans pudeur la nef sous le regard furibond du curé de Riom, qui était en général au milieu de son prêche, pour nous installer dans les premiers rangs, toute la famille réunie.

Mais c'était le côté jardin de la maison qui représentait pour moi la quintessence des Arbres. Là encore, une maigre terrasse comme accrochée au-dessus de l'entrée de la cave, et entourée de gros massifs de lauriettes avec, à gauche, le mur de la ferme entièrement couvert de lierre où nichaient des dizaines d'oiseaux qui piaillaient au coucher du soleil. Devant : les trois allées qui me semblaient sans fin, le « petit bois » de bouleaux, la charmille, et puis le frêne, les « pelouses », les marronniers le long de la haie d'aubépine qui marquent la frontière entre « les Raboissons » – nos voisins – et nous-mêmes.

C'est là, sous le frêne, qu'à l'heure du café, à l'heure du thé, on se retrouvait autour de la table de bois rouge et blanche : grands-parents, parents, tante Raymonde, les « Émile » et Marie-José, leur fille – ma sœur et moi enfin. C'était le cercle de famille. C'était le moment où tous ensemble, on faisait les projets de l'après-midi ou du lendemain, une pêche aux écrevisses, l'escalade du rocher du château d'Apchon. Mais ce cercle-là, réel et charmant, bien limité, hélas, était aussi la représentation d'un autre cercle de famille, idéal, qui était celui des romans que je lisais alors, et au premier chef de ceux de Mauriac : *Le Mystère Frontenac, Le Nœud de vipères.* Et la maison des Arbres retrouvait la vocation qu'elle avait déjà, dans les *Sir Jerry* ou les *Bibliothèques roses* de ma petite enfance, de mise en scène plus ou moins achevée de cette « maison de famille » dont j'avais gardé la nostalgie parce que je l'avais lue dans les livres et que je ne l'avais connue que sous sa forme la plus étroite, la plus limitée dans l'espace et dans sa composition : deux tantes, un oncle, une seule cousine...

Je le savais, les maisons de famille selon Mauriac étaient l'épicentre monstrueux de toutes les haines, de toutes les mesquineries – quand les Arbres étaient au contraire un havre de calme, de tendresse et de complicité; il n'en reste pas moins que l'image que je m'en suis faite à partir de cet été-là est passée par Carèse, la maison du *Nœud de vipères,* ou Bourideys, celle des Frontenac. Plus tard, les maisons de Giraudoux prendront la relève de ces paradis-là : des maisons vivantes, peuplées d'êtres aimés, où les retrouvailles annuelles rythment les saisons, une vie.

Lorsque à quinze ans, je tenterai mes premiers essais d'écriture, il y aura le grand soleil sur les plateaux au-dessus de Collandes ou d'Apchon; mais aussi les longs après-midi de cousins et de cousines réunis dans une grande maison avec son escalier, ses marronniers, ses charmilles et le frêne au pied duquel le héros adolescent de mes naïves tentatives romanesques épie de jolies cousines, écoute un oncle disserter ou lit, rêve, regarde la lumière jouer entre les feuilles. J'aimais ainsi, chez les jeunes héros de François Mauriac, ce côté fervent et désespéré que je souffrais presque de ne pas retrouver en moi : j'étais désespérément sage, presque innocent et rarement désespéré... En fait, j'ignorais toutes les passions : jusqu'au plus petit chagrin d'amour. C'est que ma vie sentimentale s'organisait toujours dans ma tête entre les deux mêmes archétypes qui n'ont toujours pas fini de me hanter.

En face d'Yvonne de Galais, toute pureté, il y avait la masse des autres, des brunes, des pulpeuses, de celles dont le désir pouvait fouetter un gamin de quinze ans. Et le modèle de toutes celles-là était sans conteste la Concha, la Conchita de Pierre Louÿs dans *La Femme et le pantin.* Fut-ce ce premier été, ou le suivant, que je découvris le grand livre jaune, *Livre de demain illustré,* dont la lecture devait accompagner tant d'étés à venir? Mais l'image de la petite fille qui s'offre et se refuse, certaines scènes précises – le héros témoin de l'accouplement (il n'y avait pas d'autre mot) de la fille qu'il aime avec un chenapan ou celle, plus étouffante encore, moiteur, Espagne, touffeur, chaleur, sueur – où le pantin s'acharne à vouloir enfin posséder sa Concha qui s'est recouvert le bas du corps d'un caleçon d'homme si serré, si noué de partout, verrouillé en somme, qu'il n'y peut rien atteindre : ces scènes-là me donnaient du désir une vision brutale qui venait seulement buter sur l'archétype idyllique et, à tout prendre, fadasse, d'Yvonne de Galais blanche et transparente.

Deux femmes, toujours, que je poursuivais en rêve et que je poursuivrai longtemps le soir avant de m'endormir – en quête d'un visage ou d'un corps, puisqu'en somme il s'agissait de cela : le visage de l'une et le corps de l'autre.

La réalité était tellement plus sage! Sevré de demoiselles pendant l'année passée à Chamonix, je retrouvais avec exaltation mes petites amies de Riom et autres cousines, mais tout cela était d'une innocence dont je m'étonne encore aujourd'hui.

Bien sûr, au fond de moi, j'étais amoureux de cette Christiane de mon âge, fille d'amie de mes parents qui avait quatre ou cinq sœurs aussi jolies qu'elle. On disait : les filles D., et c'était une parade de longues silhouettes blondes ou brunes, belles, saines, sportives. Christiane était la plus jeune, à douze ans « nous jouions ensemble »; à quinze ans, nous faisions des promenades, elle montait de Riom, nous pêchions le vairon dans le ruisseau du bord du pré – et voilà. Je l'ai retrouvée plus tard, étudiante à Sciences-Po comme moi; puis elle est devenue religieuse.

Plus encore que de Christiane, j'étais tombé amoureux fou de Danielle, à qui je l'ai dit, tant d'années plus tard : nous sommes aujourd'hui les meilleurs amis du monde. Elle était de quatre ans ma cadette, c'était, ce premier été, une petite fille et tout, en elle, me transportait.

Lorsque, à dix-sept ans j'ai commencé à écrire mon sixième ou septième premier roman – dont des bribes sont restées, puisque j'en ai incorporé quelques chapitres dans ce qui deviendra mon premier roman publié – j'ai imaginé un grand dadais comme moi, un Blaise auvergnat et maladroit, amoureux tout à la fois de Danielle et de Christiane, et qui découvrait subitement, dans un Paris de novembre où il les retrouvait, qu'il existait entre elles un lien autrement fort que celui qu'il aurait voulu créer avec l'une ou l'autre de ses deux amies.

Et puis il y avait encore ma cousine Marie-José, de quatre ans mon aînée : j'éprouvais alors pour elle une très grande tendresse et peut-être découvrais-je déjà un peu les livres qu'elle-même lisait. Mais l'été s'achevait déjà.

Le grand lycée Condorcet est le haut lieu de bien des légendes; entre les rues du Havre et de la Chaussée d'Antin, c'est un ancien couvent, il a été Collège Bonaparte et ses caves constituent un univers de corridors, de portes closes, de souterrains illuminés çà et là de maigres loupiotes, où nous apprendrons à nous perdre. Les salles de cours étaient restées ce qu'elles étaient à la fin du siècle dernier : disposées sur quelques marches plates en gradin, de longues planches, à peine larges de quarante centimètres, tenaient lieu de pupitres à des rangées de deux ou trois fois sept élèves assis sur d'autres planches parallèles aux premières et plus étroites qui étaient les bancs. Tout cela avait été poli par des centaines de derrières ou de manches de blouses grises, tailladé d'initiales à coups de couteau, maculé d'encre. Certains professeurs faisaient encore leur classe en blouse grise; l'un d'entre eux portait un béret basque... Quelques élèves venaient même au lycée vêtus d'une courte cape noire ou bleu marine, et le chef coiffé d'un béret. C'était parmi eux qu'on recrutait les élèves du Collège Fénelon, tout proche, cours privé dont j'avais entendu dire un jour qu'il était « très exclusif » et que les autres lycéens méprisaient un peu, peut-être tout simplement parce qu'ils les enviaient...

Le lycée Condorcet : des légendes. Des anciens élèves fameux, Marcel Proust et quelques autres; et puis des scènes de Giraudoux, *Bella, Bellita,* je ne sais plus, Rebendard qui inaugure une plaque à la mémoire, je ne sais pas, de Briand : tout de suite, le « Grand Condorcet » m'est apparu comme un lycée très littéraire.

Lycée : des camarades. Si peu en sont restés. Daniel, bien sûr, Daniel Meyer retrouvé : ensemble, nous remonterons chaque jour la rue d'Amsterdam; il me racontera ses aventures avec une femme plus âgée que lui qu'il appelle sa « maîtresse » et dont je ne saurai rien d'autre. Depuis près de quarante ans, je ne l'ai jamais interrogé sur cette femme, dont un jour j'ai cru comprendre que c'était aussi une amie de son père.

Chaque jour, devant un hôtel de la rue d'Amsterdam – transformé en sex-shop, en ciné-cochon... –, nous apercevions Odette. Odette était une putain entre deux âges, qui aurait pu être ma mère. Elle était pâle, rousse, le visage carré, ingrat... Un jour, nous l'avions entendu appeler : Odette. Depuis, chaque fois que nous passions à sa hauteur, Daniel prononçait son nom : Odette. Et moi, rouge de confusion, je pressais le pas.

Je dois Proust à Daniel : je reviendrai à Proust et à Daniel.

Mes autres camarades d'alors : une masse plus floue, où je ne distingue plus que quelques noms. Bien sûr, il y avait celui que j'appellerai Antonio. Il était plein de fougue, d'ambitions littéraires et d'une immense modestie. Il lisait des écrivains que je ne connaissais pas : P.-J. Toulet, Charles-Louis Philippe – et que je ne cherchais pas à connaître. Antonio récitait Nerval ou Verlaine avec des mines gourmandes et son père avait lui-même été poète, il avait publié des vers, des plaquettes à compte d'auteur où il chantait un Paris disparu, Montmartre, la Butte, des fortifs et des bals populaires, des bistrots d'autrefois. Un jour, j'ai vu le père d'Antonio, qui semblait sorti d'un de ses poèmes, rapin ou bohème comme on n'en faisait plus depuis le début du siècle, lavallière et grand béret de velours.

Antonio était pauvre; un mot d'autrefois, aussi. Lorsqu'il avait appris que mes parents avaient acheté un poste de télévision, il s'était exclamé : « Un poste de télévision! Chez soi! » Il était bon, doux, vertueux : d'un autre temps. Tout en lui appelait des références littéraires qui n'étaient plus. En fait, tout en lui était littérature. Il faisait ses délices de la grammaire et lisait des auteurs bas latins, Terrence, Properce, dont il prononçait le nom comme s'il s'était agi de succulentes sucreries.

D'ailleurs, sa bouche se faisait gourmande – et étonnamment peu ragoûtante aussi, il y avait alors quelque chose d'ambigu, de malsain... – pour prononcer les mots « succulent » ou « délectation » que j'associe si volontiers à lui. Ainsi, la bouche pleine d'extase, évoquait-il une pièce de Victor Hugo dont je n'avais jamais entendu parler, *Angelo, tyran de Padoue;* comme ses citations : « Je suis le ténébreux, le veuf, l'inconsolé... »; je me sentais vaguement mal à l'aise. La chaleur même, l'affection – on aurait dit mouillée... – d'Antonio me dérangeait. Et pourtant j'aimais bien Antonio et je savais que lui-même avait de l'affection pour moi.

Antonio était petit, râblé, un beau visage aux yeux tristes entouré de cheveux frisés. Une seule fois je l'ai vu en colère; il s'est battu.

Je l'ai revu trois ou quatre fois. Lors de mon mariage, arrivé le premier dans les salons d'un petit hôtel directoire où mes beaux-parents donnaient une réception, il partit le dernier, ne ratant pas un instant où je me retrouvai seul, entre l'arrivée de deux invités, pour venir me serrer une nouvelle fois la main et me dire combien il était heureux – oui, vraiment, si heureux.

Et puis, j'ai appris qu'il avait passé plusieurs mois dans une maison de santé; il était fatigué, nerveux. Lorsque je l'ai revu à nouveau, voilà deux ou trois ans, barbu, hirsute, crépu, dans une librairie du boulevard Raspail, il était plus exalté que jamais. Il me parlait de son affection, du temps qui ne passe pas, de Terrence, de Properce, du *Satyricon.*

Jean-Luc N., c'était autre chose. Jean-Luc était, lui, un jeune homme des beaux quartiers qui jouait au dévoyé habillé de tweed ou de flanelle; il était coiffé avec une sage raie sur le côté, les cheveux bien séparés, peignés; il avait le teint rose, l'œil clair et tout en lui pouvait faire illusion : il affirmait très haut appartenir à la race des « paresseux intelligents » qui devait avoir quelque parenté avec les *happy few* de Stendhal. Je sais que j'aurais aimé devenir l'ami de Jean-Luc, ironique et goguenard, mais lui-même me regardait de haut, petit garçon appliqué que j'étais, et je suis convaincu aujourd'hui qu'il n'avait pour moi que le plus profond des mépris.

Daniel, bien sûr; Antonio; Jean-Luc, il y avait aussi un Jean-Louis qui habitait près de la place des Batignolles : nous remontions parfois la rue d'Amsterdam ensemble; un François, plus proche voisin encore, long et maigre, cheveux en brosse que les hasards de son métier – il est devenu géologue, ou quelque chose comme cela – ont amené pendant quelques années à travailler à Riom-ès-Montagnes; il y avait encore un garçon à qui je n'adressais guère la parole et qui me faisait un peu peur – il s'appelait Jean-Pierre Beltoise. Et c'est à peu près tout; mes camarades de Condorcet : si peu de souvenirs, en somme, qui soient de vrais souvenirs.

Professeurs de Condorcet? Le même flou les enveloppe eux aussi. En seconde, français et latin-grec, il y avait un certain D., qui se voulait ironique, cynique peut-être : que m'est-il resté de lui? En première, Paul Benichou, dont j'ai appris ensuite à admirer les travaux sur l'âge classique, était surtout pour moi un monsieur frileux, toujours enrhumé et le cou enveloppé d'un foulard de laine rouge. Quant au malheureux H., qui fut mon professeur principal en classe de philosophie, il se faisait tant chahuter que je dois lui rendre cet hommage, que, grâce à lui, je n'ai rien appris ni rien retenu d'une année tout entière passée à le conspuer; son seul exploit, il le réalisa un jour en salle de gymnastique où, traité par celui-ci ou celui-là de « rachot » – ce qui voulait dire rachitique et peut-être aussi minable –, il défia l'impudent aux barres fixes et, tout maigre qu'il était, gagna bel et bien son pari. Mais ni D. en classe de seconde, ni Paul Benichou ne m'avaient pourtant davantage donné le goût des livres qui allaient devenir les miens.

Pendant les cours de latin ou de grec, je faisais de mon mieux, obtenant parfois un accessit en fin d'année; en littérature, je suivais de loin et j'avais immanquablement un premier prix de récitation. Mais ni le lycée Condorcet, aussi entouré de mythes littéraires qu'il ait pu être, ni mes professeurs, ni mes camarades n'ont joué pendant ces trois années que j'ai passées rue du Havre un rôle déterminant dans ma vie.

La machine à fabriquer les souvenirs, si active quand il s'agit du boulevard des Batignolles ou de la maison des Arbres comme de ces mois passés à Chamonix, est ici rétive. Alors?

Les caves de Condorcet : un roman sans importance de Gilbert Cesbron racontait l'histoire d'un groupe de lycéens qui s'étaient créé un club, une organisation secrète dans les souterrains d'un lycée qui était précisément Condorcet. On y accédait par une porte dérobée, un escalier très sombre et ces jeunes gens avaient donné à leur univers souterrain le nom de Betelgeuse. Ils étaient plusieurs, une dizaine peut-être, qui, comme dans mes vieux romans de la collection *Signe de Piste,* s'étaient ainsi constitués en groupe, qui avait son domaine.

J'étais seul. Ce genre d'aventures n'amusait pas Daniel, trop réaliste, cynique; je n'aurais jamais eu l'idée d'y entraîner Antonio; quant aux autres... Mais j'avais découvert moi aussi l'escalier dérobé, l'univers souterrain de couloirs, presque des rues qui épousaient le périmètre de l'ancien cloître pour se perdre ensuite en improbables corridors barricadés de portes à claire-voie dont j'avais trouvé, accroché à un clou au-dessus de l'une d'elles, le passe qui les ouvrait toutes.

Seul un nommé St. était dans la confidence : il était long, maigre, et je ne l'aimais guère, le méprisais un peu mais lui aussi connaissait l'existence de ce réseau souterrain et j'avais dû penser que mieux valait m'en faire un allié qu'un ennemi. Aussi avions-nous fait fabriquer chez un serrurier du passage du Havre deux copies de la grosse clef de fer qui ouvrait toutes les portes et c'est dans des explorations qui me semblaient infinies que nous avons pu nous lancer.

Le lycée avait dû servir d'hôpital pendant la première guerre mondiale, et même d'armurerie, ce qui me paraît aujourd'hui bien contradictoire. Et pourtant, certaines portes arboraient de grandes croix rouges, des chiffres tracés au pochoir, d'autres des inscriptions plus inquiétantes encore. Ainsi le mot *hypérite,* qui apparaissait sur deux ou trois d'entre elles me faisait imaginer le pire : *hypérite,* gaz, poison, fumée, asphyxie, hôpital, blessure, bandage, bandes de gaze encore, poumons brûlés, âcres odeurs de la mort très âcre. Mon ami St. s'en fichait bien, lui, de l'hypérite : il descendait dans les sous-sols du lycée pour fumer des Caporal ordinaires que son frère lui envoyait d'Allemagne où il faisait son service militaire; mais lorsque je poussais les portes condamnées qui en portaient le mot, j'avais le sentiment de pénétrer au plus profond d'un boyau, quelque part entre la Marne et la ligne Maginot : autant de mots qui avaient aussi fait partie du vocabulaire vaguement familier de ma petite enfance, où je croiserai les fantômes de romans de Roland Dorgelès ou de Maurice Genevoix qui commençaient à paraître dans une toute nouvelle collection qui s'appelait *Le Livre de poche.*

C'est précisément dans les caves de Condorcet que j'ai lu le premier volume de cette collection dont le prix, le format inhabituel en France me paraissaient à proprement parler miraculeux. Il s'agissait – quel drôle de choix – de *Mademoiselle de la Ferté,* de Pierre Benoit dotée de la plus horrible couverture colorée qui se puisse imaginer. On confondait encore livre populaire et mauvais goût forcément populaire.

Je m'étais aménagé, au-delà de l'une des portes marquées *Hypérite,* une sorte de cabinet de lecture dans une pièce qui ressemblait à une crypte et devait jouxter les sous-sols de l'église Saint-Louis-d'Antin. J'avais transporté là une chaise, volée dans une salle de dessin, et quelques caisses transformées en bibliothèque. Bien qu'un fil électrique arrivât jusque-là, j'avais installé des bougies et je me disais que je voudrais lire là, seul, des soirées entières. Et j'ai bien lu, en effet, ou commencé à lire, *Mademoiselle de la Ferté.*

Autre souvenir précis : j'associe cette cave, à vrai dire parfaitement sinistre – les murs au plâtre gris qui s'en allait par grandes plaques et la chaise inconfortable qui craquait sous moi – à Balzac et au *Père Goriot* en classique *Garnier* sur lequel j'ai fait mes premières armes; ou plus probablement, *Goriot* faisait-il partie de la douzaine de livres que j'avais rangés côte à côte dans ma caisse-bibliothèque.

Il y avait aussi une vilaine édition dite « complète » de Baudelaire publiée par les *Éditions de la Boétie* dont j'avais décoré la page de garde d'un dessin reproduisant le célèbre portrait de Baudelaire par Nadar. Quant à ma cave, j'ai bien dû y lire une demi-douzaine de fois : autant l'exploration m'en avait paru exaltante, l'installation de ma chaise, de ma caisse de bois, jusqu'aux clefs dont la fabrication par un serrurier qui nous avait jeté un regard soupçonneux m'avait transporté; autant ma solitude totalement silencieuse dans la poussière grise d'une crypte aux échos ambigus – car il y avait des frôlements, des frottements... – me découragea vite.

Après quelques expériences, mes explorations souterraines en restèrent là et, sous le sceau du secret, je fis cadeau de ma clef à un camarade qui m'annonça peu après avoir amené des filles jusque dans le réduit où j'avais abandonné chaise et caisse de bois : j'en éprouvai un obscur regret...

Peut-être n'aimais-je pas Condorcet. On évoquait devant moi Louis le Grand et Saint-Louis, qu'avaient fréquenté mes cousins André et Jean : c'étaient là des établissements glorieux, installés dans un quartier qui ressemblaient bien à un lointain paradis puisque, boulevard Saint-Michel et ses environs, c'était le quartier des étudiants. Alors que, trains de banlieue et gare Saint-Lazare : en dépit de son passé littéraire, Condorcet baignait dans une atmosphère morne qui n'invitait guère à l'émerveillement.

Pour qu'un lieu vive peut-être doit-il seulement appeler en moi des images, des rêves – sinon des fantasmes; et la gare Saint-Lazare, les Grands Magasins, constituent un univers opaque, gris, traversé de gens pressés qui ne rêvent guère.

Gare Saint-Lazare : on allait pourtant s'y encanailler. On regardait les filles descendre des trains de banlieue et se presser vers le lycée Racine ou d'hypothétiques bureaux et on perdait une heure au Cinéac Saint-Lazare, qui ne présentait que des actualités, des dessins animés et des courts métrages aussi éducatifs qu'ennuyeux. On errait dans la galerie marchande, on mangeait de gros beignets chauds couverts de sucre, épais et collants à l'intérieur, qu'on appelait des *krapfens* (et dont je ne suis pas sûr encore aujourd'hui de l'orthographe). On traînait devant les marchands de journaux qui vendaient *Cinémonde* ou les *Folies de Paris-Hollywood,* feuilletant le premier, n'osant acheter le second qui offrait des bataillons de femmes nues aux photos savamment retouchées (pas de poils!); et on repartait, mes camarades avec *Science et Vie* ou *Miror Sprint, But et Club,* et moi, quelquefois, avec cette chose étrange qui s'appelait *le Figaro littéraire.* Il y avait aussi une boutique de semelles compensées, j'imagine aujourd'hui des jambes articulées, au moins des corsets médicaux, des gaines de grossesse, une foule de choses laides que les dames nues et épilées de *Folies de Paris-Hollywood* ne parvenaient pas à nous faire oublier. On riait des amoureux qui s'attardaient sous l'horloge et, interminablement, on guettait, on épiait encore, on suivait toujours des filles qu'on n'oserait pas aborder.

Face à la gare, le passage du Havre était une de ces galeries vitrées comme il s'en est multiplié au siècle dernier autour des grands boulevards; on en a détruit beaucoup, le passage du Havre existe encore, c'était l'un des plus laids, il l'est demeuré, parfaitement utilitaire, boutiques de chaussures, vêtements, caoutchouc, électricité, pas même une cartonnerie, timbres froids ou cartes de visite pour nous faire rêver. J'y suis revenu voilà quelques années acheter ce que les Québécois appellent des « claques » pour recouvrir des chaussures les jours de neige ou de gadoue. Comme en face du petit Condorcet, et pour éponger l'argent des lycéens, le passage abritait aussi un marchand de trains électriques; seule une boutique de farces et attrapes, désolante, me ravissait précisément parce qu'elle était sinistre et que tout ce qu'elle offrait était d'une vulgarité achevée, poudre à gratter, à éternuer, à faire péter, glaviots de verre qu'on mettait dans la limonade, limaces de caoutchouc qui naissaient à la surface des verres et paires de lunettes « spéciales » dont on assurait qu'elles permettaient de voir la nuit la voisine d'en face en train de se déshabiller. Et pourtant, passage du Havre, galerie marchande de la gare Saint-Lazare, Cinéac Saint-Lazare, entre deux cours : nous errions là en grappes de gamins mal élevés qui, désespérément, épiaient toujours, suivaient encore les filles.

Les programmes du Cinévogue Saint-Lazare commençaient à dix heures du matin. On faisait dès lors l'impasse sur un cours de gymnastique ou de dessin pour s'enfermer dans la salle obscure où glissaient des silhouettes équivoques. Le temps n'était pas encore aux films pornographiques, mais le Cinévogue Saint-Lazare présentait des films où on voyait des femmes presque déshabillées. Les titres, voire les affiches, étaient racolleurs au possible, et nous tombions bien sûr dans tous les pièges. Ainsi *Manina, la fille sans voile,* qui fut, je crois, l'un des premiers films de Brigitte Bardot : y voyait-on seulement le bout d'un sein? C'étaient, en revanche, les deux seins bien solides et bien suédois de Harriet Anderson, future star d'Ingmar Bergman, qu'on découvrait de face et de profil, sous un pull avec collant puis sous rien du tout dans une *Monika* en noir et blanc qui nous transporta tous; pour ne pas parler de l'infortunée amoureuse bien nue, celle-là, mais de si loin... d'un sous-Bergman de presque avant que Bergman fût, dans un film qui fit fureur et s'appelait *Elle n'a dansé qu'un seul été.*

Je disais à mes parents que j'étais en étude entre deux cours, et je me saoulais des corps voluptueux, si généreusement offerts, de Harriet Anderson et de ses amies suédoises. Pourtant, passage du Havre ou Cinévogue, tout cela restait d'une bien morne tristesse et je ne m'aimais pas beaucoup de n'avoir d'autre univers que celui-là...

M. D., qui était mon professeur de lettres en seconde, divisait ses élèves en deux catégories : il y avait les imbéciles et les paresseux intelligents; de là à conclure que les intelligents moins paresseux que les autres étaient des imbéciles, il n'y avait qu'un pas à franchir que les garçons de ma classe que j'admirais le plus – Daniel et ce Jean-Luc, dont j'ai parlé – sautaient aisément. Quant à moi, je devais, aux yeux de mon professeur, être un bel imbécile car je ne me donnais pas le mal d'avoir l'air paresseux.

Je travaillais beaucoup même. C'est ainsi qu'au cours de cette année scolaire qui commença dans l'allégresse de Paris retrouvé et s'acheva dans une Angleterre triomphante où je pus m'abandonner à tous les clichés des vacances de jeune Français en Angleterre, je me portais à deux reprises volontaire pour faire ce qu'on appelait alors un « exposé oral » et qui représentait pour moi un exercice totalement nouveau. Comme j'étais peu sûr de moi – et je continue à affirmer que je ne sais guère parler en public, ce qui est presque vrai... – je rédigeai totalement le texte des deux interventions que je fis en milieu et en fin d'année scolaire devant une classe passablement ennuyée. Mais je mis un tel soin à les préparer que chacune d'elles constitue presque pour moi une manière de parcours initiatique; l'une et l'autre déboucheront d'ailleurs, sans que j'y pris garde, sur une réflexion dont seul et livré à moi-même, j'aurais bien été incapable, sur le roman et sur les techniques du récit, la densité romanesque.

Mon premier exposé fut consacré à *Adolphe.* Alfred Roulier, le grand spécialiste de Benjamin Constant du moment, venait d'assurer pour la première fois la publication de *Cécile,* un manuscrit mythique qu'on présentait comme une suite inconnue d'*Adolphe;* une nouvelle édition des *Mémoires* avait, en outre, paru chez Gallimard. Avec une voracité soudain presque universitaire – la nostalgie, en somme, anticipée, des études de lettres que je ne ferai pas – je me plongeais dans *Adolphe, Le Cahier rouge,* puis cette *Cécile,* ces *Mémoires.* J'avais tout simplement décidé de traiter de l'amour : l'amour, passion dévorante et funeste dans *Adolphe,* l'amour conjugal et serein de *Cécile.*

Ce que j'ai dit alors d'*Adolphe* et de l'amour, je l'ai oublié. En revanche, je me souviens avec une étonnante précision de l'espèce de frénésie avec laquelle je me plongeais dans les sources bibliographiques des deux ouvrages et, surtout, comment je m'attachais à reconstituer l'itinéraire, au demeurant parfaitement décrit par M. Roulin, des malles dans lesquelles Constant avait enfermé manuscrits, lettres, papiers personnels et qui, dispersées à Bruxelles ou Goettingen, ne lui revinrent – avec le cahier qui renfermait *Cécile* – qu'après sa mort. J'étais fasciné par cette histoire de lettres introuvables; l'image de la malle aux manuscrits précieux (*Les Papiers d'Aspern,* plus tard) s'inscrivit soudain dans mon imaginaire avec une évidence mystérieuse, une densité de secret, d'inconnu lié à la quête de l'écrit perdu. C'est tout cela que je racontais trop longuement, sûrement, à mes camarades, dissertant avec un beau pédantisme sur les scrupules de Mme de Rodde, dépositaire de l'une des malles, ceux du banquier belge trop consciencieux qui ne voulut pas se séparer d'un objet remis à lui quinze ans auparavant malgré l'insistance de tel ami de l'auteur mort. Mais au-delà de ces considérations bibliographiques qui sont devenues aujourd'hui le tout-venant de ma bibliomanie impénitente, il y avait la matière même de cet exposé, dont je me rends compte seulement aujourd'hui qu'il constitua une véritable recherche. C'est là qu'apparaît en moi, puceau s'il en fut jamais, une autre forme de ce double désir : celui de la femme belle et douce près de laquelle on rêve – belle figure de style – de marcher côte à côte tout au long d'une vie; et celui de la femme ardente et difficile, qui se refuse, qu'on désire et qui vous domine. Georgina, Charlotte-Augusta de Hardenberg, seconde épouse de Benjamin Constant, était Cécile, la première; la deuxième était, certes, Germaine de Staël, laide, cela va sans dire, et le modèle de l'Éléonore d'*Adolphe* – mais elle était en réalité la femme fatale dont je développai longuement l'absolue nécessité, en contrepartie des joies divines mais probablement un peu ternes d'un mariage avec Mlle de Hardenberg.

Cécile ou Éléonore? Ma réponse était claire : je refusais de choisir. Ou bien, je les chérissais toutes deux. Un jour d'été, à la Galerie Borghèse, j'ai balancé de même entre deux figures de l'Amour : *l'Amour sacré et l'Amour profane,* telles que le

Titien les a imaginées, vêtue de velours ou bellement nue, de part et d'autre d'un puits. Tour à tour, je désirais l'une, puis rêvais de l'autre : j'avais – n'est-ce pas – choisi de ne pas choisir. En guise d'excuse, je dirai que les deux dames en question étaient des dames de papier.

Mais ce que je découvris surtout en *Adolphe,* puis en *Cécile,* voire dans *Le Cahier rouge,* ce fut l'admirable concision d'un style serré, grave, totalement maîtrisé; peu de temps après, je devais lire *La Princesse de Clèves* puis, sur le conseil du même M. D., le *Dominique* de Fromentin. Chaque fois, je retrouverai le même art du récit économe de moyens, somptueusement clos, français au sens où l'on parle d'un jardin à la française; où Debussy est – figure de réthorique – français. Avec *Adolphe,* on se trouvait un pas encore plus loin dans cette direction extrême : juriste, Constant – le découvris-je (je ne savais pourtant guère ce qu'était un juriste) – écrivait comme un juriste : homme de lois, il décrivait une passion avec la justesse transparente et neutre de qui rédige les lois, fût-ce pour les combattre. Au sortir de *L'Idiot* et même des effusions landaises ou provençales de Mauriac et de Giono – ces odeurs de pins, de forêts, la garrigue qui vibre, le crissement assourdissant des cigales ou le fracas d'un orage dans la montagne, l'humus même de ces terres du Sud que j'avais respiré avec une sorte d'ivresse dans mes romans de l'été – je découvrais en *Adolphe* un sens de la mesure, une froideur pour dire le plus brûlant qui m'ébahissait.

Adolphe, c'était la tentation minimaliste, la leçon d'écriture pure : en face se dressait la montagne Claudel, ce roc, cette chaîne volcanique en éruption, coulées de lave : effusions à nouveau, mais sur un mode grandiose, du *Soulier de satin.*

J'avais acheté d'occasion le deuxième volume du *Théâtre* de Claudel dans la collection *La Pléiade :* combien de mois rêverai-je ensuite d'acheter le premier volume? De Claudel, je connaissais *L'Annonce faite à Marie,* lue à Chamonix et qui ne m'avait guère laissé de souvenir : c'était un vitrail pieux, saint-sulpicien à l'extrême – et les représentations que j'ai pu en voir par la suite ne m'ont pas davantage ému. Face à Violaine et à Jacques, face même à ce trop beau parleur de Pierre de Craon, seule la méchante Mara avait trouvé grâce à mes yeux. Mais c'était l'époque où, de Claudel, je sautais à Sartre et de Camus à Samivel ou Frison-Roche : j'entassais avec une régularité de magasinier consciencieux des noms d'auteurs dans un hangar vide.

Le Soulier, ce fut une autre affaire. Et si aujourd'hui, *L'Idiot* lui-même, point de départ pourtant de tant d'autres lectures, n'est plus qu'une pierre, importante certes, mais une pierre parmi d'autres dans l'édifice de livres qui depuis quarante ans me servent de demeure – « Je bâtis ma demeure », a dit Edmond Jabès : livre après livre... –, *Le Soulier de satin* est resté ma maison à part entière, l'auberge fameuse où tout peut arriver.

Les dimensions mêmes du *Soulier :* une œuvre si délibérément écrite à perte de vue que l'auteur lui-même ne pensait pas la voir jouer. Cinq cents pages de dialogues où tout se perd et tout se retrouve, des héros qui se sont quittés jeunes se réconcilient au soir de leur vie, l'Europe et l'Amérique, des négresses et des Chinois : tout. *Le Soulier,* c'était *tout* devenu théâtre. C'était l'excès que nul chenal n'endiguait, exubérant et protéiforme sans autre terme que celui de deux vies qui, toute leur vie, s'étaient cherchées.

Ainsi, un monde baroque, foisonnant, démesuré, m'apparaissait-il d'un coup, en une vue cavalière qui me laissait haletant. Qu'à cette immensité du propos s'ajoutât une autre démesure, celle de la langue, du poème, de la métaphore, et j'achevais d'être comblé. Près de quarante ans plus tard, je n'ai pas fini d'explorer le champ des possibles que Claudel dramaturge m'avait ouvert. Ils n'avaient d'autres limites que les quatre points cardinaux, l'horizon, la mer, la beauté. Face à la pauvre Violaine étriquée qui se dévouait si bien, il y avait des héros pêcheurs, Rodrigue, Prouhèze, qui se voulaient désespérément à travers l'espace et le temps qui, seuls, pouvaient donner à leur passion sa vraie dimension de métaphore.

Longtemps, j'ai joué avec les personnages du *Soulier :* Rodrigue, bien sûr, dont je m'émerveillais que, vieil homme, il restât cet homme jeune en qui toutes les fièvres de la jeunesse bouillonnaient; lorsque je verrai Gérard Philipe dans *Le Cid,* les deux Rodrigue n'en feront plus qu'un et, jusqu'à ce que Didier Sandre devienne avec Vitez le héros de Claudel, ce sera la silhouette de Gérard Philipe, bien plutôt que celle de Jean-Louis Barrault, qui se découpera à la proue d'une caravelle fendant les mers vers l'Amérique. Et puis Prouhèze, ensuite, dont le nom s'épelait aussi *prouesse* et *promesse;* Prouhèze dont Rodrigue (je savais un peu d'anglais) était « proud » et Prouhèze qui se refusait *proie.* Prouhèze très proche et dont je me sentais cependant plus loin parce qu'entre elle et moi, se dressait Doña Sept Épées, qui avait toutes les fougues, toutes les audaces, donc le don de tous les bonheurs.

Dès lors, le théâtre où s'avançaient mes personnages était le théâtre du monde, et telles de leurs phrases : « Faites de lui un homme blessé (je cite de mémoire) parce qu'une fois dans sa vie il a vu la figure d'un ange », avaient les accents d'une fatalité dont j'aurais voulu qu'on me marquât. Hélas, la figure de mon ange était vivante dans le texte de Claudel, non dans ma vie...

J'avais d'ailleurs appris tout le monologue initial du père jésuite attaché, crucifié à son mât et qui dérivait sur les océans. Je déclamais : « Et s'il ne va pas vers vous... » J'imagine les regards interloqués de mes camarades à qui, citation sur citation, j'avais, pendant deux heures, cru parler du thème de la grâce dans *Le Soulier de satin* (c'était l'intitulé de mon exposé) alors que, pendant ces deux heures, je leur avais parlé de moi.

Au-delà, pourtant, du *Soulier,* il y avait encore tout Claudel et ce fut aussitôt une plongée miraculeuse dans ce monde où la boursouflure même était génie. Les années n'ont pas démenti cette folie qui me fit traverser à seize ans *La Ville* et *Tête d'or,* savourer les méandres savants de la Trilogie, *Otage,* etc., – et relire à perdre haleine les dialogues d'Ysé et de Mésa. Pendant plusieurs mois, c'est un véritable tête-à-tête que j'ai ainsi vécu avec Claudel. J'avais découpé dans *Paris-Match* cette photographie qui le montrait, vieux géant rustique et courtaud, attablé à Brangues devant une table de bridge où il faisait une réussite. Derrière lui, une porte ouverte, une cour ou une terrasse, la campagne et des enfants. Ainsi, l'homme de lettres en habit de grand-père me paraissait-il étrangement familier. J'avais, avec lui, oui, de fabuleux tête-à-tête et qu'il eût, entre Marseille et l'Orient, commis le péché d'adultère sur un bateau qui l'emportait vers un nouveau poste, comme je rêvais moi aussi qu'un jour, un bateau m'emportât, me rendait ce demi-dieu plus humain.

Lorsqu'en 1963 j'ai gagné Hong Kong, qui fut mon premier poste, j'ai pris l'un de ces grands paquebots blancs des Messageries maritimes : c'était le *Laos* et, avec Odile qui était ma femme, je m'accoudais au bastingage en déclamant, pour la faire rire – mais j'étais diablement sérieux – des répliques entières de Mésa.

A la mort de Claudel, en 1953, j'ai voulu assister à son enterrement; il faisait très froid, je relevais d'une grippe ou je ne sais quoi, j'avais oublié l'incident mais hier ma sœur me l'a rappelé : mes parents refuseront si bien que je m'y rende que ce sera là l'occasion d'une de mes dernières grandes disputes d'adolescent avec eux.

J'ai retrouvé Claudel en Chine où je suis parti à la recherche de ses traces dans les archives anciennes de l'ambassade, comme dans celles du consulat de France à Tien-tsin (on dit aujourd'hui Tienjin : qui saurait que c'est là aussi que Paul Claudel fut un jour consul?). J'ai erré devant ce qui avait été son consulat : un bâtiment vide et gris, européen en diable, dans une ville européenne grise en bordure de la Chine. J'ai lu à Pékin les textes qu'il écrivait quand il y attendait d'hypothétiques retours. A Hong Kong même, j'ai rencontré cet

Henri Vecht, dont le nom reste indissociable de l'aventure chinoise de Claudel. Puis, diplomate moi-même, écrivain, je me suis cru plus proche encore de lui.

Mais surtout, plus que Bernanos, qui fut l'autre pilier de la révélation catholique et littéraire de mon adolescence, Claudel me donnera le goût d'une Foi absolue, la nostalgie d'une religion où tout était évidence; où rien n'était remis en question puisque le péché même pouvait être acte de foi. Je parlerai peu de Dieu, dans ces notes – peut-être parce qu'aujourd'hui, je ne m'en reconnais pas le droit; mais à seize ans, parce que Claudel était là, sa photographie devant moi, ses mains de paysan, sa langue de théâtreux acariâtre – la Foi était au cœur de ma vie, absolue, embuée de nul doute.

« S'il ne va à Vous, Seigneur, par ce qu'il a de grand et de fort, qu'il y aille par ce qu'il a de petit et d'obscur. » Le père jésuite crucifié à son mât implore pour son frère Rodrigue, mais je sentais que sa vraie prière était autre : « Qu'il aille à Vous, Seigneur, même s'il se sent trop fort. » Parce que je sentais Claudel fort, si fort – et que ma Foi, alors, était de la taille de la sienne.

Je suis allé, un soir de Noël à quinze ans, au pied de certain pilier sud de la nef de Notre-Dame – et là, j'ai mêlé des textes de Claudel à ma prière : ç'avait été pour Claudel agnostique, le lieu et le moment de la Révélation.

Claudel m'a suivi tout au long de ma vie : lorsque Jean-Louis Barrault a monté *Le Partage de midi*, avec Edwige Feuillère; et puis Alain Cuny dans *La Ville*, Alain Cuny dans *Tête d'or;* des dates, des étapes... Ainsi cette première du *Partage*, à Londres, dans les années soixante, et la réception à l'ambassade qui avait suivi, le vieil Harold Hobson qui me disait : « C'est cela, le théâtre français. »

Vitez enfin. Le silence. La voile blanche sur le plateau du Théâtre Marigny, Ludmila Mikaël dont j'étais presque amoureux et Antoine Vitez qui me disait que le parler de Claudel était une grammaire. Douze ans plus tard, je n'avais pas pu voir *Le Soulier de satin* à Avignon : un chirurgien idiot m'avait fait un trou imbécile dans le ventre, une plaie qui n'en finissait pas de cicatriser : le lendemain de la dernière représentation et au lieu de prendre le chemin de la Nogarède, dans les Cévennes, Antoine Vitez était venu passer la soirée à Goult. Pour me raconter.

Ici, les mots sont superflus. Claudel était encore là.

Adolphe et *Le Soulier de satin :* en quelques six mois d'une année scolaire où tout ce qui était épars depuis deux ans, grappillé, dérobé ici ou là, se rassemble, j'ai trouvé les deux pôles entre lesquels va désormais ballotter sans fin le désir de littérature qui ne me quittera plus. Et celui d'écriture.

Je ne cherche à tromper personne – et surtout pas moi : on aura compris que j'ai aimé le Claudel du *Soulier* à la démesure, alors que j'admirais seulement *Adolphe,* et tout ce qui va suivre se situe précisément dans cette différence. Je vais désormais passer ma vie à la recherche d'autres *Souliers*, tout en m'obligeant à analyser en route les *Adolphe* que je rencontrerai. Je vais rêver d'écrire un livre unique et court, ramassé, concis – le vers unique, en somme, et qui les dirait tous; et j'écrirai ces livres sans fin que d'aucuns diront foisonnants, d'autres indigestes. Je saurai que je me dois de respecter les *Adolphe* et me damnerai pour les *Souliers.*

Gide et Claudel : le mariage contre nature.

Je crois que si je suis arrivé si vite à Gide – pour le quitter presque aussitôt puis y revenir autrement, mais cela, c'est une autre histoire – c'est à cause d'une photographie; et pourtant, à travers la masse des photos que je retrouve de lui dans l'*Album Gide* de la *Pléiade,* je ne sais plus reconnaître celle qui m'a donné, là, d'un coup, l'envie d'en savoir plus sur celui qui devint, par excellence, l'Écrivain. J'imagine qu'il portait son petit chapeau, le grand front, les lunettes sur le bout du nez : en 1951, sa mort m'avait déjà touché, on m'avait dit que c'était un des grands écrivains de ce siècle et je ne demandais qu'à le croire. Je crois même avoir déjà lu à l'époque *La Symphonie pastorale,* ou du moins avais-je vu l'exécrable film qu'on en avait tiré où Michèle Morgan, aveugle, se laissait mourir dans des neiges pâteuses pour les beaux yeux d'un Pierre Blanchar grandiloquent.

Cette photo, pourtant, ce que je sus ensuite très vite – par qui? Qui m'en parla? – de Gide et de la NRF, Martin du Gard, leurs amis; cette correspondance que Gide entretenait aux quatre coins du monde, l'idée d'un groupe d'hommes, d'amis, qui travaillaient ensemble, échangeant leurs livres, leurs idées, c'est tout cela qui m'a rempli d'une émotion étrange, exaltation face au fait littéraire, en somme, et devant ceux qui en permettaient l'éclosion.

Très vite, ainsi, l'idée de littérature a pris une forme tangible, précise – unique, en somme – autour de Gide, de la NRF et de ses collaborateurs. Et quand la nouvelle NRF a commencé à paraître – à reparaître – au début de 1953, j'en ai aussitôt acheté les premiers numéros, puis les suivants et ce n'est qu'après dix ans, peut-être, de parution de ce qui était tout simplement redevenu la NRF, que j'en ai cessé, par indélébile ennui, la lecture. D'ailleurs, même si les noms de Paulhan, d'Arland m'avaient fait vibrer un temps – je reviendrai, bien sûr, sur Marcel Arland dont le personnage de Gilbert, dans *L'Ordre,* a joué un rôle dans mon propre *Sac du palais d'été* –, nous étions bien loin de cette Pléiade fabuleuse où des Jean Schlumberger et Gaston Gallimard, des Jacques Rivière (déjà familier grâce à Alain Fournier), des Copeau et des Martin du Gard entouraient un sage excentrique, charmant et acariâtre, rigolard, ironique, emmerdant comme la pluie et lucide jusque dans ses plus monstrueuses gaffes.

Alors, j'ai lu Gide. Pendant quelques mois, je me suis cru obligé de déclamer à tour de bras des « Écoute-moi, Nathanaël » et autres fadaises gonflées de mots que j'empruntais aux *Nourritures terrestres,* mais je sus vite que l'éloge amphigourique du plaisir par un vieil homosexuel dont je n'arrivais pas à imaginer la jeunesse m'ennuyait prodigieusement. D'ailleurs, si, avant moi, des générations de lycéens ont pu faire des *Nourritures* leur livre de chevet, je crois bien que ma propre génération fut l'une des dernières à tenter d'y découvrir ces grandes vérités ludiques et païennes dont la lecture ne me fut si enivrante l'espace d'une saison que parce que je m'étais persuadé qu'elle devait l'être. Ce ne sont pas les *Nourritures* qui m'ont apporté Gide.

Isabelle, Geneviève, La Porte étroite : j'y trouvais au contraire des modèles d'une narration économe, concise, à des années-lumière de tout ce qui pouvait être pour moi objet de passion, mais que je me devais d'admirer parce que j'y voyais le résultat d'un véritable travail artisanal sur le récit : sa simplicité finale me paraissait une des formes de la beauté. C'était, en somme, toujours cette dualité en moi dont je découvris avec stupéfaction quelques années plus tard en lisant (bien mal) Nietzsche, qu'elle avait un nom, entre le goût, le vertige de la démesure – et le respect profond pour ce qui lui ressemblait le moins, tout en concision et en précision.

Ce fut ainsi, en quelques semaines, toute une partie de l'œuvre de Gide que j'accumulais derrière moi : tout ce qui ressemblait, de près ou de loin, à de la fiction; le *Journal*, les *Voyages* et autres *Retours* m'arriveront plus tard. Mais tout le théâtre qui m'ennuya mais dont je m'astreins à penser qu'il était admirablement écrit. *L'Immoraliste*, où je passais, je le sais, à côté de l'essentiel; mais surtout *Les Faux-monnayeurs*, *Les Caves du Vatican* et *Si le grain ne meurt;* puis *Paludes*.

Avec *Les Faux-monnayeurs*, je renouais avec la tradition du roman d'apprentissage qui, dès le début, m'a paru sinon la source unique, du moins le pivot du genre romanesque. D'abord, c'était l'histoire d'un groupe de lycéens, comme moi; puis j'y découvris le thème de la revue (la NRF, en somme...) qu'on fonde et qui nous réunit – et les principaux personnages adultes étaient des écrivains; enfin, le thème du groupe, allié à celui du complot, de la conspiration, y était le lien qui soudait le destin de quelques jeunes gens.

Longtemps après *Les Faux-monnayeurs*, et chaque fois que je tenterai de m'asseoir à mon bureau et de commencer l'un ou l'autre de cette vingtaine de romans dont je n'ai bien souvent pas même gardé les quelques pages écrites, ce seront les personnages de Bernard Profitendieu et d'Olivier Molinier que j'aurai à l'esprit, comme ceux, à venir dans le domaine de mon imaginaire, du Gilbert Villars de *L'Ordre* ou de Jacques Thibaut.

Lorsque j'ai su qu'avec le *Journal des faux-monnayeurs,* Gide avait tenu un véritable journal de son écriture et de son travail d'écrivain, j'ai certes été déçu par le résultat concret, le livre sur le livre (« Ce n'était que cela... ») mais enthousiasmé par l'entreprise. Dès lors, me livrant à mon passe-temps favori qui consistait ainsi à commencer des romans, j'écrivais en marge de ces romans bien vite avortés le récit plus vite avorté encore de l'idée qui les avait fait naître.

Les Caves du Vatican me conduiront un peu plus loin : la dérision s'installait au cœur de l'action romanesque et la minait de l'intérieur. Et même si, pendant des années, je n'ai pas pu me retrouver seul avec un inconnu dans un compartiment de chemin de fer sans sentir mon cœur battre un peu plus fort au souvenir du geste de Lafcadio, beaucoup plus que la mort d'Amédée Fleurissoir, ce sont Fleurissoir lui-même et ses compagnons les Baraglioul et autres Anthîme-Armand Dubois qui vont m'intéresser. Ils constituaient une extraordinaire galerie de fantoches, de clowns, de pitres où je me délectais de reconnaître les mœurs d'un siècle qui avait failli être le mien. Et plus que l'acte gratuit de Lafcadio Wluiki dans un train, c'est l'acte de contrition d'Amédée Fleurissoir... au sortir du lit de la putain romaine – il s'agenouille et prie – qui m'a rempli de joie. D'ailleurs, tout cela s'appelait une « sotie » et le mot paraissait inventé pour désigner une joyeuse et grave plaisanterie où les morts allaient se relever à la fin du livre, pour saluer en caleçon le lecteur qui les avait accompagnés un bout du chemin. Ajouterai-je que, dans les *Caves* comme chez *Les Faux-monnayeurs,* le thème du complot revenait avec une belle évidence, et que l'image du personnage qui tire dans l'ombre les ficelles de tous nos pantins me paraissait faire elle aussi partie de la panoplie du parfait romancier? Caricature du roman, *Les caves* m'apprenaient, à leur tour, l'art du roman.

Apprentissage : *Si le grain ne meurt.* Les trois petits volumes, de format petit in-12, ou in-16, sont à côté de moi, fatigués comme *L'Idiot,* usés, déchiquetés. C'est qu'avec eux, j'ai découvert les chemins ambigus de la confession délectable. Et si, jusqu'à ce jour, je me suis gardé d'utiliser d'autre forme que le paravent de la fiction romanesque pour raconter mes grands enthousiasmes et mes menues turpitudes en passant par les livres, les musiques – et tellement plus tard, hélas, les femmes! – qui ont tissé ma vie; si je n'ai jusqu'à aujourd'hui pas voulu envisager sérieusement de me raconter sans masque, du moins l'ai-je cent fois recommencé sous forme de bribes, de journaux, d'aveux souvent détruits car l'aventure des Soldanelles me l'avait montré : aucun écrit n'est innocent. Et ces racontars sur moi-même – qui n'avaient d'autre intérêt que de me permettre de fixer un moment de ma vie, voire de découvrir la source d'une émotion, d'exorciser le souvenir de celle-ci ou de celle-là qui sut si superbement me faire souffrir – me venaient aisément sous la plume, sans référence littéraire cette fois.

Et pourtant, au commencement de tout, il y a l'effort de retour vers le passé d'un André Gide de près de cinquante ans qui regardait derrière lui, par-dessus son épaule, le petit garçon, puis l'adolescent, le jeune homme qu'il avait été. Bien sûr, l'épisode de l'ongle laissé pousser exprès pour récupérer la bille disparue dans une rainure du plancher était exaspérant parce que trop ressassé par des maîtres en mal d'exemple, mais ni l'ongle, ni la bille ne me cachèrent la forêt de l'aveu.

Et si tout dans l'homosexualité de Gide m'était étranger, j'ai appris avec *Si le grain* ... à deviner ce qu'il fallait comprendre et à comprendre ce qu'il restait à deviner. Aucun autre livre ne m'a fait frôler de plus près la fatalité absolue de la confession nécessaire; aucun ne m'a non plus donné de l'homosexualité une image plus évidente, plus naturelle, davantage (le mot si épouvantablement à la mode!) banalisée.

C'est là aussi que j'ai appris le B. A. BA de l'art de dire la vérité, toute la vérité, rien que la vérité en la travestissant suffisamment pour en faire de la littérature. Gide en somme, toujours et partout, au cœur de la littérature.

Si bien que *Paludes,* lu dans la foulée, combla toutes mes attentes. Mieux que *Le Journal des faux-monnayeurs,* c'était cette fois le livre dans le livre, ou plutôt le livre *sur* le livre – et parfaitement réussi. J'y découvrais la vanité de vouloir parler de l'écriture, la nécessité de la nommer et le besoin de la construire. Envers et contre tout; contre tous; contre toutes.

Ce qui était ampoulé et trop lyrique dans *Les Nourritures* m'apparaissait ici arachnéen, suggéré, frôlé; il y avait des senteurs, des murmures, des couleurs à peine esquissées qui devenaient poésie. De la même manière que *Si le grain* s'était établi pour moi, en une lecture, comme le modèle du livre qui avoue, *Paludes* devint celui du livre qui se dit. Avec *Paludes,* j'avais quinze ou seize ans, et j'apprenais qu'un livre peut en cacher un autre, je trouvais cela ironique, drôle, délicieux... A l'épouvantablement lourd, à l'écrasant : « Nathanaël, je t'apprendrai le plaisir » répondaient deux bribes de dialogue : « Il dit : Tiens! Tu travailles? » – Je répondis : « J'écris *Paludes.* »

Aujourd'hui encore, jour d'été brûlant en Provence, à deux pas de Goult, j'aimerais répéter : « Oui : j'écris *Paludes...* »

Très vite, l'ombre omniprésente des *Nourritures* et son immoralité redondante ont pourtant repoussé pour moi l'œuvre de Gide dans les marais d'une adolescence où je ne me reconnaissais plus : pensez donc! j'avais failli écouter la voix de Nathanaël! Et même si la tentation avait été pour moi au féminin, je n'en étais pas plus fier pour autant. Il me faudra attendre mes années d'étudiant et ce qui sera, somme toute, un engagement politique aussi incohérent que vibrant, pour revenir à lui; ce sera le Gide politique, l'homme des Congrès, le compagnon éphémère de Romain Rolland et le dénonciateur ardent de tous les colonialismes : un petit homme malingre, maladif, son chapeau cabossé et ses lunettes rondes au milieu des tabous...

Et puis, plus tard encore, ce sera le chemin du petit homme lui-même que je retrouverai. La lecture du *Journal* d'abord, puis celle des *Cahiers de la petite dame* m'apprendront à vivre, et à aimer vivre, dans l'intimité d'un écrivain, dans son cercle, sa mouvance. Tout ce que la littérature ne m'a jamais réellement donné : la vie, en somme, en littérature – je suis un haut fonctionnaire qui se délasse en écrivant, n'est-ce pas? – c'est à profusion qu'elle l'a déversée sur Gide et les siens. Et ce n'est pas seulement de Roger Martin du Gard ou de Jacques Copeau que j'ai partagé avec Gide l'intimité, les enthousiasmes, les foucades; mais je me suis promené en Afrique en compagnie de Marc Allégret et c'est avec Mme Van Rysselbergue que j'ai joué à la crapette sur une table du Vaneau.

Peut-être que l'une des plus belles pages de l'histoire de la littérature de tous les temps est l'aveu de la petite dame au chevet de Gide mourant : toute sa vie, s'en doutait-il? elle a tenu le journal de sa vie à lui, l'écrivain, le familier. Et le mouvement des yeux ou du visage de Gide, je ne sais plus, qui va mourir et qui répond, qui semble répondre : oui, il le savait. Enfin : c'est peut-être ce qu'il a dit.

Tendresse, dès lors, pour le groupe, la cellule du Vaneau qui va voir des films sur les Champs-Élysées, prend un verre au Fouquet's ou écoute Mozart. Et tendresse pour Gide lui-même qui a voulu faire un enfant à une femme qu'il aimait bien, qui aura une fille, une petite-fille et qui mourra si vieux, si bon et si méchant, un jour de 1951, quand je n'étais encore qu'un gamin de quatorze ans qui pouvait tout juste s'en rendre compte.

Gide : au cœur de ma quinzième, de ma seizième année, dont il me reste le dur désir de durer par la chose dite et la nostalgie d'un temps où l'on vivait de littérature.

Je n'avais, en fin de compte, gardé de mes expériences charentaises qu'un souvenir maussade des bibliothèques publiques. Derrière la cathédrale d'Angoulême comme du côté du Palais de Justice, où la bibliothèque municipale avait tout de même plus fière allure, j'avais retrouvé les mêmes vieilles demoiselles sans imagination – quand la nostalgie de Mlle Corbiat demeurait, au contraire, ancrée en moi.

Je n'ai d'ailleurs jamais aimé lire les livres des autres, les livres empruntés qui ne m'appartenaient pas. Aussi, très vite, me suis-je lancé dans une politique d'achats de livres dispendieuse et acharnée. J'achetais, en somme tout ce que je lisais. Et comme je lisais beaucoup, j'achetais beaucoup : tout l'argent dont je pouvais disposer – et au-delà – y passait.

Au-delà, car il m'est souvent arrivé de vendre des livres pour en acheter d'autres : j'ai ainsi pu être d'une maladresse insigne. Disparus, dès lors, les « albums reliés » quasi historiques des *Mickey*, *Hop là* et autres *Robinson* d'avant la guerre dont je sais ce qu'ils représentent aujourd'hui pour les collectionneurs : disparus, vendus pour rien, échangés contre d'autres bouquins – et qu'il se soit bien souvent agi de volumes blancs de la NRF n'y change rien! Ainsi une bonne partie de mes loisirs s'est-elle transformée en errance à travers Paris, en quête de librairies ou, mieux, de bouquinistes.

Je ne savais pas qu'il existait des librairies autour de la gare Saint-Lazare. Il y avait certes des magasins maussades où des boutiquiers vendaient des objets à pages enveloppées d'une couverture mais je ne fréquentais ces lieux-là que faute de mieux : j'y entrais, demandais ce que je voulais et en ressortais très vite, bien loin du royaume de Mlle Corbiat ou même de la triste et exaltante librairie des Étoiles.

D'ailleurs, ces librairies vendaient d'abord des livres scolaires, ce qui suffisait à en faire de mauvais lieux. Pas plus rue de la Chaussée-d'Antin que jadis rue d'Amsterdam, je n'aurais pensé m'attarder. Tout au plus osais-je parfois effleurer quelques volumes à la librairie du lycée Jules Ferry, où allait ma sœur. C'était boulevard de Clichy, le libraire était un long et triste monsieur, encore jeune, dont la fille avait été une amie d'Annie. Il me faisait une ristourne de 5 %, ce qui me semblait mirobolant.

Tout à côté, la chapelle Sainte-Rita attirait, me disait-on, une population de prostituées...

Un autre libraire, dans le haut de la rue d'Amsterdam, celui-là, me jouait, lui, de bien vilains tours. C'était un gros garçon blanchâtre qui tenait avec sa mère une boutique étroite où étaient accumulés des rayons entiers de fausses éditions de luxe, rossignols d'un autre temps, éditions illustrées (et numérotées!) de La Varende ou de Pierre Benoit, voire d'Alphonse de Chateaubriand. Le couple, assez horrible, me permettait de fouiller parmi ces invendus, laissés pour compte et invendables – et me faisait, lui aussi, une ristourne. Ainsi me suis-je retrouvé l'heureux possesseur de *La Brière* ou de *Nez de cuir* tirés sur papier bouffant, avec suites, sanguines et autres froufrous dont je fus persuadé, l'espace de quelques mois, que c'étaient là des trésors de bibliophilie.

Pour le reste, j'achetais parfois aussi un livre ou deux dans une petite librairie du milieu de la rue d'Amsterdam.

L'événement de ma vie de quartier fut l'aventure de ce qui devint pour moi « la grande librairie de la place Clichy ». C'était, pour l'époque, un lieu qui ne ressemblait à aucun autre, vaste, fait de comptoirs ou de présentoirs où l'on pouvait feuilleter tous les livres. Un recoin servait de capitale à l'un de ces clubs de livres aujourd'hui disparus – on les a remplacés par la vente de livres (honteusement reliés) par correspondance

– mais qui eurent leur heure de gloire : le Club des libraires de France. Dans le reste du magasin, les ouvrages étaient rangés par éditeurs, beaux rayonnages réguliers, blancs, jaunes ou rouges qui me donnaient envie de tout posséder, et il y avait un formidable rayon de livres d'art.

Mais surtout la librairie s'ouvrait sur la place Clichy, juste à côté de la rue Biot, par ce qui s'appelle aujourd'hui et un peu partout en France un Hall de la Presse; je n'en avais alors vu l'équivalent nulle part ailleurs : on pouvait y parcourir les revues, les magazines et on y trouvait tous les journaux du monde, y compris les quotidiens bretons ou auvergnats, ce qui me ravissait.

Les revues vaguement pornographiques étaient vendues sous cellophane et, pour tout dire, la librairie de la place Clichy ressemblait à une épicerie.

A deux pas de la Librairie de Paris, dans le renfoncement d'une porte cochère de l'avenue de Clichy, un bouquiniste d'un autre temps étalait ses rayonnages. J'y ai fait là de bien étranges acquisitions, en pleine place Clichy. Ce fut plus tard, mais j'en avais très tôt découvert le chemin. Deux vilains volumes usés, rognés – on rognait alors les « Services de Presse » pour éviter aux critiques de se donner la peine de les couper – de José Cabanis et d'Alain Bosquet, par exemple.

Mais je l'avais compris, les livres étaient ailleurs et c'est de l'autre côté de la Seine que j'allais me chercher un pays : avec une incroyable volupté, je prenais un autobus à plate-forme, le 21 ou le 27, le 81, le 95 et je me retrouvais en quelques minutes – ou de longs quarts d'heure d'embouteillages – du côté du Quartier latin.

La légende du Quartier latin : les étudiants, la liberté, les filles... Très vite, la vie qui s'organisait autour de Condorcet, de ses environs – le lycée Racine, où *toutes* les filles étaient laides, Jules Ferry où elles étaient plus jolies mais si sottement filles... – ne m'amusait pas. Et puis il y avait encore les déjeuners du jeudi que ma mère organisait pour mes cousins, le mythe des monômes et surtout toute une littérature qui remontant au *Père Goriot* et passant par les premiers volumes des *Hommes de bonne volonté,* dont M. D. nous avait conseillé la lecture, semblait devoir se poursuivre jusqu'à moi, qui arpentais fiévreusement le boulevard Saint-Michel et ses alentours en quête de livres d'occasion.

Aujourd'hui : les fringues, fast-foods et godasses; mais le boulevard Saint-Michel d'alors – on disait encore le Boul'Mich – était un paradis du livre et de la librairie, avec des librairies à tous les coins de rues, de la librairie catholique du centre Richelieu, à l'angle de la rue de la Sorbonne, à celle des Presses Universitaires, de l'autre côté – et puis tant d'autres Vrin, Nizard et d'autres encore, plus petites, étroites comme celle-là où, à gauche en descendant, j'avais découvert que les livres d'occasion étaient moins chers et en meilleur état qu'ailleurs. Livres de ces Meilleurs livres, ou de ces Bons livres, je ne sais plus : couverts de « papier cristal », cette quasi-transparence trompeuse qui donnait aux ouvrages les plus fatigués un semblant de netteté, qui fortifiait les couvertures, les uniformisait aussi : j'ai longtemps envié ceux de mes amis qui avaient la patience de recouvrir de « papier cristal » des rayons entiers de bibliothèques; pourtant, aussitôt acheté un livre ainsi recouvert, je le dépouillais bien vite de son faux habit de lumière : comme disent les vieux bouquinistes, j'aime les bouquins « dans leur jus ».

Je découvrais aussi la collection de la *Pléiade.* C'était des livres pour moi inabordables et j'en admirais les rangées régulières, des blocs, emboîtages de cartons gris où je me disais qu'était enfermée toute la littérature du monde. Les auteurs contemporains – ou du XXe siècle – auxquels allaient mes prédilections y étaient cependant assez peu nombreux, ce qui atténuait mes regrets. Quant à certains de ceux qui existaient – les *Romans* de Malraux, par exemple (les seuls *Condition humaine, Voie sacrée* et *Conquérants*) – ils me paraissaient tellement pauvres au regard de ce que j'en attendais qu'ils ne m'intéressaient pas toujours. On a pourtant vu Claudel, oui; bientôt viendra le *Journal* de Gide. Aussi n'achetais-je que quelques classiques dont je faisais, pendant quelques semaines, des compagnons de tous les jours qui constituaient une ligne transversale à travers mes autres lectures. Ainsi Nerval, ainsi Edgar Poe, ainsi Verlaine, ainsi Baudelaire. Mais alors que mes camarades entouraient « leurs Pléiades » de tout le soin qu'exigeaient, selon eux, des livres de luxe qui coûtaient cher, je mettais un point d'honneur à les traîner avec moi, en vrac (et sans leur emboîtage! sacrilège...) dans ma serviette de lycéen. Beaucoup plus tard, les volumes de Proust, celui, cher entre tous, des *Écrits intimes* de Stendhal, joueront ainsi le rôle de livres à tout faire.

La recherche de Pléiades d'occasion « pas trop chers » n'en demeurait pas moins l'un des buts principaux de mes quêtes à travers Paris; et c'était à coup sûr dans cette même librairie du boulevard Saint-Michel – Les meilleurs livres? – que je faisais les meilleures affaires. Là, tous les livres de la collection étaient rangés côte à côte, neufs et occasions mêlés, dans des biliothèques vitrées fermées d'une minuscule serrure dont un employé, avec un rien de cérémonie, sortait la clef d'un tiroir pour en faire coulisser les glaces et soigneusement retirer les volumes convoités. On reconnaissait les livres d'occasion à une petite pastille de couleur collée sur le dos du livre; dès lors, aussitôt arrivé dans la boutique, j'allais droit à la bibliothèque ainsi farouchement gardée, dans l'espoir d'apercevoir la miraculeuse pastille rose ou bleue au dos d'un Verlaine ou d'un Mallarmé.

Il y avait enfin le tout-venant des quais. Les quais qui avaient longtemps constitué le but des promenades dominicales de toute la famille. C'était avant; avant les Soldanelles, avant que je me découvre cette folie de lire, mais pourtant c'étaient déjà des livres que je cherchais là. D'où les discussions qui revenaient à chaque promenade : allait-on en famille flâner le long des boîtes des bouquinistes – ou descendre sur la berge comme tous – sauf moi – le proposaient?

Les berges de la Seine : rive droite, la voie express qui doit à Georges Pompidou au moins son nom. Mais alors : des photographies d'Henri Monnier, photographe auvergnat qui va montrer un certain Paris pour cartes postales; les gros pavés de la berge, les escaliers qui mènent à l'eau, les pêcheurs, bien sûr, et les anneaux scellés dans les murs pour amarrer des péniches qui ne s'y arrêtaient plus. Clichés, bien sûr, mais clichés lumineux, vivants sous le petit soleil aigrelet des dimanches d'hiver, le clochard et son kil de rouge qui ne vous demandait rien, les familles qui déambulaient et, l'été, des filles aux jupes relevées jusqu'aux genoux qui se faisaient chichement dorer.

La Seine de l'*Inconnue de la Seine, Aurélien,* Bérénice, on y reviendra : mais à quinze ou seize ans, c'était seul que j'arpentais le quai Saint-Michel ou le quai de la Mégisserie. Là, je ne cherchais pas un volume précis comme sur le Boul'Mich, mais marchais au hasard, en quête de je ne savais quoi : le petit bonheur, la chance, l'occasion. Les livres étaient moins beaux qu'aux *Meilleurs livres*, parfois abîmés, souvent très bon marché. Je feuilletais, je savourais l'odeur des pages qui n'étaient pas encore coupées et qui – en ces années qui en suivaient d'autres qui avaient été années de pénurie – étaient souvent imprimées sur des papiers déjà jaunis, cassants, auxquels je trouvais le charme des choses fragiles, presque éphémères.

C'est sur le quai que j'ai acheté une couverture bariolée, horriblement racoleuse et vulgaire – ma première *Chartreuse de Parme*, mes premières *Illusions perdues*, car c'était bien souvent des classiques que je trouvais là, si bon marché que je me disais pourquoi pas? Et puis il y avait des livres plus ambigus dont les titres me donnaient d'autres vertiges, *Sexus, Plexus* de Henry Miller que j'achetais alors, sur la foi du seul titre et dans l'espoir d'y trouver Dieu sait quelles somptueuses licences mais qui m'ennuyaient dès la quatrième page. Enveloppés, non de papier cristal, mais d'un papier plus transparent, d'autres titres me faisaient rêver, que je n'aurais même pas osé effleurer : *La Vie secrète des couvents* ou *Péché de chair* dont une bande rouge nous avertissait qu'ils étaient « interdits aux moins de seize ans ». Que dire alors de ces éditions de Sade racoleuses, pour ne pas parler de Brantôme et de ses *Dames galantes* dont les couvertures hautes en couleur et riches en tranches de cuisses et bas-morceaux de seins évoquaient de bouleversantes turpitudes? *Mère à quinze ans, ou : séduite et abandonnée par son légionnaire,* revenait heureusement et, de boîte en boîte, comme un leitmotiv sentimental pour midinettes soupirantes – me faisait oublier le reste.

Aujourd'hui, encore, les quais... Mais dès cette adolescence que je cerne à coups de livres, auteurs et titres confondus, la recherche de livres était une quête sérieuse, passionnée.

J'achetais tous mes livres. Et mes rendez-vous avec André Gide ont dès lors été suivis d'autres rencontres d'aussi bon genre : Valery Larbaud puis Jacques de Lacretelle, Morand lui-même, tous ceux que j'associais à l'aventure NRF d'hier. Ainsi en suis-je arrivé à Marcel Arland et aux écrivains de la nouvelle NRF où je croyais voir revivre un esprit dont, sans l'avoir connu, j'avais gardé la nostalgie. La vie, en somme, en littérature. Dans le désordre, je dévorais tout ce qui passait à portée de ma main de cette vie-là et de la littérature qu'elle représentait.

Je n'eus, avec Lacretelle, voire avec Jean Schlumberger ou Jacques Rivière, que de rapides tête-à-tête. Larbaud, Morand, Arland, ce furent d'autres ivresses.

Que je sus Valery Larbaud encore vivant quelque part entre Vichy et Saint-Pourçain-sur-Sioule alors que, depuis vingt ans, il s'était tu, me rendait sûrement ses livres plus émouvants. Mais au-delà de cette image d'un vieux jeune homme, riche à millions, qu'une dame poussait dans une petite voiture, il y avait *Amants, heureux amants, Fermina Marquez, Enfantines* et *Barnabooth.*

Si *Barnabooth* m'a fait découvrir, d'un grand coup d'air frais, poétique et désinvolte, ce que pouvait être le goût délicieux des dilettantismes en voyage, ce sont pourtant les autres livres de Larbaud qui, mieux que toute aventure qui aurait pu vraiment m'arriver, ont réussi à me donner à jamais le regret attendri de lointaines amours enfantines enfermées dans cette mémoire plus vraie que la mémoire qu'avec des livres je me suis fabriqué. Ainsi le *Beauté mon beau souci* d'*Amants, heureux amants*... Revenu plus tard en Angleterre, déambulant dans les rues les plus ingrates de Londres, au-delà de Tottenham Court Road ou du côté d'Islington, j'imaginais ma rencontre avec une petite fille – enfin, une jeune fille qui aurait encore été une toute petite fille, et dont le bout des seins (l'image qui s'inscrit en nous et qui demeure) aurait ressemblé à des asperges. Un jour, celle qui devint Cordelia dans l'un de mes livres m'apparut de la sorte, grande et malhabile, riche pourtant de toutes les audaces de ces enfances-là, et ce fut bien vers Queenie que j'allais encore. Michel Déon m'a offert son *Souvenir*, et la jeune fille de Ramsgate ou de Bournemouth dont un narrateur plus que sexagénaire tente là de conjurer le souvenir, se confond elle aussi avec cette Queenie qui allait, revenait puis disparaissait à jamais pour être à jamais malheureuse.

Je parlais d'*Amants, heureux amants* autour de moi et personne, pas même Daniel, ne connaissait Queenie : j'avais le sentiment de posséder ainsi un fabuleux secret. C'était une histoire d'amour entre elle et moi.

Fermina Marquez me conduisit vers des rêveries plus précises; c'était une histoire de collégiens, de belles étrangères, j'étais au cœur même du romanesque tel que je pouvais le deviner. Pourtant, même si j'étais fou de Fermina, les amours de la jolie Péruvienne avec un Santos Iturria de Monterey m'apparurent davantage comme une variation subtile sur le thème du trio classique. *Fermina Marquez* évoquait d'abord pour moi la perfection narrative d'*Adolphe*. A ceux de mes amis – et Daniel en était – qui me parlaient de *Fermina*, je ne répondais pas vraiment; mais je pensais à Queenie ou encore à ces longs monologues mélancoliques qui constituent les deux autres volets d'*Amants, heureux amants.*

Enfantines, dès lors : j'arrive à la plus secrète blessure; *Enfantines* où des enfants se déchirent avec gravité, comme des adultes – et pour de graves enfantillages; *Enfantines* qui raconte la nature même de l'amour entre ces enfants dont j'aurais voulu être, fût-ce pour en souffrir; *Enfantines*, de Valery Larbaud, qui décrit si admirablement, avec les mots qui auraient pu être les miens, ces émotions que je me désolais de n'avoir jamais eues, *Enfantines*, ou ce que je n'ai jamais fait que lire...

Barnabooth, avec qui je terminai pour un temps mon périple valery larbaldien, balaya ces menues angoisses. Car *Barnabooth* me parut, d'entrée de jeu, l'ouverture extrême du domaine de tous les possibles. Si le Marc de *Beauté, mon beau souci*, ou les chétifs héros des *Enfantines* étaient le reflet de ce que j'aurais pu être – ces amoureux, cette beauté, ces jeunes filles à qui, jusque dans les surprises-parties de mes amis, j'osais à peine adresser la parole –, le cas de A.O. Barnabooth était bien différent : l'esthète multimillionnaire et poète qui voyageait à travers le monde, c'était peut-être (l'avouerais-je? l'avouerais-je?) l'objet secret de toutes mes ambitions inavouées. Eh quoi? naître ainsi coiffé et n'acheter des chemises que pour les mettre le lendemain et les abandonner ensuite dans une chambre d'hôtel, voir Florence et San Marin, avoir des amis très proches auprès de vous et, avec la plus grande désinvolture du monde, écrire des vers pour eux seuls, qui sauraient les aimer? Que désirer de plus quand on a seize ans, qu'un voyage à Venise vous est une découverte, trois vers sur un cahier d'écolier, une initiation – et l'achat d'une sacoche de cuir chez un sellier florentin la plus folle des folies... Quant aux femmes, étrangement transparentes, étrangement offertes à un Barnabooth qui s'ennuie pourtant, elles redevenaient lointaines, décoratives – et c'était peut-être cela que j'aimais le moins, après la tiédeur enfantine et si fraternelle d'une Queenie déguisée en fée au milieu de ses petites camarades.

Mais, dans sa totale désespérance, *Barnabooth* restait une belle leçon d'espoir, un euphorisant délicieux qui allait, le premier, m'apprendre à voir un Lungarno de Florence autrement qu'en touriste et surtout me donner le goût de ces trains de nuit dont nous tenterons en vain d'empêcher la mort, de ces hôtels de luxe, de ces étiquettes multicolores sur une valise de cuir savamment fatiguée. *Barnabooth,* c'était enfin l'appel de la plus vieille Europe dont j'ai toujours fait mon pays.

Morand, bien sûr, m'a aidé à le mieux connaître, ce pays-là. D'où cette constatation : il est tout de même stupéfiant qu'en si peu de temps les balises qui sont toujours les miennes sur les chemins de l'écriture comme du voyage, ces bornes routières, ces phares aient, tout de suite et voilà si longtemps, été les bonnes. Qui, en ce premier tiers des années cinquante, lisait vraiment Morand, hormis la poignée de hussards qui l'avaient redécouvert? Mais Morand s'inscrivait dans la mouvance NRF, quelques uns de ses livres *(Ouvert la nuit, Fermé la nuit, Tendres stocks, L'Europe galante)* étaient dans la bibliothèque de mon père, ce « bureau » sur le boulevard des Batignolles qui était devenu ma chambre, et j'en achetais quelques autres, dont *Bucarest* qui a peut-être été, si je mets à part les récits autobiographiques de Gide, l'un des rares livres que je lus alors qui n'ait été ni fiction ni poésie.

Avec Paul Morand, ce n'était pas l'écrivain qui deviendra si furieusement à la mode que je découvrais, mais un chroniqueur désinvolte et désuet qui me parlait d'un monde – l'Europe – dont je me doutais qu'il avait disparu à jamais. Ses personnages, légers, futiles mais si conscients de leur légèreté, si pénétrés, en somme – gravement pénétrés – de leur dilettantisme, me paraissaient les fantômes charmants d'oncles et de tantes qui avaient, comme eux, passé une nuit à Budapest, une autre à Vienne et avaient pu, entre deux trains, aimer à la folie une belle étrangère.

Curieusement, l'idée même, l'image de la belle étrangère s'est fixée pour moi – par Larbaud et Morand interposés – d'une manière double, bipolaire en somme, comme l'image que je me faisais de la femme en général. En dépit de ses émois, Fermina Marquez, les bras en croix sur le carreau de sa chambre et qui récitait à haute voix les mystiques, demeurait la Sud-Américaine pulpeuse, brune latine, toute de chair et qu'on posséderait nécessairement un jour, dans les odeurs de cannelle et de vanille; alors que les étrangères de Morand, fussent-elles mystérieuses, tempétueuses et rien moins que vertueuses, avaient le visage haut en pommettes, le regard pâle des longues Slaves abonnées des wagons-lits qui s'offraient, peut-être, mais ne se donnaient sûrement jamais.

Mais surtout, j'espérais pouvoir me reconnaître un jour, plus tard, parmi les personnages de Morand, éternels voyageurs, jeunes amants plus qu'amoureux, derniers poètes au sein d'un monde qui allait, dans les mois, les semaines qui suivraient, se refermer comme une huître. Où étaient pourtant les folles nuits de Bucarest, les belles soirées magyares et les Spas de Bohême aux comtesses pâles et fébriles? Et qu'étaient surtout devenues les villes mythiques qu'il avait parcourues à l'égal de Londres ou de New York, qu'il racontait aussi, mais qui, Prague, Budapest, semblaient disparues dans un brouillard gris, comme ces légers papillons qui venaient brûler leurs ailes à la lumière trop blanche de sa *Lampe à arc*? Comme les paysages qui étaient les leurs, l'air de liberté insouciante qu'ils respiraient et qui prenaient pour nous la dimension d'un paradis perdu – et pourtant, après tout, peut-être encore probable. Ainsi, l'hôtel Gellert existait-il encore, je le savais, à Budapest; et un ami, fils de militants communistes qui avait passé Noël à Prague, m'avait raconté les rues silencieuses, désuètes, de Malà Strana, plus belles encore d'être figées par le temps. Dès lors, je me disais que, diplomate à mon tour, j'irai là-bas retrouver ce qui n'était pas tout à fait perdu. C'est ainsi que – pour la première fois et parce que Paul Morand l'avait été, comme mon oncle Émile (il me racontait l'Orient, la Perse devenue Iran, Athènes d'avant et après Roger Peyrefitte) – j'ai caressé le rêve d'être diplomate : voir le monde et écrire. Mais face à des amis qui rêvaient d'aventures africaines ou d'une lointaine Océanie (ils sont sans limites, les ravages d'un Guy de Larigaudie chez les jeunes gens des beaux quartiers d'après quarante...), je devenais un Européen fervent pour qui le rideau de fer dont je lisais chaque matin dans *le Figaro* des descriptions indignées, n'était peut-être qu'un épisode : au-delà de ses voyages, de son insouciance et de ses costumes de si jolie flanelle comme des jeunes filles slaves au regard bleu qu'il m'offrait, c'était bel et bien une leçon d'Europe que Paul Morand m'avait donnée.

Dans la foulée de Morand, j'ai d'ailleurs lu un peu de Kessel *(Nuits de prince...)*, voire de Blaise Cendrars. Mais ce sera un autre Kessel, bien plus méconnu, avec qui je me perdrai bientôt, celui du *Tour du malheur;* quant à Cendrars, j'imagine qu'il venait trop tôt. Je ne fis que me promener à travers *Bourlinguer* – et si je lus *L'Or,* ce fut comme un roman d'aventure, dans une collection précisément, de romans d'aventures...

C'est l'apparition de son nom au sommaire et dans l'équipe qui avait repris en main les destinées de la NRF qui me donna l'idée de lire Marcel Arland.

Il n'y avait rien d'Arland dans la bibliothèque de mon père et c'est boulevard Saint-Michel – sous couverture de papier cristal – que j'ai trouvé *L'Ordre.* A deux ou trois reprises, j'ai déjà cité Gilbert, sinon Renée, les personnages de *L'Ordre :* c'est que *L'Ordre* a très vite représenté pour moi l'archétype du roman d'apprentissage et qu'il est devenu, à sa manière un peu désuète, une sorte de modèle.

Je l'ai dit au début de ce récit qui est *d'abord* celui d'une aventure – l'aventure d'un lecteur face à ses lectures : toute ma vie, j'ai voulu écrire, même s'il m'a fallu longtemps pour parvenir à croire que je pourrais être écrivain. Toutes mes lectures, dès lors et dès cette quinzième, seizième année, l'année charnière de mon adolescence, ont été orientées par le profit que je pourrais en tirer dans cette entreprise intérieure, proche ou lointaine, d'écriture. Si l'idée du roman d'apprentissage est ancrée si profondément en moi comme l'un des phares de l'univers romanesque, c'est précisément parce que le roman a été une école où j'ai puisé non seulement une manière de dire, mais aussi des personnages, des paysages, des thèmes à dire. Le roman, les romans des autres ont depuis toujours constitué un immense, inépuisable réservoir de masques et d'images où j'ai emprunté sans vergogne – peut-être tout simplement parce que si certains romanciers trouvent leurs modèles dans une vie peuplée d'amies de rencontre, de grandes amours et d'indéfectibles amitiés, mes amours à moi s'appelaient d'abord Yvonne de Galais, Concha la petite Espagnole, sinon Madame Bovary et bientôt Mathilde de la Mole. D'où la nécessité absolue, pour reprendre la formule d'Aragon, de « faire roman de tout », y compris des romans des autres.

Le roman d'apprentissage, c'est dès lors l'itinéraire de Wilhelm Meister ou du Gilbert de Marcel Arland, du Jacques Thibault de Martin du Gard, mais c'est aussi mon itinéraire à moi, découvrant tour à tour Gilbert et Renée, qu'il aimera à la folie pour mieux l'abandonner – ou Jacques Thibault amoureux de Jenny et de la Sorellina.

Je ne me souviens plus très bien des péripéties du roman de Marcel Arland, mais la source de l'émotion que j'éprouvais alors et qui dura si bien, c'était de découvrir en son héros un adolescent comme moi. Gilbert osait aimer une jeune fille qu'il n'aurait pas dû aimer; mais surtout il osait proclamer les révoltes que, petit-bourgeois craintif, je taisais avec une médiocre complaisance. La désespérance, la fuite de Gilbert à Paris me donnèrent le goût d'errances à travers la ville qui n'en serait que de pâles copies; quand Gilbert s'installe enfin près du Jardin des Plantes, c'est le quartier du Jardin des Plantes, derrière la gare d'Austerlitz et la Salpêtrière, que j'explore, ces cités dans la cité, entrepôts vides, rues étroites, no man's land qui datait encore du temps de Gilbert Vilars.

Quant à son amour pour la femme de son frère, il m'a paru comme la plus noire image de l'amour désespéré, honteux, qui s'accomplit dans la lumière de l'instant et dans la déchirure de ce qui le suivra. Renée, comme la Dominique du *Tour du malheur* de Kessel (en avais-je, d'étranges lectures...) est une héroïne romanesque marquée par le destin. Elle trahit pour être rejetée et, le moment venu, tendre quand même la main secourable. Au-delà de ses humiliations, elle connaît la pitié.

J'ai dit ce que la pitié dévorante du prince Muichkine m'avait appris de compassion, de regard *autre* sur les autres : pitié, déjà, dangereuse – et bien avant d'avoir connu Stephan Zweig. Celle de la Renée de *L'Ordre* était la pitié de la femme amoureuse qui, tout à la fois, me fascinait et m'inquiétait un peu : pitié molle, presque avilissante – à laquelle j'aspirais pourtant de la part de toutes celles que je croisais derrière le Jardin des Plantes ou même autour de la gare Saint-Lazare, et à qui je ne disais rien. Oh! que l'une d'elles eût ce geste qu'avait Renée de poser la main sur le front de Gilbert... *Que l'une d'elles :* je relisais aussi Laforgue. Vingt-cinq ans plus tard, le personnage de Gilbert sera si fort ancré en moi que j'imaginerai la part cachée de ses aventures entre son départ de Paris et son retour en France, moribond. J'écrirai à son propos (qu'on me pardonne de me citer) : « On peut vivre très près d'un héros de roman. »

L'Ordre était un monument : il y avait chez Marcel Arland les pavillons d'alentour, qui deviendront pourtant l'essentiel. Ce sont les nouvelles. Je n'ai dû en comprendre l'économie – je devrais dire : l'architecture – que plus tard. Je sais pourtant qu'après *L'Ordre,* j'ai lu au moins un volume de nouvelles, *Les Âmes en peine :* lui aussi est encore près de moi, acheté neuf, ou plutôt soldé, sur les quais, au papier jauni dont j'ai si mal coupé les pages qu'elles en sont déchirées et que, par endroits, le papier semble effrité, disparu. A la différence des flamboyants personnages de Morand, ceux d'Arland, tristes et solitaires, vont d'échec en échec. Ils n'aiment jamais la femme qu'ils devraient aimer et trahissent d'abord les autres avant de se trahir eux-mêmes – parce qu'ils ne s'aiment pas. De cette médiocrité, de cette grisaille, se dégageait une poésie de l'éphémère, du tous-les-jours sans lendemain, qui m'emplissait d'une molle, insidieuse, pénétrante mais aussi envoûtante tristesse.

L'art du récit, son économie, la limpidité d'un vocabulaire cependant lyrique à sa manière me fascinaient eux aussi; mais devinais-je dans la technique de Marcel Arland ce qui, dans *Le Grand pardon,* m'apparaîtra avec une fulgurante évidence : la maîtrise absolue d'un genre difficile entre tous qui est celui de la nouvelle? De l'ouverture du récit au présent, qu'explique ensuite un long retour en arrière, pour revenir au présent et conclure l'anecdote dont on avait d'abord posé les premiers jalons : ce balancement si simple et si savant entre les temps de la narration est lui aussi devenu pour moi une manière de modèle. Une Christiane Barroche, aujourd'hui, peut-être, frôle cet art-là...

Tout cela n'était pas de la plus folle gaîté – mais peut-être me repaissais-je de ces grisailles et de ces mélancolies; peut-être ne savais-je, au bout du compte, que vivre un livre à la main.

Car pour le reste...

Les filles, puisque c'est d'elles seules que pouvait venir mon salut, se limitaient à quelques camarades de ma sœur, Chantal, Christiane, Noëlle que j'aimais bien mais qui n'étaient que de vieilles copines. Quant aux autres, je les regardais dans les yeux, je leur parlais haut et clair – de tout sauf de l'essentiel.

Au fond, l'abbé R., qui m'avait tant reproché en confession de m'être laissé embrasser par une « grande » au camp de Ch., n'avait fait que réveiller en moi un vieux complexe judéo-chrétien de culpabilité dès qu'il s'agissait des choses du sexe. D'où ces plaisirs solitaires qui m'étaient si honteux et que j'avais d'autant plus de honte encore à confesser – j'appelais cela « commettre l'acte de chair » – que la confession en était une redoutable épreuve. Je me serais presque senti moins coupable de répondre au curé qui m'interrogeait plus avant : « Vous avez fait cela seul ou avec quelqu'un? » que c'était en compagnie d'une fille que j'avais péché. Amoureux de celle-ci ou de celle-là – car j'étais perpétuellement amoureux – je m'inventais avec la malheureuse élue de brillants dialogues où j'aurais réussi à la convaincre de vouloir bien commettre avec moi l'irréparable – pour m'empêcher de pécher tout seul, ce qui était vraiment trop laid.

Ultime aveu : je me confessais à Saint-Louis d'Antin, où je suivais des cours d'instruction religieuse. Le bruit courut qu'existait à Sainte-Marie des Batignolles – à côté du square de mon enfance – un curé sourd : je m'y précipitais. Le brave curé était vraiment très vieux et plus sourd encore, je pus avouer mes crimes sans honte et, pour un temps – car le vieux curé disparut – je n'ai plus rougi au plus profond de moi-même pour répondre à la question infamante le mot plus infamant encore : « Seul. »

Les amies de ma sœur : Chantal, Christiane... Il y avait Dominique, pour qui j'éprouvais un vrai petit bout de tendresse – et puis les gros seins ballottants sous un corsage prêt à éclater d'une certaine Marie-Charlotte : je la regardais, je lui parlais sans fin aussi – mais de Claudel ou de Benjamin Constant. Que se serait-il passé si je les avais pris à pleines mains, les gros seins de Marie-Charlotte?

J'allais oublier Françoise. En cette première année de retour à une vie normale, je me gavais de romans, de fiction et, à l'exception de Laforgue pour lequel je m'étais pris d'une immense tendresse parce que je voyais en lui un grand frère qui aurait, comme moi, désespéré de les avoir jamais, ces filles qui passaient le dimanche sur les remparts d'Angoulême, après avoir pianoté sur leur piano, fenêtre entrouverte, la complainte précisément qu'on entend le dimanche dans les quartiers aisés; à l'exception de Jules Laforgue, donc, je ne lisais pas de poésie. Puis je découvris à peu près en même temps Baudelaire et Verlaine. Je les découvris mal et je les aimais pour de mauvaises raisons : ce qui me fascina chez l'un comme chez l'autre ce fut le pouvoir d'un mot, d'une seule phrase, pour dire ce qu'il fallait parfois un roman entier pour me faire sentir – et là, je n'étais pas loin de la vérité qui s'appelle aussi lumière; mais ce mot, cette phrase qui me touchait plus qu'un gros livre, c'étaient seulement les mots qui disent le désir, le plaisir.

Dans Baudelaire, j'allais tout de suite aux *Pièces condamnées;* chez Verlaine, ce furent les *Odes en son honneur* et tout ce qui leur ressemblait auxquelles je revenais sans fin. D'ailleurs, Baudelaire, trop somptueux en somme, me parlait beaucoup moins cette langue des sens que Verlaine, dont la musique plus simple s'accommodait mieux d'un dire direct et familier pour épeler le corps d'une femme.

« *Elle était presque nue*
Presque nue, non pas nue... »

et moi, je défaillais! Pendant combien d'années le volume des poésies complètes de Verlaine – Pléiade! Pléiade, naturellement – m'a-t-il suivi, sa reliure de cuir vert fatiguée, frottée, et les pages qui me faisaient trembler cornées et écornées d'avoir tant été lues.

Ce fut pourtant Baudelaire que cette Françoise m'apprit, à sa façon, à mieux connaître. La scène s'est-elle renouvelée plusieurs fois ou, unique, est-elle restée si bien fichée en moi, comme une épine à la voluptueuse douleur? C'était un jeudi après-midi, dans la chambre de ma sœur. Celle-ci était ailleurs, occupée, j'en étais convaincu, à des jeux de petite fille, et Françoise, sa camarade de Jules Ferry, me lisait à haute voix des poèmes de Baudelaire.

Elle avait choisi les plus brûlants, les mots les plus évocateurs :

... *Et son ventre et ses seins, ces grappes de ma vigne...*

Et moi je l'écoutais, assis sur un fauteuil en face d'elle qui récitait en « mettant le ton »; je l'écoutais et la regardais car cette Françoise à la très brune et très abondante chevelure, le visage blanc, très pâle, presque maladif, me lisait Baudelaire à demi renversée sur un lit, les jupes haut relevées sur des chaussettes noires et – j'en suis convaincu : je veux l'être – sur une petite culotte blanche qui cachait peut-être si peu de chose.

... *Et je buvais ton souffle, ô douceur, ô poison!*

Il est probable que tout cela n'a pas duré très longtemps; il est probable aussi que le souvenir transfigure ce qui était plus innocent mais que l'émotion du moment, une gamine m'avait fait violemment ressentir; il est possible que cette Françoise n'ait pas réfléchi (comme j'aime encore à le croire) à sa mise en scène : Baudelaire est pourtant entré en moi par une porte à peine entrebâillée sur les insondables gouffres qu'une demoiselle en culotte Petit Bateau a pu me laisser entrevoir.

Françoise a disparu; je ne sais si je l'ai jamais revue. Baudelaire est resté avec – et chaque fois – le même étrange sentiment de plaisir presque douloureux que lorsque la camarade de lycée de ma sœur me disait :

« *J'eusse aimé vivre auprès d'une jeune géante,*
Comme aux pieds d'une reine au chant voluptueux. »

Françoise levait alors les yeux vers moi, une question dans le regard et la peau au-dessus de sa chaussette, à la naissance de la cuisse, était si pâle, si blanche... Balthus, aujourd'hui n'est pas loin.

Mais pour une Françoise, voire une Marie-Charlotte! – que de mornes Danièle, que de tristes Florence auprès desquelles je paradais pourtant.

J'ai raconté mon amitié très chaste avec cette Marie-José qui, à mon retour des Soldanelles, m'avait apporté tout à la fois sa bien vilaine peinture de madone et une si jolie petite sœur : je l'ai revue à deux ou trois reprises, cette Marie-José, et je l'aimais bien; elle était astucieuse, jolie mais elle eut la drôle d'idée de m'inviter à ce qu'elle appelait un « rallye ». Je ne savais encore rien de cet exercice laborieux de mères des beaux quartiers à la recherche de danseuses pour leurs filles, qui organisent chez l'une ou chez l'autre des sauteries, hier au mousseux, aujourd'hui au champagne, et veillent dans l'ombre des abat-jour à la bonne tenue de ces jeunes gens.

Pour moi, le mot rallye vous avait un côté rallye automobile, ou *paper chase;* quoi qu'il en soit, je crus décent, le samedi où je passais la prendre quelque part, très loin dans le XVIIe, de m'habiller pour un rallye très sportif : veste de tweed et col roulé.

La demoiselle eut le bon goût – ou la maladresse – de ne pas me dire tout de suite que je m'étais trompé et pourtant je suis certain qu'en m'ouvrant sa porte elle me jeta un coup d'œil plus qu'effaré. Nous n'en prîmes pas moins le taxi qui m'attendait et nous retraversâmes tout le XVIIe pour tomber sur une belle assemblée de petits jeunes gens boutonneux mais en smoking et de leurs demoiselles assorties.

Je compris tout de suite mon erreur, mais ma confusion fut hors de proportion avec l'incident. Je crus me tirer d'affaire en refusant énergiquement de danser – j'ai toujours fort mal dansé – et en pérorant, pérorant sans fin au milieu d'un groupe de gamines qui m'écoutaient d'ailleurs avec un certain intérêt. Je parlais sûrement de Claudel ou de Larbaud... Mais ma gêne n'en diminuait pas pour autant, je me mis à haïr les bons petits jeunes gens en smoking, leurs compagnes elles-mêmes me parurent grotesques, mal attifées, snobs. Quant aux mères... Je dus rester une bonne heure dans mon coin à faire l'intéressant, puis je saisis n'importe quel prétexte et entraînai la malheureuse Marie-José que je rendais injustement responsable de toute mon infortune – et que je n'ai plus revue.

On lit les *Femmes damnées,* oui; on rêve d'amours enfantines et valery larbaldiennes; mais on discourt en col roulé devant de grosses petites filles qui ont des auréoles de sueur sous les bras d'avoir trop dansé avec d'autres – et on s'enfuit comme un voleur.

Cette crainte que j'ai eue, depuis, des soirées, des sorties, des bals, des rallyes... Le sentiment aigu, absurde, dévorant, de n'y être jamais à ma place. Lorsque je serai étudiant à Sciences-Po et qu'invité à de vrais ralles ou à de simples soirées chez des amis où les autres danseront au son des Platters – *Only you...* –, je discourerai toujours, sans fin, devant les plus petites, les plus boulottes – les plus moches, en somme.

Surprise-partie : l'espèce de boule d'envie qui m'est montée dans la gorge lorsqu'à une surprise-partie chez mon ami Michel, rue de Constantinople, j'ai poussé la porte de la chambre des parents (prudemment sortis pour la soirée) où l'on jetait en vrac les manteaux sur le lit – et où j'ai vu, sur ce même lit, les cuisses d'une fille ouvertes et un garçon perdu au milieu, en vrac parmi les manteaux.

Remarque : à ces surprises-parties-là, quand je dansais quand même, ce n'était jamais avec la fille avec qui j'avais voulu danser. Alors, je me mettais à haïr ma cavalière, la boulotte déjà, ou la grande perche maigre qui n'en avait pas moins, elle aussi, des ronds de sueur sous les bras.

Quant aux amours de voyages... Ce premier hiver, quand Barnabooth devait aller à Gstaadt ou à Saint-Moritz, j'allais à Braunwald, un hôtel perdu au milieu de rien et de la Suisse, avec rien autour, pas même un village, simplement quelques pistes de ski sans véritable intérêt.

Je ne savais pas faire de ski : en dix jours, je fis des progrès stupéfiants et atteignis un niveau où je suis, depuis lors, resté; d'année en année, je crois bien, d'ailleurs, que j'ai régressé un peu. Mais le ski n'était pas l'essentiel et je savais que je n'étais certes pas un sportif : en dépit de la présence de mes parents, de ma sœur – je crois que je partageais sa chambre – j'étais décidé à draguer – puisque le mot devenait à la mode.

Ma réussite fut du même ordre que sur les pistes, quelques très jolies filles traînaient autour de moi, que j'eus le soin qu'il fallait d'éviter d'aborder de front, laissant la place libre à plus aventureux que moi. Ainsi ce Marcel, revu plus tard à Sciences-Po où il ne passa pas le cap de la première année et qui me semblait si plein de toutes les élégances du monde : c'est lui qui dansa et flirta avec la seule Myriam qui m'ait vraiment plu. La grosse dame qui accompagnait la donzelle et à qui je redoute bien qu'elle ait très vite, un jour, ressemblé, était sa mère et se disait, dès le deuxième ou le troisième soir, tout à fait heureuse parce que sa fille « s'était accouplée »...

Tandis que moi je me retrouvais avec une élève infirmière, Michèle, longue et maigre et qui sentait, elle, vraiment la transpiration. En dépit de ses efforts, nous dansâmes tous les soirs très chastement et ce n'est que dans le train de nuit du retour qu'allongé plus ou moins sur elle – ou elle sur moi, mais tout cela encore très chastement et sous le regard de parents qui ne dormaient parfois que d'un œil – j'osais vaguement tripoter les seins de Michèle, à travers un gros chandail de laine brune qui ne sentait, lui, que la laine mouillée. Les seins de Michèle étaient plats et tristes.

Nous revînmes l'année suivante à Braunwald et je fis un pas de plus dans le train du retour : c'est *sous* le chandail d'une Françoise que j'osais, cette fois, tripoter des seins. Ils étaient plus gros, un peu flasques, mais tellement plus gais que ceux de mon infirmière!

Les filles, jusque-là, n'étaient bonnes qu'à rêver; ou à lire.

Il n'y avait pourtant pas que les livres. Après dix-huit mois de frustration – les sinistres Laurel et Hardy qu'on nous présentait en 16 mm aux Soldanelles, ou le film de Ray Ventura et des « collégiens » qui chantaient *A la mi-août* à une jeune fille presque innocente qui s'appelait François Arnoul – j'allais renouer avec une fougueuse volupté avec le vrai cinéma.

La géographie des cinémas à Paris constituait une carte du Tendre où, selon l'humeur, ma solitude ou la compagnie de mes parents, d'un camarade – plus rarement d'une fille –, je savourais des joies bien différentes.

Les petites salles de quartier commençaient à mourir. Déjà, le « Turin », en face de chez moi, avait fermé ses portes. A onze ans, je m'y glissais parfois en cachette par la sortie de secours qui donnait sur la rue Caroline où nous jouions au football. Mais on allait encore au « Batignolles » ou au cinéma de la rue des Dames, assister à ces programmes complets qui commençaient à heure fixe, avec actualités, courts métrages ou dessins animés, les attractions telles que l'émission d'Eddy Mitchell a pu nous les faire redécouvrir – et le grand film, toujours en version française. Odeur de ces salles grises, grands hangars malcommodes, poussière, tentures et les inévitables vendeuses d'esquimaux. Des familles.

Ces cinémas de quartier étaient, pour la plupart, populaires; on y respirait un air qui sentait encore celui des films d'avant-guerre, accordéon, faux strass et bruyants éclats de rire. Certains vous avaient pourtant un côté beau quartier et guindé, un tantinet ridicule mais plus pittoresque encore : ainsi le « Courcelles », rue de Courcelles, où des familles entières de petits garçons au paletot bien coupé, culotte courte et petites sœurs en uniforme assorti, jupe bleue et corsage blanc, applaudissaient Fernandel ou la nième reprise d'un déjà bien vieux

Walt Disney. Mais il y avait surtout, jusqu'au cœur du VIIIᵉ, du XVIIᵉ, d'étonnantes salles de cinéma qui pratiquaient une politique de version originale à tout prix et qui, ancêtres des cinémas d'art et d'essai, devinrent de véritables hauts lieux de la culture : « les Agriculteurs », déjà dits, aux fauteuils clubs, de la rue de Londres; le vieux et fameux « Studio 28 », rue Tholozé, à Montmartre, à lui seul un des mythes du cinéma français d'avant-guerre. Pourtant, le sommet de ce mythe était pour moi le « Cardinet », tout au bout de la rue de Rome et loin des voies de chemin de fer qui conduisaient à la gare Saint-Lazare. Le « Cardinet » – devenu un garage! – donnait souvent deux films au même programme. L'entrée du cinéma, le fond de la salle, étaient tapissés de photographies qui constituaient de véritables expositions documentaires sur un cinéaste voire, et c'était plus nouveau encore, sur un décorateur, un éclairagiste. Souvenir, dès lors, des queues au « Cardinet », des rencontres d'habitués et de *Mina de Vanghel* qui répondait à la bouleversante Anouk Aimée du *Rideau cramoisi* dans les films de Clavel et d'Astruc.

Le « Mac-Mahon » faisait partie du même univers : seul de cette époque, il est demeuré. Mais si sa programmation des films de Hawks ou de Huston était consciente et délibérée, des cinémas voisins comme le « Cinéac-Ternes », bientôt le « Calypso », avenue des Ternes, ou plus éloignés comme le cher « Artistic » de la rue de Douai, donnaient à peu près les mêmes films, inédits ailleurs, en VO – et dans le désordre.

Pourtant, les vraies sorties familiales du samedi soir et du dimanche après-midi étaient avant tout synonymes des grands cinémas populaires de la place Clichy, « Wepler » d'un côté, « Clichy-Palace » de l'autre, qui présentaient les films nouveaux en version française : un samedi soir au « Wepler » était dès lors un samedi comme les autres; alors qu'une expédition jusqu'aux Champs-Élysées vous avait des parfums d'aventure.

Mais place Clichy, il y avait aussi le « Gaumont Palace ». François Truffaut lui a donné ses lettres de noblesse; tel l'Antoine Doisnel de ses films, j'en étais un habitué, une manière d'abonné qui venait y voir en cachette les films dès leur sortie, le mercredi en fin d'après-midi... – quitte à y retourner le samedi suivant en famille sans jamais avouer que j'avais déjà vu *Si Versailles m'était conté* ou *Les Diaboliques* de Clouzot, dont la publicité menaçait : « Ne soyez pas diaboliques : ne racontez pas la fin des *Diaboliques !* »

L'énorme machine à montrer des films qu'était le « Gaumont Palace » (on disait : le plus grand cinéma du monde) avait quelque chose d'irréel et de fascinant, de l'entrée aux vastes dégagements, guichets, boutiques de bonbons, aux escaliers qui, d'étage en étage, semblaient desservir un gigantesque opéra populaire – et à la salle enfin, ses derniers fauteuils de dernier balcon si loin de tout, de la scène, de l'écran, de l'orgue électrique qui montait des profondeurs d'une fosse engloutie et déclencherait des tonnerres d'une musique parfaitement artificielle. Très haut dans les derniers balcons, on accédait bien au paradis : mes camarades y embrassaient les filles, pas moi, il ne restait qu'à regarder le film.

C'était Robert qui avait donné pour moi sa lettre de noblesse au cinéma. Portrait d'un cousin de ma mère : l'oncle Robert. Né à Smyrne, il avait ce qu'il était convenu d'appeler, dans la littérature d'avant-guerre, un visage de Levantin : grosses lèvres, cheveux crépus d'un brun roux, grosse voix grasseyante. Comme ma mère et comme toute la famille de ma mère qui vivait dans cette partie du monde depuis le milieu du siècle dernier, il était à moitié français, un quart suisse, un quart italien avec peut-être un petit quart supplémentaire belge ou autre chose.

Pendant longtemps, Robert et sa femme, parfois sa fille, Suzette qui avait quatre ou cinq ans de plus que moi, sont venus déjeuner le dimanche à la maison. C'étaient « les déjeuners du dimanche » auxquels se joignait souvent un autre cousin, Denis; Denis Honegger était architecte, il avait travaillé avec Auguste Perret, sa vie – de grouillot de salle à maître d'œuvre de quelques grands ensembles en France et en Suisse – était une autre légende. Mais celle de Robert s'identifiait à l'histoire du cinéma français.

Aux côtés du père Teilhard de Chardin, il avait participé à la Croisière Jaune en tant que preneur de son; puis, sous son vrai nom de William Robert Sivel, il était devenu l'un des ingénieurs du son les plus fameux du cinéma d'après-guerre. De Clouzot à Jouvet, de Fernandel à Brigitte Bardot, il avait travaillé avec tous ceux qui faisaient le cinéma de ces années-là et c'était d'eux qu'il me parlait, chaque dimanche. J'aurais pu raconter par le menu tout ce qui s'était passé derrière la caméra pendant le tournage du *Salaire de la peur :* la vraie frousse de celui-ci, la c... absolue de celui-là. Les tournages, les incidents de parcours, les coups de gueule de Robert et son bon rire faisaient partie d'une mythologie bien personnelle où j'avais le sentiment, par Sivel interposé, de frôler de très près un monde qui me faisait rêver comme n'importe quelle midinette.

A deux ou trois reprises, Sivel m'emmena sur des tournages; je rencontrai Clouzot au moment des *Diaboliques;* il y avait Vera Clouzot, Simone Signoret, Paul Meurisse. J'eus une longue conversation avec Georges Clouzot lui-même et quittai les studios de Billancourt avec le sentiment de faire presque partie moi-même de la famille du cinéma...

Le cinéma était donc une habitude. Et l'énorme retard que j'avais à rattraper : j'ai mis les bouchées doubles. Commença dès lors le temps du grand cinéma américain, que j'avais entrevu avec ces immenses films de série B, les Bogart mais aussi les sous-Bogart que mon père m'emmenait voir à l'« Artistic » et qui devinrent les John Ford, les John Huston et autres Billy Wilder ou Howard Hawks. Avec une poignée d'autres, mais aussi des tâcherons qui œuvrèrent à leurs côtés, ils constituent depuis près de quarante ans un réservoir inépuisable de plaisir. J'en arrive à affirmer, presque sérieusement, que le cinéma s'est arrêté pour moi en ces années-là.

Au début, je voyais ce qui « sortait », ou ce qui venait de

sortir, *Sunset boulevard* ou *African queen, L'Homme tranquille, L'Inconnu du Nord-Express* qui, de même que *Le Meurtre de Roger Ackroyd* en son temps, me parut l'intrigue policière la plus parfaite qui se puisse imaginer. Si plus tard j'ai pu gloser à l'infini sur la haie d'aubépine du petit Marcel et sur l'amidon des serviettes de l'hôtel de Balbec, de même, des scènes comme le meurtre d'une jeune femme reflétée dans ses lunettes tombées à terre; le visage tendu, droit, inexpressif du fou assassin qui, seul de toute une foule de mordus du tennis, ne suit pas des yeux la balle qu'échangent devant lui Farley Granger et son partenaire; le briquet enfin, le briquet aux initiales accusatrices que le tueur cherche à récupérer à travers les barreaux d'une bouche d'égout – autant de moments de cinéma devenus instants de littérature. Et puis le noir et blanc qui brillait de ses derniers feux : avec Hitchcock, je découvris une manière de bonheur intense, d'une qualité très rare en même temps que d'un accès facile, qui me remplissait d'enthousiasme. Bien avant que ce devînt un exercice de style d'en chanter les qualités de lyrisme contenu ou l'érotisme glacé – ah! le baiser de Grace Kelly habillée par Jean-Louis (« Gowns by Jean-Louis ») au James Stewart une jambe dans le plâtre de *Fenêtre sur cour* – je me fabriquais, moi, ma filmographie de Hitchcock, je rédigeais de minutieuses fiches...

Dès lors, d'un *Américain à Paris* au *Crime était presque parfait* (Hitchcock, encore), le cinéma américain devenait un fulgurant itinéraire dont les comédiens et les personnages, les hauts lieux, les scènes capitales, prenaient place dans ce même imaginaire qui avait déjà accueilli Gilbert, le prince Muichkine et Yvonne de Galais.

Le grand cinéma italien continuait sa fantastique percée, les films de Bergman commençaient à tisser une toile dense, simplement noire et blanche elle aussi et, entre *La Nuit des forains* et *Rêves de femmes*, mes années Condorcet – qui se terminèrent sur l'apothéose lyrique de *Senso* – constituèrent le fervent apprentissage d'un cinéma qui, étudiant, allait me faire courir jusqu'à deux fois, trois fois par jour les salles du Quartier latin.

Quant au cinéma français, il demeurait ce domaine familier où évoluaient des visages amis, Clouzot ou Gérard Philipe, *Casque d'or* dont je réussis, dix ans plus tard à Pékin, à me faire prêter une copie que je me projetais, seul, dans le grand salon de l'ambassade. Ce cinéma d'alors avait ses grandes routes, *Casque d'or ou Thérèse Raquin, La Beauté du Diable;* mais il avait ses chemins de traverse, Max Ophuls qui m'apprenait presque à écrire en décrivant *La Ronde* ou *Le Plaisir,* et puis Jacques Tati qui nous éclata à la figure comme un feu d'artifice de quatorze juillet, avec *Les Vacances de Monsieur Hulot.*

Mais *Le Fleuve,* de Renoir, est sorti sur les écrans, pour m'apprendre que le temps, l'enfance, le bonheur, la mort pourraient aussi se dire au cinéma, avec trois filles rousses et puis l'Inde, autour.

Je me lançais aussi dans d'autres promenades dont je découvrais alors les chemins à peu près déserts : c'était, presque chaque semaine, les visites que j'allais faire dans les grandes salles vides, très nues, du musée d'Art moderne, au Palais de Tokyo.

La foule pressée, avide de tout, même de peinture, du Centre Georges Pompidou aujourd'hui – et le silence qui régnait alors devant les grandes toiles de Matisse, de Braque ou de Chagall que, découvertes à travers les mots d'un prêtre malade à Chamonix, je retrouvais avec une voracité frémissante. Matisse que j'avais adoré, ce Dufy vert pomme ou ces panneaux fuligineux de Georges Rouault que je n'aimais guère mais que je ne connaissais que par vingt centimètres sur dix et sur du (beau, il est vrai) papier glacé m'apparaissaient soudain dans leur vertigineuse vérité.

Peut-être que le vide autour d'eux accroissait le plaisir que j'avais à me savoir si seul parmi les seules figures de l'art de tous les temps que j'admirais vraiment. Car, hors Matisse, Munch et Rouault – pour reprendre le titre du volume publié chez Skira qui avait contribué à m'en ouvrir les portes – et leurs contemporains, aucune autre peinture ne m'intéressait alors. Et lorsque ce professeur de Condorcet à qui j'affirmais mon amour de la peinture me parlait des Italiens, que sais-je? de Fra Angelico, je levais un regard ironique : non, ce que j'aimais, moi, c'était la « peinture moderne »; dans le même temps, je ne me rendais d'ailleurs pas compte qu'une autre peinture que celle de Braque ou de Picasso se faisait déjà tous les jours.

Mais ma solitude face à *La Fée électricité* de Dufy ou aux longues créatures ocres qui dansaient sur fond bleu dans un panneau de Matisse, le coup de poing que fut mon tête-à-tête, seul à seul, avec *Guernica* qui était encore exposé à Paris – et sans cage de verre pare-balles ni garde de sécurité pour le protéger : simplement là, à portée du regard, de la main... – constituaient des moments de bonheur suprême.

J'y revenais souvent, comme parmi des amis : je saluais celui-ci, celle-là, cette femme austère selon Derain, cette autre lumineuse qu'avait peinte Van Dongen. Parfois, je suivais une des rares jeunes filles qui déambulaient comme moi à travers les salles sonores. Le bruit de ses pas; ses haltes devant un tableau : j'affabule, bien sûr, mais je me disais que nous aimions les mêmes visages, les mêmes paysages...

A la boutique du musée, j'achetais des dizaines de reproductions, des cartes postales; j'accumulais les images, les souvenirs. Peut-être que, déjà, livres, images, je me fabriquais, autrement, ma mémoire...

Et puis la musique.

Lorsque à vingt ans j'évoquais avec des amis l'absence totale d'intérêt que j'ai pu porter à la musique jusqu'à ma seizième année, j'avais l'impression, plus encore que de les surprendre, de m'étonner moi-même qui courais désormais Paris, voire le monde, à la recherche d'un opéra de plus à entendre, d'une voix de femme à ajouter à la collection que je me faisais de ces divas, beaux oiseaux blessés ou flamboyantes déesses que j'avais entendues et dont je portais en moi le souvenir presque vivant.

Et pourtant, à mon retour des Soldanelles, j'en étais encore à refuser de prendre parti dans le combat de titans qui, sous le titre de « Jazz contre musette », opposait à la radio les tenants de la trompette à ceux de l'accordéon. Quant à la musique, celle qu'on appelait la « Grande » musique, j'en ignorais absolument tout.

Au lycée, on en parlait autour de moi et je me suis quand même acheté un de ces tourne-disques qu'on branchait alors sur les postes de radio. On appelait encore cela un pick-up; je disais : mon Teppaz, du nom du fabricant le plus connu de ce type d'appareil.

Au début, sur mon Teppaz, j'ai d'abord écouté des *variétés*. On découvrait Bécaud, Brassens; la poésie de Brassens me laissait assez froid, le lyrisme-guimauve de Gilbert Bécaud me touchait beaucoup plus. Je chantais, j'apprenais ses chansons; ou je revenais à des valeurs plus anciennes, Juliette Gréco, Mouloudji, *Si tu t'imagines*, et *Le P'tit coquelicot*.

Un jour, je lus qu'une symphonie de Beethoven venait d'obtenir je ne sais quel grand prix du disque. Le disquaire du coin de la rue de Clichy l'avait en rayon, je l'achetai. C'était la *Sixième symphonie*, dirigée par Hermann Scherschen. Je l'écoutais religieusement, m'efforçant, de mouvement en mouvement, de suivre la progression de l'« orage » puis de la « fête des paysans ».

J'achetais coup sur coup encore trois disques : trois. Pas un de plus. Et c'est par eux que tout a commencé. Il y eut le *Concerto pour violon* de Beethoven, par Furtwangler et Menuhin, un *Concerto pour piano* de Mozart, dirigé et joué par Robert Casadesus – et le *Prélude à l'après-midi d'un faune* de Debussy. Comment ai-je choisi ceux-ci et non ceux-là? Pourquoi Furtwangler et Menuhin? Pourquoi, de Mozart, le *Concerto en Ut majeur,* K 467? Pourquoi et comment, tout de suite, deux moments d'éternité?

Le Debussy me plaisait parce que je trouvais la flûte gaie; il me donnera envie de lire Mallarmé, ce qui ne sera pas si mal que cela. Mais le *Concerto en Ré* et le vingt et unième *Concerto* de Mozart me transportèrent aussitôt à des sommets qui me laissèrent pantois : ainsi, pendant tant d'années, j'avais pu ignorer cela? Mon amour devint si exclusif que je regardais avec un mépris souriant mes amis qui parlaient de Bach et du *Concerto brandebourgeois,* pour ne rien dire de l'*Adagio* d'Albinoni ou des *Quatre saisons* vivaldesques qu'on nous serinait jusque dans les surprises-parties, entre *Only You* et *Les Oignons.*

Un peu plus tard, très vite, dans un mois et demi, un autre miracle éclatera. Mais le visage radieux de Yehudi Menuhin sur la pochette verte de son enregistrement de 1952 du *Concerto* de Beethoven est une des images de la lumière.

Le cinéma, la musique, le théâtre avec des pièces d'Anouilh vues en famille au Théâtre de l'Atelier, *La Valse des toréadors* ou *L'Invitation au château,* il y eut surtout une année Tchekhov : *Les Trois sœurs* et *La Mouette* qui me donneront de la désespérance slave, de l'espérance aussi – du théâtre en général – une image bien proche de la perfection.

Si des *Trois sœurs* je retins surtout la physionomie et l'accent mémorable du comédien – Daniel Emilfork – qui jouait le mari de Macha – « J'aime Macha... J'adore Macha... » – et les « Moscou! Ah Moscou! » de l'une ou l'autre des sœurs, ce fut avec *La Mouette* que je pris ma première vraie leçon de théâtre.

Paul Bernard jouait Trigorine, Valentine Tessier, Georges Amirian l'accompagnaient et Nina était Catherine Sellers : en sortant du Théâtre de l'Atelier, ce soir-là, je sais que j'avais compris ce qu'était une scène, une comédie, un auteur. Le mot « dialogue » n'évoquait plus un simple échange de répliques, mais une véritable musique à deux, trois, quatre voix qui se jouait entre des partenaires, complices qui, musiciens, trouvaient à les dire le même bonheur que j'avais à les entendre.

Dès lors, la silhouette mélancolique et incertaine de Paul Bernard – si pâle : il devait mourir peu après –, la vibrance de Catherine Sellers me semblaient les deux instruments privilégiés d'un fabuleux quatuor à cordes qui murmuraient, à la manière du *Fleuve* de Renoir avec ses trois petites filles rousses, le temps qui passe, l'amour, la mort.

Mais *La Mouette* était encore autre chose : c'était la réflexion sur le théâtre, sur la littérature, sur l'art en général dont j'avais besoin, à ce moment précis. Dans la mesure où les maîtres qu'on me donnait – mes professeurs... – ne faisaient que passer, j'étais en littérature, comme à l'endroit de toutes les choses de l'art, une manière d'autodidacte innocent. Émerveillé : un « ravi », en somme, de ce qui s'appelait littérature, bientôt musique, déjà théâtre. Et par la voix de Trigorine et par celle de Nina, Tchekhov, le premier m'a fait comprendre que la littérature – l'aisance d'un Gide et de ses amis... – était aussi une lutte de tous les instants pas seulement contre les autres – ceux qui ne veulent pas entendre – mais contre soi, contre moi, contre nous : le doute qui est en nous, l'impuissance qui nous paralyse jusqu'au cœur de l'acte de création – et la vanité, enfin, de toute création face à tout ce qu'il y a eu avant, à ce qu'il y aura après, face au monde. La déchéance de Nina, qui n'avait pu être comédienne et retombait, les ailes brisées, dans sa maison dévastée, me semblait cent fois plus terrible que la mort de telle héroïne dans les bras d'un amant; l'impuissance d'Aliocha qui se voulait poète, qui se voulait si désespérément poète, dramaturge génial, et qui n'était rien, sinon prétentieux, me terrifiait : ainsi on pouvait croire si fort à son génie, être le seul à y croire – ce que j'avais déjà entrevu ailleurs – mais on pouvait surtout y croire si terriblement (à en mourir) et se tromper plus terriblement encore.

Quant à Trigorine... Depuis plus de trente ans, j'en suis à me poser la même question : Trigorine est-il, ou pas, un grand écrivain? Car la malédiction de Trigorine, condamné à écrire quand d'autres peuvent vivre; à écrire quand il voudrait simplement profiter de la vie, passer, regarder, aimer, me paraissait à la fois irrémédiable et superbe. Bien sûr que j'enviais Trigorine qui ne pouvait voir un nuage dans le ciel ni sentir l'odeur de l'héliotrope dans le soir sans se dire qu'il pourrait en faire un conte, une nouvelle; bien sûr que j'enviais Trigorine qui n'avait pas sitôt achevé un récit qu'il lui fallait, sans délai, en commencer un autre. Mais je devinais cette fatalité qui pesait sur lui. Et si je voulais qu'il puisse aimer Nina, je sais que cette bénédiction qui lui avait été donnée en partage, écrire et écrire encore, le lui interdisait. Si bien que lorsque l'écrivain selon Tchekhov évoquait sa mort, sa pierre tombale, le nom sur la pierre et les gens qui vont un jour à passer et qui remarqueront : « Ah! Trigorine... Oui! C'était un bon écrivain... Mais ce n'était pas Pouchkine » – c'était un destin de doute sans fin qui me paraissait s'imposer au poète, à l'écrivain, à celui pour qui l'art *est* la vie. Face à la voluptueuse incertitude de Paul Bernard en écrivain qui en voudrait toujours plus – l'écrivain *arrivé* qui en veut toujours davantage – j'éprouvais moi aussi le doute, mais l'envie aussi, terrible, d'écrire à mon tour.

Depuis plus de trente ans, je me regarde dans une glace et je me la repose, la question : Trigorine était-il un vrai écrivain?

Quelquefois, j'essaie de penser que la réponse est oui. Ludmila Mikaël, qui a joué un jour Nina à la Comédie-Française, me l'a assuré – et Ludmila Mikaël en Nina blessée était si belle, si blanche et si brune...

Mais n'a-t-elle pas voulu me rassurer?

Car j'écrivais, naturellement, dans toutes ces années du lycée Condorcet. J'écrivais beaucoup, souvent. J'écrivais partout, sur des feuilles volantes, des cahiers d'écolier cousus, agrafés, à reliure spirale. J'écrivais tout et de tout.

Sur tout cela, je garderai un silence non pas prudent, mais désolé : je n'ai conservé que peu de chose de ces tentatives et m'en étonne encore, moi qui conserve, accumule, garde, classe – mais perds aussi, tout et si souvent.

J'écrivais des poèmes lyriques et paraclaudéliens : il m'est resté un début – trente ou quarante pages serrées, ne nous inquiétons pas ! – d'un *Chant d'amour du galérien* où je m'imaginais le Rodrigue du *Soulier* à la recherche de Dieu. Il m'est resté trois ou quatre commencements de romans, presque tous très autobiographiques et d'apprentissage, où le thème de la maison de famille, l'été, les vacances et les cousines, le dispute aux années de lycée, à l'adolescent de quinze ans qui voudrait écrire.

Il m'est resté de lamentables bouts de poèmes, sous-Verlaine ou quart-de-Baudelaire, érotico-extasiés : c'est tantôt Yvonne de Galais que je célèbre – ou la belle inconnue; tantôt la brune crinière d'une cavale que j'ose à peine imaginer. Il m'est resté un vers : *Dans l'éblouissante clarté d'un matin de Pâques;* c'était une déclaration de foi en Dieu et d'amour à une jeune femme que j'aurais donc épousée, dans l'éblouissante clarté de ce fichu matin de Pâques.

Un vers, deux débuts de pièces, l'une inspirée par un « problème actuel » comme j'aimais à le dire : ...celui des prêtres-ouvriers ! On lisait alors *Les Saints vont en enfer,* un roman de Gilbert Cesbron qui mettait en scène un prêtre de gauche, en chandail et rempli de bonnes intentions qui tournaient toutes au désastre – et l'acte I, scène 1 de ma pièce commençait par une bien belle réplique : « Entre, et pose ta gabardine... » ! Moi qui n'ai jamais porté que des imperméables.

L'autre pièce, une comédie écrite dans ma période Giraudoux, à laquelle j'arriverai plus tard, s'appelait *Amphytrion 53* – ou *54*. Elle n'était pas en vers, mais c'était tout comme ! Aérienne, c'est-à-dire précieuse et lourde comme il n'était pas permis de l'être, elle jonglait avec l'histoire, la mythologie et la littérature – mais la dextérité du jongleur était celle d'un chauffeur de six tonnes qui n'aurait jamais passé son permis de conduire.

Peut-être que la seule chose qui sauvera le gosse léger et prétentieux que je devais être, c'est que je savais bien, au fond de moi, que rien de tout cela n'était vraiment très bon. Mais je m'en consolais en me persuadant que je n'étais peut-être, après tout, pas né pour écrire, mais pour peindre, ce qui ne valait pas mieux. Car je peignais toujours. Mon absence ahurissante de technique – je peignais à l'huile et sans savoir mélanger les couleurs – n'avait d'égales que la pauvreté de mon imagination et mon incapacité à trouver un style : un jour, je faisais du Cézanne, le lendemain du Picasso époque rose ou bleue, parfois du Rouault – que je n'aimais guère; parfois encore du Matisse : c'est à coup sûr ce que j'aimais le plus et réussissais le moins bien.

L'année s'achevait. A Pâques, je suis allé en Hollande : Van Gogh et Rembrandt, plus une vive passion qui va durer, elle aussi, longtemps : Vermeer. A mon retour, je rechercherai – et trouverai – le *Tout Vermeer* publié par Gallimard, avec un texte d'André Malraux.

Qualité d'une texture, d'une matière, d'un point extrême, d'une infime tache de couleur qui devient peinture, irisée de mille autres taches de lumière – les femmes selon Vermeer : sans que je le susse vraiment, le petit pan de mur jaune se profilait à son tour à l'horizon. Et j'apprenais qu'il existait d'autres peintres que ces satanés Matisse, Munch et Rouault!

Je lisais encore les livres dont on parlait. Ainsi ai-je lu en leur temps « les prix de l'année » : *Léon Morin, prêtre,* de Béatrice Beck, dont je disais sobrement que c'était un « beau » livre – probablement pour ne pas avoir à en dire davantage; ou Jean Dutourd : *Au bon beurre* qui m'avait ravi. Dutourd me paraissait un joyeux luron et les années de guerre n'étaient pas si loin que j'aie pu oublier la cour que nous faisions nous-même, à Mme Prosenthal, la crémière du coin de la rue de Florence et de la rue de Petrograd – devenue depuis rue de Leningrad : seul Daniel s'obstinait à l'appeler encore Petrograd. Mme Beck avait obtenu le prix Goncourt, Jean Dutourd le prix Interallié. J'ai acheté aussi *Le Souffle*, de Dominique Rolin, qui avait obtenu le Femina. L'année précédente, on avait donné le Femina à une Mme de Tourville qui avait écrit *Jabadao* que j'avais lu à Angoulême; mais je n'avais pas ouvert *Le Rivage des Syrthes* dont on disait autour de moi que c'était un livre difficile et qui avait obtenu un prix Goncourt refusé par son auteur.

J'avais pourtant quelques jolies haines, ou de violentes aversions : ainsi cette *Mort du petit cheval*, cette *Vipère au poing* dont mes parents faisaient si grand cas, me paraissaient-ils le comble du mauvais goût, de la noirceur voulue, délibérée, ricanante.

Mais tout cela n'était pas très grave... D'ailleurs, pour me tenir informé, je lisais très sérieusement et très régulièrement *le Figaro littéraire* et m'amusais à opposer les critiques théâtrales de Jacques Lemarchand à celles de Jean-Jacques Gautier, dans *le Figaro* du matin. Les noms de Gérard Bauer, d'Émile Henriot – j'achetais parfois *le Monde* – m'étaient familiers. Je disais : « Henriot assure que c'est un bon livre » – et j'achetais le livre. Mon père me donnait un peu d'argent – « ma semaine »; et ma mère passait derrière, pour doubler la somme – « Tu n'en diras rien à ton père... » : tout devenait livre.

J'en revenais pourtant toujours à mes classiques à moi : les écrivains français de la première moitié de ce siècle. Ainsi la *Chronique des Pasquier* où je me suis lancé : que m'est-il resté de Georges Duhamel? A la suggestion de M. D., qui évoquait les aventures de Jallez et de Jerphanion – c'était un peu pour moi Zig et Puce, sinon Tintin et Milou – j'entamais aussi *Les Hommes de bonne volonté* mais commençais tout de suite par le troisième volume, où mes deux héros péroraient sur les toits de l'École normale supérieure – scène classique... M. D. voulait probablement nous donner le goût de « faire » khagne en même temps que celui de la littérature qu'il aimait. Ses deux entreprises restèrent sans lendemain. A Jallez and Co, je préférais très vite *Les Copains*, dont les exploits dans les bonnes villes d'Ambert et surtout d'Issoire, proches en somme du Cantal où je passais mes vacances, me semblaient du plus haut comique; un comique néanmoins assez audacieux pour que je me crusse obligé, prêtant le volume à ma sœur, de placer un trombone à cheval sur les pages qui me paraissaient ne pas convenir à une jeune fille...

De même, trombonais-je allégrement *Le Mur*, de Sartre, dont toute la nouvelle *Intimité* me semblait également des plus scabreuses. D'ailleurs, cette histoire d'une épouse qui caresse avec adoration le gros zizi mou d'un mari impuissant ne me plaisait qu'à moitié; de *L'Enfance d'un chef*, une autre image m'est restée, tout aussi déplaisante mais plus insidieuse : celle d'un radiateur. Dans le discours que tient en effet le « maître » Bergère au futur « chef » Lucien – il deviendra militant d'extrême droite et antisémite – l'initiateur explique à un gamin de mon âge qu'on peut faire l'amour avec bien autre chose qu'une fille : un radiateur peut ainsi parfaitement faire l'affaire. L'affaire en question me troubla... Heureusement que la fin de la nouvelle qui donnait son titre au recueil, *Le Mur*, me fit partir du même éclat de rire que son malheureux héros lorsque, républicain prisonnier des franquistes pendant la guerre d'Espagne, il s'aperçoit que la fausse information donnée à ses bourreaux (Ramon, son ami, était caché dans un cimetière...) était, sans qu'il l'eût voulu, véritable – l'ami en question ayant bel et bien gagné le cimetière pendant la nuit. J'avais seize ans, mais la démonstration me paraissait un peu trop appuyée : j'en ris encore.

Trouvais-je cela tout seul? J'en doute – et sûrement quelqu'un se chargea de me le faire sentir; mais ceci conduisit à cela, et rire enfin à la lecture de Sartre quand on a seize ans en 1953 était tout de même méritoire.

Les promenades dans les caves de Condorcet n'étaient plus qu'un souvenir, celles à travers les salles désertes du musée d'Art moderne s'espacèrent; il y avait un projet de voyage en Angleterre organisé par un professeur d'anglais du lycée : toute la classe, ou presque, se retrouverait à Colchester – et puis ce serait l'été, les Arbres, avec un morceau d'Espagne ou de Portugal pour terminer.

Mais je lisai d'abord *La Chartreuse de Parme.* Je l'avais achetée sur les quais, dans une grotesque édition populaire où un Fabrice en couleurs enfermé dans sa tour devait, serrant des deux mains les barreaux de sa fenêtre, tenter d'apercevoir au loin une blanche Clélia. J'ai commencé le livre au début d'un week-end, et l'avais terminé le lundi matin. J'imagine que j'ai dû lire toute la journée, la nuit, deux nuits : ce sera la première de huit, dix, douze lectures de *La Chartreuse* qui, à intervalles plus ou moins rapprochés, baliseront ma vie.

C'est qu'avec *La Chartreuse,* je trouvais d'un coup *tout* – je dis bien *tout* – ce qui avait pu m'intéresser depuis trois ans que je me promenais presque sérieusement à travers les livres. Il y avait à la fois le vieux goût de l'aventure que j'avais malgré tout gardé; et puis une histoire d'amour, où le jeune homme devait une fois encore choisir entre la blonde enamourée – que l'ami Beyle et Clélia me pardonnent – et la brune volcanique – c'est Gina Sanseverina que je supplie cette fois de ne pas m'en vouloir, elle qui est devenue, avec le temps, l'un des sommets de la mythologie que j'ai pu me construire de la femme aimée. Mais il y avait aussi la découverte de l'Italie : des descriptions qu'enfin je ne « sautais » pas – car, si je lisais beaucoup, je « sautais » parfois des paragraphes entiers, affirmant avec une belle désinvolture qu'on pouvait très bien se passer d'eux. Puis il y avait la politique, dont j'ai peu parlé jusqu'ici mais qui commençait alors à me tarauder. Ainsi l'étrange figure de Mosca, en qui je voulais me voir un père, un grand frère et malgré tout, un rival mais qui était d'abord un politicien ambigu. Mais il y avait surtout ce grand vent de liberté qui, dès le premier jour, dès la première ligne, m'emportait. Lit-on encore, aujourd'hui, Musset et *La Confession d'un enfant du siècle?* Et serait-ce blasphématoire aux yeux des plus intransigeants beylistes, de dire que seule la lecture du premier chapitre de *La Confession* (« Pendant les guerres de l'Empire, tandis que les maris et les frères..., les mères inquiètes avaient mis au monde une génération ardente, pâle, nerveuse... ») que je fis peu après me procura la même exaltation fébrile : en quelques phrases, je découvrais à la fois le romantisme et des enthousiasmes juvéniles qui n'étaient plus marqués de l'ombre du doute ou du remords comme dans les livres qui m'avaient jusque-là appris l'adolescence. Gilbert et Meaulnes lui-même, les jeunes héros de Larbaud, étaient des conspirateurs qui se battaient tout au plus contre eux-mêmes, fût-ce sous couvert d'une révolte familiale : Fabrice luttait pour lui-même certes, mais aussi pour l'Italie, pour l'Europe, pour l'Humanité.

C'est peut-être pourtant la découverte de la poésie de *La Chartreuse* qui a été ma plus forte émotion : pour la première fois, je me rendais compte que le mot poésie pouvait ne pas s'épeler en vers, que six lignes d'une prose lumineuse, tremblantes dans ma mémoire, pouvaient me dire plus que tout ce que j'appelais poème. Depuis trente ans, je n'ai pas fini de m'émerveiller de ces quelques mots, comme simplement accrochés les uns aux autres et qui disent, dans *La Chartreuse,* une promenade sur un lac; dans *Lucien Leuwen* des cors qui jouent Mozart dans le soir. Et c'est peut-être la révélation que j'en ai eue à seize ans qui m'a appris à écouter à mon tour une musique au loin, à regarder un lac. Si jamais cet aphorisme que j'ai tenté de placer au commencement de ces notes, où j'ai cru deviner que des livres m'ont fait ce que je suis, contient un semblant de réalité, c'est bien à travers la première lecture, que je fis, haletant, un week-end de mai ou juin, de *La Chartreuse de Parme.*

Et puis j'écouterai *Don Juan*, je rencontrerai vraiment Mozart.

Jusque-là j'allais à peu près seul de livre en livre, de hasard en découverte. Mais on m'a montré *Don Juan* et Mozart; et *Don Juan* sera le premier phare dans un univers qui ne deviendra pas seulement celui de la musique, mais aussi de toute une littérature différente de ce que je connaissais, où les mots et la musique se trouveront désormais intimement mêlés.

Lorsque la sœur de ma mère et son mari étaient revenus de l'étranger où, diplomate, mon oncle avait été en poste en Iran, en Grèce, ils s'étaient d'abord installés quelque part dans le XVIIe arrondissement puis ils avaient déménagé dans l'appartement du troisième étage du boulevard des Batignolles, en-dessous du nôtre. Les deux Émile, Oncle Émile et Tante Émilie que leurs amis appelaient Charlot et Charlotte avaient apporté à ma vie de lycéen une dimension presque excentrique, « élégante », internationale... Leur fille, Marie-José, avait quatre ans de plus que moi et je l'aimais beaucoup : vacances passées ensemble en Auvergne, l'image classique de la cousine un peu plus âgée, des promenades. Mais Marie-José vivait en Angleterre, où elle allait en classe dans un collège de jeunes filles de bonne famille.

Revenue à Paris, elle avait commencé une licence d'anglais; plus tard, je la retrouverai à Sciences-Po. Sa chambre était exactement en dessous de celle de ma sœur et je crois qu'elle éprouvait déjà une très grande tendresse pour André, notre cousin à tous deux, de quatre ans encore son aîné à elle. Ils se sont mariés, ils ont trois filles et André, qui est professeur à Strasbourg, est devenu cet André Tubeuf, sans qui la manière d'écrire aujourd'hui sur la musique ne serait pas tout à fait ce qu'elle est.

André venait souvent chez Marie-José. Normalien – il préparait une agrégation de lettres –, bientôt jeune professeur à Nancy, il n'en passait pas moins le plus clair de son temps à Paris chez ma cousine. André était alors auréolé pour moi du prestige du jeune intellectuel qui traversait tout Paris pour des dîners mondains et, déjà, toute la France – voire une partie de l'Europe – pour un concert et surtout un opéra. A chacune de ses visites, il débarquait chez Marie-José avec un cabas entier de disques rares, introuvables, vieux 78 tours achetés aux puces ou microsillons rapportés d'Amérique par des amis, Wagners improbables, Strauss ou Schubert publiés sous le manteau.

Dès que j'entendais de la musique dans l'appartement en dessous du mien, je me ruais dans l'escalier et sonnais à la porte du troisième étage – pour retrouver Marie-José seule, ou Marie-José et André. J'imagine que j'étais bien souvent le petit cousin assommant qui vient déranger les amoureux – et je suis certain que je m'en rendais compte. Mais cette chambre de Marie-José, les livres, elle-même et André, deviendront avec les mois l'un des pôles essentiels de ma vie : c'est là que j'ai écouté *Don Juan* pour la première fois.

Les disques microsillons étaient arrivés en France depuis quatre ou cinq ans et André possédait l'ancien enregistrement du Festival de Glyndebourne, 1936.

Il suffit aujourd'hui d'épeler des noms : John Brownlee et Salvatore Bancaloni, Luis Helletsgruber, Ina Souez, Audrey Milmay – et puis Koloman von Patacki dont les superbes roulements de tambour du patronyme furent pendant longtemps signe de connivence entre quelques initiés qui s'en partageaient le secret : vieux alors de près de vingt ans – il en a plus de cinquante aujourd'hui – le *Don Juan* dirigé par Fritz Bush dans le petit théâtre du Sussex est toujours le meilleur du monde.

Très vite, j'ai connu l'histoire de Glyndebourne, celle de ce gentleman anglais dont la femme était chanteuse et qui inventa pour elle et quelques-uns de leurs amis des après-midi de Mozart dans les vertes collines des *downs* autour de Brighton; l'histoire aussi de ces Allemands, Fritz Busch, Carl Ebert, Rudolf Bing, qui avaient fui l'Allemagne nazie pour offrir à l'Angleterre qui les accueillait le meilleur d'eux-mêmes; et puis l'histoire d'Audrey Milmay, l'épouse de John Christie – maître des lieux – qui chantait Zerline dans ce *Don Juan* de légende et qui mourut brûlée vive dans un incendie, à la fin de la guerre : tout cela vous tisse assurément une belle légende.

C'est pourtant *Don Juan* lui-même qui devint légende et c'est dans l'opéra de Mozart que j'ai appris à la fois le chant, Mozart lui-même, l'amour-folie des chanteuses et des chanteurs, la vie dans la musique, l'opéra – et mon premier tête-à-tête avec l'un des rares véritables mythes que, face aux mille et trois Œdipe que l'antiquité nous a laissés, l'Occident chrétien essouflé a quand même réussi à engendrer.

En quelques jours passés à écouter et à réécouter John Brownlee dire, susurtrer – chanter en somme – *La Ci darem la mano,* j'ai compris que le chant pouvait être un langage unique, universel, dont chaque chanteur faisait sa langue à lui, aussi unique, aussi universelle et cent fois renouvelée... J'ai appris qu'un souffle, un silence, était aussi limpide qu'une note lancée très haut et que des voix qui se répondent – *La Mouette,* déjà... – créent le lieu du théâtre.

J'ai appris que ces chanteurs dont, lorsque je les écoutais, la plupart étaient oubliés ou du moins s'étaient tus, faisaient partie d'une tribu royale où, depuis trois cents ans, des hommes et des femmes se repassent un flambeau pour dire – donc, autrement... – les musiques que d'autres ont dites avant eux; et que le disque était la passerelle jetée entre un passé déjà mythique qui ne m'appartenait pas mais que j'entrevoyais par la grâce de la cire gravée, et un présent encore terne, éclairé à la seule lumière de l'aujourd'hui, mais qui serait nécessairement plus triomphant lorsqu'il deviendrait, à son tour, une partie de mon passé.

J'ai appris à écouter une phrase, un air, un ensemble, à découvrir le grain d'une voix, sa qualité propre et, surtout, la qualité d'émotion qu'elle pouvait me, nous procurer : tout cela, c'était André qui me l'expliquait dans la chambre sur la rue Clapeyron aux gros coussins recouverts de tapis persans où nous nous laissions tomber pour écouter sans fin les trois vieux microsillons de Glyndebourne.

J'ai écouté *Don Juan* au troisième étage; je l'ai ensuite écouté chez moi, dans ma chambre : celui de Glyndebourne d'abord puis le seul qui se pût trouver alors sur le marché, l'enregistrement de Hans Swarowsky avec Mariano Stabile dans le rôle-titre : personne comme un Stabile, pourtant vieillissant, n'a jamais su dire ce *La Ci darem la mano* que John Brownlee avait le premier, murmuré, enchanteur, pour Audrey Milmay bouleversée. L'air du Catalogue, celui du Champagne, le duo Don Juan-Zerline, l'*Il mio tesoro* d'Ottavio me devinrent dès lors aussi familiers que n'importe quelle musique populaire. Ne possédant qu'un seul opéra en disque, je l'écoutais sans fin.

En quelques jours, Mozart était entré au cœur de ma vie et, pendant tout le temps que j'habiterai boulevard des Batignolles, je saurais qu'il me suffira de quelques notes de Mozart – *Don Juan* ou le Quatuor pour clarinette, le *Concerto en Ut majeur* que je connaissais déjà si bien, la *Grand-messe en Ut,* aux étourdissantes vocalises – pour me faire oublier une tristesse, un chagrin; pour me donner une image de ce qui était beauté, sérénité, larmes...

Puis André me prêta l'essai de Pierre-Jean Jouve sur *Don Juan,* je pris la dimension du mythe, j'écrivis même à son propos quelques pages bien futiles mais j'avais le sentiment d'avoir percé l'un de ses secrets qui font que l'homme parvient parfois à mettre ses pas dans les traces de ceux qui l'ont précédé pour, avec eux, tenter d'aller un peu plus loin.

4

L'été de la grande pagaille et des belles leçons

Où l'on voit des grèves paralyser la France sans empêcher notre jeune homme de commencer en Angleterre son éducation sentimentale; mais où Julien Green, Bernanos et les *Thibaut* lui font se poser enfin quelques questions.

L'été 1953 fut celui de la grande pagaille. On avait péniblement formé, dans les derniers jours de juin, un gouvernement Laniel qui, pour la première fois, me parut symboliser toutes les vertus que je ne haïssais pas encore avec une si belle fougue mais que j'apprenais soudain à mépriser. Qui m'avait mis mon premier numéro de *l'Express* entre les mains? En quelques semaines, l'hebdomadaire de Jean-Jacques Servan-Schreiber, publié en format tabloïd mais imprimé en noir et blanc et sur mauvais papier comme n'importe quel quotidien, les chroniques de François Mauriac devinrent pour moi ce qu'était *le Figaro* pour mes parents ou *l'Humanité* pour ces communistes qui – au-delà de toutes les dénonciations de l'enfer stalinien qui commençaient malgré tout à apparaître, jusque dans une presse qui n'était pas forcément de droite – m'intriguaient. J'avais lu dans *l'Express* des commentaires attristés sur les tentatives d'un certain Pierre Mendès France – dont le nom ne me disait rien – pour tenter de constituer un cabinet; j'y avais lu ensuite des remarques ironiques sur les échecs successifs de MM. Bidault, André Marie, Pinay; j'y découvris bientôt, au fil des jours, une ironie mordante pour ce Joseph Laniel au profil de bœuf de labour et sur son sénateur de frère, plus lourdaud encore : pour la première fois, je m'interrogeais sur la nature de notre gouvernement.

Il était temps.

Mais je partis pour l'Angleterre et ce fut de loin que je suivis d'abord ces grandes grèves qui laissèrent hébétée une population française qui – pour la première fois avec une telle ampleur, et sur une aussi remarquable durée – ne pouvait plus ni prendre le train, ni envoyer une lettre. De loin, je ricanais.

Pour la première fois, le ricanement traduisait chez moi la manifestation profonde d'une inquiétude politique...

Je passais trois ou quatre semaines à Colchester, dans le sud-est de l'Angleterre. Nous étions partis un ferry entier, ou presque, de lycéens et lycéennes soudain devenus en quelques minutes adeptes du mal de mer, de la bière anglaise et des machines à gagner des trucs en plastique pour une pièce d'un penny.

J'habitais dans une famille – une rue large et vide, une maison étroite et bourrée d'objets en céramique et de poupées de chiffon – chez un « correspondant » parfaitement stupide dont la sœur avait pourtant une amie plus âgée, à qui je ne déplaisais pas. L'aînée était infirmière mais fiancée, le premier soir je fus rempli d'espoir, le premier week-end son fiancé mécanicien revint à Colchester et nous en restâmes là, c'est pourtant cet été de 1953 que les filles me parurent soudain plus accessibles.

Ainsi cette Christine, rousse et pâle, jolie je crois, à l'incontournable amie laide et grasse qui ne la quittait pas d'une semelle. Ou Danièle, qui portait des lunettes sans monture, brune, pulpeuse, dont l'épaule semblait presque élastique sous le bout du doigt. Et surtout Lisa, anglaise celle-là, enfantine et garçon manqué – mais l'un de mes camarades qui connaissait mon amitié avec Daniel, la persuada que j'étais pédéraste (on ne disait pas encore homosexuel; elle-même disait : *sissy*) et mon amour pour elle tourna vite court.

Un aveu : cette Lisa, petite fille au visage rond, la bouche aux lèvres larges, légèrement entrouvertes, et le nez criblé de taches de rousseur, était l'image précise de ces toutes petites filles, enfantines et boudeuses, décidées, tendres par violence, sensuelles à regret dont je chercherai si longtemps, à travers tant d'autres amours, la silhouette parce que je l'ai aperçue cet été-là en Angleterre et qu'elle m'a été interdite. Ainsi Cordelia, plus tard, ainsi d'autres...

Ne pouvant avoir Lisa, qui me méprisait, ni Christine ni Danièle ne suffisaient à attiser ma flamme. Et cependant, à Clacton-on-Sea près de Colchester, nous dansions dans de grandes constructions de bois et de verre sur des jetées qu'on appelait des *piers :* des pancartes nous prévenaient : *No Jitterburgh,* ce qui voulait dire : Boogie (Rock, en somme!) interdit. Nous dansions des tangos, des slows, des bostons : parfois nos joues se rencontraient, c'était le comble de l'audace.

Nous marchions ensemble la nuit, sous la lune, en bordure de l'eau. L'amie laide de Christine ne la quittait pas plus de nuit que de jour; elle chantait : « Bonbons, caramels, esquimaux, chocolat. »

D'autres soirs, Danièle, en robe de jeune fille décolletée sur une gorge pigeonnante, soupirait que les garçons, bien souvent, ne savaient pas ce que voulaient les filles et je soupirais avec elle : c'était si difficile de savoir... Je finis tout de même par comprendre et par vérifier qu'elle avait bien, à la naissance du cou, dans le creux de l'épaule, la peau feutrée que je devinais tiède, doucement élastique. Elle enleva ses lunettes et me permit de caresser un sein, deux peut-être... Puis elle me dit de m'arrêter : c'était déjà trop, je m'arrêtais, conscient d'avoir franchi des bornes interdites; elle remit ses lunettes et soupira à nouveau : les garçons ne savaient pas... Je soupirai avec elle mais m'interrogeai dès que je me retrouvai seul, sur la nature de ces soupirs : de soulagement – ou, plutôt de regrets? Je me promis, dès le lendemain, d'en avoir le cœur net.

Mais dans l'autobus entre Colchester et Clacton-on-Sea, Danièle rencontra le lendemain un Anglais qui portait, lui, d'épaisses lunettes à monture d'écaille : ils étaient faits pour s'entendre. Je racontais tout cela sur un cahier rouge acheté six pence chez *Marks and Spencer :* mon chant désespéré n'en était pas pour autant le plus beau.

Je lisais aussi : pour la première fois, je tentais de lire dans une langue qui n'était pas la mienne. Comme s'il s'agissait d'un très rare chef-d'œuvre, on me prêta avec beaucoup de recommandations – c'était de l'humour anglais, difficile à comprendre... – un volume de la collection *Penguin.* Pas n'importe quoi : un des romans que Woodhouse a consacré à Jeeves, son héros *butler* (j'appris au moins la différence entre un vrai *butler* anglais et un maître d'hôtel). Je tentai désespérément de lire, j'y parvins peu à peu; je tentai alors de trouver cela drôle : je n'y parvins pas du tout.

De guerre lasse, les parents de mon « correspondant » me suggérèrent *Wuthering Heights* dont je découvris que c'était *Les hauts de Hurlevent* que je n'avais pas lu mais que je classais, sans davantage de questions, dans la catégorie de ces redoutables romans de romancières anglaises, les Elizabeth Goudge et consœurs. Après quelques pages, l'histoire de Catherine et de Heathcliff m'emporta si bien que je n'eus pas la patience d'en continuer la lecture en anglais : j'en trouvais, Dieu sait comment? un exemplaire traduit en français : Heathcliff et Catherine prirent à leur tour leur place dans la galerie des héros aux amours tourmentées en qui je redoutais et désirais en même temps si fort me reconnaître.

Puis je rentrai en France.

En route, j'avais fait une escale à Londres, où un professeur de Colchester à qui j'avais dû parler de *Don Juan* m'avait indiqué une boutique dont il disait qu'il n'en existait aucune autre semblable dans le monde. C'était le *Gramophon Exchange,* Wardour Street ou Greek Street, du côté de Soho. J'y étais entré, ç'avait été un paradis. Les disques neufs étaient déjà bien moins chers en Angleterre que de l'autre côté de la Manche, mais les disques d'occasion...

De même que je courais jusque-là les librairies, le *Gramophon Exchange* de Londres fut ainsi le premier de ces disquaires parmi lesquels je commencerai bientôt à errer à la recherche d'enregistrements moins chers, bientôt de disques introuvables. Je revins cette fois avec une modeste moisson, car je n'avais guère d'argent : le fameux *Don Juan,* dont j'avais enfin un album à moi; *Les Noces de Figaro* de Karajan, avec Elisabeth Schwarzkopf, Irgmard Siegfried et tous ces messieurs et autres dames que j'apprendrai bientôt à mieux connaître et par la grâce de qui le chant allemand en ces années d'une après-guerre qui durait encore, fut l'un des plus beaux du monde. J'achetai aussi des concertos de Mozart enregistrés à Prades – et du Gershwin.

J'en profitai pour visiter la Tate Gallery où je rendis hommage aux peintres que je connaissais déjà et à la National Gallery où par hasard, je tombai amoureux d'une dame selon Goya. C'était le portrait de Doña Isabel Porcel y Corbos : pendant des années, comme le masque de l'*Inconnue de la Seine* ou comme, plus récemment, le visage de marbre de cette Ilaria della Carretta qui dort allongée, jeune à en mourir une seconde fois, dans la cathédrale de Lucques où Jacopo della Quercia a laissé son gisant – j'ai gardé avec moi, voyages, exils, une ou deux cartes postales qui représentent la grande dame espagnole, les yeux égarés, comme surprise par un brusque coup de vent, un aveu...

Puis je me retrouvai en Auvergne. Cette France du mois d'août était encore paralysée par les grèves, routes encombrées, courrier, trains, qui n'arrivaient pas : je ne sais pas encore moi-même comment j'ai fini par arriver. La volupté cependant, après le changement à Clermont-Ferrand et à Arvant ou à Neussargues, de retrouver le minuscule tortillard qui traverse d'est en ouest une partie de ces hauts plateaux du Gévaudan ou du Cézalier, ces haltes perdues dans la montagne comme des gares du Far West au milieu de rien, sinon la voie de chemin de fer qui rejoint là une route parmi l'herbe rase et les gentianes; un troupeau de vaches, peut-être.

Ce voyage ou un autre : nous n'étions plus très nombreux à prendre ce train-jouet à l'heure où le soleil tombe doucement, où l'herbe devient jaune, orangée, d'or et rose et où, seul dans mon wagon de bois, je lis, vaguement distrait, en reconnaissant tout du paysage.

L'Auvergne qui revient.

Si l'été précédent avait été solitaire, cet été de grèves et de foutoir fut pour moi un été « social » au sens anglais du mot, si j'en eus jamais.

Les cousins de Riom, ceux de Saint-Hippolyte montaient passer des après-midi à parler sous le frêne, jouer aux quilles, au croquet dans le grand pré en pente qui descendait au ruisseau – et d'où il fallait écarter les vaches rouges qui revenaient à quatre heures de la traite. Cartes aussi : j'avais appris le bridge et je cherchais des partenaires, jusqu'à ma grand-mère qui avait dû connaître quelques rudiments de belote dans sa jeunesse et à qui j'entrepris de dévoiler les joies du contre et du surcontre parmi lesquelles je me débrouillais à peine mieux qu'elle.

Il y avait aussi des surprises-parties dans des maisons des environs. Une famille tenait alors le haut du pavé à Riom : c'était un fabricant de fromage qui avait épousé la fille d'un gros propriétaire; il possédait une véritable usine où j'imaginais que des jeunes femmes – qui avaient été femmes de ménage chez nous ou « domestiques » à la ferme – travaillaient huit heures par jour, un fichu sur la tête, les bras nus, dans des odeurs de lait caillé. Ce monsieur avait un père, formidable vieillard, colosse à la canne lourde comme un gourdin, et une épouse de quarante ans que je trouvais belle. Ses deux fils étaient des amis de mon cousin Georges, c'étaient eux qui donnaient des fêtes, je n'étais que rarement invité; furieux, j'affirmais haut et fort que ces gens-là ne m'intéressaient pas.

Deux gamines, en revanche, m'intéressaient beaucoup plus, dont les parents possédaient un minuscule petit château dans l'un des grands tournants de la route qui franchit les premiers plateaux du Limon. Je savais que le grenier du château était transformé en boîte de nuit, avec bar et sonorisation et, si je ne fus là aussi invité que très peu de fois, j'ai longtemps gardé de ces surprises-parties où tout était si bien organisé – même les flirts qui semblaient se dérouler selon un très simple système de rotation – que l'un des grands regrets de mon adolescence sera de ne pas avoir osé prendre une part plus active à ces jeux-là.

Je me consolais en invitant à tour de bras cousins et amis de cousins à boire de la grenadine – et même du whisky! j'en avais rapporté une bouteille achetée hors douane sur le ferry qui me ramenait d'Angleterre et j'en avais racheté, affirmant (à tort!) préférer de loin n'importe quel Red Label au bon vieux Pernod de mon grand-père.

Ma cousine Marie-José est arrivée à son tour aux Arbres avec ses parents et j'ai recommencé à faire avec elle ces grandes promenades à travers la montagne que l'année précédente je parcourais solitaire. Nous portions de même une besace, du pain et du fromage, une bouteille d'eau – et des livres. Comme les années précédentes, nous allions du côté d'Apchon ou, vélomoteur d'abord et longue randonnée ensuite, nous gagnions Collandres avec l'espoir ensuite de monter doucement jusqu'à ce sommet, très loin, tout au bout du plateau, qui s'appelait le Suc-de-Rond et auquel nous ne parvenions jamais. Alors, nous nous arrêtions dans un trou de rocher, parmi ces troncs d'orgues de basalte foudroyés dont je me disais que c'étaient là peut-être les restes d'un temple très ancien, et nous lisions devant un paysage de plateaux qui s'étendait à l'infini, la vallée de La Morel où mon grand-père était né à main gauche, d'autres, presque inconnus, qu'on devinait à main droite, au-delà des burons du Cheylat, qui appartenaient encore à mon grand-père, ou de celui de la Ribeyrette.

Claudel avait laissé en moi le poids d'une foi dont il m'avait appris qu'elle pouvait être lyrique jusque dans le péché – bientôt, ce serait aussi Bernanos. Aussi prenais-je souvent, seul, le chemin de la montagne pour gagner à pied ce pèlerinage bien au-dessus du village d'Apchon, perdu dans la montagne, où la Vierge, apparue à deux petits bergers, leur montra une source qui devint la Font-Sainte.

Il n'y avait encore à la Font-Sainte que la petite chapelle, faussement romane, entourée de quelques arbres presque incongrus à ces hauteurs, et la source miraculeuse. D'une croix plantée sur l'un des sucs au-dessus d'elle, on découvrait toute la vallée de Cheylade. Mais le vaste abri de pèlerins où l'on vend aujourd'hui – Dieu merci, on dirait une épicerie de village! médailles, chapelets de verre et limonade, n'avait pas encore été construit. Quant à la route qui permettait d'accéder au sanctuaire, c'était un chemin de terre taillé parfois à même le rocher et, les jours héroïques où nous nous y rendions en voiture à âne – le tonneau anglais et le grand parapluie bleu en guise de parasol –, n'étaient pas si loin que cela. Gaspard, l'âne de la famille, qui refusait obstinément de passer tel tournant et Marie, énorme, échevelée, les bras rouges et nus, qui l'insultait : « Tu avanceras, bougre d'âne? Mais tu avanceras? »

J'avais découvert le chemin qui y conduisait à pied, à travers la montagne, par-delà le Gros-Mont et une zone de marais au milieu des plateaux, les deux rochers qui dominent le village d'Apchon puis la montagne qui monte enfin, régulièrement bosselée, longue éperdument, jusqu'à la petite église. On franchissait les murets de pierre en enjambant les fils de fer barbelés qui les surmontaient; mon grand-père assurant que seules les femmes se baissaient pour passer entre les barbelés, les hommes, eux, les vrais, les franchissaient debout – au risque de se déchirer le fond du pantalon, voire davantage – je ne me baissais jamais.

Je partais donc, tôt le matin, pour arriver à la Font-Sainte après deux heures de marche, pour la messe de neuf heures. C'est ainsi qu'un matin, j'ai traversé ce village...

J'ai tant de fois raconté l'histoire depuis, je l'ai sûrement si bien enjolivée que je ne sais plus ce qu'il y a de vrai et d'inventé dans le récit que j'en fais maintenant mais, croix de bois et presque croix de fer, je suis toujours prêt à jurer aujourd'hui que l'aventure est vraie.

Il faisait, dès le départ des Arbres, un vrai, un beau soleil d'été...

A travers le grand pré devant la maison puis, franchissant le ruisseau, le long du « pré des Miallets » où s'amorce la montée vers le Gros-Mont, je quittai le fond de la vallée. Bientôt, j'étais déjà arrivé plus haut que le Suc des Fouches de mes promenades d'enfant que je pouvais voir en dessous de moi. Je passai aussi la ferme des Miallets puis je parvins en vue du village d'Apchon, son château en ruines, déchiqueté, sur un rocher noir et roux. Je traversai alors cette zone incertaine de marécages où des joncs pointus voisinent avec les gentianes.

Le paysage, à ces hauteurs, est très plat et seul un gros ruisseau court parfois à travers des blocs de basalte écroulés. C'est au sortir de l'une de ces fausses gorges que je vis le village : à peine sept ou huit maisons, mais anciennes, couvertes de chaume et posées – comme dans mes rêveries enfantines d'un Berry à la George Sand enfoui dans ce passé que je n'avais pas connu – à même l'herbe, sur le bord d'un chemin que je n'avais pas remarqué, le long de la rivière. Un pont de pierre, un banc de pierre contre le mur d'une maison, une vieille femme en noir, coiffe noire ou blanche qui m'interrogea sur ma route, sur l'état de la fenaison de par chez nous, un homme qui sortait; une autre femme, jeune peut-être et qu'après coup j'ai affirmée fort jolie, qui me proposa à boire : je bus du lait bourru dans une écuelle d'étain dont le goût même – celui de l'étain épais – me resta entre les lèvres.

Je demeurai un moment à bavarder, parlai de la Font-Sainte et de la messe de neuf heures vers laquelle je me hâtais, puis je saluai ces gens si gentils et repris le sentier qui suivait toujours le ruisseau, s'enfonçait dans de nouveaux blocs de pierre puis se perdait dans l'herbe rase de la montagne. C'est alors que je compris qu'il n'y avait pas de village en cet endroit de la montagne. Ni ailleurs.

Je revins sur mes pas, retrouvai les rochers – bien moins hauts, peut-être, que je les avais vus – le faux défilé, le sentier; mais de maison au toit de chaume, de banc de pierre, de pont : pas la moindre trace. Je savais pourtant que je n'avais pas rêvé.

A mon retour, j'ai raconté l'histoire à des amis. On a cherché des cartes d'état-major, d'anciennes cartes même pour voir si rien, à un moment ou à un autre, ne s'était élevé là – et on ne trouva rien. Pendant longtemps, pourtant, j'ai gardé sur les lèvres ce goût épais – c'est cela : *épais* – de l'écuelle d'étain dans laquelle la jeune et jolie paysanne qui n'existait pas m'avait rafraîchi avec du lait bourru.

Quelques années après, j'ai vu un film de Vincente Minelli où, dans la lande écossaise, un village fantôme apparaît tous les cent ans à ceux qui savent aimer : Gene Kelly y danse éperdument avec la belle Cyd Charisse, le film s'appelle comme le village : *Brigadoon.*

Je n'ai vu mon *Brigadoon* à moi qu'une fois. Mais cet été-là, j'ai bien dû, à six ou sept reprises, aller à pied jusqu'à la

Font-Sainte. En chemin, je priais, je récitais un chapelet ou, plutôt, je m'adressais à Dieu comme le Jésuite du *Soulier de satin :* je l'interpellais : « Pourquoi m'avez-vous fait ainsi, seul, inquiet, si peu sûr de moi? »

Puis je trouvais bien une voiture pour me redescendre jusqu'aux Arbres, où je rejoignais ma sœur, ma cousine, mes livres...

Il y avait aussi les dimanches. D'abord, nous mangions du poulet tous les dimanches; c'était un rite, et les poulets de la ferme – de gros poulets, un seul suffisait à nourrir toute la famille – étaient costauds, durs, on disait d'eux que c'étaient des poulets de course. Mais avant le déjeuner, il y avait eu la messe d'onze heures, à laquelle, imperturbablement, nous continuions à arriver en retard. Fort perturbable, lui, le curé qui était en général en chaire au milieu de son prêche nous foudroyait du regard mais, très vite, je m'abîmais dans ma prière, ému par les cantiques d'alors : *Chez nous, soyez reine* et autres *Le Voici l'agneau si doux,* dont je devinai vaguement qu'ils appartenaient déjà au passé.

Puis il y avait la sortie de la messe et, là aussi, tout un rite s'était mis en place avec les années. Devant le porche de l'église, nous retrouvions d'abord cousins, amis – cette famille Delteil qui semble étendre à l'infini, frères, sœurs, neveux, nièces et neveux de cousins... son ombre protectrice sur mes enfances auvergnates; puis chacun s'égaillait dans toutes les directions pour « faire les courses ». Mes courses à moi se résumaient à une longue visite à Martine, qui tenait l'unique librairie, dépôt de journaux du village. C'était place du Champ-de-Foire. Lorsqu'on a installé un foirail moderne, plus près de la gare, c'est devenu la place du Monument, avec son monument aux morts de toutes les guerres, absurde et gentille pyramide érigée au milieu d'un terre-plein circulaire d'herbe bien verte où les gamins jouaient au football.

La boutique de Martine constituait un étrange paradis : outre les livres neufs, dont elle disposait en très petit nombre,

Martine possédait, dans une arrière-boutique en forme de couloir, un étrange fonds où ce que j'appelais de vrais livres, gallimarderies et autres seuillades, tous Grasset confondus, achevaient de sécher et de s'évanouir en poussière après avoir subi plusieurs inondations. Là, à cœur joie, je découvrais mon bonheur. Des premiers volumes des *Thibault* aux œuvres complètes de Philippe Hériat en passant par Bernanos, Thyde Monnier, mais encore Giono et Francis Carco, j'achetais à peu près tout ce qui pouvait m'intéresser et n'était pas complètement parti en lambeaux : Maurice Druon, Marcel Aymé, un peu de Giraudoux, des volumes des *Hommes de bonne volonté.* Grimpés sur une échelle ou sur un escabeau dans l'étroite pièce qui sentait le moisi mais aussi cette si tendre odeur qui est celle des vieux livres, ma sœur et moi découvrions des merveilles que Martine, trop ravie de s'en débarrasser, nous abandonnait pour quelques sous.

La famille se retrouvait ensuite, toutes courses faites, chez Borel, un café-tabac-billard à l'extrémité de la rue en face de l'église; des amis se joignaient à nous, l'un ou l'autre membre de cette famille Delteil, du « Docteur Georges » qui arpentait encore parfois à cheval les plateaux les plus reculés de son territoire, à Henri, le général qui signa les accords de Genève avec Pierre Mendès France, chacun était comme un personnage de théâtre en costume de scène qu'il portait superbement : le médecin de campagne, le général au visage basané.

Il y avait aussi souvent Françoise et Soulima Stravinsky, qui revenaient des États-Unis pour de longs séjours à la Clidèle. Le nom de Soulima, l'aura de célébrité qui entourait celui de son père, en faisait pour moi un personnage remarquable.

Nous retrouvions encore parfois au café Borel un homme qui me paraissait plus étrange. Les cheveux gris et longs ramenés en arrière, les yeux très clairs au milieu d'un beau visage régulier, je l'avais vu, une année, à la fin de l'été, vêtu d'une peau de mouton retournée qui lui donnait une allure d'homme des bois. Son cousin Martial avait été, entre les deux guerres, l'éphémère fiancé de ma tante Raymonde et je n'avais jamais su pourquoi ils avaient rompu; lui-même avait flirté avec telle ou telle de ces dames, aujourd'hui bourgeoises rangées qui élevaient des batteries de fils qui me ressemblaient.

Cet homme, ami d'enfance de mon père qui le retrouvait de loin en loin, était Georges Bataille. Toute la famille Bataille faisait d'ailleurs partie d'un univers qui me semblait issu tout droit d'un roman d'avant-guerre. Georges avait ainsi un cousin avocat; outre une légion d'honneur qu'il devait arborer nuit et jour, celui-ci possédait une très belle maison sur la rue principale de Riom. Couverte de lierre, elle était avec celle des S., ce marchand de fromage dont les fils organisaient des surprises-parties, l'une des deux ou trois très belles maisons du village. La maison de S. a été transformée en station de réparation de tracteurs, son jardin rasé; celle des Bataille est devenue un centre de tourisme, « la maison de la gentiane ».

Une troisième maison, en pleine campagne, celle-là, au bord d'un étang, me faisait elle aussi rêver. La famille d'un vieux médecin parisien des beaux quartiers, un peu empesé, charmant, s'y retrouvait chaque année. C'étaient des gens gais et heureux : on disait « monter à Rousilhou », et cela voulait dire passer une après-midi de détente, parmi des gens que nous aimions : tous les habitants de Rousilhou sont morts plus ou moins tragiquement et la maison, transformée en élevage de visons, est devenue un cloaque infâme.

Je savais le cousin de Georges Bataille marié à une dame très riche, un peu triste, dont la famille possédait, me disait-on, telle marque de savon célèbre; il y avait encore une sœur, Marie-Louise, agent littéraire que beaucoup de mes amis écrivains plus âgés que moi ont connue. L'art de Marie-Louise Bataille était de postillonner avec une telle adresse à travers la voilette protectrice qui tombait de son chapeau, que les postillons restaient prisonniers de la fine résille. Elle publia, je crois, un livre qui s'appelait : *Quatrième acte* – ou *S'ils avaient vécu :* elle imaginait une suite et une triste fin à des pièces de théâtre célèbres.

Ce trio, haut en couleur et dont les discussions animées – le mari, la femme et la sœur complaisante – faisaient partie du folklore de Riom, me paraissait l'épitomé d'une certaine grande bourgeoisie française en villégiature chez les Auvergnats. J'avais, en revanche, une réelle admiration pour le neveu de Georges, Michel, qui est devenu Michel Bataille, écrivain. Il avait, à l'époque, publié un premier roman, *Patrick,* qui racontait précisément des vacances en Auvergne, autour de Riom. Je l'avais lu et m'étais plu à y retrouver des lieux, sinon des personnages familiers – car Michel racontait dans son livre une histoire d'amour dont l'héroïne était la fille d'amis de mes parents.

Georges Bataille ressemblait peu à sa famille; il se dégageait de toute sa personne – son silence, sa silhouette fatiguée, une épouse américaine qui le suivait de très près, attentive – une aura différente de celle de Soulima Stravinsky. Je n'ai lu Bataille que plus tard, et j'en reparlerai. Je le savais déjà un être à part, énigmatique, que je trouvais en moi-même bien tolérant de participer avec un bon sourire à nos apéritifs dominico-familiaux du Café Borel.

Une histoire, que lui-même a racontée dans la préface de *L'Œil,* faisait elle aussi partie du folklore familial. Georges et son cousin Martial avaient organisé de nuit une expédition à ce château d'Apchon, perché au sommet de son rocher à trois kilomètres des Arbres. Ils étaient partis à une dizaine, garçons et filles, dont cette jeune femme au visage tranquille, épouse de militaire, et dont je savais que Georges avait été l'amoureux désespéré. Au dernier moment, Martial n'avait pas fait partie de la bande et ils s'étaient avancés sans lui sur la route et sous la lune, joyeuse bande menée par Georges qui racontait aux demoiselles des histoires de fantômes.

En passant à la hauteur des Arbres, ils s'étaient arrêtés pour entraîner avec eux mon père et ma tante, qui avaient refusé. La promenade avait repris, ponctuée de récits de plus en plus épouvantables puis, parvenus au pied du rocher, on en avait commencé l'escalade, qui est facile mais très raide, tout à la fois sentier et escalier taillé dans le roc.

C'est en arrivant à ce qu'il restait de la première poterne que le fantôme était apparu : blanc et terrible dans le feu d'un projecteur. Les filles avaient poussé des cris d'orfraie et s'étaient presque jetées dans le vide – un à-pic de cent cinquante mètres : l'une d'entre elles s'était quand même cassé une jambe.

L'histoire avait fait grand bruit. Très vite quelqu'un avait affirmé avoir reconnu, sous le drap qui le recouvrait, les bottes d'aviateur de Martial et on avait rayé les cousins Bataille des après-midi que donnaient Mesdames les mères.

Dans les albums de photos jaunies, sépia, que je feuillette aujourd'hui, ils sont là tous les deux, les deux jeunes hommes, celui au regard clair et celui aux belles bottes d'aviateur. La jeune fille qui s'était cassé tant de jambes est morte depuis longtemps, comme celle au sourire si doux que Georges Bataille aima, si éperdument, me dit-on.

Ces rencontres, ces amitiés, ces profusions de livres : ma sœur, mais aussi Marie-José et moi, ne pouvions que lire sans fin – tout en écoutant mes cinq ou six disques, Menuhin, Furtwangler et Glyndebourne cent fois répétés sur l'électrophone du salon.

Ce fut un temps de lectures presque forcenées : je lisais, nous lisions voracement, avidement. Je voudrais dire : violemment. Et tout tourna, cet été-là, autour de ces piles de livres rapportées, moisies et séchées, de chez Martine. Il y eut plusieurs volets, plusieurs époques dans ces deux mois d'exploration d'un fond de librairie qui aurait pu fort bien constituer un joli fond de bibliothèque; chaque fois, pourtant, fût-ce avec un inégal bonheur, j'avais le sentiment d'en apprendre un peu davantage sur l'art du roman – puisque seul le roman retenait vraiment mon attention.

Quel camarade de lycée? quel ami plutôt du temps des Soldanelles m'avait parlé avec des vibrances dans la voix des romans de Julien Green? J'en avais trouvé quelques-uns chez Martine et en avait acheté d'autres dans des collections bon marché, les classiques : *Moïra, Mont-Cinère, Le Voyageur sur la terre, Leviathan;* quelques mois plus tard, on m'entraînera au théâtre voir *Le Sud* avec Pierre Vaneck.

Dès le début, j'éprouvais une curieuse impression de mélos flamboyants. Ces suicides du haut d'une falaise, ces chutes par une fenêtre ouverte, ces meurtres presque rituels de jeunes femmes... Très vite, aussi un sentiment de malaise m'a saisi. Parce que les jeunes femmes, Moïra et autres Adrienne Mesurat qui semblaient tant faire horreur à ces bons jeunes gens, elles ne me déplaisaient pas du tout! Quant aux rapports maîtres-esclaves que je sentais s'établir entre des jeunes hommes beaux ou forts, cette dialectique du péché, de la crainte en même temps que de la fascination de la chair – elle me semblait, à tout prendre relever d'un sentiment de culpabilité bien vétilleux, d'une conscience tourmentée en laquelle je ne me reconnaissais guère. Pour tout dire : j'étais tout bonnement amoureux de Moïra comme de la jeune héroïne de *Minuit* et je trouvais que ces charmants jeunes gens qui leur tournaient autour faisaient beaucoup de manières pour satisfaire un désir où moi je n'aurais vu qu'un petit « acte de chair avec quelqu'un d'autre » à avouer en confession – non sans une certaine satisfaction.

Quant à l'homosexualité qui rôdait autour des héros de Green, je ne la devinais pas. Mais à qui m'affirma la haute chrétienté des romans de Julien Green, je répondis presque par un éclat de rire : nous trouvons Dieu où nous le pouvons, voire où nous le voulons, mais nous ne le rencontrons guère où nous ne voulons pas le voir.

Le monde de Bernanos, dans lequel je suis entré d'un coup, après les errances du côté de Julien Green, m'a subitement paru, celui-là – comme celui de Claudel – un univers où Dieu était là, de très haut, nous voyant cependant si bien. Le Dieu de Green était comptable de mes péchés, de mes menues incartades, de mes tristes attentes; il faisait dans le détail, en épicier du Massachusetts trop vite converti pour qui une âme est une âme comme un sou est un sou; alors que celui de Bernanos m'entraînait bien plus loin, dans une vision cosmique de la Foi, où tous les hommes, ensemble, étaient réunis par un fil invisible qui les faisait solidaires les uns des autres. La communion des saints, l'unité absolue de la Parole, fût-elle éparpillée parmi ceux qui ne l'ont parfois approchée que de très loin, me semblait un dogme superbe, d'une fantastique générosité.

Soyons honnête : Julien Green nous promettait l'enfer si nous jouions à de misérables petits jeux interdits; Bernanos nous laissait espérer le ciel pour peu qu'un seul être, si éloigné de nous fût-il, acceptât de prendre en charge notre âme, notre espoir, notre absence de Foi.

Pendant des années, « l'échange des morts » entre Blanche de la Force, du Carmel de Compiègne, et la Mère Supérieure qui a accepté l'épouvante pour que la petite sœur connaisse la Joie de monter comme ses compagnes, glorieuses, sur l'échafaud, a été pour moi un thème de réflexion. Plus tard, m'intéressant de très près à Henry James, je verrai de même chez le romancier américain une forme d'échange, de communion païenne, en somme, celui-ci assumant pour cet autre un destin – voire dans certains de ses contes fantastiques, une mort. Mais qu'étaient les terreurs jamesiennes face à ce grand chambardement de la Foi partagée dont Bernanos, le premier, me donnait la vision terrible et triomphale?

Terrible et triomphale : c'était peut-être cela qui me stupéfiait tant chez Bernanos. Chacun de ses personnages était marqué en noir du sceau du destin le plus monstrueux, ils avaient tous des morts épouvantables – le suicide du faux curé, la mise à mort de Jambe-de-Laine, Chantal éventrée et surtout, surtout, ces curés, l'abbé Chevance, l'abbé Donissan qui mourront seuls et sans prêtre : et pourtant ils étaient tous sauvés et c'était par un pied de nez au démon que s'achevait leur aventure. Sauvés par un autre, pour eux, avec eux et en eux...

Si j'avais pu opposer le pessimisme de Julien Green à cette fulgurante noirceur au bout de laquelle luisait, quand même, l'espoir, les rapprochements que je faisais avec Claudel me laissaient également enthousiaste pour l'auteur du *Soulier de satin* comme pour celui du *Soleil de Satan:* l'un comme l'autre était des paysans à la semelle de croquenot maculée de la boue des souliers du curé de campagne. Mais pour l'un la Foi était une grâce qu'on avait ou qu'on n'avait pas, tandis que l'autre savait que la Grâce peut aussi se gagner par un autre.

Lorsque j'arriverai, un peu plus tard, à des livres comme *Les Grands cimetières sous la lune* ou *La Grande peur des bien-pensants,* j'éprouverai le même sentiment d'exaltation, d'espoir aussi, devant la colère généreuse et les générosités bougonnes d'une sorte de terrible colosse, fulminant, magnifique.

Oserai-je revenir là-dessus? J'avais à seize ans une foi à déplacer les montagnes, et Claudel, Bernanos entretenaient ce feu. J'aurai, dans les mois suivants, une période Péguy où je ne me reconnais plus guère. Et puis (on l'a vu avec *L'Annonce...* ou *La Jeune fille Violaine*), le culte marial m'était par trop étranger : j'y voyais une image pieuse néo-sulpicien, alors que le Jésuite attaché à son mât ou l'abbé Donissan, oui, m'auraient bien fait transporter des montagnes. Mais je sais tellement mieux raconter avec force aventures, amours, délices et orgues l'histoire d'un monsieur qui cherche, que dire comment, moi, un jour, j'ai pu trouver.

J'ai pourtant écrit cet été-là quelques mauvais poèmes pour tenter d'exprimer ce que je ressentais : je n'avais pas lu Péguy et c'était quand même du Péguy de carton-pâte que j'esquissais sur mes petits carnets, d'une vilaine écriture penchée de petit garçon – alors que je croyais approcher de Claudel.

Parenthèse : que ces si brèves rencontres – un tête-à-tête avec l'héroïne de *La joie* qui n'a duré, somme toute, qu'une belle journée d'été – soient assez pour laisser en nous cette marque profonde – la griffure du plaisir d'aimer, de connaître intimement, de savoir qu'une Chantal a pu exister dans le cœur d'un Georges Bernanos et qu'il nous l'a offerte – suffirait à démontrer, s'il était encore nécessaire, qu'un livre, autant qu'un ami, un parent (une guerre!) peut nous donner la force d'une amitié, la beauté d'un amour.

Nouvelle parenthèse : si j'ai aimé une femme, à seize ans, ce fut la Chantal de Bernanos. Et je suis fait d'un peu de sa chair, elle qui n'est pourtant qu'un fantôme de papier.

Fin de ces parenthèses-là.

La grande aventure de cet été-là fut la traversée enivrante du monde des *Thibault*. Ma sœur et moi faisions avec Roger Martin du Gard une véritable course contre la montre, abattant volume après volume, comme s'il s'était agi des kilomètres d'une vertigineuse course, une côte où chaque col atteint n'aurait été que le départ d'une nouvelle étape.

Le déclic qui m'a fait vouloir pénétrer *Les Thibault* a bien sûr été le nom de Martin du Gard : il faisait partie de ce groupe mythique qui entourait Gide et, par cela, je croyais déjà le connaître. Comme Gide, il était de ces esthètes engagés en qui j'aurais aimé me reconnaître, partageant son temps entre un manoir perdu au milieu des prairies d'une campagne incertaine et Paris, où il rencontrait ceux que j'admirais. Il participait aussi à ces correspondances légendaires où chacun écrivait à tous et gardait toutes les lettres qu'il recevait de chacun : bientôt, volume après volume encore, j'en conserverai les témoignages dans les gros livres à « couverture blanche » de la NRF et, de Martin du Gard à Ghéon en passant par Copeau pour revenir toujours à Gide, j'établirai des itinéraires rigoureux dont la lecture des *Cahiers de la petite dame* viendra un jour baliser tous les chemins.

Avec *Les Thibault*, c'était la première fois que je me lançais dans une œuvre d'une telle ampleur : j'avais raté ma rencontre avec Jules Romains, tout se passa le mieux du monde du côté de Martin du Gard. La dimension même du champ romanesque m'exaltait : je quittais chaque soir Jacques Thibault ou son ami Daniel avec l'extraordinaire perspective de le retrouver le lendemain – moi qui lisais alors au moins un livre par jour et en avais fini avec M. Ouine ou l'abbé Donissan quelques heures seulement après les avoir rencontrés.

Ce que je découvrais dans *Les Thibault*, c'était la volupté d'une intimité qui allait durer le temps de la vie de quelques amis que j'apprendrais à connaître, à aimer, à pleurer. Mais au-delà, tous les thèmes qui constituaient pour moi l'essence même de la création romanesque parvenaient à se retrouver, miraculeusement au complet dans l'œuvre de Martin du Gard.

C'était d'abord un roman d'apprentissage. Celui d'Antoine Thibault n'était plus à faire, je suivais celui de Jacques comme, peu de temps auparavant, celui du Gilbert de *L'Ordre;* et Jacques m'apparaissait comme un pauvre gamin si près de moi, passé par les grands élans d'amitiés et de tendresse que je regrettais si fort de n'avoir pas connus. Tout, en somme, de la vie de Jacques, m'était inconnu; dans le même temps, du conflit avec le père à l'image paternelle du frère aîné, de l'amitié fulgurante avec Daniel, la fugue, l'errance et l'amour d'une petite fille qui se serait appelée Jenny – tout appartenait à ce qui était le ressort même d'une fiction, c'est-à-dire le destin d'un garçon de mon âge.

Parallèlement, la haute figure d'Antoine m'intriguait : tant de bonté... Pour la première fois, une figure de femme qui ne fut pas une presque-enfant me troublait aussi, c'était cette Rachel qu'Antoine aimait. Mais Jacques et Jenny, et la petite Gise, la Sorellina – balayaient tout le reste sur leur passage.

Pourtant, c'était peut-être le débat d'idées au cœur des Thibault qui me passionnait surtout : l'opposition de Jacques et de son père, oui; celle de Jacques à Antoine, certes; mais, plus que tout, l'engagement de Jacques pendant *L'Été 14 :*

cette fois, je me trouvais bien au centre d'un débat politique où j'avais – oh! de très loin... – l'impression enivrante d'apprendre quelque chose.

Que le pacifisme d'avant 1914 ait existé, je le savais; je l'avais lu dans mon Mallet-Isaac; mais qu'il ait pu prendre cette forme adolescente d'un défi à la guerre; qu'un Jacques Thibault, que j'avais, en somme, connu enfant, ait pu comploter et mourir pour lui, donnait au refus de la guerre, à la haine de la violence, une dimension soudain à la mesure de mes émois d'adolescent. On se battait en Indochine, oui.

La mort d'Antoine, alors, sa réflexion de grand blessé, de gazé, de mort en sursis qui, au lendemain de la guerre, commence à comprendre le geste de son frère; cette belle réconciliation des deux pôles en fin de compte inséparables de ce qu'était une vie aux yeux d'un gamin de seize ans, la révolte et la foi (ou le labeur, la persévérance, que sais-je?) – devenait lentement exemplaire. Mieux : c'était Antoine, l'adulte, l'homme sage, qui « comprenait » l'enfant révolté.

La dernière page de *L'Été 14* tournée, j'étais convaincu qu'il n'y avait pas à choisir entre le destin d'Antoine et celui de Jacques : le seul choix était celui d'une conscience claire, le refus des mains sales, cette volonté du bien qui, chez Jacques ou chez Antoine, faisait que tout le reste n'était que péripéties.

L'été 1953 avait peut-être été, sans que j'y prenne vraiment garde, celui des grandes leçons.

5
Politiques, poétiques et germaniques

Où l'on voit notre jeune homme grandir encore un peu à la lecture d'un journal bien-pensant et préférer enfin Aragon à Jean-Paul Sartre; où poétique rime avec politique parce qu'Éluard rime avec René Char mais où ce sont quand même des femmes qui, par les voix de *Fidelio* et de *La Walkyrie*, disent la liberté; où l'Allemagne devient pourtant notre patrie et Thomas Mann un premier maître à sentir, à voir et à écouter – sinon à penser, ce dont on reste bien incapable.

L'histoire de Jacques Thibault avait été un signe avant-coureur : pour la première fois, la rentrée scolaire 1953-1954 se trouva placée sous le signe du « politique ». Les grèves de l'été, l'apathie du gouvernement Laniel, le début d'une manière de « chasse aux sorcières » anticommuniste, la politique suivie en Afrique du Nord (le Maroc, alors, la Tunisie...) et la démission d'un ministre (c'était François Mitterrand) mais surtout la détérioration de la situation en Indochine, où la presse, aussi bien-pensante fût-elle, avait cessé de découvrir une victoire dans chacun de nos échecs, avaient soulevé en moi des questions. Pour mes parents – et je m'en émerveille encore – il n'était d'autre ordre que celui en place : c'est de cet ordre-là que je commençais à douter.

Les choix possibles n'étaient cependant pas très simples pour un gamin doté d'une aussi belle inexpérience, d'une immaturité politique aussi colossale : le parti communiste était encore voué aux gémonies par l'ensemble de la classe politique, y compris par des journaux comme *Témoignage Chrétien*, voire *le Monde;* on sait ce qu'il en était du parti socialiste; le nom de Mendès France n'avait pas encore vraiment été évoqué; quant au gaullisme de mes treize ans, je l'avais oublié.

J'entrais en première, je m'affirmais donc « contre » en sachant à peu près contre qui mais sans vraiment savoir ni pourquoi ni « pour » qui. Paul Benichou, notre professeur principal, d'ailleurs, admirablement enrhumé en toute saison, le cache-nez serré autour du cou jusqu'aux premiers jours de l'été, ne nous parlait guère alors de Corneille, qui n'était pas au programme, mais glosait sur Hugo ou sur Zola : ce n'était une réponse à aucune de mes questions. Quant à mes camarades de classe, je suis bien incapable aujourd'hui d'imaginer s'ils avaient des opinions politiques. Pierre Benichou, neveu du professeur, était un « paresseux intelligent », il était ironique et se taisait : peut-être n'en pensait-il pas moins? Quant à Daniel ou à Antonio, ils étaient épouvantablement réactionnaires : Daniel lui-même s'affirmait royaliste; Antonio vivait déjà en un autre monde – peut-être était-il anarchiste de droite.

Quel est aujourd'hui le public de *Témoignage Chrétien?* C'est pourtant dans les pages sur mauvais papier, mal imprimées de *Témoignage Chrétien* que j'ai appris qu'il y avait une justice, des justices. Sans vivre sous l'ombre bleu-blanc-rouge d'un étendard colonialiste triomphant, j'éprouvais néanmoins jusque-là une belle indifférence aux problèmes qui étaient ceux du Maroc et de la Tunisie, sinon de l'Indochine. Bien mieux, il y avait toute une mythologie de la guerre d'Indochine, des engagés volontaires, des paras – images viriles et baroudeuses... – qui ne m'était pas indifférente. Et puis la guerre et la Libération que j'avais après tout quand même vécues, fût-ce en petit garçon, avaient laissé en moi une panoplie de clichés – les chars français de la 2e DB entrant dans Paris, Leclerc, de Lattre – dont les événements d'Indochine n'étaient que la transposition à des milliers de kilomètres : au temps qui s'effaçait se substituaient l'espace, la distance, mais la guerre était encore là. D'ailleurs, le beau visage du fils du maréchal de Lattre, que son père décorait et qui allait bientôt mourir là-bas, était assez exaltant pour que, dans la foulée des romans scouts de la guerre froide, je vis dans ces yeux-là un autre jeu héroïque.

C'est par *Témoignage Chrétien* que j'ai compris que je m'étais peut-être trompé. Si bien que, de *Témoignage Chrétien*, je suis passé à *France-Observateur* et bientôt à ce supplément hebdomadaire des *Échos* que le vieil Émile Servan-Schreiber venait de lancer : *l'Express.* Et là, sous la plume des Georges Suffert, des Gilles Martinet, des François Mauriac lui-même, qui m'avait si bien donné le goût des Landes, l'odeur des pins, là j'ai su que ce que je lisais chaque jour dans *le Figaro,* ce que nous serinaient la radio et tout ce qu'on n'appelait pas encore les médias, n'était pas totalement faux, bien sûr, mais pas totalement vrai non plus.

J'en suis encore à m'étonner de l'argent dont je disposais pour m'acheter ces journaux, ces revues; parce que, dans la foulée des hebdomadaires d'alors, je suis passé aux mensuels : de *Témoignage Chrétien* à *Esprit;* de *France-Observateur* à *Preuves.* Mais c'était surtout la conjonction *Témoignage Chrétien-Esprit* qui répondait à mes attentes; j'y voyais s'élaborer une manière de statut du chrétien de gauche, nouvel honnête homme en qui j'aspirais à me reconnaître.

Les rares fois, cependant, où j'ai tenté de faire état de mes préoccupations devant l'aumônier catholique du lycée – il portait le nom d'un mois de l'année, on l'appellera l'abbé Juillet –, celui-ci s'était dérobé. Ainsi, ce souvenir très précis d'une fin d'après-midi dans la grande salle lumineuse de la communauté catholique du lycée, attenante à l'église Saint-Louis d'Antin. Je ne sais plus ce que j'avais découvert sur la guerre d'Indochine dans *Témoignage Chrétien* et, devant mes camarades, je prenais à témoin l'abbé Juillet. En face de moi, le petit F. protestait avec la dernière des énergies : tout cela n'était que médisance, communisme et satanisme mêlés; les Américains attendaient pour tomber à bras raccourcis sur la pauvre France, dans l'espoir, le moment venu, de ramasser la mise. Et moi de m'abriter derrière ce que j'avais lu sous la plume de tel ou tel rédacteur de *Témoignage Chrétien* et d'interroger l'abbé Juillet : « N'est-ce pas que... »

Le jeune abbé, soutane ceintrée et cheveux en brosse, avait eu un bon sourire pour nous dire que nous étions là pour parler de la grâce, et non pour nous disputer à propos de questions politiques auxquelles lui-même, nous affirmait-il, ne comprenait rien! Les lèvres me brûlèrent de lui lancer au visage, à ce jeune abbé blond, un gilet de laine tricoté noir sur sa soutane, qu'il n'avait qu'à lire *Témoignage Chrétien* s'il voulait comprendre.

Une fois de plus, je suis revenu vers les livres.

Politique : livres politiques; c'était peut-être les lectures qu'on attendait de moi – à mon âge, en somme, on lisait toujours Sartre, Malraux, Camus – mais c'était aussi les livres dont j'avais besoin. Et si les dernières pages de la nouvelle de Sartre, dans *Le Mur,* m'avaient fait rire, les gros romans démonstratifs qu'on publiait, dans un camp ou dans un autre pour dire en somme la même chose, me semblaient maintenant dignes d'attention; j'y apprenais ce que je voulais y apprendre.

J'avais vécu, si j'ose dire, l'affaire Kravtchenko, cet ancien agent soviétique qui avait « choisi la Liberté », qui avait osé écrire pourquoi et avait encouru les pires foudres de la part des *Lettres françaises,* l'hebdomadaire culturel du parti communiste que dirigeait alors Aragon. Je n'avais que douze ans, mais mes parents parlaient de « l'affaire », le titre du livre de ce M. Kravtchenko-là s'étalait sur les murs de Paris – affiches, publicité, contre-publicité et, dans la foulée, nombreux avaient été les livres qui dénonçaient le communisme, le stalinisme et les camps de là-bas qu'on n'appelait pas encore le Goulag. Il n'était jusqu'à ces « romans scouts » déjà cités, où le blocus de Berlin, officiers soviétiques machiavéliques et bons petits agents de l'Occident chrétien, constituaient un excellent sujet de roman d'aventure virile, toutes France et Allemagne réconciliées.

C'est dans ce contexte que les romans de Virgil Georghiu et surtout de Koestler m'ont paru, cinq ans plus tard, d'une immédiate et poignante actualité. La belle immaturité qui continue à caractériser mon attitude vis-à-vis du fait politique m'a d'ailleurs fait passer à l'endroit de M. Koestler et de ses amis politiques par des phases bien différentes. Après l'enthousiasme du temps de ma première (et unique, en somme) lecture, j'en suis arrivé à mépriser au contraire tout ce qui me paraissait une forme de cet anticommunisme systématique (je n'oserai tout de même pas écrire les deux mots « anticommunisme primaire ») que je sentais frémir autour de moi et, bientôt, parmi les étudiants de Sciences-Po. Je croirai dès lors dur comme fer à toutes les campagnes de dénigrement qu'on organisera contre Georghiu, sinon contre Koestler lui-même. Plus tard, lorsque les « fuites » venues des États-Unis révéleront que c'était bel et bien la CIA qui finançait partout dans le monde *(Preuves, Encounter...)* une certaine forme d'anticommunisme de gauche, je triompherai. Et c'est seulement très tard qu'à la manière de tel directeur d'hebdomadaire éclairé qui fera son *mea culpa* pour les mots insensés qu'il eût un jour sur Soljenitsyne, je conviendrai de plus ou moins bonne grâce qu'Arthur Koestler ne s'était pas tant trompé que cela – et qu'à plus forte raison, il ne nous avait pas trompés.

Ces lectures achevèrent en tout cas de me sensibiliser à ce qui se passait à l'Est et à former cette conscience politique parfaitement inconsciente que j'appelais la politique du fil du rasoir et dont j'affirmais me réclamer, par Sartre interposé. Il s'agissait une fois de plus de choisir de ne pas choisir; ou, plus précisément, de choisir le chemin des crêtes, difficile, escarpé, qui dominait les gouffres où les autres s'engloutissaient : le fil étroit du rasoir, l'impossible et vertigineux refus. Passé l'enfer nazi, deux formes du mal, ou du moins deux dangers se présentaient à l'intellectuel que je croyais être en train de devenir : d'un côté tout ce que la phraséologie à la mode qualifiait d'impérialisme et de néo-colonialisme; tant la guerre d'Indochine que ce que je savais du maccarthysme aux États-Unis me fortifiaient contre ce danger-là. Mais je n'en affirmais pas moins haut et fort et avec la même ingénuité que la tentation communiste était également à rejeter : le tête-à-tête de la victime et du commissaire de Koestler m'en paraissait la démonstration la plus convaincante.

Une pièce de Thierry Maulnier que je vis (à quelle époque?) au théâtre Hébertot me fortifia dans ce sentiment; dans *La Maison de la nuit,* Michel Vitold, prodigieux comédien, jouait ainsi le rôle d'un personnage à la Koestler, chargé d'empêcher un réfugié politique de gagner l'Ouest – et qui flanchait au dernier moment sans pour autant parvenir à sauver la victime qu'un jeune commissaire pur et dur, Saint-Just de la Sainte Soviétie, exécutait lui-même d'une balle dans la tête.

Dans le même temps, le roman politique « de gauche » me donnait des arguments contre ceux-là mêmes qui avaient sur Koestler ou Georghiu les sentiments que j'éprouvais moi aussi. Je découvrais ainsi les ivresses du « roman à thèse » et d'abord des *Chemins de la liberté.* Étendu à trois volumes de plus de trois cents pages chacun, ce qu'il y avait de trop systématique dans *Le Mur* ne me gênait plus : l'abondance, au contraire, de ces personnages emblématiques – « le » juif antinazi, « le » communiste modèle, « le » pédéraste généreux, « la » chanteuse de caf'conc' et « le » prof de philo paumé – me paraissait témoigner d'une utilisation raffinée de l'artifice romanesque. A force d'être emblématiques, les héros de Sartre perdaient leur consistance psychologique, humaine, pour devenir par excellence des « héros de roman ». Cette leçon que je croyais apprendre, je m'en servirai dans certains livres, où s'agiteront entre les pages et de la même façon, « l'espion », « le flic » ou « le haut fonctionnaire » – sans que je cherche le moins du monde à aller au-delà de cette définition initiale.

Et puis, avouons-le, l'incertitude du personnage de Mathieu, ses doutes, ses velléités, la tentation qu'il éprouvait pour l'engagement politique de Brunet, le communiste, étaient au cœur des questions que je me posais parfois, en même temps que la « noblesse » quasi saint-cyrienne de sa mort-suicide finale faisait vibrer en moi la vieille corde romantique. D'ailleurs, à la dernière ligne du troisième volume qui aurait dû être suivi par un quatrième où on aurait bel et bien vu Mathieu mourir, je me posais sérieusement la question : est-ce que la balle allemande frappait mon héros, ou parvenait-il quand même à lui échapper?

Un autre aspect des *Chemins de la liberté* m'avait enthousiasmé, et je sais, là, à quel point je suis redevable à ce que Jean-Paul Sartre avait lui-même emprunté à Dos Passos : il s'agit de la construction « simultanéiste » du dernier volume, *Le Sursis.* La technique qui consistait à raconter une histoire, dix histoires, cent histoires en même temps que l'Histoire tout court (avec une majuscule!) à l'aide d'une multitude de courtes séquences, éclatées, miroirs d'une action qui renvoient à d'autres miroirs, bribes, fragments donc, me parut un fulgurant progrès de la technique romanesque. Très vite mes essais ultérieurs dans le domaine de la fiction (tout aussi avortés que les précédents) reposèrent sur cette méthode qui avait permis à Sartre – et *Le Sursis* me paraissait, à cet égard, une réussite parfaite – d'embrasser la totalité de son temps, fiction et réalité étroitement imbriquées. Je noterai d'ailleurs que les aventures de ce petit Blaise écrites à seize ou dix-sept ans et qui devaient, à peu près inchangées, trouver leur place dans

Et Gulliver mourut de sommeil, furent bientôt écrites selon ce procédé.

J'en étais arrivé à un point où je lisais avec la plus parfaite indifférence quant à leur contenu idéologique tous les ouvrages antérieurs à la guerre. En revanche, et avec une jolie innocence, je ne pouvais réellement me passionner pour des romans, voire des essais contemporains, que s'ils servaient de reflet à mes maladroites et laborieuses certitudes du moment.

J'en arrivais quand même à Aragon et, pour avoir jusque-là beaucoup péché, peut-être me sera-t-il quand même un peu pardonné.

J'en arrivais à Aragon et aux quatre volumes du *Monde réel.* On m'avait prévenu : « C'est un communiste, tu sais! » Et puis Aragon dirigeait ces *Lettres françaises* qui avaient fort mauvaise réputation (avant que je les redécouvre et ne les achète à peu près régulièrement), mais il avait aussi été lié aux surréalistes, je ne les connaissais guère mais c'était quand même une belle carte de visite.

Dire, dès lors, ce que *Les Cloches de Bâle* et *Aurélien...* Dire d'abord que, dans *Les Cloches...,* et bien au-delà de la lourde rhétorique sartrienne des *Chemins,* je vis, cette fois, le modèle le plus achevé du roman engagé qui se pût imaginer. Peut-être parce que, situés dans un temps qui n'était plus le mien, les personnages d'Aragon me paraissaient d'emblée avoir non seulement la qualité emblématique que j'admirais si aveuglément chez Mathieu ou chez Brunet, mais aussi une bien autre densité humaine. Peut-être que Diane de Nottencourt avait encore un côté caricatural – mais elle était si belle et savait si bien le montrer! Quant à Catherine Simonidzé, elle s'inscrivit très vite au rang de ces grandes héroïnes de roman qui vont peu à peu baliser mes itinéraires amoureux : cette Catherine-là était purement et simplement l'évocation de la Liberté et les dernières pages tout à fait politiques du livre, le discours de Clara Zetkin au congrès de Bâle, me parurent encore une autre façon de dire la Liberté : face à une histoire dont la fin était inéluctable, je me disais qu'il aurait peut-être suffi de quelques Catherine de plus, de quelques Clara Zetkin pour en changer malgré tout le cours.

Je ne me faisais guère d'illusion. Mais je renouais avec le pacifisme de Jacques Thibault; seulement, cette fois, ce nouvel humanisme était au féminin et je me pris d'une passion pour Aragon que rien n'allait jamais plus remettre en question : en Catherine comme en Clara Zetkin, femmes, était bien l'avenir de l'homme.

Des années plus tard, j'ai retrouvé Catherine Simonidzé : c'était dans l'adaptation qu'Antoine Vitez a faite des *Cloches de Bâle.* Réunis autour de la table d'un dîner, huit ou dix comédiens, le roman d'Aragon à la main, commençaient à en lire des pages tout en mangeant la soupe, en buvant le vin, pour devenir peu à peu les personnages mêmes du livre. Ainsi l'espace du théâtre et le temps d'un dîner devenaient-ils, par la grâce de la rigoureuse et souriante rhétorique vitézienne, l'espace et le temps du roman. Les comédiens – Pierre Romans, qui vient de mourir, Richard Fontana, Nada Strancar et les autres –, Vitez lui-même, oscillaient sans cesse entre leur propre personnalité, leur statut social de comédiens et le rôle qu'ils tenaient par intermittence pour représenter toutes les variations possibles sur une palette de couleurs qui disait un temps où l'histoire aurait dû s'inscrire au féminin.

Diplomate en poste en Angleterre, j'ai fait venir le spectacle à Londres, il a été donné trois fois dans le gymnase du lycée et Antoine Vitez en anarchiste, fantôme de ce que fut avant lui son père, Nada Strancar en Catherine sont entrés, eux avec leur rôle, dans ma propre mythologie. Nada est devenue une amie; Antoine Vitez l'a été profondément l'espace de quelques années. Il n'avait pas encore quitté le parti communiste et je ne comprenais pas, ou affectais de ne pas comprendre, pourquoi il en avait la tentation. Il fit un voyage à Londres pour parler vingt-quatre heures avec moi : du parti communiste qui me semblait si nécessaire à la vie d'un homme tel que lui, fût-il en marge de l'institution; et de *Catherine* qu'il aimait, dont il me parlait encore.

Si *Catherine* et *Les Cloches de Bâle* dépassèrent de bien loin le seul cadre du roman politique, que dire d'*Aurélien?* Ce que je lus dans le chef-d'œuvre d'Aragon romancier, ce fut, sur fond d'une chronique piquante, ironique et lucide de la vie artistique et mondaine de la France entre-deux-guerres, l'une des plus belles histoires d'amour de tous les temps. C'est à travers *Aurélien* que j'ai d'abord entrevu un monde qui a été celui du *Bœuf sur le toit* et de Cocteau, des ballets russes, Darius Milhaud, Picasso et ces fêtes où l'on dansait sur un volcan; mais c'est par l'intercession d'Aurélien et de Bérénice que j'ai entrevu une nouvelle image de l'amour fou, de l'amour radicalement impossible et plus douloureux encore parce qu'il est quand même possible.

La première phrase du roman : « La première fois qu'Aurélien vit Bérénice, il la trouva franchement laide; elle lui déplut enfin... » est devenue l'un des leitmotive de mon éducation sentimentale. Quant au visage de Bérénice, le masque de l'Inconnue de la Seine acheté rue Bonaparte aussitôt ma lecture achevée, il m'a suivi vingt ans à travers le monde, du mur de ma chambre du boulevard des Batignolles à Hongkong et Pékin, pour se briser finalement à Londres, lorsqu'une inondation – deux très jolies filles qui se baignèrent ensemble, un bain qui déborda... – emporta le plafond-corniche d'un salon en L dans la maison dessinée par Nash que j'habitais au-dessus de Regent's Park. Je n'en ai rien retrouvé, mêlé qu'il était aux stucs détrempés, mais la Bérénice qui mourut à nouveau ce soir-là était devenue presque vivante, plâtre usé, patiné, jauni d'avoir été caressé par le temps, mes mains aussi, par les vrais baisers que je donnais parfois à vingt ans à ma belle morte aux cheveux en bandeaux, le sourire à peine esquissé, doucement ironique face à mes débordements, mes emportements d'adolescent, bientôt de jeune homme amoureux de dames qui n'existaient pas ailleurs que dans les livres.

De « La première fois qu'Aurélien vit Bérénice » à la balle de fusil, à la dernière page, qui fait seulement pencher le cou de Bérénice morte sur l'épaule d'Aurélien, c'était le trajet fulgurant, irrémédiable, d'un amour unique qui me paraissait tracé. Plus tard, lisant *Les Gommes* de Robbe-Grillet, ou plutôt, l'une des exégèses qui en ont été faites, je me dirai que, dans *Aurélien* comme dans *Les Gommes*, une balle était tirée à la première ligne, qui touchait son but à la dernière : entre les deux, c'était la naissance et la mort d'un amour.

Qu'Aurélien ait pu être un salaud (Trigorine était-il un grand écrivain?) : je ne voulais pas le savoir.

D'Aragon, je suis d'ailleurs revenu à Aragon : ce qui se passait en France et dont la presse faisait des gorges chaudes ne m'inclinait guère à sortir des sentiers battus que j'étais en train de me tracer. Ainsi l'élection du président Coty, les treize tours de scrutin et la pantalonnade versaillaise... On aurait dit : votons pour le plus bête...

Dans le même temps, la décision officielle de mettre un terme à l'expérience des prêtres-ouvriers me semblait d'un coup décourageante : pas plus que l'abbé Juillet, le cardinal Feltin ne devait lire *Témoignage chrétien.*

C'est Paul Eluard qui m'a ramené à Aragon. Oh! par la voie la plus simple! Alors qu'en classe nous continuions à ânonner Nerval ou Baudelaire lorsqu'on nous demandait de « réciter quelque chose » – les plus audacieux, dont j'étais, en étaient arrivés à Prévert, *Barbara* et le petit bruit de l'œuf dur que l'on casse le matin sur le comptoir d'étain – lequel d'entre nous avait-il récité le fameux, si fameux qu'il vous a aujourd'hui les allures d'une scie : « J'écris ton nom, Liberté? » Je fus électrisé : Hugo en son temps avait peut-être inventé la poésie de combat, Prévert aujourd'hui en faisait des vers de mirliton et voilà que, d'un coup, un poète dont le nom ne m'était connu que parce que, deux ans auparavant, j'avais entendu parler de sa mort; voilà que ce Paul Eluard, communiste et poète, chantait la liberté comme j'aurais voulu le faire. C'était en quelque sorte la Foi de Claudel ou de Bernanos que je retrouvais, vibrante et laïque, humaniste, combattante, dans les vers d'un écrivain que j'avais jusque-là ignoré.

Je repris mes visites aux libraires de Saint-Michel et revins avec de belles moissons. A partir du premier volume de *Poésie ininterrompue* (puis du second, qui venait de paraître : je l'achetais neuf!), je rayonnais vers le *Rendez-vous allemand,* le *Dur désir de durer,* m'aventurais vers *Capitale de la douleur* et le *Corps mémorable :* pour la première fois, un fait poétique m'apparaissait dans sa totalité. Je traversais à grandes enjambées légères, euphoriques, passionnées, l'œuvre d'un poète mort qui me devenait, de vers en vers, plus familier. Des phrases entières, si banales aujourd'hui – le titre même du *Dur désir* ou du *Corps mémorable, Mourir de ne pas mourir* – se transformeront dans mes années Sciences-Po en mots clefs, vrais mots de passe, un peu comme, plus tard, les leitmotive de la *Tétralogie* de Wagner ou telle allusion à la Princesse de Guermantes, à la maison de Jupien que nous échangerions entre amis, d'un oui entendu. Mais pour le moment, c'était seul que je m'enivrais d'une rhétorique grave qui répétait doucement les mille manières de dire « nous » auxquelles je croyais si fiévreusement – en même temps que les mots d'amour que je ne savais pas prononcer.

Les poèmes que j'écrivais alors prenaient, je crois bien, une autre dimension. J'écrivis ainsi une *Chanson pour Nusch* qui murmurait, avec une tendresse que j'aurais voulu savoir partager, le nom de « Nusch la bleue » – compagne de Dalí avant de devenir celle d'Éluard.

Quant aux poèmes de guerre, au *Rendez-vous allemand* et à ces mots très simples, très clairs qui disaient le refus d'un ordre haï, ils me ramenaient à ces années d'enfance où la mystique de la Résistance se résumait peut-être aux exploits de *Fifi, gars du maquis* mais où elle était quand même, au sens le plus précis du mot, une école de vertu.

C'est cette mystique de la Résistance qui m'a fait revenir à Aragon : pendant plus de vingt ans, à travers d'autres inquiétudes, des doutes bien sûr, d'autres admirations surtout, d'autres Fois – je reprendrais ainsi le double chemin Eluard et Aragon avec la fidélité d'un pèlerin qui remonte aux sources du premier Fleuve. Ce sera l'Aragon du *Crève-cœur* et de *La Diane française*, celui, deux ou trois ans après, du *Roman inachevé :* « Au biseau des baisers / les ans passent trop vite / évite, évite, évite / les souvenirs brisés... »

Il y aura une « Musique Aragon » bien différente de la gravité d'Eluard – ne fût-ce que parce que les poèmes d'Aragon mis en musique par Léo Ferré *(L'Affiche rouge, Tu n'en reviendras pas* ou *Est-ce ainsi que les hommes vivent)* marqueront de leur rythme mon adolescence, mes années d'étudiant : c'est ce disque – et lui seul – que j'emporterai en Algérie lorsque j'irai, du côté d'Oran, apprendre la geste sanglante de l'OAS.

Un souvenir précis : ce petit livre, plaquette de luxe à bon marché, qu'Aragon avait publié au lendemain de la guerre et qu'on trouva un moment en solde sur les quais. Il s'appelait *L'Enseigne de Gersaint* et décrivait une promenade au musée de Berlin et la conviction profonde – aussi pure que le discours de Clara Zetkin dans *Les Cloches de Bâle* – que la seule « réparation » que la France eût jamais dû exiger de l'Allemagne nazie vaincue aurait dû être la restitution de la grande toile que Watteau peignit pour le marchand de tableaux de Gersaint. L'idée me paraissait toucher au sublime : demander un Watteau, « peintre français » s'il en fût, et rien de plus. Peut-être que toute la passion que j'ai pu porter ensuite à la peinture française du XVIIIe siècle, puis à la littérature romanesque française de ce temps-là, remonte à mon tête-à-tête avec les belles sanguines qui reproduisaient, dans le mince livre d'Aragon, cette jeune femme accoudée à une table et contemplant un tableau – ou cette autre, de dos, dont le visage dérobé pouvait revêtir toute la beauté du monde.

Le troisième pilier de cet enthousiasme fut dès lors René Char. A l'heure où j'écris ces lignes, si près de la Sorgue et dans la grande lumière de l'été d'ici, à l'heure où tant se sont approprié l'image du poète, je préfère rester un peu en arrière; mais c'est après tout le rôle des ministres de faire des discours, des concitoyens de chanter leur gloire nationale, sinon des veuves de pleurer.

Char fut pour moi la lumière. Eluard était le verbe, Aragon – je l'ai dit : la musique – René Char devint synonyme d'une très grande clarté. Rien à voir, pourtant avec ce soleil écrasant de l'été sur la Provence : c'était d'une lumière fraîche qu'il s'agissait, faite peut-être de ces herbes qui remuent doucement entre les roues des moulins, dans les eaux de la Sorgue : « Jadis, l'herbe... » – et les pages mêmes consacrées à la Résistance me devinrent un hymne à une manière de sérénité qui n'avait, certes, rien de crispé. *Les Matinaux, Les Feuillets d'Hypnos, Le Soleil des eaux,* vers et prose mêlés, devinrent la plus juste manière de dire, avec un mot, ce qu'un volume entier ne parvenait qu'à effleurer. Chez Char, j'apprenais une seule vertu, au sens moins banal encore, qui était la vertu de transparence.

J'ai vu des photographies, en ce temps-là, de René Char : que ce fût ce colosse (j'imaginais des lourdes mains, faites pour travailler la terre, pétrir l'argile au moins, tailler la pierre peut-être) qui sut aussi tailler (non pas *ciseler,* qui vous a un côté élégant, précieux) les mots les plus simples, les plus évidents, pour donner à la phrase devenue poème sa qualité d'évidence, de transparence, donc, me paraissait miraculeux.

Quelque part dans chacun de mes premiers livres (le Simon du *Sac du palais d'été*), se trouve toujours un vieux jeune homme qui a « fait de la Résistance » et qui lit Char.

Je me disais qu'avec Eluard, avec Aragon et René Char – sous le signe de la Résistance, mais autrement – je devenais peut-être meilleur – mais différemment. Si je ne m'aimais guère plus qu'avant, j'entrevoyais un chemin qui m'aurait peut-être conduit ailleurs : en ces années-là, je prenais la poésie terriblement au sérieux.

Mes visites chez les libraires avaient ainsi pris un tour nouveau : je cherchais des poètes et bientôt le boulevard Saint-Michel ne me suffit plus. Car, au-delà des seuls Aragon-Char-Eluard, je m'étais mis à lire dans un incroyable désordre tout ce qui pouvait ressembler à de la poésie.

Ayant découvert quelques plaquettes d'Aragon ou de Char dans d'improbables boutiques autour de Saint-Séverin ou sur les quais, j'achetais dès lors tout ce qui pouvait leur ressembler. Ce furent, en vrac, des inconnus alors pour moi et qui le sont restés, mais aussi Guillevic, Francis Ponge ou Alain Bosquet. Plus que l'auteur, que je ne connaissais généralement pas, davantage que le titre, bien sûr, ou que l'éditeur – seule la marque NRF m'était une garantie et je commençais à savoir que Pierre Seghers existait – l'aspect du livre déterminait mon choix. Plus la plaquette était mince, plus coupantes à en couper les pages, plus le contenu m'en paraissait précieux.

Je m'inventais dès lors de longues randonnées à partir du boulevard Saint-Michel que je remontais jusqu'au Luxembourg, rue Médicis, rue Monsieur-le-Prince où, dans des boîtes ouvertes devant des vitrines de bois, je trouvais mon bonheur. Je longeais, au passage, le Luxembourg, m'y aventurais souvent et récitais à mi-voix un dernier achat, tremblant de bonheur à l'idée qu'une étudiante, peut-être, m'interrogerait : « Vous parlez tout seul ? » – « Non : je dis du René Char. » Elle m'aurait regardé drôlement. Mais avec mes cheveux en brosse blonde trop haute sur le sommet du crâne, un pull-over de grosse laine noire à bande verte en hiver sous un vieux duffle-coat, un imperméable dès le printemps et surtout ces fichues lunettes dont j'avais le sentiment qu'elles me défiguraient, l'acné qui m'avait peut-être plus épargné que beaucoup d'autres mais qui n'en surgissait pas moins parfois en poussées honteuses, je ne me trouvais pas très beau. Je me disais que ma voix, peut-être...

Alors je marchais. Ce furent encore ces grandes promenades dans Paris – qui ont duré à travers toutes mes années de lycée, puis d'étudiant. Dès les cours de l'après-midi achevés, je descendais la rue du Havre, la rue Auber et me retrouvais place de l'Opéra. J'imaginais déjà là, parmi les touristes, de jeunes étrangères qui n'attendaient qu'un geste de moi, un sourire : elles étaient seules dans Paris et un petit Parisien qui connaissait si bien Paris que moi, c'était diablement utile – avant de devenir tendrement agréable. Certains cafés, tels le Café de la Paix – comme le Café Weber, place de la Madeleine, ou « Penny », qui était encore un vrai salon de thé – me paraissaient les hauts lieux d'idéales rencontres et je me disais qu'il suffisait de s'asseoir à une table, de commander une orange pressée – et d'attendre : je lisais Char ou Aragon – mais je rougissais toujours au regard des filles qui ne me regardaient pas!

Je n'avais d'ailleurs pas la patience d'attendre bien longtemps et descendais déjà l'avenue de l'Opéra où la librairie Brentano's constituait une première étape. De mes séjours en Angleterre, je croyais avoir gardé le goût des livres anglais, les Penguins, en particulier, uniformes et si sobres à côté des couleurs criardes de nos livres de poche. L'air de savoir parfaitement ce que je voulais, je furetais, feuilletais un livre, le remettais en place, cherchant vaguement, là aussi, le regard de la jeune Américaine qui m'aurait demandé le chemin du Palais-Royal.

Où je me retrouvais. Ç'avait été une autre découverte. Lors de ma première visite au Palais-Royal, bien des années auparavant, mon père m'avait expliqué que Colette, Jean Cocteau vivaient là – et cette atmosphère d'une province ancienne et grandiose m'avait enchanté. Enchanté : enchantement. J'avais vu *La Belle et la bête,* le film de Cocteau – et le Palais-Royal, c'était un peu l'autre côté du miroir. Je marchais longtemps sous les galeries, léchant les vitrines de boutiques qui paraissaient remonter à des temps immémoriaux où les vieilles dames qui vendaient du galon, des décorations pour généraux de toutes les armées du monde et de la passementerie, du ruban, du fil, des galons ambigus, avaient été petites filles. Les libraires d'alors y étaient des bouquinistes poussiéreux où rien de ce qui m'intéressait ne figurait sur les rayons, mais j'y traînais de longues minutes, je frôlais, j'effleurais : au printemps, au début de l'été, on entendait les mouches voler, comme dans la maison des Arbres au plus fort du mois d'août – et je me disais que j'éprouvais là des sensations qui appartenaient déjà au passé. Si je traversais ensuite le jardin, j'imaginais que le regard de Colette, celui de Cocteau, se posait un instant sur moi. Je n'avais rien lu de Colette, peu de chose encore de Cocteau; il me semblait qu'ils appartenaient surtout à une manière de vedettariat qui n'était pas vraiment celui de la littérature, mais j'étais troublé.

Je reprenais le chemin des quais, les suivant parfois très loin, bien après la gare de Lyon ou celle d'Austerlitz, dans ces zones ambiguës qui avaient été celles du Jardin des Plantes de mon ami Gilbert et de Marcel Arland. Je feuilletais encore des livres, je trouvais des « services de presse » de chez Julliard, de la NRF que j'achetais parfois, alléché par un titre. S'il pleuvait, les bouquinistes étaient fermés, mais j'aimais la pluie. Je relevais la cagoule de duffle-coat ou je marchais tête nue : la Seine devenait grise en novembre, en décembre, les brouillards autour de l'île Saint-Louis évoquaient les fantômes d'Aurélien et de Bérénice; l'Inconnue de la Seine, bien sûr : je ne passais jamais devant la morgue sans un malaise. Au bout de l'île Saint-Louis, en promontoire sur la Cité, l'hôtel (déjà restauré, je crois, par Fernand Pouillon) me paraissait la demeure la plus superbe de Paris. A l'autre extrémité, on m'avait dit que Michèle Morgan habitait l'hôtel Lambert.

Entre les deux, je trouvais bien, rue Saint-Louis-en-l'Ile, une ou deux librairies où me mettre à l'abri : il ne me restait plus qu'à rallier le boulevard Saint-Michel.

Le soir, les baraques qui bordaient le trottoir étaient éclairées par des lampes à acétylène dont la flamme fusait, bleue; on vendait des marrons, des krapfens, de la guimauve, de la barbe à papa. La librairie Joseph-Gibert était un univers où je me perdais en vain – n'y trouvant que peu de chose – mais les grandes salles grises, les vendeurs en blouse me renforçaient dans l'idée, toujours latente en moi, que j'aurais aimé vivre en un autre temps, à l'époque de ces livres dont les héros, Gilbert, Jacques, Jallez et Jerphagnon eux-mêmes, hantaient un boulevard Saint-Michel qui existait presque encore.

Je buvais un chocolat chez Capoulade. Seul.

Vint le temps de la Hune et du Divan, donc de Saint-Germain-des-Prés. La librairie du Divan – Henri Martineau la tenait-il encore? – au coin des rues Bonaparte et de l'Abbaye, ne me devint familière que plus tard; la première fois, en revanche, où je mis les pieds à la Hune fut un moment d'ivresse : tous les livres, en effet, étaient là. Tous ceux dont j'entendais parler, dont je lisais les critiques dans *le Figaro littéraire;* les vrais livres politiques (assommants, reconnaissons-le!) dont *Témoignage chrétien* m'affirmait la lecture nécessaire; et mes poètes, surtout : les poètes. J'avais appris à connaître les vendeurs de la Hune et leur adressais en entrant un salut presque complice, car je savais que j'achèterais toujours quelque chose : nous étions bien loin du bazar de la Librairie de Paris, place de Clichy. Et puis il y avait aussi, au-delà d'un rayon « beaux livres », un ensemble d'éditions de luxe, d'ouvrages illustrés par des peintres, que je ne pouvais ni feuilleter ni même ouvrir et qui n'en étaient que plus fabuleux.

Ce fut le début de mes promenades dans un quartier soudain bien différent du boulevard Saint-Michel, où j'avais mes habitudes : je m'en créais là de nouvelles et c'est avec un sentiment de jouissance infinie que j'appris à entrer aux Deux-Magots sans trop de gêne, à chercher une table d'où l'on vit l'entrée, à commander un Coca-Cola – et à regarder autour de moi. Là, on parlait, on lisait seul mais surtout j'avais l'impression que, plus que dans tout autre café à Paris, on écrivait. Ce vieux monsieur au visage jaune, au nez chaussé de lunettes cerclées d'argent et son petit carnet; cet autre dont j'ai vu les années emporter peu à peu tous les cheveux et qui, toujours à la même place, me paraissait installé devant la même feuille blanche : je sortais à mon tour un carnet ou un cahier de mon cartable – et je prenais l'air inspiré qu'exigeaient les lieux pour griffonner quelque chose, raturer, réfléchir, la main suspendue au-dessus du papier.

Pour rien au monde, je ne me serais installé de la même manière au Flore, de crainte de passer pour un pédéraste. Le Royal Saint-Germain, en face, avait aussi son charme; je ne connaissais encore ni la Pergola, ni la Rhumerie Martiniquaise.

Je descendais ensuite vers la Seine. C'était presque un rite et dans combien de mes livres ai-je raconté les déambulations dans Paris d'un personnage qui, du boulevard Saint-Germain, « descend vers la Seine ». La rue des Saints-Pères, que la Faculté de médecine n'avait pas encore défigurée, la rue Bonaparte constituaient des sentiers fabuleux, bordés d'antiquaires, de libraires chez qui je n'aurais jamais osé entrer. Je « descendais vers la Seine » et des centaines de jeunes filles, héroïnes des histoires que je me racontais sans trêve, croisaient mon chemin. J'imaginais qu'arrivé sur les quais, je m'accouderais à un parapet et qu'une d'elles, à côté de moi... Ai-je lu la scène dans un livre? L'ai-je inventée, cette conversation avec une jeune femme presque désespérée – la Seine, en bas... – à qui je parlais doucement; à qui je redonnais, doucement, des raisons de vivre?

J'allais très loin, l'Inconnue de la Seine, frémissante, attendait.

Il ne me restait plus, après ce rendez-vous jamais tout à

fait imaginé, qu'à m'engouffrer à l'intérieur d'un 68 ou dans un 95 et, dans la tiédeur de l'autobus bourré, les odeurs de laine mouillée, la moleskine écorchée des banquettes, à savourer les joies des embouteillages de l'avenue de l'Opéra – en espérant encore un regard de la grosse jeune fille en face de moi plongé dans *Elle* ou *Paris-Match.*

Rentré boulevard des Batignolles, j'écoutais *Don Juan* à tue-tête, le concerto pour violon de Beethoven. Et puis je tentais d'écrire.

Misérables petits carnets d'alors, ces reliures spirales rouillées : jusqu'à l'encre qui a pâli – et cette tristounette écriture d'écolier sur les cahiers d'écolier où je notais à perdre haleine ce que je croyais être de grands sentiments, des impressions fortes, des moments d'intenses sensations.

J'avais découvert à travers certains poèmes de René Char qu'on pouvait ne lancer que quelques mots sur une feuille de papier, des bribes, des fragments – aussi, parce qu'écrire ces bribes, ces moments, me procurait d'un coup une satisfaction immédiate, j'écrivais de courtes notations, je jouais avec quelques mots, non pour les mots eux-mêmes, dont je me moquais éperdument, mais pour mieux tourner autour de cette « grande sensation » que j'avais éprouvée, arrivant une fois de plus à la Seine, à m'accouder, à espérer... Les mêmes notes, dès lors, usées jusqu'à la trame, sur le soleil rose dans les verrières du Grand-Palais; les autobus qui dévalent la rue Bonaparte sous la pluie; un visage incliné sur un parapet de pierre et la Seine...

Le moment allait venir d'aborder d'autres rivages : l'Allemagne, ses musiques et ceux qui la disaient, deux massifs en somme que j'allais explorer.

J'écoutais d'abord des voix. C'étaient celles de grandes dames qui s'appelaient Mmes Schwarzkopf et Jurinac, Seefried, celles de ces Messieurs qui étaient Hans Hotter, Dietrich

Fisher-Diskau ou Nicolai Gedda, Léopold Simoneau qu'André nous racontait. Deux mots, d'ailleurs, suffisaient à tout éclairer.

C'est ainsi qu'après un *Don Juan* ou *Les Noces de Figaro,* j'ai pénétré peu à peu dans ce massif allemand où je me suis égaré, perdu, retrouvé.

C'est par la musique que je suis arrivé à l'Allemagne, à la littérature allemande : des voix, des mots, Mozart, Schubert, Schumann et Hugo Wolf, Wagner, Strauss... La musique et les voix.

Lentement, j'ai exploré Mozart, découvert cette tristesse qui flotte en arrière-plan derrière la plus vibrante aria : c'est André qui, plus tard, m'a appris à analyser, disséquer les airs de Fiodiligi et de Pamina, à observer ici les strates transfigurées de ce qui est toujours l'art classique; mais aussi à découvrir là, tremblantes, lumineuses, libres enfin – surtout libres – les premières clartés du romantisme. Il y avait certes un chant mozartien, que les Schwarzkopf et les Simoneau portaient alors à son point le plus noble; mais il y avait aussi un « dire » mozartien, un parler mozartien, une langue, en somme, dont j'apprenais les rudiments.

L'ivresse qu'il y a là à comprendre cette langue, à en deviner le sens derrière les inflexions, la rayonnante tristesse au-delà du sourire. De Mozart, j'ai glissé vers Beethoven, bien sûr, et *Fidelio,* puis vers Schubert, Schumann.

Fidelio, c'était beaucoup plus qu'un opéra : un hymne à l'amour, le seul amour qui méritât ce nom, celui de l'époux pour l'épouse, de l'épouse pour l'époux. J'y voyais la célébration de ces noces, toutes de pureté, auxquelles je voulais tant croire. Et c'était dans le même temps un hymne à la liberté, à toutes ces libertés qui me taraudaient. Léonore était l'héroïne éprise d'idéaux auxquels je voulais croire; et Florestan, l'homme qui voit en la femme, précisément, son avenir et sa raison de croire en tout ce à quoi il croit. Son grand cri – « Gott! » – au début du deuxième acte, devenait l'appel fervent qui ne peut qu'être entendu – car, parce que Léonore croit ce que croit Florestan, parce qu'elle est fidèle au sens le plus noble du mot, parce que Fidelio *est* Léonore, Florestan ne peut qu'être sauvé.

J'ai longtemps imaginé une mise en scène de ce chœur de prisonniers qui montent lentement de l'ombre, de ces deux voix de solistes qui s'en détachent et de ces hommes humiliés qui ne font qu'un seul cœur pour s'égayer un instant avant que l'ombre, à nouveau, ne les terrasse. Une nuit, à Orange...; une autre fois à Londres – et c'était chaque fois Jon Vickers, Otto Klemperer. Une inconnue qui s'appelait Hildegard Berhens : je crois que j'ai entrevu tous les espoirs du monde.

Ou alors Schubert. Déjà, avec Mozart ou *Fidelio,* je remontais à des sources anciennes, à des chanteurs, des chanteuses surtout qui ne chantaient plus depuis longtemps mais dont le disque avait fixé à jamais une manière de lumière : Lotte Lehmann, déjà, Élisabeth Schumann... Mais c'est chez Schubert et Schumann que j'ai vraiment appris à me saouler de ces noms dont la voix me devenait familière : une musique, oui; une inflexion; un souffle.

Le microsillon existait depuis moins de dix ans, on commençait à « repiquer » de vieux disques « 78 tours », mais c'étaient ces vieux disques eux-mêmes, galettes noires et cassantes, qu'André ramenait par brassées du Marché aux Puces. Lotte Lehmann, alors, dans Schubert et dans Schumann, Élisabeth Schumann, Hans Hotter, Heinrich Schlusnus qui me répétaient deux, trois *Voyages d'hiver* sur des tons différents ou me murmuraient : « Du bist die Ruh'... », célébraient la « Roslein, Roslein, Roslein... ». Presque prostré de bonheur, j'écoutais.

Comme j'écoutais avec une ferveur qui dépassait de loin la seule musique de Schumann, une Kathleen Ferrier – après Lehmann elle-même – me dire ce que pouvait être *L'Amour et La vie d'une femme.* Et là, d'autres mots sur les mots que la musique dit seraient superflus; je remarque seulement qu'avec la Léonore de Beethoven, celle qui chante ce Schumann-là atteint, en ces moments-là, à ce dont je ressens encore la fulgurante nostalgie.

Musiques... Nous arriverons à Wagner par un premier acte de *La Walkyrie* qui est entré dans l'histoire : celui que Bruno Walter dirigea en Allemagne avant de quitter son pays que l'ordre nazi écrasait déjà. Lotte Lehmann, toujours elle; Lauritz Melchior, la tendresse, en somme, foudroyée. Emmanuel List. Ce premier acte de *La Walkyrie* – on disait simplement : « le » premier acte –, j'en ai usé trois, quatre exemplaires dans sa réédition. Je dirai que je « les usais sous moi ».

Le premier acte et le reste.

Parenthèse : on imagine mal, aujourd'hui où tour à tour le microsillon puis le disque compact nous ont offert cinq, dix versions intégrales du *Ring* de Wagner, où les enregistrements « pirates » ont été « légalisés » – on imagine mal qu'en ce milieu des années cinquante (et alors que Georg Solti n'en avait pas encore donné son « intégrale » chez Decca), comme il était difficile d'écouter *La Tétralogie* en dehors d'une salle d'opéra. Il y avait « le » premier acte et une *Walkyrie* entière admirablement dirigée par Furtwangler et pour le reste, nous n'avions que des morceaux, des bribes : à peu près rien de *L'Or du Rhin, Les Murmures de la forêt...* et la scène finale de *Siegfried,* celle du *Crépuscule des dieux :* c'était tout. D'où l'enthousiasme avec lequel je me jetais sur ce qui pouvait venir d'ailleurs.

On connaît l'histoire de ces extraits du *Crépuscule des dieux* chantés par d'admirables inconnus aux noms moldo-valaches ou tchéco-magyars : j'en avais moi-même découvert un album derrière le cimetière Montparnasse, sous l'étiquette « Atlantic ». Mais la légende veut que Hans Hotter et Wolfgang Windgassen, héros du Bayreuth de l'après-guerre et de passage à New York, les aient aussi achetés, les aient écoutés – et se soient reconnus! Plus pirate que ce disque pirate-là, ce n'était pas possible : derrière le paravent d'inconnus absolus, d'un chef qui n'existait pas et d'un orchestre que nul n'avait jamais entendu, la marque « Atlantic » distribuait allègrement un enregistrement réalisé à Bayreuth, l'année qui en suivit la réouverture.

C'est grâce à ce pirate-là que, pour la première fois, j'ai pu entendre le récit et la mort de *Siegfried.*

Musique, mots, littérature : en Strauss, qui rassemblait Stefan Zweig (Oscar Wilde aussi), Clemens Kraus et, bien sûr, Hugo von Hoffmansthal, j'ai trouvé la conjonction idéale de tout ce que ce massif allemand pouvait en offrir. Dès lors, et au même titre que Mathilde de la Mole ou la Sanseverina, la Maréchale du *Rosenkavalier,* la Comtesse Madeleine de *Capriccio* se sont installées dans mon univers romanesque – et pour toujours.

J'ai tant parlé du *Chevalier à la rose* que j'ai scrupule à revenir sur les mots de la Maréchale – qui fut d'abord Elisabeth Schwarzkopf, mais avant elle Lotte Lehmann, Maria Reining pour ne pas parler de Margareth Siems qui créa le rôle et dont j'ai aussi entendu la voix au disque – les mots, dès lors, de la Maréchale pour dire sa douleur devant l'âge qui vient, le temps qui passe, les heures qui s'égrènent aux pendules qu'on voudrait arrêter : au-delà de toutes les littératures, ces mots-là sont devenus ceux-là, précisément, qui disent le temps, l'heure, le renoncement. Par Elisabeth Schwarzkopf à qui un coiffeur vient de faire le visage d'une « vieille femme » – elle a trente ans, « Mein liebe Hippolyte! » – j'ai appris à dix-sept ans que le temps, donc, passait. Et jamais mieux que dans le monologue de la Maréchale, au premier acte du *Rosenkavalier,* j'ai compris que la musique et la parole – dont la Comtesse Madeleine fera trente ans plus tard dans *Capriccio* l'enjeu d'un beau débat! – n'étaient qu'une seule langue. Dès lors, nul mieux que Strauss et Hoffmannsthal n'ont pu dire ce que, tout au long de ces longs trois actes, un trio de femmes nous répète doucement : l'âge, mon ange, l'âge. Et puis les vertiges de la jeunesse, l'innocence, la tendresse – et l'âge encore, l'âge...

Ces voix de femmes ainsi confondues : *Le Chevalier, Arabella,* la poignante fureur du poète dont on méprise l'art, le compositeur d'*Ariane à Naxos :* Irmgard Seefried, les mains tendues, qui tremble de la plus belle colère; ou, avant cela, archéologie en somme de ce chant, les monstres sacrés d'*Elektra,* femelles en furie, le vertige amoureux de *Salomé.* Avec Richard Strauss, j'ai suivi pas à pas un itinéraire où j'apprenais en route ce que les livres seuls ne m'avaient pas dit.

Les livres pourtant : c'est dans la chambre blanche de Marie-José, entre deux plages de microsillon, que j'ai entrepris le chemin qui me conduirait aux sommets de ce massif allemand dont je ne savais pas encore qu'il serait l'un des hauts lieux de mes années d'apprentissage.

Lorsque j'ai commencé à retrouver le fil de cette mémoire, les deux noms qui me sont venus aussitôt à l'esprit – et avant ceux de Stendhal ou d'Aragon les pivots pourtant de tant de choses – ont été ceux de Thomas Mann et de Proust. Disons que ma rencontre avec Thomas Mann a été un coup de foudre.

Les neuf mois passés aux Soldanelles m'avaient préparé à *La Montagne magique* et très vite, dans cet énorme roman où la durée s'efface, où le temps que passe Hans Castorp, le héros, dans un sanatorium de Davos, n'a plus l'épaisseur ni la valeur que le temps tel qu'il existe ailleurs, je reconnus en effet une forme d'apprentissage. Tout au long des deux gros volumes de Thomas Mann, je retrouvais donc, pour m'en griser comme d'une drogue douce, herbe à ne plus être, le goût de ce temps hors du temps passé de quatorze à quinze ans à l'ombre de Brévent.

Mais il y avait plus : l'étonnement du jeune Hans Castorp – double de son cousin mort qu'il remplace vivant et dont je devenais moi-même le double à cinquante ans d'intervalle – devant tout ce qu'il découvrait dans cet espace neutre, ce « nulle part », en même temps que cet « ailleurs » était bien l'étonnement que j'avais éprouvé à Chamonix lorsque Jean F., Claude M. ou Pigmey me donnaient, eux aussi, les leçons que le cousin de Joachim avait reçues. Ainsi rencontrai-je cette fois un roman d'apprentissage, un roman d'éducation qui était en quelque sorte la paraphrase glorieuse – car la mienne avait été bien terne, je n'en doutais pas – de ma propre « éducation ».

Qu'avais-je appris, en effet, aux Soldanelles, sinon, certes, à lire Camus ou Sartre, à redessiner cent fois sur un coin de nappe en papier le contour uniligne du *Saint Dominique* de Matisse mais surtout à lancer des petits-suisses au visage de mes camarades et à user mes fonds de culottes sur les pentes de la piste de luge du Savoy? Alors que Hans Castorp, lui, n'avait appris rien moins que la vie, dans ce qu'elle a de plus gratuit, de plus désintéressé, en somme de plus vrai. C'est qu'aux Soldanelles, je n'étais qu'un enfant parmi des enfants; jeune homme, Castorp était quand même et avant tout un homme. Oserai-je le dire? Lisant le livre de Thomas Mann, je me mettais parfois à regretter de n'avoir connu qu'une affection pulmonaire bénigne, tout juste passible du préventorium, alors que le sana aurait pu être une autre aventure. Ainsi le roman d'éducation de Hans Castorp, c'était l'histoire réussie de ce que, moi, je n'avais fait qu'entrevoir.

Les personnages qui entouraient le héros de Thomas Mann sont bientôt devenus des personnages familiers et la rivalité de Settembrini et de Naphta continue à soulever en moi les mêmes questions. Bien sûr, que je me range au côté du libéral italien qui a rêvé de dresser une cartographie de tous les maux qui peuvent accabler le monde : son humanisme absolu, sa générosité aveugle au nom de l'homme me paraissent la pierre angulaire à partir de laquelle je savais déjà que je devrais construire ce qui, si j'avais su réfléchir, aurait pu être un système de pensée.

Mais celui dont on ne découvrirait que très tard qu'il était un Jésuite, ce Naphta de noir vêtu qui, bravant la colère des hommes, mourait de la colère de Dieu – un éclair, la foudre et son épée tendue, au moment même où il allait tuer; cet homme inquiétant, cet esprit pénétrant, subtil, qui *savait* en somme, quand tous les autres ne faisaient que tenter d'apprendre à savoir, ne possédait-il pas autre chose de plus obscur, de plus riche, de plus profond qui pouvait certes devenir le mal absolu – ces fureurs sur l'Allemagne... – mais qui, si le bien l'effleurait, pouvait transfigurer ce qu'il aurait touché.

Comme quelques semaines après, le début de *Narcisse et Goldmund,* chez Herman Hesse; comme ce que je découvrirai un jour (tout seul, en autodidacte maladroit) chez Nietzsche, je voyais là l'affrontement de deux esprits qui étaient les deux parties de moi entre lesquelles je ne parvenais à choisir. J'ai dit que je ne savais pas penser : peut-être Thomas Mann a-t-il failli, dans *La Montagne magique,* m'apprendre un peu à le faire.

Pourtant, au-delà de ces querelles intellectuelles, la grande marque que *La Montagne magique* a alors laissée en moi est l'histoire d'amour entre Hans et Claudia. A la seule description du personnage de Mme Chauchat, Claudia Chauchat, j'étais naturellement tombé amoureux d'elle et cette longue silhouette de femme blonde aux hautes pommettes, les yeux clos, les cheveux tirés en arrière, sera longtemps au centre de mes quêtes amoureuses. C'est en elle que je résumerai toutes les images de ces belles étrangères qu'à Paris, aux Deux-Magots, mais aussi à l'autre bout du monde, fût-ce au « Beau Rivage » de Genève ou de Lausanne, je rechercherai avec une sorte de désespoir sceptique.

Je la trouverai pourtant un jour, cette Claudia réincarnée : ce sera à Paris, à vingt ans, dans une surprise-partie sans importance. Elle était suisse, ou presque; nous ferons ensemble une longue promenade dans la forêt de Chantilly en hiver, il pleuvra, nous nous réfugierons dans une auberge où, près d'un feu de bois, tant bien que mal, nous nous réchaufferons. Je tiendrai sa main mais me retournerai sagement lorsqu'elle retirera son pull-over, sa chemise mouillée – et je ne lui redirai rien. Je l'appellerai Florence.

Quinze ans plus tard, un jour de grande désespérance à la Closerie des Lilas, j'apercevrai une autre jeune femme qui ressemblera tant à Florence que je ne la quitterai pas des yeux de tout le déjeuner, disant à celle qui m'accompagnait ce jour-là que seule cette inconnue, peut-être et ce jour-là, aurait pu me sauver. Lorsque je me lèverai de table, l'inconnue m'interpellera : c'était Florence, bien sûr, et je ne l'avais pas reconnue; ou plutôt, elle ressemblait trop au souvenir que j'en avais gardé pour qu'après quinze ans ce pût encore être elle. Nous dînerons le soir même ensemble, nous passerons ensemble une nuit qui sera un peu triste et nous nous reverrons ensuite, de temps en temps.

C'est peut-être parce que la seule photo que Mme Chauchat donnera jamais d'elle à Hans sera celle de sa vraie raison d'être là : la radiographie de ses poumons malades – que son ambiguïté désespérée m'a le plus touché. Quant à Hans Castorp, dont on a mis tant d'années à sauver le corps, tant d'années à former l'esprit et à blesser le cœur, il partira au petit matin, au premier jour de la guerre qu'on dira « la Grande Guerre » et mourra de la première balle, tirée par un soldat français qui lui ressemblera, me ressemblera...

Si je suis entré de plain-pied dans le monde de *La Montagne magique,* je me suis immédiatement perdu dans celui du *Docteur Faustus* et ce fut pourtant un étrange et bien différent sentiment d'exaltation.

Car, si j'ai lu le *Faustus* de Mann dans la foulée de sa *Montagne,* je suis à peu près convaincu, aujourd'hui, de n'y avoir alors pas compris grand-chose. Qu'il se soit agi d'une représentation littéraire de toutes les forces qui faisaient et détruisaient l'Allemagne des années trente; que, plus catégoriquement encore que Settembrini et Naphta, Thomas Mann ait renvoyé dos à dos Adrian Leverkühn le musicien génial et miné par la maladie, et son ami Zeitblom, bon petit prof de lycée catholique : tout cela, je ne l'ai sûrement compris qu'après coup. Car ce que j'ai lu avec une passion, avec une fièvre sûrement étrangère au roman très théorique, très métaphysique au plus vieux sens allemand, dans le livre de Thomas Mann, cela été d'abord le destin d'un créateur, de l'artiste, du génie. Tous les autres, les Hans Castorp chez Thomas Mann, mais aussi mes vieux compagnons Gilbert et Jacques, les personnages fragiles, fiévreux de Mauriac comme ceux de Gide ou de Julien Green, n'étaient que des enfants comme vous et moi : Leverkühn était d'une autre race, il portait l'art en lui, le génie élevé à son plus haut point. Et ce génie, c'était celui de la musique où, précisément je cherchais alors mes plus grandes joies.

Docteur Faustus : livre, dès lors, labyrinthe, m'a subitement semblé le livre de raison de la plus pure dérision : celle du génie. Que pour y parvenir, il fallut conclure une manière de pacte avec le diable, je n'y croyais guère – et Thomas Mann non plus – mais qu'en revanche, pour atteindre à cette qualité de génie-là, il fallut qu'une maladie, qu'un mal, une malédiction vous minât, j'y adhérai volontiers. Ainsi la figure d'Adrian Leverkühn m'apparaissait-elle comme la plus enviable qui se pût imaginer – le créateur... – en même temps que la plus terrifiante. Mais j'avais dix-sept ans, je voulais tout faire, écrire, peindre, écouter toutes les musiques – et je me disais que pour être un Leverkühn, j'aurais volontiers accepté toutes ces damnations-là.

Je devinais, bien sûr, quelque part, un monde très sombre qui s'ouvrait, mais je m'approchais du gouffre et j'écoutais, fasciné, la musique qui balayait tout sur son passage : la musique de Leverkühn lui-même, compositeur difficile, incertain que jouait Rudi, le violoniste : et puis encore Beethoven, dont Leverkühn analysait les derniers quatuors (on dit que c'est à Walter Benjamin ou à Adorno, je ne sais plus, que Thomas Mann a emprunté ces analyses) avec un vocabulaire qui, lui, m'échappait plus encore que le reste – mais qui me donnait envie de me plonger tout entier dans l'univers sonore qu'il décrivait. Les enregistrements en microsillon des quatuors de Beethoven par le Quatuor hongrois venaient de paraître, je m'y perdis bel et bien : du livre à la musique et de la musique au livre, mon itinéraire allemand devenait un aller et retour placé sous le signe de la lumière, si sombre fût-elle parfois, si dangereuse...

Ce que je lus encore de Thomas Mann me fortifia dans cette soif d'explorer un univers où l'art et la raison s'affrontaient sans que ni Mann ni moi-même n'acceptions – et c'était ma victoire de choisir. Choisir de ne pas choisir. Mais ce sont les courts récits de Thomas Mann qui ont continué à m'entraîner le long de ces chemins exaltés. D'ailleurs, des nouvelles comme *Sang réservé* ou *Tristan* ne me plaçaient pas seulement au cœur de la musique, elles m'entrouvraient un peu plus du miracle que Wagner, déjà, m'avait révélé; elles m'expliquaient Wagner.

Dans *Sang réservé,* j'entendais le premier acte de *La Walkyrie.* Comme Siegmund et Sieglinde dans l'opéra, les héros de Thomas Mann sont beaux, ils s'aiment et sont frère et sœur. La nouvelle décrit leur fascination réciproque – chacun admire la beauté de l'autre et, dans cette beauté-là, sa propre beauté – doublée d'un mépris absolu pour le reste du monde. Que les parents des jeunes gens soient vulgaires et laids; qu'eux-mêmes soient riches et juifs dans une bonne société bien allemande et antisémite qu'ils prennent les devants en la méprisant les premiers – ne fait qu'accentuer leur singularité. Et ce sera aux accents de Wagner, le chant d'amour de Sieglinde et de Siegmund (*Dir bist der Lenz...* répond la sœur à son frère qui lui a chanté le printemps) que le couple non pas maudit mais béni s'unira voluptueusement sur des fourrures de bête devant une cheminée.

Trop, c'était un peu trop, mais je n'en avais cure : par-delà le souffle immense de la musique, le thème de cet amour du frère pour la sœur m'inondait d'une sorte de regret indécis, de tendresse un peu douloureuse.

Tristan raconte aussi une histoire où la musique détermine le destin des héros. Ici, comme dans les *Contes d'Hoffmann* où Antonia meurt d'avoir chanté, c'est la belle Mme Klötergahn que le chant d'amour de *Tristan et Isolde*, joué par elle au piano pour un homme qu'elle aime, transportera d'un bonheur qui la tuera : aussitôt lue la nouvelle, je cherchais le seul enregistrement alors disponible de *Tristan*, c'était celui de Furtwangler avec Flagstad et Ludwig Suthaus et je crus moi-même défaillir lorsque le duo du deuxième acte m'enveloppa dans son manteau de nuit.

D'autres nouvelles ou de courts romans achevèrent cette coupe transversale dans l'œuvre romanesque de l'écrivain qui m'apparaissait la plus colossale de son demi-siècle. *Mort à Venise*, bien sûr, mais surtout *Tonio Kröger*, roman d'apprentissage à sa façon, apprentissage d'un artiste, mais surtout apprentissage de la beauté. Avant que le pavé inégal d'une dalle à San Marco ou dans la cour d'un hôtel du boulevard Saint-Germain vînt m'apprendre qu'il est un passé enfoui que l'écriture peut faire revivre, ce fut le bruit d'une roue de voiture sur le pavé de Lübeck que j'ai cru avoir toujours connu parce que je l'avais une fois entendu dans *Tonio Kröger*. Moins vibrante que dans *Docteur Faustus*, la réflexion sur l'art ne m'atteignait pas autant; j'y découvrais, en revanche, qu'une soif de Beauté, peut aussi – doit aussi – être une raison de vivre. Et d'écrire...

L'intimité si forte que j'avais entretenue pendant quelques semaines avec Thomas Mann a duré au-delà de son œuvre de fiction. J'ai lu plus tard ses essais critiques, son *Appel aux Allemands* dont le vilain exemplaire avec la belle photographie un peu grise de l'auteur est resté près de moi : cette même photographie que j'ai accrochée sur le mur de ma chambre, à côté de celle de Claudel, comme s'il fallait le regard en vrille, légèrement incongru, de l'auteur de *Tristan* pour me mettre en garde devant trop d'enthousiasme.

Je lirai plus de vingt ans après ce qu'on voudra bien traduire en français du *Journal* de l'écrivain, où ce seront ses rencontres avec la musique, avec Bruno Walter, qui balaieront le reste : la mesquinerie qui a présidé au choix des extraits offerts au public français, ambigus à souhait. Puis, à travers Klaus Mann, et le tableau désespéré que le fils fera de cette société où le père s'était barricadé, enfermé à double tour pour être un grand homme, je rejoindrai quand même un Thomas Mann plus fragile, aux moins solides certitudes.

Pendant des années, je me suis persuadé que j'admirais surtout Thomas Mann parce qu'il était capable de s'enfermer chaque matin de neuf heures à midi dans son bureau – où, écrivain, il travaillait; puis d'en sortir et d'être alors un homme comme les autres.

Herman Hesse a été l'autre pilier romanesque de cette première traversée du massif allemand, et ce n'est que bien plus tard que les Jean-Paul, les Hölderlin, Chamisso, Novalis surtout me diront, autrement, les mêmes couleurs. Puis il y aura Buchner, Kleist, surtout – par le théâtre et les femmes que j'aimerai qui joueront la petite *Catherine de Heilbronn* ou *Penthesilée,* la Nathalie du *Prince de Hombourg* – et ce que j'aurai appris du côté de Herman Hesse m'en apparaîtra après coup comme une caricature un peu grinçante en même temps que trop simpliste. Ni *Le Jeu des perles de verre* – qui devait connaître une seconde carrière dans le monde baba-cool des années soixante; ni même *Le Loup des steppes* livre-culte lui aussi d'une certaine génération ne me transporteront vraiment. Seul *Narcisse et Goldmund* me fit retrouver cette dualité qui m'avait frappé de plein fouet chez Thomas Mann entre les savoirs, deux manières d'appréhender le monde : pour tout dire, en l'espace de quelques mois, *Narcisse et Goldmund* m'apparut comme un phare, l'un de ces livres qui étaient une adolescence.

Mon injustice d'aujourd'hui à l'endroit de l'œuvre de Herman Hesse me semble subitement gratuite, car c'est éperdument que j'ai alors aimé l'affrontement de la sagesse, de la beauté, de la sérénité du frère Narcisse, à la folie, la fièvre, la fureur de Goldmund. Je crois bien qu'à l'époque, j'en avais fait aussi une sorte de livre de sagesse – ou de raison. Mais je l'ai oublié; ou j'ai voulu l'oublier. Il ne m'en reste que les admirables descriptions d'une Allemagne médiévale, les armées qui déferlent, les soudards, la peste, les potences et les gibets.

Images, de Callot, en somme, ou de Dürer.

C'est d'ailleurs cela qu'en fin de compte ma traversée de l'Allemagne sur les traces d'André m'a d'abord laissé : de Schubert à Thomas Mann, de Wagner à Herman Hesse, un fabuleux vivier d'images, de nostalgies, de musiques... Quelques mots du *Voyage d'hiver* répondent à cette promenade d'Hans Castorp dans la neige glacée de Davos; j'ai dit le bruit d'une roue sur le pavé d'une ville hanséatique ou la neige, encore, qui amortit les pas du voyageur devant l'auberge et le tilleul. J'aurais dû me souvenir aussi de Hoffmann, quelques contes, la solitude de Bamberg brusquement découverte, toits dorés au-dessus d'un fleuve, façades peintes des auberges et cette loge d'opéra, dite loge des Voyageurs et contiguë à l'hôtel – où Donna Anna, échappée un instant à Mozart, est venue frapper sur mon épaule.

C'est parce qu'à seize, à dix-sept ans, j'ai rencontré l'Allemagne avec une belle passion que cette Allemagne-là sera en filigrane de tant de mes livres et qu'un voyage en Allemagne ou en Autriche au milieu de l'hiver demeure une manière d'aborder aux rives de ce qui ne peut se dire.

D'ailleurs, et de la même manière qu'en Auvergne j'avais traversé un village qui n'existait pas, j'ai entendu une voix de femme qui chantait une nuit de neige en Bavière, près d'un lac.

Nous étions deux, Odile et moi, et nous revenions de Munich où nous avions écouté un opéra. La nuit était belle et glacée; le lac, près de la route, avait des reflets figés sous la lune et nous nous sommes arrêtés pour mieux le voir. C'est alors que la voix s'est élevée : une voix de femme qui chantait Strauss ou Wagner. Nous sommes sortis de la voiture et nous avons marché un moment, chaussés de hautes bottes, dans la neige bleuie. A droite, le lac immobile, à gauche un village endormi, il était l'heure du milieu de la nuit, nous rentrions sur Paris et, voulant faire un détour, nous nous étions perdus – et devant nous, le bois qui devenait plus profond.

Un moment, nous avons suivi cette voix – Margareth Siems, qui créa la musique de Strauss et qui vivait encore tout près Lotte Lehmann, peut-être... – puis la voix s'est tue.

Le village ressemblait à un dessin de carte de Noël.

Au mois d'août de cette année-là, *France-Soir* a publié en première page une photographie du président du conseil Joseph Laniel insulté par des anciens d'Indochine en compagnie de son ministre de la Défense, René Pléven. C'était place de l'Étoile.

Assiégé de toute part, le camp de Diên Biên Phu tenait toujours.

Puis, le 7 mai, Diên Biên Phu est tombé. Une de nos petites camarades avait prévu une surprise-partie pour le samedi suivant : c'est avec un charmant enthousiasme patriotique que nous ne sommes pas allés danser chez N. ce samedi-là; en signe de deuil, elle avait annulé sa fête.

Au Maroc, en Tunisie, la situation se dégradait aussi : je vivais au rythme des nouvelles, les journaux, *le Monde* que j'achetais désormais chaque jour. C'est le 18 juin que Pierre Mendès France a enfin été investi par 419 voix contre 47 et 143 abstentions. Le Parti communiste tout entier s'était abstenu. Edgar Faure était aux Finances, Chaban aux Travaux publics, Christian Fouchet aux Affaires tunisiennes et marocaines, Mitterrand à l'Intérieur.

Parodiant Racine, François Mauriac claquait la porte du MRP qui avait refusé de soutenir Mendès :

« Je sais, je vois, je crois, je suis démerpisé... »

C'était dans *l'Express*, un journal qui pouvait alors enthousiasmer des classes entières de lycéens.

6

Des voix se sont peut-être levées...

Où l'on voit Pierre Mendès France réveiller quand même un peu le jeune homme en question et Proust lui donner le goût d'en savoir plus ; où l'on fait connaissance d'une première jeune fille et, avec elle, des douceurs printanières de Giraudoux, mais aussi de Laclos, de ses pompes et de ses œuvres ; où Maria Callas, alors, sait consoler d'un amour perdu ; où l'envie d'écrire se profile peut-être à l'horizon.

J'avais dix-sept ans, j'entrais en philo – et l'année qui suivit fut celle de Marie-Noëlle, de Proust et de Mendès France.

En quelques semaines, Pierre Mendès France avait « réglé » le problème indochinois, puis il s'était attaqué aux affaires tunisiennes, au Maroc : pour la première fois depuis la guerre, il y avait en France un président du Conseil qui se comportait comme un vrai chef de gouvernement, Premier ministre, *Primus inter pares* qui menait une politique déterminée, réfléchie, à laquelle adhérait tout ce en quoi je me reconnaissais dans un paysage politico-culturel plutôt gris.

Dans un élan d'enthousiasme, j'écrivis d'abord une belle lettre à François Mauriac, pour lui dire que j'étais à ses côtés, dans le combat qu'il menait pour Mendès France. Je reçus en réponse quelques lignes dactylographiées bien anonymes mais n'en fus pas déçu pour autant. Puis, par un camarade qui était l'ami d'un proche du Parti radical, j'entrais en contact avec des membres de l'entourage de Mendès France et quelques mois plus tard, je ronéotais des bulletins aux côtés de Brigitte Gros dans un atelier en banlieue. C'est d'ailleurs là mon souvenir le plus précis de cette activité de militant politique (à quart de temps, reconnaissons-le) avec, un peu plus tard, le Congrès du Parti radical qui vit l'éviction de Martinaud-Desplats et un autre congrès, plus tard encore, où je montais la garde, avenue de Wagram, un manche de pelle à la main, un casque sur la tête...

Et puis je lisais toujours *Témoignage chrétien, France-Observateur* et, surtout, *l'Express;* je discutais à l'infini de ce qui s'était achevé en Indochine, de ce qui commençait à apparaître en Afrique du Nord, puisque les événements d'Afrique du Nord, et singulièrement l'Algérie seraient au cœur de la fin de mes années de lycéen, de toutes mes années d'étudiant, en filigrane indélébile avec, pour horizon, les vingt-sept mois de service militaire et la silhouette déjà floue de Pierre Mendès France, qu'on avait écarté, qui s'éloignerait, un peu voûté, fatigué, las surtout d'une arène politique où son passage avait, pour tant de ceux qui avaient alors eu mon âge en ces années-là, fait figure de fulgurant météore.

Revenons sur terre : c'est cette même année que Mme de Beauvoir obtint le prix Goncourt pour un gros roman qui s'appelait *Les Mandarins* et que je dévorais : j'y lisais enfin, noir sur blanc, le récit de toutes les querelles, tous les débats, les passions qui avaient agité mes années d'adolescence. Le livre était, disait-on, « à clef », j'en découvris quelques-unes, on m'en donna d'autres : si la politique, via Pierre Mendès France, avait failli devenir une utopie, le récit que faisait Simone de Beauvoir de ses engagements m'apparaissait comme la description d'un étonnant marigot où pataugeaient des crocodiles complices dont je me disais que ç'aurait été délectable de faire un jour partie. Et puis j'avais lu des livres de Richard Wright, d'Arthur Koestler, les uns et les autres apparaissaient là sous un autre nom, c'était diablement excitant de les reconnaître. La crudité aussi du langage de certains – était-ce Koestler qui interpellait Mme de Beauvais, pas assez disponible, semble-t-il, à ses assauts, en lui demandant avec une belle verdeur si elle n'était pas b...? – me semblait si bien coller à la réalité : que la politique et la réflexion sur la politique passent à la fois par la littérature et par le lit de ses grandes prêtresses ne pouvait que me rassurer.

Heureusement, à la veille de la rentrée des classes, mon grand-père m'avait donné cinq mille francs, je ne sais plus, et avant d'acheter le dernier prix Goncourt, j'avais fait l'acquisition – d'occasion, chez le libraire Eppe, qui existait déjà, rue de Provence – de tous les volumes du *Temps perdu* dans la collection *Blanche* de Gallimard.

C'est le romancier Roland Cailleux, qui raconte, dans un très beau livre publié dans les années cinquante, ce qu'a représenté pour lui sa première rencontre avec Proust. Le livre s'appelait d'ailleurs *Une Lecture,* et le lecteur en question était pensionnaire d'un sanatorium. Je viens, pour ma part, d'achever à cinquante-quatre ans, ma quatrième lecture « en continu » du *Temps perdu;* et je ne parle pas de ces moments passés ici ou là, au Grand Hôtel ou à Doncière, voire simplement le temps d'une matinée chez Mme de Villeparisis ou chez la princesse de Guermantes tout simplement parce que deux ou trois jours, l'espace d'une semaine, j'ai eu envie de retrouver l'air de Balbec, l'atmosphère d'une petite ville de garnison ou, simplement, l'odeur d'un jardin à la campagne que borne, tout près, à l'horizon, une haie d'aubépine. Quatre lectures, en un peu moins de quarante ans : le compte n'est sûrement pas bon et j'aurais pu faire mieux.

Mais chacune de ces lectures aura été différente et, parti chaque fois avec un fil conducteur, quelques idées, des images que je me promettais de retrouver au passage, comme des amis très chers – c'étaient de tout autres retrouvailles que je faisais en chemin. Ainsi cette première lecture, qui dura à peu près deux mois, fut-elle moins la découverte foudroyante du mécanisme de la mémoire et de celui de l'écriture; ce ne fut pas non plus, j'en suis convaincu, une lecture « psychologique » de l'œuvre et certainement pas une lecture poétique ou même littéraire : je me lançais à cœur perdu dans l'exploration d'un univers qui était non pas pour moi un *temps perdu*, mais un temps rêvé, la mise en perspective en somme de tous ces récits, romans, souvenirs que j'avais lus depuis trois ou quatre ans et qui, à peu près tous, racontaient une France disparue, celle des anciens numéros de *L'Illustration* que je trouvais dans les armoires de la maison des Arbres, la France des livres d'histoire aussi, de l'affaire Dreyfus à la grosse Bertha de 1914.

Je lus ainsi *La Recherche* comme l'admirable chronique d'une époque et d'une société, en même temps que comme la description la plus rigoureuse que j'aie alors abordée d'une enfance, d'une adolescence, des liens d'un enfant avec une mère, une grand-mère, avec des jeunes filles aussi.

Après Thomas Mann et « les Allemands », *La Recherche du temps perdu* a bien été le second massif sur lequel s'est édifiée mon adolescence et je suis convaincu que c'est avec elle, et sans que je le soupçonne sur le moment le moins du monde, que j'ai aussi appris à écrire. Car, insidieusement, ce double mécanisme du souvenir et de l'écriture, de l'écriture qui naît, quelque part dans la mémoire, du choc du présent et du passé – cette « vraie » lecture en somme de *La Recherche* – je l'avais bel et bien faite. Et, le dernier volume refermé, une machine s'était mise en marche en moi dont les rouages allaient imperceptiblement transformer le moment simplement vécu en souvenir revécu, donc dicible.

Mais Proust alimentait lui-même mes souvenirs, parce que Gilberte, je l'avais connue, et Albertine, je l'avais désirée : les jeunes filles qui couraient en polo sur la promenade de Balbec, c'étaient toutes celles qui, passées à portée de moi, m'avaient pourtant paru inaccessibles; c'étaient les plus jolies des gamines sur cette plage anglaise où je me rabattais sur mes bonnes copines, c'étaient les amies de ma sœur – une Jocelyne, qui habitait au coin de la rue... – à qui je n'avais à peu près jamais osé adresser la parole.

De même, la haie – d'aubépine précisément – qui entourait le jardin de la maison des Arbres, existait déjà avant que Proust la nomme; mais il me l'avait montrée et elle entrait à part entière dans mon imagination.

Peut-être est-ce avec Proust, plus qu'avec tout autre écrivain, que je me suis rendu compte – ou que je me rends compte aujourd'hui – que si tel ou tel livre m'a fait ce que je suis (ou m'a fait, un moment, tel que j'ai été alors), c'était d'abord parce que ce qu'il m'a révélé existait déjà en moi : cette jeune fille, cette odeur, cette musique. D'où ce jeu perpétuel entre le « réel » et le « lu » qui alimentera ma vie puis, un jour, mon écriture.

Je n'en démordrai pourtant pas : c'est « la société » telle que l'a décrite Proust qui a été au centre de cette lecture de l'automne 1955; et c'est aux rapports entre les différents individus, entre les différents corps sociaux qui constituent cette société que je me suis par-dessus tout attaché : un peu plus tard, Balzac m'apportera les mêmes sujets d'émerveillement. Que Mme Verdurin devînt princesse de Guermantes me semblait dès lors le comble du scandale; mais qu'un bon curé révélât au prince de Guermantes qui faisait dire en cachette des messes pour Dreyfus – que son épouse, déjà, avant lui (la vraie princesse de Guermantes et non l'ex-Mme Verdurin) en avait fait autant, devenait en revanche la plus éclatante preuve de noblesse qui se pût concevoir. Ainsi lisais-je les discours de M. de Norpois, les réflexions de Bergotte ou les sentences de M. Tiche avec le sentiment d'en apprendre un peu plus sur la manière dont on concevait, en un temps révolu, un métier dont je voulais pourtant faire le mien, la diplomatie – ou la critique, ou la peinture.

Vanité de vouloir ici en dire davantage sur ce qui, avec *La Chartreuse* l'année précédente, a été la grande lecture de mon adolescence. Inépuisable, *La Recherche* m'a tout donné. A peine l'eus-je achevée que j'en prolongeais le bonheur avec les trois volumes de *Jean Santeuil* où mon cœur battait plus fort à retrouver des bribes de ce qu'était *La Recherche;* puis avec le *Contre Sainte-Beuve,* voire *Les Plaisirs et Les Jours,* la Correspondance, le livre que Léon-Pierre Quint a consacré à Proust. Ensuite, au hasard, j'ai ouvert à nouveau *La Recherche :* je devenais si bien le narrateur, voire Swann lui-même, que j'en arrivais à haïr la belle Odette de nous être infidèle à tous.

Dès lors, mon aventure avec Marie-Noëlle est venue conjurer tous ces doutes : la barrière était si mince entre le livre et la réalité, que le lu et le vécu ont commencé à se fondre dans un même regret de ce qui n'a pas complètement été.

Marie-Noëlle était la meilleure amie de Marie-Claude, que j'avais rencontrée en un lieu bien étrange pour moi : une « communauté » de lycéens protestants à laquelle j'avais pris l'habitude de participer. Au début, parce qu'on y affrontait directement les questions que je me posais moi-même – la politique, bien sûr; mais très vite pour une raison beaucoup plus honorable, parce qu'on y rencontrait des filles – et beaucoup de filles.

Les surprises-parties chez Michel A., au coin de la rue de Constantinople, face au vieux garage où mon père rangeait encore sa voiture : j'avais vu des films policiers bien français, j'imaginais des règlements de compte entre gangsters dans les rampes obscures du garage. Au premier étage, de somptueuses

Cadillac, des Buick longues éperdument semblaient dormir depuis des lustres. En face, mon ami Michel donnait des surprises-parties : c'était un joyeux garçon.

C'est chez lui, poussant la porte de la chambre de ses parents, que j'avais vu un couple enlacé sur un lit, parmi les manteaux des invités. C'est là aussi qu'au rythme des Platters ou de la trompette de Sidney Bechet, j'avais dansé des slows langoureux avec des filles que je trouvais laides, ou grosses, ou qui ne m'intéressaient pas; tandis que je louchais sur la petite blonde au soutien-gorge à balconnet que Michel, ou François, ou Pierre ou Paul, serrait tout contre lui, les yeux mi-clos.

Avec les mois, je m'étais tout de même un peu enhardi et j'avais fini par oser inviter à danser celles qui me plaisaient; ce n'était pas si difficile que cela, ensuite – *Only you,* le vin d'Alsace tiède et les petits sandwiches huileux – de serrer contre soi la blondinette au soutien-gorge à balconnet et de fermer les yeux...

Marie-Claude était grande, jolie je crois, sa mère tenait une librairie de livres anciens rue du faubourg Saint-Honoré, elle était protestante, c'était elle qui m'avait parlé du groupe qui se réunissait dans une salle paroissiale, précisément en face de chez moi, derrière le petit temple néo-gothique et gris du boulevard des Batignolles.

« Tu devrais venir... »

J'étais venu. C'était une période de grand chambardement : le pasteur venait de prêter au groupe qui allait s'y retrouver cette salle tout en longueur, un premier étage au fond d'une minuscule cour étroite; il s'agissait de l'aménager : Marie-Claude, Michel, d'autres, moi-même, nous frottions, briquions, passions les planchers à la lessive Saint-Marc et, entre deux séances de grande lessive, nous discutions gravement des Évangiles de saint Marc ou de saint Jean. Aucun adulte n'était là pour diriger nos travaux : c'était celui-ci ou celui-là qui décidait de commenter un texte, les autres écoutaient, interrompaient et on en revenait sans cesse à l'actualité, au présent, à l'engagement du chrétien qui travaille en usine, à celui de ce même chrétien face à une guerre ignoble, en Indochine ou ailleurs. Nous parlions du Maroc où « les événements » se précipitaient et Xavier, dont le père avait vécu longtemps à Rabat, s'indignait : la politique de la France! Nous l'écoutions, avec un sourire condescendant, et je lui lisais un article de *Témoignage chrétien :* après tout, j'acceptais bien de jouer à fond le jeu de mes amis protestants, qu'ils écoutent tout de même la bonne parole catholique!

Marie-Claude m'aimait bien. Elle était élève de philo au lycée Jules Ferry, mais fréquentait peu les camarades d'Annie; elle me parlait de Schopenhauer, d'un certain Althusser et moi qui passais mon temps, pendant les cours de philo du pauvre M. H., à m'esclaffer grassement des fléchettes – parfois enflammées! – qu'on lui envoyait dès qu'il avait le dos tourné, je l'enviais de suivre de vrais cours. Un jour, elle me dit : « J'apprends à penser » – cela me fit une grande impression.

Elle me parlait aussi de son amie Marie-Noëlle (« ma seule, ma vraie amie... »), comme elle à Jules Ferry, mais qui travaillait beaucoup, sortait peu et n'aurait, assurait Marie-Claude, pas perdu son temps avec des gamins comme nous. J'avais envie de connaître Marie-Noëlle; Marie-Claude, un peu jalouse, m'avait montré une photo de son amie : un bon visage rond, deux nattes de chaque côté de la figure, des épaules dégagées, un soutien-gorge à balconnet. Je rêvais.

Parenthèse : ces soutiens-gorge qui remontaient alors les seins de nos petites camarades et qui, sous le chemisier, la chemise, le corsage, gonflaient ces poitrines de grandes gamines de dix-sept ans que nous osions parfois effleurer. Plus tard, ce fut le temps des guêpières : aux vitrines des marchands de lingerie, on découvrirait d'admirables ensembles, lacés devant, relacés derrière, et boutonnés sur le côté, de tous les côtés – dont on se dirait que nous aurions aimé les lacer, les délacer pour mieux les enlacer, nos petites copines à cheval sur leur vertu qui ne nous offraient jamais, en ce temps-là, que leurs seins portés jusqu'à nous par ces mirobolants balconnets et refusaient le reste.

Entre deux discussions sur le Mauvais riche et la Femme adultère, nous décidâmes de monter une pièce de théâtre et hésitâmes longtemps : j'aurais voulu mettre en scène – car je me voyais déjà metteur en scène – *Caligula;* mais les filles avaient protesté : il n'y avait pas assez de rôles pour elles. Quelqu'un sortit le nom d'une pièce charmante et démodée qui s'appelait *Les Jours heureux,* de Claude-André Puget, et tout le monde convint que le sujet était parfaitement adapté aux comédiens qui allaient le jouer. C'était d'ailleurs une histoire de cousins et de cousines, ou de copains et de copines dans une grande maison de vacances : mes vieux fantasmes. On me distribua le rôle d'un amoureux de dix-sept ans, je tombais sur-le-champ amoureux de ma partenaire à qui les obligations de la mise en scène assurée par je ne sais plus qui me permettaient de donner de vrais baisers. Elle s'appelait Nathalie, et Nathalie se laissait faire. Je m'en émerveillais : ce n'était pas plus difficile que cela d'embrasser une fille. Le texte prévoyait que j'appelais Nathalie : « Ma zoupinette » et que, lui donner ainsi des baisers me faisait « des gouzis-gouzis dans la colonne vertébrale ». Je me saoulais de mes répliques et des jeux de scène qui allaient avec. Mais Nathalie avait un petit copain ailleurs et ne se laissait embrasser que parce que c'était dans la pièce. Elle y mettait quand même une extraordinaire bonne volonté.

Marie-Claude surveillait tout cela du coin de l'œil; elle dut penser qu'à tout prendre, mieux valait me présenter Marie-Noëlle.

L'entrée de Marie-Noëlle dans ma vie souleva des tempêtes : à me souvenir d'elle, je la revois pourtant plutôt placide. Je la trouvais si belle que je dessinais partout son portrait. Comme le *Saint-Dominique* de Matisse, j'en avais perfectionné un tracé rapide, fait de son visage assez rond, donc, de deux yeux très grands que j'auréolais de cils étonnés, et de deux nattes, deux fois deux traits tressés, d'un seul trait de crayon ou de plume que terminait un papillon. Les lèvres étaient charnues, un peu boudeuses : ma sœur Annie m'expliqua qu'elle avait des boutons sur la bouche, que cela s'appelait la « perlèche » mais je ne voulus rien en croire.

Je construisis même une manière de mobile, fait de bandes de papier blanc découpées et assemblées qui, suspendu au milieu du plafond de ma chambre, représentait Marie-Noëlle en trois dimensions : au moindre souffle d'air, Marie-Noëlle remuait doucement, tournait sur elle-même.

C'est que, dès notre première rencontre, nous avions décidé d'être amoureux.

Je le sais bien, aujourd'hui : Marie-Noëlle était la première « intellectuelle » que j'ai rencontrée. Une véritable intellectuelle en puissance, future intellectuelle à part entière qui deviendrait normalienne, élève d'Althusser et membre du parti communiste, qui écrirait dans *Clarté,* et enseignerait plus tard en Sorbonne; mais surtout, elle avait lu les mêmes livres que moi – sauf Thomas Mann! –, elle en avait même lu beaucoup plus, elle m'en faisait découvrir d'autres encore.

Ce qu'elle-même a pu trouver en moi, j'en suis encore à me le demander. Mais nous étions amoureux, elle me le disait sous le regard complice de Marie-Claude qui jouait peut-être son va-tout. Quels rapports existaient entre Marie-Claude et Marie-Noëlle?

Marie-Noëlle m'a tout de suite paru une jeune fille grave : la moue, peut-être, de ses lèvres charnues... C'est pourtant elle qui m'a appris une certaine légèreté. Elle qui devait faire d'Althusser un dieu – mais fréquenter aussi chez Lacan et dans ses basses-cours – m'a montré les ivresses d'une littérature qui était tendre, murmures très doux, bulles de savon...

Avec, pourtant – et c'était à nouveau Mozart – un regard sérieux qui flottait derrière ces sourires-là.

L'ivresse première fut Giraudoux. Sortant de Sartre, voire de *Caligula* chez qui j'avais failli à nouveau fréquenter, ce fut un souffle frais qui balaya tout sur son passage.

Il y avait le théâtre de Jean Giraudoux, que je connaissais un peu, parce que mes parents avaient vu *La Folle de Chaillot* ou *Judith* à leur création; peut-être *Pour Lucrèce,* avec Edwige Feuillère; j'avais dû lire *Siegfried* (la pièce) – mais je ne connaissais rien des romans de Giraudoux : en quelques semaines, je les ai lus.

C'était si reposant, un monde où tout n'arrivait que parce que l'auteur, le mot qui précède, l'association d'idées qui va venir, l'a voulu. Rien, ni la pensée d'un véritable *deus ex machina* ni la philosophie du moment ou la volonté d'un dieu quel qu'il fût n'était responsable de rien : la phrase de Giraudoux coulait, délicieuse, charmante, légère – elle inventait seulement le mot d'après.

Légèreté : c'est bien de légèreté que j'avais besoin, après mes effusions germaniques, et que ce fût l'auteur de *Siegfried et le Limousin* qui m'apprît cette légèreté-là me semblait miraculeux. Jean Giraudoux était un champagne très clair dont chaque bulle me semblait un moment de grâce.

J'y aimais des intrigues qui n'existaient pas, qui se retournaient et se contournaient dans leur nid de phrases comme des oiseaux au plumage multicolore qu'éveillait le premier soleil, si clair, si frais. Après mes grandes maisons de famille, bourrées de cousins et de cousines, j'avais le rêve d'une belle maison de province, au milieu de son jardin, sa campagne, où j'aurais vécu seul avec une femme aimée. C'est Giraudoux qui m'a fait reconnaître l'odeur du café qui monte le matin d'une cuisine dallée, qui flotte dans les escaliers, glisse à travers les corridors jusque sous la porte où, dans la chambre, à demi éveillé, je dors peut-être encore. C'est lui qui m'a fait aimer le bourdonnement d'une mouche dans une pièce au soleil et lui aussi qui m'a donné à jamais la nostalgie des grandes, des belles bibliothèques, où plus rien n'arrivera.

Je m'émerveillais qu'on put ainsi, si bien et avec rien, raconter tant de choses que j'avais toujours devinées. Moi qui ne m'imaginais jamais que marié, mon épouse belle à côté de moi, je me surprenais à envier aussi le sort des heureux célibataires du côté de Bellac qu'une jeune fille qui se serait appelée Églantine vient réveiller le matin, une main qui furète dans mes affaires, un presse-papiers – rien? – qu'on retourne, un bouton de manchette peut-être qui tombe à terre.

Parce qu'il y avait ces jeunes filles selon Giraudoux. Les fortes – enfin, les fortes... – Bella, Bellita, mais surtout les légères, les jeunes filles-musique, les jeunes filles-note, les Églantine, les Suzanne. Lorsque je traversais Paris à la nuit tombante dans un 95 ou un 68 qui me ramenait des quartiers vivants, moi qui me disais parfois que j'habitais un quartier endormi, je guettais dans le miroir des vitres de l'autobus où j'appuyais mon front le reflet du sourire d'une jeune fille inconnue et qui m'aurait ainsi, parmi la foule, adressé un signe de connivence. Et Marie-Noëlle, jeune fille qui lisait Giraudoux, ses nattes bien tressées, le petit nœud au bout, la frange sur le front, était bien celle-là, subitement découverte.

Elle jouait le jeu, Marie-Noëlle, elle me racontait *L'Apollon de Bellac :* il suffit de dire à un homme qu'il est beau... Alors, elle se tournait vers moi : « Tu es beau. » Je savais qu'elle s'amusait, que c'était un clin d'œil, je le lui rendais : « Et toi, tu es la plus belle. » Mais elle secouait la tête : « Non, je suis sérieuse maintenant. Écoute-moi une seconde : je te trouve vraiment très beau... » Mon épi de cheveux en houppe – sinon en huppe – sur le sommet du crâne, mes lunettes, l'acné du moment... Mais Marie-Noëlle avait une telle façon de me regarder que je finissais presque par y croire.

Moi qui étais si diablement sérieux, j'appris aussi chez Giraudoux l'éloge du dilettantisme : tout était grave, oui, jusqu'à l'attention qu'on porte au papillon sur la fleur, à l'abeille égarée contre la vitre d'un bureau – mais si peu de choses méritaient ce sérieux dont on les accablait : elles ne l'avaient pas mérité, les pauvres! Pour la première fois (mais j'avais dû le lire chez Stendhal sans savoir alors l'y trouver), je découvrais donc l'art de parler légèrement des choses graves et j'appris à me défier de ceux qui vous assènent des discours sur des choses si légères...

Giraudoux était diplomate, il était romancier, il était venu au théâtre : tout cela me paraissait facile. Il suffisait de se promener à travers le monde, de regarder. L'opposition Rebendard et Dubardeau qui, à partir de *Bella,* traverse son œuvre romanesque avec une si belle fidélité, résumait à merveille les forces en présence dans la France d'alors : d'un côté, les ennuyeux, les mesquins, les bougons – de l'autre, ceux pour qui la politique est à la fois une utopie et un jeu; il suffisait dès lors de savoir jouer ce jeu-là pour que l'utopie, peut-être, quitte le domaine du rêve. Mais l'affreux Rebendard et le délicieux Dubardeau – à moins que ce n'ait été le contraire : longtemps, gaiement, je me trompais un peu dans les deux noms, Poincaré et Berthelot confondus – n'étaient pas des figures de style, moins encore de rhétorique : c'étaient des personnages de roman en costume de fantaisie à qui Giraudoux donnait le poids d'une bulle de savon! – quand ils possédaient pourtant toute la densité poétique et politique d'une pensée qui, sous le dilettantisme des costumes de tweed de rigueur (pantalon de golf, peut-être) savait le poids des hommes et des idées qui mènent le monde.

Que Giraudoux ait été diplomate m'apportait aussi un singulier réconfort, moi qui avais décidé à treize ou quatorze ans d'imiter mon oncle Émile et d'être à mon tour diplomate. Et peut-être, d'écrire... Car avec son sourire ironique et tendre, sa nonchalance, ses fonctions diplomatiques que je n'avais jamais très bien comprises, Giraudoux me confortait dans l'idée que la diplomatie était un métier grave mais plein d'humour, où l'attention aux êtres et aux choses ressemblait à une énorme partie de bridge ou, que sais-je, de Monopoly : il suffisait de la jouer avec la meilleure foi du monde – et ce devenait l'affrontement du bon droit, de la générosité, de l'élégance contre les forces de la laideur, de la voracité, de la haine.

J'imaginais dès lors les bureaux du Quai d'Orsay, celui de Dubardeau-Berthelot en angle au-dessus de la Seine et de l'esplanade des Invalides, les verrières du Grand Palais, les marronniers des Tuileries et de belles rangées de boiseries, de bibliothèques, de livres : une carte du monde et, là, on décidait de l'avenir du monde.

Dans la foulée de Dubardeau et de ses amis, tous ceux qui servaient l'État, la nuée des diplomates, des vice-consuls dont je serai un jour, devenaient des poètes élégants, la tête un peu dans les nuages et les pieds bien sur terre qui, Gap ou Bressuire, se retrouveraient un jour à Lisbonne ou à Prague, à Genève auprès de ce qui n'était que la grande sœur de la SDN, à accomplir avec un sourire en coin des tâches mystérieuses, toujours urgentes et jamais pressées qui engageaient de la même façon ceux qui les affrontaient et l'État pour lequel ils faisaient leur devoir.

J'avais besoin, oui, de cette leçon. J'avais besoin aussi de lire, au-delà des livres, voire des phrases, les mots eux-mêmes. « Fontranges l'imperfectible se perfectionnait dans son rôle immobile... » : il y avait de courtes cascades de mots, des ruissellements d'images, de paradoxes – « Le jour n'était plus pour Fontranges qu'une longue insomnie » – que je répétais sans fin, comme s'il s'était agi d'un poème unique. Et c'était peut-être bien un poème : en ce temps-là, j'aurais voulu m'appeler Fontranges.

Marie-Noëlle et moi ponctuions nos lectures de baisers éperdus. Chez elle – elle habitait dans le haut du boulevard Malesherbes – ou dans ma chambre du boulevard des Batignolles, nous nous embrassions sans fin, ivre que j'étais de Marie-Noëlle comme je l'étais de Giraudoux. Nous nous embrassions au milieu de la rue, sous les porches, et j'aurais voulu que mes parents, ceux de Marie-Noëlle nous aient surpris ainsi, enlacés, radieux.

Car j'étais radieux. Jamais de ma vie, je n'avais éprouvé cette jubilation : j'aimais une jeune fille qui m'aimait, je n'en doutais pas et, ensemble, nous aimions les mêmes choses.

Ensemble, nous allâmes voir *Intermezzo,* que donnait Jean-Louis Barrault à Marigny : lui-même ne jouait que le spectre mais Jean Dessailly était le contrôleur des poids et mesures et Simone Valère Isabelle. Nous nous tenions la main, il faisait chaud dans la salle, nous transpirions un peu, c'était la première fois, c'était délicieux. Je demandais à Marie-Noëlle : « Tu m'aimeras toujours? » Elle répondit : « Je t'aime » – et je ne me posai pas d'autre question.

Un jour, elle m'entraîna rue du faubourg Saint-Honoré, dans la librairie de la mère de Marie-Claude. Les deux vendeuses qui nous reçurent connaissaient bien Marie-Noëlle; il y avait entre elles trois un air de complicité. L'une d'elles, parlant de moi, avait dit : « C'est le jeune homme. »

On alla me chercher des livres rares. Je revins plusieurs fois rue du faubourg Saint-Honoré et, chaque fois, ce que je découvrais me faisait presque connaître un vilain sentiment, qui s'appelait l'envie. Je n'étais pas encore bibliophile, et pourtant...

Cette première fois, on me montra quelques éditions originales, des grands papiers, des tirages précieux de Valéry, tous accompagnés d'envois, de lettres autographes. En ce temps-là, Valéry régnait pour moi tout en haut d'un Parnasse auquel je n'avais pas abordé, qui était celui, porté à son point le plus élevé, de l'esprit. Je devinais vaguement que Valéry, c'était la suite d'une longue tradition d'intelligence éminemment française dont – comme les volumes qu'on me montrait – j'enviais l'exigence tout en me jugeant bien incapable d'y parvenir. Je ne cherchais pas à analyser qui j'étais, mais je me devinais sensitif, sensuel, romantique et finalement peu attiré par les vertiges du Verbe pur. Marie-Noëlle l'était, et qu'elle ait tenté de m'y initier sera peut-être l'un des beaux cadeaux que j'ai reçus dans mon adolescence.

J'ai donc lu *Charmes* et *Le Cimetière marin*, la *Cantate du narcisse* mais aussi des textes comme *Eupalinos*, *Degas, danse, dessin* : j'y apprenais le souriant chemin d'une rigueur épanouie. Aux antipodes de ce dilettantisme qui m'avait tant séduit chez Giraudoux, je comprenais que l'écriture, comme le dessin, comme l'architecture, est rigueur, labeur, soumission à un modèle idéal, eût-il été fixé par celui qui a décidé l'acte d'écrire. Comme l'emploi du temps de Thomas Mann – de neuf heures à douze heures dans son cabinet de travail à Munich –, la manière de vivre de Valéry me paraissait, à sa façon, un autre modèle.

Que j'aie pu imaginer jusque-là une antinomie aussi absolue entre l'art et la réflexion, la création et l'esprit abstrait qui préside aux lois de la pensée me paraissait subitement incroyable; et c'était pourtant vrai : parcourant les rues de Paris à la recherche d'une Inconnue de la Seine, instinctif et sagement passionné, j'avais fait fi de tout ce qui exigeait un effort de pensée qui ne me soit pas déjà familier. Car, aussi étrange et absurde que cela puisse paraître, le discours d'un Adrian Leverkühn dans *Docteur Faustus*, je le devinais en moi avant de l'avoir lu; celui de M. Teste, c'était la bouffée d'un air venu des cimes, de sommets absolus, et qui m'était radicalement étranger.

Je fis ainsi de M. Teste le personnage privilégié de nouveaux dialogues que je m'inventais avec moi-même : je m'appropriais M. Teste. J'imaginais de pousser la rhétorique de M. Teste plus loin que son auteur et chaque fois cela me paraissait possible, car Valéry avait inventé un personnage pour qui le champ des possibles était infini.

Je sais maintenant que Marie-Noëlle s'amusait de mes

découvertes : je sais aujourd'hui qu'elle prenait à me faire lire *Mon Faust* ou *La Jeune Parque*, le même plaisir extrême que j'aurais tant de fois, ensuite, à faire entendre à des jeunes filles que j'aimerai le duo de *Tristan* – ou à écouter avec celle-ci, celle-là, suspendu au chant d'une chanteuse morte, un Lied de Schubert.

La belle écriture de Valéry sur des billets sans importance qui accompagnaient les volumes que je découvrais rue du faubourg Saint-Honoré me semblait à l'image de ce qu'elle disait.

Ce premier jour, on me montra aussi ce qui devait être l'édition originale des *Essais* de Montaigne. Je ne notais, bien sûr, ni la date, ni le lieu de publication : les deux premiers livres de 1580, je suppose. Mais tenant entre les mains un volume que je savais précieux entre tous, j'avais le sentiment qu'au-delà du savoir qu'il contenait, il renfermait un peu de la sagesse, du désir de connaître de tous ceux qui l'avaient ouvert depuis le premier lecteur, ce matin de 1580 où ce qui devait devenir l'un des maîtres-livres du monde avait vu le jour.

Nous passions de plus en plus souvent de longues fins d'après-midi dans ma chambre. Je fermais avec soin ma porte et nous ne quittions la pièce qu'à l'heure du dîner. Un jour, ma sœur, ironique, me demanda si « Marie-Noëlle n'avait jamais envie de faire pipi ? ». J'en fus terriblement choqué. Marie-Noëlle, belle, était un pur esprit : je l'embrassais à m'en user les lèvres et elle avait toujours un gentil, un si gentil sourire pour me rendre mes baisers.

« Tu sais que Marie-Noëlle t'aime beaucoup », m'avait dit un jour Marie-Claude, comme si c'était un aveu, ou plutôt une explication qu'il était nécessaire de me donner. Le samedi soir, chez Michel ou chez François, dans le local de la communauté protestante à côté du petit temple du boulevard des Batignolles – où on ne discutait plus guère des Évangiles et où on avait même oublié les *Jours heureux :* je n'en avais plus besoin! –, nous dansions enlacés, l'un contre l'autre, et je devinais les regards envieux des autres, les François, les Michel, les Philippe, un Bernard barbu dont j'avais dit un jour qu'il ressemblait à une chèvre : Marie-Noëlle avait beaucoup ri.

Puis ce fut Mallarmé : « Je suis hantée, m'avait dit Marie-Noëlle : L'Azur! » Elle avait encore répété trois fois : « L'Azur! L'Azur! L'Azur! » – et à mon tour, j'étais hanté.

Le mot, oui, l'esprit : pour la première fois je devinais, sous la gravure de l'esprit qui en régit chaque inflexion, le mot qui s'en détache pourtant : le mot, la phrase qui acquièrent une densité limpide parce que mûrement pesées, soupesées, réfléchies. Valéry, c'était l'élan de la pensée surprise dans son mouvement : Mallarmé me semblait l'extrême pointe d'un esprit non pas aigu ou lucide mais simplement frémissant, aux aguets et qui trouvait pour dire le seul mot qui put dire. Avec Mallarmé, j'avais le sentiment de frôler l'indicible en même temps que l'unique dire qui méritât une trace unique dans le marbre.

J'étais hanté, oui, mais par une présence miraculeuse, dont j'ignorais jusque-là tout. Ainsi pouvais-je, sans trop de peine, évoquer Valéry travaillant chaque matin à l'aube avant de se rendre à son bureau où, fonctionnaire modèle, il alignait d'autres mots : j'étais bien incapable d'imaginer le petit monsieur barbichu, professeur d'anglais rue de Rome, en train d'inventer une langue.

Lorsque le volume de la collection de la *Pléiade* consacré à Mallarmé parut et je lus tout le livre pour tenter d'en savoir davantage, de comprendre, à côté de ces poèmes qui, dès le début, m'avaient subjugué, je m'émerveillais d'y découvrir tout le reste, vers de circonstances, adresses de mirliton et jusqu'aux thèmes anglais qu'il faisait faire à ses étudiants.

Marie-Noëlle trouva pour moi la préface que Jean-Paul Sartre a écrite aux poèmes de Mallarmé reproduite plus tard dans la petite collection *Poésie/Gallimard;* je fus choqué de voir que le philosophe évoquait un petit homme féminin peu porté sur les femmes; choqué aussi de voir renvoyés à une vague mythologie de prophètes déistes les poètes qui l'avaient précédé; et que Mallarmé eut fait de la poésie un acte de révolte contre la société – ces mots si rares, égrenés un à un... – me parut du dernier ridicule.

Face à l'abondance dont j'avais fait ma raison de lire – les flots de Thomas Mann ou des *Thibault :* ce sera bientôt une raison d'écrire –, Mallarmé me disait que l'esprit laissé en liberté peut ne dire qu'un mot : *L'Azur,* et le reste devient dès lors superflu.

J'appris par cœur *L'Azur,* précisément; *Las de l'amer repos* (« Je veux délaisser l'Art vorace d'un pays / Ciel... ») et surtout *L'Après-midi d'un faune* où je retrouvais un écho à des pages de *Paludes.* Et, seul dans ma chambre-bureau, je m'efforçais de réciter d'une voix blanche, sans effet – face au mobile qui représentait Marie-Noëlle suspendue au plafond :

« Ces nymphes, je les veux perpétuer. »

Du coup, je revins à Debussy que je n'avais fait que croiser. Marie-Noëlle m'y attendait déjà.

Le *Prélude à l'après-midi d'un faune,* que j'avais écouté d'une oreille presque distraite, devint très vite le pivot de mes journées. Je m'éveillais en écoutant la flûte qui modulait les premiers émois d'un monde païen où tout semblait suspendu à l'attente d'un plaisir très pur. A peine rentré du lycée, je retrouvais mon *Faune* et c'est encore en répétant après lui les mêmes notes suspendues, rares comme les mots de Mallarmé lui-même, que je m'endormais.

Mais le cœur de l'œuvre de Debussy devint vite *Pelléas et Mélisande.* En un temps où Wagner et Strauss demeuraient mes principaux centres d'intérêt musical, c'est une étrange incursion que je fis ainsi au sein d'une musique française qui me paraissait parfaitement exotique tant je la connaissais mal.

Marie-Noëlle me prêta le fabuleux enregistrement de Roger Desormière, où Irène Joachim est Mélisande, Jacques Jansen Pelléas et je l'écoutais comme j'avais écouté *Don Juan :* sans fin.

Peut-être que, d'avoir tant fréquenté un opéra allemand ou italien dont les mots m'échappaient (je suivais Wagner dans des partitions bilingues où les thèmes eux-mêmes étaient clairement indiqués par des numéros), j'étais agréablement surpris de tout comprendre tout de suite : c'était la langue fluide, archaïque et délicieuse, ornementée, un rien précieuse dont Irène Joachim, Jacques Jansen savaient si bien rendre les moindres nuances. Mais c'était surtout ce récitatif permanent, limpide, si simple et si précis qui devint, après une ou deux écoutes attentives, synonyme d'une musique où tout pouvait être évoqué de ce qui me touchait le plus : l'amour de deux enfants l'un pour l'autre.

Preuve, naïve mais combien éclatante, de ce coup de foudre : il ne me fallut pas deux jours pour jouer à mon tour à ce jeu qui consiste à « parler le Pelléas », langue étonnante, mots modulés sur un chant ininterrompu pour dire à Marie-Noëlle que je l'aimais ou à Daniel, que la leçon de philo m'ennuyait.

Pelléas, c'était pourtant un moment d'amour beaucoup plus sérieux. Et je répétais le chant de Mélisande; « Je suis née un dimanche, un dimanche à midi... », qui devenait un poème en l'honneur de Marie-Noëlle. Docile, Marie-Noëlle me suivait là où je voulais aller : ce n'était guère difficile, elle avait déjà arpenté ces territoires.

Pour écouter Irène Joachim chanter dans une reprise de l'œuvre de l'Opéra-Comique, je vendis quelques livres : c'était le moins que je puisse faire. Et nous nous retrouvâmes, à un premier rang de dernier balcon de la Salle Favart. Comme lors d'*Intermezzo,* nous sommes restés l'un contre l'autre, les doigts enlacés, les genoux collés; il faisait une chaleur torride, je sentais encore une fois Marie-Noëlle transpirer, j'étais bouleversé. Je crois bien que les décors étaient de Cocteau.

C'est d'ailleurs du côté de chez Cocteau que Marie-Noëlle me fit faire une de mes plus belles excursions. La mère de Marie-Claude avait reçu tout un lot d'éditions originales, des lettres encore, des dessins de Cocteau : je renouais avec le lycée Condorcet de mes douze ans mais, cette fois, Cocteau ne m'apparut plus comme une figure du Tout-Paris dont on parlait autour de moi, voire un simple amuseur. Avec *Le Potomak,* ou *Le Grand écart, Thomas l'imposteur,* je découvris le vrai poète, le fabuleux funambule qui, se jouant de vous, de moi, de lui-même, mettait le feu aux poudres en d'incessants feux d'artifice de mots qui semblaient atteindre à une ahurissante agilité. Ses films, sa voix (l'enregistrement d'*Œdipe roi,* de Stravinski, où il tient le rôle d'un récitant) faisaient partie d'une même pyrotechnie où toute forme de l'art était au service de la poésie.

Comme Aragon m'avait appris que « tout est roman », Cocteau me faisait comprendre que tout pouvait être poésie. Des hauteurs mallarméennes, qu'il était bon de redescendre vers des vallées moins austères. Au début, je m'en étonnais presque auprès de Marie-Noëlle : « Tu aimes Mallarmé *et* Cocteau ? » Elle me regarda, les yeux ronds : ce n'était pas une question à laquelle il lui paraissait nécessaire de répondre.

Mes parents n'aimaient guère Marie-Noëlle : ils se méfiaient d'elle. J'eus à son propos avec mon père quelques-unes des rares et violentes disputes de cette fin de mon adolescence : peu m'importait, elle semblait n'avoir d'autre horizon que les livres et je n'avais moi-même d'autre désir que lire près d'elle. Pas un instant l'idée d'aller au-delà de ces baisers passionnés que nous échangions dans nos chambres ou au parc Monceau – redevenu un paradis – ne m'avait effleuré.

Il y eut de même Colette et Montherlant. Parce que la mère de Marie-Claude possédait des lettres de Colette, des premières éditions des tout premiers livres de Montherlant, Marie-Noëlle me parla de Colette – et je lus Colette, Montherlant. La première, comme Cocteau, m'apparaissait jusque-là davantage comme une sorte de music-hall reconverti dans le Tout-Palais-Royal et que comme un véritable écrivain : d'un coup, voilà que, par la grâce de Marie-Noëlle, un auteur se révélait dans toute sa sensualité – un auteur femme, qui disait les choses autrement. Que la jolie fille en collants noirs, de *L'Envers du music-hall,* l'aguicheuse, la presque perverse soit devenue cette vieille femme très maquillée, impotente, dont j'imaginais déjà le regard lorsque je traversais le jardin du Palais-Royal, rendait plus ambigu encore ce que je ressentais en lisant *Gigi* ou *L'Ingénue libertine.* J'avais vu le film *Le Blé en herbe* où j'avais tout naturellement haï Edwige Feuillère qui soufflait à la blonde Nicole Berger le gamin avec lequel je m'identifiais. Mais Mme Feuillère était déjà une matronne et voilà que les femmes selon Colette se révélaient sous un autre jour : jusqu'aux plus humbles d'entre elles, aux moins audacieuses, elles étaient tout de même de sacrées coquines, joliment délurées! Je devins amoureux d'elles et de la manière dont Colette les disait. Même si, la poésie selon Colette, les vrilles de la vigne et autres toutou-chateries (qui faisait d'ailleurs se pâmer Marie-Noëlle : là, au moins, je ne la suivais pas...) me laissaient assez froid; les dames selon Colette, elles, me donnaient de bien délicieux frissons.

Je n'allais pas beaucoup plus loin avec Montherlant, puisque j'en restai aux *Jeunes filles :* « Il faut, me disait Marie-Noëlle, lire tout cela au deuxième degré : Montherlant est un vieux beau qui n'a jamais aimé les dames mais qui veut faire croire que toutes étaient folles de lui... » Il y avait de l'âpreté dans son langage, presque de la hargne pour m'expliquer cela et pourtant, dans le même temps, une étrange fascination. Un jour, elle m'affirmera que Montherlant était fasciste. Un autre jour, je vis dans sa chambre un volume blanc : c'était *Service inutile.* « Et alors? me lança-t-elle : j'ai le droit de tout lire, non? »

Il y avait une sorte de défi dans sa voix.

Je ne comprenais pas Marie-Noëlle : je n'en étais que plus amoureux. Un jour, Julien, l'un de mes camarades, me cita une phrase qu'il attribua à Rimbaud : « Aimer les femmes intelligentes est un plaisir de pédéraste » – et j'éclatais de rire : oui, j'aimais une femme supérieurement intelligente et je n'en étais pas pédé pour autant.

Elle avait parfois d'étranges tendresses... Ainsi, le ciel, les étoiles : Marie-Noëlle savait tout, Cocteau, Mallarmé, Nietzsche mais elle connaissait aussi la carte du ciel. Dès lors, en vraie amoureuse de cartes postales, comme une midinette, elle nous avait attribué une étoile à chacun; voisines, nos deux étoiles se retrouvaient, les nuits bien sombres, du côté de Betelgeuse dont le nom me plaisait et nous nous étions mis d'accord pour regarder ensemble, à la même heure et chacun dans notre chambre, nos deux étoiles...

Ou alors, la chambre de ses parents; la chambre de sa mère, plutôt, car son père ne semblait pas jouer un grand rôle dans sa vie. Un après-midi que nous étions seuls dans son appartement, elle m'a entraîné dans cette chambre, vraie chambre à coucher de femme comme les décorateurs à la mode dans les années cinquante mettaient un point d'honneur à en installer : murs blancs, coiffeuse, pouf, miroir. Nous nous sommes arrêtés sur le seuil : en face de nous, un grand lit blanc, couvert de satin ou de taffetas. Marie-Noëlle semblait à la fois résolue et indécise. Je me suis dit, bien après, qu'elle aurait voulu peut-être...

Elle voulut aussi que je lui fasse découvrir des domaines qui n'étaient qu'à moi, mais au triste passage du Havre, elle opposa le passage des Panoramas, le passage Choiseul, le passage Vérot-Dodat qui ressemblait alors à une minuscule cité morte, figée en un temps très ancien et très proche pourtant.

Je lui avais parlé des caves de Condorcet : pour elle, je

retrouvai l'escalier dérobé, la clef interdite et je poussai les portes de lattes de bois marquées « Hypérite ». Ce fut elle qui me dit de l'embrasser là, à la seule clarté d'une ampoule jaune pendue au bout d'un fil. Nous restâmes longtemps, à nous – l'image convient bien à ce que nous faisions – dévorer les lèvres. Je sentais son cœur, sa poitrine contre moi, je la caressais un peu, rien qu'un peu.

Je me souviens : la lumière faiblit, puis s'éteignit d'un coup; et nous demeurâmes là encore un moment, embrassés.

Nous allions au cinéma. Nous vîmes *Les Portes de la nuit*, qui était déjà un vieux film; elle m'expliqua que l'extraordinaire station de métro Barbès aux portes de laquelle s'embrassaient les enfants qui s'aimaient était un décor. Elle prononça le nom de Trauner, un ami de sa mère; je trouvais Yves Montand (c'était un de ses premiers rôles au cinéma) très mauvais et Nathalie Nattier, qui jouait sa bien-aimée, étonnamment laide. Mais il y avait un Reggiani immonde et vulnérable, l'extraordinaire numéro de Saturnin Fabre, et puis Carette, et puis Raymond Bussière : j'aimais déjà un cinéma qui n'était plus.

Il y eut enfin ce dimanche après-midi boulevard des Batignolles. Mes parents étaient sortis, il faisait beau, j'imagine une promenade sur les quais; et ma sœur – cela je m'en souviens – était à la kermesse de son lycée : Marie-Noëlle et moi étions seuls à la maison, dans ma chambre.

Je suppose que nous avons écouté du Debussy, Mélisande qui murmure : « Ne me touchez pas, ne me touchez pas! » en espérant pourtant que les mains de Golaud le chasseur arriveront jusqu'à elle; ou le Faune, encore en milieu d'après-midi. Puis nous avons commencé à nous embrasser : à pleine bouche, comme toujours; puis nous avons dû nous asseoir sur un lit, puis nous étendre et je me suis retrouvé à caresser pour la première fois Marie-Noëlle : des caresses très sages. J'avais ouvert son corsage et je découvrais ses seins : la première fois.

C'était plus beau que tous les livres, des seins forts et pâles de jeune fille de dix-sept ans que j'aimais à la folie.

Marie-Noëlle se laissait faire, je devinais qu'elle était bien : comme moi. A pleine bouche, donc; puis à pleines mains. Je l'écrasais maintenant sous moi, je la serrais contre moi, je me pressais contre elle et je disais : « Tu es à moi, n'est-ce pas? Tu es à moi. » Marie-Noëlle a répondu – j'imagine une voix rauque : dans les livres que j'avais lus, les jeunes filles avaient souvent une voix rauque en ces moments-là; elle a donc répondu : « Pas encore... » Mais j'étais si heureux, je me sentais si bien que, pas un instant, cette fois encore, je n'ai pu imaginer autre chose que caresser à nouveau, caresser longtemps, caresser sans fin les seins blancs et solides de Marie-Noëlle, tous cheveux défaits; et de presser, presser seulement mon corps contre le sien que j'écrasais si bien, si fort, de tout mon poids.

Cela a duré, oui.

Puis il y eut un bruit de porte qui s'ouvre, à l'autre bout de l'appartement; nous nous sommes relevés, sûrement ébouriffés mais j'avais le sentiment que ce qui venait de se passer entre nous était de ces gestes qui scellent un amour.

Le temps de Marie-Noëlle dura le temps d'un long printemps. Nous ne nous quitterons guère et pourtant, pendant ce temps, j'avais une autre vie, je rencontrais d'autres amis, je lisais aussi des livres que Marie-Noëlle ne lisait pas.

Et j'écoutais Wagner.

Quelques solistes, un chef prestigieux du Festival de Bayreuth vinrent à Paris donner par deux fois l'intégrale du *Ring.* C'était un événement car le Palais-Garnier offrait tout au plus, et à intervalles plus qu'irréguliers, une *Walkyrie* isolée à des spectateurs sevrés de vrai chant allemand : ces deux *Tétralogies* données coup sur coup étaient un spectacle d'une autre ampleur. Martha Mödl était Brunehilde et, surtout, Hans Hotter, l'immense Hotter entré pour moi dans la légende avec un *Voyage d'hiver,* chantait Wotan. Il y avait encore Ludwig Suthaus en Siegmund, Gustav Neidlinger en Alberich – je les cite tous de mémoire – et, déjà, Leonie Rysanek en Sieglinde. Le chef était Hans Knapperbusch.

J'ai dit ailleurs le rituel de ces journées Wagner. La queue dès quatre heures du matin à l'angle de la place de l'Opéra et de la rue Halévy pour les billets les moins chers qu'on ne vendait pas pour la série complète mais un à un, huit jours avant le spectacle; le guichet ouvrait à dix ou onze heures; les amitiés se faisaient dans ces files d'attente; enfin, la course le long des barrières de bois qui menaient à l'orifice où, derrière une ultime grille de cuivre, une dame aux pouvoirs infinis vous attribuerait la place convoitée, un premier rang de quatrième balcon, de face...

Et puis j'ai dit les soirées qui commençaient à cinq heures de l'après-midi, la promenade jusqu'au Palais-Garnier, l'attente, le sandwich qu'on mangeait au bistrot en face et, enfin, le rideau qui se levait.

Entendre un à un, égrenés sur deux fois quatre soirées, les quatre opéras qui font de la *Tétralogie* de Wagner le monument le plus colossal de l'histoire de la musique : c'était une tempête qui m'emportait. Marie-Noëlle n'aimait pas Wagner, j'étais seul mais je savais, je devinais chaque note – les partitions, les bouts de disques... : j'étais maître d'un trésor que je me disais être le seul à posséder et je pleurais de bonheur aux grands moments que je connaissais le mieux : l'Hymne au printemps, la réponse de Sieglinde, les Adieux de Wotan.

Je crois bien que ma vraie carrière opéramaniaque a commencé avec ces journées de début de printemps où j'apprenais à me frayer un chemin à travers un univers où je reconnaissais tout. Jamais l'art de Wagner de baliser la route de celui qui veut le suivre ne m'apparut plus clair ni plus évident. Tout cela me transportait et l'enchaînement qui conduisait d'un thème à l'autre me paraissait à proprement parler miraculeux.

Et il y avait ces voix souveraines, derniers feux d'un *Nouveau Bayreuth* qui, par la grâce de Wieland Wagner, allaient changer l'histoire du chant comme celle de l'opéra. Je rencontrais mon cousin André Tubeuf aux entractes, d'autres amis, des gens que je ne connaissais pas; à la fin du premier acte, nous prenions le frais sur les balcons, il y avait dans l'air un souffle de vacances hors du temps et, sans trêve, nous prononcions le nom de Hotter, de cette jeune Rysanek qui nous en apprenait tant, à tous, et d'un coup.

Puis nous regagnions la salle; les lumières s'éteignaient peu à peu et seule émergeait de l'ombre la belle crinière blanche de ce vieux lion au visage buriné par les ans – je savais qu'il avait su défier, et de quelle manière! l'ordre nazi – qui nous menait à pareille fête, l'immense Knapperbusch – que je n'osais pas encore appeler Knapp, comme ceux qui l'avaient connu avant moi.

Je savais bien de quelle manière d'autres s'étaient approprié ce qu'on a voulu appeler le « message de Wagner » – mais je savais aussi que, dans le même temps, d'autres s'étaient levés – Knapperstsbush, mais aussi Lotte Lehmann... – pour chanter quand même les notes du maître de Bayreuth loin d'un Bayreuth asservi à la bête. C'était donc sans fausse honte que, par-delà la musique, je pénétrais dans le monde des dieux tels que Wagner nous l'a décrit : cette cosmogonie, en somme, qui raconte l'histoire du monde. Pendant des années, après cette première rencontre, époustouflante – si forte que j'en avais parfois le souffle court – j'ai tenté d'aller plus avant dans cette découverte. Un jour, j'en écrirai même un livre qui, malgré son titre emprunté à Tristan *(« Salue pour moi le monde »),* mêle étroitement la mythologie du *Ring,* la vie d'un groupe de pèlerins un peu snobs surpris en pleine messe à Bayreuth et le désordre qui régnait dans l'Allemagne du terrorisme des années soixante-dix. Mais déjà, pas à pas, je construisais mon propre univers wagnérien où la détresse du dieu-père répond à l'amour sans borne du frère pour sa sœur, comme cet autre amour – incestueux lui aussi – de Brunnhilde et de Siegfried; et puis la déchirure d'Alberich qui a renoncé à l'amour et la « Rédemption par l'Amour » enfin, après seize heures de musique ininterrompue, qui inonde un monde d'où les dieux ont été chassés pour faire place aux hommes. Seuls.

De la même manière que nous nous évoquions en classe les souliers rouges d'Oriane de Guermantes à la mort de Swann et, comme – sales gamins chahuteurs – nous répondions par des phrases debusséennes à un prof de philo ahuri qui nous expliquait Condillac, nous étions aussi deux ou trois, à Condorcet, à savoir que quelques notes, lancées glorieusement, étaient le signe d'un voyage héroïque ou ces autres, plus sombres, celui d'une belle fureur : pendant tout un trimestre, à Condorcet, les leitmotive de Wagner étaient ainsi devenus un signal de ralliement.

C'est aussi sans Marie-Noëlle que je suis arrivé aux *Liaisons dangereuses;* j'imagine qu'elle a eu un sourire amusé, peut-être un peu ironique devant mon enthousiasme : elle n'était pas dupe et, elle qui se laissait flouer comme moi par les mille et une preuves par l'absurde que donnait Giraudoux du triomphe de la tendresse ou de la générosité sur la raison, elle refusait cette apologie de la raison très froide qui dissimule si bien, pourtant, les torrents d'une lave brûlante.

J'en fus moi-même brûlé, profondément et pour longtemps. Bien des années après, à Londres, je relirai *Les Liaisons,* je lirai l'ouvrage qu'un universitaire aixois, Laurent Versini, a consacré à leurs sources et ce sera le début de ma quête-passion – à travers l'Angleterre, la France, l'Europe entière – de ces romans français du XVIIIe siècle dont j'amasserai sans trêve les éditions originales avec une voracité non de bibliophile mais de maniaque glouton que la quantité, une fois encore, le toujours-plus, bouleverse tellement davantage que l'économie, la rareté; un goinfre, en somme, pour qui comptera plus le poids des choses, que leur prix.

Mais ce premier passage à travers les lettres de Valmont et de la Merteuil, mon amour pour une Cécile qui, bien sûr, m'intéressera beaucoup plus que la Présidente – si jeune qu'ait cependant été Mme de Tourvel – me donneront, et pour longtemps, le goût d'un certain ordre français, d'un admirable cynisme; et puis celui des masques, du jeu de séduction, de la comédie de l'amour où j'étais, cependant, un bien piètre acteur.

A quelqu'un qui me proposera le « questionnaire de Proust », je répondrai que l'événement militaire qui m'a le plus impressionné a été la chute de la présidente de Tourvel. Et deux ou trois lettres de Valmont – la lettre CXXV : « La voilà donc vaincue, cette femme superbe... »; ou, plus loin, le terrible : « On s'ennuie de tout, mon ange... ce n'est pas ma faute... » – feront peu à peu partie de mon vocabulaire, de ces quelques leitmotive à partir desquels, comme avec ceux de Wagner, on établit tout un système de références, une grammaire des idées, en somme, fondés sur quelques mots.

De Laclos, je passerai à sa figuration, à Watteau, à Fragonard, à toute une peinture française du XVIIIe siècle qui, la première, viendra bouleverser la belle innocence avec laquelle j'affirmais à qui voulait l'entendre qu'hors Matisse, Munch et Rouault et leurs pairs, il n'était pas de peinture qui m'intéressât.

Du Palais de Tokyo, j'entrepris la conquête du Louvre. Daniel – que je n'avais pas besoin d'entraîner sur ces versants-là – m'accompagnait; il m'expliquait ce que je ne savais pas. Et pendant longtemps, mon cœur a ainsi balancé entre Fragonard, qui vous met dans l'instant et dans un si bel éclat d'impudeur, le feu aux poudres – et l'ordre de Watteau, sous lequel couvent, comme chez Laclos – ou chez Mozart – de bien étranges musiques.

Ce goût que j'ai eu alors du XVIIIe siècle m'entraînera beaucoup plus loin. Déjà, lors d'un premier voyage à Venise, c'étaient Tiepolo et Gurardi, Canaletto que j'avais préférés aux grands maîtres du XVIe. Puis ce sera l'Allemagne médiévale de Hermann Hesse, celle bourgeoise en diable de Thomas Mann, qui se baroquisera, pour oboutir à la bouleversante et voluptueuse clarté de Gian Battista Tiepolo, au plafond de l'escalier de la Résidence de Wurzbourg : sulfureuses, venimeuses, éblouissantes, *Les Liaisons dangereuses* allaient me conduire vers d'étranges horizons. Et j'allais y atteindre seul.

Ce n'était pas que Marie-Noëlle ne me montrât des chemins autres que cette littérature de la première moitié du XXe siècle dont elle était – lucidement – si friande. Ainsi Nerval...

La mère de Marie-Claude possédait au moins un volume admirable de Nerval, *Les Filles du feu* ou *Aurélia* – puisqu'avec Marie-Noëlle, c'était toujours par la librairie de Mme X. que j'arrivais aux livres – et je découvris que mon amie portait un culte tout particulier à Gérard de Nerval. J'aimais quelques-uns de ses poèmes que je récitais en classe, mais je ne demandais qu'à en savoir davantage : très vite, ce fut un envoûtement. Quand bien même, et fût-ce par la musique, le romantisme allemand était devenu l'un des pôles de mon imagination, j'ignorais à peu près tout du romantisme français, qui représentait tout au plus le sujet de quelques dissertations scolaires. Hugo, Gautier, les gilets rouges et la première d'*Hernani* appartenaient à un folklore pittoresque où des poètes pleuraient sur des lacs pendant que des Léopoldine se noyaient dans la Seine : le *Lac* à lui seul résumait tous mes ennuis.

L'éblouissement ressenti à la lecture des *Filles du feu,* puis d'*Aurélia,* n'en fut que plus soudain. Ainsi, il existait bel et bien ce monde que je portais en moi (lectures enfantines, George Sand, quelles autres réminiscences d'un temps que je n'avais pourtant pas vécu?) d'une très ancienne France – le Valois de Sylvie – où des poètes tentaient d'échapper à l'emprise de maîtresses infidèles en retrouvant les fantômes de leurs amours passées. Marie-Claude savait conduire, elle emprunta la voiture de sa mère, nous emmena à Chaalis, Ermenonville et, main dans la main, Marie-Noëlle et moi marchâmes dans les pas de l'Adrienne de Nerval. La trahison de Sylvie me semblait la plus monstrueuse des déchirures et « Le Grand Frisé » – le surnom du paysan de Dammartin qu'elle épouserait – devint pour nous synonyme de voleur d'amour.

Aurélia me conduisit plus loin sur les chemins du rêve : je devinais une écriture qui n'était déjà plus l'écriture telle que je la concevais; des échos me parvenaient d'un acte d'écrire qui était, en lui-même, poésie, échappée de rêve. Le retour d'Adrienne et de ses fantômes, la silhouette en creux de Jenny Colon me faisaient deviner le poids de l'absence, le vide que seuls des mots égarés, surgis du plus profond d'une conscience qui dérive lentement réussissent, parfois, à créer.

D'*Aurélia,* poésie qui ne fut peut-être pas voulue telle, j'arrivai ainsi à *Nadja,* poésie voulue s'il en fût jamais. Marie-Noëlle avait dû garder André Breton pour la fin; elle lui vouait un véritable culte qui trouvait en *Nadja* son essence. Je lus donc *Nadja,* mais ce n'est que ce qu'il y avait de plus superficiel dans le récit qui me retint vraiment : la quête d'une inconnue, la jeune fille, en somme, croisée par un pauvre Gérard Labrunie dans une allée du Luxembourg.

Je suivis donc un moment *Nadja* dans ses errances parisiennes, disant peut-être qu'elle était la face cachée, éthérée, de cette Marie-Noëlle solide, si certaine de son pouvoir sur les livres et sur moi. Je pensais aussi que Nadja était la part inconnue de Marie-Noëlle, tout ce qu'elle ne laissait pas voir aux autres et que j'aurais pu lire entre les lignes de Breton. Nous fîmes, comme elle, de longues promenades à travers Paris avec l'inévitable retour au parc Monceau. Nous avions décidé que la dame alanguie sous la statue de Guy de Maupassant serait la représentation la plus folle qui se puisse imaginer de Nadja. Nous allions donc lui rendre visite, nous avions de longues conversations en sa présence.

Puis les vacances de Pâques approchèrent. Il y eut une

dernière surprise-partie chez Michel ou chez François. Fort de la scène qui s'était passée dans ma chambre, je pressais plus fort encore Marie-Noëlle contre moi, je la serrais et répétais : « Tu es à moi, tu es à moi. » Elle souriait, tendre, énigmatique.

Autour de nous, les Michel et les François, les Bernard barbus, les Philippe semblaient ailleurs. J'étais sûr, au fond de moi, qu'ils désiraient Marie-Noëlle comme je la désirais. Je ne sais plus ce que je dis à celle-ci, elle haussa probablement les épaules : « Ce ne sont même pas des Grands Frisés! » J'étais ému.

Dès le lundi de la rentrée, j'eus l'impression que François m'évitait dans les couloirs de lycée : seulement une impression mais, d'un coup, la peur. A midi, je savais : le samedi de Pâques, une nouvelle surprise-partie chez X. ou chez Y. et Marie-Noëlle était tombée dans les bras de ce Bernard barbu, le plus falot, le plus pâle de nos compagnons.

Je courus l'attendre à la sortie de Jules Ferry; elle commença par nier, puis me demanda de la raccompagner chez elle et, là, elle fondit en larmes. Oui, elle avait dansé avec le barbu en question, le pire Grand Frisé qui se put imaginer. Je n'eus pas à la presser davantage de questions : ce dimanche après-midi qui me paraissait déjà si lointain, dans ma chambre, je n'avais pas compris ce qu'elle avait voulu dire; ce qu'elle aurait bien voulu accepter : le barbu en question, tout ahuri qu'il me parût, l'avait compris. Et chez X. ou Y., dans la chambre peut-être où l'on jetait les manteaux sur le lit, parmi les manteaux...

J'étais horrifié. J'ai dû implorer, supplier; on a dû me demander pardon, me faire mille promesses – je me souviens qu'on me dit que ce Bernard-là, ou ce Philippe, je ne sais plus – on ne l'aimait pas; alors que moi, on m'aimait. « Et alors? » – « Et alors, oui... »

Pour la première fois, je ressentais ce que pouvait être une trahison. Trahison d'autant plus totale qu'entre Marie-Noëlle et moi, il y avait eu cette complicité, ces livres... Trahison, parce que Marie-Noëlle était Églantine et Bella, Isabelle, Nadja, ma Vagabonde, Mélisande éplorée; trahison parce que je l'avais suivie à travers les rues de Paris et les allées du parc Monceau, les pages des livres que nous lisions ensemble, les musiques, Debussy, *Pelléas et Mélisande*...

Lorsque j'ai vu à Londres le *Pelléas et Mélisande* qu'a dirigé Boulez, je me suis pour la première fois posé la question dont je devinais depuis longtemps la réponse : derrière l'innocence de Mélisande perdue dans un bois où Golaud la découvre, est-ce qu'il n'y a pas d'autres abîmes? D'autres questions?

Je me rêvais Pelléas, je m'étais réveillé Golaud...

Cette fin de printemps fut morose. L'état d'urgence avait été décrété en Algérie. A la mi-mai, je me consolais donc en faisant partie du service d'ordre qui assurait la protection de Mendès France au congrès du Parti radical. Mais depuis février, Mendès avait quitté la Présidence du Conseil et Edgar Faure, qui le remplaçait, manœuvrait habilement.

Tout cela me paraissait terriblement sinistre. Au lycée, j'évitais mes camarades et j'avais rompu avec la communauté protestante des Batignolles. Seule Marie-Claude avait tenu à me revoir, pour m'expliquer que « je devais comprendre » : Marie-Noëlle avait une personnalité très forte, moi aussi; elle avait eu peur... Dix ans plus tard, sans trop de peur j'imagine, elle épousera bel et bien son Grand Frisé barbu. Je garderais cependant tout ce qu'elle m'avait apporté.

Je devinais aussi cette manière de crainte, jamais avouée, latente, souterraine, que j'aurais si souvent par la suite face à ces femmes dont on dit qu'elles sont « fortes ».

Mais je préparais mon deuxième bac, j'espérais entrer à Sciences-Po, la suggestion que me fit mon professeur de philosophie de passer d'abord par une classe d'hypokhâgne – sinon de khâgne – me parut aberrante.

Et puis, une femme vint me distraire de mes chagrins. Sur le moment, je ne me rendis compte de rien : simplement qu'une voix m'avait touché. C'était une chanteuse italienne, d'origine grecque qui, avec seulement deux somptueux enregistrements d'opéra derrière elle, laissait à des distances infinies toutes celles qui l'avaient précédée. Les opéras étaient *Les Puritains*, de Bellini, et surtout une *Tosca* de légende. La chanteuse s'appelait Maria Meneghini-Callas : j'écoutais et réécoutais ses grands appels déchirés, les « Mario! Mario! » lancés à son entrée en scène, dans San Andrea della Valle; le chant d'amour et de prière – *Vissi d'Arte* devint un refrain qui me suivait partout, mais avec ses accents à elle... – et puis les beaux cris de jalousie : « Ma fagli gli occhi neri » : c'était à défaillir de bonheur.

Un autre disque existait déjà, de Maria Callas, chez Cetra : des extraits des *Puritains* encore, de la *Gioconda* de Ponchielli, une étonnante mort d'Isolde en italien et, surtout, de grands moments du premier acte de *La Traviata.* En quelques jours, Violetta et Floria Tosca ont fait ainsi une folle irruption dans mon imaginaire; en quelques jours, quelques heures peut-être, le mythe de l'héroïne brisée, l'amoureuse éperdue que les hommes à jamais trahiront, écraseront, qu'ils tueront sous le poids d'un amour qui tue mieux et plus sûrement que le plus dangereux des poisons – cette grande figure de femme unique et cent fois renouvelée qui traverse de part en part l'opéra du XIXᵉ siècle, était entrée dans ma vie. Et les Maria Callas, les Floria Tosca, les Violetta, les Elvira et toutes les Lucia de la terre, les Reines vaincues de Donizetti, les Amina surprises au milieu d'un rêve qu'un homme sait si bien briser, seront à jamais les personnages d'une histoire qui deviendra celle de mes plus dévorantes passions. Au même titre que Clélia ou que la Bérénice d'Aragon, Violetta ou Tosca sont devenues des compagnes, personnages de ma vie, en somme, aussi vivantes que mes plus proches amis, aussi proches que les Marie-Claude et peut-être que les Marie-Noëlle; aux dames de papier sont venues s'ajouter ces femmes foudroyées que je rencontrais dans les disques, c'étaient les dames du disque et du vinyle : j'avais découvert les dames de cire.

Et puis, pour achever cette année, je lus *Lucien Leuwen* dans un ancien volume de la *Pléiade,* un des volumes du temps où les tomes de la bibliothèque la *Pléiade* étaient de merveilleux objets de cuir lisses et doux, très minces et où *Lucien Leuwen* occupait à lui seul un volume étroit, que je glissai dans ma poche. Je lus donc *Lucien Leuwen,* et ce fut cette lecture qui scella la liaison que je poursuis depuis avec Stendhal. Je l'ai déjà dit : le bruit doux des cors qui jouaient tendrement Mozart dans la nuit, au retour d'une soirée au « Chasseur vert » n'a pas fini de bercer mes nuits à moi; et des jours, grâce à lui, tellement plus beaux que ces nuits-là.

7

Le grand dadais, ou l'éternel étudiant

Où l'on voit le dadais susnommé découvrir les joies de la vie d'étudiant dans l'aquarium des Sciences Politiques; où quelques amis font enfin beaucoup plus que bien des lectures à la mode; où Simenon trouve la place qui lui revient : la première; et où le droit public, Keynes et les tableaux à double entrée de Léontieff deviennent une méthode d'écriture.

La joie – ou plutôt, la jubilation : l'exaltation et parfois le délire : j'étais étudiant. En l'espace d'un été, j'avais franchi la Seine. Les murs gris de Condorcet, la rue du Havre et la gare Saint-Lazare avaient basculé dans l'archéologie de mon enfance où, entouré de parents qui m'aimaient, d'amis qui m'aimaient bien, j'étais resté ce petit garçon, puis ce très jeune homme que je n'aimais guère : c'est à partir du jour où j'ai traversé la Seine que j'ai commencé à m'aimer un peu plus; ou à avoir une moins mauvaise opinion de moi. J'ai eu des amis, beaucoup d'amis; je suis sorti, beaucoup sorti : peut-être ai-je seulement appris à vivre un peu moins mal. Du coup, j'ai moins lu...

Je n'étais pas seulement étudiant; j'étais élève de l'Institut d'études politiques, j'étais *un* Sciences-Po.

Ivresses : en ces années-là, la noble école continuait à bénéficier – et à souffrir – d'une réputation à la fois douteuse et grandiose. L'École libre des Sciences Politiques, l'ombre d'André Siegfried n'étaient pas si loin que cela, avec leur cortège de clichés de bons jeunes gens en blazers sport et les particules qui vont avec, costumes trois-pièces, arrogance nécessaire et voussoiement de rigueur. Et puis les jeunes filles qui ne font que passer... Tout cela n'était pas entièrement vrai ni complètement faux, pourtant – et je m'y laissai immerger avec ivresse. Et puis, après neuf ans de Condorcet, garçons seuls et pour seul horizon le portail noir du lycée Jules Ferry devant lequel « on attendait les filles », ces centaines de filles, subitement, qu'on frôlait chaque jour rue Saint-Guillaume : c'était une belle ivresse.

Trois années à Sciences-Po, avec des incursions du côté de la Faculté de Droit, où je commençai une licence, et de la Sorbonne où j'en préparai une autre, de sociologie : l'idée d'être étudiant m'enivrait, je voulais l'être sur tous les fronts. Et tandis que, lycéen, les cours, les compositions, jusqu'aux lectures suggérées par les professeurs n'avaient que peu d'intérêt au regard de tout ce que je lisais et de ce que j'apprenais à côté, les cours de Sciences-Po – avec les travaux pratiques qui s'appelaient des « Conférences de méthode », les séminaires, les rencontres et les lectures souvent très techniques, économie, histoire, droit public qui m'en apprenaient un peu plus – ont failli devenir mon principal centre d'intérêts.

Dieu merci, il y avait tout le reste : musique, opéra, cinéma et puis, quand même, tant d'autres livres : le reste m'a sauvé. Sinon, quel parfait « Sciences-Po », quel Énarque remarquable, quel sans-peur et sans-reproche fonctionnaire ne serais-je devenu – pour « pantoufler » dignement ensuite à ma quarantième année? Et pourtant, pendant ces trois années passées rue Saint-Guillaume, fou d'amitiés et de liberté, de grandes passions jamais vraiment assouvies et de belles errances dans Paris, c'est pour la première fois moins en compagnie des livres qu'en compagnie des autres – garçons, filles, camarades, fiancées lointaines, amis et petites amies, camarades, professeurs aussi – que j'ai alors vécu. Pour la première fois, les livres comptaient moins. A ma décharge, je dirai que c'était la première fois et que cela ne dura que trois ans.

L'arrivée à Sciences-Po avait ses rites.

Dès les premiers jours de la rentrée, les anciens, étudiants de seconde ou de troisième année – pour ne pas parler de ces jeunes gens qui préparaient l'ENA, population prestigieuse, toute proche et cependant si lointaine... – prenaient position dans le vaste hall éclairé d'une verrière dont une banquette de bois oblongue, la péniche, occupe encore l'espace central.

Physiologie de la péniche : le siège dur et large poli par des milliers de culs de futurs ministres, hauts fonctionnaires, ou inspecteurs ratés de quelle sécurité sociale? banquiers de haut vol ou jean-foutre oubliés – et par les petits derrières délicieux de leurs compagnes : la péniche était la planche à laver les illusions des lycéens venus là pour se retrouver bêtes à concours puis hauts fonctionnaires domestiqués.

De leur péniche et pérorant la cigarette aux lèvres, nos bons jeunes gens passaient la revue de détail des nouvelles AP : l'AP étant l'Année Préparatoire, ou première année, les « nouvelles AP » étaient par voie de conséquence, les jeunes filles fraîches émoulues de Sainte-Marie et de ses alentours qui venaient tenter leur chance parmi ces jeunes seigneurs.

C'est qu'ils avaient une bonne opinion d'eux-mêmes, ces petits messieurs – et leurs compagnes apprenaient très vite à les imiter. *Le Monde* sous le bras – signe de ralliement –, certains portaient même la canne : en ces temps reculés de nos jeunesses, tout était encore possible. Ainsi ce François à la canne au pommeau d'argent, œillet blanc à la boutonnière, chaîne de montre, qui arborait monocle aux soirées et s'avançait d'un pas lent – on serait tenté de dire : monocorde – dans un nuage de parfum musqué. François a existé, je n'invente rien : que reste-t-il de ces François-là?

Dressés sur leurs ergots ou affalés sur la péniche, les anciens jaugeaient donc les nouvelles, dans l'espoir d'être les premiers à repérer l'oiseau rare qu'on emmènerait illico prendre un thé chez Basile, ou un verre au Rouquet : on reviendra sur ces annexes de l'auguste établissement.

Mon arrivée ne se passa pas très bien. Je ne connaissais personne – ou plutôt je reconnus tout de suite une jeune fille, fort ingrate au demeurant, que j'avais rencontrée l'hiver précédent à Braunwald. Je l'appelerai Fernande. Elle portait des lunettes, ce qui, chevelure blonde d'albinos et nez pointu, me paraissait rédhibitoire. Mais j'étais seul, je l'invitai à boire quelque chose. Je la revis le lendemain, en conversation avec un garçon défiguré par un œil de verre – ou du moins un rictus peu avenant sur le visage. Lorsque je revis Fernande dans l'après-midi, je l'interrogeai sur le type, « avec une sale gueule », qui parlait avec elle? Je n'y attachais aucune importance : il fallait bien parler de quelque chose. Mais la belle Fernande n'eut rien de plus pressé que de rapporter mes propos à son jeune homme et celui-ci vint à ma rencontre, dans la meilleure tradition des « On se retrouvera à la sortie » de Condorcet. Il me demandait des explications – ou des excuses – et promettait de me casser la gueule. Penaud, je m'exécutai; lui-même, un peu sadique, fit durer le plaisir; Fernande souriait à l'écart : aux anges. Deux hommes avaient failli se battre pour elle! J'en fis la remarque à mon agresseur en puissance qui éleva encore le ton : raillant Fernande, j'aggravais mon cas. Et lui de me demander, derechef, de nouvelles excuses, que je lui fis sans barguigner, d'autant plus confus que la scène se déroulait entre les deux portes de l'École et que j'étais persuadé que personne n'en avait rien perdu.

Satisfait de ma parfaite humilité, le borgne voulut bien tourner les talons. Deux jours après, nul ne parlait plus de rien, le borgne et son albinos s'étaient perdus dans la foule; tout cela n'était pourtant pas un très bon début.

Mais j'étais étudiant et, comme les autres, je me suis frayé mon chemin. Sous le signe des dames. Un bel ensemble de dames avait établi en effet son règne bienveillant sur la rue Saint-Guillaume.

Il y avait d'abord non pas une dame, mais trois ou quatre dames, un quatuor, un quintette peut-être – les Normes, en somme qui filaient notre destin. C'étaient les dames du vestiaire.

Car tout étudiant de Sciences-Po avait droit à un vestiaire, tenu par des dames en blouse bleue à qui, contre un jeton, un numéro, on remettait imperméable et manteau ; l'Institut d'études politiques de Paris était tout sauf un décrochez-moi-ça – on le décrochait pour vous. Mais ces dames, pour la plupart bienveillantes, avenantes – le mot convient si bien à leurs attributions déjà surannées, l'intérêt qu'elles portaient aux élèves et à leurs menues intrigues – nous rendaient aussi mille services. Elles étaient anges gardiens de nos secrets, ménagères sinon entremetteuses; c'est à elles qu'on remettait une enveloppe à donner à Joëlle, vous savez bien, la grande fille qui... – et elles savaient toujours, acceptaient avec un sourire complice. L'une d'elles, Alsacienne, avait un somptueux accent alsacien et la plus alsacienne des gentillesses; elle était un peu forte, blonde, frisée et savait si bien vous sourire de loin.

Une autre de ces déesses tutélaires qui régnaient sur cet univers de petits jeunes gens si satisfaits d'eux-mêmes, s'appelait Tante Aurore. On l'appelait Tante Aurore et je ne lui ai jamais connu d'autre nom. Sans âge, elle portait ses cheveux ramenés en bandeaux autour de la tête, à la russe. Très slave en somme, les yeux clairs, le visage plat, les pommettes hautes. Tante Aurore régnait sur « le Centre de documentation » et son escadron de jeunes prêtresses. Ces demoiselles aux jupes plissées, corsages stricts, paraissaient comme elle sans âge, mais parce qu'elles étaient jeunes encore et l'avaient oublié, alors que Tante Aurore avait dû savoir en profiter, elle, de sa jeunesse. Les jeunes filles en question, complices qu'elle méprisait allègrement, découpaient pour elle, à longueur de journée, les articles de journaux qu'elles classaient dans d'épais dossiers qui portaient la mention « Investissement en France », ou « Italie : partis politiques ». C'étaient elles, aussi, qui rédigeaient à la main les fiches des revues qu'elles découpaient pour en remplir des bacs, des tiroirs entiers. Tante Aurore, entourée de ses demoiselles, invitait ses préférés parmi les étudiants à prendre le thé, à bavarder dans un cagibi où l'on réinventait l'École, on racontait la soirée de la veille ou, simplement, on venait à confesse. Maquillée de blanc, lèvres à l'épaisse couche de rouge clair, le visage marqué de mille rides qui lui donnaient l'air d'une divinité hors du temps, Tante Aurore, très pâle, écoutait puis, le moment venu, murmurait son absolution.

Le bureau de Tante Aurore était un petit cercle exclusif où il semblait difficile d'être admis : on n'y voyait que la crème de ces jeunes gens en costume trois-pièces qui m'avaient d'abord si violemment intimidé et de ravissantes jeunes filles qui portaient de jolis noms mais ne faisaient pour la plupart que passer parmi nous, pour s'envoler dès les examens de fin d'année préparatoire qu'elles n'étaient pas venues, après tout, pour réussir.

Basile était l'un des hauts lieux de ces années, aujourd'hui remplacé par un café comme les autres à l'angle des rues de Grenelle et Saint-Guillaume : nulle part ailleurs que chez Basile l'espèce Sciences-Po n'y pérorait plus à l'aise, du café du matin à l'ultime thé du soir en passant par un déjeuner de midi pour lequel, en cachette de mon père, ma mère me glissait des billets de cinq cents francs : la cuisine y était tout de même meilleure, s'imaginait-elle, qu'au Mabillon, le restaurant universitaire qui venait d'ouvrir derrière la station de métro du même nom.

C'était chez Basile que régnait Noëlle. Il y avait certes une patronne – et sa fille : on la reverra – mais Noëlle, la serveuse, était la complice de toutes nos inquiétudes – examens, révisions, galops d'essais – thé à la bergamote, chocolat chaud parfumé à la noisette ou tartes aux pommes épaisses, savoureuses pour faire oublier ces angoisses – mais aussi des rencontres avec ces sylphides qui étaient nos amoureuses lointaines comme les gentilles petites putes dorées qui deviendraient nos petites amies de tous les jours. Petite, alerte, le cheveu rare et crêpelé d'une Édith Piaf en bout de course – à laquelle elle ressemblait d'ailleurs – Noëlle incarnait toutes les tentations; c'était chez elle, à l'occasion de ces interminables pots devant les nappes à fleurs (recouvertes d'un immonde tissu plastique transparent) que nous dépensions tout notre argent de poche; chez elle qu'on séchait les cours, qu'on complotait pour renverser ou au contraire soutenir contre vents et marées le bureau des élèves qui s'appelait l'Amicale de Sciences-Po; chez elle aussi qu'on passait des après-midi à lire et, surtout, à persuader ces demoiselles qui tenaient si fort à leur vertu que celle-ci n'était après tout qu'un élément de décor parmi d'autres.

Noëlle était là, avenante elle aussi – Dieu, que ce mot-là va bien à ces dames un peu âgées qui étaient si gentilles avec nous –, elle s'occupait de nous, blouse noire, jupe noire et tablier blanc – et encaissait la monnaie

La fille de la patronne du Basile avait d'autres talents et ce furent de drôles de moment que nous avons passés avec elle. Mais ce n'est que vers la fin de ma scolarité à Sciences-Po –, ou préparais-je alors l'ENA? – qu'elle a ouvert à côté de l'établissement maternel une sorte d'annexe qui était un vrai bistrot, avec comptoir et 421 obligatoire pour les habitués. Elle était blonde, trente ans peut-être, ni belle ni laide, mais complice, elle, au moins autant que toutes les autres réunies. On disait qu'à l'étage, elle entretenait un amant dont la principale occupation était de plumer aux cartes les clients du rez-de-chaussée à qui la demoiselle jugeait opportun de montrer le chemin de l'escalier. Selon le mot de Pierre-André, qui était déjà mon ami, il se jouait là-haut des « pokers d'enfer » et la blonde demoiselle se faisait un plaisir de prêter de l'argent à ceux qui n'en avaient plus – pour le seul plaisir de recommencer.

J'avais avec elle une autre complicité, mais plus trouble, car je devinais que Noëlle n'avait d'autre ressource que sa gentillesse et ne cherchait en fin de compte qu'à faire plaisir, alors que cette jeune femme m'inquiétait davantage : elle aurait pourtant, j'en étais convaincu (et c'était bien cela qui m'inquiétait) satisfait tant d'autres désirs que je n'osais pas formuler. Je m'en suis consolé plus tard en faisant d'elle un personnage de roman.

La dernière de ces dames était Jeannette : elle sourira en lisant son nom. Car elle est encore « la » libraire de Sciences-Po, tout enveloppée de ses odeurs de tabac brun, la voix rauque, généreuse et forte en gueule qui, elle, sait vraiment *tout* de chacun d'entre nous car, au fil des années, nous lui avons *tout* dit.

Depuis trente ans, elle tutoie avec une belle indifférence ministre ou ambassadeur, donne des nouvelles de ceux qui – les meilleurs amis du monde, des compagnons, des frères – ont mis vingt ans à ne plus se revoir. Peut-être que, les premiers mois, j'ai eu peur de Jeannette : elle était si sûre d'elle et de son pouvoir sur chacun d'entre nous, elle paraissait si liée à ces demi-dieux qui préparaient l'ENA, bavardaient avec elle dans sa boutique, en face de l'école, avec une si somptueuse certitude de porter en eux ce germe unique qui, nonchalamment cultivé, fera un jour d'eux de grands commis de l'État, que je me sentais bien peu de chose à leur côté. Puis, mis en confiance, c'est sûrement grâce à Jeannette qu'après quelques semaines, je me suis senti étudiant à part entière de ce qui m'apparaissait comme l'un des plus prestigieux établissements universitaires du monde : on le voit, j'étais resté naïf...

La lecture, dans tout cela? Je lisais, oui : entre deux portes, deux cours, deux séances de cinéma. Ainsi cette passion que j'éprouvais pour les écrivains américains.

L'heure était alors à Faulkner, qu'il était de bon ton de comparer – et de préférer – à Hemingway : jeune homme bon genre, sinon vraiment bon chic de Sciences-Po, j'avais les passions que je méritais.

On disait que William Faulkner était, dans son pays, un mal-aimé; c'était une raison supplémentaire pour s'intéresser à lui. On m'avait aussi assuré qu'Américain du Sud, il avait réinventé la tragédie classique pour la transposer dans un univers de plantations, esclaves jamais tout à fait libérés, demoiselles qui se prenaient pour Antigone ou Électre et incestes passionnés : je m'abandonnai avec rage à cette thématique simpliste.

En réalité, je crois bien que dans *Le Bruit et la fureur* ou *Absalon, Absalon!*, je retrouvai un peu de cette désespérance gothique, cette fatalité, cette recherche du mal quand le bien se dérobe – qui m'avait un temps fasciné chez Julien Green, sinon chez Hermann Hesse. Mais, transposée de Nouvelle-Angleterre ou d'une Europe indistincte dans un Sud aux touffeurs terribles – et surtout dans un monde sans Dieu – elle me paraissait atteindre à des paroxysmes hallucinants. Je quittai en somme l'univers policé de mes petits camarades de Sciences-Po pour m'abîmer dans des vertiges où le sexe sous tous ses interdits devenait une barrière contre la trop grande sagesse de ces convenances établies avec lesquelles, entrant rue Saint-Guillaume, j'avais conclu un pacte.

Sanctuaire me fit faire un pas de plus dans cet itinéraire crépusculaire et flamboyant dont les personnages m'apparurent comme les masques de toutes les tentations en même temps que de tous les échecs. Ainsi le personnage de l'idiot, l'imbécile, le débile, personnage récurrent du roman américain :

tache indélébile faite d'entrée de jeu à une société qui se protège comme elle le peut contre les crimes qu'elle engendre et n'en proclame que plus haut sa vertu. Le personnage de Temple, aussi, me fascinait : dressée dans un bordel. J'avais lu un roman noir de James Hadley Chase, *Méfiez-vous, fillettes,* dont l'héroïne, petite-bourgeoise enlevée à son ingénieur d'époux, était enfermée dans un bordel; ou la mère du comédien James Dean dans *A l'Est d'Éden;* c'était une autre forme de la fatalité américaine. Après *Sanctuaire, Requiem pour une nonne* me donna les clefs du mystère, et la pièce qu'en tira Camus acheva de me persuader que j'étais confronté avec la forme moderne de la tragédie classique; aux Atrides succédaient simplement d'autres familles de damnés. Et le sacrifice d'une nounou noire, Nancy, que jouait au théâtre une comédienne plus ou moins slave, Tatiana Moukhine, finit de me convaincre que je frôlais les frontières du sublime. Que cette actrice fût blanche et jouât à la Noire décalait encore, hors du temps, l'aspect intemporel d'un infanticide qui devenait une manière de crime rituel. D'ailleurs, comme dans l'histoire des Atrides, je retrouvais chez Faulkner, et de roman en roman, les mêmes personnages marqués d'une même fatalité : le Quentin d'*Absalon, Absalon!,* ou du *Bruit et la fureur* était frère, dans le désespoir, de la Temple de *Sanctuaire* ou du *Requiem,* et l'un comme l'autre répondait bien aux Électre, aux Oreste que je connaissais d'ailleurs mieux par l'opéra de Strauss que par des textes que je n'avais fait qu'ânonner en classe de grec.

Des photographies de Faulkner, petit homme aux cheveux drus, la moustache rêche et sèche, dont je savais qu'il travaillait comme scénariste à tout faire dans un grand studio de Hollywood, venaient parachever la légende. C'était l'époque où l'on nous répétait que l'admiration portée en Europe aux cinéastes américains, ou plutôt aux films américains, reposait sur un malentendu : Hollywood était une usine à films, l'univers du travail décomposé selon les lois de Chaplin dans *Les Temps modernes* et William Faulkner, écrivain de génie, n'était dès lors qu'un ouvrier spécialisé qui fabriquait sur mesure des scénarios pour un producteur tyrannique – qui faisait ensuite réécrire le tout par un autre. Comme Valéry était fonctionnaire, Faulkner bâclait (ou bouclait) des scénarios impossibles mais je l'imaginais, le soir venu, abandonnant ses héroïnes de série B pour retrouver Temple, Nancy et toutes les damnées de sa terre qui étaient, au sens le plus élevé du mot, héroïnes par excellence d'un drame hiératique et cependant bruissant des milles tempêtes de l'histoire de l'humanité.

Les pièges d'un Dos Passos étaient plus faciles à déceler. Comme celle de Faulkner, c'était mon ami Bernard qui m'en avait suggéré la lecture. « Si tu as aimé les chemins de la liberté... » Il avait eu un petit rire ironique. Bernard, on le retrouvera bien vite; il avait tout de suite fait partie de cette bande qui, au long de mes années Sciences-Po, allait devenir ma vie. Mais si la plupart de mes amis d'alors étaient délicieusement snobs, merveilleusement « seizième » ou superbement « septième arrondissement », Bernard habitait la banlieue, il était d'une simplicité à toute épreuve et ne vivait, je crois bien, que pour l'idée qu'il se faisait d'une Europe où la France et l'Allemagne, côte à côte, établiraient un nouvel ordre fraternel et chrétien. Germaniste, il lisait aussi très bien l'anglais, l'américain, il aimait Faulkner passionnément, John Dos Passos à la folie, Hemingway pas du tout.

Je n'ai lu alors que trois romans de Dos Passos : *Manhattan Transfer*, d'abord, puis deux des trois volumes de la trilogie *USA : 42e parallèle* et *The Big Money* que je ne peux pas me résoudre à appeler *La Grosse galette.* Mais d'entrée de jeu, le procédé narratif de Dos Passos me fascina; bien plus : il me parut l'écriture même dont un jour, si je devais à mon tour sérieusement me lancer dans une entreprise littéraire, j'aurais aimé à me servir. Et quand bien même les personnages de Dos Passos ne m'intéressaient guère, trop convenus dans leur diversité, trop représentatifs de ce qu'ils étaient précisément là pour représenter, la multiplicité des points de vue que je découvrais dans *Manhattan Transfer* me semblait d'un modernisme ahurissant. Du coup, d'ailleurs, je me rendais mieux compte des emprunts que le Sartre du *Sursis* avait faits à cette technique et *Les Chemins de la liberté* disparaissaient pour moi dans le no man's land d'une littérature fabriquée, d'un chemin sans issue dont Sartre lui-même n'était pas parvenu à s'extraire.

Quelques années encore, et c'est bien en me souvenant de Dos Passos que j'écrirai le premier de mes romans qu'on publiera; il est vrai qu'abordant les premières pages de cet *Et Gulliver mourut de sommeil,* j'étais également persuadé d'écrire du Joyce... Mais déjà, je savais que, plus qu'un écrivain, John Dos Passos, qui eut son heure de gloire en France au lendemain de la guerre, avait d'abord été un artisan habile qui avait inventé une technique; celle-ci vivrait longtemps. Après lui.

Face à ces deux géants, les romans d'Hemingway portés aux nues par le livre de poche me paraissaient simples, sinon simplistes, et fades. D'ailleurs, les vrais amateurs de littérature américaine – et Bernard était de ceux-là – ne s'y trompaient pas : Faulkner était un démiurge, Dos Passos un suprême tâcheron, Ernest Hemingway n'était qu'un journaliste. Il me faudra attendre le séjour que je ferai trois ou quatre ans plus tard aux États-Unis pour revenir – ô combien! – sur cette opinion. Des livres comme *L'Adieu aux armes* ou *Mort dans l'après-midi,* que je relirai alors en américain, me rempliront d'un bonheur que les films qu'on en aura tirés viendront encore augmenter. Et s'il était de bon ton, à l'époque, de mépriser *Le Soleil se lève aussi,* d'Henry King, ce fut le film autant que le livre qui fit des personnages de Lady Brett, nymphomane désespérée, et de Jake, le journaliste que la guerre a foudroyé dans son corps et dans son cœur, les personnages d'une mythologie toute personnelle dont je saurai, à l'occasion, me servir moi-même. Au-delà de Jake et de Lady Brett, il y avait d'ailleurs dans *Le Soleil*... – livre et film – cette histoire nostalgique d'un groupe d'amis, ou plus précisément de compagnons, qui dérive à travers l'Europe, tous les hommes amoureux d'une même femme.

Il est vrai que dans le film d'Henry King, Lady Brett était Ava Gardner, son mari Errol Flynn, Mel Ferrer jouait Robert Colin, le boxeur et Jake Barnes s'appelait Tyrone Power : ils formaient un quatuor fabuleux dont j'alimenterai les souvenirs que je me fabriquerai d'eux, du livre et d'Hemingway lui-même. Ainsi la dernière scène, dans un taxi à travers Madrid, Lady Brett et Jake qui s'aiment d'un impossible amour, murmurent seulement en passant la Puerta del Sol : « Nous aurions pu être heureux, n'est-ce pas? » Le visage d'Ava Gardner, alors, comme celui de la *Comtesse aux pieds nus* ou de l'héroïne du *Pandora* d'Henry Lewin : un moment de cinéma qui devient un moment d'éternité. Mais derrière ce visage et au-delà de la tendresse de Jake pour Colin, de l'amour fou de Lady Brett Ashley et de Jake, il y avait aussi l'amour d'Henry, le déserteur pour la Catherine de *L'Adieu aux armes,* le bébé Catherine qu'Henry recueille à la mort de sa mère et l'écriture d'Hemingway, fluide et souple, ce *parler vrai* unique en langue américaine qui me disait un univers d'amitiés viriles que je ne connaîtrai jamais, et d'immenses amours dont je n'oserai rêver.

Lorsque, à mon retour des États-Unis, j'ai dit à Bernard ma passion pour Hemingway, il n'a point paru surpris : lui aussi avait mûri; lui aussi avait redécouvert le barbu magnifique.

C'est encore Bernard qui me fit lire un autre romancier américain, dont le nom ne me disait alors rien. Je n'ai pas relu Thornton Wilder depuis mais, sur le coup, trois livres – deux romans et une pièce – suffirent à le placer au premier rang d'un Panthéon où il est encore sûrement niché, quelque part dans les cellules supérieures et poussiéreuses du cénotaphe de ces passions d'adolescent que nous avons oublié d'entretenir. *La Femme d'Andros* était un étrange récit, à la limite de la fable grecque et de la moralité du Moyen Age, une sorte d'*Annonce faite à Marie* écrite en américain à partir d'une histoire imitée de l'Antiquité : j'ai cru y voir alors une étonnante convergence de forces souterraines issues de toutes les civilisations qui nous avaient faits ce que nous étions. Bien mieux : m'exerçant à lire à haute voix en anglais, je déclamais « The Woman of Andros » avec le plus épouvantable des accents mais la plus assurée des certitudes, tant l'écriture de Wilder me paraissait « classique » au sens très noble du mot.

Le Pont de San Luis Rey était une autre fable qui se déroulait en Amérique latine au début du XVIIIe siècle. C'était une belle méditation, sur la prédestination. En 1714 au Pérou, un pont s'écroule, précipitant cinq voyageurs dans le vide : pourquoi eux? se demande un Franciscain, qui n'a échappé que de justesse à l'accident. Et tout le livre, très court au demeurant, n'est fait que des destins croisés des cinq infortunés héros qui tous, d'une manière ou d'une autre, ont défié le sort. Comme son auteur, *Le Pont du Roi Saint Louis* a longtemps fait partie de ces livres que, me croyant l'un des seuls à les connaître, je citais avec une jolie désinvolture. Cependant, le roman de Thornton Wilder m'avait laissé une empreinte quasi stendhalienne. La présence du vice-roi du Pérou, celle de la Périchole achevaient de me faire m'y sentir un témoin familier.

La Peau de nos dents était une pièce de théâtre : je l'ai vue un samedi où j'avais renoncé à un dîner chez une Laurette, dodue à souhait, qui me faisait rêver. Cette Laurette avait un amant, je le savais, j'avais décidé d'être jaloux mais je fus littéralement subjugué par le bric-à-brac historico-métaphysico-théâtral de cette pièce absurde où des dinosaures apprivoisés flirtaient avec des pin-up de calendrier : je ne connaissais rien du théâtre de mon temps – on verra *Godot,* plus tard... – et, d'un coup, je croyais en découvrir le plus fabuleux des alambics. Lorsque j'évoque aujourd'hui devant des amis américains le coup de foudre que j'eus un jour pour *The Skin of our Teeth,* ils me regardent, intrigués. Mais ce mélange fou de science et de fiction me parut un temps le sommet absolu de toutes les fantaisies littéraires : je ne connaissais pas encore Jarry, et voilà tout.

Sous le manteau bariolé de lectures diverses, dont je me faisais un costume de scène, j'étais en somme redoutablement ignare et, surtout, d'une naïveté à toute épreuve. Et cependant, je paradais... Il faut dire que Sciences-Po et ses alentours étaient une école où l'apparence tenait lieu de culture et que la chevalière aux armes d'un grand-père y valait bien d'autres diplômes. Et pourtant j'étais heureux.

On se retrouvait le matin dans la bibliothèque du rez-de-chaussée où les premiers arrivés retenaient des places pour les autres. Pour peu qu'il y eût un rayon de soleil, il régnait là une atmosphère de grande maison de vacances. Les travaux des démolisseurs n'avaient pas encore mis à bas la grande salle, haute de deux étages, où s'alignaient de belles tables de bois blond sous des rangées de livres qui – au-delà d'une passerelle courrant à cinq ou six mètres de hauteur on y montait consulter les collections de journaux – s'élevaient jusqu'à un lointain plafond où pendaient de grosses lampes d'un autre temps.

Je choisissais toujours une place en bordure du couloir qui longeait les hautes fenêtres ouvertes sur le jardin. Ce jardin était lui-même un lieu mythique, puisqu'il séparait l'Institut d'études politiques de l'École nationale d'administration et qu'il fallait quatre ou cinq ans aux plus heureux pour le traverser. C'est là, dans la lumière du matin qu'assis devant un polycopié, je voyais mes amis s'avancer vers moi. Ils arrivaient de très loin par la porte à tambour, près des guichets où des appariteurs en uniforme bleu distribuaient les livres, et descendaient toute la longueur de l'allée pour parvenir à la hauteur des fenêtres où, tour à tour, Bernard et

Brigitte, Moune, Alexandre, Philippe, Geneviève, Alain : le premier carré, mais aussi Antoine, Christine, Jean-Pierre, Victor, Renaud, Danièle, Bertrand, prenaient place à leur tour. Les tables étaient larges comme des tables de salle à manger un jour de banquet et, sitôt arrivé, celui-ci ou celle-là proposait à ceux qui étaient déjà installés de fumer une cigarette dans le hall. Un éternel béret sur la tête, Victor – un peu syrien, un peu libanais, vaguement suisse – nous racontait sa vie à voix basse. Il portait toujours le même costume gris, élimé; on murmurait que, s'il le voulait, il pourrait être très riche...

Du hall à la rue, de la rue à Poujade... On avait donné le nom de Poujade à un bistrot du quartier. Pierre Poujade venait d'avoir son heure de gloire en levant l'étendard de la révolte chez les petits commerçants : le patron du café lui ressemblait peut-être, petit, bras de chemise relevés et gilet, le nez busqué de mes oncles auvergnats. Il était lui-même natif de l'Aveyron, sa femme était aussi aveyronnaise et, à sept ans, huit ans, sa fille lui ressemblait déjà tant que je ne m'étonnerai pas de la retrouver à sa place, vingt-cinq ans plus tard, servant les mêmes cafés et préparant les mêmes sandwiches, beaucoup de pain, très peu de beurre, un jambon sans importance.

Poujade – c'était à la fois le lieu et l'homme, le bistrot et le bistrotier – était un boyau tout en longueur qui ouvrait sur la rue de Grenelle par une vitrine en forme de porte romane. Crépitements du billard électrique, conversations d'initiés au bar, d'amoureux aux petites tables du fond, Moune m'y racontait sa vie; j'enviais les amours de Geneviève et Philippe, qui allaient très vite se marier. Ou Victor, mélancolique, me parlait de Simenon, qu'il connaissait.

Dans la bibliothèque, le soleil tournait lentement. En été, il y régnait une odeur d'encaustique et de poussière. Parfois, en voyant par la fenêtre un long jeune homme passer dans le jardin, on se disait qu'un jour, peut-être...

Ou alors, les matins de grande inspiration, nous poussions plus loin, aux Deux-Magots, à la Rhumerie Martiniquaise. C'était pourtant toujours la solitude qui me plaisait aux Deux-

Magots : j'avais le sentiment de pratiquer là un tourisme de voyeur. Je surveillais les mouvements de la salle, tout en affectant de prendre des notes ou, mieux, d'écrire. Lorsque passaient ces belles étrangères, Américaines, Suédoises hautes et colorées, blondes éperdument dont j'ai si longtemps rêvé, je tentais d'inventer mille stratagèmes pour changer de table, m'asseoir auprès d'elles et les aborder. Mais je restais paralysé par cette terreur de « donner l'impression de draguer » – le mot venait d'être inventé – et c'était toujours un autre, plus dégourdi que moi, qui faisait le premier pas. Aux rires de la belle, à l'invitation qu'elle lançait avec un sourire de réunir le café de l'audacieux au sien, à la même table, je me disais qu'une fois de plus j'avais laissé passer une occasion qui se présentait cependant si bien. Alors, rageusement, je notais quelque chose dans l'un de ces petits carnets à couverture de moleskine noire que je commençais à traîner partout avec moi dans la poche gauche de ma veste. Solitaire, je jouais au poète méprisant et buvais d'un coup mon café qui ne valait pas grand-chose, mais c'était un mot de passe entre nous que dire qu'il n'était pas meilleur ici qu'en face : en face, le Royal Saint-Germain qui a cédé sa place au Drugstore.

Parfois, et surtout au printemps, nous poussions plus loin sur le boulevard Saint-Germain, jusqu'à l'Old Navy ou à la Rhumerie Martiniquaise. Là, nous avions des conversations sérieuses aux côtés de personnages hâves, mal rasés, de filles aux cheveux en désordre que nous imaginions écrivains véritables ou comédiennes garanties théâtre d'avant-garde. Arthur Adomov traînait par là, seul, le poil court et gris. Il y avait des petites putes qui me fascinaient. J'eus un jour une longue conversation avec l'une d'elles qui m'expliqua qu'elle était manucure, rêvait de devenir actrice et faisait des petites passes, très humbles, en attendant; je ne compris pas, bien sûr, que, pour moi, elle aurait fait cela pour rien et je me dis que je tenais là un personnage de roman. J'ai gardé son adresse un temps, je lui ai écrit, elle m'a répondu d'une carte postale pleine de fautes d'orthographe : la vie d'étudiant était grisante!

A midi, nous déjeunions au Mabillon : le restaurant universitaire venait d'ouvrir ses portes l'année précédente et Alain y faisait des extras pour arrondir ses fins de mois. Il avait aussi fait la connaissance de toutes ces dames qui remplissaient à grandes louchées dégoulinantes les cases d'un plateau métallique. Avec un sourire, Alain resquillait, évitait les tickets, obtenait double ration de ce qu'il aimait et nous nous installions près d'une fenêtre, à une table qui, comme celles de la bibliothèque, prenait vite une allure de noces et banquets. Silencieux ou volubile, Victor, avec son béret sur le crâne, nous regardait comme des êtres venus d'une autre planète. Des amis de la Fac de Droit, de Lettres nous rejoignaient bientôt, une Nicole pulpeuse qui allait épouser un militaire, une Agnès tout enveloppée de châles qui s'affirmait communiste. Je m'asseyais à côté de Brigitte, qui affectait avec moi la plus grande complicité tout en prenant bien soin de ne pas faire croire à qui que ce soit que cette complicité-là s'appelait intimité et je me gorgeais de steaks trop cuits, de salades trop vertes et de petits-suisses que, les jours de grande débauche et comme jadis aux Soldanelles, les plus audacieux d'entre nous envoyaient à l'autre bout de la table au visage de Nicole ou d'Agnès : sur nos vies d'étudiants soufflaient de ces vents de folie...

Après le déjeuner, c'était un rite, on se retrouvait à La Pergola, qui était alors un bistrot plutôt mal fréquenté devant l'entrée du métro Mabillon. Il s'en tramait de louches, au bar, et ce qui se passait aux tables situées en mezzanine, dans les recoins sombres d'un balcon qui dominait la salle, ne devait pas être très avouable non plus. Aux tables du bas, c'était alors un rendez-vous de dames très masculines, lesbiennes toutes vêtues de noir, blazers, bérets, pantalons fuseau ou collants. L'une d'elles me plaisait; mes amis l'avaient remarquée, qui l'avaient surnommée Gaétane et qui, un jour, lui firent passer un billet signé de mon nom. Elle m'adressa le plus gentil des sourires et nous prîmes l'habitude de bavarder. Elle m'aimait bien et m'avoua un soir où je m'étais aventuré dans une Pergola qui, déjà, ne ressemblait plus du tout à ce qu'elle était à deux heures de l'après-midi, que les messieurs ne lui faisaient pas si peur que ça. Elle fréquentait une boîte de nuit toute proche, pour dames seulement, où elle proposa de m'emmener. Une fois de plus, je trouvais une bonne raison de remettre à plus tard – mais un jour je ne la revis plus derrière son grog tiède – et c'est ainsi que je ne suis allé que bien après au Katmandou. Mais Gaétane, Sylvie la manucure de la Rhumerie, ont été parmi les premières à s'inscrire au long registre de ce que j'ai appelé, plus tard, les occasions perdues.

Avec Philippe et Geneviève, Moune, Alexandre, Brigitte, nous écoutions à perdre haleine Miles Davies ou John Coltrane, des blues que diffusait un juke-box placé sous la mezzanine. Vint aussi le temps d'Art Blakey des Jazz Messengers qui jouaient la musique des *Liaisons dangereuses,* le film où Vadim avait joué avec Laclos, Gérard Philipe et Jeanne Moreau, noir et blanc sulfureux, descendu en flammes par la critique et que j'avais vu trois ou quatre fois. On buvait un café, quatre cafés : c'était un temps où je savais boire dix cafés, quinze cafés jusqu'à minuit, pour dormir ensuite huit heures de suite sans désemparer : la vie d'étudiant était un galop de tous les instants. Victor, l'éternel Victor, commandait des décaféinés et, son béret sur le crâne, nous écoutait en silence. Il portait des bagues qui ne lui donnaient pas très bon genre, mais il savait se taire et ceci devait expliquer cela.

L'après-midi, on suivait quand même un cours ou deux dans le grand amphithéâtre de l'école; mais, Dieu merci, venait très vite l'heure du thé chez Basile. Mes amis de cinq heures du soir n'étaient plus tout à fait ceux de la matinée : à mesure que la journée s'avançait, je progressais insidieusement sur le chemin d'un arrivisme social dont je ne me rendais pas vraiment compte : Bernard, Moune, Philippe et les autres travaillaient, il me fallait bien trouver d'autres compagnons. C'était l'heure des Jean-Pierre, des Christine et des Laurette, des Émile, des Jean-Georges : je change un peu leurs noms, mais on les reconnaîtrait si facilement, car eux les portaient bel et bien, les costumes trois-pièces et la chevalière aux armes de leur arrière-grand-père. Ils parlaient à voix basse au-dessus d'une tasse de thé, préparaient pour les fins de semaines suivantes des soirées qu'on n'appelait pas encore des fêtes et m'admettaient parfois parmi eux. J'étais flatté. Ils deviendraient inspecteurs des finances, conseillers d'État ou, ayant échoué à l'ENA, reprendraient l'affaire, la banque de papa; tout cela n'avait pas beaucoup d'importance. Ils habitaient la Muette, Passy, rue de Grenelle, je n'osais qu'à regret avouer le boulevard des Batignolles; je disais : « près du parc Monceau... ». Pour ces jeunes gens de si bon ton – qui savaient si bien se montrer des mufles : ce Jean-Jacques qui gifla un jour Christine en plein Basile sans que personne n'intervienne; on m'a rapporté l'anecdote, je n'étais pas là : aurais-je osé me lever? – j'étais un garçon presque méritant mais qui avait beaucoup lu. Pour sagement endiablées qu'elles aient été, mes années d'étudiant ne m'ont pas appris le courage.

Le soir, on dînait ensemble chez Moune ou chez l'Arabe de la rue du Château : c'était la bande, encore, le groupe, cette rencontre fortuite et nécessaire de cinq, dix amis, quinze amis qui se retrouvaient, garçons et filles, au hasard de la journée, sans rien de prévu et tout, pourtant, organisé. Petit garçon, adolescent solitaire, j'avais vécu dans la nostalgie de ces amitiés-là et j'exultais maintenant. Chez Moune, on mangeait des platées de spaghetti que Brigitte, grande et belle, souveraine, cuisinait. J'étais amoureux fou de Brigitte; Moune, Alexandre le savaient; ils savaient aussi qu'il n'en fallait rien dire. Alors je jouais les clowns, les poètes, je déclamais Laforgue ou Nerval, puis je chantais Wagner, Debussy, elle était Mélisande et je me disais Golaud, faute de prétendre au rôle de Pelléas. Brigitte souriait. D'elle, je savais tout; et je ne savais rien.

On buvait du Gamay, du Cahors, de ces petits vins absurdes qui valent mieux que les Bordeaux médiocres; on buvait du Sancerre, un Gros-Plant nantais que je n'ai jamais retrouvé ailleurs et, chez l'Arabe de la rue du Château, des vins râpeux d'Algérie faisaient descendre le couscous. Alain renchérissait sur moi dans le répertoire comique : il traversait des stations de métro entières en imitant Charlie Chaplin dont il avait la démarche, la dégaine. Alexandre, en ce temps-là, avait beaucoup d'argent, il nous invitait tous. Victor aussi payait souvent. En silence. Il portait toujours son costume ridicule, cintré, et un pardessus en gabardine que fermait une ceinture. Son béret était rond, noir, délavé; il affirmait gravement qu'il lui portait bonheur.

Ou alors, j'allais à des petits dîners, des soirées chez Laurette, chez Christine. C'étaient de grands petits dîners, servis souvent par petites tables, avec maître d'hôtel en gants blancs et la soubrette stylée qui vous débarrassait de votre vestiaire. J'exultais : j'étais, soudain, adulte, égaré entre les pages d'un roman mondain comme je n'aurais pas osé en lire. Laurette, toute ronde, toute menue, toute jolie, me faisait des petits bonjours à travers la table et les branches des chandeliers. Elle portait des robes décolletées qui révélaient beaucoup de ses épaules, un peu de sa gorge et ses amies l'imitaient, qui empruntaient parfois des colliers, des parures à leurs mères. Les garçons étaient en smoking : dès le premier mois d'octobre, j'avais fait comprendre à mes parents que c'était là un accessoire fondamental de la panoplie de parfait élève de Sciences-Po. Au même titre que le parapluie. Je possédais un long parapluie noir, anglais, à ouverture automatique – et mon smoking acheté chez Brummel, un nœud papillon noir que j'avais appris à nouer en un tour de main et deux chemises à petits plis aux cols trop pointus, mais qu'importe? Je portais la montre d'argent de mon grand-père au bout d'une chaîne qui barrait l'estomac qui me manquait alors et je me parfumais au Vetiver de Guerlain. Laurette, son amie Christine, assuraient que j'avais beaucoup d'allure; Brigitte méprisait ces soirées-là – où elle n'était d'ailleurs pas invitée. J'étais tout à fait ridicule, je le devinais vaguement. On parlait un peu politique : tous ces jeunes gens, ou presque, s'affirmaient de droite; je me disais de gauche; nous échangions des propos feutrés. Là aussi, j'étais celui qui lisait, qui allait un peu plus au cinéma, davantage au théâtre que les autres; j'avais mon auditoire, je pérorais, j'étais ravi. Un soir, l'un de nos amis joua les maîtres d'hôtel à l'un de ces dîners; seuls Laurette ou Christine et deux ou trois garçons qui le connaissaient étaient au courant de la plaisanterie; il s'amusa à renverser de la sauce sur un smoking, de la crème dans un décolleté, s'excusa maladroitement en rajoutant d'autres maladresses : ce P. avait un front carré, un regard ironique. Alain, qui rêvait déjà d'aller au Tibet, au Bouthan, l'appelait le Yack. J'ai appris il y a quelques semaines, que le Yack était mort voilà plus de dix ans, d'un cancer généralisé.

Nous dansions ensuite, chandelles éteintes mais lumières tamisées, sur les éternels *Oignons,* les *Only You* des Platters et nos petites amies transpiraient un peu après un boogie, c'était délicieux. Les lumières baissaient encore, certains profitaient des zones d'ombre pour se découvrir un peu plus et la vie d'étudiant m'entraînait vers de vertigineux abîmes.

Trouver le temps de lire, dans ce tourbillon où, midinette subitement face à face avec la vie des stars, je me laissais étourdir? Je le trouvais pourtant. Le soir, la nuit, *Don Juan* ou *La Walkyrie* en sourdine, des *Lieder* de Schubert : ce chant allemand depuis lors, indissociable des nuits que je passais à lire, au retour d'un dîner, d'une surprise-partie.

Lire : ce fut ma grande époque de Simenon. Victor lisait Simenon et professait pour lui la même admiration que Gide dont il répétait le mot fameux : l'un des plus grands écrivains de ce siècle. Victor assurait d'ailleurs que ses parents étaient voisins de Simenon, quelque part en Suisse : je n'imaginais pas Victor, son béret, ses bagues et ses costumes étriqués dans le parc d'une villa blanche, gazon vert, entre Montreux et Vevey. Ce fut pourtant lui qui m'encouragea : « Lis Simenon : ne fût-ce que pour pouvoir le relire. » La formule était trop jolie pour qu'il ne l'ait empruntée, mais qu'importe : je me mis à lire Simenon.

J'avais bien dévoré, au gré d'un voyage, le kiosque d'une gare, un Maigret de-ci de-là, dans un train : j'en fis désormais une consommation impressionnante : un, deux volumes par jour de Maigret, et des autres.

Très vite, Georges Simenon m'apparut bien comme ce qu'il était : l'un des écrivains les plus importants de son siècle. Et, après plus de trente ans, cette opinion que je m'amusais à répéter parmi mes amis qui, emproustés jusqu'au cou ou, pire, encamusés, me regardaient avec des yeux ronds, n'a pas changé.

Il y avait, naturellement, les romans où apparaissait le fameux commissaire, qui constituaient déjà une fantastique saga. Maigret et sa femme, les petits matins sur le boulevard Richard-Lenoir, le Dr Pardon, son ami ou Lognon, Torrence, Lapointe, ses collègues : en quelques volumes, j'étais entré dans un domaine bientôt extraordinairement familier où je me déplaçais d'un point à un autre – le Quai des Orfèvres, la rue Blanche, le canal Saint-Martin – avec l'aisance d'un vieil habitué. Je savais tout de Maigret, son enfance de fils de régisseur chez les Saint-Fiacre, son passé d'enfant de chœur et sa première enquête, un mort qui n'était pas mort – ou une morte qui l'était trop – du côté de la rue La Bruyère, en compagnie d'un violoniste miteux. Autour de lui, c'était un univers de brasserie où l'on commandait des sandwichs et de la bière, ou un petit blanc. On s'aventurait à dix heures du matin dans des boîtes de nuit minables où les chaises étaient encore sur les tables et où flottait une odeur de cendre froide. Les filles avaient alors le teint blafard : Maigret les découvrait au saut du lit, ici ou là un bout de sein dépassait, une combinaison froissée, l'odeur du lit défait, les draps, les aisselles humides. Odeurs, goûts des livres de Maigret, danseuses du *Gay Moulin* ou du *Liberty Bar*... Il y avait mauvais garçon et mauvais garçon et de vieilles complicités liaient les flics les plus intègres à des ordures qui ne l'étaient pas tout à fait.

Ou alors, Maigret prenait le large. Il atterrissait par des trains de nuit dans des villes improbables : La Rochelle, Nice en hiver ou Dieppe, Fécamp sous la pluie. Qui, dès lors, mieux que Simenon, pouvait dire l'hôtel de province, la petite bonne qui vous montre la chambre – et un peu plus; ou le crachin qui tombe sans désemparer sur un port de pêche noyé dans la brume, le coup de calva, les habitués du Café de la Marine qui se rapprochent les uns des autres quand un étranger passe le seuil de la porte?

La bonté de Maigret, sa magnanimité m'irritaient parfois; comme j'aurais voulu qu'il succombât, ne fût-ce qu'une fois, aux avances d'une petite putain maigre, aux seins plats, qui l'invitait sans oser pourtant vraiment le faire : je devenais lyrique pour parler de Simenon et de Maigret – et je voudrais savoir l'être encore.

Mais il y avait aussi « les Simenon sans Maigret », ces romans étranges, tous de moins de deux cents pages et qui, mieux que bien des classiques devenus références obligées de la littérature de ce siècle, savaient capter une atmosphère, une crise. Je me disais que, de livre en livre, à petits coups de deux cents pages, Georges Simenon racontait la France, le monde. Je n'avais pas encore vraiment lu Balzac mais j'avais le sentiment que c'était là une véritable comédie humaine que, deux ou trois fois par an, il construisait. Je rêvais déjà d'une œuvre comme celle de Simenon, qui n'en aurait jamais fini de nous en dire un peu plus, jamais close. Et Victor, le terne Victor, Victor et son béret sur le crâne, se réveillait pour aviver mes enthousiasmes : « Tu as lu *Deux hommes dans Manhattan?* – ou *Le Blanc à lunettes?* »

Sartre nous avait laissé Roquentin, oui : un seul Roquentin.

Mais Simenon nous avait donné en vrac mille et un *Aîné des Ferchaux, Riche homme* ou *Passager du Polarys :* tous étaient atteints du même mal que le héros de *La Nausée* et si peu de nos amis, cependant, s'étaient donné la peine d'y regarder de plus près. En en découvrant toujours un peu plus sur Simenon, j'exultais. Je recherchais ses livres d'occasion dans les librairies, sur les quais, dans les bibliothèques de mes amis. C'était un monde à tiroirs, où chaque détour offrait de nouveaux points de vue. Ainsi les Simenon de la période américaine : aussi bien que les Hemingway et autres Steinbeck – j'allais bientôt découvrir les grands du roman noir, les Chandler, les Horace Mac Coy et tous les Dashiell Hammett : ce serait un autre coup de foudre – Simenon racontait un continent perdu, l'échec, la désespérance de ce qui errait dans ses rues, ses banlieues, un Middle West vide.

Dialectique de l'échec, du bout du rouleau, de la désespérance : ce sont peut-être les romans « exotiques » publiés au milieu des années trente chez Gallimard qui sont allés le plus loin et, lorsque je rencontrerai l'œuvre de Conrad, je me dirai qu'entre *Ceux de la soif* et *Le Banni des îles* ou *Une Victoire,* il existe un lien précis, mouvant, fait d'impressions, d'odeurs, de malheurs : il est vrai que, vingt ans plus tard, je dirai la même chose des bandes dessinées de Hugo Pratt et de son héros Corto Maltese : j'ai toujours été un piètre critique littéraire. Ainsi *Quartier nègre, Le Coup de lune* (qu'il me fallait rechercher, car ils étaient épuisés, introuvables alors) devenaient-ils des livres essentiels dans mon imaginaire, mais un *Maigret et l'inspecteur malgracieux,* pour moins ambitieux qu'il ne parût à première vue, ne l'était pas moins.

C'était peut-être la quantité même de l'œuvre, son poids, le nombre de volumes qui, en somme, se multipliant, accroissait mon plaisir : je me disais que, aurais-je beau lire à l'infini, il me resterait toujours dans la maison Simenon une pièce, une chambre, ou la salle de bains, ses odeurs, des linges douteux sur le sol – à explorer.

Je sais que j'en ai, irrémédiablement, fait le tour. Aussi,

est-ce presque au hasard qu'aujourd'hui, attendant un train, un avion à Roissy, j'achète un Simenon. N'importe lequel, Maigret ou pas. Et je lis. Je ne relis pas : je lis encore.

Je ne lisais pourtant alors qu'entre deux portes : entre deux cafés, deux sorties – je n'oserai pas dire entre deux filles, moins encore entre deux cours. Et pourtant, Dos Passos ou Simenon, je prenais sans le savoir des leçons de roman, puisque l'un m'enseignait les règles du « montage », dont j'allais faire un jour mon écriture première; l'autre me révélait la vertu de quantité, l'abondance – la profusion qui deviendra aussi l'une de mes règles du jeu.

Mais à Sciences-Po même, d'un cours à l'autre – entre deux professeurs, en somme – j'apprenais aussi autre chose, qui était un début de rigueur. La vertu du plan, cette fois : deux parties, deux sous-parties, l'introduction et la conclusion, qui serait la clef de tous les exposés, les concours, celle qui m'ouvrirait la porte de l'ENA; mais celle, également qui me permettrait de me retrouver dans le champ du roman. Je sais aujourd'hui que si je peux parfois écrire vingt pages, voire trente pages en une journée et cela pendant trois semaines, un mois sans désemparer, c'est parce qu'à vingt ans j'ai appris d'une manière peut-être tout à fait schématique, sinon rudimentaire mais bel et bien efficace, à classer des idées, des arguments, à les mettre en place, leur donner une dynamique : en deux mots, à « monter » un roman comme on découpe un film puis comme on le monte – ou comme on fait le plan d'une dissertation sur la continuité du service public ou l'évolution du produit naturel brut du Luxembourg.

Conférences de méthodes : deux fois par semaine, deux éminents historiens, inspecteurs des finances – ou dilettantes pouvant encore faire illusion – réunissaient une vingtaine de freluquets, freluquettes comprises, pour leur inculquer le B.A. BA de cet art difficile entre tous : apprendre à parler – ou à écrire – même si (surtout si) on n'a rien à dire. Sciences-Po, l'Institut d'études politiques de Paris dans les années cinquante (je n'oserai parler de l'établissement tel qu'il navigue aujourd'hui) ou une technique de la haute voltige jusqu'au ras des pâquerettes, un artisanat de l'illusion, un apprentissage pour la vie de l'esbroufe et du trapèze volant avec deux filets de sécurité plutôt qu'un – on fait quand même un peu de droit à côté : sait-on jamais?

Conférences de méthode : savoir se servir du peu qu'on a, où le meilleur côtoie le pire. Je crois bien que j'ai fait feu de tout bois et que, méthode pour méthode, si le fond fut ce qui manqua le plus, j'y mis au moins les formes et, forme pour forme, j'ai, comme les autres, mis trois ans à apprendre à parler de ce que je ne savais pas. Dans les formes : depuis, parfois, j'ai fait illusion...

Une méthode, en somme, avec beaucoup de texte autour – et pourtant une méthode seulement : le moment était venu où lire allait commencer à devenir simplement parcourir, feuilleter, grapiller, et je ne m'en suis jamais relevé.

Peut-être que mon seul problème a été de savoir trop tôt qu'on pouvait lire vite : très vite. Je lisais déjà beaucoup, j'ai lu plus encore et plus vite, encore plus vite.

René Rémond, Jean Meynaud, Charles Morazé, Pierre George, Jean Chardonnet, Jean-Jacques Chevalier, Alfred Grosser et Alfred Sauvy, André Marchal – ou le trio diabolique Long, Weill et Brabant : quelques noms, quelques professeurs, quelques cours, quelques manuels émergent, comme des balises pas encore tout à fait éteintes, d'un lac bien embourbé d'idées générales où je pataugeais avec d'autant plus de délectation que j'en ramenais toujours assez à la semelle de mes chaussures pour en tirer une dissertation, un exposé oral et, trente ans plus tard – mais je ne le savais pas – le dialogue sérieux qu'auront deux graves personnages dans les pages les plus désespérément vaines de n'importe lequel de mes gros romans. Car c'est au cours de ces années Sciences-Po, puis des années ENA qui vont suivre, avec l'intermède américain entre les deux, que, pour la première fois de ma vie – et cela ne se reproduira pas non plus – j'ai tenté envers et contre tout (c'est-à-dire contre toutes mes paresses, ma folie des grandeurs qui se mesurent au poids des feuillets, au nombre de pages, à l'accumulation des volumes, mon goût du moindre effort et ma course éperdue, cette fuite, vers le plus facile, sinon le plus pressé) d'accrocher une idée à une autre, de relier deux concepts : en un mot, de penser. Avant, je ne savais pas ce que c'était; après, trop occupé à en faire un peu plus, un peu trop, il ne sera plus temps, il sera trop tard. Et cependant, de ces années Science-Po et de la suite, de ces balises que sont les noms esquissés, les René Rémond et les Alfred Sauvy, les Jean Marchal ou le pauvre Jean-Jacques Chevalier, je ne citerai déjà que de bien infimes repères, des faux clignotants qui me permettront de retrouver mon chemin aux carrefours, des cailloux blancs, bornes, signaux – ou alors des pilotis aux assises infimes sur lesquels j'échafauderai quand même de vastes et ambitieuses constructions aux murs de papier, fragiles, légères, légères...

Balises, signaux, pilotis : tous ces messieurs remplis de bonnes intentions confrontés à des brigades de futurs banquiers et aux jeunes filles qui allaient de pair donnaient avec une charmante désinvolture le peu que ces délicieux jeunes gens méritaient : à eux ensuite de savoir faire mûrir la graine. Dieu merci, les graines en question étaient joliment bariolées et elles se voyaient de loin, je n'ai pas eu besoin de les mettre en terre : posées côte à côte, une à une, elles peuvent tromper leur monde et suffisent à tout romancier moyen pour écrire des romans, à n'importe quel fonctionnaire un peu ambitieux à faire passer ses silences pour une réflexion, ses bavardages pour des discours.

Et puis, je savais faire un plan.

Les quelques lignes qui précèdent : ni fausse modestie, ni péché d'angélisme, mais une drôle de vérité dont je me suis longtemps amusé mais qui ne me fait plus rire.

Le cours de Jean-Jacques Chevalier portait sur l'histoire des idées politiques : chaque partie, consacrée à un auteur ou à un courant d'idée, était divisée en chapitres et sous-chapitres, en paragraphes et en alinéas. Il y avait des « grands A » et des petits *b* et *c*, voire des deltas et des epsilons qui étaient bien les repères et les cailloux blancs nécessaires, des présocratiques à Hitler ou Mussolini, pour baliser en quatre ou cinq cents pages six mille ans d'histoire de l'idée de cité, de citoyen et de gouvernement : c'était délicieux, il n'y avait qu'à suivre le parcours fléché et, le cas échéant, découper selon le pointillé. Comme Jean-Jacques Chevalier répétait, à une virgule près, les mêmes cours chaque année et qu'il existait naturellement un polycopié, l'itinéraire n'en était que plus aisé à parcourir. Ayant en outre publié quelques années auparavant un livre qui constituait lui-même la reprise intégrale du cours magistral et du polycopié conjugués, les étudiants de ce cher M. Chevalier avaient en main tous les éléments pour ramener Hobbes, John Locke ou Jean-Jacques Rousseau en une équation facile à retenir qui ne nécessitait que quelques lectures supplémentaires pour faire prendre la sauce et servir ensuite, tous exposés et examens confondus, un brouet parfaitement consommable. Tous comptes faits, celui-ci n'était finalement pas loin d'être à la dissertation de Normale Sup ce qu'est le surgelé Findus à la cuisine de M. Senderens comme à celle de ma tante Émilie : deux fois rien. Mais deux fois, c'était déjà un peu plus que rien du tout et les jeunes énarques dorés sur tranche qui corrigeaient nos copies d'examen à la vitesse supérieure, ayant été formés aux mêmes cours, aux mêmes polycopiés et par le même gros livre blanc de chez Armand Colin, n'en demandaient pas davantage.

De tous ces bons moments de haute réflexion, j'ai retenu une jolie image de M. Chevalier qui comparait les citoyens à des petits pois et l'État à leur cosse. On pouvait dès lors considérer les petits pois dans leur cosse ou les petits pois écossés, c'était l'état centralisateur ou l'état libéral; à moins que ce fût la dictature ou la démocratie : la fin des paraboles est parfois telle qu'elle en obscurcit la leçon. Si bien que je ne sais plus si c'est M. Locke ou M. Hobbes qui, par Jean-Jacques Chevalier interposé, lançait à ses lecteurs cette formule que, d'année en année, notre bon professeur nous jetait en pâture du haut de sa chaire (car tout cela se passait dans le plus grand amphithéâtre de la maison) : « Petits pois, rentrez dans vos cosses ! » Nous trouvions cela très drôle – et ma connaissance des idées politiques en est restée là.

Une correction s'impose : René Rémond était alors mon « maître de conférence » et, une fois par semaine, il m'en apprenait un peu plus. Surtout, ironique, il nous apprenait à douter un peu, beaucoup, souvent, passionnément, voire à la folie, de ces idées toutes faites que ses chers collègues nous faisaient ingurgiter à la louche. Et puis, entre *Du Contrat social* ou *Le Discours sur l'origine et les fondements de l'inégalité parmi les hommes,* il nous promenait quand même du côté de la *Nouvelle Héloïse*, voire dans les environs du *Dictionnaire de musique;* au-delà du plan en deux parties et deux sous-parties, il nous apprenait d'ailleurs aussi qu'on peut revenir au plan en trois parties, fût-il thèse, antithèse et synthèse, c'est-à-dire à un peu plus de liberté : en un mot, tandis que les autres nous donnaient les garde-fous qui construisent mais emprisonnent le bon ordonnancement des idées, une technique à tout faire, les os, le squelette commode qu'on habille ensuite de n'importe quoi – René Rémond y ajoutait un peu de chair et, dans le crâne superbement poli par l'usage de ce squelette-là, il tentait de laisser en suspension quelques onces de pensée.

Il y eut quand même de belles ivresses : ainsi l'économie politique et le droit administratif. Sourira qui voudra, ce fut avec un incroyable enthousiasme que je me mis à en arpenter les territoires – peut-être tout simplement parce que je n'en avais jamais entendu parler.

Qui dira jamais les vertus d'un enseignement secondaire façon après-guerre, complet et bien sous tous les rapports, où rien de ce qui était grammaire grecque ne nous échappait, où le *Phédon* ou le *Criton* nous servaient de terrain d'exercice mais où personne, jamais, ne nous apprit à lire le *Phédon* ou le *Criton :* tout juste savions-nous le déchiffrer, mais avec quelle aisance !

Condorcet, années cinquante : rien de ce qui était Racine ou Corneille, de Pierre à Thomas, voire Tristan l'Hermite ou les Encyclopédistes ne nous était étranger, mais le nom de Shakespeare n'était qu'à peine prononcé – et encore à l'occasion des cours d'anglais ; et celui de Goethe pour qui, comme moi, ne faisait pas d'allemand, était tout juste associé à une citation à tout faire sur la révolution française, l'Europe et la bataille de Valmy. Dès lors, l'économie politique : je crois bien qu'avant de mettre les pieds à Sciences-Po, je n'en avais jamais entendu parler ; ce furent des gens comme Jean Meynaud ou André et Jean Marchal, qui m'en apprirent les rudiments et me firent croire un moment que l'art de jouer avec les notions d'emploi, de capital, d'investissement et d'épargne, pouvait ressembler à une science exacte. Jean Meynaud analysait avec une ironie affectueuse – celle qu'on porte à ceux qu'on aime et qui n'avait rien à envier à l'humour de René Rémond – l'œuvre de Keynes et la *Théorie générale de l'emploi* dont j'entrepris la lecture. Que Jean et André Marchal vinssent ensuite – ou André et Jean Marchal : l'un complétait l'autre et plus tard j'appris que l'un ou l'autre avait été le père de Bernadette Marchal, qui fut une amie très chère – et toute la science de l'Emploi et de la Monnaie me parut se résoudre à quelques principes très simples – voire à une simple équation dont le caractère lapidaire était à la fois aussi abstrait mais tellement plus à ma portée que le E = mc2 qui m'apparut en ce temps-là constituer, avec la formule de Keynes, l'un des deux piliers de la sagesse de l'univers où je vivais. Pour compléter ma science toute neuve, je lisais les articles de Pierre Fabra ou de Pierre Uri dans *le Monde* que je prenais le soin de découper, d'enfermer dans des chemises qui constituaient des dossiers : tout me devenait d'une évidence absolue puisque j'étais intimement persuadé – et le proclamais très haut : c'était la Révélation – qu'il suffisait d'une équation du premier degré pour mettre en place les idées de John Maynard Keynes, celles de MM. Meynaud, Marchal, Marchal et cie – et les miennes.

La découverte du tableau dit « de Léontieff », ou tableau à double entrée qui, par un système d'*input-output*, permet de retracer la totalité des échanges économiques d'un pays sur une période donnée, acheva de me convaincre que l'économie politique était un système de pensée d'une aveuglante simplicité et que, rien ne se perdant, tout se retrouvait. Quelques années plus tard, j'affirmerai bien haut que c'est grâce au tableau de Léontieff que j'ai appris à construire mes romans, et ce ne sera pas tout à fait faux : les personnages en abscisse, les événements en ordonnée, il ne me restait plus qu'à transcrire sur le papier les échanges et les réactions que j'organisais au tableau noir.

Du plan en deux parties, deux sous-parties, introduction et conclusion au tableau de Léontieff, c'est pourtant bien rue Saint-Guillaume que j'ai appris tout l'art du roman. Par des chemins détournés.

Et puis le droit public, la jurisprudence administrative : un autre exercice de l'esprit, tout entier acquis dans ce qui reste encore aujourd'hui, à trente ans de distance, la bible de ces connaissances-là : le recueil des grands arrêts de jurisprudence administrative établi, au milieu des années cinquante, par trois très honorables messieurs – l'un d'eux est même devenu un patron, presque un ami : « Le Long, Weill et Brabant. »

Il s'agit, ni plus ni moins, d'un recueil de très jolies nouvelles semblables, toutes proportions gardées, aux livres de la collection *Contes et légendes* de mon enfance, mais beaucoup plus drôles. Il y était question d'histoires farfelues où des enfants de chœur jouaient avec des bénitiers, des maires organisaient des chasses à la vipère, des tramways y roulaient en désordre dans les rues d'un Bordeaux d'avant l'autre guerre et des marins en garnison dans le port de Toulon y confiaient des secrets militaires à des filles de joie qui, pour comble de bonheur, s'appelaient Mmes Dol et Laurent.

Toutes ces petites histoires, ces véritables nouvelles, en somme, doctement rédigées par des doctes juristes m'amusaient tellement que j'en illustrai les principaux épisodes à l'encre noire sur papier blanc – je me croyais toujours peintre ou dessinateur, qu'on s'en souvienne – polycopiai le tout et en fis une édition à tirage limité mise en vente au bureau des élèves.

Mais comme les contes et légendes de mon enfance, ces historiettes naïves avaient bien entendu une morale, c'était la notion de Service public. Et moi que le droit privé ennuyait – il me fallait bien, une fois par an, en ingurgiter des cours polycopiés que je dégurgitais à la hâte devant des professeurs en toge quelque part dans le labyrinthe de la Faculté de droit de la rue Saint-Jacques –, moi que le droit commercial assommait plus encore et qui ne suis jamais parvenu à m'intéresser au droit international, je naviguais avec la même aisance à travers les arrêts du Conseil d'État que dans les eaux mêlées de la *Théorie générale* de J.M. Keynes revue à la sauce étatiste de la France des années cinquante. Mieux : j'adorais cela et, comme du temps de mes découvertes de Wagner ou de Proust, j'en faisais le sujet d'inépuisables citations, conversations. Hélas, Wagner et Proust habillaient tout de même autre chose, alors que le droit public n'était que le droit public : nous honorons les dieux que nous méritons et, à l'âge de dix-neuf ou de vingt ans, faute de prendre vraiment le temps de lire, j'adorais d'étranges veaux d'or.

Et cependant, comme le tableau de Léontieff, les leçons que tiraient Marceau Long et ses compères de l'évolution du droit public reposaient sur quelques principes très simples, qui me semblaient s'organiser selon un système harmonieux, évident – la même aveuglante évidence, l'éblouissante simplicité... – qui me ravissait. Moi qui, toute ma vie, avais lu au hasard et qui, faute de vrais professeurs, n'avais appris que dans le désordre, je découvrais bel et bien les ivresses d'une méthode qui, de Keynes à la jurisprudence du Conseil d'État, me permettait de mettre un peu d'ordre dans le tohu-bohu absolu de mes lectures et des conclusions qu'il m'arrivait d'en tirer.

Et puis, au-delà de ces histoires fort plaisantes de bénitier écroulé dans l'église de Monségur ou de grues renversées par le vent sur des chantiers appartenant à l'État, il y avait cette morale, l'État, le Service public. Dès lors, par-delà même les leçons que j'en tirais dans mes dissertations ou dans des exposés fastidieux, cette sacrée morale s'imposait à moi, insidieusement, comme une règle de vie. C'est ainsi que la notion de Service public – trêve, cette fois, d'ironie – est devenue le leitmotiv de ma carrière et de toutes mes attitudes vis-à-vis du fait politique : c'est ainsi qu'à vingt ans, j'ai appris que je ne saurais servir d'autre maître que l'État.

J'ironise d'autant plus aisément sur mon attachement à la notion de Service public – « l'État que je me suis donné pour maître » – que c'est sûrement l'une des rares vérités établies auxquelles je veuille encore croire avec la plus désespérée des énergies, en ces années où dogmatisme et bonne conscience – bien d'un côté, mal de l'autre et rien entre les deux – constituent une nouvelle idéologie d'État.

J'ai peur d'être soudain devenu trop sérieux, mais je n'en suis que si peu coupable : pour me le faire pardonner, je préciserai que j'ai tout de même vendu quelques exemplaires de mon édition illustrée des grands arrêts de jurisprudence administrative et que, cherchant récemment à les retrouver, jc n'ai pu remettre la main sur aucun volume : si le Droit public a pu constituer pour moi une manière de bible, j'en ai égaré jusqu'aux livres les plus sacrés.

Quant à Jean Meynaud, qui m'enseigna les vertus du plein emploi et les mérites du tableau à double entrée, il m'encouragea avec une belle énergie à aller de l'avant lorsque, parvenu en troisième année d'étude, je lui soumis un sujet de mémoire sur les *Possibilités de développement économique du département du Cantal.* Grâce à lui, je fis là-bas un séjour d'un peu plus d'une semaine où je réussis presque – *inputs* et *outputs* obligés – à placer en abscisse et en ordonnée d'un joli tableau façon Léontieff la fabrication de parapluies d'Aurillac et la production moyenne en lait des vaches de Salers qui sont, comme on le sait, des bêtes à trois dimensions : lait, viande, travail – inventées à la fin du siècle dernier par M. Tissendier d'Escous dont la statue orne encore la place principale de la petite ville de basalte noir qui leur a donné un nom. Évoquant enfin l'avenir de la galoche sur les hauts plateaux d'Auvergne, j'eus quelques belles formules sur le repli du sabot d'Aurillac face à l'avance inéluctable de la botte en caoutchouc...

Comme le droit public, l'économie politique avait ses chemins de traverse, ses clairières et ses métaphores.

Pierre George m'apprit de même que la géographie n'était pas seulement l'art de dessiner des cartes – qui m'avait valu un accessit au Concours général : faute de savoir quoi que ce soit, j'avais fait un dessin; avec George, je sus aussi comptabiliser le prix des barils de pétrole; avec Alfred Sauvy, je découvris que la population française vieillissait, ce qui ne m'angoissa guère; René Dumont, déjà prophète aux cheveux blancs, le regard halluciné, me fit arpenter la jungle des campagnes françaises avant d'aborder les rivages de l'Afrique; j'eus quelques notions de l'inégalité foncière parmi les hommes, partant parmi les races – il y a ceux qui souffrent et les autres – grâce à Charles Morazé et je passai des examens qu'un à un je finis tout de même par réussir, mais là n'était pas l'essentiel.

L'essentiel était de se retrouver à quatre, à dix, de traîner des après-midi entières dans les cinémas du Quartier latin, de pratiquer assidûment le folklore de l'école – ou d'avoir de grands chagrins d'amour ponctués, par-ci, par-là, de quelques petits émois. Pendant ce temps-là, d'autres pratiquaient le militantisme actif, l'UEC – l'Union des Étudiants Communistes – resserrait ses rangs face au centralisme démocratique; pendant ce temps-là, d'autres se battaient à coups d'idées, sinon de barres de fer : nous nous battions à coups de titres de films. D'autres préparaient des lendemains qui chanteraient peu ou prou, mais je ne le savais pas : je soulignais mes polycopiés et je voyais des films américains.

Jamais nous n'avons tant fréquenté les salles obscures qu'en ces années-là; c'était parfois deux, trois films que nous voyions dans la même journée, la même après-midi, Alexandre et Brigitte, Alain, Moune, Geneviève, Christine. Nous nous étions ainsi pris d'une passion pour le western dont c'était presque déjà la mode et je ne jurais plus que par Anthony Mann, Delmer Daves ou – mieux encore, car il était encore plus méconnu – Bud Boettischer. *Les cahiers du cinéma* et leurs épigones nous apprenaient qu'il est des maîtres et des tâcherons : fidèle au plus fidèle esprit de chapelle, je fréquentais le Mac-Mahon avec tous les respects dus au carré d'as sous le signe duquel – Hawks, Huston, Lang et John Ford – on se réunissait dans une même admiration, mais j'avais d'autres audaces et osais exercer mon libre arbitre jusqu'à admirer des cinéastes que nos maîtres à penser méprisaient allègrement. J'eus ainsi avec Victor, pour en revenir au western, de graves discussions sur les talents de John Sturgess qu'il était de bon ton de mépriser, simple faiseur assurait-il au royaume des géants. Et si je m'accorderai avec lui pour ne guère aimer plus tard des films comme *Les Sept mercenaires,* trop démonstratif, ou le plus prêcheur encore, *Un Homme est passé,* où un Spencer Tracy manchot parvenait à brûler vif le formidable Robert Ryan, *Le Trésor du pendu* (Widmarck et Robert Taylor) ou *Fort Bravo* (William Holden) furent sacrés par moi monuments ; de leurs sommets, que les Indiens Mescaleros couronnaient de flèches bien joliment empanachées, j'avais un peu plus de recul pour admirer ce que mes amis – Victor et les autres – adoraient sans réserve. Et je pouvais dès lors m'extasier avec eux sur la rhétorique du triangle dans l'œuvre d'Anthony Mann ou la découverte des bons Indiens chez Delmer Daves. Quant à Bud Boettischer, confectionneur talentueux de westerns de série B immanquablement interprétés par un Randolph Scott hiératique, au visage buriné – un seul sourire, le regard clair – je découvrais en lui un émule des tragiques antiques qui savent raconter une histoire très simple en un unique décor et sans plus de trois ou quatre personnages.

Avec la musique, le cinéma était devenu ma deuxième patrie et le mercredi mon dimanche puisque c'était le jour où les films nouveaux apparaissaient sur les écrans : dès quatorze heures, puis à seize heures, à dix-huit heures, commençait une orgie qui se prolongeait souvent jusqu'au soir. Brigitte, Moune, Geneviève, parfois Victor ou Alain m'accompagnaient dans ces pérégrinations-là – mais je préférais, et de loin, la compagnie des filles. Il y avait aussi les films que nous attendions, le nouvel Hitchcock, bientôt le dernier Vadim. Pour celui qui fut le mari et le Pygmalion de Brigitte Bardot, j'avais la même faiblesse que pour ces quelques cinéastes américains que la « politique des auteurs », alors au tout début de sa vague, ne mettait pas d'entrée de jeu au sommet d'une pyramide où, aux quelques élus qui s'y trouvaient, tout était pardonné. Aussi, tout ce que faisaient Fritz Lang ou Renoir était-il d'or, tandis que les meilleurs des films de John Sturgess, pour en revenir à lui, étaient-ils considérés avec dédain.

Il en allait ainsi de Vadim : *Et Dieu créa la femme* apparut comme la révélation et d'une actrice, Brigitte Bardot, et d'un certain goût de la liberté, de la provocation. On s'intéressa un moment à Vadim, puis on passa à autre chose. Louis Malle allait donner *Les Amants* et, quelques années encore, la Nouvelle Vague emporterait le reste sur son passage, laissant les films de Vadim sur le bord de la plage. A revoir aujourd'hui *Et Dieu créa...*, MM. Jurgens, Marquant ou Trintignant paraissent bien dérisoires : seule Brigitte Bardot, tout empêtrée pourtant dans ce qu'étaient encore les conventions du temps, fait éclater quelque chose – mais ce fut à l'époque un véritable coup de poing qui frappa quelques-uns d'entre nous à l'estomac. Dès lors, de *Sait-on jamais?* aux ineffables *Bijoutiers du clair de lune*, nous guettions, le mercredi à deux heures, la sortie des films de Vadim. *Sait-on jamais?* et la musique du Modern Jazz Quartett faillit me faire aimer le jazz – comme un peu plus tard *Ascenseur pour l'échafaud* où Miles Davies semblait improviser à perte de souffle sur une avenue des Champs-Élysées déserte.

Ce fut aussi la découverte d'un cinéaste inconnu et célèbre qui s'appelait Bergman. Déjà, du temps du Cinévogue Saint-Lazare, j'avais vu un ou deux films d'Ingmar Bergman, où l'apparition du quart du début du commencement d'un sein nu, largement illustré sur les affiches à l'entrée de la salle, laissait croire aux clients que c'était là un produit érotique, tandis que moi-même je frémissais dans l'ombre et désirais du vrai désir qui ne s'appelle que rarement amour, la solide Harriett Anderson. Mais coup sur coup, *La Nuit des forains*, *Le Septième sceau*, *Sourires d'une nuit d'été* et enfin *Les Fraises sauvages* sortirent bientôt en France pour nous proposer une réflexion sur le plaisir et la mort – l'âge qui vient ou la foi qui nous échappe – qui me conduisait bien plus loin que tous les films d'alors. Au-delà du bric-à-brac vaguement surréaliste du film en costume façon *Septième sceau*, il y avait une ironie terrible, un goût de l'Ibsen et du drame, une somptueuse méditation sur la jeunesse qui rit et sur le vieil homme qui se souvient. Chez Bergman, et par-dessus la simple beauté d'une image ou de sa force, j'ai appris que peut vibrer parfois une manière de non-dit, d'absence, où nous saurons un jour mesurer toutes nos angoisses. Dès lors, le rêve des fraises des bois, les petites cousines, l'enfance d'un vieux monsieur dont la main tâtonnait dans les herbes de la mémoire – contrepoint heureux de la démarche pathétique de Charlus vieillissant aperçu sur les Champs-Élysées – renouait avec toutes mes jeunesses et ces maisons de famille qui faisaient si fort partie de mon passé ré-inventé par une mémoire qui ressemblait déjà à celle du romancier.

Quant à la comédie douce-amère de *Sourires d'une nuit d'été*, c'était la version Marivaux (mais le Marivaux très noir, celui qu'on découvrira plus tard, et cela je ne le savais pas : celui de *La Dispute*, mis en scène par Patrice Chéreau) de *La Règle du jeu* – où tous les coups étaient permis puisque au matin chacun retrouvait le costume de son rôle. Et puis, le noir et blanc était si somptueux.

Mais j'en revenais quand même toujours au cinéma américain. Aux côtés des Hawks et des John Huston chez qui nous avions, en somme, appris à lire, apparaissaient de nouveaux noms autour desquels s'organisaient de nouveaux cultes : on découvrait Robert Aldrich qui, avec *En Quatrième vitesse*, réinventait le film noir, violent par dérision de la violence et dont l'auteur lui-même disait mépriser le héros, détective privé comme il se doit, un Mike Hammer ramené à ses vraies dimensions de petit mac : qu'une jeune femme courût dès lors nue sous son manteau de fourrure sur une route droite ou qu'un brave mécanicien latin mourût écrasé sous une voiture qu'il réparait, assassiné par un gangster qui en faisait descendre le cric et – vroum, vroum, vroum (onomatopée et code tout à la fois) – nous crions au génie. De même un Jack Palance, immense et désespéré, gangster de série B ou tueur de western réemployé dans le film pensant devenait-il, avec *Le Grand couteau* ou *Attaque* un nouveau héros de tragédie classique.

Et puis vint la révélation de Losey et de *Temps sans pitié.* Losey, victime comme Jules Dassin du maccarthysme, avait été exilé de Hollywood : nous en fîmes l'une des figures de proue de la formidable armada de cinéastes plus ou moins maudits qui traversaient l'Atlantique : au-delà de la violence, il y avait chez Losey comme chez Lang ce thème récurrent de la corruption et de la chute qui nous ouvrait dans l'enfer noir et blanc d'un cinéma bel et bien sans pitié d'étranges perspectives. Losey, bientôt le Fritz Lang de la *Cinquième victime,* de l'extraordinaire *Invraisemblable vérité* dont la chute trop bien-pensante ne parvenait pas à faire oublier l'ambiguïté machiavélique et haletante du propos, ou celui, plus inquiétant encore, de *La Femme au portrait*, voire de ce « remake » cynique de *La Chienne* de Renoir qu'était *Scarlet Street,* devenaient à la manière du Simenon des plus grandes années les créateurs d'un univers glauque où la dialectique de l'échec se déclinait à tous les temps de la désespérance. Ainsi, l'humour de Michel Simon sauvait-il quand même l'infortuné héros de *La Chienne*, tandis que jusqu'au bout, le rictus tragique d'Edward G. Robinson devenait plus tragique devant la beauté absolue, époustouflante de jeunesse du couple Joan Bennet-Dan Duryea, mille fois plus cruels pourtant que le brave marlou Flament et que la pauvre Jenny Mareze.

A la suite de quelques critiques qui s'appelaient François Truffaut, Claude Chabrol, Jean-Luc Godard – ou Hervé Bazin – nous faisions aussi du cinéma un nouveau domaine de l'écriture. Et quand bien même la « politique des auteurs », qui nous définissait avec précision les domaines du bien et du mal, avait ses limites, c'est-à-dire ses foucades et ses ridicules, elle était une grille de lecture d'un cinéma en action qui nous facilitait bien les choses!

Une écriture, donc : celle d'Orson Welles dans *Mr. Arkadin*, qui me conduisit à traquer l'un après l'autre à travers Paris, de la rue Champollion à la rue de la Harpe en passant par ces banlieues extrêmes que constituaient la rue des Ursulines ou la rue Tholozé, tous les films d'Orson Welles. Mais c'est *Mr. Arkadin* qui réanima en moi la fascination pour *La Dame de Shanghai* ou *La Splendeur des Ambersons*. Un milliardaire tout-puissant y traquait son passé : Welles lui-même chargeait un journaliste dans la débine de partir à la recherche de celui qu'il avait été. Le récit à tiroirs s'organisait autour de cette quête où tous les protagonistes retrouvés, vieux compagnons de route d'Orson Welles, les Akim Tamiroff ou les Marlène elle-même, mouraient ensuite, les uns après les autres. Bien sûr, c'était le milliardaire qui les tuait, pour faire disparaître des témoins gênants, bien sûr le petit journaliste était médiocre mais plein de bons sentiments, bien sûr il découvrait la vérité mais, bien sûr aussi, il tombait amoureux de la fille du géant : à l'issue d'une haletante conversation par radio, Orson Welles se jetait du petit avion qui ronronnait dans le ciel au-dessus d'un couple d'amoureux médiocres mais réunis. La morale terrible du surhomme qui doit s'anéantir : ambiguïté de l'œuvre de Welles, ambiguïté du regard de Harry Lime, le *Troisième homme* accroché à une échelle de fer dans les égouts de Vienne, sur Joseph Cotten, son ami, qu'il supplie – de ce regard – de le tuer; ambiguïté de la volonté de puissance de Kane lui-même que seul sauve peut-être le même regard rempli de tant de questions, de tant de prières, quand il devient celui du Michael O'Hara de *La Dame de Shanghai*. Orson Welles, colosse aux pieds d'argile, me fournissait à la fois des fantasmes et des thèmes de romans à venir – en même temps qu'une écriture. Orson Welles ou Dos Passos, des combats qui se conjuguent pour le meilleur ou pour le pire.

Écriture : le nouveau cinéma italien qui voyait le jour au-delà du néo-réalisme de l'après-guerre. C'était Fellini et Antonioni. *Le Cri* d'Antonioni que nous vîmes d'abord : néo-réalisme encore, certes, mais sublimé par cette errance des personnages perdus non dans le désert de la misère mais dans leur désert à eux : un silence. Ou Lucia Bose dans *Chronique d'un amour*, les rues de Ferrare à la nuit, un pont, une route déserte, Milan froide des bars au luxe désespéré, un ton, une confidence. Avec *Le Amiche*, inspiré d'un récit de Pavese et qui devint en France *Entre femmes seules*, la caméra se faisait stylo en un sens subitement naturel de l'expression – alors que celui qu'on avait voulu lui donner par Alexandre Astruc interposé devenait simple transposition littéraire. Chez Antonioni, deux réflexions se croisaient sous le signe d'une même douleur, celle du couple, certes, mais aussi celle de ces hommes et de ces femmes qui n'avaient pas eu le courage de le faire au lendemain de la guerre, ce geste qu'avait eu Pavese de se tuer – et qui ne s'en étaient pas relevés. Chômeurs de la plaine du Pô ou épouses d'industriels abjects, fourrures, voitures, haute couture, désœuvrement se rejoignaient dans une dérive qui, avec *L'Avventura* ou *La Notte*, deviendrait métaphore. *Le Cri*, *Les Amies*, *Chronique d'un amour* étaient déjà l'écriture sans bavure de la lente mise à mort de ce qu'il ne nous reste plus d'espoir quand nous avons oublié le sens du mot joie.

Joie, alors : Fellini, sous les oripeaux de la même mélancolie, nous la montrait quand même et c'est en cela que le Fellini de ces années-là, *Cabiria* ou *La Strada* m'irrita à l'époque. Le sourire de Giuletta Massina qui brillait quand même un peu – un tout petit peu, mais si *visiblement* – à travers ses larmes, me parut racoleur. Il m'a fallu plus longtemps pour arriver au vrai Federico Fellini.

Godard, Chabrol, Truffaut : c'est par l'intermédiaire de ces jeunes gens qui étaient alors bien en colère sans avoir pourtant encore réalisé un seul film que nous avons appris à aimer le cinéma. En colère contre un certain cinéma français – qui fait mes délices aujourd'hui, toutes cassettes et rééditions télévisées réunies, mais là n'est pas la question – qu'ils disaient par dérision « de qualité » : Marcel Carné ou Gilles Grangier, Henri Verneuil ou Edwige Feuillère – cet article furieux de François Truffaut opposant Mmes Feuillère et Bardot, la distinction d'une dame de « maison » et la fureur de vivre, quoi! – tout le cinéma français de leur temps se confondait dans une même médiocrité que seules des lumières venues d'ailleurs permettront d'oublier.

Mais Chabrol ou Godard, Truffaut ou Jacques Bourgeois, André Parinaud et tant d'autres, c'était un journal qui, dans la gravité de nos lectures hebdomadaires d'alors – *l'Express, France-Observateur* et *Témoignage chrétien :* tiercé d'une si haute tenue morale... – apportait quand même un peu de couleur :*Arts,* qui devint *Arts-Spectacles*, vivait sa plus grande époque.

A cette grande époque-là, *Arts* était une publication de huit à seize pages, du format de *France-Soir* ou de celui du *Figaro,* mal imprimée sur du vrai papier journal – mais c'était le cas aussi de *l'Express* ou de *France-Observateur* – qu'une jolie tache de couleur, jaune et autre chose, bleu, rouge, selon le temps ou la saison, venait égayer. Et là, dans ces colonnes serrées, heureuses, amusées et amusantes, s'était installé ce qu'on aurait appelé aujourd'hui, avec ce goût des formules bien-pensantes qui est le fondement de toutes nos idéologies de rigueur, un espace de liberté.

Ils auraient bien ri, la douzaine de mousquetaires qui jouaient aux iconoclastes dans cet *Arts*-là : ils auraient bien ri car le lire leur servait de fléchettes (à bout de caoutchouc : surtout rien de grave!) contre la morosité du temps, la gravité de ceux qui pensaient pour nous et l'engagement à tout faire de ceux qui affirmaient lutter pour toutes les libertés. A droite, dès lors, *Arts?* Des écrivains de droite, oui, y collaboraient, mais Truffaut, Godard et leurs petits camarades étaient-ils des critiques de droite? Aux mauvaises querelles qu'un dogmatisme de puritains devenus purotins faisait à un Jean Anouilh, ils répondaient – *Pauvre Bitos!* – par l'immense éclat de rire d'un Marcel Aymé. Tandis qu'un Jean-René Huguenin et ses complices (est-ce que l'un d'entre eux ne s'appelait pas Philippe Sollers? un autre Pierre-André Boutang?) enquêtaient le plus sérieusement du monde sur « la jeunesse française » pour en découvrir une image qui ressemblait bien peu aux clichés stéréotypés qu'on en trouvait ailleurs.

Mais surtout, les critiques de cinéma étaient les jeunes meneurs qu'on a dits : Godard, Chabrol, Truffaut – tiercé gagnant; le critique musical Jacques Bourgeois allait aider toute une génération à sortir des sentiers battus, à découvrir derrière les oripeaux de la presse à sensation la voix d'une Callas, l'art d'un Wieland Wagner ou, simplement, nous faire mieux sentir ce qu'un Dietrich Fisher-Diskau apportait à Schubert.

Comme les nouveaux films, *Arts* paraissait le mercredi : quand on vous le dit que le mercredi était notre dimanche!

Nous en avions besoin, de ces dimanches-là : au-delà des dimanches – et de nos inépuisables, irrépressibles légèretés – - les semaines étaient bien grises. D'ailleurs, entré à Sciences-Po, j'étais quand même entré en politique; et il fallut cette absence si totale, si radicale de sérieux qui, alliée au choix irréfléchi du divertissement au sens le plus tristement pascalien du mot, n'a cessé de caractériser mon attitude vis-à-vis du monde et des choses – pour me faire échapper au pire : le véritable engagement politique.

Et pourtant, engagé je l'étais, mais à ma manière, un peu distante, solitaire en somme. Et puis, Mendès parti, dans ma parfaite ignorance du général De Gaulle, je ne me reconnaissais plus de héros : une politique sans figure de proue ne m'amusait guère, donc ne m'intéressait pas. J'avais des opinions mais nul intercesseur à travers qui les exprimer. Alors, je naviguais à vue.

8

Le jeune homme qui avait enfin appris à lire

Où la guerre d'Algérie devient notre horizon et Balzac notre univers; où le roman des autres nous apprend à mieux regarder nous-mêmes et une vieille dame à tâter de la poésie; où une pauvre petite fille riche ouvre sa bibliothèque et laisse entrer en vrac Leiris, Bataille, Bonnefoy et Segalen; mais où une autre demoiselle nous ferme sa porte en même temps qu'à Wagner et à Strauss; où les malheureux Musil et Lowry deviennent du coup les saints patrons du jeune homme.

La guerre d'Algérie était au cœur de nos vies : que nous soyons pour ou contre, elle était le premier plan absurde, monstrueux, qui dissimulait tout autre paysage. Et face à la guerre d'Algérie, j'étais d'un manichéisme simpliste et ardent dont je ne regrette pourtant rien. Mais, hormis un engagement au Parti radical – les jeunesses radicales : quel programme! – qui ne résista pas à l'ennui de quelques réunions endormies au premier étage du café le Cyrnos, qui faisait alors le coin de la rue du Bac et du boulevard Saint-Germain à la place de l'Escurial, j'étais « contre » la guerre d'Algérie sans m'être jamais posé de vraies questions ni avoir milité sous le moindre étendard. D'autres, plus tard, porteront des valises? Je ne porterai même pas mon nom au bas d'un manifeste ou d'un parchemin. Des tomates reçues sur la figure par Guy Mollet à Alger au début de 1956 jusqu'aux journées de 1958 en passant par le détournement de l'avion de Ben Bella ou le massacre de Sakhiet, je vivais dans une indignation permanente mais solitaire. Les noms de Bourgès-Maunoury ou de Guy Mollet lui-même représentaient pour moi le comble d'une lâcheté qui oscillait quelque part entre l'abjection et la folie. Alors, je défilais ici ou là, je lisais Pierre-Henri Simon qui écrivait *Contre la torture* et je me fabriquais quand même un petit morceau de héros avec le général de la Bollardière, qui démissionna avec éclat pour protester lui aussi contre la torture. Plus tard ce furent les livres de Germaine Tillon, d'Henri Alleg : j'étais de tous les combats tant qu'il s'agissait de lire, de protester en silence.

Oser dire, pourtant – était-ce seulement de la provocation? – que l'aspirant Maillot, qui mourut les cheveux teints en blanc dans les rangs du FLN après avoir, communiste lorsque le PCF lui-même tonnait contre l'insoumission, osé déserter, me parut lui aussi une manière de héros? Oser me souvenir, puisque je me croyais toujours un peu peintre, de cette huile sur carton que je montrais avec une si belle agressivité à tel ami de mon père, général et lui-même engagé sur le terrain en Algérie, et qui représentait les habitants d'un village massacrés par l'arme quelque part en Kabylie : en matière de réalisme révolutionnaire, le réalisme soviétique encore en vogue à Moscou ne faisait pas mieux.

Des jeux pour bons jeunes gens des beaux quartiers remplaçaient pour nous ces combats : on se battait à l'UNEF, à la Corpo de Droit, pour la réélection du bureau de l'Amicale des Élèves de Sciences-Po. Assemblée plénière, bureau restreint, président d'honneur et vice-président, listes contre listes, élections encore ou démissions : on discutait, on votait, on en venait parfois aux mains autour de la péniche mais des appariteurs qui n'avaient rien de musclé se chargeaient de diriger poliment les combattants du côté de la rue : on refermait les portes, parfois les grilles et, ni vu ni connu, l'honneur de l'école était sauf. D'ailleurs, en dépit de sa mauvaise réputation – repaire de gandins du VIIe et du XVIe –, l'Institut d'Études politiques de Paris savait se tenir puisque des amicales « de gauche » se succédaient à la tête de son bureau d'élèves, en dépit des nervis bardés de cuir, casques de motos et manches de pioches, que la Faculté de droit nous dépêchait parfois : face à eux qui tentaient d'arriver par le boulevard Saint-Germain, nous barrions l'entrée de la rue Saint-Guillaume aux cris du « Fascisme ne passera pas... » qui nous servaient à tout, à rien...

Gravement, je tenais ma place dans ces corps à corps comme, gravement, je lisais les ouvrages de Pierre Mendès-France (*Sept mois et dix-sept jours* : le bilan de son gouvernement : ou *La Science économique et l'action*, que j'étais parvenu à me faire dédicacer), persuadé que c'était là aussi une nouvelle bible.

Et puis, le plus légèrement du monde et lorsqu'on passait aux choses sérieuses, qu'on procédait enfin à une véritable élection qui allait peut-être remettre en cause le bureau des élèves que j'avais pourtant élu, je m'offrais le plaisir subtil de jouer les pitres en patronnant une liste électorale bidon constituée des plus jolies filles de l'École qu'avec une belle insouciance je menais au combat face à la gauche bien-pensante et à la droite révoltée. La liste « rose » – ni rouge, ni blanc – recueillait quelques cent voix : la dérision payait, et mes amis du bureau des élèves, qui militaient comme moi contre la guerre d'Algérie, ne réussissaient que de justesse à éviter une défaite dont j'aurais ensuite été le premier à dire qu'elle était une catastrophe.

Ma légèreté n'avait pourtant rien d'insoutenable : elle était seulement ma manière d'être. Quinze ans plus tard, c'est avec la même légèreté – parfaitement indignée, au demeurant –

que je demanderai à un Antoine Vitez pourquoi il se croit obligé de quitter le parti communiste.

Mais c'était aussi 1956 et, outre l'Algérie, il y avait eu Suez et surtout Budapest : ces années Sciences-Po étaient celles de toutes les leçons.

Jusqu'à une leçon de droit constitutionnel vécu – comme on dit un roman vécu! – puisque Edgar Faure avait enfin appliqué pour la première fois le fameux article 51 de la Constitution de 1946 qui n'autorisait, que dans des conditions draconiennes, le président du Conseil à dissoudre l'Assemblée Nationale : eh bien, nous l'avions eue notre dissolution et, apprentis juristes, nous en observions les effets tandis que, partisans de Mendès France, il nous faudrait des mois pour admettre que celui-ci n'avait pas été préféré à Guy Mollet et que, sous ses allures bon enfant, le président Coty avait tout de même préféré un parti à un homme. *L'Express* était devenu quotidien pour rien, le *Front républicain,* Mollet et quelques autres s'étaient effondrés sous les tomates, Catroux avait démissionné et nous, un mois après des élections d'espérance, nous étions cocus et que nous ne soyons pas contents du tout ne changeait rien à la paire de cornes que nous allions porter pendant encore six ans.

Mais c'est l'entrée des chars russes à Budapest qui déchaîna les plus belles passions : l'anticommunisme – on disait alors primaire – qui couvait en tout étudiant moyen de l'Institut d'études politiques de Paris put alors éclater librement : nous n'avions plus besoin de *leur* trouver des circonstances atténuantes, *ils* montraient enfin leur vrai visage au grand jour.

Ce sera pourtant, pour moi, le visage de cette jeune fille, dans la cour de la Sorbonne, qui traitera de petits cons les jeunes gens venus d'ailleurs pour défiler contre l'écrasement de la liberté en Hongrie : tant de mépris; quelques heures plus tard, la ridicule mise à sac des locaux de *l'Humanité* nous prouva bien que nous en méritions au moins un peu. Ou cet autre visage, celui de Jean S. qui était communiste et que je ne connaissais guère mais que j'admirais de loin : mes petits camarades le tabassèrent si joliment au nom de la liberté – parce qu'il avait eu le mauvais goût de discuter avec eux. « Il est communiste, juif et laid! tout ce que je hais le plus! » s'exclama la brute qui frappa le premier coup avant de se raviser car il y avait sûrement parmi nous une héritière plus ou moins Rothschild ou David-Weill.

Le bel enthousiasme qui animait pourtant ces défilés, la belle unité retrouvée où, partisans de l'Algérie française et de l'Algérie libérée réunis au coude à coude conspuaient d'un même élan les bouchers de Budapest : et pourtant, dix ans plus tard, j'aurais un peu honte de m'être trouvé là. Il est vrai qu'on découvrait encore un peu plus du vrai visage du communisme et que ce serait alors à qui renchérissait dans l'indignation; mais c'était aussi le temps où Jean Daniel fustigeait Soljenitsyne et en ces années-là, je me sentais volontiers du côté de Jean Daniel.

Alexandre, Alain, Xavier, Geneviève : il y avait aussi Renaud, Victor, quelques autres et je m'enivrais des vertiges de l'amitié. L'un de nous évoqua *Les Treize* de Balzac, un pacte secret auquel nous fûmes quelques-uns à croire une semaine, un mois; mais je ne connaissais Balzac qu'en pièces détachées, l'idée des Treize me mit l'eau à la bouche et l'exploration de *La Comédie humaine* constitua l'essentiel de mes lectures de toute une année.

C'est donc par le roman-feuilleton que je suis entré en balzacie. L'idée d'un groupe d'hommes qui, toutes origines confondues – général ou homme politique, aristocrate plein de morgue comme jeune homme épris de liberté – se seraient juré un jour de s'aider, quoi qu'il arrive et cela jusqu'à la mort, m'avait tout de suite rempli d'enthousiasme. Et c'est avec une même soif d'aventure que je lus tour à tour *La Fille aux yeux d'or, La Duchesse de Langeais* et *Ferragus.* L'intrigue superbe et désespérée de *La Fille aux yeux d'or* surtout me fascina : j'y retrouvais à la fois l'inceste et les amours impossibles, deux femmes et un homme qui s'aimaient jusqu'à se déchirer – jusqu'à s'assassiner, et puis le personnage de Paquita, énigmatique, désirée, celui de la marquise de San-Real qui désirait plus encore avec, égaré parmi ces anges déchus, Henri de Marsay que je savais homme d'État et qui, d'une certaine manière, y laissait son âme.

La Fille aux yeux d'or, La Duchesse de Langeais, Ferragus : je dus m'arrêter là, Balzac n'ayant pas mené plus loin le projet des *Treize.* J'en éprouvai un véritable dépit et ce fut André Tubeuf, toujours lui, qui vint à mon secours : *L'Histoire des Treize* était un somptueux mélo, mais toute une partie de *La Comédie humaine* n'était pas autre chose : un roman-feuilleton délirant comme il s'en publiait dix, comme il s'en écrivait cent en cette première moitié du XIXe siècle où Balzac avait inventé le général-comte de Montriveau amoureux d'une nonne. Avec *Les Treize*, j'avais franchi le premier pas; il ne me restait plus qu'à poursuivre mon chemin.

A quinze ou seize ans – *Mare au diable* et autre parcours imposé d'adolescent solitaire obligeant – j'avais dû lire *Le Père Goriot* sans y attacher d'autre importance que le « Paris, à nous deux » d'un Rastignac, bras croisés au Père-Lachaise, face à la capitale qu'il conquerra : je repris mes marques, relus *Le Père Goriot,* passai aux *Illusions perdues* et de là aux *Splendeurs... :* en quatre ou cinq volumes et un peu moins de deux milles pages, je nageais avec volupté dans les eaux démontées du plus formidable feuilleton jamais élaboré au cours du XIXe siècle : trahison, suicides, grands frères magnanimes, faux curés, vrais forçats et putains au grand cœur – en même temps que je me retrouvais au centre d'un univers parfaitement défini et pourtant ouvert aux mille et un possibles des mille et deux aventures de mille et trois personnages.

L'essentiel, et comme avec Proust, ce fut d'abord la découverte d'un siècle et d'un pays à travers un livre infini. Mais chez Proust, j'avais goûté aux délices d'un tout petit monde, déployé, disséqué jusqu'à ses plus extrêmes limites : c'était cette fois une société tout entière, en un temps et un lieu, qui m'était révélée – et je me découvrais une âme de voyeur.

Voyeur celui qui se promène dans le Paris de Balzac et en explore les rues les plus reculées, les maisons étage après étage, les galetas. De la rue de Bethisy, où l'avoué Desroches a son étude, à la rue de Vendôme qui servira de repaire à Coralie puis à Florentine, entre la rue Saint-Louis et la Chaussée des Minimes hantée par le marchand de tableaux Magus, c'est un Paris souterrain qui semble se révéler sous le Paris devenu le nôtre – où le nom même des rues, leurs habitants, leurs habitudes, tracent à travers chacun des épisodes de *La Comédie humaine* une sorte de réseau crypté, langage des ruisseaux, de la crasse et de la boue, discours des façades lépreuses derrière Notre-Dame ou des grands hôtels, nouveau riche en diable, de la Chaussée-d'Antin. Voyeur, dès lors, celui qui s'aventure et observe simplement le cousin Pons et son ami Schmucke rendre visite rue d'Orléans au bedeau de Saint-François avant de regagner la rue Normandie, tranquille au fond de son Marais. Ivresse de celui qui suit à la trace le caissier Castanier en train de défier le démon du jeu, de l'amour et du pouvoir au milieu du Paris des boulevards et qui nous entraîne derrière lui dans sa quête : formidable journaliste, Balzac nous fait jouer avec lui le jeu du diable boiteux qui soulève les toits des maisons. Ainsi devient voyeur avec volupté celui qui dîne rue des Martyrs avec Cousteau et Dinah de la Baudraye avant de souper en petit comité chez les Navarreins ou chez les Chaulieu; Parisien sinon de souche, du moins de toutes les fibres de mon être, le Paris de Balzac me redonnait le goût de Paris.

Comme les provinces de Balzac. Après le Berry de George Sand ou même la Cité des Cloches de la bonne Mrs. Goudge que j'avais presque retrouvée à Angoulême, Balzac me rendait à son tour le parfum des provinces et des campagnes, des petites villes à la tranquillité desquelles j'aspirai sans les avoir jamais connues. D'où la délectation avec laquelle je me suis repu de ces premières pages, de ces premiers chapitres de tant de romans qui décrivent simplement Sancerre ou Saumur – et peut-être par-dessus tout Issoudun ou Guérande : d'un pays à un paysage, du paysage à la ville qui le domine, de la ville à une maison, un étage, une chambre, Balzac inventa dans *Beatrix* l'art du travelling auquel rien ne saurait échapper. J'étais subjugué : il y avait la technique méticuleuse, forcenée, et la poésie de ce qui était dit, fût-elle celle des allées et venues d'une traite entre les mains de bourgeois ou les avatars d'un majorat. Par Balzac journaliste, j'apprenais à vivre dans un monde dont il s'en fallait d'un bon siècle qu'il ait été le mien. Nulle part, mieux que dans *Les Paysans* ou au début d'*Une Ténébreuse affaire,* je n'ai deviné le danger sourd qui couve au cœur des plus riants paysages d'une France qu'on se plaît à dire aujourd'hui profonde : comme si les violences des *Paysans* avaient tué Paul-Louis Courrier!

Et puis la quantité : la vertu de quantité, l'abondance, la multiplication des lieux, des intrigues, des personnages. On dit aujourd'hui de ces romans-là qu'ils sont foisonnants : c'est peut-être chez Balzac que, le souffle coupé par tant d'audace, j'ai décidé un jour de ne pas reculer devant cette vertu de quantité qui fait frémir les critiques contemporains. Lorsqu'un Balzac, un Simenon vous torchent – eh oui : ils torchent, et faut-il avoir honte pour eux de leur appliquer ce verbe qui, n'est-ce pas? ne sent pas très bon – un bouquin tous les trois mois, comment oser faire la fine bouche devant cette force qui nous pousse à dire et à en dire encore?

C'est à la fin d'une première lecture – bien incomplète encore – de Balzac, que je lançais en manière de boutade à qui voulait l'entendre : « Et l'unique cordeau des trompettes marines », ou les dix mille pages de *La Comédie humaine :* il

s'agit de choisir; j'avouais tout aussitôt – leitmotiv bien connu désormais – que je n'avais pas su choisir, et ne le voulais pas.
Pourtant, au fond de moi, j'avais choisi.

Presque aussi sérieusement : la découverte d'un monde passait par celle de ses habitants, la curieuse émotion qu'on éprouvait dès lors à voir se glisser en arrière-plan d'une intrigue qui ne les concernait en rien, un Maxime de Traille ou un Lousteau, Esther, Bixiou qu'on connaissait peu à peu si bien. La récurrence des personnages, leur apparition et leur réapparition me devenaient bientôt si familières que, souffrant de n'importe quoi – d'une laryngite – j'en aurais presque été, comme Balzac sur son lit de mort, à faire appeler Bianchon. J'imaginais dès lors des fils invisibles, des prolongements inattendus qui auraient subitement donné à un Bixiou ou à un Bianchon la première place d'un roman à part entière – et si, au début, j'ai pu me désoler de voir que les Rastignac ou les Marsay héros, eux, à part entière, d'une saga entière, n'étaient que de formidables ombres dans le reste de l'œuvre – la scandaleuse bonne fortune de quelques « lions », de quelques fauves autrement plus redoutables qui revenaient sans cesse, ici menaçants, là souriants, m'apparaissait comme le signe évident que cette *Comédie*-là était bien celle du monde où je vivais, fût-il transposé un siècle avant dans un autre Paris.

Et puis l'essentiel. Ce dont une lecture sérieuse, réfléchie de *La Comédie humaine* peut d'abord enrichir un garçon de vingt ans pour qui, sans qu'il le sache vraiment, l'écriture devient raison de lire : la construction même de l'œuvre. Ainsi le dessein, l'architecture générale plaquée a posteriori sur un ensemble préexistant auquel elle donne, d'un coup, évidence et cohésion : on se prend alors à regretter les trous, les grandes scènes qui n'ont jamais été écrites et on se dit qu'il aurait fallu tellement plus qu'un Eugène Rabut, qui acheva pour Balzac *Le Député d'Arcis* et écrivit encore, dans la foulée, deux ou trois suites – pour venir à bout du projet qu'à près de cinquante ans Balzac conçut pour un livre qu'il écrivait déjà depuis plus de vingt ans.

D'où l'idée d'une écriture commune, collective, le rêve du livre qu'on écrit *ensemble;* d'où l'idée du roman à plusieurs – non pas tel que les Maupassant et Zola ou encore les Bourget et autres Gérard d'Houville ont pu le concevoir, mais la vision d'un immense terrain qu'on explorerait à cinq, à dix, d'une même haleine. Seule aujourd'hui la série de télévision permettrait peut-être ces jeux-là.

Et puis la manière même dont l'œuvre est faite – fabriquée; et là je touche à l'essentiel. Rien, en ces années Sciences-Po où, d'une certaine manière, je tentais de m'expliquer le monde, ne m'aura autant stimulé que de découvrir une autre forme d'écriture multiple : celle qui passe par l'accumulation de matériaux différents (hétéroclites?) pour édifier un monument parfaitement cohérent : Henry James, plus tard, me donnera les mêmes ivresses. Ainsi, empilant en somme la série des trois *Goriot – Illusions – Splendeurs* qui forme une manière de corps central flanqué de dizaines de demeures d'inégale importance, souvent visitées *(Bette, Pons* et autres *Rabouilleuses)* ou plus méconnues (je n'oserai dire : *Les Paysans* ou *Le Médecin de village*); consolidant le tout par une centaine de courts romans qui précisent ici un élément, brossent là le détail d'un personnage; parachevant enfin l'ensemble par de courtes histoires, de minuscules bouts de récits – des bribes – qui viennent en quelque sorte boucher un trou encore trop visible dans la muraille du livre ouvert sur une fresque unique; usant ainsi de tous les volumes et de tous les espaces, Balzac fait roman de tout dans le but de tout dire.

La leçon de plan, de composition, que je recevais chaque jour à Sciences-Po trouvait ainsi, dans le fabuleux désordre planifié après coup de *La Comédie humaine,* le contrepoint qui lui était nécessaire : je construisais le livre de mes lectures à une virgule près, puis j'en ouvrais grand la porte à tous les souffles de tous les vents du monde pour éprouver enfin un plaisir subtil à retrouver solitaire, attentif, un ordre dans ce qui était épars.

La réalité, dès lors, qui devenait fiction : parmi mes petits camarades, ceux de Sciences-Po, les futurs énarques mais aussi les étudiants que je rencontrais en Sorbonne, ceux qu'il m'arrivait quand même de croiser à la Fac de Droit où je ne mettais pourtant guère les pieds, et puis nos professeurs, les jeunes maîtres de conférence agités, les délégués aux différents bureaux de l'UNEF ou de la Corpo de droit qui se livraient des combats sans merci – c'était tout un monde à Balzac que je voyais maintenant d'une autre manière, comme si Balzac m'avait fourni la grille de lecture dont j'avais besoin pour en savoir davantage sur les microsociétés au sein desquelles j'évoluais.

Ainsi les dîners en ville, les Laurette, les Christine qui nous recevaient près du parc Monceau ou à La Muette devenaient des hôtesses aux intrigues aussi compliquées que celles de la Princesse de Cadignan ou de l'infortunée Coralie : dames du monde et petites grues rivalisaient d'astuce pour accroître leur empire sur ces bons jeunes gens, Vandenesse ou Nathan, qui s'appelaient dans la vie Hervé de X. ou Jean-Pierre N.

Ainsi cette Armelle de B. Elle était petite-fille de diplomate et son père avait dû, un temps, être député. Ils vivaient quelque part du côté de l'avenue Victor-Hugo dans un vaste appartement que je n'avais d'abord entrevu qu'en cachette – « Mes parents n'aiment pas que je fasse venir à la maison des gens qu'ils ne connaissent pas. » La famille était prudente : venu d'on ne sait où (né à Angoulême, comme ce Lucien Chardon qui tenait tellement à se faire appeler *de* Rubempré), je n'avais derrière moi pour tout bagage qu'un lycée Condorcet de bien peu de prestige à côté des Jeanson et autres Stanislas ou Sainte-Croix des frères de ma demoiselle. Mais Armelle de B. m'aimait bien : elle avait voulu me montrer les lieux où elle vivait : « Comme cela, vous pourrez mieux m'imaginer. » Nous ne nous parlions que par *vous* purs et durs.

Elle m'avait entraîné dans le salon paternel : un univers de redoutables japoniaiseries, figures d'ivoire jauni dressées sur tous les meubles comme des dents acérées – et de canapés fragiles, de chaises où je devinais qu'on ne devait s'asseoir que lorsqu'on ne pouvait faire autrement. Les persiennes étaient tirées, la lumière grise : j'imaginais les salons de Diane de Maufrigneuse ou ceux de Madame de Serizy – mais chez les Serizy comme chez les Maufrigneuse, on ouvrait sûrement tout grand les volets, on tirait les rideaux, quand l'appartement des parents d'Armelle était mesquin, au luxe chichement mesuré.

Elle m'avait ensuite emmené dans sa chambre : « Une vraie chambre de jeune fille », avait-elle fait remarquer, tentures roses et porcelaine de Paris, un ours délavé sur les oreillers, quelques livres sans importance et une guitare accrochée au mur; et là, elle avait fondu en larmes pour me faire ses confidences. Je compris qu'elle m'aimait bien, en effet, mais elle en aimait surtout un autre, que j'appellerai Cyrille, cynique, plein de morgue et qui l'avait dépucelée : « Je me suis donnée à lui tu comprends? » Je comprenais, en effet : Cyrille était un de ces jeunes lions, un Vandenesse ou pire, l'infâme Maxime de Traille et moi, gentil jeune homme venu d'ailleurs, pas même un Daniel d'Anthez, on me racontait tout. J'écoutais donc, je revins, je me fis bientôt une spécialité d'écouter les confidences de mes petites camarades et je prenais des notes sur de gros cahiers où je décrivais par le menu l'appartement des parents, la chambre de la fille, ses malheurs, ses espoirs. Car après Armelle, il y avait eu Colette, Danielle, Ginou, une Marie-Anne qui portait de faux seins parce qu'elle se jugeait trop plate et qui, dans un élan de confiance, me les avait fait toucher : « Vous voyez : on dirait du carton! Comment voulez-vous que je puisse embrasser un garçon! » Parce que, avec moi, ça ne comptait pas : témoin que je voulais lucide et détaché, j'étais persuadé de tenir en main les fils des mille marionnettes d'une nouvelle comédie humaine où j'aurais joué le rôle de démiurge attentif.

D'*Une fille d'Ève,* j'allais vers l'*Autre étude de femme : La Comédie humaine* devenait une seconde vie, les malheurs de Mme de la Chanterie ou de Mme du Tillet, née Marie-Eugénie de Granville, valaient bien les petits chagrins d'Armelle et de ses amies : je lisais, j'écoutais, j'observais.

Après avoir hanté à vingt ans l'atelier d'Auguste Peret, plus tard celui de Le Corbusier – il disait encore : Corbu –, mon oncle Denis avait aussi gardé des liens avec quelques surréalistes dont il parlait au passé, avec affection. Il m'aimait bien; un soir, il pensa que cela m'amuserait de rencontrer Lise Deharme, dont je lui avais dit avoir aimé un livre rose et gris, un peu trouble. Celle qui avait été l'une des égéries d'un groupe d'hommes que j'admirais sans avoir vraiment lu leurs œuvres, vivait dans un grand appartement en compagnie d'un homme aux épaules carrées, le front bas, dont je me dis que ce devait être une brute; c'était en fait un jeune journaliste amoureux d'une très vieille dame : le couple me toucha. Je parlai un peu avec lui, un peu plus avec elle, revins une fois ou deux puis Lise Deharme oublia de me réinviter : peut-être avais-je moi-même oublié de la remercier d'un dîner, d'un après-dîner.

Je n'ai jamais revu Lise Deharme, mais j'avais eu la curieuse impression de me trouver en présence d'un personnage de roman : on aurait dit une très vieille petite fille venue de très loin, d'un rêve ancien. Sans jamais la revoir, je lui vouai alors un véritable culte, je lus tous ses livres, puis glissai doucement vers les livres de ceux dont je me disais qu'elle avait pu les aimer, Breton, Artaud, Soupault et les autres que je n'avais fait jusque-là qu'entrevoir. L'avouer très vite : tout cela m'excita fort puis, très vite, m'ennuya beaucoup. Mais je n'aurais voulu l'avouer pour rien au monde. Je plongeais dès lors tête baissée dans tout un bric-à-brac érotico-surréaliste où Ado Kyrou le disputait aux publications d'Éric Losfeld, celles de Jean-Jacques Pauvert aux anciens numéros de la revue *Bizarre*.

Ce fut un temps de graves orgies solitaires : entre Bernard et Victor qui anotaient page après page les cours de François Bloch-Lainé ou de Morazé, je déployais sur la table bien cirée de la bibliothèque de Sciences-Po, côté soleil, l'*Érotisme au cinéma* d'Ado Kyrou ou une *Esthétique du sein* qui, photos à l'appui, révélaient ici un bout de téton, là un morceau de fesse, sous le regard réprobateur des Armelle et des Brigitte, qui ne voulaient rien avoir affaire avec ces horreurs-là. C'est qu'elles étaient vertueuses, mes petites camarades! Et quand bien même celle-ci ou celle-là avait abandonné à un Jean-Pierre ou un Jean-François un peu plus qu'un bout de cuisse, c'étaient là des choses dont on ne parlait pas, et surtout, qu'on ne venait pas leur mettre sous le nez au beau milieu de la bibliothèque.

Je trouvais cela infiniment drôle. La lecture des textes était carrément insipide, frôlait souvent le grotesque, mais ces photos, ces images, ces allusions me titillaient drôlement. Ainsi fréquentais-je assidûment la librairie du Terrain vague, rue de Verneuil, que tenait Éric Losfeld où j'achetais les premières bandes dessinées dites « pour adultes » qui, de *Barbarella* à la mise en images d'un roman de Boris Vian *(Et on tuera tous les affreux...)* jouaient à leur manière la dialectique du bout de sein face au morceau de cuisse, mais en belles couleurs vives qui me faisaient renouer, à dix ans de distance, avec le temps béni des Zorro et surtout de Durga Rani.

Bric-à-brac : je n'en suis jamais tout à fait sorti et l'érotisme du genre distingué continue à faire bon ménage chez moi avec le tout-venant d'un graphisme prétentieux, les anthologies du rêve avec celles de l'objet insolite et c'est tout juste s'il ne m'a pas fallu y regarder à deux fois pour comprendre que Clovis Trouille et Balthus, ce n'était pas tout à fait la même chose : les vieux petits jeunes gens de *Bizarre* ou les bons apôtres du Terrain vague avaient trouvé en moi un gibier de choix et je mordais à toutes les lignes pourvu que s'agite au bout de l'hameçon une petite fille un peu déshabillée de n'importe quel oripeau d'un quelconque surréalisme.

Être honnête? Si la pornographie est l'érotisme de l'autre, peut-être que je regrettais seulement de devoir cacher sous le voile pudique et presque respectable de l'érotisme, façon rue de Verneuil, la pornographie fraîche et joyeuse à laquelle je n'osais m'abandonner. Alors, je lisais entre les pages et faisais mon miel de gentilles âneries, faute d'oser goûter franchement à de joyeuses cochonneries.

Tout n'était pas si lamentable dans mon aventure para-surréaliste. C'est ainsi que je fis par hasard l'acquisition d'un Jarry complet, huit volumes presque de luxe et publiés en Suisse. Et si le *Père Ubu*, lu trop tôt en classe de seconde par la grâce d'un professeur qui s'était trompé ne m'amusa pas plus que la première fois, si *Messaline* (« roman de l'ancienne Rome »!) ne me parut pas d'une meilleure eau que les publications habituelles du Terrain vague, le *Docteur Faustrol* ou *Les Minutes de sable memorial*, voire simplement *Le Surmâle* me conduisirent un peu plus loin sur ce chemin de l'insolite où je m'aventure encore – en prenant toutefois soin maintenant de bien regarder derrière moi, de crainte d'y être surpris, tant il a été balisé, c'est-à-dire banalisé. Mais en ces années héroïques où saint Éric (Losfeld) et saint Jean-Jacques (Pauvert) jouaient avec saint Maurice (Girodias) à qui ravira notre âme, nous n'étions qu'une poignée de pécheurs ravis – et puis qu'elle était délectable, la petite culotte au bout de l'hameçon! Tout ce qui m'avait semblé vaguement roublard chez *Ubu Roi* m'apparaissait d'ailleurs d'une formidable drôlerie lorsque la pataphysique d'Ubu réapparaissait dans toute sa splendeur face au philosophe Achros dans *Les Minutes de sable*. Quant au *Surmâle*, c'était à proprement parler l'apogée d'une certaine géométrie dans les spasmes, un exercice de haute virilité – comme on dit haute v... ou même haute fidélité – qui réduisait à bien peu de choses les copulations laborieuses des petits papes d'un sous-surréalisme éculé.

Et puis, Jarry à la main, Ubu au cœur et Messaline qui me montait quand même à la tête, je tranchais singulièrement sur mes petits camarades, devant mes petites copines. Un jour, pris au dépourvu par un journaliste, j'ai déclaré sans vergogne « n'écrire que pour épater les filles » – mais j'avais à peine un peu plus de trente ans, il faut me le pardonner; il n'en reste pas moins qu'à vingt ans, je lisais bien souvent pour les épater aussi, mes Armelle et mes Christine ou la longue Brigitte qui me trahirait si bien un jour. Jarry se transformait, dès lors, en une botte secrète qui valait bien tous les Faulkner auxquels elles se laissaient prendre.

J'achetai quelques numéros d'une revue qui s'appelait *Midi-Minuit fantastique*. Le *Midi-Minuit* était, boulevard Poissonnière, un cinéma spécialisé dans les films d'épouvante et de terreur : en un mot, le fantastique. Mais le temps n'était pas encore à ces grands jambories qui, de *Massacres à la tronçonneuse* (n°s 3, 4, à 99) réunissent à Avoriaz des publics de grands enfants joyeusement effrayés et les vrais fans du cinéma fantastique, et nous n'étions alors que quelques-uns à nous retrouver avec jubilation boulevard Poissonnière, parmi le tout-venant d'un public en transit. On y célébrait le culte de Christopher Lee en Dracula et de son éternel ennemi Peter Finch. Les films de Roger Corman – dont Vincent Price était le pape – et ceux de Mario Bava, voire de quelques maîtres de moindre importance, nous y paraissaient soudain valoir tous les Bergman du monde... Et moi qui me faisais un devoir d'aligner côte à côte sur le rebord de chêne vernissé de mon « cosy-corner » les numéros jaunes des *Cahiers du cinéma,* c'était avec un plaisir encore plus subtil que je recherchais les vieux numéros de *Midi-Minuit fantastique,* consacrés à

Frankenstein ou aux films inspirés d'Edgar Poe que Corman, précisément, tournait alors en quelques semaines, sinon quelques jours, avec les mêmes comédiens et dans les mêmes décors.

Bric-à-brac : c'était bien de cela qu'il s'agissait. L'arrière-boutique d'un costumier où toutes les défroques de nos menues hantises et des plus exquises voluptés auraient pendu dans le désordre; le déferlement des accessoires après tournage d'un film néo-surréaliste dont les acteurs principaux seraient allés se réchauffer d'un grog au café du coin : ne restaient plus que le toc et les stucs qui, dans la lumière des projecteurs, passaient pour la lune, les étoiles, une jungle, des nuages – aussitôt crevés comme des baudruches et d'un coup d'épingle.

Mais des centaines de baudruches, ça peut vous encombrer sérieusement un ciel.

Certains nuages de papier duraient plus longtemps. D'autres encore ont été de vrais soleils qui allaient planer toute une vie dans le ciel de nos imaginations. Je rendis ainsi une nouvelle visite à Aragon, mais il y eut ensuite le détour obligé par René Daumal ou Roger Gilbert-Lecomte, le voyage jusqu'à Leiris et surtout celui vers Bataille.

J'aurai déjà dû rencontrer l'Aragon de ces années-là en suivant *Nadja,* mais mon tête-à-tête avec Breton avait tourné court : l'ombre de Marie-Noëlle était venue nous déranger. C'est libre et solitaire que je m'aventurais aux côtés d'*Anicet* ou du *Paysan de Paris.* Le premier renouait avec mon désir lointain d'une société secrète où nous aurions été quelques-uns à n'en aimer qu'une, à vouloir désespérément le bien ou le mal. Mais l'Anicet du *Panorama* vivait aussi dans un Paris incertain issu d'un monde où mes amis de *Bizarre* ne faisaient que traîner leurs gros sabots, tandis que le héros d'Aragon s'y promenait léger comme un elfe, futile, allusif ou discret comme un éléphant au milieu d'un magasin de porcelaine, ce qui revenait au même. La trahison de Mirabelle, égérie d'Anicet qui finit par épouser un banquier, c'était le départ de toutes nos petites amies, lassées par nos jeux de gamins. Quant à l'intervention de Nick Carter, que j'avais connu à quatorze ans détective en couleur dans des illustrés traduits de l'allemand, elle achevait de donner à cette équipée l'aspect irréel et fou qui me lavait du trop-sérieux (comme on dit le trop-plein) de tant de mes engouements.

Il ne me restait plus, dans les environs du passage des Cosoramas, qu'à mettre mes pas dans ceux du *Paysan de Paris :* le faubourg Poissonnière n'était pas loin du passage des Panoramas qui ressemblait comme un frère à celui de l'Opéra, je me promenais des après-midi entières avec les mêmes petits carnets dans mes poches. Je notais le nom d'une boutique, le texte d'une affiche, celui d'une enseigne et me disais que cela aussi pourrait devenir poème. Que j'aie sous le bras les cours de Bloch-Lainé ou dans ma serviette les formules magiques de MM. Long, Weil et Brabant, n'ajoutait que plus de piquant à l'escalade que je fis des Buttes-Chaumont pour y retrouver le sentiment de la nature selon le Paysan d'Aragon. Mais au-delà de ces menues exaltations, le *Paysan,* au côté droit du cœur et Balzac qui occupait tout ce qu'il y restait de place, je me disais inventer une nouvelle manière de voir Paris. J'y déambulais solitaire et ravi, d'autant plus exalté d'ailleurs que je savais bien qu'au terme de ces excursions d'un exotisme où le temps passé tenait une fois encore lieu de terre lointaine, je retrouverai mes petites camarades de la rue Saint-Guillaume à qui, devant un chocolat crémeux de chez Basile, je ferai partager mes émotions; mais surtout je me laisserai tomber sur mon lit du boulevard des Batignolles et, le *Don Juan* de Mozart en pleine gueule, je m'abîmerai dans une rêvasserie d'où il sortirait bien quelques mots de plus sur une feuille de papier.

On l'a compris : je commençais à écrire : je commençais seulement.

Je n'allais pas très loin du côté de Daumal, Crevel ou de Roger Gilbert-Lecomte, car c'était moins ce qu'ils avaient en fin de compte laissé qui m'intéressait, que ce qu'ils avaient fait *ensemble :* le désir du groupe, de l'amitié, l'envie d'être plusieurs, qui continuent à me tarauder. Ainsi *Le Grand jeu* dont j'avais trouvé une réédition à la librairie du Minotaure (souvenir de la brave tête du taureau ébahi des vieux numéros de *l'Écran français* de mon enfance) ne m'intéressa vraiment que parce que j'y vis une œuvre collective où l'apport de chacun se fondait dans l'aventure de tous. Mais si je tentais de transposer dans ma vie de tous les jours les explorations piétonnières devenues littéraires de Breton ou d'Aragon – il en résultait ces notes dont j'ai presque honte aujourd'hui, tant elles imitaient naïvement ceux qui m'avaient montré le chemin – les expériences de René Daumal, de Roger Gilbert-Lecomte et de Crevel lui-même, me semblaient autrement plus dangereuses, et je n'en caressais qu'avec une prudence de petit-bourgeois timoré les perspectives abyssales. Ou alors, je les exposais à mes amis de chez Basile ou de Poujade avec d'autant plus de fièvre que j'étais lucide : je parlais de ce qui n'était pas sujet d'expérience mais seulement d'observation d'autant plus attentive qu'elle était plus frileuse.

Noter au passage que cette Christine, dont le nom est déjà revenu souvent dans ces pages, m'écouta, elle, avec une étrange ferveur et que, Daumal ou Crevel, *Le Grand jeu, Le Clavecin de Diderot* ou *La Mort difficile,* elle y laissera presque la peau. Mais ceci est une autre histoire qu'on racontera peut-être un jour.

Je devais bien aborder d'autres rivages : c'est Charles Morazé, professeur à Sciences-Po, qui, dans la bibliographie de son cours consacré aux pays en voie de développement, avait cité *L'Afrique fantôme :* paradoxe de ce temps-là où tous les chemins menaient à la vraie connaissance, puisque j'étais aussi arrivé à Michel Leiris par un détour surréaliste.

Sans deviner jusqu'à quelles profondeurs obscures l'Afrique selon Leiris pourrait m'entraîner, j'avais le sentiment que ce n'était pas seulement dans l'univers des ethnologues que je me lançais avec lui. Victor, qui savait tout sous son béret rond, m'avait expliqué comment Leiris avait quitté un monde qui lui ressemblait trop – celui, précisément, d'Anicet et de ses compagnons – pour retrouver l'homme ailleurs. Il s'était fait Huron chez les Nègres et, à la croisée des chemins de deux civilisations qui ne se rencontraient que sous le signe de la violence, avait dit ce qu'il ne fallait pas dire. Bien sûr, j'avais fait le rapprochement qui ne s'imposait pas avec le Gide du *Voyage au Congo :* tout ce qui était emprunt de mauvaise conscience bellement humaniste chez Gide m'apparaissait subitement d'une naïveté d'autant plus évidente qu'elle était criante de vérité; alors que l'observation étonnée et parfaitement contradictoire, désespérée aussi de Michel Leiris faisait aux cours de Morazé ou de René Dumont un bien étrange contrepoint. C'était, pour reprendre le titre d'un livre de Roger Caillois que j'allais lire un peu plus tard, l'Incertitude qui venait des rêves. Mais de quels rêves...

De la littérature considérée comme de la tauromachie, puis *L'Âge d'homme, Biffures, Fourbis :* l'œuvre de Leiris s'est développée devant moi comme un univers parfaitement concret où le souvenir devenait matériel littéraire au même titre que la pierre et la poutre dont on construit la maison. Moi qui m'étais si longtemps abandonné aux molles nostalgies d'une enfance revécue par ces moyens du bord que sont les stéréotypes romanesques de la mémoire et ces foutues maisons de vacances où je croyais atteindre à l'archétype d'un bonheur béat – impossible peut-être mais quand même à la portée de la main – je découvrais une manière autre de revivre les moments de ce qui avait fait un moi : l'exploration méthodique dont chaque mot était pierre de touche, révélation ou danger. Et même si l'idée du combat du toréro avec la phrase me semble aujourd'hui davantage une métaphore séduisante qu'une véritable analyse de la création littéraire, Michel Leiris, le premier, me montrait que l'écriture pouvait être un danger; que toute ma vie pouvait se jouer sur un mot – et qu'il n'y avait pas de mot innocent.

Je n'ai lu que peu à peu *L'Âge d'homme*, *Biffures*, *Fourbis*, plus tard *Fibrille :* c'était une manière d'exercice quotidien, de gymnastique sanitaire en somme que d'en explorer chaque soir cinq ou six pages, au terme d'une journée passée à des divertissements plus légers. Au sens le plus profond du mot, les livres de Michel Leiris ont constitué, à vingt ans, mon premier vrai livre de chevet.

Georges Bataille enfin : je ne pouvais pas ne pas arriver à lui, dont le souvenir de l'apéritif d'après la messe à Riom, le café Borel et cet homme au gilet de cuir demeurait une image mythique de mon adolescence. A qui, en ces années d'étudiant, ai-je osé déclarer que je connaissais bien Bataille alors que je n'avais fait que le croiser dans le sillage de mon père, du Dr Delteil, de Simone X. qu'il avait aimée et qu'il n'avait pourtant pas revue depuis vingt ans mais dont je savais qu'à tout moment il aurait pu la croiser dans les rues du village? Celui à qui je me vantais de cette intimité le rapporta à un autre qui, lui, connaissait bien Bataille et je connus un beau moment d'humiliation quand la vérité me revint en retour, un jour au Mabillon ou à la Pergola : il se vantait, le petit! Et pourtant, au fond de moi, je savais que je connaissais bien Georges Bataille avant même de l'avoir lu.

Mais je l'ai lu.

Et c'est vers les profondeurs auxquelles, sans le savoir, j'aspirais depuis que j'étais en âge de lire et de tenter d'écrire que je me suis trouvé alors entraîné : un vertige. Vertige alors de l'innommable, de ce qui ne pouvait jusque-là être dit et qu'il faut jeter à la face de qui nous aimons, pour que l'amour se change en cette terreur qui est aussi l'amour. Pas à pas, à travers les domaines de la fiction qui m'ont toujours été les plus (sinon les seuls) accessibles, Georges Bataille m'a entraîné sur les chemins d'une découverte *autre.* D'une différence redoutable : le plaisir et la mort, l'excès et la joie, l'impossible et le désir, la connaissance, en somme, qui vient des gouffres. Ce n'est que beaucoup plus tard que la lecture de *L'Expérience intérieure* viendra sceller ces découvertes : dans un premier temps, tour à tour, *L'Abbé C., Madame Edwarda, Le Mort, Le Coupable,* bientôt le *Bleu du ciel* et longtemps après *Ma Mère,* me conduiront à ces zones incertaines où la folie de qui aime n'a d'égale que la grandeur de qui refuse parce qu'il désire trop. Blasphème, profanation, crime – l'œil arraché ou le cul dans la soucoupe de lait, le curé aux couilles pendantes : images? souvenirs? Réalité chez Bataille : reconstitution a posteriori pour moi d'un univers où je m'égarais en tremblant. J'étais fasciné par tout ce que je n'avais jusque-là jamais osé imaginer, à plus forte raison formuler : à peine entrevoir. Les personnages d'Éponine, de Dirty, de Madame Edwarda, je les avais déjà rencontrés : ils couvaient sous la fange dans l'œuvre de Bernanos et je m'émerveillais de les si bien reconnaître. Car, ancrée en Bataille et au-delà des oripeaux d'un surréalisme qu'il n'avait fait que croiser et par-delà son bref passé communiste – il y avait eu, il y avait encore, je le savais, je voulais le savoir, je voulais le dire, je l'affirmais à mes amis : il y avait la Foi.

J'avais aussi la Foi : je fréquentais assidûment la communauté catholique de Sciences-Po et Bataille éclairait d'une lueur terrible et vraie tout ce en quoi je croyais. Le tragique de l'érotisme, c'était la désespérance d'un univers où Dieu se refuse à qui l'appelle. Madame Edwarda, putain nue, folle, gluante de désir, c'est l'appel désespéré de qui crie du fond d'une solitude où seul, très loin, tout en haut, le bleu du ciel est peut-être lumière. Mais le *Bleu du ciel*-livre s'achevait dans la boue, dans la fange, parce que c'est là que se roulent ceux qui veulent trop fort arriver au-delà.

Devant le Père David, aumônier de la communauté catholique de Sciences-Po, j'évitais de me lancer dans ces exégèses de Bataille car, incapable que j'étais – et que je suis resté – de formuler une idée abstraite, je redoutais la naïveté de mes propos. Mais devant mes petites amies de ce temps-là – Armelle, Christine et Brigitte qui furent celles qui importaient alors – je n'éprouvais pas les mêmes pudeurs et devenais grave pour parler du *Bleu du ciel* ou du *Mort.* Avec *Bizarre* et *Midi-Minuit fantastique,* on pouvait (on devait) rire; mais lorsque telle formule de *La Part maudite* (« L'acte sexuel est dans le temps ce que le tigre est à l'espace ») amenait sur mes lèvres le début d'un sourire, j'avais le sentiment de commettre un sacrilège.

Christine m'écoutait avec pourtant, aux lèvres, un étrange sourire...

Il y avait plusieurs cercles d'initiés à la vie profonde et glorieuse de Sciences-Po. Le premier était celui de ces personnages mythiques dont l'univers côtoyait le nôtre sans que, les premiers temps du moins, nos existences fussent autre chose que parallèles; c'était, je l'ai dit, le monde des énarques, voire de ceux qui préparaient l'illustre école. Mais il existait d'autres sphères, et un ordre plus élevé encore et dont, par Armelle, j'avais parfois une idée, un aperçu. Les Christian Bourgois, les François Dujaric, les Pierre-André Boutang, dont les compagnes s'appelaient Nadine Cail ou Karine Rueff me paraissaient ainsi appartenir à une galaxie brillante mais à des années-lumière de la planète habitée par le commun des mortels où je vivais – et ce ne sera que bien plus tard que certains d'entre eux deviendront des amis.

Pour ma part, je vivais plutôt parmi un groupe de copains – il n'y a pas d'autre mot : des amis, des camarades, des copains. Nous étions nous-mêmes à cheval sur plusieurs mondes et celui de la communauté catholique de l'école qui se réunissait dans un local de la rue d'Assas, y tenait une grande place. Il avait lui-même son aristocratie, faite de graves jeunes gens et de jeunes filles pas toujours très jolies qui appartenaient à la Conférence Olivaint. Réunions d'étudiants des beaux quartiers qui discutaient en semaine du message du Christ avant de rejoindre dès le vendredi soir et en smoking croisé leurs rallies respectifs, la Conférence Olivaint m'apparaissait ainsi comme une société secrète à laquelle appartenaient beaucoup de mes amis mais que nul ne m'avait jamais proposé de rejoindre. Des Patrick, des Jean-François aux jolis noms, d'autres Alain en faisaient partie. Et Brigitte.

Mais au-delà de ces flirts placés sous le signe de la croix avant et après les baisers nécessaires au bon fonctionnement du groupe, il y avait encore un autre cercle que je côtoyais également d'assez près, sans pour autant y appartenir le moins du monde. C'était l'univers d'un Sciences-Po poussé jusqu'à ses limites les plus caricaturales où évoluait une faune de freluquets au snobisme à toute épreuve, riches bien entendu, qui avaient à profusion voitures, appartements, filles. J'étais parfois invité à leurs fêtes, mais je savais que je ne faisais pas partie du groupe : on m'aimait bien, je distrayais, mes enthousiasmes devaient avoir quelque chose de rafraîchissant. De mon côté, je me moquais parfois, je savais railler : apprenti snob à ma façon, j'enviais peut-être. C'est parmi ces jeunes messieurs et leurs demoiselles que j'ai connu Christine.

Portrait de Christine. Elle était d'un blond cendré, ni grande ni petite mais menue, taille fine, les yeux gris, et portait déjà des ensembles Chanel, foulards Hermès, chaussures de grand bottier : elle était riche. « Petite fille de riches », dira-t-elle un jour, avec un rire qui n'était pas vraiment gai.

Christine dansait avec les Jean-Pierre, les Antoine, et flirtait outrageusement dans la pénombre des salons de La Muette ou du square de l'Alboni où je ne l'ai d'abord vue que de loin. Elle semblait très liée à Jean-Pierre qui était presque mon ami. Lui-même nous laissait entendre qu'elle n'avait plus rien à lui refuser : en ces années où le monde des filles se divisait en une infime minorité « qui couchait » et la grande cohorte de « celles qui ne couchaient pas », Christine m'apparaissait, si frêle et si aventureuse, comme un personnage étrange, venu d'une miraculeuse et fragile planète.

Après quelques mois – ou quelques semaines – le Jean-Pierre en question l'abandonna à un autre Jean-Pierre – qui n'était toujours pas moi – et je me rendis compte que j'aurais tout donné pour la tenir – fût-ce le plus chastement du monde – dans mes bras.

Christine était jolie.

Au retour de vacances de Noël j'ai pourtant osé danser avec elle. Elle revenait de Chamonix : bronzée, son regard était plus gris, plus pâle. C'est elle qui est venue vers moi. Son flirt du moment n'était pas encore arrivé, je la crus désespérée; nous n'avions jusque-là échangé que des paroles sans importance, je fus surpris qu'elle me parlât d'un film que je venais de voir, d'un concert auquel j'étais allé. Elle m'y avait vu, je n'aurais pas imaginé qu'elle fréquentât là, elle sourit : « Je n'ai pas tout à fait les mêmes goûts que Jean-Pierre. » Puis nous dansâmes et lorsque sa joue s'appuya sur mon épaule, je me dis que j'étais amoureux d'elle. Puis le Jean-Pierre du moment apparut et je la perdis de vue.

Mais ce premier pas était fait : de chocolat chez Basile en promenade sur les quais, nous fîmes davantage connaissance et je m'émerveillais que cette petite fille – je disais avec attendrissement : « une si petite petite fille », qui vivait si intensément la vie d'un monde que je ne faisais que côtoyer, parût soudain si proche de moi. De fil en aiguille nous devînmes amis. C'est sur le pont des Arts, sous la pluie, qu'elle me demanda de ne pas évoquer notre amitié devant « les autres ». Je voulus savoir pourquoi, elle ne voulut pas me répondre. « Parce que » – et c'était tout.

Nous parlions de cinéma, de musique – elle jouait du piano, aimait Chopin, Liszt qui m'étaient alors étrangers – mais surtout des livres que je lisais : bientôt, je me rendis compte qu'à peine lui avais-je parlé de tel Balzac ou d'un texte plus sulfureux de Georges Bataille, que Christine l'achetait, le lisait aussitôt, me donnait la réplique dès le lendemain. On se tutoyait fort peu, en ces années-là, mais très vite Christine, qui vouvoyait tous ses Jean-Pierre – m'avait dit tu et j'en avais fait autant. Comme elle sortait presque tous les soirs et travaillait quand même en bibliothèque une bonne partie de la journée, je m'étonnais : « Mais quand lis-tu ? » Elle avait levé vers moi ses yeux gris : « Mais la nuit : je dors très peu, tu sais. »

Un après-midi, comme Armelle l'année précédente, elle m'emmena chez elle. Elle habitait avec ses parents. Comme Armelle, d'ailleurs, elle m'expliqua gravement que ses parents n'aimaient pas qu'elle conduisît des amis chez eux parce que – c'était le mot de son père, elle me le répéta : il considérait tous ses camarades comme « de jeunes branleurs »; mais elle m'expliqua aussi que son père ne me classerait sûrement pas dans la catégorie des branleurs. Je voulus savoir dans quelle catégorie il m'aurait classé et fus passablement vexé de comprendre que ç'aurait été dans celle des timides.

Ses parents habitaient quelque part au milieu du XVIe, un hôtel particulier presque art-déco qu'on a détruit depuis ; elle-même y disposait de toute une petite aile qui s'avançait au-dessus d'un jardin. Elle avait un petit salon, une petite cuisine, une petite chambre, une grande salle de bains. Tout cela était très nu, avec seulement une bibliothèque basse où s'entassaient les livres dont nous avions parlé, et ceux-là seulement. « Avant, me dit-elle, comme si c'était une explication suffisante, je ne lisais pas. » On pouvait accéder directement à son appartement par une porte qui donnait sur une impasse et dont elle seule avait la clef. « Tu sais, je suis une femme libre », m'avait-elle lancé la première fois.

Tout était grand, en revanche, dans la partie principale de l'hôtel particulier où vivaient ses parents. Une sorte de grand atelier-studio faisait aussi salon, avec une mezzanine qui courait à quatre mètres de hauteur où l'on parvenait par un escalier très blanc : le décor ressemblait aux illustrations d'appartements à la mode tels que j'en avais vus dans les *Plaisirs de France* de mon enfance. « C'est le frère de ma mère qui a tout décoré dans sa jeunesse », me dit encore Christine. Lorsque je lui demandai si c'était un décorateur connu, elle me répondit qu'il s'était suicidé dans les premiers jours de la guerre. J'appris plus tard que ce fils d'industriels du Nord était artiste, homosexuel et communiste : le pacte germano-soviétique avait ébranlé toutes ses convictions, il s'était tiré une cartouche de fusil de chasse dans la tête.

Mais ce qui me fit revenir si souvent chez Christine, c'était les livres qui occupaient d'immenses et vertigineuses surfaces sur tous les murs de la maison principale, et singulièrement dans l'atelier et sa mezzanine. Partout couraient de longues rangées d'éditions originales du XXe siècle et d'illustrés modernes. De Valéry à Larbaud, de Gide à Cocteau, Breton, Eluard illustré par Max Ernst ou Man Ray, tous les surréalistes – mais avant eux un Proust avec envoi et puis de grands volumes illustrés par Bonnard, Degas, la collection complète des gravures de Laboureur, les publications de Verve, des Chagall, Braque ou Vieira da Silva. C'était, en vingt fois plus riche, ce que j'admirais jadis chez cette libraire du faubourg Saint-Honoré, mère de l'amie de Marie-Noëlle. Dans les sous-espaces demeurés libres entre les bibliothèques, des toiles de Delaunay ou de Magnelli, d'un certain Kupka dont je ne savais rien, un Klee lui-même, ajoutaient à l'extraordinaire adéquation des livres et de la maison, toute en rampes métalliques et plaques de verre. Un grand bronze de Zadkine achevait de faire de la pièce centrale un espace intellectuel et artistique parfaitement situé dans le temps, quelque part au milieu des années vingt à quarante.

C'était le grand-père de Christine qui avait accumulé ces livres, ces tableaux; le père de mon amie, lui, s'en moquait bien et seule sa mère continuait à entretenir la collection. « Jusqu'ici, m'expliqua Christine à qui je faisais part de mon émerveillement, je ne m'y intéressais pas beaucoup, mais je t'assure que ça va changer! »

Je revins souvent chez elle. Nous quittions Sciences-Po l'après-midi et nous nous installions directement dans l'aile de Christine; puis je faisais une expédition dans le studio, d'où je revenais chargé de livres et nous restions jusqu'au soir dans sa chambre et dans ce qu'elle appelait son salon. C'était elle qui finissait par soupirer en regardant l'heure : Jean-Pierre, ou un autre, l'attendait. Elle avait une Fiat 500, me déposait du côté du boulevard des Batignolles et disparaissait dans sa nuit à elle. Lorsque nous savions que nous allions nous rencontrer à une soirée, une surprise-partie, nous convenions d'être très aimables l'un vis-à-vis de l'autre, mais surtout de ne rien laisser transpirer de notre intimité. Rien n'égalait alors la jalousie que j'éprouvais à la voir pâmée (me disais-je!) dans les bras de celui-ci, ou de celui-là, qui la tenait serrée contre lui. Lorsqu'il m'arrivait de l'inviter pour un slow, nous nous tenions à une distance plus que respectable. Je n'en fus pas moins stupéfait lorsqu'un après-midi elle m'expliqua, comme la chose la plus naturelle du monde, qu'elle n'avait jamais couché avec un garçon : « Ils se vantent », se borna-t-elle à répondre à mes questions.

C'est en compagnie de Christine, dans sa chambre ou dans son salon, que je lisais Aragon ou Bataille : elle achetait en général un deuxième exemplaire du livre que je découvrais, et nous lisions en même temps le même livre. Nous avions des conversations très sérieuses, des fous rires, nous prenions le thé à six heures, buvions du whisky (que je n'aimais guère) avant de nous séparer : pendant toutes ces premières semaines, je n'eus jamais un geste pour elle qui fut autre chose que de simple amitié et Christine elle-même ne semblait rien attendre d'autre. Pas une seule fois, d'ailleurs, je ne me demandai ce qu'elle attendait de moi : tant que dura ce qu'il faut bien appeler une aventure – car c'en était une, ô combien! – j'eus le sentiment de vivre un chapitre de roman. Christine sortait d'un livre, c'était un personnage tout droit issu de l'imagination d'un romancier – et j'étais une sorte de narrateur, un témoin.

Un soir, devant sortir, elle se déshabilla à demi devant moi. Bientôt je m'enhardis à l'embrasser, elle se laissa faire, avec beaucoup de tendresse, beaucoup de distance aussi. Bientôt, encore, elle se laissa caresser, me prodigua elle-même des caresses que je n'espérais pas mais, aussitôt que je voulus aller plus loin, elle m'arrêta. Elle m'expliqua gravement que les raisons de son « Tout, mais pas ça » n'étaient pas celles de ses camarades; je sus que je ne devais pas insister. Nous nous installâmes dès lors dans une étrange intimité, faite de lectures partagées, de baisers, de vraies caresses de vrais amants sans pour autant qu'amants nous ne fussions le moins du monde, ni même qu'en public nous passions pour de vrais amis.

Souvenirs troubles, aussi, de ces caresses, de Christine qui ne tarda pas à se montrer nue à moi, qui me montra des photographies d'elle nue qu'un autre avait prises et qui, dès que nous nous retrouvions dans le hall de Sciences-Po, chez Basile ou chez l'un de ses soupirants, redevenait la jeune fille des beaux quartiers, tout Hermès et Chanel au vent, et se bornait à répondre d'un gentil sourire à une allusion parfois maladroite.

Tout cela a duré à peu près six mois : j'étais en troisième année de Sciences-Po, Christine en année préparatoire, elle échoua à ses examens, partit pour l'Amérique et n'en revint que bien plus tard, mariée, indifférente, incolore. Un jour, j'aurais peut-être l'audace d'aller plus loin dans les aveux de ce que furent ces après-midi passées dans la maison de Christine où je ne vis jamais père ni mère, ni le moindre domestique – ni un seul signe de vie qui pût laisser penser qu'elle n'habitait pas seule : parmi les livres Christine m'a fait vivre une histoire, comme on n'en lit que dans les livres.

Christine me l'avait dit : avant de me connaître, elle ne lisait guère. Ce fut pourtant elle qui, la première, me fit découvrir Saint-John Perse, dans une édition originale d'*Éloges,* dont l'auteur s'appelait encore Saint-Léger. Le volume était dédicacé à son grand-père, ami d'enfance du poète; les pages maculées, écornées, faisaient de ce qui était une édition rare et recherchée un livre lu et relu. Mon amie m'expliqua que sa mère y avait presque appris à lire et qu'elle-même avait joué, enfant, avec ce livre. Après *Éloges,* j'arrivais à *Anabase, Exil :* une langue souveraine m'apparaissait, lentement déployée, capable de dire le temps, l'espace, la lumière, avec des mots rares dont chacun me donnait le regret de l'effort que je me savais incapable d'accomplir. D'entrée de jeu, la poésie de Saint-John Perse se plaça à des hauteurs qui me glaçaient et m'enthousiasmaient en même temps. Pour la première fois, je devinais que la poésie peut tenir un discours parallèle à celui des hommes et, lisant les volumes d'*Anabase* ou d'*Exil* sur grand papier, portant la même dédicace, la même signature que l'*Éloges* qui m'avait d'abord bouleversé, j'étais comme frappé d'une terreur sacrée : c'était la première fois que j'éprouvais le sentiment de tenir entre les mains un livre dont le sens était ailleurs; un poème où le poète avait à dessein usé des mots qui étaient les miens (encore que diablement loin de moi) pour formuler une incantation inconnue dont la richesse même était dans son mystère.

Lorsque je faisais part à Christine de ces réflexions, elle me regardait incrédule : pour elle, tout était clair dans *Exil* ou dans *Anabase :* l'homme qui avait été l'ami de son grand-père y racontait sa vie. Lorsque *Amers* parut cette année-là, j'en fis à mon tour, et comme elle à huit ou dix ans, un livre où je pouvais en somme apprendre à lire. Mais à lire autrement. Mon volume d'*Amers,* usé, raturé, existe encore quelque part au fond d'une bibliothèque mais, le cherchant ces jours-ci pour le décrire, je n'ai pu le retrouver.

Oser le dire, dans la foulée : face à moi qui lisais Saint-John Perse ou bientôt Segalen, Pavese, Christine, à demi étendue, sur le canapé de cuir blanc de ce qu'elle appelait son salon, se laissait aller à des rêveries solitaires, ambiguës. Lorsque nos regards se croisaient, elle me souriait. Un jour où j'ai tenté encore une fois d'aller plus loin dans mes caresses et qu'elle m'a doucement écarté, elle m'a dit : « Je suis une femme libre et je me permets tout, surtout de refuser. » La formule est trop belle : peut-être Christine ne l'a-t-elle pas énoncée aussi précisément.

Un de nos amis s'appelait Segalen. Renaud Segalen était le petit-fils du poète et la mère de Christine possédait les éditions originales de *Stèles*, de *Peintures*, d'*Équipées* et de *René Leys* – c'est parce que je connaissais Renaud que j'eus envie de lire les poésies de son grand-père.

Qui lisait alors Segalen? La légende veut que Saint-John Perse lui-même, qui lui devait tant mais ne reconnaissait guère cette dette, eût fait ce qu'il pouvait pour l'occulter encore davantage – et la belle thèse qu'Henry Bouiller lui consacra n'avait pas encore parue : qui lisait donc Segalen, hormis une poignée d'initiés et de vieux routiers de la Chine? Mais l'amitié que j'éprouvais pour Renaud – l'admiration aussi que je portais à sa sœur Anne qui, aperçue un jour coiffée de fleurs dans une fête qu'ils donnaient tous deux du côté de Fontainebleau, ressemblait à l'une des nymphes du *Printemps* de Botticelli – multipliée par la beauté de l'objet qu'était l'édition originale de *Stèles*, me conduisirent le plus naturellement du monde à son auteur.

Stèles avait été publié à Pékin, sur les presses de l'imprimerie de Nantang, qui était la cathédrale du sud de la ville, en 1912; c'était un volume imprimé « à la chinoise » sur papier de riz qui se déployait en accordéon, sous deux couvertures blondes de bois de camphrier. Chaque poème était précédé d'un grand idéogramme qui en disait le titre. Tout de suite, mon ami Victor – qui savait décidément tout – m'avait mis en garde : pour rien au monde, je ne devais lire les textes de Segalen comme des « poèmes chinois », moins encore comme des « imitations du chinois ». Victor Segalen avait trouvé en

Chine à la fois une langue et un exil, c'était devenu un exotisme intérieur – et le costume de Chine que portaient les poèmes étaient un leurre : écrites à Tahiti (d'où l'auteur avait rapporté *Les Immémoriaux*), les *Stèles* seraient devenues maories.

Ce fut pourtant par *Stèles,* puis par *René Leys,* que je suis arrivé pour la première fois à la Chine. Sans la majestueuse souveraineté d'un Saint-John Perse qui planait si loin de nous, Segalen nous disait lui aussi une forme de l'indicible. Mais ce n'était en rien la cosmogonie fulgurante de *Vents* ou d'*Amers :* plutôt un lent tête-à-tête avec un soi-même qui se révèle au royaume des signes. Le vent, le sable, Gobi, l'exil – incantatoires chez Saint-John Perse – étaient ici en quelque sorte simplement dessinés, comme on dessine un idéogramme chinois. Et le dessin devenait murmure familier, langue à son tour sacrée mais ouverte aux hommes qui veulent bien tenter d'en décrypter tous les sens. Là où Saint-John Perse n'offrait que hauteur glacée, Segalen me montrait un chemin. N'était-ce pas d'ailleurs le propre des *Stèles* que baliser notre route? Avant que Saint-John Perse ne nous apprît la dimension d'une matière devenue pensée, Segalen avait pris la mesure d'un équilibre où la pensée se construit dans la matière : chez lui, c'est toujours de l'homme qu'il s'agit – le vent, la terre, le lœss de Chine ne sont que le décor de sa Geste.

Chine : elle était là aussi, la Chine, prémonitoire, dont je ne savais rien. Pendant quelques mois, dans la foulée de Segalen, je m'étais mis en tête d'apprendre le chinois. Mieux : je découvrais que Christine, qui avait vécu à Saigon dans son enfance, avait eu une amah chinoise et se souvenait de quelques mots; mais j'avais trop à faire et trop à lire pour tenter aussi d'apprendre – et les leçons ne me venaient qu'à travers le filtre de désir que je leur opposais.

Chine : *René Leys,* roman policier en somme où, dans un Pékin colonial, un narrateur inconscient tire de l'imagination d'un jeune homme fragile la vraie vie qui aurait dû être la sienne – puis sa vraie mort. L'idée d'un monde *du dedans,* totalement, radicalement étranger au nôtre et auquel nous ne pouvons aborder que par le rêve ou le mensonge – c'est-à-dire par la littérature – commença à jeter en moi ses feux troubles : il y a le vrai, oui; et le faux, le mensonge; mais entre les deux, il y a le vrai-plus-que-vrai (comme on dit le plus-que-parfait pour définir un temps achevé) : ici, le vrai ne trouve sa dimension réelle qu'illuminé par l'imagination, qui le dépasse, le contourne et, quelquefois, l'abolit.

Est-ce enfin dans *Équipée* que je lus ce récit qui depuis m'obsède, où seul l'imaginaire donne au vrai sa forme véritable? Victor Segalen y raconte comment, devenu explorateur au pays du réel, il parcourt les hauts plateaux du Shansi ou du Shensi en compagnie de son ami Augusto Gilbert de Voisins. Parvenus à un village, des paysans leur signalent la présence, aux environs, d'une énorme sculpture de marbre de la période Han représentant un tigre. Les grandes sculptures Han étaient rares en ces années où l'archéologie chinoise se concentrait autour des bronzes et des poteries vernissées, aussi Segalen prend-il la direction qu'on lui indique et trouve effectivement, peu après, un gros bloc de marbre informe. Ça, un tigre? tout au plus un volume indéfini aux formes émoussées, comme sucées, fondues par le temps. La déception de l'archéologue fait pourtant place à la passion du poète pour le dessin : il s'installe face à ce rocher que le temps a rongé et, ne pouvant le transporter, entreprend quand même, sur la foi de ce que lui ont assuré les paysans du village, d'en faire un relevé à la mine de plomb.

Et c'est là que se produit le miracle : ce que l'œil de l'explorateur n'a pas vu, le dessin du poète le recrée; bientôt les formes informes qu'il retranspose sur le papier, trait pour trait, épousent bel et bien les contours d'un tigre de pierre : ce qui était perdu se retrouve, les lignes usées jusqu'au fond de la matière deviennent neuves et vraies sur la feuille blanche. Ainsi seul le dire du poète peut-il exprimer ce qui n'est même plus à dire.

Christine, à qui j'avais indiqué le passage du livre où j'avais trouvé cette parabole, me le relut souvent, à haute voix.

Un jour elle me l'avoua : jusqu'ici tout, dans la vie, l'avait ennuyée, et seuls les livres que nous lisions ensemble la tiraient de cette morosité. Mais les petites soirées chez les Jean-Pierre, les grands rallyes et autres dont elle avait été si longtemps et si superbement l'une des vedettes, ne l'amusaient plus. Ses lectures commençaient d'ailleurs à diverger des miennes : elle en revenait à Crevel et à Leiris, à Georges Bataille : elle qui n'avait jamais que très peu lu renouait en somme avec l'essentiel – et je devinais qu'elle avait un regard presque ironique lorsqu'elle me voyait m'enflammer pour les récits de Pavese.

J'ai dit que Christine avait échoué à ses examens : en réalité, et dans les dernières semaines, elle ne suivait plus aucun cours, assistant tout juste aux conférences dites de méthode, où la présence était obligatoire. Ses amis s'inquiétaient. On m'interrogeait : « Tu la vois, de temps en temps? » Oui, je la voyais, mais non, je ne la voyais pas plus que les autres : j'esquivais une vraie réponse.

Il y eut aussi Bonnefoy, et ce fut encore Christine qui me conduisit vers lui. Elle ne sortait plus guère de chez elle et avait fini par me donner une clef pour que je la rejoigne sans la déranger dans ses lectures : cette fois, j'avais le sentiment de vivre vraiment un roman. Les yeux de Christine étaient cernés, ses cheveux pas toujours très nets, en désordre; elle traînait toute la journée, vêtue d'un peignoir de soie parfois largement ouvert sur sa poitrine, mais elle n'avait envers moi aucune fausse pudeur. J'enrageais cependant quand elle m'appelait son petit frère. Elle corrigeait : « Tu m'as appris à lire, je suis ta petite sœur. Mais un jour, tu verras... »

C'est ainsi que je la surpris en train de lire un petit livre carré publié quelques années auparavant au Mercure de France. C'était l'œuvre d'un poète dont je n'avais jamais entendu parler, Yves Bonnefoy; le livre était *Du Mouvement et de l'immobilité de Douve.* Elle m'en lut quelques pages, puis m'en tendit un deuxième exemplaire, déjà coupé, qu'elle s'était procuré à mon intention. Nous lûmes alors tous les deux, face à face, en silence.

Moins verbeux (j'aime à jouer ici les iconoclastes, moi qui me suis mis à genoux devant *Anabase* et *Amers*) que Saint-John Perse, délivrée de la rhétorique parasinisante de Segalen, la langue de ce Bonnefoy semblait apporter une réponse à toutes mes attentes : elle aussi disait l'indicible, ce que seule une langue *autre* peut révéler, mais elle le disait avec une simplicité qui m'installait d'entrée de jeu et de plain-pied au cœur même de son discours. Bien plus, lisant Bonnefoy, j'avais la révélation qu'il existe une poésie qui peut délibérément refuser toute lecture intellectuelle mais aussi sensuelle, se situer sur un terrain où deviner veut dire comprendre, affirmer peut dire refuser; où l'absurdité d'un sens trop évident n'a d'autre ambition que d'ouvrir d'autres voies à d'autres voix, toutes aussi absurdes, mais toutes aussi possibles. Yves Bonnefoy, je le découvrais sur l'instant, disait l'instant qui gicle, éblouit et qu'on ne peut lire que trop tard.

Plus tard, après *Douve,* je m'approcherai de l'*Improbable;* l'année suivante, *Hier régnant désert* recevra un prix du journal l'*Express,* mais Bonnefoy n'en entrera pas pour autant dans le domaine public.

Relecture, peu après, de quelques vers des poèmes que j'ai égrenés au cours de ces années; de quelques notes que je croyais un peu meilleures : le sentiment écrasant d'une langue impossible, d'une écriture qui m'est interdite. Tandis que ceux que j'admire pour des raisons aussi différentes qu'Alexis Léger ou Bonnefoy ont pu – ou su – cette économie, ces silences : l'urgence de ce qui n'est jamais dit – je sais déjà que je ne pourrai répondre que par des milliers de pages, des millions de mots. La fuite sera dès lors du côté de Balzac, d'Alexandre Dumas – ou de la vie. La fuite? Le soleil? La dérobade...

Quant à Christine, elle m'avait dépassé depuis longtemps, et elle marchait maintenant bien en avant de moi, sur des terres périlleuses où je n'osais la suivre. J'avais deviné qu'aux flirts mondains des soirées de ses petits camarades qui, me l'avait-elle avoué, lui procuraient une certaine forme d'ivresse – elle buvait d'ailleurs déjà un peu, avec une préférence pour le vin, le vin blanc qu'elle buvait d'un coup sec, comme sur le zinc d'un bistrot – elle préférait d'autres émois et il m'est arrivé, à deux ou trois reprises, de la trouver abîmée sur son canapé de cuir blanc ou étendue dans le désordre de son lit, les yeux grands ouverts, les pupilles dilatées. « Tu ne le diras à personne, dis? »

Je me disais que je l'aimais d'un amour fou, mais j'avais presque peur d'elle.

Elle refusa de m'accompagner du côté de Pavese, qu'une amie italienne, Mariella, s'était mis en tête de me faire lire « dans le texte » : très vite, j'étais revenu aux traductions publiées chez Gallimard car, quoiqu'en prétendit Mariella (elle est devenue une journaliste célèbre à Milan) tout le monde ne lisait pas l'italien. Je lus d'abord ses recueils de nouvelles, mais le premier que je mis sous les yeux de Christine lui tomba des mains : de la littérature d'homme, me dit-elle en substance; des petites craintes d'homme, des angoisses d'homme : tout ce qu'elle redoutait de trouver chez ceux qu'elle avait jusque-là fréquentés.

Ce fut au contraire cela qui me bouleversa dans *Avant que le coq chante* puis *Le Bel été :* Cesare Pavese, communiste qui s'était suicidé de n'avoir pas su comment on peut faire pour vivre, parlait une langue qui était si précisément la mienne que j'en étais presque terrifié. Les faiblesses de ses héros étaient les miennes, comme leurs lâchetés, leurs dérobades : seules leurs fuites m'échappaient, puisque je n'ai jamais eu le courage de claquer une porte derrière moi, moi qui n'ai jamais su m'en aller, partir pas plus que rompre.

Il m'arrivait de l'oublier – et les vertiges de la vie d'étudiant, l'euphorie qui était bel et bien la mienne, mes amis ou Christine m'y aidaient – mais, petit garçon, je ne m'aimais guère et, adolescent, moins encore. Devenu un jeune homme – un étudiant, quoi! – je me faisais parfois illusion à moi-même; et puis il y avait ce réseau d'affection que je sentais autour de moi, ces cercles différents auxquels, de près ou de loin, je participais un peu; et encore les cours qui m'amusaient, tout un folklore étudiant en général et « Sciences-Po » en particulier, auquel je m'abandonnais – et pourtant, au fond de moi, je ne m'estimais guère plus qu'avant.

Ma lâcheté devant tout véritable engagement était peut-être davantage paresse et nonchalance, mais c'était cette désinvolture qui faisait que je me considérais parfois avec un sentiment proche du mépris; au fond, j'enviais la belle certitude des communistes, fût-ce à l'heure de leurs incertitudes sur l'Algérie. Qu'ils eussent eux aussi des états d'âme, je n'en doutais pas – et des échos de la crise que traversait l'UEC me parvinrent – mais c'était un combat entre eux et les autres, eux et le Parti, les autres et le Parti : moi, sur tout et rien, je ne savais que prendre des notes d'une naïveté exemplaire, discuter à perdre haleine de ce que j'aimais à la folie et, pour le reste, je m'en tirai, aux yeux de mes camarades, par une pirouette.

L'Algérie elle-même était bien une certitude – ma seule certitude, en somme : une guerre injuste se déroulant là-bas à laquelle je n'ai pourtant jamais opposé qu'un discours solitaire, verbeux, tout à l'esbroufe. Mais je voulais « faire l'ENA » : c'est pour cela – et je ne me le cachais pas – que je n'ai jamais signé une vraie pétition, un vrai manifeste! Je savais qu'il existait des « porteurs de valises » bien qu'à l'époque le mot même n'ait peut-être pas encore été inventé; j'en ai croisé; j'ai parlé avec eux; j'ai tenté de faire jouer quelque chose : une forme de sympathie? Mais avec quelle prudence... Alors, je déployais devant mes amies les pages, pour certaines sulfureuses, de *Témoignage Chrétien* ou de *France-Observateur;* je citais à nouveau Henry Alleg ou Germaine Tillon; au lendemain de la bataille d'Algérie, de l'affaire du bazooka, je n'eus pas d'épithètes assez musclées vis-à-vis de mes petits camarades pour qu'on sache – seulement qu'on sache bien! – de quel côté je me rangeais. Mais j'en restais là. Et je n'étais pas très fier.

La lecture de Pavese ne fut pas un baume, bien au contraire : elle me déchira. Mais, dans le même temps, elle me flattait dans le sens du poil. Les résistants falots ou désespérés, les bourgeois de Turin, parfois engagés mais si mal dans leur peau, les intellectuels parfaitement désespérés dont Cesare Pavese avait fait ses non-héros, ressemblaient trop à ce que je redoutais le plus pour ne pas susciter en moi cette formidable attraction du vide, de la chute – à laquelle je n'ai pourtant jamais su que trop bien résister. D'où la confusion que je faisais entre les personnages de Pavese et le destin de leur auteur.

Le Métier de vivre, son journal, n'avait pas encore paru en France. J'eus cette fois recours à l'amitié de Mariella pour m'en procurer un exemplaire en langue italienne et m'aider à le lire. Je ne le lus alors que bien imparfaitement, mais avec une émotion qui me troublait : fait de livres et de femmes, d'idées et de désirs, foudroyé par ceux qui le trahissaient et celles qui l'abandonnaient, le destin de Pavese n'avait été que cette longue et lente marche à la mort. Que ç'ait été, au bout du compte, pour une femme qu'il ait décidé d'en finir – alors que le Parti, l'écriture étaient au cœur de ses angoisses – m'apparaissait le point d'orgue qui apportait la réponse que je redoutais aux questions que je n'avais jamais osé me poser : une femme, oui, mais encore fallait-il savoir aimer. Or, éperdument amoureux de toutes, je n'avais jamais su en aimer aucune. Quant à Christine, ce que j'éprouvais désormais pour elle, c'était un curieux mélange de désir et de pitié.

« La mort viendra, et elle aura tes yeux » : je lançais au visage de mon amie la dernière phrase du journal de Pavese, comme un défi. Mais elle ne m'entendait plus : elle errait, je l'ai dit, du côté de Bataille, de la Roberte de Klossovski, de

Sade lui-même qu'elle avait tenté de me faire lire – mais les monstruosités accumulées dans *Les Cent vingt journées de Sodome*, par lesquelles elle voulait commencer mon initiation, soulevaient en moi plus de dégoût que de désir.

« La mort viendra, et elle aura tes yeux » : je regardais ma petite amie, amaigrie, lointaine, perdue dans cette immense maison, et je me disais, désespérément, que j'aurais voulu l'aimer. Mais Christine s'était perdue dans les livres, au-delà de tout amour humain.

Un soir, je voulus quand même tenter l'impossible. Je commençai à l'embrasser, à la caresser comme je le faisais souvent; elle se laissait faire, avec un petit sourire triste. Elle répétait : « Nous sommes amis, n'est-ce pas? », mais elle était très loin de moi. Je n'y tins plus : je n'avais jamais de ma vie couché avec une fille et – il n'y a pas d'autre mot – je me jetai sur elle. Elle m'arrêta d'un seul cri. Puis elle se pencha sur moi. « Si tu veux vraiment... » Ce fut elle qui fit tout, penchée, donc, sur moi, avec une sorte de violence qui, cette fois, me terrifia : elle me fit mal, me mordit. Elle était à peu près nue et pourtant très habillée, j'étais tout habillé, mais je me sentais salement nu. Lorsque ce fut fini, elle se laissa tomber sur le côté, comme cassée.

Nous n'avons jamais parlé de cette soirée-là. J'ai continué à revenir chez Christine; les derniers temps, au moment des derniers examens, elle recommença à sortir un peu. Je l'ai croisée, fantôme blanc. Nous nous souriions. Puis il y eut son échec aux examens, un séjour de quelques semaines en clinique en guise de vacances, et le voyage en Amérique.

L'été était venu.

Le départ de Christine laissait un grand vide dans ma vie – jusque dans mes lectures : pendant un peu plus d'une demi-année, j'avais « lu à deux ». Il me fallut réapprendre à lire seul. Mais, les Victor, les Alexandre, les Bernard étaient là pour m'y aider. La vertu du groupe... Je me rejetais à cœur perdu – presque avec volupté : tout y était si simple... – dans cette vie de groupe.

Folklore de Sciences-Po retrouvé : Basile, Jeannette, les parties de billard électrique à la Pergola, jusqu'à la communauté catholique de la rue d'Assas; jusqu'à l'organisation d'un bal, bientôt de ce « Sciences-Po day » qui était une vente de livres avec dédicaces et signatures. Et la musique qui retrouvait ses droits, et l'opéra. Et Brigitte, enfin. Et quelques livres aussi – mais l'essentiel était ailleurs : dans le divertissement.

Brigitte était tout ce que Christine n'était pas : l'aurait-elle connue, que Brigitte aurait probablement eu pour Christine un sourire rempli de commisération mais, sur les instances de Christine elle-même, j'avais réussi le tour de force de laisser mes amis dans l'ignorance des liens qui nous unissaient. Christine, elle, savait la tendresse que j'éprouvais pour Brigitte et c'est sans mépris qu'elle m'avait répété à deux ou trois reprises que « c'était une fille comme cela qu'il me faudrait ».

Destin de Brigitte : jeune fille venue de sa province – ses parents habitaient l'Alsace –, elle était longue et pulpeuse, cheveux longs, nattes parfois très sages, un décolleté qui fit rêver deux ou trois promotions de Sciences-Po et cette gravité amusée, ces grands éclats de rire de grande gamine aussi sage que ses nattes qui me remplissaient de tendresse. Alors, d'entrée de jeu et parce qu'elle semblait mettre entre ces pensées-là et elle-même une distance incommensurable, je l'avais désirée. Plus tard, guêpières, bas noirs ou jarretelles, porte-jarretières, tout un attirail de soutiens-gorge à balconnet qu'on exhibait aux vitrines des magasins de lingerie, je m'inventerai avec elle de bien peu folles histoires, je me raconterai les seins de Brigitte, les hanches de Brigitte... Bien plus tard, je les aurai enfin entre les mains, ces seins, cette taille – et j'en ferai un bien mauvais usage.

Mais en ces années Sciences-Po qui furent celles de ma

première peau d'étudiant, bon jeune homme sage, je n'allais guère plus loin que les rêves, n'esquissais pas même un baiser, Brigitte m'ayant de suite fait comprendre que je serai parfait dans le rôle de chevalier servant mais qu'elle ne tolérerait rien d'autre qu'un soupirant dévoué : sortant des angoisses presque métaphysiques que les dernières semaines passées auprès de Christine m'avaient apportées, c'était un rôle étonnamment reposant. Je m'y plus.

Brigitte était l'une des âmes de la communauté catholique de l'École, où je fis un retour en force. Dès la rentrée d'octobre, je proposais mes services pour en récurer les planches à la lessive Saint-Marc, dans le seul espoir de me trouver plus près de Brigitte. Le dire? Lorsqu'elle s'agitait ferme, travaillait dur, Brigitte transpirait un peu et cette odeur mélangée à je ne sais quel déodorant ou Guerlain à tout faire m'enivrait. Je frottais donc, astiquais puis assistais à tous les graves débats animés par le Père David sur Dieu, les hommes et la politique. Modestement assis à l'écart de Brigitte, je me taisais, je la regardais bâiller.

Elle était très belle. D'une beauté de femme, déjà, ou de jeune fille d'un autre temps, solide, sereine. Elle avait une façon de marcher en regardant droit devant elle, haute et un peu hautaine, la nuque raide – ou de tenir un paquet de livres, une serviette pressée contre sa poitrine –, qui faisait trembler tant de choses en moi que je savais bien qu'il fallait surtout n'en rien dire. Dès lors, si devant tous mes amis j'avais joué avec Christine le jeu de l'indifférence affectueuse – alors que j'osais quand même de sacrées privautés dans l'intimité –, les mêmes amis me virent ensuite et pendant des mois déjeunant, dînant, sortant avec Brigitte, sans pour autant n'avoir jamais osé lui caresser un petit bout de doigt.

A cinquante-quatre ans et près de quarante romans, avoués et non avoués, derrière moi, je m'étonne encore de ne guère savoir construire un personnage de femme, mais ai-je jamais essayé de deviner ce qu'une femme pouvait penser? Il y a plus de trente ans, j'ai aimé deux femmes presque en même temps, qui se sont appelées Christine et Brigitte : après plus de trente ans, je continue à ne pas comprendre ce que Brigitte ou Christine ont pu attendre de moi; ni quel plaisir l'une et l'autre éprouvaient en ma compagnie – elles qui, au bout du compte et d'une manière bien différente mais aussi radicalement définitive, se refusaient quand même à moi.

Avec Christine, je ne faisais que lire; avec Brigitte, je dévorais tout le reste.

Musique : ce furent de bouleversantes orgies d'opéra. Depuis les après-midi passées dans la chambre de ma cousine Marie-José, en compagnie d'André, il en avait coulé de l'eau sous les ponts! L'opéra allemand, puis mes premiers tête-à-tête avec Maria Callas, s'étaient vus multipliés par une passion plus générale pour tout ce qui était « lyrique » – et mes quêtes de livres dans Paris s'étaient transformées en recherches forcenées de disques introuvables.

J'y entraînais Brigitte et, derrière le cimetière Montparnasse, du côté de l'Opéra-Comique, ou loin vers le carrefour Châteaudun – sinon aux puces – nous faisions ensemble de fulgurantes découvertes. Ainsi ces lots entiers de disques enregistrés à Radio-Berlin au début des années quarante et dont la firme Urania avait acquis les droits à titre de dommages de guerre : Helge Roswaenge, Heinrich Schlusnus, Maria Cebotari y interprétaient non seulement Wagner et Strauss mais aussi Verdi, Puccini. Presque au même titre que Callas, ce que Maria Cebotari avait fait – en allemand! – du premier acte de *La Traviata* – Cebotari, elle-même morte de consomption à trente ans... – m'avait bouleversé. Quant à la mort de Violetta, son *Addio del passato,* c'était un hymne à toutes les douleurs, à toutes les beautés perdues.

Et puis il y avait les classiques d'hier qui ressortaient en microsillons, sous un nouvel habillage : on disait, un « repiquage ». J'ai écouté dix fois, vingt fois avec Brigitte le *Bal masqué* de Verdi sans comprendre un traître mot à l'intrigue, puisque j'en avais acheté les disques d'occasion, sans livret, et qu'en ces années-là, tous les « dictionnaires d'opéra » dont nous disposons aujourd'hui n'existaient bien entendu pas. Nous écoutions donc avidement cette musique très gaie et très désespérée, devinant vaguement qu'un ténor chantait sa joie de vivre quand même, au-dessus d'un volcan qui allait exploser – pour les beaux yeux d'une femme qui ne lui appartenait pas. Mais le héros s'appelait Benjamin Gigli, son bel canto touchait aux sommets les plus vertigineux du *mal canto* d'une certaine époque où les sanglots d'un ténor tenaient lieu de vocalises et je me gorgeais des accents de ce Riccardo avec qui une gamine déguisée en garçon, page et giton tout à la fois, semblait jouer au chat et à la souris.

Ce fut Brigitte qui finit par me trouver un livret en italien du *Ballo in masdara,* je sus que l'histoire était celle d'un roi de Suède, celle aussi d'une amitié trahie; puis j'entendis Callas chanter le rôle d'Amalia pour qui deux hommes vont mourir et le *Bal masqué* s'inscrivit très haut au fronton de ce Panthéon où les musiques devenaient à leur tour sources d'idées, d'images, de personnages – de romans, en somme.

Les soirées à l'opéra : j'avais renoué avec les queues de cinq heures du matin devant le Palais Garnier et j'y passais des soirées qui sont devenues autant de moments de grande lumière dans mes itinéraires de chasseur de voix à travers l'Europe. Ainsi ces Strauss, ces Wagner : à les écouter avec Brigitte, nos genoux qui se frôlaient, nos mains... Je me disais que ces musiques-là, ces voix de femmes, Elisabeth Schwarzkopf, Irmgard Seefried, Astrid Varnay ou Leonie Rysanek, m'emportaient tellement plus loin que tant de livres.

Ces Strauss fabuleux : un peu avant, un peu après, qu'importe? Dans le sillage de la maréchale du *Chevalier à la rose,*

Schwarzkopf, toute de blanc vêtue qui revenait au troisième acte, souveraine, son aigrette d'argent dans les cheveux, je tentais de faire dire à la musique les mots que je ne pouvais prononcer devant Brigitte : c'était Strauss qui parlait pour moi d'amour. Rentrés chez moi, nous écoutions d'autres voix dire les mêmes mots. Lotte Lehmann, dans un enregistrement devenu fameux, acheté au cours d'un voyage de séminaire à Berlin : elle était une Marie-Thérèse très humaine, presque fragile. Schwarzkopf, au contraire, régnait par son humour, la distance qu'elle mettait entre sa peine et elle. Maria Reining, que j'avais entendue dans une soirée au théâtre des Champs-Élysées, était sensuelle comme le sera une jeune Régine Crespin : de femme en femme pour en arriver à Ottavian – le seul vrai rôle de travesti de tout le répertoire allemand, avec Chérubin, à soulever en moi de jolis émois – puis à Sophie, gamine tout juste sortie du couvent que je ne pouvais pas ne pas préférer pourtant – si sotte, la mignonne – à toutes ces grandes dames. Brigitte me gourmandait : « Sois donc un peu sérieux. » Pour elle, je n'étais pas ce qu'on appelle un garçon sérieux : ses amis de la communauté catholique, ceux de la Conférence Olivaint surtout, méritaient seuls pleinement l'épithète. Je me disais parfois que j'étais une fantaisie que ma Brigitte s'offrait.

Mais je préférais ne pas trop y penser et, de la maréchale du *Rosenkavalier*, nous passions à la comtesse Madeleine du *Capricio* de Strauss qui m'avait enfin fait comprendre que la musique peut vraiment tout dire – et sur tous les tons. Le débat capital qui agitait la comtesse et ses amis, dans ce château près de Paris à la fin du Siècle des Lumières et quelques années avant que tout ce monde ne s'en aille en fumée, c'était la primauté de la musique sur la poésie, ou son contraire. Conversation musicale : on discutait à l'infini parce qu'on s'aimait à l'infini et la comtesse, qui s'appelait toujours Schwarzkopf, finissait par renvoyer chacun dos à dos, le poète et le musicien, Olivier et Flamand. Elle demeurait avec son frère. Je voulais y voir une invitation précise : Brigitte, belle fille saine, haussait les épaules. Pas une seule fois, pendant ces soirées, elle ne m'a abandonné une main.

Capriccio, Ariane, Arabella : j'épelais une à une les héroïnes de Strauss et le disque nous les rendait : je m'asseyais à terre, aux pieds de Brigitte étendue sur mon lit, les voix de Lisa Della Casa, Hilde Gueden, Analiese Rothenberger se répondaient, mais c'était parce que Brigitte était là, dans ma chambre, sous le ridicule autoportrait vert et un « Vive Mendès France » découpé, enfoui désormais sous les piles de livres, que je comprenais si bien leur langage. Ainsi le visage d'Irmgard Seefried, les mains tendues, implorant tout à la fois l'amour et l'inspiration dans le rôle du compositeur d'*Ariane à Naxos* me paraissait l'image par excellence de l'amour du poète. Comme la voix de Seefried ou celle d'une Kathleen Ferrier avant elle, qui disait *L'Amour et la vie d'une femme* de Schumann, me semblait résumer, aux côtés de Brigitte si calme, si placide, toutes les vertus d'un amour conjugal que j'espérais, envers et contre tout, trouver un jour en elle.

Car je voulais épouser Brigitte, bien sûr.

Nos mains se frôlèrent encore davantage lorsque assis au troisième rang d'orchestre du Palais Garnier – deux strapontins : plus près l'un de l'autre, ce n'était pas possible – nous suivîmes deux semaines de suite deux *Ring* complets dirigés par ce même géant à crinière blanche qui, quelques années auparavant, avait déjà fait étinceler à Paris tous les mythes de Wagner. Hans Knappertsbusch était revenu : pour pouvoir l'écouter, j'ai à nouveau vendu des livres et c'est une partition déployée sur les genoux, à la lumière des loupiotes de la fosse que, pendant deux fois seize heures, nous nous sommes laissé emporter par la musique, mais aussi par ce flot d'idées, de références, de souvenirs déjà, où il n'était plus un thème qui me fut étranger. Avant de pénétrer dans la salle, j'avais tout expliqué à Brigitte : et la détresse des dieux, et l'amour du frère pour la sœur, et le sacrifice de Brunnhilde. Puis nous avions écouté : nos mains, donc, qui se frôlaient lorsque nous tournions les pages de la partition au rythme du chant du printemps ou de la réponse de Sieglinde qui me bouleversaient d'autant plus que, cette fois, Brigitte l'entendait avec moi.

Ce fut le réveil de Brunnhilde, au troisième acte de *Siegfried* qui, par deux fois, marqua le point culminant de ces soirées. L'entrelacs des thèmes de l'amour héroïque, du soleil qui inonde la reconnaissance des amants : tout devenait une langue très pure dont je me disais qu'elle ne pourrait pas ne pas être entendue par Brigitte elle-même. Et elle avait été entendue, en effet : bien des années après, à Londres, j'ai revu Brigitte. J'étais marié, elle était de passage, nous étions seuls dans ce salon de Walton Palace où les romans du XVIIIe siècle avaient commencé à étendre leurs guirlandes; Brigitte, assise sur un canapé, m'a demandé de lui faire écouter la scène du troisième acte de *Siegfried,* Astrid Varnay et Wolfgang Windgassen. Elle écoutait en fermant les yeux, je devinais en elle ces souvenirs. Mais moi, je n'entendais plus rien : elle était revenue, je n'étais plus là.

Pendant toute une année, j'ai ainsi vécu dans le sillage de Brigitte, jouant avec une délicatesse infinie le rôle de l'amoureux refusé en me disant, pour me consoler, que j'étais le meilleur des amis. Je n'en connus pas moins les affres de la jalousie : ainsi Brigitte, qui était très grande, suscitait inévitablement les tendresses de petits messieurs, d'où une manière de racisme qui me traversa pendant quelques mois à l'encontre d'une race maudite que j'appelais celle des nabots – et des dizaines de caricatures méchantes où l'on voyait ces Jean, Pierre et autres petits Paul, grimpés sur des tabourets pour atteindre les lèvres de ma bien-aimée.

J'avais recommencé à lire seul : Brigitte, sagement, s'attaquait à Proust; nous en parlions parfois. Lorsqu'elle en arriva aux *Jeunes filles en fleurs,* je lui dis qu'elle évoquait pour moi Albertine mais quand je voulus aller plus loin, parler de l'amour du narrateur, elle ne souhaita pas m'entendre : il était des sujets qu'on n'évoquait pas devant elle. Elle me regardait d'ailleurs avec un sourire indulgent parce que, pour la seconde fois, la fièvre Simenon m'avait saisi. Je me complaisais dans les plus sordides récits des plus lamentables chutes où je ne cherchais même plus l'alibi de l'exotisme – *Le Coup de lune* et autres *Blanc à lunettes* – pour me laisser fasciner (une manière de drogue) par les anti-héros impuissants ou perdus qui hantaient les pages serrées, grises, des sinistres *Dimanche, Témoins* ou *Volets verts.* Devant ceux de mes camarades qui raillaient ce qui était pour eux une littérature de gare, je renouais avec les plus enthousiastes de mes éloges d'un ou deux ans auparavant : face au morne et économe foutoir de Camus qui disait la même détresse avec l'air de trop vouloir y croire, je brandissais Simenon qui passait d'un continent à l'autre, se jouait de tous les univers et de toutes les couches sociales pour modeler avec une habileté diabolique des variations autrement plus riches et tellement plus généreuses sur des thèmes identiques. J'aurais voulu, dès lors, inventer un genre romanesque qui, dans la foulée de celui de Simenon, aurait dit le monde où nous vivons à coups de mille et un petits livres; chacun, un à un et un plus un aurait cerné notre univers politique, intellectuel, social. D'un volume à l'autre, des thèmes récurrents, des personnages qui, tels ceux de Balzac, se presseraient à l'horizon ou traverseraient ici ou là au premier plan la scène, auraient été – hommes politiques ou écrivains, journalistes, étudiants – les doubles de ceux que nous croisions tous les jours ou dont nous lisions les noms aux premières pages des journaux.

Ainsi caressais-je à nouveau le rêve d'une écriture multiple, et celui de vingt amis qui auraient écrit ensemble, à tour de rôle et côte à côte, trente ou quarante livres, cent livres courts, rapides comme ces romans de Simenon dont je me faisais maintenant le modèle absolu d'une intrigue à la fois poétique, laconique et close, en même temps que la référence parfaite d'une écriture limpide et « blanche »; et ce sont ces quarante ou ces cent romans qui, à eux tous, n'auraient pourtant constitué qu'une même œuvre aux facettes d'autant plus diverses que chaque volume aurait en somme représenté une approche différente mais parallèle d'une seule réalité.

J'évoquais ce projet devant des amis, devant un Victor, mais Victor lui-même était trop absorbé par la perspective des examens de fin de troisième année pour lire plus longtemps Simenon.

Je lisais donc seul, amoureux d'une Brigitte qui ne m'aimait pas, et c'était seul que j'allais continuer à m'aventurer dans ces domaines foisonnants et multiples qui, tellement plus forts qu'un court moment de beauté aussitôt envolé qu'aperçu, suscitaient désormais mes plus grands enthousiasmes.

Nous suivions quelques cours de langues et, une fois par semaine j'assistais à une assez risible comédie pendant laquelle un jeune homme qui s'ennuyait autant que nous tentait de nous montrer que l'anglais n'était pas seulement la langue de Shakespeare mais aussi celle de toutes les communications des temps présents et à venir. Avec un superbe accent d'Oxford, l'infortuné plaidait la cause d'un anglais de service, bon à tout-bon à rien, qu'il nous fallait posséder sur le bout des doigts, en tous sens, voire à l'envers, pour savoir nous débrouiller dans chaque circonstance de la vie moderne : c'est en gros ce dont sont intimement persuadés tous les chasseurs d'hôtel, conducteurs de taxi et marchands de tout et de rien entre Hong Kong et Punta del Este. Nous fûmes quelques-uns à protester vertement, à exiger un retour à Shakespeare. Mon cousin André m'avait fait découvrir les *Sonnets;* je les arborais en cours d'anglais, comme l'étendard d'une révolution et le miracle eut lieu : notre bon Peter H. attendait ce signe pour jeter aux orties son fatras et nous apprendre l'histoire d'Angleterre à travers les Henry, les Richard et le pauvre roi Jean. Son accent d'Oxford fit dès lors merveille et c'est en anglais que je voulus tenter l'aventure : j'achetai quelques éditions bilingues.

Il me fallut vite déchanter : si je prenais le temps, dix minutes par jour, de déclamer à voix haute dans ma salle de bains – d'autres y chantent bien *La fille de Madame Angot...* – quelques beaux monologues de Richard II ou de Sir John Falstaff – la joie qu'il y avait à faire rouler les « r », à articuler chaque syllabe en se prenant pour Laurence Olivier... – je dus bientôt me rendre compte que je ne lisais que les pages de droite de mon *Henry IV* ou de mon *Roi Lear* en édition bilingue. J'en revins donc à la *Pléiade* et aux vieilles traductions de Pierre Messiaen. Mais j'éprouvais la même volupté à me laisser emporter dans ce flot immense et chaotique, qui charriait – Claudel, n'est-ce pas... – avec un égal bonheur et l'humour et l'honneur. Et puis il y avait l'Histoire, avec toutes les majuscules du monde, cent fois réinventée, ces personnages réels à qui Shakespeare offrait le luxe de fausses vies et ces simples héros de tragédie qui se hissaient au niveau de l'Histoire. Tandis qu'autour de moi s'étalait la médiocrité d'une vie politique où la IVe République s'en allait à vau-l'eau, je me fabriquais, à coups de rois anglais réels ou supposés, un panthéon modèle dont je peuplais mes dissertations.

Je suis souvent revenu à Shakespeare : Shakespeare-sur-scène ou Shakespeare-dans-les-livres; j'aurai à nouveau une époque Shakespeare-dans-la-langue et il sera même un temps où j'aurai l'illusion de pouvoir « parler le Shakespeare », comme un dialecte britannique ou saxon – mais ce sera toujours la profusion de ce que Shakespeare peut offrir, immense théâtre du monde, World Theatre au sens le plus vrai du mot, tous Roi Henry et King Lear confondus, qui me laissera pantelant : dire, répéter, accumuler, redire pour arriver à frôler ce qui ne peut plus se dire.

Yves Bonnefoy, dès lors, ou Shakespeare : deux langues pour approcher de l'indicible. Cependant que Moune, Alexandre et moi passions désormais des journées entières, des soirées, de grands débuts de courtes nuits dans la salle à manger du boulevard des Batignolles. Là, sur la longue table de marbre noir débordant de cours, polycopiés, bouquins – Long, Weill et Brabant réconciliés avec les leçons de géographie économique de M. Chardonnet – nous tentions aussi de ne pas oublier une autre langue qui était celle de ces bons jeunes gens, nos amis, nos professeurs et l'énarchie à laquelle nous ne pouvions pas ne pas appartenir un jour.

Ce fut encore Bernard qui me donna le premier volume de la traduction de Musil par Philippe Jacottet. Bernard parlait allemand, nous étions en 1958, un monde s'achevait sans que nous le sachions vraiment, Bernard m'expliqua que je ne pouvais pas ne pas lire *L'Homme sans qualité*.

Lire Musil : s'immerger d'un coup en un univers où tout, chaque personnage, les phrases qu'il prononce, jusqu'à ses pensées les plus intimes et les mots mêmes qui les disent – où tout, donc, est piégé, truqué, détourné, pour que la langue et les idées explosent, vaste détonation purificatrice après laquelle plus rien ne reste, qu'un monde anéanti, un monde qui n'était que bulle de savon mais gonflée jusqu'à sa plus énorme et ridicule rotondité par les corsets des dames et les décorations de ces messieurs. Un monde vide, celui des hommes, et un espoir pourtant, ou son mirage puisqu'il n'est jamais qu'entrevu, et qui est celui, presque wagnérien, de la rédemption par l'amour.

Le hasard a voulu que cette lecture d'une nouvelle œuvre gigantesque – plus de 2 000 pages, et encore le livre n'est-il pas achevé – coïncide avec celle de l'article sur « Le roman d'aventure » qu'écrivit Jacques Rivière pour la NRF en 1913, c'est-à-dire au moment précis où se déroule l'action, ou l'absence d'action, du roman de Musil. Et tout ce que Rivière, prophétique, annonce contre le roman symbolique : que l'œuvre à venir sera vaste, aux épisodes mêlés, faite d'aventures et d'incidences (je simplifie à l'extrême, qu'on me le pardonne) se retrouve dans ce qu'élabora Musil au long de sa vie, à cette différence près que l'aventure ici racontée (roman d'aventures, donc) est celle de l'esprit. « Une des plus somptueuses fêtes de l'intelligence », dira un jour Claude Roy. Fête? ô combien! Fête baroque et folle, froidement lucide, imaginée dans les arcanes d'un palais désert qu'on voit déjà éventré par les bombes de la guerre à venir, sublime dérision, au cœur d'une Vienne figée dans la poussière de ses stucs brisés.

Fête aux mille feux : le bonheur du texte, d'abord, où le foisonnement introverti proustien devient ici luxuriance exubérante et tournée vers le dehors, dont chaque phrase est ambiguë, chaque mot équivoque; ce n'est dès lors qu'un long feu d'artifice de sourires et de clins d'œil, où rien n'est jamais gratuit, mais dont chaque signe, chaque jeu de mots semble porteur d'une réflexion savamment organisée autour de l'image qui l'a fait naître. Ébahi, je lisais avec jubilation.

Mais le livre se transformait aussi en une extraordinaire critique sociale, la satire sans merci d'un monde au bord du gouffre, celui de l'Autriche des années 1913-1914 où, quand le fer et le feu étaient aux portes de la ville, on s'agitait à en perdre le souffle, pantins disloqués d'une valse rêveuse.

Et puis *L'Homme sans qualité* restait quand même un roman fort classique, marqué par l'opposition entre celui qui vit pour créer et celui qui crée (ou ne veut pas créer) pour vivre. Ainsi avais-je le sentiment d'avancer pas à pas dans une aventure intellectuelle d'une rigueur destructrice sans commune mesure avec tout ce qui s'écrivait à l'époque. Les *Buddenbrook* me parurent soudain un lourd pamphlet à côté de l'itinéraire d'Ulrich, qui disait, nietzschéen : « Je crois que rien n'est achevé. Je crois que rien n'est en équilibre », et qui s'échappait de tous les pièges qu'on lui tend par cette formule « ce n'est pas si simple... ». Roman dès lors du doute érigé en principe, de l'intelligence aiguë qui paralyse, du refus de dire et de s'engager où que ce soit. Les belles certitudes shakespeariennes faisaient place à un refus qui n'était pas loin de celui de *Douve* et de Bonnefoy. Comment, dans ces conditions, ne pouvais-je voir en Ulrich, homme sans qualités au sens précis du mot, le double inéluctable du personnage que je jouais depuis que j'avais été en âge de procéder à ma prise de rôle? Tous mes camarades, jusqu'à mes amis les plus intimes, les Bernard, les Alain, les Philippe, portaient en eux le germe de ce que je les verrais devenir.

Il y avait non seulement les futurs énarques, voire un futur curé – il sera même gradé parmi les gradés chez les jésuites de son temps – mais le tout-venant de ceux qui allaient faire la France, mes semblables, mes frères : moi seul ne voyais pas la place que je pourrais bien tenir dans ce théâtre-là. En porte-à-faux, j'observais, voulant tout à la fois être et ne pas être de la comédie qui se donnait déjà. X. était bon, Y. intelligent, Z. un vrai salopard – mais je ne parvenais à me vouloir ni bon, ni malin, ni même vraiment dégueulasse. Au royaume de Cacanie où je devinais que chacun de mes amis avait, qu'il le voulût ou non, un emploi, j'étais bien Ulrich : il ne me manquait qu'Agathe.

Car il y avait Agathe et, d'un coup, le roman capotait et je me mettais à trembler : une sœur apparaissait et le thème de l'inceste s'érigeait à son tour en principe, voire en morale. Ulrich découvre en Agathe, sa sœur perdue et retrouvée, ce qui lui manquait, son unique « qualité », en somme : l'amour de soi. Par Agathe, tout ce qui paraissait partir dans toutes les directions se réunit, se retrouve et se confond sous l'égide d'une sublime tendresse qui *ordonne* les choses. Pour Ulrich, qui ne veut croire en rien parce que rien ne mérite autre chose qu'un regard, apparaît par elle la possibilité d'un infini où l'amour seul permet peut-être d'approcher. Bien sûr, ce « Règne millénaire » n'est pas de ce monde mais, par sa sœur, Ulrich en connaîtra la vision éblouie et lointaine.

Ainsi, la profusion que Balzac ou Simenon, sinon Shakespeare, avaient déversée sur moi par tombereaux entiers de pages et de chapitres trouvait en quelque sorte sa morale : un fabuleux désordre avec, au bout, l'apocalypse.

Sous le Volcan, dont la traduction française paraîtra à peu près en même temps que celle de Musil, donnera une forme à ce tohu-bohu. Ce qui était jusque-là épars s'ordonnera selon les cycles et les cercles d'une connaissance qui, dans le sillage d'une angoisse entrevue chez Bataille, frôlera bel et bien, cette fois, les gouffres. D'ailleurs, chez Malcolm Lowry, la plus formidable des apocalypses se résumera dans la chute d'un homme; et le destin de son consul de héros deviendra à jamais la métaphore de toutes mes hantises. Geoffrey Firmin, consul britannique alcoolique échoué quelque part au fond d'un Mexique mythique – et semblable à ces personnages de Simenon dont je suivais les destins, de petit banquier paumé à petit-bourgeois en déroute – a tout de suite constitué la plus douloureuse représentation de l'échec, c'est-à-dire de ces angoisses qui, aujourd'hui, me tordent parfois le ventre mais que j'entrevoyais déjà alors, comme vaguement inéluctables. Entre une femme qui m'aurait aimé mais qui ne pouvait plus rien pour moi, un ami prêt à tous les dévouements mais impuissant à guider mes pas hors du labyrinthe où je me serais perdu, j'imaginais avec une sorte de délectation la volupté d'une solitude désespérément voulue, d'une errance, d'une sorte de clochardisation intellectuelle à laquelle je me serais vu contraint et que j'aurais accueillie avec une joie terrible.

Il y avait autour de moi le petit monde, cette minuscule planète close sur elle-même, comme on disait une maison close, l'étroite galaxie de ceux que je fréquentais tous les jours, ces bons jeunes gens, ces jeunes filles si convenables jusque dans leurs menus égarements (seule, Christine...; mais Christine avait disparu); il y avait au-delà le vaste monde que je déchiffrais dans la presse ou dans la rue, dont les livres m'avaient donné quelques clefs – et dont Musil, par exemple, m'avait montré la folie. Et puis, ballottés sur cette planète terre, seuls, irrémédiablement seuls, il y avait ceux qui refusaient de pactiser avec l'ennemi absolu : leurs meilleurs amis, en somme. Ceux-là dont j'aurais si bien voulu être que la solitude du consul à Quauhnahuac me paraissait la plus enviable en même temps que la plus redoutable des fins : face à tous ceux qui nous veulent tant de bien qu'ils ne peuvent plus rien, je m'imaginais hâve et décavé, mal rasé, nu, malade, jubilant.

J'avais déjà croisé Ulrich, mais Ulrich était d'abord un témoin; d'ailleurs, il rencontrait Agathe et, par cela même, était sauvé; or c'était le gouffre, l'abîme, la chute qui me fascinaient chez Geoffrey. Petit-bourgeois dont la boulimie de lectures tenait lieu de culture et dont l'inculture philosophique et politique faisait un pantin volubile, je rêvais secrètement du pied de nez que je n'oserais pourtant pas faire à tous ceux dont je singeais les rites. Alors, incapable d'autre révolte que du bras d'honneur que je n'allais jamais adresser au monde, je caressais cette vision d'une superbe déchéance, au terme d'un itinéraire qui aurait été exemplaire puisque si semblable à celui des amis à qui je ressemblais. Ainsi, jamais, je le sens aujourd'hui, je ne me suis aussi voluptueusement identifié à un personnage de roman qu'à cette épave – un consul! – que Lowry m'avait montré. Et jamais, devant un héros de roman qui devenait peu à peu moi, je ne me suis, bien entendu, senti aussi terrifié. Le monde selon Malcolm Lowry était un maelström au cœur duquel je me voyais comme à l'épicentre d'un cataclysme où des messieurs en smoking baiseraient encore la main de dames aux épaules nues, fardées pour mieux nous perdre.

Geoffrey Firmin et Malcolm Lowry m'avaient appris à rêver d'une chute vers laquelle je savais bien pourtant que je n'aurais jamais osé le premier pas.

Et puis mai 1958 est arrivé, sagement j'ai passé mes examens, j'étais diplômé de Sciences-Po.

9

Les voyages ferment la jeunesse

Où les sept cercles d'une Amérique se révèlent au voyageur, mais où une université juive quelque part en Nouvelle-Angleterre devient quand même un autre monde; où un philosophe nommé Marcuse (Herbert) convainc notre jeune homme déjà presque vieux qu'il a bien fait de ne jamais tenter de penser; où un poète nommé Vigée (Claude) apprend au même vieil adolescent que tout n'est pas perdu pour autant; où une jeune fille nommée Marianne sauve alors ce qui peut être sauvé et révèle enfin au jeune homme que, toutes lectures confondues, les chemins de l'écriture commencent quand même au mot amour; où la poésie devient peut-être la langue à tout dire, mais où l'Amérique se transforme en une aventure à laquelle notre sensible jeune homme ne peut pas résister.

Peut-être qu'il fallait ce voyage en Amérique...

Voyage. Le souvenir de Brigitte s'estompait dans ma mémoire ou plutôt, il y prenait déjà une forme romanesque, et c'est encore un jeune homme bien sous tous les rapports qui s'embarqua à bord du *Queen Elizabeth,* sa malle soigneusement préparée, bardée d'étiquettes Fulbright dans la cabine qu'il partage avec un compagnon anonyme. Pendant six jours et six nuits, le jeune homme va se dire qu'un matin, il se réveillera enfin ailleurs. Mais l'ailleurs est déjà là... On danse tard le soir, tard la nuit, tôt le matin entre boursiers Fulbright et Américains qui reviennent chez eux, et puis il y a cette heure, hors du temps, qui, de minuit à minuit, dure une heure puisque chaque nuit, à minuit et pendant une heure, on arrête les pendules. Nous disions : c'est une heure qui ne compte pas.

Une nuit, de minuit à minuit pendant l'heure qui ne compte pas, une grande fille belle m'emmènera dans sa cabine en prenant soin d'en éloigner la petite noiraude qui l'occupe avec elle. La grande fille s'appelle Sylvie, elle part pour une université du Middle-West et ressemble à Brigitte Bardot : elle est gentille avec moi, gentille avec tout le monde.

Nous nous embrassons un peu et c'est elle qui enlève son soutien-gorge. Il fait très chaud, je me souviens de la transpiration entre ses seins, qui sont très beaux, comme elle est belle – et que je caresse un moment. Elle aussi, un moment, est « gentille avec moi », me dit-elle, et j'ai le cœur qui se met à battre très fort. Mais lorsque je veux aller plus loin, elle éloigne doucement, gentiment ma main : « J'ai été gentille avec toi : sois gentil avec moi, toi aussi. » Elle me demande de reboutonner son soutien-gorge, elle referme la robe bleue dans laquelle elle a dansé une partie de la soirée puis nous sortons ensemble de la cabine surchauffée. Elle rit : « C'était une heure qui n'existait pas, n'est-ce pas? »

Le lendemain, elle aura un bon sourire pour m'accueillir dans la salle à manger; le soir nous verrons côte à côte un film de Hitchcock, *Vertigo*, qui s'appelle en français *Sueurs froides*. James Stewart y aime deux fois Kim Novak qui va par deux fois mourir et qui est, elle aussi, forte et belle, la nuque nue sous les cheveux relevés en une étrange boucle, là, au sommet du cou. Lorsque, morte, elle reparaît en jeune femme un peu vulgaire, elle arbore un pull-over de laine mince et très collant – plus vulgaire encore : on devine qu'elle ne porte pas de soutien-gorge. Je me souviens des seins de Sylvie, assise à côté de moi, dans ce salon de paquebot qui tangue un peu. Nous voyons la fin du film ainsi, la main dans la main.

Mais lorsque à minuit, l'heure qui n'existe pas, je veux l'embrasser à nouveau, elle sourit : « Hier, c'était une nuit qui n'existait pas. »

Les deux ou trois jours que va encore durer la traversée, Sylvie restera aussi gentille. Elle dira qu'elle aime passer de longues journées à mes côtés, à lire : « Tu me diras, n'est-ce pas, ce qu'il faut lire. » Parce que je lui ai bien entendu fait mon numéro, les livres, l'écriture et encore les livres. Nous nous quitterons à l'arrivée : un professeur de son université l'attend sur le quai. Elle m'écrira quelques lettres, m'apprendra qu'elle s'est fiancée très vite à un jeune Américain, qu'elle va déjà se marier – mais pour moi, le voyage a bien commencé.

Pendant ces six jours, sinon six nuits, je n'ai lu qu'un livre : *Tendre est la nuit,* acheté à bord en anglais et lu en anglais. C'était encore le temps où de grands bateaux reliaient deux mondes, l'Amérique des milliardaires malheureux et la plus vieille Europe, celle des plages, des hôtels, des casinos. Je ne connaissais ni le *Diamant gros comme le Ritz,* ni *Gatsby* et je me laissais aller à des émotions tendres et faciles : c'était vers cette Amérique-là que je m'étais embarqué, celle où des hommes beaux et tristes aimaient en technicolor et sur grand écran des femmes plus belles encore, folles souvent, éperdument. Pour la première fois de ma vie, je lisais presque sans effort en une langue étrangère : c'était le début du miracle.

Les amours désespérées des héros de Scott Fitzgerald achèveront l'enchantement : j'étais si loin des vertiges sulfureux de Lowry, des méandres culturelo-mondains d'une Cacanie perdue : ici, tout semblait simple et clair, Scott avait aimé Zelda folle qui était morte parmi les flammes, il racontait l'histoire de Richard, qui aimait sa femme folle. L'alcool faisait le reste, mais sans bruit ni fureur, simplement quelques larmes – et je pleurais aussi, un peu. La fin du livre, le destin de ceux qui se sont aimés, qui se séparent, échangent quelques lettres, quelques lettres encore puis c'est le silence. La fin de *Tendre est la nuit* était déchirante à souhait, c'était aussi cela l'Amérique, des sentiments très simples, très doux, très déchirés.

J'ai vu, le premier matin, la statue de la Liberté dans la brume. J'aurais aimé tenir la main de Sylvie dans la mienne.

Brandeis : la Nouvelle-Angleterre à la fin de l'été, le campus encore désert, forêt de bouleaux et, là, quelques bâtiments de verre longilignes d'une université qui fête tout juste ses dix ans. Et puis des pavillons, par groupes de trois ou quatre qui dessinent au sein d'un vaste parc de petits paysages, bouleaux encore, érables qui déjà virent presque au rouge, des écureuils, des chipmunks – et l'étudiant français, le premier arrivé (les cours ne vont commencer que près de deux semaines plus tard) qui erre à la recherche d'une chambre, d'un renseignement.

L'université s'étend sur un vaste terrain accidenté, des prairies, cette forêt, au nord de Waltham, elle-même à quelque vingt-cinq kilomètres de Boston : ce sera le doyen de la Graduate School – de passage par hasard pour chercher du courrier – qui me trouvera une chambre dans Ridgewood Quadrangle. Le matin, tous rideaux tirés, j'observe de la grande baie de ce bungalow à un seul étage les écureuils qui courent dans l'herbe, les chipmunks, les musaraignes. Je me dis que je suis très loin de tout. Tous les deux jours, j'écris une longue lettre, remplie de détails sur ma vie : à mes parents, à ma sœur, à Angoulême. J'ai retrouvé ces lettres. Pour la première fois de ma vie, en Amérique, j'ai écrit de vraies lettres. Tout ce que je rapporterai maintenant, je l'ai retrouvé dans ces lettres.

Je suis arrivé en Amérique avec un opéra en trois disques : *Le Chevalier à la rose* – celui de Karajan, avec Elisabeth Schwarzkopf, Christa Ludwig, Teresa Stich-Randall et Otto Edelman. Je n'ai pas noté le titre des livres que j'avais apportés avec moi.

Je ne lis pas : je regarde.

Brandeis est une université juive fondée dix ans plus tôt par un « Justice Brandeis », qui fut juge à la Cour suprême des États-Unis, en un temps où, dans l'immédiat après-guerre, le pays, et singulièrement les milieux universitaires de Nouvelle-Angleterre, connaissaient un regain d'antisémitisme. A une vingtaine de kilomètres de Cambridge et de Harvard, on a donc créé une université dont soixante-dix pour cent des étudiants et la quasi-totalité des professeurs sont juifs. Mais Brandeis est aussi une université ouverte, libre, libérale au sens anglo-saxon du mot *liberal :* on y a les idées larges et tout y est toléré, même le communisme, ou presque. La légende veut que Franck Manuel, qui sera l'un de mes professeurs, ait perdu un bras pendant la guerre d'Espagne : dans les rangs des Brigades internationales. D'autres professeurs s'appellent Leonard Bernstein, Arnold Hauser, Herbert Marcuse.

Le libéralisme de Brandeis, ce sont aussi les « Trois Chapelles », qui occupent une place privilégiée dans une partie du campus. Autour d'une pièce d'eau, une synagogue, un temple protestant et une église catholique offrent trois façades de verre à peu près identiques. Mais, comme il y a peu de catholiques et encore moins de protestants à Brandeis, c'est dans le renflement des murs latéraux des trois sanctuaires qu'on a fait toute la différence. La synagogue est ventrue, l'église catholique a de jolies proportions. Très vite, l'aumônier catholique de l'université, le Père N., tentera de m'enrôler dans son Newman's Club, sorte de JEC métissé de conservatisme américano-américain. Il me fera même signer une lettre à l'évêché demandant une dispense pour me permettre de lire ceux des livres de mon programme qui sont à l'index... J'enverrai bel et bien ma lettre, et je recevrai une réponse : je peux désormais lire Sartre ou les Encyclopédistes avec la bénédiction de l'Église...

L'Amérique, ce sont tout de suite plusieurs cercles. A chacun d'eux correspondent une nostalgie, une mythologie, des livres aussi. Au cœur, le premier cercle, c'est le campus de Brandeis, ses bouleaux et ses écureuils, la cafétéria où d'entrée de jeu les repas me paraissent trop chers pour ma bourse; les filles en bermuda qui traversent, entre les bâtiments de verre, les grandes prairies; le « graduate center », circulaire et de verre lui aussi, où je me retrouve à peu près tous les jours; la bibliothèque où je gagne quelques dollars à manipuler des bouquins; le « château », construction de brique néo-gothique qui abrite des dortoirs de filles, une salle à manger. Et puis, au-delà d'un petit bois que couronne un château d'eau et où, un jour de blizzard, j'ai failli me perdre, les maisons des professeurs français, Claude Vigée, Serge Doubrovsky.

Dès mon arrivée, ce campus où je sais que je ne pourrai pas vivre me paraîtra comme une manière de paradis refusé : je n'étais pas boursier de l'université, mais seulement Fulbright, avec mes seuls frais de voyage et d'inscription payés; pour le reste, je devrai me débrouiller avec les cent dollars par mois envoyés par mes parents. Nostalgie, dès lors, des camaraderies, des « fraternités » et de ces livres-cultes que sont Fitzgerald ou Salinger et *L'Attrape-cœur* qu'on relit, comme un bréviaire.

A l'autre extrémité du campus et au-delà d'une voie de chemin de fer où passent des trains de cent, deux cents wagons, après la « supérette » où j'ai volé, un jour de vrai désespoir, une boîte de pâté de crabe – un autre quartier où habitent d'autres professeurs, Denise Alexandre, qui enseigne le français et ses deux filles, Brigitte et Marianne.

Mais c'est déjà Waltham, une ville tout entière consacrée à l'industrie électronique – « route 128 », du nom de l'autoroute qui la traverse – dans la grande banlieue de Boston : le deuxième cercle. J'y vivrai quelques jours, après avoir dû abandonner ma chambre sur le campus à l'arrivée des étudiants. Des Acadiens réfugiés de ce côté-là de la frontière y sont établis en grand nombre. La messe du dimanche est en français, c'est-à-dire un dialecte dont je ne comprends rien. Mon hôtesse est acadienne. C'est une femme d'une cinquantaine d'années qui nous a loué, à Henri et à moi (Henri est un autre Français rencontré sur le bateau) une vilaine chambre, une salle de bains, un bout de cuisine. C'est laid, triste. Pour me proposer de me conduire en voiture quelque part, notre hôtesse me dit : « Tu veux que j'te chauffe? » – « chauffer », du substantif « chauffeur ». Son accent est si impénétrable que j'ai toutes les peines du monde à ne pas réussir à la persuader de me parler anglais.

Vivre à Waltham est la pire des solutions : Waltham est un no man's land : ni campus, ni ville. Les jeunes y sont très agressifs à l'endroit des étudiants de l'université : un vieux relent d'antisémitisme, aussi. Antisémitisme qui poussera mon ami Henri à déménager le premier, car notre hôtesse me l'a fait sentir : accueillant deux Français, elle ne pensait pas accueillir un juif, et Henri est juif. Et puis, vivre sans voiture à Waltham signifie d'interminables aller et retour le long d'une nationale morose, parmi des banlieues presque industrielles. Seule la Charles River, qui traverse la petite ville – et une autre voie de chemin de fer abandonnée où je me promène parfois, rêvant de ces trains qui traversent encore l'Amérique – donnent à ce deuxième cercle qu'est Waltham un peu de charme. Pour le reste, ce sont des pizzerias où on se saoule à la bière, un cinéma en plein air (un *drive-in*) : toute une vie de banlieue un peu médiocre, médiocres petites virées des copains du samedi soir mais nostalgie tout de même des voitures décapotables achetées bon marché et des parties de jambes en l'air sur la banquette arrière – qu'on appelle *necking* ou *petting* selon le degré d'aboutissement des travaux d'approche. Et la télévision, et la folk-music.

Le troisième cercle sera celui de Cambridge, entre Waltham et Boston, où je m'installerai très vite, à deux pas de Harvard Square et de la plus fameuse université des États-Unis : je n'en suis pas, mais je vivrai dans son ombre. J'aurai accès à Widener, sa bibliothèque, et à ses installations. Je louerai une chambre au dernier étage d'une maison de bois, planches peintes en blanc écaillées, qui semble sortir tout droit d'un film d'épouvante ou d'un dessin de ce Chas Adam, qui a fait vivre sous forme de dessin humoristique une famille de tendres monstres domestiqués. Mon propriétaire, professeur de physique, a reçu un prix Nobel : je ne vis pas chez n'importe qui! Nous serons deux à partager ce deuxième étage : un Pakistanais, d'abord, puis un Américain, étudiant de Harvard, avec qui je me lierai d'une amitié qui s'achèvera à coups de poing. Alain, l'Alain de Sciences-Po, m'a rejoint à Cambridge où il suit à Harvard des cours d'anthropologie; il vit à deux rues de chez moi. Ensuite, nous gagnerons un peu d'argent en jouant les serveurs – ou plutôt les desserveurs – de restaurants, en écrivant et en jouant des films éducatifs pour la télévision. Ensemble, nous achèterons une voiture dont je serai le seul à me servir jusqu'à ce qu'elle explose, ou presque, quelque part sur une route glacée du New Hampshire au milieu de l'hiver. Et, ensemble, un sac de toile verte plastifié dit « Harvard bag » sur l'épaule, nous courrons les bibliothèques de Harvard, les soirées de Harvard.

Le quatrième cercle, c'est, bien sûr, Boston. Boston que j'ai tout de suite aimée à la folie, ville rose et verte, sa colline et le port qui était encore un vrai port avec de vrais matelots, de vrais bars à matelots. Boston : si peu l'Amérique et si fort l'Amérique en même temps, mais une Amérique avant que l'Amérique éclate en mille banlieues, cent mille déserts de toutes les cultures, tant de millions de coffee-shops au bord de l'autoroute, de stations-service et de juke-boxes. C'est l'Amérique d'Henry James, de la plus vieille Amérique. Je traverse le Commons en diagonale, marchant vers la coupole dorée du Capitole et, bientôt, je gagnerai les petites rues escarpées de Beacon Hill bordées de maisons patriciennes où le temps semble s'être arrêté. Je devinerai, au moment de Noël, les sapins derrière les portes de bois et les petits carreaux, les bougies, les couronnes de houx accrochées aux marteaux des portes : je suis ailleurs.

Ailleurs aussi dans le port, je rêve du capitaine Achab et de ces somptueuses prostituées qui hantent tous les ports du monde. Je bois de la bière accoudé à un comptoir où une fille nous sert les seins presque nus – tout est dans ce presque-là, la nuance... et je découvre des dizaines de petits brocanteurs, libraires, vendeurs de tout et de rien : si les bâtiments neufs ont aujourd'hui envahi Brandeis où les belles prairies, si les petits bois ont, un à un, fait place au ciment et au verre dépoli, le port de Boston a été lui aussi anéanti et je suis certain que c'est seulement dans ma mémoire qu'il a gardé ses bars à matelots, ses filles, cette odeur de moisi.

Au-delà, c'était la Nouvelle-Angleterre, le cinquième cercle, le pays de Hawthorne et de Thoreau, les forêts de bouleaux et d'érables, l'été indien, une campagne aux couleurs chaudes, lumineuses et qu'avait épargnée le roulement des tracteurs comme celui des bennes de ciment. On s'y promenait des après-midi entières, de l'étang de Walden, tout proche, où Thoreau avait imaginé son monde idyllique, aux lointaines terres du cap Cod, de Nantucket et, plus loin encore, aux forêts du Vermont ou du Maine : non plus des après-midi, mais de longs week-ends. C'est là, en Nouvelle-Angleterre, que j'ai découvert, sous les érables, un cimetière où tous les morts avaient vingt ans et s'appelaient tous Perceval. Vrai ou faux? Je sais que je l'ai vu, oui... Paradis or et vert des fins de semaines lumineuses, la Nouvelle-Angleterre était elle aussi, à sa manière, une vraie Amérique.

Le sixième cercle sera New York. Je n'avais fait qu'y passer quarante-huit heures lors de mon arrivée et rêvais d'y revenir : New York fut ainsi une sorte de paradis perdu. Pendant les quelques dix mois que dura mon séjour, vingt fois j'écrirai à mes parents que j'allais y passer un week-end, une fin de semaine – et dix-huit fois j'en ai remis le projet. Faute d'argent : l'argent, les dollars – j'y reviendrai. Mais le New York dont je rêvais si fort n'était pas encore celui où je reviens parfois : le New York dont je portais la nostalgie s'inscrivait sous le signe de l'Hôtel Algonquin, où j'avais bu un verre en solitaire, de James Thurber, que je connaissais un peu, de Dorothy Parker dont j'avais lu le nom, et aussi d'une architecture résolument 1930, les taxis jaunes qui dévalaient de grandes rues grises où fumaient des plaques d'égout, le hall de marbre sombre du Rockefeller Center, l'appartement d'un professeur sur la rivière Hudson où s'alignaient dans les rayons des bibliothèques tous les romans d'Henry James, encore, et des collections entières du magazine le *New-Yorker*.

Si je cherchais un New York plus moderne, je retrouvais celui des comédies musicales, la 42e rue ou, au mieux, un film aux couleurs claires, peint de gai comme un sou neuf, où Doris Day et Cary Grant se disputent un taxi en sortant de Macy's ou de Tiffany. Le bâtiment des Nations Unies me semblait là le comble de la modernité mais j'aurais tout donné pour une soirée de plus au vieux Met où chantaient encore Jussi Björling, Zinka Milanov et Leonard Warren.

Je fis pourtant trois très courts séjours à New York : le premier fut idyllique, oui, le second atroce, le troisième désespéré.

L'Amérique tout entière constituait le septième cercle : l'inconnu – et c'était pour lui que j'étais venu jusque-là.

L'Amérique : les vieux films de série B, oui, mais aussi les westerns, Randolph Scott ou William Irish et *La Sirène du Mississippi;* le mythe de Hollywood, bien sûr, les romans de Faulkner, un Sud profond ou, simplement, un champ de blé qui s'étend à l'infini, la musique folklorique de l'Est comme de l'Ouest et les villes inventées – Batman ou Little Nemo – de mon enfance.

Pendant tout mon séjour à Brandeis et, à grands coups de souvenirs, littérature et cinéma confondus, je me fabriquerai mon voyage à travers l'Amérique. Plus tard, Andrew Sinclair, qui sera mon ami, écrira un livre qui s'appellera : *S'aimer jusqu'à San Francisco,* randonnée d'Est en Ouest, grande ballade de deux écrivains amoureux – et ce sera là mon rêve : partir à deux et en voiture, vers un Sud mythique, un Middle West sublimé dans sa banalité, un Ouest si loin, si loin...

Ce voyage-là, dont j'aurai balisé l'itinéraire sur une carte accrochée à un mur de ma chambre, petits drapeaux de toutes les couleurs, Washington et la Virginie, la Georgie, La Nouvelle-Orléans et puis ces villes ou ces états, aux noms magiques parce qu'entendus cette fois dans les films, Oklahoma, Tucson, Santa Fe, San Diego, Larramie, San Francisco – j'en caresserai le projet, j'en nourrirai le plan – et je ne le ferai pas. Initiatique s'il en fût, mon voyage en Amérique s'arrêtera aux bornes du septième cercle, que je ne pourrai franchir. Quand, des années après, j'en passerai enfin la ligne de front, j'y trouverai la caricature de ce que j'avais désiré.

J'étais parti pour cela. Sciences-Po et le boulevard des Batignolles, de vagues apparitions en Sorbonne, en Fac de Droit, et puis les amis, le groupe d'alors dont j'ai peut-être aujourd'hui la nostalgie mais où j'avais peu à peu éprouvé la sensation de m'endormir – ou simplement de me laisser aller. Il y avait aussi Brigitte : mon amour, ma tendresse pour elle qui m'étouffait et l'envie que j'avais subitement éprouvée de prendre du champ, de voir les choses d'un peu plus loin.

Le dire aussi : j'avais toujours choisi de ne pas choisir. Or, il me semblait bien qu'un à un, les choix s'étaient fait, malgré moi : Sciences-Po hier, l'ENA demain, j'allais bel et bien me retrouver fonctionnaire – et la frousse, alors, m'avait saisi. Naturellement, cette double carrière que j'avais imaginée sous le signe de la diplomatie et de l'écriture demeurait encore un projet en moi; mais rien n'était moins assuré. Encore fallait-il réussir à entrer à l'ENA, puis sortir dans un rang qui me le permettrait; quant à l'écriture... J'avais l'impression de posséder des instruments, le début d'une langue, mais toutes mes tentatives avaient si vite tourné court que je n'étais plus sûr de rien. Alors, l'Amérique... Partir, dès lors : couper. Un jour, je dirai la vertu de l'Exil. Un jour, cherchant un titre pour un roman, je jouerai avec une phrase de Rimbaud : « On ne part pas », synonyme de la mort, mais l'éditeur à qui je la suggérerai ne l'aimera guère. « On ne part pas » : la barrière que je me suis construite entre le monde et moi : il faut partir.

Je me disais aussi que je tiendrais un journal de ce séjour; que le livre, peut-être, naîtrait...

Je m'y étais pris trop tard. C'est en mars ou avril de cette année-là que j'avais décidé, sur un coup, de partir – et l'Amérique, avec le mythe de ses universités ouvertes, grouillantes de vie, d'aventures, de filles, me semblait seule répondre à mes attentes. Ainsi, éternel étudiant, j'étudierai seulement ailleurs...

Mais tous les organismes officiels avaient déjà fait leur plein d'américanomanes enthousiastes et il me fallut trouver des voies parallèles. Envoyant de belles lettres dans toutes les directions – jusques et y compris au président du Syndicat des transporteurs routiers, le redoutable Walter Reuther – je reçus en fin de compte une demi-douzaine d'offres de bourses. Aucune ne correspondant à un séjour offert, plein et entier, je choisis avec une belle légèreté non pas l'université la plus fameuse ni le domaine d'étude qui correspondait le mieux à mes connaissances, mais celle des universités qui s'entrouvraient à moi... dont le dépliant publicitaire me séduisait le plus! un campus au milieu des bois et Harvard juste à côté. Je ne savais rien de Brandeis, ni de cet Herbert Marcuse, qui m'avait écrit qu'il avait besoin d'un assistant français.

C'est pourtant à Brandeis, comme jadis aux Soldanelles, qu'un grand morceau de ma vie intellectuelle, émotionnelle –

bien sûr sentimentale – s'est joué. Déjà Marie-Noëlle m'avait appris à lire – et André Tubeuf aussi, d'une manière différente. J'avais lu *avec* Christine. A Brandeis, ce ne sera pas un guide que je trouverai, mais trois. Deux hommes et une petite fille qui vont à la fois m'apprendre leur Amérique – fût-elle pour tous trois terre d'exil – et vont aussi me réapprendre à lire, c'est-à-dire me le donner enfin, ce goût de l'écriture qui me taraudait sans que je m'en rendisse vraiment compte.

Un homme de plus de soixante ans, juif allemand réfugié aux États-Unis depuis les années trente; un poète français; une gamine de dix-sept ans; Herbert Marcuse, Claude Vigée, Marianne Alexandre. Je crois bien que je ne saurai jamais assez payer la dette de reconnaissance que j'ai envers eux.

C'était Marcuse qui m'avait fait venir là, devant passer le deuxième semestre de l'année universitaire à Paris, où il donnerait des cours aux Hautes Études, il voulait un étudiant français auprès de lui pour dérouiller son français, en même temps que pour parler librement des sujets qui seraient ceux de ses conférences. S'il espérait avoir affaire à un philosophe ou même à un apprenti-politologue, il fut sûrement déçu, mais eut la gentillesse de ne pas le montrer. Dès le premier soir et le premier dîner chez lui, nous avons plutôt parlé de Strauss et de ce *Chevalier à la rose* que je traînais avec moi, comme un souvenir de la robe rose de Brigitte un soir d'été au Palais Garnier. Marcuse s'est mis au piano, il a joué de mémoire la transcription du début du premier acte, le prélude, le duo d'Ottavian et de la Maréchale. Puis c'est lui qui a murmuré les paroles de la Maréchale qui rêve parfois la nuit d'arrêter les pendules : *« Die alte Frau, die alte Marschallin... »* et sa femme, les cheveux coupés court, de belles mains carrées, est venue nous interrompre : il était temps de passer à table. Plus tard, au milieu de sa bibliothèque, Herbert Marcuse m'a fait une démonstration de *hulla hoop,* ces cerceaux de plastique léger qui étaient alors à la mode et qu'on faisait tourner autour de la taille à grands coups de contorsions des hanches et du bout du cul; puis nous avons évoqué les cours que je pourrais suivre, les séminaires, les services enfin que Marcuse attendait de moi.

Le visage de Marcuse était alors celui d'une sorte d'Indien, bec d'aigle et longue crinière blanche; ses yeux minuscules riaient. Pour manifester sa joie, ou son approbation, il répétait : « *Wunderbach! Wunderbach!* » et c'est à ses côtés que j'ai appris à parler l'anglais ou l'américain avec un solide accent teuton : l'Amérique glissait sur lui, il s'en amusait – le *hulla hoop*... – mais savait garder ses distances.

A Brandeis, il était déjà une vedette; après cette première rencontre, j'écrivais à mes parents qu'il était non seulement l'un des plus importants politologues (?) des États-Unis, mais aussi l'un des premiers philosophes de ce temps. Et c'est vrai que, lourd et solide, le pas parfois hésitant – Herbert Marcuse ne se déplaçait qu'entouré d'une cour d'étudiants et assistants : j'étais l'un des leurs, mon statut sur le campus était assuré. D'ailleurs, Maud, sa principale collaboratrice, m'avait pris en affection et, lorsque je déménagerai à Cambridge, elle m'assurera entre Massachusetts Avenue et l'université des « rides » quotidiens. Quant à sa femme, qui avait été auparavant celle de mon meilleur ami John Newman, elle m'invitera à dîner tous les mercredis soir, histoire de perfectionner son français à elle aussi. Tom Newman, le fils de Mrs. Marcuse, deviendra le grand amour de Brigitte, la sœur de Marianne. Comme son principal ouvrage (c'était avant *L'Homme unidimensionnel*) était alors *Éros et civilisation*, la femme de Marcuse avait l'habitude de lui lancer en public : « Please, Herbert, un peu moins de *Civilisation*, s'il te plaît... »

Très vite, Marcuse comprendra que j'étais bien peu philosophe, et plus mal placé encore pour lui servir d'assistant. Nous parlerons dès lors politique, du retour du Général, de l'avenir incertain de Mendès France, dont il était comme moi un admirateur enthousiaste. Mais Marcuse aura quand même tenté de me faire lire autre chose.

Claude Vigée aussi. Claude avait alors une quarantaine d'années. Il était marié et vivait, avec sa femme et sa fille, dans la nostalgie d'une Alsace perdue, Alsace juive et dorée des lumineuses après-midi d'automne, raisins, vendanges, la brume du matin qui se lève. Il avait traversé la guerre en exil et ne s'en était pas relevé : l'exil devint dès lors sa patrie jusqu'à ce que, quinze ans plus tard, il choisisse Israël. Il vit aujourd'hui là-bas d'où il nous écrit, tous les deux ou trois ans, un livre à la fois abondant et très rare.

Claude Vigée habitait une maison de bois, au-delà de cette colline boisée surmontée d'un château d'eau qui dominait l'université. Il dirigeait le département des « *humanités* » et invitait des amis à lui à enseigner un trimestre, six mois, un an : Henry Thomas, Yves Bonnefoy y séjournèrent en même temps que moi. Alain Bosquet, Pierre Emmanuel y avaient aussi enseigné; c'était Vigée qui avait fait venir Serge Doubrovsky : grâce à Claude Vigée, Brandeis était devenu un haut lieu de la littérature française contemporaine aux États-Unis. Deux fois par semaine, je donnais à sa fille – huit-dix ans... – de lamentables leçons de français, lamentables car si l'élève ne semblait rien comprendre aux subtilités des conjugaisons des verbes irréguliers, c'est que le professeur n'en savait lui-même guère plus et repassait les leçons une heure avant de les donner. Mais après une autre heure à bêtement ânonner des règles qu'aujourd'hui encore je n'ai pu retenir, je retrouvais Claude dans son bureau, sa femme dans un salon, et nous passions la fin d'après-midi à parler. Claude évoquait l'Alsace, oui, et le rêve d'Israël, oui... J'avais lu un livre de lui, *L'Été indien* et j'en savais quelques vers : « La forêt de bouleaux... » que j'ai placés en exergue dans mon premier roman.

Marcuse me donnait le goût de lectures qui n'étaient pas

les miennes; Claude Vigée me donnait l'envie de revenir à toutes celles qui étaient si bien miennes. L'un comme l'autre stimulaient en moi quelque chose de très neuf, de très allègre, qui était le désir d'écrire vraiment : de sortir des sentiers bourbeux d'une écriture d'adolescent, complaisante, convenue et à usage purement interne : qui d'autre que moi m'aurait jamais lu? – pour déboucher sur ce qui deviendrait un livre que d'autres, alors, liraient peut-être.

Mais c'est Marianne qui m'a donné ma vraie raison d'écrire : pour l'épater. Trente ans plus tard, je l'ai dit, je ne suis pas sûr de ne pas encore continuer à écrire pour épater les filles, une fille, une femme.

Portrait de Marianne : Marianne a dix-sept ans, des cheveux de sable, longs et fins, clairs, sable donc, qui lui tombent jusqu'aux épaules, peut-être au milieu du dos. Elle est elle-même longue et fine, vêtue de grands pull-overs clairs qui la couvrent tout entière. Elle a dix-sept ans, elle a été élevée sur le campus où sa mère est professeur, elle est la princesse du campus. D'ailleurs, l'année suivante, Denise, sa mère, habitera le « château » – dont elle sera la régente. Marianne vit encore avec Denise et Brigitte dans une petite maison de brique rose de Wicomah Way, au-delà de la ligne de chemin de fer qui barre la route 128, bientôt synonyme dans tout l'Est des États-Unis de chemin triomphal de la haute technologie.

Marianne ne se déplace qu'entourée d'une nuée d'admirateurs qui sont américains, mais aussi français, suisses, anglais, uruguayens. Elle parle l'américain avec un accent anglais, le français avec un accent indéfinissable; d'ailleurs ses amis s'appellent Fred, Jacques, Martin, Tom, Boris. Ils la suivent, la regardent, elle est un elfe, elle s'avance parmi eux. Je l'aperçois d'abord de loin, à la cafétéria, au milieu d'une prairie, avec ses chevaliers : j'ai vingt et un ans, je tombe amoureux. Un jour, elle m'aborde enfin – l'aurais-je osé? C'est dans la roseraie, près de la faculté des Sciences. Elle quitte son groupe d'amis pour venir vers moi : « Tu es français, n'est-ce pas ? » Et Marianne revient avec moi vers ce Fred qui est canadien, Henry qui est photographe, Jacques qui semble se moquer de tout : « Voilà Jean-Pierre, il est français. » Nous parlerons de poésie, de musique, de littérature, et je serai émerveillé : Marianne a dix-sept ans et elle a tout lu, ou presque. Elle me récite un poème de Dylan Thomas ou de Jules Laforgue : elle chante une chanson que chante Suzan Reed, un folklore anglo-américain nostalgique, léger, tendre : un an plus tard, de New York, elle m'enverra un disque d'une inconnue qui s'appelle Joan Baez.

Bientôt, je ne quitterai plus Marianne mais, surtout, elle ne me quittera plus. Je l'accompagnerai à des fêtes, des soirées snobs à Cambridge, aux concerts que donne Charles Munch à Boston. Elle me fera découvrir le musée Isabella Gardner, ses Vermeer, ses Botticelli, mais c'est avec elle aussi que je marcherai sur un rail rouillé en équilibre, sans fin, en racontant l'Auvergne, Chamonix, Sciences-Po, tandis qu'elle me raconte d'équivoques aventures de petite fille seule dans Paris, parmi des chats, des vieux messieurs un peu poètes – et puis des filles plus équivoques encore. Avec Marianne, l'envie d'être poète, ambiguë aussi, qui me prend parfois comme un vertige – parce que je me rends compte que, plus que toutes celles que j'ai connues, Marianne est un personnage de roman, le personnage de roman que j'attendais – et parce que je commence enfin, vraiment, à l'écrire, mon premier livre.

Un soir de la fin du mois de septembre, Marianne est restée dormir chez moi, à Cambridge. J'avais tiré pour elle mon matelas à terre et m'étais moi-même étendu sur le sommier. Ce n'est qu'au milieu de la nuit que nous nous sommes retrouvés – et nous nous sommes tant embrassés, cette nuit-là, que le lendemain mes lèvres me faisaient mal.

Grâce à Marcuse, j'ai pu me convaincre que ce que je n'avais pas lu jusqu'à présent n'était pas vraiment fait pour moi. Platon, Saint-Augustin qui étaient les sujets de ses deux séminaires et que je survolais – car je n'en savais rien – alors que mes camarades en approfondissaient les plus obscurs détours – m'apparurent définitivement comme ce qu'ils étaient, c'est-à-dire un domaine à jamais hors de ma portée.

Grâce à Marcuse, j'ai fait un léger, sinon louable, effort pour en savoir quand même un peu. Et si je relis les lettres que j'écrivais alors, je vois que je me gargarisais des rares connaissances que je grappillais çà et là : puisque rien de tout cela ne devait déboucher sur rien, le jeu devenait dès lors gratuit, presque délicieux. Ainsi, dans la foulée d'un professeur Johnson, ami de Marcuse, me lançais-je dans la littérature médiévale, je fis mon miel du *Roman de la rose* ou, plus au sud, de la poésie des troubadours, Bertran de Born, les Cathares. D'exposé en dissertation – on les appelait des « papers » et je devais les rendre dactylographiés, ce qui ne manqua pas de me poser de sérieux problèmes : à cinquante-quatre ans, je ne sais pas mieux taper à la machine et les miracles du traitement de texte me demeurent étrangers – j'élaborerai de bien ingénues théories sur la littérature du sud et celle du nord, la langue d'oc et la langue d'oil et, faisant feu de tout bois de mes connaissances wagnériennes, insisterai pour ajouter Wolfram von Eisenbach et ses amis à ce programme.

On le voit, je contournais du mieux que je le pouvais les Platon et Aristote sur lesquels reposait malgré tout l'enseignement de Marcuse; et lorsque celui-ci me suggéra de me consacrer au « premier matérialisme du *jeune* Marx », je parvins à lui substituer un autre matérialisme, celui du baron d'Holbach en qui, quelque peu familier du Siècle des Lumières, je me reconnaissais quand même mieux.

Comme beaucoup d'esprits innocents, je me laisserai prendre un peu plus tard aux pièges du *Matin des magiciens* dont la hargne que mettent certains à en dénoncer aujourd'hui les vertiges n'a d'égale que la volupté avec laquelle ils s'y sont sûrement laissés entraîner lorsque le livre de Louis Pauwels et Jacques Bergier a paru. Mais mon année Brandeis a eu aussi, avec la bénédiction du cher Marcuse, ses lectures opiacées, mêmes vertiges, approximations sentimentales sulfureuses dont je fis mes délices – et que je ne regrette pas tant que ça. Il y eut ainsi *L'Amour et l'occident*, de Denis de Rougemont, véritable bréviaire de l'amour-passion qui, de Tristan, me ramena aux Cathares, à la théorie de l'amour de l'amour-plus-que-l'amour-de-l'autre qui me donnait le sentiment de frôler des abîmes de vérités. Incapable de formuler la moindre pensée abstraite, j'étais tout juste en mesure de comprendre celle de Denis de Rougemont et m'en saoulais. De l'amour à la guerre, de la guerre aux bûchers de l'inquisition, les littératures d'oc et d'oil faisaient chez Rougemont bon ménage et je pris même la décision – sans lendemain – d'apprendre le vieux français pour en savoir davantage.

Bien des années après, retrouvant mon ami Tony de Almeida dans le beau mas qu'il a un jour habité près de Saint-Rémy-de-Provence, je partis à la recherche des ruines de Romanin qui, château en proue au pied des Alpilles, avait été cour d'amour. Je n'y découvris, au-dessus de quelques pierres écrasées sur les rochers blancs, que le glissement léger des planeurs montés du terrain de vol à voile qui a remplacé en contrebas une cour d'amour – c'était très beau. Les noms de Bertran de Born et de Bernard de Ventadour se sont lentement évanouis de cette place de choix qu'ils occupèrent un moment dans la mémoire que j'avais voulu m'inventer mais l'analyse que fit Denis de Rougemont du mythe de Tristan est restée.

Lentement, le duo du deuxième acte de l'opéra de Wagner s'élève alors à son tour : la nuit s'y conjugue avec la mort et l'appel deux fois renouvelé de Brangaine qui annonce le matin, la lumière, vient dire aussi la fin des amours, une autre mort.

Un autre livre sentait, lui, vraiment le soufre. L'auteur en était un officier allemand mort à la Libération dans des circonstances obscures; il semble qu'alors que la Wehrmacht vaincue remontait en déroute vers le nord, il se soit aventuré sur les terres mêmes où il puisait la légende dont il avait tissé son œuvre et n'en soit pas revenu. Cet Otto Hahn, auteur de *La Croisade contre le Graal*, pratiquait la même philosophie ésotérique et confuse qui devait alimenter les rêveries des amateurs du *Matin des magiciens*. Pour lui, les Cathares et les troubadours, les parfaits et les belles dames amoureuses avaient tous été les défenseurs d'un certain ordre païen qui, par Albigeois ou Vaudois interposés, venait de très loin en Orient. Le Graal et ses poètes, chassés des pays du nord, avaient trouvé refuge dans les hautes terres de l'Albigeois et du Minervois jusqu'à ce qu'à la chute de Montségur les hommes du nord achèvent d'anéantir ce qu'il y avait en eux d'irrationnel face à un ordre qui deviendrait le cartésianisme ou même l'idéalisme allemand, sagement inspiré d'une foi en l'homme que les suppliciés de Montségur avaient, jusqu'à leur dernier souffle, rejeté.

Le mythe du Graal rejoignait ainsi celui de Tristan : Wagner tout entier devenait une manière de philosophie. Que ç'ait été sous le sourire ironique de Marcuse que je suis arrivé à ces lectures-là n'était qu'un paradoxe de plus dans le destin de celui que les événements de 1968 allaient porter en premier au rang des maîtres à penser d'une génération d'apprentis penseurs. Je dirai à ma décharge que j'avais aussi lu *Éros et civilisation*, que je lirai peu après *L'Homme unidimensionnel* et que l'enthousiasme que j'éprouverai près de dix ans avant les laudateurs inconditionnels du philosophe de l'École de Francfort reconverti dans la critique en règle du libéralisme *et* du marxisme, sera au moins égal à mon éphémère passion pour MM. Denis de Rougemont, citoyen suisse, et Otto Hahn, officier de la Wehrmacht assassiné par des paysans du Minervois alors qu'il était peut-être sur le point de retrouver le vase sacré du Graal. Mais au-delà de cette légèreté qui marque de son sceau indélébile mes plus sérieuses lectures, Marcuse avait su me faire comprendre que s'il était des terrains qui m'étaient interdits, ce n'était pas trop grave; d'ailleurs, incapable de chasser dans ces domaines, je pouvais toujours y braconner –

grappiller – en lisière. Je connaissais par cœur *La Règle du jeu* et entre Carette et Gaston Modot, qui jouait Schumascher, j'étais plutôt du côté du braconnier amoureux de Lisette – même si celui-ci avait un sourire épanoui quand son ennemi devenu son complice tirait comme un lapin un amoureux trop bien élevé.

Avidité d'en savoir quand même un peu plus avec Marcuse : voracité de tout lire dans le sillage de Claude Vigée, d'Alain Bosquet, de leurs amis. Dire que c'est aux États-Unis que j'ai vraiment connu la poésie française, par exemple? Peut-être. Tout ce qui n'était que vaguement senti, deviné – même si c'est le propre des poètes que nous aimons de n'être jamais que devinés, à travers les mots de Saint-John Perse ou d'Yves Bonnefoy, me devenait par instants – Dieu merci : par instants – d'une éblouissante clarté.

Pas à pas, parce que Claude Vigée, ses poèmes, ses essais me montraient le chemin, je parvenais au cœur d'une découverte qui me deviendrait bientôt évidence, très vite ensuite nécessité. Les poèmes que je me suis dès lors mis à écrire ont cessé d'être ces boursouflures squelettiques que je croyais instants d'éternité, pour devenir une vraie réflexion sur le mot et le mot encore qui peut le dire.

Pas à pas, j'ai suivi Claude Vigée sur des chemins incertains parce que je devais en passer par là, Pierre Emmanuel, Patrice de La Tour du Pin, mais aussi sur des voies plus riches, plus ouvertes sur d'autres mots, d'autres verbes; ainsi mon retour à Char, la prose de Bonnefoy, la rencontre avec Michaud, qui fut haletante, celle avec Pierre Jean Jouve où je haletais aussi, mais d'un autre souffle, et puis à nouveau les Leiris, les Breton, les Aragon et les Francis Ponge par-dessus le marché, les Guillevic. J'entrevis même Michel Deguy, devenu un ami.

Je ne sais plus si je « parlais poésie » avec Claude Vigée; je crois bien plutôt que c'était la pluie sur sa maison, la tempête qu'il me disait avoir entendue toute la nuit ou, au contraire, le printemps brusquement, brutalement retrouvé dans le bois autour du château d'eau; c'étaient les livres qu'il lisait, que j'empruntais, que je trouvais à la Widener Library de Harvard; c'était une manière de vivre en poésie, en somme, une somme de poésie qui m'imbibait, me donnait désirs, envies, rêves, réalités, mots, silences.

Un ami côtoyé, un nom devenu familier suffiront à faire naître ces rêves-là, ces mots, ces silences – comme des réalités. Henri Thomas habitait une vilaine maison à Waltham. Je n'avais rien lu de lui; j'ai lu alors *La Nuit de Londres* puis, bien après, son *Promontoire* auquel, par quel hasard?, échut le prix Fémina; et *John Perkins* qui racontait l'histoire d'une femme que j'ai connue aussi et dont j'ai fait l'un des personnages de mon premier livre, folle et brune, noire, remplie de désirs et qui – oui... – se saoulait au coca-cola! Mais les récits courts, pudiques dans leur superbe impudeur d'Henri Thomas, m'ont ramené au meilleur Green, à Julien Gracq, à Pierre Jean Jouve encore et à *Paulina* qui n'avait plus besoin de son année 1880 pour s'inscrire, avec Catherine Crachat et toutes celles que Jouve a marquées de son ardente désespérance, parmi ces héroïnes de roman devenues compagnes des bons et des mauvais jours pendant toute une vie.

Lorsque j'ai écrit mon premier roman, j'ai d'abord voulu le montrer à Henri Thomas, qui me l'a rendu après plusieurs mois, avec un conseil : ne pas insister. De même, quinze ans plus tard, lorsque je tenterai avec Alain Veinstein, Bernard Noël, Gilbert Amy, Daniel Mesguisch et quelques autres, de réaliser le rêve de « la » revue qui m'a si longtemps tenu à cœur, j'inviterai Henri Thomas à se joindre à nous et, comme Alain Veinstein d'ailleurs, puis Gilbert, Mesguisch et presque tous les autres, il fut l'un des premiers à quitter prudemment et sur la pointe des pieds le salon où, au milieu de tant de bons esprits, discourait « la personne qui devait nous servir de mécène » (la formule est prudente...). Pourtant, dans ce Brandeis en perpétuelle effervescence intellectuelle et qui ne ressemblait à rien au monde, Thomas, comme Vigée, bientôt comme Alain Bosquet, m'ont à proprement parler ouvert les portes de l'écriture : l'écriture considérée enfin comme un possible.

Alain Bosquet et Serge Doubrovsky donnaient aux étudiants « undergraduate » des leçons de littérature française. Je les ai suivies de loin et par Marianne interposée. La poésie était encore au rendez-vous, mais par-delà les noms qui ponctuèrent plus tard le *Verbe et vertige* de Bosquet – qui est peut-être le livre qui a défini le mieux pour moi les chemins sans lui peut-être encore hasardeux de la poésie contemporaine – il y avait tout un champ que j'avais presque délibérément laissé de côté dont le cabotage au gré du vent qui avait été jusque-là mon aventure au pays des livres : Beckett, Ionesco, oui – mais aussi les Robbe-Grillet, les Sarraute, sinon les Claude Simon m'étaient à peu près inconnus. Comme tout le monde, j'étais allé voir *En attendant Godot* et m'y étais, comme tout le monde, copieusement ennuyé – mais j'avais proclamé l'aimer à la folie; avant, et encore une fois comme tout le monde, j'avais trouvé très drôle *La Cantatrice chauve* et *La Leçon* dont certaines répliques (« Comme c'est bizarre, comme c'est curieux... ») étaient entrées dans le fonds commun de nos citations à tout faire, au même titre que l'autre *bizarre* deux fois répété de *Drôle de drame* – et c'était tout.

C'était maigre; je manquai dès lors tomber dans l'excès contraire et, pendant quelques mois, les pièces de Beckett et le nouveau roman faillirent devenir une nouvelle science exacte. Je lus, analysai, disséquai le théâtre de Beckett, mais aussi ses romans, *Murphy, Molloy;* j'explorai le champ de tout ce qui avait été publié d'Ionesco et faillis me lancer dans une mise en scène des *Chaises;* je découvris Claude Simon, Nathalie Sarraute : pour tout cela, je me forçais un peu mais ressentais une fierté bien légitime à me savoir né natif du pays qui produisait ces fruits-là, auteurs connus aux quatre bouts de l'horizon et dont il n'était pas une page qui ne fît l'objet de savants commentaires dans une université juive quelque part au milieu des États-Unis.

Soyons honnête : ce n'était pas seulement l'importance du moment et Marianne à côté de moi qui donnèrent à mes lectures de *Martereau,* plus tard du *Planétarium* ou de l'œuvre complète de Robbe-Grillet un tel parfum d'aventure, mais bien plutôt le sentiment d'avoir failli, sans m'en rendre compte à temps, passer à côté de quelque chose d'important. Et trente ans après, je suis convaincu que mon enthousiasme d'alors a été un beau moment de ma jeunesse; c'est que le temps a apuré les lignes, simplifié les contours et que ce qu'on avait érigé en absolue grammaire d'une nouvelle écriture qui balayait devant elle toute autre littérature comme anachronique ou dérisoire a supporté à son tour l'épreuve du temps. Certains s'en sont bien tirés : les romans de Beckett, ceux de Nathalie Sarraute, de Claude Simon. Ce sont les bretteurs de la nouvelle cause qui ont le plus mal supporté l'épreuve des années. Mais j'avais besoin de passer par le jansénisme baroque de Beckett comme par la mémoire-phrase de Claude Simon, le monologue en perpétuel devenir où la redite est précisément poésie de Nathalie Sarraute. Bien plus : si les textes théoriques d'un Robbe-Grillet me parurent vite une construction gratuite destinée à expliquer ce qui n'aurait pas eu besoin de l'être, un livre comme *L'Ère du soupçon,* dont je me suis bien gardé de retenir la leçon, m'a servi pendant trente ans de garde-fou : accumulant l'un après l'autre livre sur livre, roman après roman comme j'en avais le désir, je savais que j'aurais pu, si je le souhaitais, remettre en cause chaque ligne écrite, chaque phrase, chaque mot – en aurais-je eu le désir. Mais je ne ressentais pas ce désir-là : j'en éprouvais seulement la terreur, et cette terreur-là était salutaire puisqu'elle justifiait toutes les fuites en avant.

Molloy, Godot, Martereau : à cette liste de personnages emblématiques, j'appris à ajouter les non-personnages de Robert Pinget et je fis du *Fiston* le maître-livre de cet apprentissage.

Plus tard, je me suis amusé à tracer l'itinéraire idéal du monologue intérieur qui va des *Lauriers sont coupés* de Dujardin aux plus illustres représentants du nouveau roman; mais dans une tradition presque semblable qui est celle du roman épistolaire, *Le Fiston* et son double théâtral *Lettre morte* m'ont paru, lorsque je les ai découverts à Brandeis, un peu après à Paris, représenter le point extrême d'une démonstration : nul ne peut rien dire à personne qui ne veuille l'entendre. Et, comme certains disques que j'ai littéralement « usés sous moi », comme *Le Bavard* de Louis-René Desforets l'année suivante, le petit livre de Robert Pinget, maculé, crasseux d'avoir été tant lu et relu, fait partie d'une bibliothèque mythique où je range, côte à côte, non pas les ouvrages qui m'ont fait, mais tout simplement ceux qui ont compté pour moi. C'est à Brandeis aussi, et dans la foulée, que j'ai placé sur le même rayon le *Précis de décomposition* de Cioran dont il fut un temps où j'apprenais par cœur les formules lapidaires, comme *L'Ère du soupçon;* c'était peut-être un livre dont j'avais besoin pour éviter d'autres pièges.

Un jour, j'ai tenté d'expliquer à un journaliste que, viscéralement incapable du moindre « travail sur la phrase » (formule obscure qui pouvait faire allusion à la mise en œuvre de certaines des théories du nouveau roman), je me rattrapais (je me donnais bonne conscience, en somme) par un « travail sur l'organisation de l'espace romanesque ». Je voulais parler du « montage » de la plupart de mes livres, à coups de séquences écrites par personnages, ou par thèmes, voire par décors (comme un film, en somme) et montées ensuite selon les chronologies internes du livre. Tout cela fleurait bon la justification a posteriori; c'était pourtant parfaitement vrai. *Le Sac du palais d'été*, hier, *Chine* aujourd'hui, ont été construits selon cette méthode. Et mon premier *Gulliver* est né aussi de là : parce que Mme Sarraute ou M. Pinget m'avaient appris qu'on ne pouvait pas écrire comme on l'avait fait en un « avant » obscur balayé par l'aujourd'hui triomphant – et que moi, je ne savais pas faire autrement. Ceci tentait de faire pardonner cela et, je mettais en œuvre dans la construction même de mon livre que j'appelais le montage – l'art du montage, en somme – tout l'effort que je savais ne pouvoir *viscéralement* pas (je reviens aux viscères, au foie, la littérature à l'estomac, chez Etiemble!) mettre en branle dans l'analyse critique du sujet puis l'analyse arbitraire de la phrase.

Comment on devient romancier... Claude Vigée, Alain Bosquet, Serge Doubrovsky m'avaient réappris à lire.

Quant à Marianne, elle avait déjà tout lu. Chez elle, Wycoma Way, ou pendant des week-ends entiers dans ma chambre de Cambridge, ou encore au milieu de la campagne à la fin de cet été indien, dans les immondes et merveilleux coffee-shops où nous passions des heures à nous retrouver, les halls des grands hôtels de Boston, la « maison des Helens » où vivaient trois de ses amies qui s'appelaient toutes trois Helen, nous lisions côte à côte, l'un près de l'autre, sans désemparer.

Je ne connaissais un peu de littérature anglaise ou américaine qu'en traduction : c'est par Marianne qu'après *Tender is the night*, j'ai découvert la vraie volupté qu'il y a à lire en une langue nouvelle : les premières pages, le premier livre comme épelé, puis les phrases qui filent, les pages qu'on peut tourner, les volumes entiers qu'on lit bientôt aussi vite qu'en français et ceux, surtout, qu'on peut seulement parcourir, feuilleter, comme on le fait des livres dont on a depuis toujours appris qu'ils sont seulement de ceux qu'on feuillette ou qu'on parcourt.

Et puis, les livres étrangers sont des objets autres. Ainsi je découvris en Amérique les gros livres reliés, dits « hardbacks », aux couvertures de toile solide, souvent sombre, comme cirée, que recouvrait une jaquette non pas illustrée mais au beau graphisme en couleurs : privés de leur jaquette, ces objets deviennent les éléments solides d'une construction de mots tellement plus solide en apparence que les fragiles brochages de Gallimard ou du Seuil. Mais la librairie de Brandeis comme la coopérative de Harvard, cette autre immense boutique comme sur Massachusetts Avenue, offraient aussi ces autres objets étranges que furent aussitôt pour moi les « paperbacks », non pas sous leur forme de livres de poche ordinaires, aux coloriages grossiers, mais sous celle, infiniment plus sophistiquée, de réédition de textes fondamentaux dans un format compact, solide lui aussi, épais de toute l'épaisseur du savoir qu'on y devine.

Très vite, les librairies de Cambridge et de Boston ont remplacé celle de Brandeis et, très vite, les livres se sont accumulés dans ma chambre d'Arlington Street comme dans celle du boulevard des Batignolles.

Bonnefoy, Char, Jouve : d'un simple geste, prendre un autre livre dont une voix aimée vous a murmuré quelques lignes, et je suis ainsi passé à Carl Sandburg, Robert Lowell, E.E. Cummings, T.S. Eliot, Philip Larkin. Et, après eux, je suis revenu avant eux : Hawthorne, Edgar Poe, Emily Dickinson.

Mais ce fut d'abord la formidable rencontre avec cet autre elfe, mort ivre mort pourtant quelques années auparavant dans des dégueulis d'alcool, après une soirée à boire et retrouvé à l'aube – mort de froid – derrière un canapé : Dylan Thomas.

Ce fut d'abord une voix : Dylan Thomas a terminé sa vie en faisant en Amérique des tournées d'universités où il lisait ses poèmes, les déclamait, les scandait comme les prêcheurs gallois de ce pays de Galles d'où il venait, scandaient, rythmaient, balançaient leurs prêches et les textes saints face à des fidèles pour qui la voix du pasteur était aussi musique, chant, rythme. Dylan Thomas – très vite, Marianne et moi disions Dylan tout court – avait enregistré des poèmes, des lectures, qu'on avait gravés en disques. D'où ces deux disques que j'ai tant écoutés, comme le premier acte de *La Walkyrie* de Bruno Walter... Il y avait un disque de poèmes; un autre qui contenait un court récit : « A child's Christmas in Wales » – « Un Noël d'enfance au pays de Galles ».

J'en sais encore les premières phrases par cœur : « That Christmas was so much like the others... » « Ce Noël-là ressembla tellement aux autres que je ne me souviens plus s'il neiga douze jours et douze nuits et que j'avais six ans, ou six jours et six nuits, et que j'avais douze ans ». Ou les poèmes, alors, cette vraie musique qu'à mon tour j'ai déclamée, martelée – si mal, si mal; avec tant d'amour – que les mots ne m'en reviennent encore aujourd'hui qu'inséparables des notes graves et heurtées qui les disaient.

Le destin de Dylan, sa mort, sa femme Cathleen que j'ai connue plus tard, cette pièce – *« Under milkwood », Sous l'arbre à lait* – dont Andrew Sinclair, qui épousera si vite Marianne et qui deviendra à son tour un ami, a fait un mauvais film avec Elizabeth Taylor, pourtant, Richard Burton et Peter O'Toole; et puis ce court roman inachevé que je tenterai, comme Andrew, de terminer : *« Adventure in the Skintrade »,* « Aventures dans le commerce des peaux » : tout cela avec la mort au bout fera de la poésie de Dylan Thomas le pivot de toute ma vie américaine : jusque dans une voiture perdue dans la neige au milieu du New Hampshire une nuit de Noël, jusque dans une chambre d'hôtel sordide de Manhattan où Marianne a peut-être failli mourir, nous nous sommes récité Dylan : c'était notre prière, notre code, notre langue.

Langue aussi que les poèmes d'Edgar Poe; langue parallèle à la langue que leur traduction par Mallarmé : entre Marianne et moi, un autre jour. Nous passions d'un texte à l'autre, de la traduction à l'original, en nous émerveillant l'un l'autre de trouver pour la première fois une traduction qui en dit autant que le texte que, pour une fois, elle n'avait pas trahi. Marianne me murmurait : *« A kingdom by the sea »,* je lui répondais : *« Un Royaume près de la mer »,* c'était toujours *Annabel Lee.* Marianne était d'ailleurs devenue Annabel Lee, petite sœur épouse, amoureuse dont même les Étoiles dans les Cieux ne pouvaient pas, un jour, une nuit – dans ce Royaume by the Sea – finir par tomber jalouses – comme on tombe amoureux, amoureuse...

La poésie, qui m'était un plaisir solitaire – ou bien les

poésies de Baudelaire lues par une Françoise de treize ans dans la chambre de ma sœur, les jambes blanches, chaussettes noires, cuisses nues... – me devint une musique à deux. Me devint aussi lecture de tous les instants : ce n'était plus la Révélation, le Mystère d'une langue – toutes ces majuscules dont j'affublais les vers de Jouve, de Bonnefoy : non pas langue, mais langage, véhicule de nos pensées les plus intimes, élans du cœur, sentiment. Retour, en somme, à l'origine.

La poésie redevenait un poème dit pour être lu à voix haute. A deux.

Emily Dickinson et Edna Saint-Vincent Millay constitueront le troisième volet de cette trilogie anglo-américaine que nous dîmes donc, à longueur de jour, à perte de vue et de nuits jamais pourtant perdues. L'une et l'autre sont la fureur d'aimer, le refus de la mort, le refus de ceux qui ne peuvent se séparer. « *I am not resigned...* », dit l'une d'elles dans un souffle : « Je ne me résigne pas à voir s'éloigner ceux qui se sont aimés » : cinquante ans avant Sylvia Plath que je lus à la même époque et avec la même ferveur, elles avaient toutes deux choisi d'être femme en poésie – et avaient aussi, pourtant, choisi la mort. Aux langues familières de ces poètes français qui disaient le verbe, répondait le soupir d'étrangères qui devenaient ma famille. Denise Alexandre, la mère de Marianne, vivait dans le culte d'Emily Dickinson et, dans son sillage, enfants d'un même éblouissement, Marianne et moi répétions les mots que cette dame au beau visage triste – elle évoquait irrésistiblement pour moi une autre dame morte que Marianne me fit aussi rencontrer, Virginia Woolf – avait tressés, je le devinais, pour nous deux.

Un soir, nous nous retrouvâmes dans une chambre d'hôtel simplement un peu au-delà de Concord où nous avions décidé, comme cela, de passer la nuit. Pour paraître mariés – ce qui nous semblait indispensable face à la pudibonderie de la Nouvelle-Angleterre – nous avions acheté en guise d'alliance des anneaux de rideau; dès notre arrivée dans la chambre et sous une énorme courtepointe que j'imagine aujourd'hui toute de pièces de tissus différents cousues en damier, Marianne avait tremblé de fièvre. La propriétaire nous avait monté des grogs brûlants – sans alcool! – puis nous avions fait l'amour. Ensuite, dans mes bras et pendant une longue partie de la nuit, Marianne avait récité ou lu des mots d'Emily Dickinson – et je répondais par ceux d'Edna Saint-Vincent Millay.

Poésie qu'on dit, qu'on murmure à voix basse, ou poésie qu'on scande, comme celle de Dylan : Carl Sandburg, qui racontait l'Amérique, Chicago, même aventure; mais aussi poésie qui n'est faite que pour être vue, E.E. Commings dont, un peu plus tard, *Eimi* deviendra pour moi le livre-clef de tous les voyages. Mais aussi la grandeur que j'imaginais brûlante sous sa couverture de glace, classique, parfaite, de T.S. Eliot; mais aussi la précision d'un Philip Larkin; mais aussi toute la compassion d'un Auden; mais aussi ce que je devinais de déraison pudique dans cette autre perfection presque silencieuse des poèmes de Robert Lawell dont je savais qu'il vivait tout près de là, à Boston, et qu'il quittait seulement quelques semaines par an l'hôpital psychiatrique où il s'était volontairement reclus.

Lorsque j'irai voir mon ami Dale dans une autre maison pour les fous, près de Concord, précisément, ce sera à Lowell que je penserai dans la salle de ping-pong bruyante et désolante où Dale, qui avait voulu tuer un petit garçon, me recevra pour me parler, très doucement, de son crime. Et de saint Augustin.

Avec Marianne, la poésie venait d'abord. Dans son sillage, il y avait les romans poèmes, les *Dubliners* qui m'entrouvrirent la porte de Joyce – et puis, Virginia Woolf.

Emily Dickinson, Virginia Woolf, Sylvia Plath : comme si la mort ne pouvait qu'être au rendez-vous.

J'avais dû déjà lire *Mrs. Dalloway* trouvé en France en livre de poche, mais ce n'était pas *Mrs. Dalloway* que lisait Marianne : elle se disait à elle-même des pages des *Vagues* ou de *La Promenade au phare;* elle me racontait *Les Années* ou les délices d'*Une Chambre à soi.* Puis nous lûmes ensemble et à haute voix un livre que je connaissais déjà, *Orlando.* Mais cette fois, l'histoire du jeune homme très beau, page de la reine Elizabeth, qui traverse le temps et l'espace sans vieillir pour se réveiller un matin jeune fille plus belle encore, me paraissait exemplaire du destin de Marianne, elle si jeune et si belle, dont le sexe oscillait selon les amours et que je connaissais petite fille, aux cheveux de sable mais dont je savais les autres passions qui couvaient en elle. Ainsi Marianne devint-elle pour moi la figure mouvante, émouvante, d'une sorte de double de celle qui s'était appelée Virginia et qui, un jour, s'était approchée trop près de l'eau. Comme elle, Marianne a écrit des livres; elle a vécu ensuite parmi ses chats, ses livres : une maison à Soho Square, une autre sur la Tamise; aujourd'hui, plus carrée, plus sombre, sable devenu terre solide, elle habite du côté de la rue Campagne Première.

Jeune fille fragile mais femme, femme d'abord, Marianne aimait les livres de femmes. Je ne connaissais que peu de choses de Katherine Mansfield, que je lus auprès d'elle; je relus aussi Colette et me surpris à l'aimer. Puis les romans écrits voilà si longtemps, tout près de nous, de Jane Rhys, *Quatuor,* une petite musique triste de mots simplement gris qui disaient une vie grise où passaient des silhouettes perdues, des jeunes femmes à la dérive. Jane Rhys avait vécu à Montparnasse – je l'ai croisée deux ou trois fois, à Londres, puis elle a fini par mourir après encore un livre ou deux qui firent découvrir au grand public d'alors qu'elle n'était pas encore morte. Pendant longtemps, avant cela, nous avons été quelques-uns, des femmes surtout, à savoir nous reconnaître simplement parce que nous aimions les romans de Jane Rhys.

Henry James, enfin.

Denise Alexandre lisait Henry James, elle en prêta un volume à Marianne, qui me le prêta à son tour – je pénétrai ainsi en un nouveau pays d'où je ne suis jamais revenu; et que je n'ai pas fini d'explorer.

Ce n'est que dix ans plus tard que James deviendra synonyme de cette immense littérature où je rêverai de savoir me perdre encore, de livre en livre, pour mieux retrouver les traces d'un passé inventé par un autre (rêves, prémonitions, terreurs, extases) pour devenir le mien. Le James que j'ai connu alors n'était qu'une silhouette sur un mur du salon, mais je devinais déjà, à travers *Le Tour d'écrou* ou *Les Papiers Aspern* tout ce qui pouvait – qui devait – ne pas être dit pour que la courte nouvelle, bientôt le roman avec les *Ambassadeurs* déploie ses mystères ambigus. De plus, j'étais en Nouvelle-Angleterre, à quelques *miles* de Boston, à Cambridge même d'où James était parti et c'était à proprement parler sur ses traces que je m'avançais dans son univers, de Quincy Street et Massachusetts Avenue, où il avait vécu, jusqu'à Harvard Square, la Widener Library où je le lisais. L'envie d'aller plus loin, dès lors...

Tout cela a duré un peu moins d'un an, ponctué de grands moments de silence, qui étaient lecture, amour – confondus – ou d'excitantes randonnées à travers ce qu'il me serait donné de connaître d'Amérique.

La semaine s'organisait au rythme des allées et venues entre Cambridge et Waltham. La Dodge 1949 qu'Alain et moi avions achetée ne dura que trois mois; il fallut ensuite avoir recours aux « rides » de Maud, la principale assistante de Marcuse – ou bientôt à la vieille Plymouth que Denise Alexandre me prêtait de plus en plus généreusement. De la maison de bois aux sept pignons de mon professeur de physique nucléaire au campus bien vert de Brandeis, qui vira au roux, à l'or, au blanc immaculé que la boue peu à peu gagna puis qui redevint si vert qu'on n'avait qu'un désir, s'en échapper – pendant la demi-heure que durait ce trajet à travers les banlieues de Cambridge et de Boston, la Charles River qui dessinait en contrebas de grosses courbes molles, je me récitais les poèmes de la veille. Un soir, au retour, une nuit, je fus arrêté par une sorte de personnage fou qui brandissait une hache; je n'eus que le temps de faire demi-tour, au risque de l'écraser. Il me semblait voir du feu autour de lui, des débris calcinés; lorsque je repassai au même endroit le lendemain matin, je ne vis que les petites maisons de bois claires et proprettes de cette banlieue d'une banlieue.

Parfois, si Marianne sortait de son côté – mais j'étais devenu terriblement jaloux – je passais la soirée dans la « maison des trois Helen ». L'une jouait du piano, une autre de la guitare, nous écoutions aussi des disques et la troisième Helen, qui était la préférée de Marianne et dont la mère était genevoise, s'acharnait à traduire en français pour moi les poèmes de Sylvia Plath. Je couchais dans un cagibi où étaient entassées des valises et, l'une après l'autre, les trois Helen venaient m'embrasser – *kiss you good night* – enveloppées dans de grandes chemises de nuit de coton.

Aucune des trois Helen n'était vraiment jolie.

J'avais besoin d'argent et je me mis à jouer les desserveurs – non pas les serveurs : le buss-boy, celui qui dessert les assiettes sales – dans un restaurant français de Boston. C'était Alain qui avait trouvé pour moi ce travail; lui-même s'y activait tous les soirs de la semaine, avec une égale bonne humeur, infatigable. Je ne travaillais moi-même chez « Maître Pierre » que les vendredis et samedis soir, de cinq heures de l'après-midi – après un dîner pris sur le pouce – à minuit. Dès vingt heures, j'étais épuisé, jambes en coton, coups de chaleur et je me traînais jusqu'à l'heure bénie où, le dernier client parti, nous dînions une deuxième fois en nous servant de ce que nous voulions. Je me fabriquais de mirifiques coupes glacées, mélangeant tous les parfums, tous les sirops, les crèmes au chocolat, les noisettes, les chantilly. Puis, à bout de souffle, je rentrais à Cambridge où Marianne m'attendait dans ma chambre en lisant. Elle s'occupait de moi, me faisait couler un bain, je me coulais à mon tour près d'elle dans le lit étroit tout contre une fenêtre que le vent faisait battre, et nous nous aimions longtemps.

Les dimanches, je les passais au lit, épuisé, donc. Cela ne dura que deux mois.

Il existait entre Cambridge et Boston tout un réseau de relations secrètes déguisées qui ressemblaient à de la haine. Les mots maffia ou franc-maçonnerie, également péjoratifs dans mon esprit, seraient hors de mise, il ne s'agissait que du petit cercle de restaurateurs français de Boston. Par Maître Pierre, j'avais connu « la dame de Henri IV » qui tenait un très joli restaurant à Cambridge même. Elle était plus ou moins nièce de Supervielle et Marianne aimait Supervielle : nous lui rendîmes visite, je racontai que je peignais un peu, Marianne renchérit, je me retrouvai ancien élève de l'Académie Jullian et « Mme Henri IV » me suggéra d'aller voir « M. Jean ».

M. Jean était lui aussi établi à Cambridge, mais plus au nord de la ville, dans une petite rue qui donnait sur Massachusetts Avenue, un peu avant Arlington Street. Ce monsieur avait ouvert depuis peu un restaurant basco-béarnais et voulait qu'on le décorât : prétendu étudiant français en rupture d'école de peinture, je ne pouvais que satisfaire à sa demande. Lorsqu'il me demanda mon tarif, dans une désespérante naïveté – et avec une plus lamentable encore absence de sens des affaires – je répondis cinquante dollars... Mon mécène dut être surpris, car il nous proposa de lui-même, à Marianne et à moi, un abonnement-repas pour deux et pour l'éternité dans son établissement.

Deux jours après – et de nuit; le jour, et malgré les travaux, le restaurant demeurait ouvert –, je me mis au travail et, sans l'ombre d'un scrupule et moins encore d'un doute, j'entreprenais de peindre sur quatre murs de dix mètres de long sur trois de haut des « fresques à motifs basco-béarnais ».

A l'époque, j'aimais Fernand Léger. Et puis, c'était le plus facile : je proposai à M. Jean de lui dessiner un Henri IV et une poule au pot, au château de Pau et des joueurs de pelote basque, mais au trait noir – et bien épais – sur un fond de taches de couleurs primaires – un beau bleu, un jaune pinson, un rouge étincelant, à la manière des constructions de Fernand Léger. M. Jean accepta sans barguigner, la première nuit fut une nuit d'horreur.

Peindre à la fresque? Allons donc! Sur un mur vaguement crépi et déjà enduit d'un gris pâle et vernissé, juché sur mon échelle et le pinceau d'une main, le pot de l'autre, je voulus étendre directement mes couleurs. En dessous de moi, enveloppée dans des couvertures car le chauffage avait été éteint, Marianne lisait à haute voix Supervielle ou Edgar Poe : « Il y a maintes et maintes années, dans un royaume près de la mer... » : pendant ce temps, désespérément, mes couleurs coulaient, ruisselaient, rigolaient. Atterrés, Marianne et moi, avons commencé par nous affoler puis par rire, rire, rigoler à notre tour, pliés en deux à trois heures du matin dans une salle vide et glaciale de Cambridge (Massachusetts) où flottaient, mêlés à l'odeur de térébenthine, des relents de piperade et de poulet basquaise.

J'ai bien dû résoudre ce problème technique d'une manière ou d'une autre puisque à mon dernier passage à Boston, voilà trois ans, je suis revenu Chez Jean, où j'ai vu mes « fresques » toujours en place, à peine un peu ternies, sur les quatre murs de la pièce. Le serveur à qui je me suis fait connaître, s'est souvenu de mon nom : c'étaient ses parents qui avaient commandé le chef-d'œuvre. Pour fêter mon retour, il m'a offert – non pas le repas : il ne fallait rien exagérer – mais un verre d'Armagnac.

Quant à ses parents, parce que je m'étais plaint devant « Maître Jacques » de la modicité de la somme reçue et que « Maître Jacques » l'avait dit à « Mme Henry IV », qui l'avait répété à untel et redit à tel autre, ils m'avaient bel et bien coupé les vivres après trois semaines d'abonnement-repas, considérant que je colportais sur leur compte des propos diffamatoires.

J'étais tellement persuadé d'être né pour peindre qu'encouragé quand même par cette expérience, je me suis acheté des couleurs, de grands cartons toilés et que j'ai continué à peindre. Marianne, pendant ce temps, dessinait des chats. Elle me racontait à sa manière les aventures d'*Alice au pays des merveilles* et m'inventait une chanson où Gulliver, lassé d'avoir trop voyagé, rentrait au chevet de toutes les Angleterres pour s'endormir à en mourir : « Et Gulliver mourut de sommeil... », murmurait-elle au bout de sa chanson.

En trois week-ends, j'avais produit assez de cartons pour faire une exposition : une vingtaine de panneaux abstraits, directement inspirés de Klee ou de Kandinsky – et sans un doigt d'humour. Comme l'Amérique était le pays des dollars et des illusions, j'avais d'ailleurs peint de *très* grands panneaux afin que les riches amateurs que je ne manquerais pas de rencontrer aient l'illusion d'en acheter pour leur argent : la littérature au poids et la peinture au mètre.

Nous fîmes alors, mes toiles et cartons sous le bras – sous les quatre bras : Marianne m'accompagnait – la tournée des galeries de Boston. Seul souvenir précis de cette équipée qui se renouvela sans succès deux samedis de suite : l'assistante du jeune peintre français, Marianne aux cheveux sable jusqu'aux épaules et ses petits seins nus sous un gros pull-over grège intéressa beaucoup plus les marchands de tableaux que les tableaux du peintre. Mon amie récolta quelques invitations à des *parties* plus que louches où je l'accompagnai une fois – nous nous échappâmes ensuite très vite.

Mais ces déambulations dans les rues de Boston sous la pluie, le bistrot où une fille dansait sur une table, à demi déshabillée, ces propriétaires de galerie, la nuit qui tombait tôt, l'odeur du port, des hot dogs, la pluie encore, la neige fondue, Marianne accrochée à mon bras : c'était une Amérique que je me disais *littéraire.*

Marianne fumait : des Kent et un peu de marijuana – comme tout le monde. J'en tâtais un peu moi aussi : très peu – car je m'affirme prudent. Je ne sentis rien de spécial d'abord, puis je fus malade toute une nuit. Je recommençai une fois, deux fois, et ce fut tout. Il me faudra attendre le temps de Londres et des amphétamines que j'avalerais en croyant que ce sont des pilules énergétiques pour trouver quelque piquant à l'affaire. Mais lorsque Patrick, mon médecin, me dira avec un rire amusé ce qu'étaient les petites pilules vertes qu'il m'avait prescrites, je m'enfuirai très vite, épouvanté.

Pourquoi?

Je n'aime, en somme, que le très bon vin de Bordeaux.

La peinture ne me réussissant guère et mes besoins d'argent allant croissant, je décidai de changer mon fusil d'épaule; d'ailleurs, Marianne m'avait convaincu : je n'étais pas fait pour peindre, mais pour écrire. Elle aimait mes poèmes... J'entrepris alors d'écrire des nouvelles pour des magazines féminins que Marianne allait traduire en américain.

Le thème de l'étudiant étranger en Amérique n'était pas encore éculé, je m'y lançais à cœur perdu. Littérature au kilo, sous-littérature aux centigrammes : deux week-ends encore, et j'avais écrit six ou sept brèves nouvelles que Marianne traduisait à côté de moi et tapait directement à la machine : c'était la nouvelle à la chaîne, le conte de fée style midinette texane, 1958-1959 garanti d'époque, ingrédients soigneusement mesurés – le tout fabriqué en semi-confection. Chaque fois, un jeune Français venu aux Amériques y tombait éperdument amoureux d'une étudiante de Radcliffe ou d'une serveuse de coffee-shop; et puis, un jour, il devrait repartir; ou elle le quitterait.

Nous envoyâmes mes six ou sept nouvelles, reçûmes deux mois après deux ou trois réponses mais, même aux Amériques, la nouvelle à l'eau de rose à prétention littéraire semblait ne pas se vendre : il aurait fallu être tout à fait racoleur et putain, je ne l'avais été qu'à demi.

Écriture alimentaire : et jouer la comédie par-dessus le marché! Alain, toujours lui, avait une amie qui connaissait des gens qui avaient des amis qui... : bref, je me retrouvais scénariste de films éducatifs pour une chaîne de télévision locale. Ce n'était qu'un apprentissage et, deux ans plus tard, je pratiquerai le métier de scénariste à-tout-faire sur une tout autre échelle pour l'ATV anglaise qui alimentera grassement ma cagnotte d'étudiant. Mais pour cette WBR2 – ou quelque chose d'approchant – de Cambridge, j'écrivais seulement de rudimentaires historiettes dont les dialogues devaient servir de support à des cours de français. Marianne, Alain, une amie qui s'appelait Marie-Claire jouaient aussi dans ces petits films d'une exemplaire débilité où tout l'art du metteur en scène se résumait à ponctuer les conversations de tasses de café : on proposait un café, on buvait sa tasse, on en redemandait.

Scénariste, je fus aussi comédien et jouai ainsi les touristes belges dans une auberge des bords de Loire où Alain voulait à tout prix servir à Marianne, épouse liégeoise, des cuisses de grenouilles ou des escargots de Bourgogne. Je paraphrasais aussi des fables de La Fontaine, j'étais le loup, Marianne l'agneau, Alain récitait la morale. Au bout de trois semaines, acteur plus que médiocre, je savais néanmoins écrire dans toutes les positions : debout, couché, voire assis devant un cahier où j'étais supposé transcrire le cours d'histoire diplomatique du professeur Coser ou les divagations néo-brigadistes de Frank Manuel qui, manchot depuis le siège à l'Alcazar, organisait le mercredi soir des séminaires à domicile pour ne pas se fatiguer les jambes.

Boston, toujours en hiver, les rues de Beacon Hill désertes : je m'inventais des aventures mais ne réécrivais que La Fontaine.

Noël était venu. L'une des Helen nous avait proposé de passer huit jours dans le chalet de ses parents, quelque part dans le New Hampshire. La Dodge bourrée de pull-overs et de sacs de couchage – car le chalet n'avait pas été habité depuis quatre ou cinq ans – nous prîmes la route après avoir promis à Denise de ne pas attraper froid. Je conduisais, Marianne lisait à côté de moi *La Lettre écarlate,* de Nathaniel Hawthorne : nous allions nous enfoncer au cœur de la Nouvelle-Angleterre.

C'était l'avant-veille de Noël. Le premier soir, nos anneaux de rideaux nous firent à nouveau passer pour mari et femme dans une auberge de bord de route : la vieille Dodge, qui consommait autant d'huile que d'essence, ne nous permettait pas d'aller très loin.

Le 24 décembre, nous dînâmes dans le coffee-shop d'une station-service : Marianne voulait que nous passions la nuit dans notre chalet. Le village s'appelait Littletown, des routiers buvaient du café et passaient et repassaient sans fin *Jingle Bells* et *Adeste Fideles* (qui s'appelle en américain : *Come, Holy Faithfull*) sur un juke-box qui ne marchait qu'à coups de pied dans la mécanique. J'avais acheté une bouteille de vodka que nous bûmes dans des gobelets de carton entre deux bouchées de sandwich au salami : je me disais que je vivais la plus belle nuit de Noël de ma vie.

Puis nous avons repris la route jusqu'à Bethlehem où se trouvait le chalet d'Helen : Littletown et Bethlehem, c'était la nuit de Noël et c'était vrai. Marianne, un peu ivre, avait abandonné Hawthorne – d'ailleurs, lire dans la nuit, fût-elle de neige et de Noël... – pour *Jingle Bells, Adeste Fideles* et un *O Little town of Bethlehem* qui nous semblait prémonitoire.

Après la petite ville de Bethlehem, la route montait très drue à travers des sapins. Helen nous avait fait un plan, nous ne pouvions manquer le chemin du chalet et nous ne le manquâmes pas. Il était enneigé, je le dégageai à la pelle, poussai la voiture jusqu'à une sorte de cour, il était un peu plus de minuit, nous pénétrâmes enfin dans la maison, grande, glaciale. Il fallait faire du feu.

Après une heure d'efforts, ni le bois, ni même les allumettes ne semblaient pouvoir s'enflammer tant l'air était humide. Le froid était de plus en plus pesant : une chappe de froid qui nous écrasait. Nous tentâmes un moment de dormir devant la cheminée éteinte et la nuit de Noël dura encore. Puis le froid devint tellement insupportable que nous décidâmes, cette nuit de Noël, de tirer nos sacs de couchage dehors, sous la véranda de bois : il y faisait aussi froid, mais l'air était pur, presque sec – ce fut la plus longue nuit de toutes mes années. Glacés, nous nous glissâmes dans le même sac de couchage.

La nuit dura encore. Je sais que j'ai entendu une bête, un moment, qui venait près de nous. Un souffle, une haleine... Marianne m'embrassait, elle était tout habillée, elle était bientôt nue contre moi; la nuit durait toujours.

Au matin, le soleil étincelait, tout était blanc, bleu, or, Marianne s'est dressée nue, un instant, dans la neige; c'était le matin de Noël. Nous sommes partis très vite à la recherche d'un vrai chalet, d'un véritable hôtel et c'est sur la route, entre Bethlehem et Littletown, que la Dodge a rendu l'âme.

J'ai tout abandonné, voiture, presque tous les bagages, et nous avons achevé ce Noël à New York, *Jingle Bells* au Rockefeller Center et Metropolitan Opera chaque soir, après une queue de toute la matinée devant la vieille façade de brique rose du vieil opéra : *Trouvère* et *Bal masqué*, Björling, Milanov et Leonard Warren qui devait mourir peu après, debout, sur cette même scène.

Henry, l'ami photographe qui nous accueillait, était amoureux de Marianne, il m'aimait du coup avec une sorte de tendresse désespérée.

Il est devenu un photographe célèbre; il a été le photographe attitré de John F. Kennedy. Il habite aujourd'hui du côté de l'Hudson River. Noël était fini, ç'avait été un très beau Noël. « *That Christmas was so much unlike the others...* »

Rues de New York : l'idée du retour. Pendant six jours, Brandeis, Boston surtout, m'ont paru une lointaine province. Amis de New York, Lynn, Henri, l'autre Jacques qui était couturier, français, et dont l'appartement aux deux lits jumeaux – il vivait avec un ami – dominait Central Park. Le lobby de l'hôtel Algonquin où Marianne a donné rendez-vous à une amie, longue femme brune toute en boas, plumes, en maquillage rouge vif et violet qui me dévisage, ironique : « C'est celui-là ? » Elle rit. « C'est lui, oui, c'est celui-là. » Marianne m'a souri, elle ne quitte pas ma main.

Rues de New York qui me semblent un autre monde : le désir d'y revenir. J'y lis d'un coup, dans le béton et le néon, tous les livres d'une Amérique que j'ai toujours connue.

Mais le retour, quand même : à Cambridge, à Waltham, la neige est devenue une vilaine boue.

Plus de voiture, j'avais besoin d'argent, plus d'argent. J'ai rangé des livres dans la bibliothèque de Brandeis (un dollar de l'heure : épuisant...), j'ai continué à donner mes leçons à la fille de Claude Vigée (un dollar de l'heure : désolant) et j'ai surveillé le maniement d'un magnétophone au laboratoire de langues de l'université (deux dollars de l'heure : somptueux, car je « travaille » à l'heure du déjeuner et n'ai aucun élève ; je prends des notes).

L'hiver alors avance, Marcuse va quitter Brandeis pour la France, je me retrouve presque orphelin, Denise Alexandre joue les secondes mères. Elle traduit Jules Laforgue avec une amie new-yorkaise, je me dis que j'aurais pu l'aider.

Une nuit, le blizzard qui souffle sur Brandeis est si fort – la tempête – que je me perds dans la neige qui m'assaille et tourbillonne ; à deux cents mètres de Ridgewood Quadrangle et du bois aux écureuils où j'ai passé mes premières nuits, je crois bien que je ne vais jamais retrouver mon chemin. Je tombe une fois, deux fois, la neige m'aveugle, m'envahit de toute part; je m'écroule sur le seuil de la chambre de Dale, un ami des premiers jours. Il me fait prendre un bain brûlant, un grog. Je me dis qu'à deux minutes près, deux cents mètres près, j'aurais pu tomber et ne plus me relever. Dale surenchérit sur moi : « Tu étais en état de grâce, au moins? » Dale H. est catholique, pratiquant, fervent. Il est président du Newman Club de Brandeis – puisque, à Brandeis, juive à 70 %, les catholiques jouent un rôle de premier plan, face aux protestants qu'on méprise.

Tous les membres de l'équipe de football de l'université sont catholiques, Irlandais; Dale pourtant les méprise : « des brutes ».

C'est Dale qui me reconduira dans le New Hampshire, dont la police me relance à coups de lettres recommandées et de menaces de poursuite, car j'ai abandonné ma voiture le long d'une grande route – et que, trop fauché, je ne veux pas payer les frais d'un remorquage, d'un garage.

Dale conduit très lentement sur des routes où la neige fond. Il me parle de son travail, de son père, de saint Augustin, de saint Thomas qu'il appelle « Aquinas ». Il est plutôt maigre, de quatre ou cinq ans plus âgé que moi, les cheveux noirs coupés très court. C'est lui qui surveille toutes les chambres de Ridgewood Quadrangle; à ce titre, il bénéficie d'un logement et d'une pension complète de l'université. Il passe ses journées à travailler dans sa chambre, ou à regarder des westerns à la télévision. Il dit : « Ça me détend » – avec un drôle de sourire.

Nous atteignons Littletown ou Bethlehem, je me débarrasse de ma voiture auprès d'un garagiste qui m'en donne tout de même dix dollars. Sur le chemin du retour, nouvelle tempête, nouveau blizzard : la voiture de Dale enveloppée de partout; s'arrêter pourrait vouloir dire se voir enseveli sous la neige. Dale s'arrête pourtant : vingt minutes.

Le temps de réciter un rosaire. Il m'a crié : « Prie! » J'ai prié.

Au retour, Marianne m'attend à Wycoma Way. Nous n'avions rien dit à sa mère de nos aventures polaires cntre Littletown et Bethlehem. Je raconte l'équipée avec Dale, Marianne pleure : « Tu aurais pu mourir. » Brigitte, sa sœur, joue de la guitare.

Quinze jours plus tard, j'apprends que Dale est en prison. Il a attaqué un gamin de Waltham qu'il a menacé de la pointe d'un couteau pour le faire monter dans sa voiture. Il l'a forcé à se déshabiller et, nu, lui a tracé des lignes sur le ventre, sur le dos – à la pointe du couteau.

Dale est fou. J'irai le voir chez les fous. Mon séjour à Brandeis devient peu à peu un roman. Mon premier roman.

Il est deux heures du matin. La maison d'Arlington Road est encore une fois battue par tous les vents. Dans la chambre voisine, Michael, qui m'a prêté de l'argent pour rembourser la voiture d'un ami que j'ai sérieusement amochée en dérapant sur la neige fondue, au beau milieu de Massachusetts Avenue, marche de long en large. Lui aussi est catholique; lui aussi est fou – à sa manière. Relents de Julien Green... Il aime Brigitte, la sœur de Marianne, qui aime Tom, le beau-fils de Marcuse; qui ne l'aime pas. Alors Michael rumine sa rancœur; il entre parfois dans ma chambre, au milieu de la nuit, pour voir si Marianne est avec moi. Il profère alors des menaces apocalyptiques : le péché. Puis il s'effondre en larmes et Marianne le console, prépare pour lui du chocolat chaud.

Il est deux heures et demie du matin. Michael M. vient de sortir de ma chambre, Marianne s'est recouchée, je repose un livre; c'est Joyce encore une fois, mais *Ulysses* cette fois. En anglais. Marianne lisait Oscar Wilde – le *Rossignol et la rose* – ou *Zazie dans le métro,* qui vient de paraître. Le gros volume de Joyce gît à terre, au pied du lit. J'ai fini. Leopold

Bloom est rentré chez lui, Molly a conclu son monologue : je n'ai plus rien à dire.

Je pense : je n'ai plus rien à lire.

Comme si *Ulysses* était le livre absolu, au bout duquel il n'y avait plus rien. Plus rien à lire : que le livre à écrire.

Le lendemain, un samedi, je m'installe à mon bureau, Elisabeth Schwarzkopf accompagnée par Otto Ackerman entame le premier des *Quatre derniers lieder* de Strauss – et je commence à écrire.

J'écris au fil de la plume; je raconte l'Amérique, Brandeis, un jeune homme qui me ressemble – je ne lui donne pas de nom –, une très jeune fille que j'appelle Isabelle : c'est Marianne. L'Amérique est la terre de toutes les découvertes, un univers que je dois encore explorer, deviner – sinon connaître.

Au milieu de l'Amérique – ou plutôt dans un coin, en haut à droite – Brandeis est une minuscule planète de cet univers-là, que je sais différente, a-typique. On y joue peu au base-ball et les square-dances qu'on danse encore attirent moins qu'un récital de violon dans le grand amphithéâtre de musique où je répéterai pendant quelques jours le rôle du récitant, dans le *Roi David,* d'Honegger. D'ailleurs, Marianne, Brigitte, les Helen, ne sont pas plus l'Amérique que Jacques, Fred le comédien, Henry le photographe. C'est cette différence-là que j'essaie de décrire, au fil de la plume, avec moi au milieu, telle une sorte de trop gentil Huron parmi les Iroquois – juifs ou non – de toutes les Amériques.

J'ai repris le rêve du voyage que je veux faire : je l'entreprendrai au début de l'été, Marianne avec moi. J'achèterai ou je louerai une grande voiture et c'est décidé, nous descendrons vers le sud : les mêmes itinéraires, dix fois, cent fois répétés, repérés, balisés : la Virginie et la Louisiane, La Nouvelle-Orléans, le Mississippi, l'Ouest et les Rocheuses, San Francisco.

J'écris sans plan, sans ordre : dans le désordre, un fouillis que j'appelle le souvenir immédiat, la tendresse, aussi la tentation du tout-dire, l'imagination encore. Moi qui croyais avoir tout appris avec Léontieff et les plans en deux parties, deux sous-parties, introduction et conclusion, les images se succèdent, et les lettres que j'écris alors les recoupent, les complètent : voluptés mêlées, conjuguées, de la découverte de l'Amérique et de la langue qui la dira.

Un concert à Boston, vieilles dames et petits jeunes gens, une autre Europe retrouvée, Fischer-Dieskeau qui chante Schubert. Je suis assis sur la scène, juste derrière le chanteur qui dit la neige sur le chemin, le départ du voyageur, le tilleul du bord de route – et je reconnais chaque note, chaque inflexion de la voix, chaque image : dans l'Amérique sous la neige en hiver, au milieu d'une ville encore si peu l'Amérique, Marianne à côté de moi, j'en ai les larmes aux yeux. Je note.

Ou quelques films exotiques au Brattle Theater, qui est le Cinéma d'Art et d'Essai de Cambridge : la ferveur des spectateurs, étudiants, professeurs venus de lointains collèges pour voir un film étranger, qu'on analyse et dissèque avec passion. Exotisme, en somme, un cinéma différent. Le film? *Razzia sur la chnouff,* de Gilles Grangier, avec Jean Gabin : franchouillarderie garantie, polar noir et blanc made in Paris des années cinquante. Lorsque j'ai dit à un ami américain mon intérêt pour les westerns de Budd Boettischer, avec Randolph Scott l'impavide, ou même pour les premiers films policiers de Samuel Fuller, de Losey, pourquoi pas? il m'a regardé, interloqué : « Tu vas voir ce genre de films? »

Au Brattle Theater, quelques jours plus tard : *No Sun in Venice.* En français, cela s'appelle *Sait-on jamais,* le film est de Vadim avec Françoise Arnoult, Robert Hossein, la musique du Modern Jazz Quartet et c'est Venise sous une pluie d'hiver, Venise retrouvée au fond des Amériques, exotique : larmes aux yeux, encore.

Les soirées sages de Harvard où de longs jeunes gens en smoking – je suis en costume sombre – reçoivent le samedi soir de longues filles aux décolletés d'autant plus vertigineux qu'on les sait offerts en libre-service : la morale est souple sur les campus, et les préservatifs sagement utilisés parsemaient les pelouses à la fin de l'été. On boit du vin blanc dans des flûtes à champagne et les quelques Français de service ont de forts beaux noms, mais des noms de province; ce sont des cadets de Gascogne qui deviendront cadres très supérieurs après une année à Harvard ou au MIT. Marianne, robe moulante et les seins nus sous un lamé d'argent qui lui monte au ras du cou, affole un peu ces jeunes gens qui devinent en elle d'autres abîmes.

On sert aussi un punch rose dont Marianne vide verre après verre. A l'un de ces messieurs qui l'interroge : « Vous fumez? », elle demande une cigarette, du feu, allume sa cigarette, souffle sa fumée devant elle, sous le nez du jeune homme, avant de répondre : « Jamais. Sauf si je m'ennuie. » Marianne fume un peu plus; mais déjà beaucoup.

On parle de la France : De Gaulle et Michel Debré, Premier ministre; Mendès France exclu du Parti radical; l'Algérie française aussi, qui déjà s'inquiète, Lagaillarde, un danger? Je ne réponds guère, comme si la France s'éloignait davantage.

A Boston, les canapés sont à fleurs et plus profonds. Les D., qui m'invitent, sont des amis du professeur Johnson; avocat, une maison à Nantuckett, une autre dans le Vermont. « Nous n'imaginons pas que nous puissions vivre ailleurs qu'en Nouvelle-Angleterre : pour nous, plus que les États-Unis qui ne nous intéressent pas, c'est notre patrie. » Dans un coin, un jeune sénateur du Massachusetts aux cheveux clairs; on le dit ambitieux. Il s'appelle John F. Kennedy. On me présente, je lui serre la main. Le professeur Johnson lui dit mon attachement à Mendès France, il me répond de Gaulle, je ne comprends pas. Une très jolie jeune femme blonde, près de lui; elle explique à Marianne que Jack est un chou, mais qu'il ne faut pas le répéter : les gens sont si méchants. Tous les hommes sont encore en smoking, sauf moi. On sert dans des flûtes de cristal un champagne très rare, un Krug, je crois, millésimé. Une grande fille laide, les épaules nues et les cheveux rouges, me prend à part : « Vous êtes français? Parlez-moi de De Gaulle. » Elle m'invitera pour un week-end dans la maison de ses parents à Nantuckett; elle s'appelle Adriana et fume avec un long fume-cigarette d'ivoire. Marianne n'a pas voulu m'accompagner à cette soirée : « Des snobs... »; au moment où je quitterai la belle maison des D., cette Adriana me rejoindra dans le hall d'entrée. « J'écris des poèmes, vous savez? J'aimerais vous les montrer... »

La neige a commencé à tomber; cette rue en pente du quartier de Beacon Hall a soudain l'air de sortir d'une gravure ancienne, lumière tamisée par les nuées de flocons. Je manque glisser sur le trottoir, m'étaler, je me rattrape de justesse, je suis heureux.

Quelques jours après, un coup de téléphone d'ami d'amis m'annoncera la mort d'Adriana L. dans un accident de voiture; on chuchotera qu'il s'agissait peut-être d'un suicide.

Adriana rejoint Dale, Fred le comédien, ami de Marianne, dans la cohorte des personnages du roman qui pourrait être : je ne lis plus : je ne fais qu'écrire. J'accumule les pages arrachées une à une à un bloc rayé jaune; sur un cahier rouge, je note en vrac les idées à mesure qu'elles me viennent; deux, trois jours après, ce sont ces idées qui deviennent pages jaunes.

Musique folklorique américaine. Folk songs, spirituals, chants de travail, chants de grévistes, chants de révolte : Suzan Reed, mais aussi les Weavers, un groupe qui vous a déjà un air délicieusement démodé; Pete Seeger, qui a quitté les Weavers et s'accompagne à la guitare ou au banjo dans des *Industrial Songs* – chants des syndicats d'entre les deux guerres, la grande dépression, les grèves, la police à cheval qui chargeait les manifestants, Sacco et Vanzetti, Huddy Leadbetter, dit Leadbelly : *Irene, good night...* J'écoute avec ferveur : les chants d'une nouvelle messe. Ou Woodie Guthrie, Sonny Terry, tant d'autres. Paul Robeson, la nostalgie du grand nègre américain au retour de Moscou.

Bertie S. est un étudiant de Marcuse. C'est un albinos, il est communiste et conteste vigoureusement les thèses de son professeur, qu'il accuse de romantisme petit-bourgeois; il corrige : « Petit-bourgeois? Grand bourgeois! » Puis il part d'un bel éclat de rire qui le fait paraître plus laid encore : « Le problème, avec Marcuse, c'est que je le considère un peu comme mon père. » Il évoque le meurtre du père avec un autre éclat de rire. C'est lui qui m'a prêté mon premier disque de Paul Robeson : des chansons américaines, la guerre d'Espagne; la *Varsovienne*. Le sérieux et le rire gêné de Bertie, chaque fois que nous parlons de ses engagements politiques, m'amusent. Il habite un appartement en sous-sol particulièrement sinistre – un *basement* – dans une banlieue de Boston, du côté de Boston College. Pour les autres étudiants de Marcuse, ceux qui sont ses proches, Bertie est une curiosité.

Marianne s'enflamme : « Lui, au moins, a le courage de ne pas être seulement un étudiant de gauche! » Dix ans plus tard, Marianne sera communiste à son tour. En compagnie d'Angela Davies, des Black Panthers, elle visitera l'Algérie, Cuba. Marianne est forte, décidée et courageuse. Je me sens subitement si lâche... C'est pourtant lovée dans mes bras qu'elle écoute avec moi la belle voix rauque de Paul Robeson qui chante *Swing low, sweet chariot...* Comme nous écoutons cette autre chanteuse noire, Odetta : *If I had a hammer... – Si j'avais un marteau...* Révolte, révolution, des hommes et des femmes noirs, le poing levé de ceux qui disent non! Pour la première fois, et en Amérique, je me pose une question : et si le Parti communiste...

Points de suspension : surtout pas de point d'interrogation.

La musique folklorique américaine va me suivre longtemps : à Paris, rue de l'Abbaye, Gordon Heath et Lee Payant.

Lettres d'Amérique.

« Je suis allé à New York en auto-stop. Quelle équipée! Il est défendu de faire de l'auto-stop, " hitch hike ", sur les " turnpikes " (autoroutes payantes), aussi me suis-je placé à l'entrée du Mass'pike dans l'espoir d'une bonne volonté qui ne s'est pas fait attendre. Un sergent de carrière, dans une magnifique Chevrolet bleue, s'est arrêté. Il allait à West Point, l'académie militaire à 50 miles nord de New York, mais par une route qu'il voulait découvrir : Albany (capitale de l'État de New York) et la descente de l'Hudson River jusqu'à West Point. J'avais les cartes en main et il suivait aveuglément mes conseils. Pauvre homme! Nous nous sommes perdus dans des montagnes absolument désertes, gelées et sous la neige, obligés de faire du 20 MP heure pour ne pas aller dans le décor. Il trouvait cela très drôle et me racontait sa vie (il est en garnison en Arabie Séoudite et il a " visité " tout l'Orient : 24 heures au Pakistan, 48 aux Indes et 36 à Hong Kong), il parlait des salauds de communistes, des imbéciles d'Anglais et des idiots d'Allemands (comme j'étais français, je crois qu'il s'est retenu!). Quand il m'a lâché, à l'embranchement de West Point, j'étais en pleine cambrousse, avec ma petite valise, et une voiture tous les quarts d'heure! Finalement, une Studebaker de douze ans, brinquebalante, suante, s'est arrêtée et un ouvrier m'a chargé pour une quinzaine de miles encore le long d'une corniche dominant à pic la rivière Hudson. C'était un paysage de rêve. Un fleuve bleu, des falaises rouges, de temps à autre un immense pont de fer, d'un seul élan, au-dessus de la rivière. Comme le soldat précédent, l'ouvrier du moment assassinait en paroles – et tous dans le même sac – les nègres, les juifs, les communistes et les étrangers qui viennent en Amérique (sauf les charmants étudiants français!), en un argot extraordinaire. Il conduisait à une vitesse plus qu'impressionnante et je récitais mes prières.

Mon dernier " ride " a été un jeune journaliste économique,

“ Harvard man ” distingué, avec qui j'ai parlé le plus gravement du monde des problèmes du syndicalisme français tandis que nous traversions les multiples parcs qui constituent la banlieue nord de New York. Comme il habitait lui-même la banlieue en face d'une petite gare avec un train toutes les heures nous conduisant à Grand Central, il m'a emmené chez lui pour attendre l'heure du train. Une splendide maison toute en verre, dominant l'Hudson, à côté de celle de Toscanini. Au bout de dix minutes, j'avais un verre de bourbon à la main, sa jeune femme me parlait de ses amies d'enfance en me faisant admirer sa cuisine à la *Mon oncle*, de Jacques Tati, et les deux gosses hurlaient *“ Jean-Pierre, come and see my books! Jean-Pierre, I hate Coke but I love whisky, please, give me some! ”* C'était très drôle, très familial, presque l'amitié. Et puis, à l'heure de mon train, on s'est dit au revoir. Pas de noms échangés, pas d'adresse. C'était fini. On avait été copains comme cochons trois quarts d'heure, on m'avait ouvert la maison, accueilli à bras ouverts, mais on l'aurait fait pour n'importe qui de “ convenable ” – et c'est tout.

J'ai pris mon train et j'ai trouvé Henry à notre rendez-vous à Grand Central à six heures du soir. »

« ... Henry est un ancien amoureux de Marianne, qui a été étonnamment gentil avec moi, me prenant en très vive amitié, et qui voulait me faire vraiment voir New York. Dès lors, j'ai cessé de me retrouver sempiternellement au coin de 51th Ave. et de 49th Str. (Rockefeller Center!) et j'ai cessé de ne faire que marcher au hasard, dans les grandes avenues, le nez en l'air : je ne regarde plus tout le temps le ciel – et je me suis “ intégré ” à New York. New York est devenue une ville que je croyais presque connaître, puisque c'était l'insolite qui devenait l'habitude. Henry est photographe et acteur, il a vingt-trois ans. Il cherche en ce moment un emploi : il m'a emmené avec lui à ses auditions, de petit théâtre en petit théâtre, rencontrant des gens amusants, des pin-up à la recherche de leur petit rôle et ânonnant devant des “ agents ” ventripotents qui s'en foutent pas mal. Le soir, son appareil de photo au cou, il faisait des travaux pour des magazines, dans tous les quartiers sordides de la ville. Nous étions habillés en dégueulasses, pour ne pas être traités de touristes ou nous faire casser la gueule, et on m'a présenté à d'authentiques racketteurs, souteneurs, médecins véreux, etc. Bref, j'ai vu du bien beau monde!

Marianne ne nous accompagnait évidemment pas dans ces équipées, et nous nous retrouvions tous, le soir, avec d'autres amis, dans des bars de B'way (Broadway) ou de la Sixième Avenue. Elle commandait des “ Mint juleps ” ou des “ dry martinis ” plus dry encore que dry!

Je vous avouerai que j'aurais bien voulu ne pas repartir pour Boston et chercher un travail de deux mois à New York, mais j'aurais eu des ennuis pour mon voyage de retour. Alors hier, bien sagement, j'ai repris la route de Cambridge, avec un certain John Simon, professeur et poète de trente-cinq ans, odieux et pédant, amoureux fou, lui aussi, de Marianne. Il est intéressant et me déteste avec jubilation, ce qui a rendu le voyage très drôle (il a beaucoup d'humour) car nous n'avons pas cessé de nous lancer des vacheries avec le plus charmant sourire... »

Pendant ces dix jours, et ce que je n'écrirais ni à mes parents ni à la mère de Marianne, ce sera la maladie de Marianne, de vraies inquiétudes, l'ambulance et le service des urgences dans un hôpital du Bronx où une des Helen l'a fait admettre. Pendant ce temps – mon angoisse – c'est un défilé sur la Cinquième Avenue, l'Easter Parade souvenirs de Judy Garland, confettis et majorettes, zim-boum-boum les trombones, les trompettes, et Marianne qui se tord de douleur tandis qu'une femme de chambre noire, à l'hôtel où nous sommes revenus, lui apporte du thé chaud et passe, repasse la main sur son front. Nous sommes les petits Français... Puis l'amitié de Henry, à nouveau, le retour.

Lentement, pourtant, cette Amérique où j'ai tant rêvé de me perdre, dérape. Le rêve du voyage : oui, je le caresse encore, et l'équipée à New York en auto-stop en a ravivé le désir – mais l'argent me fait cruellement défaut. Le séjour à New York m'a coûté très cher et les cent dollars que m'envoient mes parents tous les mois ne durent guère.

J'ai multiplié les heures de travail à la bibliothèque de Brandeis; quelques soirées encore chez Maître Jacques, puisque je me suis brouillé avec Pierre ou Jean, mais je rentre le soir épuisé. On me fait miroiter la perspective de reprendre la chambre et les fonctions de Dale, au Ridgewood Quadrangle; puis celle d'aller jouer les serveurs dans un camp de vacances juif orthodoxe dans l'État de New York : un à un, ces projets tombent à l'eau.

J'écris moins, je suis épuisé; je lis un peu...

Coup sur coup, les grands de ce monde se retrouvent à Cambridge : j'assiste à plusieurs réunions organisées autour de ce John F. Kennedy, dont je ne sais toujours rien, sinon qu'il est un jeune et brillant sénateur du Massachusetts; des jeunes filles longues et minces, des jeunes garçons, lunettes, complets gris et cheveux blonds, chemises rayées et cols qu'on dit « américains » le suivent de très près : ils sont tous beaux, riches, pleins d'avenir.

Puis dans le grand stade de Cambridge, au bord de la rivière Charles, Fidel Castro harangue les foules : il vient de prendre le pouvoir à La Havane, il est l'idole des étudiants américains qu'on dit libéraux – avec ou sans col.

Tandis que Mendès France débarque à Brandeis, nous ne sommes qu'une dizaine de Français à l'accueillir; quelques centaines d'étudiants l'écoutent religieusement; je lui raconte mon passé mendésiste – et je me rends compte que j'en parle bel et bien au passé. Religieusement, on lui apporte un verre de lait qu'il semble avoir quelque répugnance à boire.

J'imagine un dialogue entre PMF, JFK et FC : essai de comédie amoureuse. Plus tard, j'écrirai une pièce de théâtre qui s'appellera *Les Veuves;* il y aura la veuve Kennedy, la veuve Luther King : chercher la troisième veuve?

Je lis à nouveau, éperdument : les *Rougon-Macquart!* Je sors les volumes de la Widener Library, l'un après l'autre, dans l'ordre chronologique, je suis plein d'une ferveur pour les Macquart qui n'a d'égal que ma haine pour les Rougon : quatre ans après Aragon et *Les Cloches de Bâle,* je redécouvre les solides ivresses et les certitudes colossalement équilibrées d'une littérature politique où les « méchants » sont de beaux salauds face à des innocents, simples victimes ou vrais héros. Le récit du coup d'État du 2 décembre dans la *Fortune des Rougon,* celui de l'affairisme aveugle de *La Curée* (la femme d'Aristide Rougon en mourra, folle et si belle, « corrompue jusqu'à la moelle » : Jane Fonda, un jour, dans un film absurde) me transportent de saines indignations et, ne seraient les souvenirs américains que je suis déjà en train de m'inventer, c'est d'un roman « politique » – au sens le plus noble, c'est-à-dire le pire du terme – dont j'entamerai sur-le-champ la rédaction.

Dieu merci, l'Amérique est encore là et le printemps, d'un coup, est arrivé : comme si, d'un coup, le vert était revenu aux arbres et les moustiques à l'étang de Walden où se baignait Thoreau. Marianne m'entraîne à travers bois, nous rendons visite à des petites amies sur le campus de Radcliffe et, tous cinémas de plein air et concerts dans des parcs confondus, route 128 où poussent des machines à produire le coca-cola et les vingt-huit parfums des glaces Howard-and-quelque chose : je m'enivre à perdre haleine d'un continent qui, lentement, m'épuise.

Mais l'argent : je cours après les dollars et traverse à l'heure du déjeuner la cafétéria de Brandeis où flottent des odeurs de hamburgers, d'oignons, de moutarde, de frites : j'en pleurerais; tous les jours, à tous les repas, je me fais cuire du *spanish rice*, ce qui (riz espagnol?) est une pâtée grumeleuse parsemée d'étincelles vertes et jaunes, bribes de poivrons et fibres de tomates.

Je verrai encore un film dans un « drive-in theater », avec pop-corn imposé et gamins dans la voiture d'à côté qui s'embrassent à pleine bouche : *Warlock*, ou *L'Homme aux colts d'or*, d'Edward Dmytrick. Anthony Queen, propriétaire de saloon interlope, s'y fait tuer d'amour par Henry Fonda : encore un peu de temps, et le western ne sera plus ce qu'il était...

Et puis, subitement, le commencement de la fin. J'ai d'abord un peu mal à la gorge, très mal à la gorge. La provision de suppositoires au bismuth que j'ai apportée de France (les plaisirs malsains que s'interdit l'Amérique...) est vite épuisée, l'aspirine, la quinine n'y font plus rien. Une rossée que me flanque Michael, mon compagnon d'Arlington Street m'achève : je n'ai pu ni lui rembourser cinquante dollars ni lui apporter sur un plat d'argent Brigitte, la sœur de Marianne qu'il aime de loin depuis des mois. Alors il se met en colère, j'affecte de ne pas m'en rendre compte, il tape une fois, je lui rends un coup et c'est un déluge de coups de poing qui s'abat sur moi : la plus belle trempe de ma vie. Lèvres éclatées (et trente-neuf de fièvre aussi, à ma décharge), je m'écroule parmi les bouteilles de coca-cola vides, il tape encore puis s'enfuit. Il disparaîtra pendant trois jours : Dale, Michael, ou l'Amérique des Américains.

J'ai préféré chercher refuge chez Alain, qui habite à deux pas. Sa maison, hantée par les toiles d'une propriétaire qui peint des animaux morts, fantômes de rats crevés ou de chauve-souris, chats noirs sauvagement éventrés, de vraies planches de dissection – est devenue un foyer d'étudiants français en détresse, Marie-Claire, Michel, François et d'autres. On m'y donne, au dernier étage, la chambre du fils de Mrs. N., professeur d'anthropologie et peintre animalier spécialiste dans la décomposition des viscères : ce sont le regard lourd et la banane gominée quinze ou vingt fois répétés d'Elvis Presley à tous les murs qui veillent ici sur moi – et la fièvre qui ne se décide pas à tomber. Quelque part, plus bas dans la maison, la voix de haute-contre d'Alfred Deller chante éperdument, nuit et jour, sur des disques de musique élisabéthaine. Marie-Claire veille sur moi, Marianne vient de Brandeis, repart, revient et la fièvre monte encore un peu. Daniel, un étudiant en droit qui deviendra fou à son tour – obèse, il m'écrit depuis vingt ans et deux fois par an la même lettre où il me parle de ses chemises de soie et du tuxedo (un smoking) flambant neuf qu'il mettra le jour où il me reverra – Daniel, donc, me harcèle de questions : « Parle-moi de Mendès France. » Je tremble; j'ai de plus en plus peur et l'Amérique, soudain, me terrifie. Huit jours de ce régime, et je finis par perdre connaissance.

La suite de ce commencement-là : celui de la fin.

On m'a transporté à l'hôpital de Waltham où, pendant trois jours, je tremble encore de fièvre. Qu'on ait diagnostiqué une forme particulièrement aiguë de mononucléose infectieuse ne me rassure en rien, bien que la mononucléose soit connue sur les campus sous le nom de « maladie du baiser » – le plus chaste des baisers suffirait à la transmettre : autres temps, autres mœurs, nous subissons les fléaux que nous méritons et l'Amérique des années cinquante était bien innocente.

Trois jours d'antibiotiques et de linges glacés pour empêcher la fièvre de monter encore. Une infirmière noire me caresse le front : « Pauvre petit Français. » La nuit, je rêve d'elle, de ses seins, et le jour, je lui embrasse les mains : brusquement, l'étudiant français à la conquête de toutes les Amériques est redevenu un petit garçon. Marianne me rend visite deux fois par jour, Denise, sa mère, Brigitte, sa sœur – et mes amis, Fred, Jacques, Martin : j'ai peur. Peur de mourir car je ne comprends plus rien, ni ce qui m'arrive ni ce que je fais dans cet hôpital où, toutes les quatre à cinq minutes, on appelle un médecin, une infirmière par haut-parleur : *« Paging Dr. Simon »* – ou Miss Dally – d'une voix d'hôtesse d'aéroport et deux coups de cloche avant, deux coups de cloche après. Deller, Daniel et ses questions sur Mendès France, les appels de l'hôpital : seule Anita, la jolie infirmière noire aux seins qui ressemblent à des bombes, parvient à me calmer. Car je tremble toujours. La peur : un seul désir, fuir. Je ne le formule pas, ce désir; mais il m'obsède et, devant les sourires de Marianne que j'aperçois à travers un voile de brouillard, j'ai honte. Mais j'ai peur. L'infirmière noire m'enveloppe – nu? – dans des draps mouillés; et le quatrième jour, ma fièvre est tombée. J'ai repris les *Rougon-Macquart* en route : *La Terre, La Bête humaine.*

La fin, donc : après dix jours d'hôpital, c'est un véritable infirme qui se retrouve à l'infirmerie de Brandeis pour tenter de regagner quelques forces. Au milieu de l'université tout entière en période d'examens de fin d'année qui s'affaire et bourdonne, l'infirmerie est une cage de verre, un havre de silence suspendu au milieu des bouleaux. De grosses petites filles venues en chemise de nuit de l'aile des filles s'assoient sur les lits des garçons et la télévision nous raconte les mêmes histoires qu'à quelques dizaines de millions d'autres Américains : haut lieu de la culture européenne au cœur des Amériques, Brandeis est redevenue un collège de teen-agers dans une ville de banlieue; je m'y laisse couler, je m'y abîme, je m'y fonds délicieusement. On s'occupe de moi – et moi, je regarde tout, de loin.

Je sens que je ne le ferai plus, mon voyage au cœur des Amériques : tout d'un coup, j'ai eu peur et j'ai retenu une place de bateau. Pour l'Europe!

Le printemps, l'été, la fin : un mois a passé et je me relève doucement mais je me sens si faible qu'à l'ami français qui a trouvé chez un brocanteur de vraies boules de pétanque et me propose une partie, sur le gravier devant l'infirmerie, je réponds que je ne pourrai jamais : l'impression que lancer une boule de quelques centaines de grammes est un effort au-dessus de mes forces.

Alors, je fuis : je ne caresse plus qu'un rêve, celui du retour – mais je promets à Marianne de revenir vers elle à la fin de l'été.

Pour me changer les idées – on me traite en grand malade – Marianne va m'emmener passer huit jours au Cape Cod, au bout du monde. Provincetown : des maisons de bois à l'extrémité d'une bande de terre, longue plage qui s'étend à l'est de Boston, jusqu'au milieu de l'océan, paradis des homos et lesbiennes de tout poil et nous, Marianne et moi, subitement des enfants, heureux.

Nous nous embrassons dans les restaurants du bord de mer désertés en ce début de saison; on y mange avec les doigts des poulets frits dans des paniers, de la soupe aux pétoncles qui s'appelle *clam chowder* et, sur un écran en plein vent, dans la rumeur des grandes marées de juin qui s'annoncent déjà, c'est Marilyn qui nous le dit : « *Some like it hot* », mais je ne rêve plus que d'un repos hors du temps, la France; l'Amérique peut-être – mais plus tard.

Nous habitons une cabane de bois sur une plage où nous sommes seuls. Avec Marianne, et pour quelques jours, j'ai retrouvé les voix unies d'Emily Dickinson et de Dylan Thomas, mais je sais bien que c'est un au revoir qu'elles murmurent. La nuit, nous nous aimons; un matin, Marianne s'est réveillée en larmes : « Dans dix jours, tu ne seras plus là... » Je l'avais presque oublié.

C'est pourtant le bonheur : un jour, j'ai raconté ce bonheur-là dans un livre. Les journées sur la plage, dans les dunes, et les soirées dans des bars qui seront interlopes demain mais où, ce soir, les serveurs de tout crin et les grosses lesbiennes de service nous regardent presque avec attendrissement. L'une d'elles nous parlera de Virginia Woolf, d'Emily Dickinson, elle est anglaise, de Greenwich, et évoque les bords de la Tamise, *Orlando, Mrs. Dalloway* – à onze heures et demie du matin comme les fantômes d'un paradis perdu. Nous parlons la même langue; elle est mince et fragile, sa compagne lourde, forte, solide; tendre, elle nous prend la main. Elle dit : « Un garçon comme toi... » Pour un peu, l'Anglaise et sa compagne, WASP jusqu'au bout de ses ongles rongés, nous auraient adoptés et je devine à nouveau en elles des personnages de roman.

Le soir, Marianne me lit, en anglais, un roman d'Evelyn Waugh : *A Hand full of dust : Poussière,* et le sable, oui, le sable coule entre nos doigts, sur la plage déserte. Et le temps.

Dix jours, neuf, huit, puis trois et deux : plus que deux jours et New York, soudain torride. Une chambre d'hôtel, Henry, les Helens, Jacques venus me dire au revoir. Je serre Marianne contre moi en répétant : *« Il y a maintes et maintes années, dans un royaume près de la mer – a Kingdom by the sea – vivait une jeune fille que vous pouvez connaître par son nom : Annabel Lee. »* Marianne m'a donné un cahier de poèmes, je lui en ai laissé un autre en échange et je fuis, rempli de tous les regrets du monde – mais comme soulagé pourtant, rassuré : je reviens, chez moi – mais je reviendrai.

Je traverse et retraverse pourtant encore New York, comme s'il fallait tout en garder, tout en retenir. Les taxis jaunes qui dévalent la ville du nord au sud et retour, longues et vertigineuses verticales sur l'asphalte bouillant, les bornes d'incendie rouges et les plaques de fonte fumantes au milieu de la chaussée : les taches de couleur qui se multiplient à l'infini dans un gris sale, subitement lumineux. Je note, je vois, je me souviens : Times Square ou l'hôtel Algonquin, Battery

Park, Washington Square, mais aussi Dorothy Parker, *Sur les quais*, Henry James hier, Thomas Woolf, *Ulysses* à Manhattan.

Lorsque, quelques années plus tard, je lirai *Mobile* de Michel Butor, j'y découvrirai la seule façon de dire, en ce temps-là, ces choses-là : l'Amérique. Ou bien, le roman noir.

Henry, le photographe, m'emmène dans de nouvelles virées sur la Bowery ou à Harlem. Un matin, très tôt, il va photographier un mort, à Central Park; mais aussi les danseuses d'une école de ballet sur l'avenue des Amériques et je l'y accompagne : les jeunes filles ont quinze ans, elles rient en sortant des douches, Henry les mitraille en rafales, puis les fait poser, une à une, Marianne est à côté de moi, et je joue les voyeurs. Tout me paraît possible puisque dans deux jours je ne serai plus là.

Il y aura aussi une étrange expédition au sud du village dans des entrepôts désaffectés de ce qui deviendra Soho : une mallette à récupérer, et j'imagine une sombre affaire de poudre blanche; je découvrirai qu'il s'agit d'aider des amis polonais à se procurer des papiers. La mère a quarante ans et un visage de vieille femme. Elle a quitté Lodz voilà six mois et a erré à travers l'Europe. Elle nous dit : « L'Amérique... » et je suis persuadé d'avoir participé à une opération d'immigration clandestine : encore une fois, un roman noir.

Deux jours, donc, et c'est déjà le dernier jour. J'ai toute une serviette de cuir remplie de notes, de cahiers, d'esquisses – et ces deux ou trois cents pages de ce que j'appelle déjà « mon roman » que je ne laisse dans ma chambre d'hôtel qu'avec inquiétude : et si l'hôtel brûlait? Marianne est triste et je le suis aussi; mais je m'en vais, je suis presque parti : Marianne va rester, elle pleure.

Ce sera son visage bouleversé que j'apercevrai une dernière fois, lorsque la cloche du bord annoncera aux visiteurs venus accompagner les passagers du *Queen Elizabeth II* que le moment est venu de les quitter : nos mains qui se tiennent, la foule qui nous enveloppe, nos doigts qui se séparent, ce visage en larmes, les cheveux de sable un instant encore parmi d'autres visages, d'autres larmes : je la vois encore; et puis, subitement, je me rends compte que je ne la vois plus.

Je suis revenu d'Amérique.

10

Le mot de la fin

Où un roman de gare fait le reste et où arrive quand même ce qui devait arriver...

Je suis bien revenu. Autour de moi, c'est l'Auvergne dans la chaleur de l'été, l'enclos, les marronniers et, sous le frêne, la table rouge et blanche devant laquelle je lis, j'écris : comme si je n'étais revenu d'Amérique que pour écrire un premier roman qui raconterait l'Amérique. En face de moi, le grand pré des Raboisson, puis celui qui monte à la grange de la Nastra, le toit de chaume, les vaches. Et j'écris, je lis : tenter de garder tout ce qui s'est écoulé. Pour la première fois, je pense : « des traces » – et, sous une forme vaguement romancée, ce sont bien des traces, des repères, des signes : Brandeis et le Cape Cod, New York sillonné de part en part – et Marianne, et Dale, et Adriana, des lieux, des personnages.

J'éprouve un sentiment étrange, fait à la fois d'une grande nostalgie et d'un immense soulagement. Comme si « je l'avais échappé belle » et regrettais dans le même temps un moment de bonheur unique qui a duré près d'un an. Les livres, dès lors, que je lis sans relâche, sous le frêne ou dans le salon rose, entre deux pages d'écriture, sont à la fois cette Amérique perdue et la France, la France qu'on dira plus tard profonde :

cette Auvergne, une province très ancienne et que j'avais crue elle aussi perdue.

Ainsi Nathaniel West *(Le jour du Locuste)* et Raymond Chandler (*tous* les Chandler : Philip Marlowe était déjà une sorte de demi-dieu) mais aussi les Dashiell Hammett que je n'avais pas lus, Horace McCoy et puis Henry James, à nouveau, James qui traverse les océans – alternent-ils avec les bons vieux Mauriac que je redécouvre ou que je relis, les Chardonne, les Larbaud qu'il me restait à lire, les Arland que j'avais oubliés.

Je pars, un livre à la main, pour de prudentes promenades à travers champs – puisque la montagne, fût-elle montagne à vaches des plateaux, me paraît encore inaccessible – et je reviens m'abattre au salon rose ou écrire une page ou deux sur la table de la salle à manger. Je m'enivre de l'odeur de moisi tiède qui règne dans la maison, le sirop de grenadine de mon enfance et les grandes tartines de confitures de groseilles du jardin.

Et j'écris tous les jours à Marianne; une fois par semaine, un peu moins, un peu plus, je reçois d'elle une lettre gentille, enfantine et tendre; elle dessine des petites filles et des chats qui m'envoient de grands sourires.

A la fin de l'été, je relis les centaines de pages accumulées : c'est un fatras improbable.

Le livre à venir est là, pourtant, à l'horizon.

Ce seront à Paris les mêmes ivresses du retour, Sciences-Po où je vais préparer l'ENA, les travaux pratiques à la Faculté de Droit que je suis en compagnie de Brigitte; car il y a Brigitte, retrouvée. Elle est plus tendre : presque amoureuse. Je lui parle de Marianne, dont les lettres s'espacent, de Brandeis où je la verrais bien me succéder : je suis l'étudiant étranger revenu d'Amérique qui joue en France le rôle du séducteur étranger.

La musique, alors, nous emporte à nouveau, Wagner à

l'opéra, Donizetti, Joan Sutherland ou un récital Fischer-Dieskau, Brigitte en robe rose palpite à côté de moi : un jour, j'oserai prendre sa main, qu'elle ne me refusera pas.

Devant le foutoir des pages que j'ai écrites et où je ne lis plus rien, que des souvenirs en vrac, j'ai d'abord éprouvé un grand découragement. Alors je me suis remis à lire, laissant de côté le papier, la plume.

De cette année qui va durer un peu plus de dix-huit mois, de mon retour d'Amérique à mon entrée à l'ENA, mon départ pour le service militaire et le début d'une vie d'apprenti fonctionnaire, quelques livres, quelques phares vont encore promener leurs rayons lumineux sur mes journées. Ce sera ainsi la découverte de l'étrange exotisme, frelaté, envoûtant, de Durrell et du *Quatuor d'Alexandrie* dont les premiers volumes ont paru en français chez Corréa et dont je lirai les suivants en anglais. Un vrai roman de gare, en somme. Mais au-delà des histoires de Justine et de Cléa, de Pursewarden et de Mountolive, odeurs d'encens et de poussière, espionnage, l'amour, la mort et la beauté qui dure, c'est la construction même du livre, des livres qui me fascine : ces facettes. De *Justine* à *Balthazar*, je relis la même histoire dont je retrouve dans *Mountolive* une autre version : des miroirs où je me perds. Si bien que lorsque je lirai *Cléa*, la conclusion qui les rassemble tous, j'éprouve un sentiment d'étonnantes retrouvailles. Un roman de gare, peut-être, mais quel roman! Et en vente dans des gares d'où partiront combien de trains! L'idée de ces miroirs qui se répondent fera son chemin. Un jour, j'écrirai un gros roman, *Mémoires secrets pour servir à l'histoire de ce siècle*, où trois parties se répéteront l'une l'autre, tour à tour, pour parvenir à une quatrième, l'immense éclat de rire qui secoue le héros, rire colossal de celui qui, dupé, fait face à ceux qu'il a dupés.

Plus durable encore va être ma rencontre avec un livre, un volume au sens précis du mot, qui ne m'a pas quitté depuis trente ans. C'est le volume que les éditions Gallimard ont publier dans la bibliothèque de la *Pléiade* des *Écrits intimes* de Stendhal. Une seconde édition en paraîtra en 1981 en deux volumes, quelque peu augmentée – pages de journal retrouvées – et surtout presque doublée d'un imposant appareil critique. Mais ce sera la première édition, en un volume, que je vais promener désormais avec moi, à travers le monde, en usant à proprement parler « sous moi » un premier exemplaire, puis un second : plat des couvertures peu à peu arrachées, dos fendus, déchirés. Après la publication de la nouvelle édition – que j'achèterai, bien sûr, mais que je ne fréquenterai qu'une fois, pour voir les différences, puis que j'abandonnerai – il me faudra courir les librairies d'occasion pour m'en procurer un troisième exemplaire et, dans la foulée, un quatrième, tout neuf, que je garde en réserve.

Les *Écrits intimes* vont devenir mon livre à tout faire, celui que je traîne avec moi en vacances et en week-end, le livre de chevet s'il en fût jamais, celui que je lis en continu ou que j'ouvre au hasard, que je feuillette – que je perds peut-être un an pour le retrouver comme si je l'avais quitté hier, l'ami, le compagnon des derniers jours de ce qui était ma jeunesse et le seul qui demeure, quand tout le reste est parti sur la pointe des pieds.

Du *Journal* à *Henry Brulard*, des *Souvenirs d'égotisme* à tous les autres titres, bribes, notules qui font que Stendhal est Beyle et ne ressemble à aucun autre, les textes presque sacrés d'*Earline*, les *Privilèges*, je suis chaque jour, chaque mois, chaque année de Stendhal à la trace. Henri Martineau m'aidera avec son *cœur*, son *Esprit de Stendhal*, avec enfin les soixante-dix et quelques volumes de son édition du Divan que j'achète d'un coup, chez un libraire de la rue de Provence : à travers droit administratif et économie politique, dans les dédales de la géographie humaine et le labyrinthe du cœur de Brigitte, celui d'une Anita où je ne verrai pas que quelque chose pourtant brillait de très beau, Stendhal devient peu à peu une manière de guide, dont la leçon transcende tout ce que je vois affleurer ailleurs.

Les mois vont passer. Un jour, j'apprendrai que Marianne va en épouser un autre et, pendant quinze jours, je souffrirai un peu, puis m'étonnerai de n'avoir pas souffert davantage : d'ailleurs, Brigitte s'abandonne un peu plus, mais elle défend énergiquement ses lèvres, sa taille, bien que je rêve déjà d'autres épousailles : prudente, ma longue et belle amie garde encore ses distances. Je découvre d'autres écrits « parallèles » de Stendhal, *La Vie de Rossini,* les *Lettres sur Haydn, Mozart et Métastase* et surtout les volumes sur l'Italie, *Naples, Rome et Florence,* pour m'émerveiller de n'y retrouver chaque fois vraiment que Beyle.

Mais, lentement, je reviens au livre que je voudrais écrire; je devine que je n'en suis plus très loin. Mes camarades, qui préparent l'ENA avec moi, sourient : pour eux, je suis un gentil fumiste.

Mary Glasgow viendra faire diversion : Mary, Francis, Michael, mes amis anglais. Par un ami d'ami qui a affirmé que j'écrivais, quelqu'un m'a cru scénariste et, un soir, j'ai reçu un coup de téléphone : une équipe de télévision britannique en quête d'auteur m'attend dans une brasserie près de la gare du Nord.

En quelques heures, tout sera conclu. Mary Glasgow, qui dirige le département éducatif d'ITV, l'un des réseaux de la télévision privée britannique, me commandera dix, puis douze et encore douze sujets scripts de trente minutes destinés à apprendre le français aux petits Anglais. Avec Francis et Michael, qui les mettront en scène, nous sommes d'accord sur une idée de départ : les aventures de quatre lycéens, deux garçons et deux filles, à Chantilly, où ils vivent, et à Saint-Malo, où ils passent leurs vacances. Ce sont les temps héroïques de la vidéo, qu'on appelle encore « Ampex ». Les tournages en extérieur se font à partir d'un car et de trois caméras câblées, les montages sont encore effectués de manière hasardeuse, je n'ai droit qu'à trois séquences, c'est-à-dire deux montages par film : pour le reste, on tourne en continu.

Pendant plus de deux ans, débordant sur mon service militaire, puis sur le stage d'ENA que je ferai successivement à la préfecture de Quimper et à celle d'Oran, j'écrirai mes scénarios, mes scripts, mes dialogues; dans les périodes d'examens, je sous-traiterai des sujets à Geneviève, à Moune, à Philippe. Voyages à Londres au siège de ITV – mais aussi à Chantilly, à Saint-Malo... : je suis devenu un homme affairé, sinon un homme d'affaires – encore que, pour la première fois de ma vie, je gagne de l'argent – et j'écris, j'écris sans trêve. Tout en préparant mes examens.

Mon roman est redevenu un rêve caressé – de loin, comme l'an dernier celui du voyage au cœur de toutes les Amériques. Quant à lire? J'en ai le temps, oui : je lis Stendhal. Je ne lis plus que Stendhal : un à un, les petits volumes bleus de la collection du *Divan,* les notes de Martineau, les livres de Léon Blum, de Jean Prévost.

Je suis presque amoureux de l'une des comédiennes, qui joue Françoise dans mes films. Alexandre, mon ami, est devenu l'assistant de Michael; Moune travaille aussi parfois pour la production : ITV et la télévision britannique font vivre une partie non négligeable de la rue Saint-Guillaume.

Brigitte va partir à son tour en Amérique : lettres, recommandations, j'ai préparé pour elle le terrain et Marcuse l'attend. Elle devient sentimentale et un soir, au bal de Sciences-Po qui a lieu au Cirque d'Hiver, dans sa belle robe de soie rose que j'ose à peine toucher, je la sens qui s'incline vers moi. Le lendemain, le surlendemain, j'oserai enfin l'embrasser et nous serons bouleversés, l'un et l'autre, de tout le temps que nous avons perdu. Je caresse les seins de Brigitte, qui sont lourds, émouvants. Je dessine Brigitte nue et un soir, après un concert où Wilhelm Kempf joue Beethoven, Brigitte est enfin nue entre mes bras. Il est tard, c'est sous le regard d'un tableau de famille dans l'appartement d'une grand-mère, du côté de l'École militaire : je connais le plus stendhalien des fiascos. Cet âge est sans pitié; il y aura donc la question impitoyable de cette jeune fille que je désire depuis tant d'années, qui s'abandonne enfin et qui, maintenant, m'interroge : « Alors? » Je n'ai pas envie de rire.

Deux mois plus tard, Brigitte partira pour l'Amérique après une dernière trahison. C'était un autre qu'elle aimait. Brigitte, Marianne, Marie-Noëlle tour à tour m'ont quitté, je suis peut-être prêt à l'écrire enfin, mon livre. Car c'est l'idée, soudain, qui vous frappe de plein fouet : l'idée du livre.

Marie-Noëlle ou mes années de lycée; Brigitte et Sciences-Po; l'étudiant français en France et Marianne, Brandeis, l'étudiant français en Amérique : je les appellerai Blaise, Patrick, Guillaume, ils sont les trois visages d'un même jeune homme encore un peu triste et qui me ressemble. En quelques semaines, tableau à double entrée et plan en deux parties, deux sous-parties, j'ai fait le plan de mon livre : Keynes et Léontieff, les leçons du droit public et celles de Sciences-Po ont tout de même porté leurs fruits. Tout ce que j'écrivais jusque-là dans le désordre devient subitement rigoureux, clair, ordonné. Condorcet, la rue Saint-Guillaume et l'Amérique : il suffit de ranger les moments vécus sous une étiquette qui est un lieu, un cadre, une atmosphère, des couleurs. Tous les livres lus et aimés me reviennent à la mémoire comme si chacun d'eux pouvait apporter quelque chose, une ligne, une idée à ce *Gulliver* voyageur dont j'invente lentement l'histoire pourtant véritable puisque c'est la mienne, mais revue, corrigée précisément à la lumière de tant d'autres livres.

Comme si tout ce que j'avais lu jusqu'ici ne pouvait qu'aboutir là. En six mois, j'ai écrit mon livre; quelques jours après, je pars pour Maisons-Laffitte, au Deuxième Régiment d'Infanterie de Marine : c'est la guerre d'Algérie, et le service militaire dure alors vingt-sept mois. Joyce en anglais, recouvert d'une jaquette de moleskine rouge, m'aidera à survivre. Gilbert Amy, compagnon de chambrée, sourit...

Je n'échapperai à cette Algérie-là que de justesse : une

double pneumonie, deux mois d'hôpital, ma réforme très rapide. « Libéré des obligations militaires » en un temps record, c'est à Quimper, où j'ai rattrapé pour un stage de préfecture une promotion d'ENA en cours de scolarité, que je reçois une lettre de Christian Bourgois : les Éditions René Julliard vont publier *Et Gulliver mourut de sommeil.*

Encore six mois à Oran, puisque j'accompagne en Algérie le préfet du Finistère qui vient d'y être nommé et que j'aime infiniment – et mon livre va paraître. A Oran, où les bombes de l'OAS explosent tous les jours, où l'on ratonne allègrement, je relis Proust et j'écoute Léo Ferré qui chante la poésie d'Aragon. Je note déjà sur un petit carnet noir des idées pour ce qui deviendra mon second roman et qui dira à son tour tout cela, mais elle est bien finie, mon éducation sentimentale – l'autre, la vraie. D'ailleurs, est-ce que je lis encore autant?

C'est quelques semaines après mon retour à Paris qu'a paru *Gulliver.* Je venais de tourner la dernière page de la réédition d'*Aden, Arabie,* après la préface de Sartre qui éclipsa presque le texte de Nizan lui-même.

J'écrivai alors tous les jours à Brigitte et lui citai la première phrase du petit livre bleu paru chez Maspero, que je cite ici de mémoire : « J'ai vingt ans, et je ne laisserai personne dire que c'est le plus bel âge du monde. » J'avais cinq ans de plus mais je savais que, pour quelques années encore, j'étais du côté de Nizan.

Ensuite, j'écrirai davantage, je lirai peut-être moins, mais surtout je n'aurai plus vingt ans et ne serai plus jamais sûr d'être du bon côté.

Table des matières